图1 1993年9月，作者南下福州、厦门、深圳、珠海、广州等地调查圈地、撂荒情况（王珏 摄）

图2 1997年8月，当黄河第三次断流时，作者到济南走进河底，“祭奠”失去活力的母亲河

图3　2004年6月24日，由四川省作家协会主持的“王治安生态文学系列作品研讨会”在成都举行（王飞　摄）

图4　1998年12月13日，《靠谁养活中国》荣获第六届中国人口文化奖金奖，作者在人民大会堂接受颁奖

王治安文集（第二卷）

# 当代中国生态解密

DANGDAI ZHONGGUO SHENGTAI JIEMI

粮食卷

王治安 著

中国农业出版社
农村设物出版社
北京

# 我与生态文学一起成长

## （自　序）

王治安

“等待这一刻”，是我多年的期盼，多年的生态梦，一等就是40年！如今，仿佛这一刻已经到了眼前，举手可触啊！

羊年新春到来之际，从紫禁城传来振奋人心的声音：“环境就是民生，青山就是美丽，蓝天也是幸福，要像保护眼睛一样保护生态环境，像对待生命一样对待环境。对破坏生态环境的行为，不能手软，不能下不为例。”这是中华民族的决策者在2015年3月6日的全国“两会”上(即全国人民代表大会和全国政协会)，向全国民众唱响的令人兴奋的高歌：号召神州大地动员起来，创建“生态文明”，还我“美丽中国”！

早在4年前，从京城传来鼓舞民众的信息，决策者将下决心，整治环境，建设“美丽中国”，给民众以优美而安静的生存空间。那之后，决策者又亮出了“生态兴则文明兴，生态衰则文明衰”的理念，还点赞：“生态环境的保护是功在当代、利在千秋的事业。”总而言之，这一回动了“真情”，发出了动听而有力之音！

决策者的“觉醒”，不是今日所见，而是早有所悟。20世纪末，每每“两会”也曾发出过这样的“呼声”。在“两会”结束的那一天，照旧要召集人口、资源、环境相关部门的决策者，召开专题会，议论议论这类事。当初，我感到“这一刻”似乎降临了，心中无比喜悦，然而，这样的例行时间也不算短，持续了好几年，也讲了不少令人欣慰的话，媒体也急于向大众吹风，传播信息。虽然，风声乍起，并有一些的举措，但气度与效应低微，“风”也越刮越小。

应该说，从那之后，首都先后提出三大工程：天然林资源保护工程、退耕还林工程、大熊猫栖息地保护工程，是一个历史性的转折。那一刻，我心中无比激动，挥毫书写了一系列生态文学作品。

有人说，文学历来都是“贵族”的，而我的作品恰恰相反，既不是写帝王将相的夺权称霸，也不是写达官贵人的闺房秘闻，而是聚焦普通人、劳动者，着力反映他们在为社会创造财富中的欢乐与焦虑。我自信，这些作品是颂扬普通人的“平民文学”。

我爱与他们扎堆，他们喜欢读我的书，作品一问世，他们自觉或不自觉地聚在一起阅读、评说。于是，二者一拍即合。其实，许多观念是随着历史的更迭而新生的。今天的社会，主导者是劳动群体，历史使命也就由他们担当与传承下去。我认为，一位作家最幸运的是，你的作品能得到历史的验证，能得到广大读者的认同。

我的作品缘何能让读者和当事者接受，究其原因也许是，我的这些文字，说的是真话，没有半点虚伪。还有，在作品中，既说问题，也说功德，对那些与人类有益的事，给予表扬与倡导；同时，也让广大读者看到希望和未来。总之，这些燃烧的激情文字，来自深山和田野，出自肺腑，旨在唤起民众，唤起全社会关注生态环境，爱护人类生存的空间，点燃生态文明的烛光！

谈到报告文学的真实性，这是一个严肃的话题。也就是说，讲假话是报告文学的“死敌”，所以我不能说假话，去“蒙”读者，特别是农民兄弟。

报告文学隶属“非虚构”文学。在当今世界文坛上，非虚构文学和虚构文学的发展是与日俱增的。著名评论家雷达在《漫说“非虚构”》一文中向大家介绍说，在欧美一些发达国家，尤其是美国虚构与非虚构至少是平分秋色，甚至，非虚构作品占的份额还要大一些。他还说：“如何讲述真实是非虚构的核心问题。如何准确地反映时代生活，如何抓住典型特征，如何一下子就从各种毛糙的感受中一把拎出那最耀眼的细节，是考验作家的时刻。如何活生生地、毛茸茸地表达我们这个时代，是非虚构的重要命题。”

我的作品，泱泱几百万字，无论从字里行间，还是人物、故事、时间、地点，都讲一个“真”字，说真话、实话、心里话，举手可触，举目可见，没有半点水分。

多年来，我在创作中，一直在追求真实，寻找真实。仿佛，“真实”成了我人生的标杆，而虚无缥缈的幻影，是我文学创作的大忌，真诚才是我成功的基站。

大自然的态势，是不以人的意志为转移的。你要“哄”它，它就要报复你，甚至会出现突然袭击：雾霾、沙尘暴、龙卷风、泥石流……让你无处栖身。保护环境，无论如何是耽搁不得的。地球村有 72 亿人口，每时每刻，一些人自觉或不自觉地在践踏脚下的泥土，戏弄身边的环境。2015 年 1 月 15 日，18 名国际顶尖环境专家，在美国《科学》杂志发表题为《地球的界线：在变化的星球上引领人类发展》的文章，警告人类的行为已经“越界”。2009 年科学家作出定论，并量了地球生态可承受的 9 条生态线。文章说：地球生态可承受的 9 条安全界线，分别是：气候变化、臭氧空洞、海洋酸化、生物多样性、土地使用、淡水资源使用、化学污染、大气污染和生物化学地球环境。论述的 9 条“生态界线”中，目前人类活动中已经突破了气候变化、生物多样性、土地使用和生物化学地球环境 4 条界线，从根本上改变了地球的运行，把人类引入“危险地带”。中国的状态更令人担忧，也许不只是 4 条。时至今日，气候、森林、土壤、水资源……都是中国人关注的焦点，议论的热点。

春秋时期，《管子・立政》中说，“草木不植成，国之贫也。”“草木植成，国之富也。”“行其山泽，观其桑麻，计其六畜之产，而穷富之国可知也。”古人管仲的言谈，对今人是有其深切教意的！

我国的生态环境欠账颇多，如今仿佛已到了积重难返的地步！土地在一天天被吞噬，大气污染满天沉闷，生命圈在一天天缩小……作为一个有责任心的作家，看到地球村如此死寂般的状态，能不急吗？早在 20 世纪 60 年代，我就察觉到中国生态出现恶性循环，急着搜集材料，执意将民族的忧患注入书中。

若用时髦语言表述，我是一位“两栖”作家，享有 30 多年的记者生涯。新闻的敏感，铸就了我锐敏的目光，急切地关注人类所面临的困惑。我生长在“皇柏”葱茏、绿树成荫的四川剑门山区，从小就热爱土地，关爱森林。

前事不忘后事之师。在探索生态文明的路上，中国人是吃了黄连之后，才开始回应的。我们付出的代价太多啦！20 世纪末，出现的那一幕幕难以治愈的创伤让人心酸。改革开放，复兴中华，是不容置疑的，但不能以损害生态环境为代价。我不是先知先觉的先行者，我的作品也只是起到抛砖引玉的作用，让更多的人尽可能早日领悟吃黄连的滋味，引发出胃酸难受的实感。我耗去几十年的光阴，写下了这些支离破碎的文字，只录下灾情的一部分。我以为这些文字，有着永恒的价值。它可告诉子孙，在地球上，在中华大地的核心地带，曾经出现的那些让人心酸的景象。

亲爱的读者，在这里，我想声明一点，我所著的生态文学系列，绝不是迎合少数读者的低级趣味，也不是为当政者涂脂抹粉，而是要唤醒大地，唤醒民众，唤醒决策者。我的作品也许带着浓郁的酸味、辣味，不那么养眼，不受头头脑脑们的欢欣，但它却是一剂“苦口良药”。我生就是说真话、做实事的人。不会用假话、虚话，糊弄读者，也许这是骨子里的基因所定。作为一位有责任心的作家，应对读者负责，对社会负责。

经过 40 多年的奔波与劳顿，植成五棵色彩斑斓的“文学树”：生态文学、熊猫文学、改革文学、庄园文学、名人传记文学；其特征有三：大众化、真实化、时代化。

我期待的“这一刻”正向人们大步走来，为迎接“生态文明”建设空前繁荣，祝愿“这一刻”的到来，我刻意从出版的各种文体 20 余部、600 多万字的文学作品中，筛选和拔萃出约 220 多万字，集结成《王治安文集——当代中国生态解密》，按照主题分土地、粮食、森林、人口、移民、熊猫等六卷。这些文字，是我文学生涯中最具代表性的作品。

我所著的生态文学作品，是与自己的人生思路和时代相关的，它记录了我国创建“生态文明”、修复生态环境所走过的艰苦历程，颇为世人关注。在这里，感谢所有关爱和善待我的作品的读者和朋友！

2018 年 4 月 15 日

# 目　录

长篇报告文学

# 靠谁养活中国

# 靠谁养活中国

## 摘　要

靠谁养活中国？一个严峻的问题摆在中国人的面前。中国十数亿人的吃饭问题，为当前国内外政界、理论界所关注。如此重大棘手的问题，既不能盲目乐观，也不能盲目悲观。

粮食——人类面临的永恒挑战。地球上自有人类，吃的问题就开始困扰人类。民，以食为天，以地为本；无天则无生，无地则无根。然而，近几年来，一个亘古未有的占地、圈地、炒地热潮，席卷神州，“开发区热”“房地产热”，沸沸扬扬，一哄而起，令人忧虑。旋即，酿成灾难，造成土地第三次失控，导致大批良田沃土荒芜，潮起潮落，搅乱了思想，搅乱了人心。粮食，国脉所系。应该对那些人猛击一掌，让他们警醒，正确理解“一要吃饭，二要建设”的战略精神，珍惜每寸土地。

长篇报告文学《靠谁养活中国》是一部大力度、大气度、大主题的作品。作者独树一帜，全方位，多侧面描述了这场人地矛盾的尖锐性和复杂性，以大胆的笔触披露了扑朔迷离的土地纠纷和众多的贪污腐败现象。同时，呼吁人们认清局势：养活13亿中国人，靠外国农场主，不行。靠谁呢？只有靠中国人养活中国。

这是作者继长篇报告文学《国土的忧思》出版之后，又一部写土地、人口、粮食的力作。

# 引子：我们都是土地的孩子

我的文章是从一次新闻发布会拉开序幕的。

那是1994年仲春，全国土地工作会议，在四川的首府——成都召开。

素有“天府之国”称号的成都平原，横亘千里平川，是块黄金宝地，土地肥沃，自流灌溉，又有勤劳的巴蜀人，历来是繁衍生息的伊甸园。

春天，这片沃土更袒露出她的丰腴美貌的千古不变的英姿，令人神往，使人陶醉！

这次全国性的土地会议，来自四面八方的“土地爷”，正巧驻足在她丰满滋润的胸脯上，磋商举国关注的土地大业，生存大计。

这一切，应该是如意的、美好的。

其实不然，会议一开始，就笼罩在一派忧虑与怅惘的气氛中，来自全国的高级干部、土地专家，以及部长、局长们，其言谈举止和惊恐的神色都流露出一肚子的难言之苦。

笔者翻开各地报来的材料，全是美好的，“喜”，充满字里行间；忧，却隐秘其中，不好言表。再看一看国家土地管理局局长邹玉川，这位严肃的人。他不苟言笑，语句是那样中肯，又是那样沉重，脸庞上密布着几分忧思，几分不安。

3月5日，在金牛宾馆东楼的会议厅，由大会主持召开的新闻发布会，集中反映了与会者的思绪和愿望，也透露出土地这个令人担忧的“词儿”，其意味着“福星”和“祸星”。

气氛热烈而严肃！

大厅内，局长的眉头皱起，在冥思苦想，准备回答记者群中即将喷发出来的各种稀奇古怪、令人尴尬的问题。

来自中央各大报和各省报的记者，带着一连串的疑问，察言观色，伺机插入话题，或单刀直入，或像连珠炮一般弹射出去。

会议的中心人物，当然是国家土地管理局局长邹玉川。可今日，他的动作仿佛慢了半拍。已过半小时，会议仍然处在嘈杂之中。

在往日，如此这般的新闻发布会，正好是繁忙的记者凑在一起传递信息、倾吐秘闻的好时机。不，今天却很特殊。记者无暇顾及这些，而是把目光全力投向了大会的中心人物——邹局长。

他终于轻轻挥动右手，拉开了序幕。

火速，记者们发起了“攻势”：

为什么，土地会出现第三次失控？

为什么，让大片耕地荒芜？

为什么，乱批乱占，涌现“有政府”下的“无政府”行为？

为什么？为什么……

问题尖锐，场面激烈，邹局长应接不暇！

屋内一派紧张、繁忙，记者每到这种场合，总按捺不住内心的激动，执意挖空心思，提出这样那样刁钻的疑问，去为难官员。

我环顾厅内，璀璨的灯光下，记者群中有的凝神深思，有的冥思苦想，有的在纸上沙沙走笔……

聪明的答话者，到这个时候，他会冷静，会在困惑之中，打好腹稿，事前制定出一套对付“无冕之王”的方案。

今天的新闻发布会，算不了什么大型的答辩，无需那么紧张，制造气势。按邹局长助手事前的通知：几日来，新闻记者长途跋涉、劳累奔波，今天局长和大家见见面，畅叙情怀。这话很艺术，使人轻松。

可到临场，气氛突变，唱主角的，毛发尖儿也冒出了冷汗。幸好，他有两个得力的助手相随。左边是国家土地管理局副局长马克伟，右边是宣教司副司长周乃平。他们都是研究土地问题的专家。

在问与答、“攻”与“守”的激战中，我切入了一根“楔子”，放了一颗“澳星”，坦然地问道：

在大会报告中，邹局长说，去年是国土部门最难过的日子，为什么？那么，今年的日子是否比去年好过些呢？

眼下的土地管理，最大的困扰是什么？准备如何排除困扰？

中国是个人口大国，耕地锐减，何时刹住目前的“圈地旋风”？

我的话，似乎问得很蹊跷。大厅里突然像森林般的寂静。记者们面面相觑，在等待答复。

在改革开放的关键年头，大家只看到大好的形势与工资的升温，货币的高速运转。可人们很难想象，我们赖以生存的土地，一块一块地被吞噬，土地管理如履薄冰。

这一问，似乎为这位跃居土地管理机构最顶端的局长，打开了一条思路，为严密而谨慎的铜墙开了个“小口子”，或者说，为土地管理的困境，发出了一种廉价的同情。他莞尔一笑，显示出一种轻松、自若的神情。

“哦，难点，那就多了……”他刚启齿，又停了下来，似乎心中山洪涌来，可一激动，许多苦，又难于言表，语塞中露出了淡淡的忧思。

“难点？噢，太多啦——”他拉长嗓音，启开了闸门，心中的苦，如同洪水般喷了出来。

“保护耕地，是当前最难的事……”他措词激昂、高亢，仿佛在诉说一段悲怆的历史。

是的，我国人口多，耕地少，这是一大突出矛盾，短期内难以缓解。过去，保护耕地，问题集中在农村，违法占地，大多数发生在农民和基层干部身上。如今的情况变了，农村的症结还未疏通，“圈地风”像热浪一般，又席卷全国各大城市，斗争之激烈比过去任何时期有过之而无不及。特别是在沿海和内地经济发达的地区，有人主张国有土地、集体土地一起进入市场，倘若那样绝对会出乱子。

目前，保护耕地的难点之所以多如牛毛，这和土地立法的脆弱，政策的随意性密切相关。

在回答诸多的问题中，不难看出，邹局长是位很实在的人。管土地，保障13亿人口的吃饭问题是很艰难的。有人说，计划生育是“天下第一难事”，土地管理无疑是“天下第二难事”了。这话切中了要害。事实正是如此，国土管理没有求实精神，没有脚踏实地的作风，能成吗?

更大的难点，在于“政府行为不规范化”。前两年，一些人头脑发热，错误地认为“要得富，卖地土”。于是，他们把国法置之脑后，大笔一挥，将大片大片的沃土套上锁链，推上了“贩卖”的歧途……

末了，邹玉川环顾四座之后，苦涩而风趣地说：“有人说我‘浑身淌血’。唉，我是个血肉之躯，面对如此局面，能不淌血吗?”

邹玉川的话，言简意赅，令人振聋发聩呀!

此时，大厅内发出了啧啧的赞叹声，也不时传出愤愤不平的诅咒声。指责局长吗？不。他在这条战线上，已付出了艰辛。土地流失，耕地锐减，管理失控，别误会，这一切绝不是长期辛勤战斗在国土战线上的卫士的过错。

民众的心里明亮。他们公正地说：“问题出在管理上，根子却在各级政府领导的笔尖上。”

如今的实情正是如此，搞改革是个好路子，也是一个落后国家的最佳走向。然而改什么？如何改？对这些棘手问题的理解，便是各取所需，各自为各自的利益，钻牛角尖。

“时下，据调查，有些省的县级土地管理局，撤的撤，减的减，并的并，‘土地神’走了，庙子没了，怎么办?”新华社记者提出了一个切中时弊的问题，厅内顿时轰动起来，记者们连连呼应："这是个大问题，没有管理机构那不乱套了吗?"

邹局长此时的反应，有点特殊，他摇头、叹息，显得有点无可奈何。他没有急急忙忙作理论上的阐述，也没有遮遮掩掩、羞羞答答地去支吾、搪塞。他的表情是，叹息之后是窘迫，窘迫之后是坦诚。这一切，都与他的执著和宽容分不开。

他说："这是个老问题了。自80年代中期，国务院批准成立土地管理机构时，就有一些市、地、县软拖硬抗，思想不统一，机构不健全。这里面，有思想问题，也有组织观念问题。有些地区不重视土地管理，有些人握着土地权不放。他们认为，管土地有油水，便千方百计把权揽在自己手上。诚然，也有人事制度问题。见了真神不说假话，唉，这些问题，我就管不了啦！因为人事属地方管，土地局长要通过地方人大选举任命，权在地方……"他两手一摊，十分为难。

对上述问题反应强烈，在会上，甘肃、云南、陕西等省的代表，都先后作了专题发言，呼吁解决目前出现的畸形发展问题。许多省的"土地爷"在会上声嘶力竭地呼喊，震人心魄。

沸沸扬扬，会议一直处在不安的气氛之中！

金牛宾馆，是"天府之国"最豪华的会议城。1958年党中央的成都会议，即八届中央委员会就是在这里召开的，中央领导人，毛泽东、周恩来，在此指点江山，商讨神州谋略，大兴国策，益民众，得人心。

那次会议的一个中心就是农业，重点解决全国人民吃饭这件头等大事。毛泽东参观了位于成都平原的红光大队，并作了系列指示。

30多年过去了，如今的红光咋样呢？成都平原的腹心地带咋样呢？

变了！变了！一片绿油油的田野，换来高楼林立的国际大都会、世界乐园、高尔夫球俱乐部……一片片沃土没有了。人们望着鳞次栉比、红红绿绿的建筑物，不禁忧心忡忡！

能不令人担忧吗？土地第三次失控，造成了惨重的损失！

如今，我国发展农业面临的最大难题是，耕地逐年减少，人口逐年增多。1979—1989 年十年间，我国累计减少耕地面积 5500 万亩，相当于丢了一个山西省；与此同时，人口却增加了 1.33 亿，相当于冒出了两个江苏省。人多地少的矛盾将越来越突出。

我国耕地的锐减，令人触目惊心！

我国现在人均耕地 1.3 亩，仅为全世界人均耕地的 1/3。

1957 年我国耕地面积曾达 17.6 亿亩。1953—1965 年，全国累计减少耕地面积 2.6 亿亩。

近几年来，耕地大幅度下降，其净减量：

1992 年，减少 437 万亩；

1993 年，减少 484 万亩；

1994 年，减少 597 万亩。

照此下去，50 年以后，人均耕地只有 0.6 亩，100 年后，我们的子孙将无地可种啊！

一位老人曾言之谆谆："90 年代，中国经济要出问题，可能就出在农业上。"

民以食为天，国以民为本，农业丰则天下安！

古人云：民之所生，衣与食也；食之所生，水与土也。土地是人类生存的基础，是历史发展的要素，是人类永恒而不可泯灭代替的宝贵资源，是一切生产和生存的源泉。"有土地不愁衣食，有粮食不愁生活。"

人只有依附着土地，依附着庄稼，依附着粮食，才能去创造价值。人类的生存，无不依附着土地。土地是人类的母亲，我们都是土地的孩子！

# 第一章　黄土地　焦土地

一阵狂潮，几乎倾倒三江，颠覆五岳！

“圈地热”“开发区热”“房地产热”……一批人被冲昏了头脑，一批人被卷入了热浪。梦幻毕竟是梦幻，狂浪之后是冷若冰霜的低谷。

大批农田被吞噬、荒芜！

热恋土地的农民，在对天呼喊：“还我土地！”

梦幻者在忏悔：“啊，又是一个沉痛教训！”

那么，呼喊、忏悔的背后又是什么呢？

## 风云乍起

横亘千年，一种价值观的变革，都需要经过一场阵痛，一场殊死搏斗，才能开辟一条新的航道！

土地，著名经济学家曾这样评价它：“土地是财富之母，劳动是财富之父。”这位学者，虽然他提出了土地与劳动结合，可创造出惊天动地的奇迹，会创造出价值，却没有意识到上地本身就是财富，是无价之宝。

我上大学时，所读的《政治经济学》课本写着这样的文字：“在资本主义社会，土地归私人所有，大土地所有者占有绝大部分的土地，资本家要使用土地，不论是经营农业，或者是开矿和建筑工厂、商店等，都必须从土地所有者那里取得土地的使用权。资本家为了取得土地使用权，必须向土地所有者缴纳地租。”还说：“农业资本家交给土地所有者的地租，并不是真正的地租。‘真正的地租’，按马克思的规定是指为使用土地本身而交纳的货币额，亦称为狭义地租，它必须与广义地租即租金相区别。”

那年月，学生十分听话，老师的话就是“圣旨”。按老师的指导，这些字样必须熟读，书本背烂了，内容可以一字不漏地背诵出来。可有谁想到要去实施呢？老师没有，作学生的我也不敢去别出心裁。

学生像庙里的小和尚，跟着老和尚咿哩哇啦地叫着吼着。

马克思在这里明确提出土地的价值，“级差地租”体现出来的货币价格，该属于土地所有者。

阴差阳错，在西方资本主义社会中，当事者是有心还是无心呢？几百年他们一直在效法马克思的这一学说，娴熟地玩弄土地，地价沸沸扬扬，疯狂上涨。近50年间，美国每公顷土地的平均价，由22.5万美元上涨到145.5万美元，增长6倍多。眼下的土地价格更是昂贵得惊人，伦敦每平方米高达8 000美元，巴黎为5 000美元，东京为4 000美元，而香港最高的竟达到10万美元。在大陆，土地廉价，甚至无价，仿佛是“世外桃源”，一片净土。人们疑惑了，为什么境外的黄土，一本万利，身价百倍；而境内的黄土地却黯然失色，贱如粪草。

在新中国成立前，土地也不是一片净土，房地产业，也是大财团、大资本家所关注的，是为他们赚大钱的行当，在广州、上海、天津，房地产业的巨大收入，占了当局财政收入的40%。

其实，共和国成立几十年来，在这片寂寞的土地上，土地的身价，土地的地位，早已渗透着马克思的价值论学说。马克思的“级差地租论”，也早就写入政治经济学教科书中，并喋喋不休地灌输给青年学生。学生仿效老师，咿哩哇啦，背得滚瓜烂熟。

然而，一贯坚持马克思主义的中国人，自从土地收归国有之后，半个世纪以来，却打不好这张牌。在思想意识中，没有一根定音的弦，也没有一种准确的说法，不承认脚下的土地具有价值属性，更不愿实施到土地中去。人们将这一观念束之高阁，死守着“人口众多，地大物博”的说法，甚至自我陶醉，自欺欺人！

多年来，在神州弥漫着这样的国情，一面是“人口众多”，人均占有土地面积越来越少；一面是欣赏“地大物博”，任意浪费宝贵的土地资源。这一自相矛盾的理论和做法，如同绳索自缚。在行政的干预下，“寸土寸金”的黄土地，沉睡了四五十年。土地成了一个禁区！

长期以来，在中国大陆，在单一的行政调拨，无偿、无期、无流动的

“三无”土地使用制度的绳索捆绑下，使寸土寸金的黄土地，流失、浪费、锐减，却无动于衷。有了这种观念的人，他们似乎觉得很“方便”，领导一挥手，一签字，一块土地被划拨，从此，土地被判了“死刑”，十年、二十年，乃至百年，再也不会动起来，流起来，这是一种“声调”。在这种体制干预下，无偿使用，挥金如土，大片大片国土地被占、被毁、撂荒。在上海的黄金地段——淮海中路，一块15亩的临街土地，闲置30年而不足为奇；在成都市中区的盐市口，一块6亩土地被荒废七八年，不能有效地利用，无人痛心；在南京某校，1953年建校，调拨数千亩土地，直至1986年，大部分土地还荒着，无人问津……这样的典型太多太多了！

中国在1949年巨大的社会变革之后，农村通过土地改革，由私有制演变成集体所有制；城市的土地收归国有。实际上，农村的土地也属国有，农民只有使用权，国家随时可以支配。一旦被征用，农民所得到的仅仅是有限的土地补偿费。

土地的无偿调拨，导致城市的土地浪费也十分严重。兴修机关、创办学校、筑公路、建铁路，以及城市建设，缺乏价值观念，缺乏精打细算、节约用地的概念，不珍惜土地的现象举目可见。前几年，国家土地管理局对部分大城市用地状况调查表明，闲置地约占15%。倘若以1990年城市建设用地面积1 935万亩来计算，则闲置土地达289.3万亩。

毛泽东曾说过：“贪污和浪费是极大的犯罪。”可以说，几十年来，土地的浪费是共和国最大的损失，最大的失误！

怪谁呢？不怨天，不怨地，只因畸形的体制，脱离现实的幻想，盲目乐观，造成精神麻木、呆滞，导致对土地的蹂躏和践踏。

一个惊人的现象出现了！从1953至1965年，仅仅12年间，全国耕地就减少了2.6亿亩。12年，在历史上不过一瞬间，就是说，一刹那之间，中国的版图上，便抹去三个江苏省，两个广东省。这种情况，能不叫人吃惊吗？

由于大地的失宠，也就没有什么“土地卫士”“土地爷爷”，土地既洒脱，自由自在，无人看管，也十分悲哀，像失去了“爱”的孩子，孤苦伶仃，任人欺诈勒索。倒也方便，政府部门没有专管国土的机构，更没有正式行使的法律法规，人们爱怎么就怎么，似乎土地成为毫无价值的“废物”。

历史教训，给当权者们作出这样的结论：土地无偿使用的弊端，导致土地锐减，资源浪费，经济发展缓慢。行政也罢，法律也罢，对此弊端无能为力！

这口气，在明眼的中国人心中，已经憋了数十年，是悔恨？是长叹？铁的事实教育了一批人，启发了一批人！中国人的心理出现不平衡，渐渐地鼓起勇气，大声疾呼：“再不让土地沉睡！”

于是，从神经末梢的躁动，发展到大刀阔斧的变革开始了；

于是，一场新时期的“土地革命”，从平原到山川，从神州的东部到西部，拉开了帷幕；

于是，形势的急转、市场的飞跃，促使一系列属于土地的法律法规，接踵而来。

星移斗转。20 世纪 80 年代，冲破层层禁锢的陈腐观念，被誉为新时期的“土地革命”，在中国大陆上，出现了惊天动地的场面。其时，崭露头角的是国有土地使用权，从无偿行政划拨到有偿转让批租。

一种崭新的观念，土地有偿使用的观念，随着十一届三中全会的一系列改革开放政策的出台，开始在中国这片沉睡的土地上萌发了，确立了！

1979 年，是人们难以忘怀的一年。7 月 1 日，第五届全国人民代表大会第二次会议，代表们举手通过的《中华人民共和国中外合资经营企业法》中，萌发出一个令人振奋的概念，“与中国合营者，所占有的土地，应向中国政府缴纳使用费”。尽管在这个文件中，仍然是碍口失羞，遮遮掩掩地提出了一个“缴纳使用费”的新名词，但应该肯定，这是共和国诞生 30 年来，破天荒第一次推出“使用费”这个新名词。难能可贵啊！它表明中国人的观念，有了质的飞跃。

形势发展是令人叹服的，事隔一年之后的 12 月 9 日，国务院转发的《全国城市规划工作会议纪录》一文中，明确提出：“实行综合开发和征收城镇土地使用费的政策，是用经济办法管理城市建设的一项重要改革，它有利于按照城市规划配套进行建设，节约用地，充分发挥投资效果；有利于控制大城市规模，鼓励建设单位到小城市去；有利于合理解决城市建设和维护资金的来源。”

从观念上和理论上来看，都是十分鲜明而又有说服力的，三个“有利于”的提法，把土地的地位，土地的价值，明明白白地摆了出来。

国外的学者惊呼：“中国人觉醒了！”

是的，中国人终于认识了“级差地租”的概念，认识到土地有价值，继而要对土地实行有偿使用了！

随即，在一些城市陆续开始征收土地使用费。

随即，在深圳特区出现了土地市场的雏形。

那么，深圳是如何起步的呢？那是一段十分有趣的历史。

1980 年，在中国南部边陲，诞生了深圳经济特区，中央拨资 3 000 万元贷款，作为启动经费。规模是宏大的，港商、台商一个劲儿涌来。然而自身的经济实力薄弱，缺乏搏击长空的活力。

路在何方呢？人们如同“芝麻开门”一般，突然发现了财源：“卖”地！这并非他们的主观臆断，从理论上也找到了依据，列宁的著作中明确写着：“不怕租出格罗兹尼的四分之一和巴库的四分之一，我们就利用它来使其余的四分之三赶上先进的资本主义国家。”在国务院已出台的上述两个文件中，也明确了“土地有偿使用”的政策。

深圳人有胆有识！他们沿着深圳湾，划出一大片土地，招商、引资、合办……轰轰烈烈，拉开了改革的序幕。

资金滚滚而来！

深圳开了先河！他们率先改革土地使用制度，试行土地有偿使用。1982 年，旗开得胜，使用费收入 1 000 万元。尔后，深圳人总结了经验，提出三种形式：协议、招标、拍卖。

“拍卖”，这一新名词儿提出之后，令人咂舌，在国外“拍卖”是家常便饭，在国内却像个古老的传说。

1987 年 12 月 1 日下午，在深圳会堂门前，升起了一面拍卖的旌旗，鲜红的旗帜上写着：

面积：8 588 平方米；

出让期：50 年；

用途：商品住宅；

底价：200 万元；

那情景热闹非凡，堂内堂外，挤得水泄不通，中央领导、企业家、经济学家……深圳、上海、广州、重庆、武汉等市的市长，还有外商和中外记者，蜂拥而至。

在众目睽睽之下，经过 17 分钟的角逐，最后深圳市房地产公司力挫群雄，击败了 42 家竞争对手，以 525 万元夺得这块土地的使用权。

人们欢呼雀跃，神州敲响了土地拍卖的第一槌！

很快，改革的热浪，由南向北涌去，北京、上海、天津、广州、重庆等 20 多个大城市开始征收土地使用费。

从此，在神州冲破了土地不能批租的禁区，逐渐向土地有偿使用制度迈进。

应该说，这是第二个飞跃。1988 年 4 月 12 日，七届全国人大第一次会议，数千名代表举手通过的《中华人民共和国宪法修正草案》，将宪法第 10 条第 4 款中，把禁止出租的“出租”二字抹去，添了新的条文——“土地的使用权可以依照法律的规定转让”。同年 12 月 29 日，七届全国人大常委会第五次会议通过关于修改《土地管理法》的决定，在修改中，增加了许多新的内容：“国有土地和集体所有制的土地的使用可依法转让，国家依法实行国有土地有偿使用制度。”

这些决定，表明中国人的观念彻底转变了。“土地有偿使用”制度，已用法律的形式固定下来；表明人们对土地从野蛮的践踏，走向了文明、合理地利用这一发展方向。

土地使用制度的变革，是我国历史上破天荒的巨大变革。变革的突破点选择在“两权分离”，即所有权和使用权的分离。这一变革的重大意义是不可低估的，它不仅给国家带来经济效益，还改变了人们的陈腐观念：土地不仅仅是一种资源，有其不可代替的使用价值；土地更是一笔巨大的资产，有交换价值。

土地的变革，这几年确实为国家创造了财富，自然也付出了巨大的代价。据悉，截至 1994 年末，全国共出让国有土地使用权 4.4 万宗，合计 118 万多亩，各地政府共收回土地出让金 1 231 亿元。一部分城市和地区，出让土地使用权所获取的收入相当于自身财政收入的 1/4，多则占一半左右，给地方经济建设确实带来了极大的活力。

## 黄金产业　一本万利

雄狮猛醒：土地就是钞票！

渴望金钱又缺少金钱的人，忽然间发现踩在脚下的这块普普通通的土地，就是硕大的“聚宝盆”、“摇钱树”，顿时地产发烧了、疯狂了！

席卷全国的“房地产热”，应该说是从 1992 年的春天开始的。

“忽如一夜春风来，千树万树梨花开。”邓小平视察南方发表重要讲话之后，“房地产热”遍布中华。

忆起当初的“房地产热”，似乎一股热浪扑面而来，波澜壮阔，势不可挡。

炒！炒！炒！火爆的中国房地产，如狂风，似洪水，一拉开序幕就呈现出一往直前的势头。

短短的几个月时间，便结束了“萌芽期”，进入了高速发展的飞跃期，呼啦啦地直往上蹿。时至 1992 年底，已是炙手可热，成为经济活动中备受青睐的“明星”产业。一时间，“房地产热”超越了“股票热”、“出国热”、“边贸热”，独领风骚。

房地产热，似乎没有波折，没有风浪。人们有种说法：“小款”炒股票，“大款”炒房地产，使许多人如痴如醉！

“炒楼花”、“炒地皮”，随之掀起的“房地产热”，遍布神州大地。无论是漫步大都市，在街头留心一瞥；或去中小城市；或在党政机关，乡村小道都可以听到人们高谈阔论的中心议题：土地、开发区、房地产。房地产公司如雨后春笋，齐刷刷地倏然冒了出来；房地产广告充斥了大街小巷，门窗屋顶，公共汽车上，甚至别出心裁，向空中发展。

你若打开每天的报纸，无论是国家级几十家大报，还是地方小报，头版的显著位置上无不写的是有关房地产业的起步、发展、竞争……新闻记者们加大马力四处奔波，穿梭于房地产业，为其声嘶力竭地呐喊，一时间闹得天翻地覆，人喜人欢！

不到一年工夫，国内房地产企业由3 000家发展到近万家，增长两三倍。到1993年6月，增长近10倍。

“下海”的名人要人都明白，房地产业系黄金产业，一本万利。他们炒了地皮，炒楼花；炒了现屋，炒期房。房地产价格像燃烧的火箭，直线上升，许多地方上涨几十倍，甚至上百倍。1992年，海南头4个月房地产价格平均上涨50%，相当于上年全年涨幅的2.5倍。内地更有甚者，炒家东倒西倒，几易其主，使价格扶摇直上，涨到数十倍。每平方米地皮，上海逼近5 000元，深圳突破5 000元，重庆达到4 500元，北京冲至5 500元，王府井地价每平方米卖到4万元。

在神州的大地上，究竟升温到了何种程度呢？不妨让我们看一看全国的形势。

也许是基于房地产业的“龙头”作用，深圳效法香港，全国学习深圳，从1992年开始迅猛发展以来，如火如荼，不出数月，已是燎原之势。继深圳之后，上海、广州、福州、海南等沿海地区，房地产业已成为当地经济发展的重要支柱，而且推动了城市建设、工业发展和其他各行各业的发展，并与各项经济建设事业浑然一体，共同前进。房地产业牛气冲天，举足轻重，成了“龙头”。

## 三套模式

在分析发展的可喜局势时，鉴于我国幅员辽阔，各地的经济、地形等条件的悬殊，将发展的势头和走向，大体分为三类：

“龙头”——深圳、珠海、海口等新兴沿海城市。在开放之前，这些城市经济发展几乎是一片空白。然而房地产业一旦崛起，基于它们优越的地理位置和优惠政策，又是大陆通往海外的桥梁，因此，“龙头”一旦昂起，房地产业便如虎添翼，同时，对各项经济建设，起着巨大的驱动作用。

“龙身”——上海、天津、大连、北京等城市，既是一批政治文化中心，又是一批工业基地，有实力，有胆略，它们有“龙头”的携身带尾，指点江山，全盘皆活。事实正是如此，这些城市的房地产业虽然起步较晚，但势头很好，而且正在稳步前进。

“龙尾”——大都属于内陆城市，既缺乏深圳那样得天独厚的地理位置和创业机会，也不具备上海、天津那样的先天优势。也就是说，这些地区，先天缺氧，后天缺血。然而，情况是变化的，这些地区的条件也是千差万别，部分城市挖空心思，为房地产业创造条件，大开绿灯，利用它们巨大的消费市场和现有的工业基础，也拓出了一片新天地。

房地产业，这条巨龙，起初“龙头”、“龙身”配合默契，“龙尾”窥测方向，步步紧跟，这一新兴产业由南到北，由东到西，高潮迭起，势头强劲，蓬蓬勃勃地发展起来。

## 遍地黄土变成金

现在，让我们看一看东、西、南、北、中的繁荣景象吧。

### 东——“东进序曲”，高潮迭起！

说来是笑话，但它是历史。

上海，曾几何时是我国房地产业最发达的城市。但在相当一个时期，寸土寸金的上海竟然到了城市建设资金匮乏、基础设施严重不足的地步，城市面貌几十年依旧。多年来，市民盼望着一座现代化的新上海屹立在太平洋西岸。

春风乍起，万木复苏。1992 年春，中国改革开放的总设计师邓小平视察南方讲话一经发表，已经开发开放近两年的浦东，如同新添了核燃料一般，忽地燃烧起来，沸腾起来。

言必称浦东，争相到浦东。这一年，成百成千的海内外企业界、商界人士，怀揣着巨款，高唱着“东进序曲”，浩浩荡荡，向浦东挺进。在浩瀚长江和东海交汇处的这片热土上，房地产开发的热浪，比起10年前的深圳开发潮有过之而无不及。



浦东房地产市场迅速升温，顷刻火爆，许多盛况，足以令人叹服。和平公园建信大楼，诚然算黄金口岸，可她的变化如梦一般。1990年2月每平方米900元，次年5月，竟然涨到2 400元，到了1992年8月，升到3 000元。两年涨了3.3倍。

最早踏进浦东的外国人，是日本孙氏企业有限公司，1988年8月，上海放开胆量，给该公司批出了第一宗地。“领航者”起了先头部队的作用，随后，两年之间，批出了80宗地。

这一举措，很快引起了国际舆论的关注。日本《朝日新闻》社、英国路透社、美国《纽约时报》对浦东首次批租成功，啧啧称赞，纷纷发出评论，称：

“这是伟大的突破!”

“中国真正出现了地产市场!”

……

心有灵犀一点通!

内地人妩媚地向东一瞥，地价猛涨，黄土变成金。浦东吸引了内地人，于是中央直属机关，各省市富有远见的当权者，企业界的先知先觉，纷纷挥师向浦东进抵。

一路顺风!

浦东，创造性的伟业，必然会引来无数英雄豪杰；在艰苦跋涉的进程中，造就出一批风流人物。开发5年来，海内外的开发者，气贯长虹，各显神通。他们中不乏佼佼者，一流的浦东人在浦东这片土地上，付出了艰辛，洒下了智慧，传播着融通中西方文化的超前意识、创造意识、竞争意识!

就是这些浦东人，创造了奇迹，在不太长的时间里，使一座崭新的现代化都市矗立在长江口。

这座新城市的创建，为房地产业谱写了城市建设的新篇章。

速度十分惊人：房地产业在浦东已初具框架，房地产企业达 1 000 家，批租土地 280 幅，面积达 80 平方公里，施工建设房屋面积达 2 000 万平方米。1994 年房地产增加值 31 亿元，引起了国内外广泛的关注，其速度和规模超过了深圳。浦东的房地产业的发展已载入了中国城市建设的史册！

与上海遥遥相望的杭州、苏州、无锡、镇江，以及南京各大城市，也“大开土戒”，迎头赶上。

长江三角洲，是中华民族的摇篮，也是外商投资的重点区。杭州，由我国香港、台湾，以及日本、新加坡企业家参股的香港金马集团，1992 年 8 月，在杭州买下 42.6 公顷土地，投资一亿美元，在美丽的西湖边兴建“梦湖山庄”别墅区的旗帜刚刚竖起，长江三角洲便沸腾起来，唤起了数十家客商向西湖进发。

而且，这一举措，带动了江浙整个开放的启动。接着，无锡，兴建外商投资区；镇江，推出了环境优越的可供批租的 20 余幅黄金地段，专门对海外招商；南京，在不太长的时间内，冒出了 214 幢高层建筑。最高的要数巍然屹立在长江边上的同仁大厦，高 68 层，210 米。一位白发苍苍的台湾客人在南京察看后，叹息唏嘘：“既看到保存完好的‘总统府’，又看到了幢幢拔地而起的新大楼，真令人眼花缭乱呀！”

### 西——闻风而动，“借船出海”

从南向北，迅猛推进的“房地产热”的冲击波，很快触及四川盆地，来势凶猛，大有冲破一切产业，独占鳌头的气势。

多年来，这方寂静的土地上，凝雾般笼罩着一种让人厌恶的“盆地意识”，改革的浪潮难以涌入。这一回，却波涛汹涌，一扫暮气。“浦东意识”，如滚滚长江，冲击着“盆地意识”；深圳速度，推进巴蜀的“老牛”“破车”，激励着巴蜀人。

一阵紧锣密鼓之后，四川省委、省政府，整装奋进，四面出击。书记，提出要参与浦东开发；省长，决心“出击”北海，激战海南。简言之：四川要在“三个中心”上“借船出海”，“冲出盆地”。

我住长江头，
君住长江尾，
日日思君不见君，
共饮一江水。

在地理位置上，上海位于长江之首，成渝两市在长江之尾，同饮长江水，谁也离不开谁。浦东是“龙头”，四川是“龙尾”，“龙头”咋摆，“龙尾”就咋甩。

四川的决策者们，执意策划，要在成都与浦东架起一座金桥，在浦东建起辉煌巨大的“四川大厦”，在黄浦江边搞房地产开发。

四川，人才辈出，群雄荟萃，岂止如此呢?

当初，决策者们信心百倍，运筹着一只脚踏进浦东，一只脚伸向南海，大有百万雄师过大江的磅礴气势。

北海，更是四川人向往的宝地。四川人一旦认定要在广西“借船出海”，成为当代的“南丝绸之路”，便以巨资相报。

于是，成都市首家跨地区的大型股份制企业——北海四川国际经济开发招商股份有限公司，批租土地4 000亩，计划5年内，投资28亿元，建起国际贸易经济开发区，把四川的牌子钉在南海岸。

蜀人树起了一种新观念。经济建设离不开土地这张“皮”，只要抓住了“皮”，“毛”就会齐刷刷地长出来，政府就有了主动权。

蜀人东进浦东，南下北海，旗开得胜，随即又杀“回马枪”，兴师动众，抓住“主动权”，在盆地掀起波澜，一个圈地开发的浩大声势拉开了帷幕。

1992年6月，在山城重庆扯起第一面批租转让国有土地使用权的旗帜，以每亩9万元的价格，将2 000亩土地转让给外商开发，兴建新城区，收入近2亿元。

影响巨大，发展神速。不多时，重庆全市城镇，买卖地产495宗，面积达55万平方米。

成都自然不会示弱，大型台商区、工业开发区、高新技术开发区，仅仅三五个月就开辟十余个。大片的土地被围上了，挂起了各色旗号。

在成都，房地产业以市中区为轴，四方辐射，形成网络，炒得火爆：

“西部阳光城”、“西南航空港”、“国际大都会”……大批房地产开发在成都平原迅速崛起。

“锦绣花园”、“中央花园”、“天回山庄”……几十座高级别墅，在川西坝子倏然屹立。今天崛起这个“城”，明天竖起那个“中心”，令人眼花缭乱，目不暇接。

房地产开发公司，如山泉爆发。据 1994 年底统计，国营的、合作的、私营的，成都市从原有的 28 家，发展到 638 家，注册资金 100 亿元。

地处内陆的成都，房地产开发具有自身的个性。开发项目多，潜力深远。一旦拉开阵势，沿海的资金便纷纷向内地转移。在 1994 年前后，曾举办过两次房地产交易会，效果理想，总成交 54 个开发项目、销售项目，销售商品房十余万平方米，成交额达 24 亿元。

“要想发，搞开发。”一个响亮的口号，震撼着大西南。在边贸骤然升腾的云南瑞丽、畹町，过去，土地“送人不要”，如今地价陡涨，每亩高达 34 万元。

“旱路不通走水路。”经济不发达的贵州，也随势向南发展，在广西北海征地 1 000 余亩，企图走水路，出南海，走向世界。

平心而论，西部，上述成绩尚不够鼓舞人心！

### 南——热浪滚滚，独领风骚

号称“东方夏威夷”的海南，曾有过三次起飞的机会，而真神降临却是在 1988 年。国务院批准建省，并列为全国最大的经济特区。“圣旨”犹如一场飓风，把这片沉闷的土地吹醒了。这场亘古未有的飓风，扫荡着荒芜与贫瘠，封闭与落后。自从兴建省后，海南具有独特的魅力，促使房地产业，迅猛腾飞高昂，成为最最热门的投资行业。那火爆的程度，文学家是难以用语言来表达的。

1988 年，海南的房地产公司寥寥无几，且冷清惨淡，仅有 11 家。时至 1994 年，已发展到 1 400 家，注入资金 117.3 亿元，开发土地面积 11.1 万公顷，兴建商品房 114.9 万平方米，形成了开发、建设、交易、物业管理等多层次配套的市场体系。

旋即，海南成了一块热土，在 3.4 万平方公里的土地上，涌荡着“大改革、大开放、大开发、大建设”的热流。

房地产业在海南爆发出巨大的活力，很快铸成中心产业、支柱产业。

土地是财富之母。海南房地产业之大兴，深圳、洋浦为之起了先导作用。

“租界”出让之后，海外哗然，大陆为之震惊，洋人和国人一齐涌向海南，征地、买地、炒地、炒楼花……顿时，如同海浪，在海岛上一齐翻滚。

海南人趁“东南风”乍起的良机，在观念上来了个大转弯，变“筑巢引凤”为“引凤筑巢”。他们让出大片大片平展展的土地。好风景，好口岸，天时、地利、人和，一律上乘。于是，“凤”激动了，眼馋了，上“钩”了，一时间，房地产发高烧，黄土地被“炒”成了焦土地！

北海。北部湾畔刚刚崛起的新城。1992 年春，一声海啸长鸣，全国 30 个省市、海外 18 个国家和地区的有识之士，涌向北部湾，顷刻间，掀起了一股建设新北海的热潮。

热浪涛天。北部湾上的荒土、熟土，甚至海滩暴涨，一级土地市场涨幅高过 200%，二级土地市场突破 300%。翻几番的暴利，使“炒家”云集、“大款”会聚，旅店暴满，物价飞涨。

“来势凶猛”。大项目、大财团，动辄投资上亿元，开口划地一二平方公里，仅仅一年工夫，规划面积就达 63 平方公里。

进军北海，北京人领先，其次是湘军、川军、滇军、黔军、粤军、海南军、东北军……一个个实力雄厚，气势恢宏，大有独立北海的雄心胆略。

广东。这块富有魅力的土地，房地产的发展有其自身的轨迹。从 1991 年岁末开始，广东突然闹起房地产热，随即，逐渐加温，第二年由春入夏，房地产热随着温度计内的水银柱的上升，一个劲拔尖，到了秋天，虽然广州市的商品房已由前一年每平方米 2 500 元升到 4 100 元，高的逾 6 000 元，即使如此，仍然是有价无市。

房价、地价陡涨，“炒风”宛如南海的台风，刮遍了南粤大地，一夜之间，房地产公司发展到 1 400 家。

广东，既是中国经济发展的热点地区，也是房地产业发展的热点地区。1992 年，广东房地产投资额占全国房地产投资的 32%，开发土地面积占全国的 37%。无疑，这里成了房地产商家逐鹿争雄的战场。

信誉好，才会财运亨通！

1993 年，春雨潇潇的 4 月。一年一度的广交会新添了一项特殊的交易内容：首届中国房地产展销。广东，在这次会上，独领风骚，销售名列前茅。

广东房地产市场的特点，可归纳为“四多、一高、一少”，即：圈地多、开发区多、开发公司多、高级别墅和豪华楼宇多；房地价格高；微利房和解困房少。

广东房地产投资势头强劲。1992 年，全省开发用地达 12.9 万亩，占全省建设用地的 28.7%，投入商品房建设资金 100 多亿元。施工面积4 060万平方米。1993 年一季度完成投资 19.4 亿元，比上年同期增长一倍。

房地产投资区域，主要是广州、中山、东莞、惠州等珠江三角洲。

无疑，广州房地产业已成为支柱产业，近 3 年来，通过房地产开发平均每年向社会提供商品住宅超过 2 万套，年完成开发逾 100 亿元，销售收入和税利分别接近 50 亿元和 10 亿元。一个支柱型产业雏体，正在祖国的南大门壮大。

福州。吸引外资，开发房地产引来的最大变化是，使昔日一座“纸褙福州城”旧貌换新颜。

福州与台湾仅一水相隔。房地产业已成为外商投资热点。1988 年初，以公开拍卖方式向外商出让了第一幅国有土地使用权之后，该市将土地作为特殊商品推向市场，时至 1993 年初已有 167 幅，面积 6 000 亩。那年春夏之交又拍卖 4 幅商业繁华地段的土地使用权，其中两幅被境内房地产开发商以每亩 390 万元所得，两幅被香港福台建设股份有限公司，以每亩 430 万元所获。

位于闽江口、东海岸的马尾开发区，有其得天独厚的地理位置。它是国务院首批批准的 14 个国家级开发区之一，也属全闽开发开放的龙头，是台湾、港澳地区客商来大陆投资热点。到 1993 年 10 月，投资 1 000 万美元以上的企业有 27 家，8 家企业产值超亿元，15 家企业盈利属“亿万富翁”。

短短几年时间，仅福州市房地产开发就引进外资 25 亿美元，开发用地面积 52.8 万平方米，50 多座现代化大厦拔地而起，一批高档次项目正在建设中。

深圳。“春江水暖鸭先知。”地处商品经济发达地区的人们，最先看好房地产市场。1993 年 10 月，我去深圳采访，有关人士告诉我，在深圳“炒股热”早已转向“炒楼花”、“炒住宅”、“炒地皮”。

深圳，这个起步最早的经济特区，内地还在沉睡的时候，她已是展翅高飞的大鹏。当各地纷纷兴起房地产热时，她已是体态丰腴，令人瞩目的领头雁！

**北——实力雄厚，大步前进**

近几年，评论家们面对中国房地产开发热，言必称深圳、珠海、北海，很少注意“北方佬”的行动。北京、天津以及东北的一些大城市，依靠自身的实力，“不赶浪头”，不虚报浮夸，悄悄地“大干快上”，在许多方面不亚于南方。

在这里，让我们向读者展示几个大城市传来的捷报，便可略知发展的“热度”。

北京。一年一个样，风采照人，风度翩翩，那盛况令人称绝。北京，眼下已是闻名世界的国际大都会。

1994 年，建设部、国家计委携手合作，评价“首都房地产开发综合效益百强”，其结果令人赞叹。此次评价是依据现有统计指标，按现代企业的评价原则，从投资的幅度、施工面积、销售情况等诸方面进行评比的。

评比是货真价实的，没有谎报。它们的实力和在全国所处的地位，都独占鳌头。它们的方向更注意“微利房”和“解困房”，就是说房地产业的发展，更注意现实，贴近生活。

据统计，百强企业所完成的商品房屋投资额与全国商品房总量相比：

总投资额占　　24%；

销售额占　　35%；

施工面积占　　21%；

销售面积占　　23%。

天津。投资密度，属亚洲之冠。1993 年刚刚翻开新日历，不足一月，就有 9 个国家 75 家客商，慕名而来，投资天津。这一年，风调雨顺，红光普照。天津定为“国际招商年”，主动走出去，到中国台湾、中国香港及美国、日本、韩国等地引资招商。成绩斐然，不到两月，吸引外资 1 亿多美元。躺卧在渤海湾上的天津开发区，凭借天津人的聪明才智，一直保持着高层次、高水平、高速度。若与国内各大开发区横向相比，13 项指标，天津有 8 项居第一。

天津开发区，作为国务院第一批批准的开发区之一，创建 8 年来，外商投资 800 余家。1992 年完成社会总产值 42 亿元，工业总产值 32 亿元，税收 2.2 亿元，出口创汇 1.4 亿元。

高效，是天津房地产开发的一大特色。天津市房地产开发经营集团是天津最早成立的房地产综合开发企业。1981 年，该集团投资 8 000 万元的周转资金，10 年间，为津城献上了 23 个住宅新区，创造了 8 亿元的产值。

大连。不赶浪头，稳中求快。与国内的一些大城市比，大连开发房地产的动作似乎慢了半拍，1992 年 10 月 25 日，才在渤海湾举行第一块招商的定标大会。随即，许多外商纷至沓来，要求投资开发房地产业。同年 9 月，向外商推出了第五幅招商地，又引来一批客商，掀起了大连的房地产热浪。一名专门研究世界房地产情报的美籍华人学者说：“我走了中国的不少大城市，像大连市以项目带地皮，前后把关，资金限期到位的招商法在国内没有见过，国外也不多见。”

**中——步步紧跟，各显神通**

武汉。1993年9月19日，在中国对外开放史上，应该是令人瞩目的一页，香港新世界集团，将200亿元撒向武汉，建设新世界。

“居者有其屋。”“新世界”的战略方针，是以改造老城区，兴建居民住宅为宗旨。第一期工程投资就是“居者有其屋”项目，270万平方米房屋开发，提供7.5亿元，解决住房困难户住房问题。

“风景这边独好。”1993年，全国的房地产热普遍降温时，武汉却热而不退，新近展现的房地产广告大战，更反映出武汉的房地产开发独具特色。

1994年4月7日，《文汇报》发文《武汉房地产：风景这边独好》有这样的写照：

> 记者近日驱车观察三镇最热闹的一些地方，只见许多昔日的破旧老城区正在新生，如曾享誉三镇的“蔡林记”面馆已成一片废墟，武胜路上正在兴建的20多层的泰合广场也即将如巨人一般矗立在武汉市民面前。航空路立交桥上的大幅路牌广告则告诉人们：财神广场位于新建的汉口火车站广场，街道上随风飘扬的布标、横幅令人眼花缭乱。
>
> 汉口中心城位于中山大道和江汉路的交会处，投资30亿元，是由香港陆氏集团承建的，主楼高达55层，将成为武汉市的标志性建筑之一。其首期工程日前公开发售出四层，买者多为海外客商、市内“私人大老板”，也有少数不惜借钱的工薪阶层。此间传媒称：财神广场、泰合广场、游子乡大厦、乔康大厦、永胜大厦的开发商都对各自的售楼结果表示“满意”。此番售楼盛景不同寻常。
>
> 目前，武汉房地产市场已从闹市区拓展到与本市毗邻的城

市。如由招商引商建设的湖北省第一个省级红莲湖度假区地处鄂州境内，规划投资140亿元，占地面积24平方公里，已正式启动。

一言以蔽之，举国上下，“想当年，金戈铁马，气吞万里如虎。”

## 热浪冲破了国界

鹿回头。

读罢海南的发展史，仿佛回头的小鹿，娴静地等待了一年又一年，令人回味，令人欣慰。

自改革开放以来，美丽富饶的海南岛，曾有过三次腾飞的机会，然而多次受挫，多次折腾，一直处于低谷。

笔者1989年漫步海口、三亚。那是“洋浦风波”刚刚平息的年月，海岛平淡无奇，大小城市处于休闲寂静的气氛之中。街上行人寥寥，港口冷冷清清，市场萧条，让人失望。三亚市，这个位于祖国最南端的城市，如此美丽，如此少见的海岛风光，可市政建设破破烂烂，只相当于内地一个乡镇，或者一个县城的格局。

一夜春风，吹绿了南海。邓小平视察南方讲话给海南送去希望。那年的3月13日，新华社公布了国务院的决策：批准海南吸引外资成片开发洋浦。

海南沸腾了！

30平方公里，出租给外商，成片开发。为此，曾几何时，是那样揪扯着中国人的心啊！是非曲直，纷至沓来，世代生活在这里的3万多农民，做梦都不曾想，这块几乎与世隔绝的洪荒之地，顷刻间，成为世界关注的焦点。

奋飞吧，海南！

这一喜讯，在海口，干部、居民奔走相告。他们举杯相庆，欢呼雀跃。

洋浦很快出现了奇迹。

3月中旬至下旬，短短的10天，北京、上海、吉林、山东等20多个省市派出考察团向洋浦拥来。

日本、美国、新加坡、比利时等国家及中国的台湾、香港地区，也纷纷派出参观团、经济考察团约300多个，3 500多人次，奔赴洋浦，洽谈意向性项目38个，立项8个。

9月3日，以熊谷组（香港）有限公司为首的7家海外企业，雄心勃勃，组成洋浦土地开发有限公司，计划15年内，投资180亿港币，建设洋浦。

“洋浦风波”，曾被视为“新国耻”，“丧失国家主权”，“无异引狼入室”，“开门揖盗”等等。不管历史如何评说，洋浦终究敞开了大门。

门既然开了，外商就会拥来。

一时间，中国成了外商投资的热点。

外国的企业家、有志之士，纷纷飞往中国，观察动静，窥测方向，租土地，投巨款开发房地产。

国际舆论界、评论界也大张旗鼓，拉开了宣传攻势。

美国知名的评论家吉米·沃克发表了评论文章，题目是《中国——最佳投资热点》。他称赞中国：

“中国拥有稳定的政府、勤劳的人民。”

“有专门的法律保护合资企业。”

“它们享有特殊的税制优惠。”

“中国人是你值得信赖的朋友。”

1992年6月19日，《香港虎报》的文章《内地房地产市场活跃，吸引了香港投资者》中说：

> 尽管总部设在香港的房地产专家警告说，中国的土地转让政策不明确，但是在中国元老邓小平视察南方发表重要讲话之后，中国的房地市场还是获得了更大的推动力。
>
> 在邓小平视察南方发表重要讲话之前，购买中国房地产的香

港人士大多是小投资商。

但是在这之后，许多香港商人也进入了房地产市场。

最受欢迎的地点包括东莞和汕头，它们均位于珠江三角洲。它们之所以受欢迎是因为靠近海外投资商的生产厂家。

除了广东省之外，其他省份的城市也抓紧时间，努力吸引外资以开发它们的土地。

福建省的福州市在吸引外国投资者的工作中迈出了大胆的步伐。

市政府上个月同日本和中国香港投资商通过谈判决定把沿海3个岛屿出租给他们，租期为50年。

市政府还宣布可向外商出租另外2 400英亩土地，尤其欢迎香港和台湾投资商租用。市政府邀请投资商在这个地区建造住房、商业及旅游设施，希望能把这片地区建成“福州的上海”。

在内陆省份四川，工业城市重庆在上周将2 000英亩土地租给一家香港公司，用以建设商业、金融、教育及研究设施。

与此同时，西南大都市成都发布了管理外国投资商业进行土地开发的有关规定，作为出售土地的第一步。

在北部省份的沈阳市，政府已经宣布了可租赁7块土地和兴办400个合资房地产项目的计划。

中国人民政协委员香港人刘绍昆（音）先生说，上海的房地产市场将继广东之后繁荣起来。

美国《华尔街日报》1992年9月12日，由杰西·翁和齐红民共同撰文《大陆房产热吸引香港人》，文中写得更精彩：

廖化勋（音）曾经是中国某大城市的外科大夫，在一次政治运动中丢失了饭碗，被送到农村当了一个农民。1985年，他终于得到一个机会，移居香港。

现在，他坐在香港一家房地产代理公司的办公室里，支付在大陆买的一套打算退休后住的房子的首期付款——2万港元现金。

和廖先生不同，埃迪·岳从未去过大陆。他是一位在北美长大的华侨，在香港一家旅行社工作，生活得十分惬意。他也正打算去试一下中国不动产市场。“我发现这是一个有吸引力的投资。”这位年轻人说着话，耳朵还紧贴着“大哥大”。

中国大陆的投资热不仅吸引着全世界的资金，尤其是中国香港。中国香港、台湾以至美国的金融老板纷纷跻身中国股市，企业家们也进入大陆建分厂。这种活动自年初中国领导重新强调经济改革后更趋活跃。

香港对大陆的投资热以普通的居民将储蓄投入大陆住宅市场为主。有些人并未涉足大陆就进行投资。仅仅在一二年前，许多港人还曾打算举家迁往外国以逃避 1997 年中国收回香港主权。但是面对着大陆蓬勃的房地产市场，他们中许多人又想再发一笔横财。“您可以想象，香港与大陆的边界即将消失，铁路、公路和高速公路将把两地连成一片，中国不动产价格除了上升，没有别的。”迈克尔·谭先生说，他刚在只有一道铁丝网之隔的欣欣向荣的深圳市郊用 60 万港元买了一套公寓住宅。

由于香港投资，深圳在 10 年间从一个乡村小镇变成了一个大城市，拥有 250 万人口，交通发达，还办起了股票市场。集腋成裘，聚沙成塔，众多的小投资者投入的钱加到一起就变成了巨额的资金。据弗郎西斯·刘房地产代理公司估计，仅 1992 年上半年，在香港交易的大陆房地产金额就达到 99 亿港元。在此期间，有 16 425 套大陆住房在香港售出，而香港本地的住房易手数约 3 万套。

当然，房地产购买热是一场大的赌博。中国的房地产市场刚开始形成约一年，有关产权的法律尚不健全，如何交税也不明朗。这种热扩散到遥远的内地，在那些地区，甚至连供电及现代卫生设施都短缺。对于冷静的旁观者，这种热不过是过眼烟云，而对于买主，则认为是人生发财的好机会。“大陆的房地产热极像19世纪50年代的加利福尼亚淘金热。现在香港人成了淘金者，大陆变成了黄金地。”斯蒂芬·德雷斯勒说，这位先生产生这个念头是由于看到香港未婚妻的父母买了一套深圳住房。在做了一番调研之后，他的结论是：中国房地产生意真是“as good as gold”（像黄金那样喜人）。深圳房价每平方英尺约1 250港元，从今年1月至6月涨了40%。价钱与深圳差不多的还有广州与上海。

热衷于大陆房地产热的人们论据之一是中国今年上半年GDP增长速度达10%。之二是大陆、香港与台湾的经济合作日趋密切。其三是中国经济已从3年前的风波中恢复过来。许多香港买家是月收入1万港元的家庭，无力买香港每平方英尺4 000港元的房产，他们通常是好几户住在一个屋顶下。

随着中国经济的发展，一些有识之士劝香港人积极加入大陆房地产热，而且越快越好。这种像玫瑰一样美好的观念将在未来十几年的中国发展中得到证实。

企业家涌来了，商人涌来了，“明星”们也纷纷“登陆”大办房地产业，大“炒楼”。

在港星中，最早向大陆进军“炒地产”的明星，便是上海姑娘利智。这位文静的女子，在影坛上是一个娴熟的表演能手，殊不知她下海“炒地”、“炒楼”也连连得手。

她先选中了风景秀丽的海滨城市——青岛，大胆地投下1 000万美元，修建度假村。消息不胫而走，震撼了港澳影视界。她的决心胜过了胆量。不久，她又涉足浦东，意欲享受特区更优惠的政策，爆出特大新闻。这位影坛巨星，又掷下巨资，其规模远比青岛度假村更大，更富有远见卓识。

一位更大的影坛投资者李连杰，在北京时对记者说：“我希望借做地产为武术会多存点资金。”他继好友利智之后，经过全面考察，周密思索，做出一个果断的抉择，在海南投资1.5亿元，破土兴建60层“三龄大厦”。

他慧眼观神州，最后看准了这块地，没有犹豫，大胆地走向海南。另一则消息还告诉人们，武术会计划建筑一个类似台湾“冰人国”一样的游乐园，将一些历史名人、事件、建筑加以缩小，栩栩如生地云集一处。这一浩大工程，需占地2 000亩。

李连杰，这位有志之士，在深圳为发展民族武术，成立了武术会，后因形势的需要，把武术会迁至海南。

台湾方面似乎显得缓慢。其实，台湾影视圈的不少人早已涉足大陆，大炒特炒。

龙祥影业公司经理黄秋义，大胆策划，决定与香港方面合作，在北京建设影城。这是一个宏伟的规划，意在让首都观众对港台的影视界的胆略，看个清清楚楚，明明白白。嘉通公司的计划更阔，打算在上海、北京、广州、成都、武汉、西安，以及乌鲁木齐，各建5个戏院，并开辟富丽堂皇的饮食城，将中外名吃融为一体。

据行家的推测，虽然台湾影星投资大陆没有香港影视圈那样阔绰，但台湾影视界，扛巨资投入大陆房地产业，会逐渐成为时尚。

人们极少注意，外商投资房地产的另一个热点是三峡工程所在地。可以说，1994年，是他们投资的盈利年。香港陆氏集团有限公司投资1.8亿美元兴建的三峡商城，虽然该项目居民搬迁安置刚刚完毕，而楼花却已十分畅销，预付资金已注入开发商的账簿上。

眼看三峡好时光，香港几家大财团，争先恐后，纷纷切入，筹集巨资，发展房地产业。评论家说，继1992年下半年和1993年下半年港商投资房地产热之后，又一轮“投资热”开始启动。

在“房地产大战”“公寓大战”“别墅大战”的硝烟中，台湾的投资者涌入内地的势头不减，信心百倍。国内银根紧缩，宏观控制，外商似乎更得心应手。

房地产业发展的势头，形势喜人。外资注入中国房地产，已由盲目发展到理性的选择。一位房地产专家断言，也许用“热”来形容当前外商投资的新现象，并非十分确切，前二年的“热”也不是我们希望看到的热。由热变稳，健康发展，表明中国房地产市场，已走出“阵痛”，迈向坦途！

# 挡不住的“圈地旋风”

## 土地成了“唐僧肉”

也许是种“怪癖”，我喜欢和老百姓聊天、闲扯，天南地北，尤其是互不相识，或者判断对方是好心人，不带恶意，便能坦坦荡荡，诚心诚意，以至他们愿意把心里话掏出来。那些话，他们平素不会倾吐的，大概话逢知己，才吐真言。

盛夏，川西坝子，绿油油的庄稼，煞是喜人，秧苗儿，蹭蹭生长；玉米株，摇头摆尾，随风飘荡。嫩绿的庄稼，为成都平原铺上了一层绿茸茸的地毯。

1992 年 6 月 14 日。我匆匆走出成都北大门，去川西采访。我乘坐的一辆乳白色中巴车，在高速公路上，呼啸前进，约莫半个时辰便到了广汉市。

远远望去，在城南的路边上，东头一大片，已是绿油油的稻子，正被推土机、大型装载车、挖掘机轰轰隆隆搅得一派狼藉。西边，一大片农房拆的拆，搬的搬，数十户农民正在向外迁徙。据说要搬走两三个村。

一群人，立在田间，嘻嘻哈哈，指指划划。我好奇地走过去，其中领头的是该市市长，正指点江山。他高声嚷道：“南城的地，要尽快围起来，招商引资，这是我市规划的新城区，占地 32 平方公里，第一期工程 5 平方公里。农户的搬迁要抓紧，这是市委的指示……”

我听了市长的“施政”演说，冒出一股冷汗。啊，32 平方公里！一个县级市，搞那么大规模？这是成都平原的腹心，是人多地少，寸土寸金的典型啊！粮食就是命脉。

“市长好大方哟，黑沉沉的土地，一句话就圈了 5 平方公里。”我不知是赞许，还是指责，便冒了一句。

尾随市长的一群人，满面阴云，没人吱声，对我的话无动于衷。

在田间小埂的拐弯处，我看市委书记来了，便和其打了个照面。他伸出双手，热情地和我打招呼。

“哎哟，大记者，什么风把你给吹来的呀！前几天，市里还打算派人请你来采访哩！你却自己来了。那好啰！我把我市大干快上，建设新城，搞工业开发区的规划向你介绍介绍……”

“书记，你们真是争分夺秒呀，这回又走在前面啦！”

“哪个不？我们连夜开了常委会，今天一早就到现场办公，找乡里村里的干部，研究划地、搬迁的事。”书记的脸上又绽开了笑意。

近些年，这个小市被抬得很高很高，什么“模范市”、“试点市”，什么“一条线”上的明珠。这些美名，不免有点虚。随着这个市在全省逐渐“闻名”，市委书记也“光辉”起来，自我感觉十分良好。

我没有去市委，便向南拐去，走进了市国土局的大门。

那是一座崭新的棱形办公楼，是近年才竣工的。漂亮、新颖，独具风格，是全市数一数二的建筑。

这些年，人们都说国土局去掉了“土”字，洋起来了。

局长是一位大大方方、爽爽朗朗的中年汉子。虽然，他来自农村，但少有那种“小家子气”。见人“嘿嘿”一笑之后，伸出一双粗大的手，顿时，一股热流从他的手心流到你的手心。

今天，我们晤面，他却一反常态，笑靥没了，爽朗的笑声没了，唯独留下满脸愁容。

“王记者呀，我完了，一切都完了……”话，刚从喉头逼出后，便嚎啕大哭起来。

我慌了，不知所措。

“市委书记要撤我的职……”

“为什么？”

“昨晚市里召开紧急常委会，要地，一大片，4 000 多亩。好吓人哟！而且限令几天内搬走农民，毁掉稻田，交出土地……这……真要逼死人呀！”

他又哭了，泪水淋淋，如丧考妣。

“哦！4 000 亩？要那么多地干啥？”

“岂止这个数？前几天，书记去海口、深圳，招来几家大公司搞开发，规划面积 32 平方公里。建什么赛马场、赌场，还有什么……高尔夫球场？

哎，我说不准。”

“不，是高尔夫球场。”

“对，是高尔夫球场。还有很多名堂都要占地。”

“要用地，也得按法律法规程序办呀！”

“哎呀，还讲什么法呀！他说‘我的话就是法，先划地，手续以后再说’。”

“先办手续，后用地，不行吗？”

“不行不行。他们脑子里，哪还有法嘞。他们命令我马上交出土地，我说用地几千亩，要省、国务院才有权批。唉，他们哪里听得进去，硬逼着我违法，不交地就撤我的职。唉，一切都乱套了。”

局长含着泪水诉说着心中的苦衷。他说：“城南是我的老窝子，我原在那里当过大队支部书记、乡党委书记。那片土，早些年坑坑洼洼，我带动农民，搞了七八年，才开发成稻田，随后又凿灌溉渠。皮晒黑了，手磨破了，吃了若干苦才造出一片好田好地，如今要毁田开工厂、建赛马场、球场，农民舍不得呀！”

他说：“嘿，我更想不通的是，现在又搞‘瞎指挥’‘命令风’，看到南方批租土地赚钱。我们也跟着要‘圈地’，赶农民，这是违法呀！前些年，村民谁要多占一寸半寸土地，都要按违法处理。现在领导干部权大、根深，不把《土地管理法》放在眼里。今天这里围一块，明天那里圈一片……”

1992年的春夏之交，在巴蜀大地倏然狂风大作，“圈地旋风”越刮越猛。

“房地产热”、“开发区热”、“炒地热”、划地、圈地、卖地……似乎各个地、市、县统一了步调，一哄而起；似乎过去为了维护珍贵的国土而颁发的“条例”、“法规”、“法律”都不生效了；似乎各级土地管理局都不需要了。只听得一派吼声，“要搬掉绊脚石！”“解散国土局！”

旋即，各地的国土局四面受击，手与脚、天与地一齐旋转起来了。“土地爷爷”失去昔日的威风，“土地卫士”垂手听令。一切都是当权者——市长、专员、县长说了算。甚至一个村长也可瞪着眼，吓坏一个国土局长。

国土局四面拦截，八方呼吁，也难保护他们脚下的土地。

那年月，风头就是这样，圈地围地，沸沸扬扬，谁看准了东头，就圈东头，谁喜欢西面，就圈西面。你吃一块，我占一块，炒的炒，卖的卖，送的送，土地成了“唐僧肉”，喜欢咋吃就咋吃。

那年月，给人们一种预感，仿佛1958年一哄而起的“大炼钢铁”、“大办公共食堂”，拆房子、砍树子，轰轰烈烈的势头又滚滚而来！

一天，我走进四川省国土局，只见一片繁忙，正在调兵遣将，充实“前沿阵地”。能说会道的办公室王主任调到用地办任职，专批土地。一批干部正整装待发，奔赴地、市、县，执行任务。

随后，我走进市国土局，那里空空荡荡，局长、处长全都下去了，为了充实用地办，从区里调来的王小姐，也调到了用地办，充实第一线。

“用地办”，原本是把关守隘的一道闸门，似乎，时下“用地办”已成为围地、圈地服务的听差。

他们是不愿把地圈起来的。有啥法呢？“潮流”所趋，坚持原则就会落得个“绊脚石”的丑名呀！

“圈地风”，先从沿海刮起，随即从沿海到内地，从城市到乡村。围剿、践踏、毁坏……一块一片，土地成了被宰割的案上肉。

**旋风，从南海刮起**

令人担忧的“圈地旋风”，似乎是起于海南洋浦。

人们不会忘记，几年前，海南将贫瘠的洋浦开发区租让给香港熊谷组集团使用而引起轩然大波。当时，人们不甚理解，在全国上下，支持的、反对的、骂娘的都有。甚至有人使用“丧权辱国”这样容易勾起人们愤怒的字眼。

那场大争论，至1989年，几乎到了剑拔弩张的地步。当然那是不正常的，应该沉静下来。

日来月去，随着时间的推移，到了90年代初期，形势发展比人们预想的更猛。圈地、批地、租地、卖地，大搞开发区，大力发展房地产业，全国比比皆是，至 1992 年达到高峰，到了一发不可收拾的地步。

洋浦的呼声刚过，海南的“炒地热”、“圈地风”便呼啸而来，很快就波及全岛。

上海《新民晚报》披露《海南政协委员呼吁制止“圈地风”》，文章这样叙述：

> 中新社消息　正在此间出席政协海南省二届一次会议的委员们呼吁，要积极采取措施，制止“圈地热”。
>
> 郑光磊委员说，海南目前共有 104 个开发区，但经省政府批准的只有 15 个。许多开发区的布点不合理，圈占的土地和投资额对比不合理。土地圈起来了，但并没有引来多少投资者，实际上是荒废了土地。
>
> 港澳委员卓伟认为，海南的圈地热是一种很不正常的现象，要引导投资者到中部、西部的山区县去开发，让海南省的山区老百姓都富起来。海南大学法学教授王峻岩说，土地买卖必须立法、依法办事。有的地方农民出让土地每亩 8 000 元，房地产商一炒就是 50 万元。海南有近千家房地产公司，贷国家的款，赚国家和老百姓的钱，成了富翁。土地审批也不合理，结果是没有计划，也没有规划。

**北海，“热点中的热点”**

海南圈地旋风，波及毗邻北海。

北海人，圈地、炒地，闹得昏昏沉沉，堪称“一鸣惊人”！

自 1984 年以来，北海市采取中心城市与外围组合相结合的格局，以旧城为基础，向四方发展，计划兴建东城、西城、石化、加工工业区和 8 个生活区，此外还建成 1.57 平方公里的综合开发区，策划新建各类建筑 300 多万平方米。

这个规划是可行的，作为昔日的小镇，一跃而成为中等城市。但是形势的高速发展，远不能满足需要。

北海是块好地方，其地理位置、资源优势、开发前景十分理想。要建设北海，光靠地方财政是力不从心的。

1991年岁末，广西的领导别出心裁，组织人马，专程去深圳、厦门、广州等学习和参观引资、房地产开发的先进经验；第二年，又专程奔海南考察。先进地区的路数，如同灵丹妙药。

他们的灵感一动，倏然冒出一种新观念："以土地生财，以财兴市。"一个巨大的"地下金库"之门，"哐当"一声启动了。

1992年，"热浪"袭击北海。这个昔日的渔业小镇，一改安详寂静，充满激情，充满活力，大步流星地奋起直追。

"投资热"、"旅游热"、"房地产热"、"土地出让热"……热潮随风逐浪，北海成了中国"热点中的热点"。

那时，城内只有25万人口，就口音、相貌而论，是典型的本地人特征。1992年以来，在街头巷尾、公路两旁、海边沙滩匆匆而过的人都是陌生的面孔，口音南腔北调。本地人被淹没在外地人中间。常住人口和流动人口逾百万，还准备接纳内地移民30万、三峡移民10万。全国几十个大城市和海外的商贾云集北海，"分割"北海。

华侨投资开发区、北海四川国际经济开发区、现代产业城等14个成片开发区，相继动工兴建。每天的报纸，充斥着整版整版的红红绿绿的售房广告。在街头，在郊外，你可看到许多新颖别致的高层建筑，正在拔地而起，到处立着激动人心的巨幅楼宇模型图。

在土地市场的进程中，北海创造了投资修路——补偿土地——成片开发的"北海模式"。

这一模式也许和这个故事有关。

1991年底，北京的几位才子，第一次去游北海，玩了一个小小的文字游戏。在席间，他们把北海苦心经营的"筑巢引凤"，改成"引凤筑巢"，言者无心，听者有意。从而这一说法的变化，引起全国性的反响。北海，率先将土地这一生产要素推向市场，北海人敞开大门成片批租，从此"圈地风"越刮越猛。来者一开口就要一二平方公里，你圈一块、我围一片，至1992年岁末，北海已对几千家投资者批租土地共计7.5万亩。这速度十分惊人啊，还不到一年的工夫！

北海学洋浦，全国学北海。北海的热浪波及神州！

人们最担心的是房地产热的失控。当初，一些房地产公司以“炒地皮”为主业，虚放一枪，跃跃欲试，扬言兴土木，建房子。上海、深圳的发展有个“渐热”的过程。而北海却是“骤热”，城市规划，征地用地，基本设施配套，政策法规配套，以及组织管理人员素质，等等，都赶不上昂起的势头的需要，鱼龙混杂，真真假假。因此，人们议论纷纷，看到的仅仅是前期热，土地出让热，许多土地征而不用，成片撂荒，留下许多隐患。人们形象地说：北海“分田分地真忙”“土地卖完，会热出问题来”！

**全国，划田划地繁忙**

洋浦和北海，推波助澜，波及全国。如果分析招商引资、土地批租旋风席卷全国的现象，1992 年是富有代表性的一年。

4 月，杭州将 6 000 亩土地向海外公开招标；

5 月，重庆向来自港澳的商贾出让土地 1 900 亩；

6 月，福建出让土地 51 片，计 43 平方公里，交外商开发；

7 月，江苏批出土地 42 片，面积 3 435 亩；

8 月，四川广汉，一次批给海南一家房地产公司土地 4 050 亩；

9 月，洛阳，向外商出让土地 3 万亩；

10 月，上海，达到高峰，批租土地 135 块，共计 1.26 万亩；

……

无疑，大量的土地批租，带来丰厚的经济收入，成为一些地区财政收入的主要来源，使其财政活跃起来。

1994 年 4 月，广东省国土厅厅长介绍：广东是我国土地有偿使用制度改革的先行者，已是目前大陆地产开发和开发区建设的热点地区。广东地产市场的框架，历经 7 年的拓建，已初步完善。迄今广东共让出土地 37.5 万亩，总收入 205 亿元，在全国一枝独秀。土地收益，已成为广东的“第二财政”。

土地开发在全国各地都见成效，在东北小小的牡丹江市，两年土地收入超亿元。

## 衙门，走出禁区

也许是经济的巨大诱惑力，在全国涌现出一种怪胎——席卷全国的新潮：卖“衙门”。

许多大城市，由于历史和自然的原因，一些地方政府机关大院，位置最佳，或在商业闹市区，或为黄金地段，是发展商业的好口岸。在地皮陡涨的年代，金钱的魅力，驱使一些富有经济头脑的人动了心，“官员”也动了心，纷纷让出“衙门”。一时间，呈现热潮。

率先兴起这一举措的是杭州，随后南昌、南宁、宁波等十余个大中城市的省、市政府大院先后被拍卖。

风景绚丽的海滨城市青岛，一马当先，于1993年初，市政府已迁到郊外新建办公楼内办公。

风，从东向西刮开去，波及四川。地处名山名水的峨眉山下的峨眉山市政府大院，公开拍卖之后，相邻的德阳市，又将市委、市府大院相继卖给企业，并签订了协议。

## “官员们”的随意性

针对全球耕地日益减少，和日益恶劣的生存环境，联合国曾在正式行文的《居住报告》中，郑重地提请各国的政府注意：“土地……不应被当做一般资产来对待，它不应由个人控制，不应屈从市场的压力和无效率。土地使用的方式，应由社会的长远利益决定……”

在人们意念中，批地旋风引出一种错觉，似乎土地使用制度改革，最直接、最高效的是批地卖地，以地生财，以地换钱。因此，形成了土地使用制度改革单轮独转的局面——批地热。这种急功近利的举动，必然导致出让无序，批地无章；而土地使用制度的改革，市场的兴建，则处在朦朦胧胧的迷雾之中。

1994年5月7日，八届全国人大常委会上，委员们语重心长地指出，我国城镇国有土地供应总量上仍以行政划拨和协议出让为主，协议出让的价格，多是“市长价”、“县委价”，而不是市场价，随意性很大。“条子地”、“关系地”、“人情地”以低价进，高价出，为全国范围内出现的炒地皮风创造了条件。

全国人大委员点中了穴道，近几年出现的“圈地热”正是一些政府官员们的“随意性”所导致的。

在我国，土地市场刚刚起步，全国还没有一个统一的、规范的地价体系，因而土地价格人为因素起了决定性作用，压地价成了一些城市和开发区吸引资金的主要手段。这就被商家钻了空子，投机取巧，“炒地皮”。

旁观者清。世界银行权威人士一语破的：“中国房产与地产分开登记的制度不恰当，因此没有统一规则，未经周密论证，而急功近利，带有极大程度短期行为的批地旋风的刮起，也就在所难免了。”

问题是严重的！它的危害也渐渐被人们所熟知。由于“圈地热”、“开发区热”而刮起的批地旋风，自然是客观地触亮了红色信号：土地批出量过多，规模过大，价格过低，造成土地增值的损失，这就为炒地皮提供了条件；另一方面，大量的土地被外商和单位所控制，势必削弱了政府控制土地、左右房地产市场的能力，刚刚涌现的房地产市场出现混乱，也就是必然的了。

以致力推动市场经济著称的吴敬琏的观点十分明确：权力不能进入市场。卖地皮，搞贷款，全凭官员一张嘴，这种“霸王生意”，干扰了经济秩序，对市场经济绝无好处。

形成“圈地旋风”的原因是多方面的。但最主要的一点，是政府行为偏离法制轨迹。这是土地管理上的失误，为此，出现违法用地、越权批地、多头批地的怪事。《光明日报》在 1993 年 1 月 12 日撰文指出：有的出让几平方公里、几十平方公里的土地也不报国务院批准，个别省规定将各级土地审批权限下放一格，省里搞，后来县级开发区也纷纷上马，再后来索性区、乡也圈出一块地挂起了开发区的牌子……为了牟取暴利，你炒我炒，肥了“炒家”，亏了国家。因为地皮多了，炒来炒去，大片土地闲置起来“晒太阳”，人们形象地叫它“太阳工程”！

敦厚慈祥的母亲——土地，再也经不起折腾了！

对于盲目圈地、搞开发区，国务院已是三令五申，进行制止。在“旋风”乍起的 1992 年岁末，仅仅一月之内，中央连续发出了三个文件，制止“圈地旋风”的蔓延。

1992 年 11 月 7 日，国务院发布了《关于发展房地产业若干问题的通知》，文中强调：“出让土地使用权一定要与建设项目相结合，不要盲目地成片让出土地使用权。土地使用权的出让，以规划为前提，统一规划、统一征用、统一开发、统一管理。”

11 月 18 日，仅仅相隔 11 天，又发出《关于严格制止乱占、滥用耕地的紧急通知》。通知命令：“乡镇不设开发区。”还指出：“对脱离实际、开发区搞得过多、规划面积过大的，要撤并、核减。”“开发区的用地禁止多占多用、占而不用，严格控制占用高产农田和菜地，尽量占用荒地、荒滩和闲置的土地。”

……

中央三令五申，可谁听呢？正如群众所言：“小鬼不听大鬼的，地方不听中央的”。树欲静而风不止！

## “筑巢引凤”不见凤

一时间，在全国，出现了一个“圈地”的代名词——“开发区”。

原本，“开发区”是改革中涌现的一种加速地方经济发展的新形式。

最早，它起源于沿海。具体讲，许是在 80 年代初，在深圳那块空旷的土地上，冒出来的一棵粗壮的“摇钱树”。

这一实践，表明可以集中人力、财力、物力，对准一块地方，作为“大本营”进行开发。在那里办企业，建城镇，筑起高档楼宇，兴起新型城镇，或引进外资，或聚集国内众多地方实力，兴办工业、金融、旅游……加快资金的原始积累。

这一实践，在深圳是成功的；在广州、珠海也创出奇迹。中央对此作了肯定。因此，开发区的涌现是有其特殊的历史成因，特殊的背景，特殊的条件和环境的。

早在 1984 年 5 月 4 日，党中央、国务院发出通知，决定进一步开发 14 个城市，决定逐步兴办经济技术开发区。为了发展高新技术，实现经济飞跃，1991 年 3 月 6 日，国务院又决定继北京之后，又批准 21 个国家级高新技术开发区。

随后，将这一经验，引申开去，在全国又形成了“经济特区”，将沿海的深圳、珠海、厦门、海南，划为“特区”。这经验，无论从眼前的发展，还是从长远利益，也无论是从发展民族工业，还是从引进外资、引进世界的先进科学技术、先进的生产设备方面都是十分有利的。多年的实践，也证明了这一决策是正确的，可行的。

笔者想说的，民众所议论的，不是对中央的决策有什么疑虑，也不是对“经济特区”的褒贬，而是对一些干部头脑发热，在 1992 年春夏之间，以至于那年岁末，在全国掀起一股热潮——“开发区热”，进行探测与分析。

**一哄而上**

挡不住的“圈地旋风”！

挡不住的“开发区热”！

这对“孪生兄弟”的诞生，给一些当权者、头儿们，带来一种错觉：“要得富，大搞开发区赶时髦。”于是，一些人专门窥测风向，哪门热就搞哪门。

他们想的是，中国人要摆脱贫穷，国力不足，家力不足，要在世界上活得洒脱自在，活得精神，要使中华民族从第三世界，一跃成为第一世界，一夜之间要成一个趾高气扬的“阔佬”、“大款”，一个重要途径就是围地建“开发区”，向土地要钱，要黄金，要美元。

于是，在全国许多省、市，呼啦一下，掀起了大搞“开发区”的热潮。省里搞，市里搞，县、区、乡、村伺机效仿。

在 1992 年秋天，笔者到川南去采访，走进某乡镇，离场镇不远处，一片沃土被高墙围着，荒着。我问乡长，他眨巴着双眼，仓皇应对。他支支吾吾，闪烁其词地只吐了半个字：“开……”

“开发什么？有没有项目？”

“这……这个问题还没有考虑过。”

“谁来开发呢？”

“哦，等客户，引……引凤呀！”

“既然没有项目，为啥把地圈起来呢？”

“别人都这么干，我们不学着点，村民会说我们无能……”

他的回答妙极啦！

似乎，别人搞“开发区”，他们的手痒痒的，没有项目，没有资金，没关系，先“圈地”，再引进客商，投资兴建。于是大家把这着棋，称为“筑巢引凤”，“凤”在哪里？这是个不解之谜。

不久，我又去川西北某县采访，那已是1993年的春天了。那里是成都平原的尽头，仍然是人多地少，土地金贵，一位村长硬着头皮，围起一块好地，建开发区，“引资”。本来那个地方偏僻，交通不便，连记者的脚都不容易伸去。更糟的是，中间修了一条水泥路，可四方不通车。那地方，还有令人头痛的是三天一停电、五天一断水，谁受得了呢？外资、项目引不来，连“炒家”也不会光顾，“开发区”只好“晒太阳”。钱投下去了，田也荒了。农民心痛地说：“良田变成荒地，好地变成水泥路，只需三五日；要把水泥路再变成良田，就难啦！”

这种不切实际，各地纷纷“筑巢”的做法，必然造成全国性的“巢”多“凤”少，“花多”“果少”，有的开发区，“凤”从远方飞来，虚放一枪，便销声匿迹。结果呢？竹篮打水一场空，白白浪费大量的土地和人力、物力及财力。

我从外地采访归来，不禁有些担忧。忽然间，想起了那个难忘的岁月：1958年，全民炼钢，大办公共食堂，搞得天翻地覆，结果呢，人闹疲了，钱花光了，树砍光了，两手空空。眼下大办“开发区”、“房地产业”，围地圈地，搅得农民不安、社会不安。这些过热的举动，会不会又放空炮呢？

我这样想，但没这样说。于是，我做了周密调查，多方听取社会的反映。

农民反映十分强烈！

社会各方面的舆论哗然！

大搞开发区的弊端有种种。

房地产业，号称为牵动经济效益的全局的“牛鼻子产业”。如何引导，让它带动市场经济，以致整个经济的发展，如何约束那些乱牵“牛鼻子”而扰乱了市场经济的行为，是人们十分关注的热点。

房地产业和开发区，有着密切的关系。“地产热”推动了“开发区热”，前者发高烧，后者打摆子，构成了畸形发展的趋势。

兴办开发区，改善投资环境，有利于对外开放，有利于加速经济发展和全国城市化、工业化的建设进程。这本是一件值得欣慰和称道的事。然而，由于开发区在全国遍地开花，速度之快，数量之多，导致畸形发展，这不得不令人担忧。

“开发区热”与“房地产热”、“圈地热”既相辅相成，又各有其特点。“开发区热”最突出的有两大特点：

一哄而起。自 1992 年春天开始，从沿海到内地，从城市到乡村，不多时“经济技术开发区”、“高新技术产业开发区”、“工业技术开发区”、“旅游开发区”、“扶贫开发区”……公路两侧，大桥两头，一块块“开发区”的牌子赫然醒目，一台台推土机忙忙碌碌，一幅幅“欢迎投资”的巨幅标语让人眼花缭乱。表面上轰轰烈烈，浩浩荡荡，可细问知情人，开发什么，如何开发，谁也说不出个甲乙丙丁。

头脑发热。一些领导干部，自己脚下是一片黄土，本没有条件搞开发也没有什么新鲜想法，保守僵化，为了说自己思想开放，热衷于改革而不落伍，也急急忙忙划一片地，插上一块“开发区”的牌子。北方某县，一位“县太爷”毫不隐讳地对记者说：“我是凭着感觉走，南方热点地区，时兴什么，你甭问，尽管跟，没错!”

别人搞，他也搞，搞错了，也许还会获得“改革开放的带头人”、“开拓者”的光荣称号。就这样，一些人糊里糊涂，风风火火地搞起了开发区。

全国究竟有多少个开发区？这是一个说不清、道不明的糊涂数字。

在 1991 年底，全国只有 117 个开发区，第二年猛增，到了第三年，全国“开发区热”像瘟疫一般蔓延，短短两年时间，共圈出 9 000 余个开发区，是前 10 年总和的 78 倍，共转让土地 1.5 万平方公里。

“圈地热”并不等于建设热。以为多圈地多办开发区就会出现高速发展，那就大错特错了。按目前开发费用的最低标准，每平方公里一亿元，1.5 万平方公里的土地，开发成功，需 15 000 亿元投资。1992 年，全国房地产投资 732 亿元，只能开发 732 平方公里。

微薄的资金，哪能盘活 9 000 个开发区呢？国家拿不出那么多的资金；卖地皮者更是两个肩膀抬张嘴，企图空着腰包赚大钱，简直是天方夜谭。

一些省市规划的开发区，规模之大，实在惊人。湖北猇亭开发区，规划面积 118 平方公里；山西洪洞县的河西经济技术开发特区，规划面积为 72 平方公里；四川某航空港占地一大片。这些开发区中，80%属于耕地。

由于开发区的畸形发展，普遍出现："巢"多"凤"少，"花"多"果"少。

加快改革开放步伐，是民心所向，在有条件的地方搞经济开发区，也是势在必行的重大举措。然而，有些地区不顾自己有限的经济实力，渴求吸引外资和国外的先进技术，加速本地经济发展，却往往事与愿违。许多开发区，一门心思引资，不讲条件，不加选择，来者不拒，不仅搞不上去，甚至还吃了大亏。

互相攀比，便是一种不切实际的做法。各地兴办开发区的优惠政策，主要集中在减免税收和土地价格的低廉上。不讲地理位置、投资环境，沿海搞什么开发区，内地也迫不及待地跟着瞎忙。

更可笑的是，内部斗"智"。为使"凤"落到自己的"梧桐"上，各自相继亮出"高招"，你免一减二，我免二减三；你每亩地要价 5 万元，我每亩 3 万元就出售。你报 3 000 元一亩地，我称土地免税 5 年；你说税收方面"三减五免"，我称税收"七减八免"；你说我们的政策比特区更优惠，我称"全方位满足外商要求"。

有的地方，甚至免费赠送土地，还自以为"棋高一着"，可以抓住"凤"毛，结果呢，如同水中捞月。

免税大战，钻国家空子，"大嚼唐僧（国家）肉"。河北某市经济技术开发区，政策更优惠，首推的招数是"免征 1～3 年产品税或增值税"、"免征工商统一税"、"免征企业所得税 3 年"，如此种种。地处西南的四川，有一处旅游试验开发区，别出心裁，推出10项更优惠的政策："外资企业从投资之日起，免征工商税两年，免征所得税5～10年，固定资产投资方向调节税和配套费实行减、免、缓……"

免！免！免！慷慨大方，何止一处两处呢！免税大战，优惠攀比，为了引"凤"，用心良苦！

百姓发出闲言："唉，这些人是在胡言乱语，还是在摇尾乞怜呢?"

偷鸡不成，倒蚀一把米。这样的事不止一家两家，带有普遍性。中南地区有一中等城市，宣布修建8层楼以上的，免收地价。而按法律规定，土地出让后，应在两个月内一次交清出让金。还有一种虚假现象。西南某大城市，有五六处开发区，和外商立下意向性协议，围一大片土地，交付三五万元，便一搁3年。

"成片开发"一转眼变成"城市搬家"，这是大办"开发区"的另一种动向。

改革年代，贪大求洋，有条件的地方，倒也不是什么问题。然而，一些地区的领导人脑袋瓜儿"活"，引不来"凤凰"，就造"麻雀窝"。外资引不来，搞"内资"修建，将划出的大片土地，把政府机关，党委机关，这个部，那个局的"衙门"、"窝棚"一起迁徙。随之各种商业设施步步转移，让其填充部分"空白"。旧城"去掉"，建新城。到时候，上级检查，也好交代，没有功劳有苦劳嘛，反正是土已划，地已圈。

实践证明，一些地区不顾条件，圈一片地，插上牌子，就宣布为"开发区"的做法是不可取的，也是有害无益的，既浪费了土地资源，又耗费了人力与物力。

￥2800000.00
XX小学
别墅赠富婆、希望无工程
报载南京某公司赠房有感 九五年夏华君武

# 第二章　纠纷迭起　骗局滋生

土地市场的放开，房地产的放活，人们的价值观念发生了巨大的变化。这一切，对中国的经济，固然起着很大的推动作用。但这些变化所付出的代价同样也是巨大的。

土地，牵动着亿万人的心，触动着方方面面。因此，土地一升值，便刺激了一批财迷心窍、诡计多端的人的神经。他们为了私利，挖空心思，四处钻营，引出形形色色的纠纷，制造出种种骗局。

## 村民为啥不安定

蓉城的夏夜，热得难以喘过气来。

傍晚时分，我顶着暑热，汗流浃背地走进了朱正堃律师的家。

他刚从外地办案归来。

“朱律师，我几次登门你都不在呀，真忙!”

“案子太多了，忙不过来，正打算请你这位大记者呼吁呼吁，解解围呢!”

“啥案子?”

“嘿，在龙泉山，前年打完那场土地官司之后，就一直没能脱手。如今又有一群农民，慕名而来，要我为他们申冤。唉，在乡村，一些部门乱来，搞乱了套，农民不服气啊!”

“哟，农村不是也在搞法制教育吗? 为什么法律没生根呢?”

“嗯，说得轻巧，法制建设有那么容易吗? 据我所知，有些事，不一定是农民不对。”他稍微思索之后，又扬起高嗓门，“农民为啥不安定嘛? 是农民思想抛了锚? 是农民的‘发财梦’走了火? 我看不是。许多问题值得深思呀!”

一阵寒暄之后，我们进入了正题，他向我讲述，最近受理的一起土地纠纷案。

那是1991年的事。某乡三桥村6组，有一片肥田沃土，自流灌溉，是个年年粮丰人旺的好地方。

忽然，一家厂子从外地迁来，要占领6组的全部土地。

农民是通情达理的，建设用地，土地再好，他们也会忍痛割爱的。

这是一大片土地啊，有60余户农民要全部搬迁。

土地是农民生活的根基。农民让出土地，意味着什么呢?意味着大自然所赐予他们祖祖辈辈的一切全丧失了。

随之而来的是搬迁、安置、补偿、就业等等一系列十分具体的事，而且刻不容缓。

1991年9月，秋收还未完毕，土地就停耕了。从那一天起，这60多户朴实善良、吃苦耐劳的农民就放下了锄把，开始过游荡的生活。种粮、养畜、培植果树……这些世世代代所从事的劳作，都成为了过去。他们两手空空，唯一的生活费，每月指望着47.5元钱的补助。

日子难熬啊!

拆迁时，乡里给的很多承诺没有兑现：16岁以下的孩子没有得到生活补助；安排118个劳动指标，结果用作他人，农民没有享受到；搬迁中的过渡房，破破烂烂，八面来风，根本无法住人，农民望而生畏，不愿搬进去……

其实，用地单位知道农民的疾苦，他们愿意给118个招工指标，解决部分农民的就业。可上面少数人阳奉阴违，玩弄手腕，把指标吞了。火上浇油，这就更激起农民的忿詈。

矛盾一个接一个涌来，却又得不到解决，农民怨声载道。他们百无聊赖，有的聚赌，有的违法，有的乱纪……

这一系列问题，搅得天翻地覆，社会不安，人心不宁。

在走投无路的困境中，农民行使自己的权利，开始了漫长的上访，乡里、区里、市里；寻领导，找主管部门，求神拜佛，要求给他们一条起码的求生之路。

承办者，天天登门威逼、训斥、要挟村民，逼其搬迁。然而，许多具体问题一个也没有解决，村民叫苦不迭。农民憋着一肚子闷气，无处诉说，致使弦越绷越紧！

矛盾，在不断升级！

村民们向区里提起申诉，反映他们的合理要求。这完全是正常的。然而区上主管部门，一不调查，二不听取村民的意见，三不召集双方，或将申诉书送达被诉人，进行答辩，竟违反司法程序，武断地、单方面作出了裁决，强行拆迁。

更奇怪的是，裁决书下达后，没有通知农民，谁也不知那些不合人心的决断是什么玩意儿。

1992年元月15日，区国土局、建委一些主管部门的头，也可能是一片好心，到村里再次召集动员大会，说服村民搬迁。

这项工作难度大，问题多，应该讲究点方式方法和诚意。

在动员会上，一位干部，不知从哪里学会了骂街的本领，歪着脖子骂村民"不听话"：

"这个乡是个啥地方嘛！难道哑巴了？说嘛……嘿，这地方过去穷，一手提油瓶，一手拾破布，卖了破布打油吃。知道吗？和越南打仗那阵，上面安排在这里圈一千亩地，干啥？埋死人！这地方孬，参军都不要。你们这些人，有病，黄皮寡瘦。养的猪儿子，腌的腊肉别人不吃，污染，有毒……"

炉火烧得正红。一个个听者目瞪口呆，难以忍受。而另一位干部，接着又是一阵训斥："我劝你们知趣点，早点搬，还可以拣几根木棒棒，几块瓦片，如不听话，我叫推土机来推，恐怕瓦块都捡不到哟！"

他们没好气地数落了一通，仿佛这块地属于他们"私有"，可以任意左右。

他们横挑鼻子，竖挑眼，还威胁道："你们胆大包天，竟敢抗拒政府。没那么多好话，如果不听，就要用手铐、警绳来解决……"

气氛越加紧张，室内鸦雀无声，空气几乎凝固。站在前排一位老农，瞥了那干部一眼，嘀咕道："你们屁眼黑!"

那次动员会，只有狂言碎语，没有解决任何具体问题的措施，更激化了矛盾。

一计不成，又生二计。

随即，他们以势压人。一天上午，村民正在愤怒、迷惘之中，突然区里开出3辆大卡车，满载着全副武装的人民警察，浩浩荡荡，开往三桥村，强迫村民搬迁。

警察与村民，本是一家人，此时此刻却怒目相视……

警察手持武器，在村里乱窜，要逼着一户户村民，搬到根本不能住人的临时棚内。人心都是肉长的，那些临时设施，关猪关牛都不行，哪能住人呢?

白发苍苍的乡村父老们，向警察诉说苦衷，诉说乡里、区里的一系列不合理的举动，违犯政府的有关征地规章。

人民警察爱人民。他们听了乡亲父老的诉说，自动退潮了。

事态将如何发展呢?

三桥村的群众，决定用法律保护自己生存的权益，否则他们及其妻儿老小难以生活下去。

向区政府申诉，区里无人听取村民的合理要求，反而采取强硬手段，企图压服。

压而不服！倒激起他们向区法院走去，要求法院公正裁决，给他们起码的生活条件……

朱律师对案情谈得很仔细，把几个重要环节，农村干部以势压人的作风，村民们的不满，以及他们奋起反抗的情绪，都一一述说了一遍。

看得出，这位老律师心怀正义感，有一种不可名状的忧思，在胸中涌动、徘徊。

他说，村民们要向法院起诉，我支持，便连更守夜，为他们写了起诉书。这是一份充满怨气和忧虑的诉状。并且委托我和张力田作他们的诉讼代理人。

我当时心情也很不平静，一想到这场马拉松式的官司事关重大，便有一种责任感。我们两位均是年近花甲的老人了，冒着夏天的酷暑，深入实地，走乡串户，调查取证。

哎哟，王记者呀，我当时拖着一根残腿，拄着拐棍，还走访了区建委、市拆迁办、房管所等部门，认真听取了他们的意见。

一切努力，为的啥呢？为的是给法院判决提供可靠的依据。人们不是经常讲："以事实为依据，以法律为准绳"吗？

盼呀盼，村民盼，我们也盼，盼法院能有个公正的说法。

你猜，那结果咋样呢？唉，真糟糕，结果让人大失所望嘞！

1992年3月23日，区法院一位法官早就造舆论，要召集村民、拆迁办、诉讼代理人一起调解。

法院确实作了一番布置，气氛庄严肃穆，程序也有张有弛。原告和被告、代理人和旁听者都正襟危坐，将法院偌大个厅挤得满满的。

法官开始了他的司法程序，台下一双双充满期盼的目光，紧紧地盯着他那没有一丝儿笑意的面孔。

他启齿了："大家静一静，静一静！有人不是说，对区上的裁决书不了解吗？现在再次宣读。"

没几分钟，裁决书读完了，他又随即大声喝道：

"喂，你们听清楚没有？"

"清楚了。"

"明白没有？"

"明白了。"

"既然清楚了，明白了，就按区里的裁决办，行不行？"

"……"

法官巡视大厅，没人吭声。

"办什么？"一双双疑虑的目光、愤怒的目光，向他投去……

顿时，台下的气氛似乎已是一触即发。他见势不妙，便宣布："当众拍板，不准反悔……散会！"

法院如此轻率，草草了结了这起民事纠纷。不仅如此，还指责村民"要求过高"，"不按法律办事"……

村民义愤填膺，有的在法庭上就痛哭流涕地说："法庭太不公平，官官相护。我们失去了土地，靠什么维生呀？娃娃饿着肚子，无钱交学费，咋个办哟？"

群众气，我们代理人也气。在这片土地上，似乎再也无路可走了。

村民度日如年啊！

是村民"要求过高"吗？完全不是。用地单位给的补偿、拆迁费等等，都是够数的，阔绰的。这些费用和招工指标，要求受用，是拆迁户的合法权益，被人截留，用意何在？

群众已经是忍无可忍，我们十分担心要出大事。作为律师，我们有这种预感。

事隔不久，工程举行开工典礼，省、市领导分乘十余辆轿车，来乡里参加庆典。

那天，这个偏僻的乡村，热闹非凡，鞭炮声，锣鼓声，震得山响。村民们在无可奈何的情况下，把一切希望寄托在上级领导身上。于是他们决定选出代表，去见上级领导，申诉他们的苦衷，反映他们的困难。

他们选出的代表整整候了一天，也没有见到"上帝"。

时间已到下午时分，省市领导就要离去。他们刚出门，代表们一拥而上，要求领导接见。

这举动，也没有啥错嘛？过去，就是皇帝巡察民情时，百姓也可请愿嘛，何况共产党的干部呢？

嘿，事态并非如此呢？代表们刚上前要求领导听听他们的呼声，突然出现了一批手持武器的人，将几位农民五花大绑，说他们"妨碍公务"，要给予制裁，每人拘留 15 天。

"出事啦！"整个村子都震动了。消息不胫而走，全市哗然！

出事，我们仿佛早有先见，因为村民心中憋了一肚子窝囊气，能不炸吗？

这样一来，矛盾更加尖锐了。村里村外，村民的怒气如同炸药包，一触即发呀！

夜已经很深了。村民的骂声、哭声、呼喊声嚷成一团。

“君子无戏言，为什么说了话不算数?”一位民办教师的声音，激发了大伙的情绪。

“我们全村人，组织起来游行，请愿，好不好?”

“好！我们游完了，就到市政府去静坐，绝食……”

一些人提劲，要大家一起行动，搞游行示威；另一些人已找来红纸，写了大标语：“还我土地!”“我们要生活!”

我见他们的情绪越来越不对劲，闹不好，还要出大问题。我苦口婆心劝阻他们。我对他们说：“游行，当然你们有理，但不能这样干。游行有法律规定，要先向公安部门申请，说明理由、路线、人数，批准了才能行动。唉，你们想想，公安局能同意吗?如果自发性地上街游行，正好别人说你们违法，事情会闹得更复杂，你们不能蛮干!”

思想工作，一直做到午夜两三点钟，才说服了他们。但他们的气并没散。

最后确定，向市法院起诉。由我作他们的诉讼代理人。

我拖着一身病，乡里、区里、市里……到处奔波，造舆论，说服主管部门的领导，关心村民的疾苦。

同时，我连熬3个通宵，写成了一万余字的“代理词”。可以说，这份万言书，是一气呵成的，也是我搞律师工作多年，代理的成百上千的案件中，写得最好最长的一份“代理词”。

说到这里，朱律师的情绪由忧郁、压抑，变得开朗起来。

他含着自信的微笑说：“回忆起来，十分有意思。在提笔中，只有一个想法，保护耕地，捍卫村民的合法权益，无论如何也要让他们有一条生活之路。”

事情是错综复杂的，当我的诉状准备上送中院时，又出现了新的矛盾。有人怀疑，怕中院不公正，而袒护一审法院，倒霉的还是农民。

但我有我的想法，中院是会为民作主的。中院是一级政法部门，不会让别人牵着鼻子走。而且，现在别无选择，只有向上级法院起诉，才有希望。

诉状送到市法院后，立即引起他们的重视。承办本案的法官亲自到区、乡调查，听取当事人的意见和要求，并主动找律师磋商解决的办法，如何安顿村民，寻找团结安定的路子。

不久市中院作了合理公正的判决：尽快安排拆迁农民的劳动就业；未就业人员生活补贴费由47.5元提到54.5元；未满16周岁的儿童每月付生活补贴费20元；房屋附属物（包括青苗、荷藕、高笋）按实际损失赔偿。

农民高兴，前前后后，上下奔波两年的土地纠纷案，终于有了个结果。尽管那些决定对他们是最低的满足，他们还是接受了。

## 买卖集体土地屡禁不止

土地有了身价，倏然改变了地位，升了值，成了特殊商品，随之而来的麻烦事儿一串串。一向老实巴交的农民，此时此刻也变得自私狡诈起来。在异彩纷呈的社会中，冒出了种种丑恶现象。

少数农民萌发出某种“病症”。他们厌恶土地，将自己辛辛苦苦培育的好田好土，投入交易市场，或租或卖或抵押，将土地的收入装进了自己的腰包。

能行吗？

对这事儿，在1994年6月7日，《羊城晚报》的“法律咨询”专栏发话了。它是如何讲的呢？请看下面的评说：

**编辑同志：**

我是一个农民，有几个问题想请你们转给有关部门解答一下：第一，生产队的土地是否属私人所有，个人是否有权处置？第二，个人能否出卖责任田？第三，私人是否可先申请取得建房许可证后，再出卖其土地或建房后出卖？

云浮市云城镇　曾平

**曾平读者：**

根据《宪法》第10条第2款规定：“农村和城市郊区的土

地，除由法律规定属于国家所有的以外，属于集体所有；宅基地和自留地、自留山，也属于集体所有。”故我国不存在私人所有的土地。至于生产队分给农户使用的责任田，所有权归生产队所有，农户如将责任田出卖，属违法行为，依法要负相应的法律责任。如农民要调换土地或改变土地用途，根据《土地管理法实施条例》和《广东省土地管理实施办法》，将耕地变为非耕地的，须经县级以上人民政府批准；对个人承包经营的土地和依法确定给个人使用的自留地、自留山，应当按照规定的用途使用；改变国家土地使用权或用途的，须向县级以上国土管理部门提出申请，经同级人民政府批准后，依法办理变更登记手续和更换证书；凡是集体土地所有权的变更，须经县级人民政府批准，到同级国土管理部门办理变更登记手续和更换证书。

我国实行一户一宅的农村宅基地使用制度。农户建房需使用土地的，首先应向其所在的农民集体经济组织提出申请，使用耕地的，报乡（镇）人民政府审核，报县级人民政府批准。宅基地经依法批准使用后，只能按批准的用途建住宅自用，任何人不得出卖或建房后出卖。

广东省国土厅　范俊明

土地制度改革之后，对于集体土地的使用是有法律规定的，可一些人却不顾法律的制约，我行我素，擅自行动。这样的事，近几年在全国屡禁不止。

**［案例一］　村民非法出卖承包地**

1993年春天，广东省某市城西乡三江管理区赵某等6户村民，钱迷心窍，看到土地价格猛涨，有大利可图，共同策划，企图在肥沃的土地上发横财。他们四处奔波，寻找买主，合谋将自己承包的责任田，当作商品，当作私有财产出卖。这一行动，不久果真找到了外村的吴某，一拍即合。他们将责任田6亩，卖给吴某，牟利8万余元，介绍人获得2 500元的中介费。

他们竟然正儿八经地立了契约，并在契约上买卖双方签了字，作为保证。契约上公然写着“卖断田地，一卖永休”，“双方自愿，不得反悔”。这一切都写得清清楚楚，明明白白。

［案例二］ **非法抵押地产**

河南某县百货公司，在经济改革大潮中，近几年经济大起大落，但他们仍然不满足于现状。为扩大经营规模和范围，向县工商银行贷款 30 万元，期限二年，期满后由县百货公司还本付息。

工商银行为保证贷款按期收回，要求百货公司以地产抵押，县百货公司经理欣然允诺。经双方磋商，百货公司将刚征的用作兴建仓库的地皮，价值 30 万元，作为抵押，并签了合同。

两年之后，县百货公司由于经营不善，面临倒闭，根本无力偿还贷款，根据抵押合同，县工商银行便向县法院起诉，要求将土地抵押给工商银行。法院调查中发现，百货公司对土地根本没有合法产权，更没有处理权，是租赁农民的集体土地。况且双方也没有向任何部门办理抵押登记。法院认定抵押合同属非法，无效。

［案例三］ **出卖宅基地被处罚**

湖南某市长安镇农民李××，因为 3 个儿子相继长大成人，并结了婚，住房紧张。他经过申请，批得两处宅基地 300 多平方米。

土地到手后，却无钱盖房，一放半年过去了。同村一户农民徐××，儿子在外打工，家里富裕，托人向他说情，想收买其闲置的宅基地。李××正中下怀，不顾法律的规定，竟以 3 万元的价款出售了这宗集体土地。这事很快被有关部门发现，没收了宅基地，并处以罚款。

此类案例，不胜枚举。

近几年，在土地增值的过程中，农村与城市，工厂和企业，都不断出现非法买卖集体土地、黑市交易的违法活动。

土地使用制度改革后，土地由无偿、无限期、无流动的使用，改为有偿、有期限、有流动的使用，人们渐渐地认识到，土地不仅作为资源可以耕种、放牧、盖房子，而且作为资产，又是一笔巨大的财富，它可以通过买卖、租赁、抵押等形式，为人们换取钞票。

对土地的买卖情况，国家土地管理局曾在广东、上海、山东、湖南等省市作了调查，一个重大的发现是村民的举止让人忧虑。一个省，两三年内竟有各类方式自发交易集体土地 4 万多起，牟利 7 200 多万元。

还有一些人四处钻营，专门以中介，或倒手集体土地为“职业”，而且手段高明隐蔽，鬼祟多变。他们或直接买卖土地，或以交易房屋为名买卖土地，或出租土地使用权，或用作个人入股兴办企业，等等，五花八门，无奇不有。

土地市场在神州的出现，只不过几年时间，还是一株经不起风吹雨打的嫩苗儿。土地交易活动，在法律允许的范围内，称之为公开的土地市场。然而，在我国由于人们的法制观念淡薄，在利欲的驱动下，违反法律，以隐蔽形式进行交易的，则称为隐形土地市场，亦称土地黑市。

黑市交易，在土地失控、用地和出让土地比较混乱的年代，更加频繁、猖獗。

土地黑市交易危害极大，它使国家应得的地产收益大量流失，并引发出一些投机行为，扰乱了正常的土地交易市场。同时，这些行为，骚扰人心，搞乱了土地权属关系，导致一个个土地纠纷。时下，土地“隐形市场”是政府部门、土地管理部门深感头痛的难题。农村有、城市有、少数企业和机关也难杜绝。

群众大声疾呼：取缔黑市交易，尽快建立健全公开的规范的土地交易市场！

## 扑朔迷离的地产案

在扑朔迷离的地产官司中，似乎有个“主旋律”，那就是为了“利”，为了“钱”。一些人对买卖土地产生了兴趣，不惜以身试法。

有人去骗，又觉得有失体面，便将“骗”字化为“倒卖”，土地划拨到手，随即倒卖，从中牟利。这类“倒卖”，好像比“骗”不那么刺耳，其实，目的只有一个，为的是“钱”。

也有人施展“妙计”，鬼鬼祟祟，从甲手中买来又卖给乙，掩人耳目，其实，也是为了赚钱。

现代社会，商品经济，人们出口离不开“钱”字。人为钱而谋，亦是常事，不会有人大惊小怪的。但谋钱有得法与不得法、道德与缺德、守法与违法之分。

一些人谋不得法，便引来一串串土地、房产官司，搅得社会不安，弄得“土地爷”们成天为了处理那些违法、违纪的事而奔波，动气，心情很不平静。

繁忙的法院，又添一忙，调查、裁决那些房地产官司，耗去了不少精力。

### 一宗怪案

话说羊城北京南路，有一条繁华而古老的高第街，与毗邻的高楼林立、商贾云集的北京北路相比，它就显得有些简陋、破旧。

随着南洋海潮商潮的驱使，一伙不安于现状，不安于落后的社会谋士和商界的开明者，献计献策，努力改造，不多时，北京南路形成了一条繁华的商业街。南来北往的商界智者，把此处作为大显身手的热土。

春夏秋冬，一年四季，远近的客户纷至沓来，十分关注高第街，销家电、购百货，熙熙攘攘，简陋、僻静的高第街一时成了广州的“黄金地段”，客商们都热切希望能在这里求得一间铺面，驻足扎根赚大钱。

高第街的繁华地段上，有一幢两楼一底的楼房，不算最好，但也显得洋气、耀眼。屋主李氏姐弟三人，侨居海外数十年，

1991 年 8 月，因原代理人已出国远去，李氏姐弟便把此楼交给表弟何某代管。

李、何两家一向亲密无间。表弟何某为人很诚实，姐弟三人都认为他是信得过、靠得牢的人选。

谁知，房屋到了他之手后，见是块宝贝，便起了异念。他想，与其别人使用，每月仅收五六百元，不如夺回门面，自主经营。

为此，他想入非非，睡不安枕，食不安胃。经他多方奔波，周密策划，收回了面积 100 多平方米的底层，决定开个服装店。

开业了，但何某苦于自己无产权，只不过是个代管人，顿时又生一计。他想，这房子，倘若自己使用下去，亲朋好友不一定同意，即使同意，租金高，除去租金部分，所剩无几。因此，他绞尽脑汁，改换门庭，重新挂起一块牌子，取名“天宇服装店”。

牌子挂了，但何某心虚，怕瞒不过姐弟及其亲属，于是他来了个“偷梁换柱”，制出一份协议书，以自己为甲方，以“天宇服装店”为乙方，立下了租房契约。租金价格，房屋面积，对方的权利与义务都写得清清楚楚，一切都天衣无缝。

人常说：没有不透风的墙。何某的行为很快从大陆传到海外。1992 年 9 月，也就是商店开业半年的光景，李氏姐弟的一位亲戚从美国回来，获悉何某斩而不奏，把店铺居为己用，立即告诉了李氏姐弟。

李氏姐弟对何某的做法十分气愤，便向广州市法院提起诉讼，状告何某侵犯他们的财产。

这宗官司何某输定了，眼看房屋被收回，且会落得身败名裂。他急中生智，将“天宇服装店”的法人换成谢某，急急忙忙制造出一张营业执照。他想，这样便可推卸责任，挽留房屋的使用权。

殊不知，他的一切举动都是徒劳，经法院周密调查之后，真相大白，他弄虚作假，侵犯他人权利，终于败诉。结果，除赔偿损失之外，还交付了一笔罚款，真是“偷鸡不成蚀把米”。

## 法盲的悲哀

王潮没有起诉，手捧着处罚决定只有满脸晦气，而无力再挣扎了。

他知道，这起土地官司败诉了，损失惨重，声名狼藉，是他一生中最痛苦的一桩事。

他抹着眼泪，默念着处罚决定：“没收王潮非法占地自建和倒买住宅大院 5 处，其中门市 4 处，一律公开拍卖，收入交市财政。”

“对王潮已经出卖给其他个人和单位的房屋（包括院落），责成使用者及时补办合法手续。”

在包头市，这个祖国北端的大都市里，曾几何时名扬五洲的致富大户，此刻景况一落千丈。他那红红火火的房地产生意，一时冷落下来，而他的名字被更多的人所唾弃。有人骂他为富不仁，有人说他钱迷心窍，违法乱纪，损坏国家和集体利益……

面对突如其来的打击，王潮没有吭声，没有起诉，黝黑的脸上，皱纹交错，面如沉沙。他不得不痛心疾首地对自己几年来走过的路，进行回顾和反思……

王潮，在包头市郊外，是数一数二的致富高手。他人聪颖，能说会道，追潮流，赶时代，善于观察行情，掌握时代的晴雨表。

他最初贩菜、贩皮毛、羊肉，本地外地，八方奔忙，不多时就攒下了一笔款子。有了钱，他自然离不开中国农民的秉性，盖房子，兴家业，干得轰轰烈烈。

没闹几年，他家的产业就令人羡慕。自己住的“大本营”是占地 1 500 多平方米的大院子，搞得八面玲珑。外地还有多处门市铺面、街房，引来滚滚财源。

正当“房地产热”在中国火爆的年月，王潮瞄准了这个“一本万利的黄金产业”，他在内蒙古捷足先登，搞起了房地产。

此时，年过半百的他做出一大决策：放弃辛勤耕耘的长途运输业，将他的“大本营”搬到了市南郊新城乡永六村，从事养殖业，同时购买地皮，兴建房屋。1986 年，他从秦某手中，以 6 头牛（计价 1.4 万元）购买下 2.3 亩大的地皮。

他得知冯某租该村 4.3 亩地，一年才付租金 2 000 元时，为了扩大养殖业，他把地“挖”了过来。

他常常盯着脚下那片平展展的土地发呆。土地，对他有种神奇的魅力。想起当年，跑运输，驾驶那笨重的拖拉机，扛着大包小包的皮毛、蔬菜，搞得腰酸腿痛，仅赚几个钱，磨破了肉皮也发不了大财。如今脚下的土地只要稍动脑筋，投入少量资金，转眼就会赚回大把大把的钞票，何乐而不为呢？

他的“金钱梦”越做越美，他一笔笔地积攒起巨资，投向了大地，让它生出金娃娃。

共青农场为支持他发展养殖，给他无偿划拨土地 1.4 亩。他不顾法律的规定，私自转让给一家面粉厂，获利 7.5 万元。

底子厚了，胆子也大了。随后，他又以“土地开发”为借口，从私人手中购得土地 0.3 亩，用儿子的名义转卖出去，又赚得钞票 4 万多元。

……

经调查，王潮几年内，非法占用、买卖、出租土地 17 宗，涉及土地面积 20.4 亩，非法获利十余万元。

他买卖土地的生意，进行得非常巧妙。这一切都是背着土地管理局，在神不知鬼不觉的情况下，悄悄进行的。纸包不住火。对王潮这个“暴发户”，群众早有察觉。一天，群众向市长写了举报信，经查证，一切都是实实在在的。

**鸡飞蛋打**

一失脚，翻了船，闹了个鸡飞蛋打。

1992年，金秋时节。北海，中国“房地产热”中的热点，酷似南海的骄阳，火爆、炙人。大陆、海外，商家、“炒家”，干事的、赚钱的、行骗的，纷纷云集。顿时，北海热闹喧哗的程度，不亚于深圳、海口。

此时，A公司的老板，匆匆赶来，想凑个热闹，当然老板的亮相，不会两手空空。这家公司有气度，一伸手出资800万元，购买土地80亩。

这宗地的获得，是经过北海市计委批准立项的，又经过市规划局的同意，作为开发商品房，是名正言顺，合理合法到手的。

北海的建设一日千里，土地市场风云变幻，价格一涨再涨。土地，放在手心儿上，仅过三五日，利就会打滚。那情景，让港商、台商如痴如醉。

经过数月的周旋，这家公司又与深圳一家银行签订了协议，合作开发。资金到位，各项立法手续、大红图章，一一齐备，只欠东风。

此时，富有经济头脑的公司董事长，灵机一动，转换了念头，市场上的地价，一年之中，涨了几倍，修房不如卖地皮。于是将80亩地卖给B公司，一转手净赚一倍。“哈哈，赚了，赚了!”董事长揽着大筐钞票，差点乐掉了牙。

“金钱梦”谁不想做呢? 80亩地，竟成了他们做“金钱梦”的依托。

酷似击鼓传花一般，一场土地“游戏”拉开了。B公司以1 600万元获得土地后，立即以2 900万元转让给C公司，C公司以每亩54.2万元的价格转让给D公司，在短短的312小时内，这宗地连转四家，立项批文、红线图、施工许可证，等等，像走马灯一般。

这是一起典型的“炒”地卖地案件。虽然，他们做得十分机密，但其目的十分明白，为的是赚钱。他们全都“炒”疯了。“风”，很快传开了。作为第一个“炒家”，A公司并不亏，是第一个受益者。

风声四起。董事长突然猛醒：败露之后，第一个吃官司的是他，第一个挨“罚”的也是他。于是，试图紧急刹车，与B公司终止合同，把钱退回去。哪知，几天之内，这块地已四易其主，无法挽回。

这是一桩奇案。奇就奇在，A公司还没拿到正式的“土地使用证”，就开始了他的炒地生涯。市土地管理局发现了其中的奥秘，便敦促A公司三日内办理用地手续，否则将地收回。可此时，一切批文都索不回来了，拿啥去办理呢？1993年8月3日，市土地管理局发出了通知，收回该公司对80亩地的使用权，随后市土地管理局将地批给了别人。

市土地管理局一关闸，便戳穿一连串的“炒地”秘密，顿时使这场旋风般的“炒地风”彻底曝光。

不久，B公司要A公司退款，而A公司不退，向法院提起诉讼。紧接着，A公司又向法院起诉市土地管理局，要求将80亩地批租给A公司。官司扑朔迷离，涉及的当事人众多，金额巨大，一环扣一环，案情复杂，引起法院和有关部门的关注。

官司不断升级，因此在1993年岁末，广西壮族自治区高级法院直接受理，作为一审，拉开了帷幕。

在这起官司中，吃亏最大的是A公司。它非法“炒地”，市土地管理局收回土地使用权。结果A公司闹了个鸡飞蛋打。

## 房地产大王的骗局

有种奇特现象：近几年来，在香港连续推出的十几家富豪中，人们发现，财团中绝大多数都与经营房地产业密切相关。

首屈一指的富豪李嘉诚，最早经营塑料起家。20世纪60年代，他突然发现经营房地产业大有可为，便一发不可收拾，成为香港房地产业的龙头。

房产和地产是各类商品中最昂贵的商品之一。在当今世界，房地产已成为投资的热门行业。

利润大，自然风险也大。在这一行业中，既有亿万富翁，也有一败涂地的破产者，更有四处钻营的“骗枭”、“骗王”。

留百亿债逃亡，累数千人遭殃。

地处欧洲的德国，1994 年 4 月 14 日，突然涌来一则震惊欧洲的消息，房地产大王施奈德失踪了，留下的只是 100 亿马克的债务！

对于德国企业界、金融界，这实在是一个前所未有的大骗局。

债主们如热锅上的蚂蚁，坐卧不安。

施奈德的潜逃，意味着什么呢?

他一走，不仅大银行叫苦不迭，更使无数与他有合作关系的建筑公司、建材供应商、手工企业等，通通遭到毁灭性的打击，数以千计的职工面临失业。

事关重大啊！45 家银行的代表，匆匆聚集在法兰克福，共同磋商对策。然而都是徒劳，这位房地产大王的骗局，至今无法挽回了。

近百年来的历史表明，房地产官司在世界上层出不穷。有人一举成富翁；有人破产成囚犯；也有人冒天下之大不韪，无资可投便行骗……

在中国，房地产业一兴起，更是五花八门。

展望羊城的东南角，有一片沃土，庄稼长得绿油油，望不到尽头，面积 5.8 平方公里。那片地，西挽五羊村，南望黄埔，东靠珠江，北临天河体育中心，有“羊城宝地”的美称。

在房地产火爆滚烫的年月，许多地产商都曾偷偷地到那里去刺探“情报”，意欲在此占上一席之地。

好事似乎飘然而至。

一天，在广州忽然传出一则“振奋人心”的消息：将在这片土地上投资数百亿元，建一座跨世纪的国际大都会——珠江新城。消息传出，人们奔走相告，海内外房地产商纷至沓来。

怪哉！广州市政府主管部门，未曾批过一寸土地，然而这片土地，很快就被“卖”了出去。

为什么？这一直是个谜。但稍有头脑的人却发现其中有诈。

有诈？确确实实，一伙骗子竟然利用改革开放的大舞台，利用热心“观众”——海内外房地产商的热切心理，呼风唤雨，大兴骗术之能事，制造出一场大骗局。

纸是包不住火的。这一行径，很快被主管部门知晓。

1993 年 1 月，广州市国土局发现有十余宗伪造土地批文的事件，都是印着红彤彤的“中华人民共和国征地用地通知书”和“建设用地许可证”。同时，伪造的“广州市国土局”的大红印鉴，还巧妙地模仿了局领导的签名手迹。

这些伪造的批件上，都清楚地写着对“珠江新城”某一块土地的开发权若干年。

房地产商懵懵懂懂，测不出是真是假，一个劲儿地集资抢购土地。骗子四处鼓吹，而热衷炒地者，如痴如醉，利欲熏心，在一派混乱中上了钩，订协约，缴纳保证金，少则 500 万元，多者 1 000 万元人民币，外加美元。

更有甚者，一份与外商未签字的“合同”，写着需调人资金 360 亿元……

骗局在广州闹得满城风雨，骗子被巨额利润冲昏了头脑，竟肆无忌惮。

这一切，似乎都做得妥帖周到。然而，正当白花花的钞票像潮水一般涌进骗子腰包的时候，正当这群犯罪分子利令智昏的时候，骗局终于露出了马脚。行骗者无知可笑，只知骗人骗钱，连一般的常识都不懂。有一份伪造广州市国土局发出的“征地用地通知书”中，文头、编号、公章、签字样样齐全，可文件封面上红底烫金的国徽和用地单位，却被莫名其妙地省略掉了，编号也是几年前使用过的旧编号，牛头不对马嘴。

更可笑的是，那些上钩者也许是赚钱心切，未辨别文本“合同”的真伪，便大笔一挥，画了押，直到把那些“合同”拿到市国土局去验证时，方才大吃一惊。

这些上当受骗的人更不清楚用地的审批权限和程序。按政策规定，省政府的审批权在 1 000 亩以下，市政府的审批权限更小，而有一份合同征地4 400亩，这样大的面积，不仅超越了市政府的权限，连省上也无权审批。

对这场骗局，只要是懂法规、政策的人都会识破的。然而，在那些房地产商中却无人知晓。许多人只顾赚钱，不研究法规、政策，受骗上当之后，方才抱头痛哭，悔之晚矣。

房地产业是一项投资额巨大的风险产业，一旦受骗，会造成许多人倾家荡产。这起巨大的房地产骗局，正是如此，有人破产，有人入狱。

骗子无孔不入，而且胆大妄为。在祖国的南大门广州有，在川南的山区也会产生。

位于川南崇山峻岭中的某县，不少人对严伟的名字十分熟悉。

20年前，他因诈骗、投机倒把触犯了刑律，锒铛入狱，整整在高墙铁窗内待了三年。

那失去自由的时光，那枪尖、刀影下的寒碜日子，他不会忘却。但他更不会忘却行骗的伎俩，以及坑人害人的卑劣手段。那是他的本性所决定的。人常说，狗改不了吃屎。严伟绝对改不了骗子的本性。他获自由后，仿佛发疯似的手痒，不施展他的“才干”，日子便难熬。因此，仅仅过了三百六十五个自由日，他的“病”又犯了。这一回，他用诡计多端的骗术，拐骗贩卖妇女，被县人民法院判处有期徒刑7年。

严伟“辉煌”的历史铸成一个“骗”的技能，深深地渗进他的骨子里。

还应该提一下的是，监狱生涯，似乎使他聪明起来。他深知行骗法律不容，于是，在“房地产热”正火爆的1993年8月，他摇身一变，打起了“某县房地产开发有限公司”的大招牌，自任“董事长”。

严伟顺势利用这个热门产业，继续他的行当——行骗。

他首先召开“新闻发布会”，邀请不明真相的记者为他鼓吹；接着又召开“座谈会”，邀请老干部、台属和港澳人士，为他的公司涂脂抹粉，达到沽名钓誉的目的。

这一手瞒得了外客，可瞒不过本地人，严伟在本乡本土，再进行那些违法活动，群众眼睛雪亮，知道他葫芦里装的什么药。

于是，1994 年 4 月，他将他的公司迁往成都，并在省上完善了注册登记的全部手续，摇身一变挂起“四川省台谊民生房地产公司”的牌子。

这张“牌子”十分耀眼，外地人和港台人视其光辉。然而，“董事长”却是一位“二进宫”的劳改释放犯。

到了成都，严伟会改邪归正吗？不。这一回他的招数，一个接着一个施展开来。

第一招，他违反有关法规，未经民政部门注册登记，便成立了“李硕勋烈士亲友接待站”，自己粉墨登场，当了“站长”，荣耀一番。

第二招，未经银行批准，擅自印刷“集资券”3 000 万元，在成都、宜宾等地广为发售。

这位“董事长”无论施展哪一招，都没有摆脱群众的眼睛，不到半年，有人向公安部门举报。查明，严某不思悔改，成立非法组织，欺世盗名，触犯了刑律，被公安机关送进了拘留所。

这几年，在神州，利用房地产业大肆行骗的奇闻颇多，其特点是：利用土地行骗招财，而且数额巨大！

## 执法，何以难潇洒

那天，从五福村采访回来，已是晚上八点了。

车，绕过一段盘山公路，穿过一片密林，走向河套，路渐渐平缓些，困倦似乎有所缓减。

然而，今天在会上所听到看到的那些情景，仍然盘旋在头脑中。

在车上，大伙不约而同地又谈起土地执法难，那十分恼人的事。

四川省国土局土地监督处长李德远，在这条战线上已是苦熬苦守、爬摸滚打，干了数年。是酸？是甜？是苦？他体会最深，碰的“钉子”最多。

李德远给我的印象，和几年前相比大不一样，黝黑的皮肤增厚了，额上的头发更稀疏了，人也显得更加严肃、老成。但有一点没有变，他执著的事业心、紧迫感没有变；高嗓门，大气度没有变；为土地的赤诚之心，为人类的生存而呐喊的声音没有变……

他心急，看到脚下的土地一片一片被吞噬，人类生活的地盘一天天变小，他的心似乎被人捅了一刀，正在流淌着热血！

在这场圈地与护地、捍卫与抵赖的争夺中，他算是豁出去了，那根永不松弛的神经，紧紧系在黄土地上。

他肩上的担子不比局长轻松，执法、监察，成天扮着“黑脸包公”，在党风民风遭到践踏的年代，他花去的力气更大，而获得的效果往往仅是三个字——“讨人嫌”。

“唉，执法难啊！”他又一次感叹。

“执法难，是人的法制观念的淡薄，特别是干部。”他急切地说，“在他们的脑壳里，就是缺乏国法、党纪，甚至是明知故犯。碰上这种人，气得你七窍生烟呀！”

他说，土地执法，许多旧的案子执行不下去。国土部门执法手段不齐备，人员不足，受到种种制约和束缚，管不了，致使许多案件有法难依。在这种情况下，往往只好求助于政法部门，而公安人员已捉襟见肘。有些案件，即使借助政法部门，也依然执行不下去，许多案子一拖数年，土地占了，房子建好了，生米煮成了熟饭。干部为避免流血冲突，只好以罚代法，从轻处理或不了了之。

1992年初，某市一位区政协副主席，是一位不大不小的知名人士，公然在众目睽睽之下，违法占地建营业铺面，国土部门多次打招呼，他不理不睬，国土部门要处分他，上面有人为他说情，只好睁只眼闭只眼。

前些年，某县以县水电局局长为首的三位干部，违法占地建私房12套，县纪委查处了此案，省监察厅、省纪委都支持，依照《土地管理法》作出处罚决定：非法修建的12套房屋全部没收进行拍卖，所得收入上交国库。然而，由于个别领导的干预，依法作出的决定成为一纸空文。

李德远越说越激动：“这桩案子，省上派人跑了七八趟，我也走了四五趟，就是执行不下去，你说气人不气人。”

“土地官司难断，土地执法更难啊！”李处长又一次激动起来。“峨眉山市有一位国土干部被打残。梓潼县国土局一位股长被打伤，一气之下，不干了……”

他讲了许多执法引起的恶性事件。

自 1990 年 10 月 1 日《行政诉讼法》实施以来，土地官司在全国地方人民法院审理的行政案件中，一直位居第二或者第三。几年来，河南省各级法院共受理土地案件 3 000 多起，占行政案件的 30%。徐州市 3 年间受理土地案 300 起。四川省仅 1993 年土地案件就达 2.5 万件。

旷日劳神的土地官司，使土地管理部门疲于奔命。

为什么土地案件居高不下呢？分析其根源，大多是涉及的当事人手中有权，或不服土地管理部门和政府对其行为进行的处罚。这里既有法律意识薄弱的问题，也有社会风气不正的问题，还有当事人“通融”无效后拒不执行判决。

这些案件，大多数是陈案旧案，发生在一些基层干部，或农民身上，新近发生的违法案件更有它的特点。

李德远越说越气愤，嗓门也越高。他说：“特别是 1992 年以来，违法的主体变了，是部分地方政府、政府官员。他们越权批地，或化整为零，或少批多占，有的开发区自己建立土地管理机构代替政府的职能，权很大，可以直接越权批地、转让、制定政策。这是严重的违法行为!”

官员的违法行为猛增，他们还制造了种种说法：“啊，2 000 亩地要国务院批，外商来了，不可以‘特批特用’吗？等上面批，要什么时候才能批下来？等到批下来，外商都跑光了，还要地干什么?”他们违了法还找出遁词，怪上级，怪国土部门。

近几年情况复杂，弄得国土部门顾了东，顾不了西。一方面旧案未了，另一方面新案不断。

他说，川中某县农民自筹资金办丝厂，这是好事，可占地 30 亩，应报省上批。他们一合计，办用地手续要交税费 40 多万元。县里几大班子的头头召开紧急会议，决定未批先用。他们拍板：“将来有错我们承担。”

川北某市有一家饲料公司决定在本市建一家联合企业，占地 50 亩。土地未经上面批，而且征地费每亩 8 万元，只收 3 万元，让国家资金流失。

更有甚者，地处成都平原的某县“旅游开发区”，于 1995 年 10 月在省报刊登一整版广告，公开拍卖土地。广告称，无论是远近的来客，只需交 900 元钱，即可在本开发区拥有一分土地……

土地第三次失控之后，土地案件的另一个突出特点是，大案要案剧增。

从全国来看，情况相仿。1995 年 7 月，广东省人大常委会分析：随着土地的不断开发利用，土地的价值日益提高，近几年广东的土地纠纷案件连连发生，全省有几万宗案件未处理。

“昨日埋隐患，今日上法庭。”特别是 1993 年的春天，土地批租，房地产经营中埋下的不少隐患逐渐暴露出来。

海口，是“炒地皮”、“炒楼花”最火爆的地方，所以这里的纠纷层出不穷。人们总结出一个教训：“炒”得越火爆，就越混乱，纠纷必然就越多。有的土地尚未办完手续，便开始卖项目，售期房；有的一“权”数卖，即一个项目先与张三签了合同，接着又与李四签合同，后者比前者出价高，便随意推翻已签的合同；有的甲方出钱，乙方出地，随后土地价格上涨，乙方顿觉吃亏，要修改合同，直至对簿公堂……

中国有句古训：“地安百安，地乱百乱。”土地执法令人担忧！如何在加快经济建设的同时，排除干扰，加强法制建设，从根本上依法管好管活国有土地，迫在眉睫！

## 违法，根在何处

在本章，披露了众多的土地纠纷，令人吃惊。那么，还应该看看根在何处？症结在哪里？

应该说，第三次土地失控，致使大量耕地荒芜，有其前因，有其根源。

目睹一个现实，由于土地案件增多，给社会带来不安。面对扑朔迷离的土地案件，许多省、市为了专门审理这类案子，不得不列入专题，建立专门的法庭，受理房地产官司。可见，土地违法案件的涌现，给社会和主管部门增加了多么大的压力啊！

近几年，一些地方政府的领导干部的行为是令人质疑的，他们面对中国人口猛增，土地锐减的局势而不顾，一张条子，一句“戏言”，大片大片的土地就被圈了起来。倘若说他们“失职”，不会接受；说他们“违法”，会一跳三尺高。他们很聪明，对这样的违法行为，上级还没有给他们下结论时，他们自己早就作了“结论”，找到了一个绝妙的托词：“哈哈，那都是为了发展本地经济呗!”

这话，既动听，又轻巧，一笑了之。这种态度，也许有其历史原因。多年来，由于体制的局限性，领导干部失职也好，渎职也好，违法也好，没有什么具体法规，即使有，能执行吗？因此，酿成了许多积弊。

古人早有先见。位于“天府之国”的首府成都市郊的宝光寺内，有一副对联，便是历史的写照。

上联：世外人法无定法，然后知非法法也；

下联：天下事了犹未了，何妨以不了了之。

妙极了!

据了解，第三次土地失控与前两次失控的特点，绝不相同，有它的个性。这种个性，不是天生的，而是由于少数地方政府的领导干部对法律的“随意性”、“灵活性”，甚至以权代法、以言代法产生的，老百姓说他们是“和尚的脑壳，无法无天”。由此涌现出的违法批地、违法卖地是一种不负责任的施政行为，致使大量土地非法占用，非法倒卖。

土地违法花样种种。这里将其几种表现展示出来：

无视法律，越权批地。

越权，是近几年来最多、最普遍的一种违法活动。领导本是执法者，可到了关键时刻，为了本地区或本部门的利益，他们便按捺不住，把法律和政策束之高阁，随心所欲，大笔一挥，成片的土地便加上了围墙。他们还找出一些“理由”，大言不惭地说什么“为了引进外资”“提高办事效率，减少环节”。这种混乱现象，其中不仅违反土地法规，而且漏洞很大，行贿受贿一系列的不正之风，也随之而来。越权批地一度很盛行，仅1994年全国就有1.3万多件，占用的土地面积，是同年违法占地面积的13%。

下放权力，助长歪风。

权力，有时似乎比金子还贵，有时又显得很贱，随便乱踢。土地审批权，在关键时刻，有些省、市图方便，下放了。也许最初他们没有估计到，它的重要，它的含金量，它对控制耕地流失的重大意义。尽管从1992年以来国务院三令五申，权力不准下放，却没能引起一些当权者的醒悟。

权力下放，似乎正迎合了“越权者”的需要，权一下放，他们便可为所欲为，名正言顺。这是一个多么危险的行为呀！

冲破法规，不利统管。

历史的经验证明，管而不乱，有法可依，自然会杜绝混乱，违法者也就无计可施了。当权者乱了套，法制乱了套，没有不出问题的。近几年出现的另一种危险，也是十分惊人的。随着土地市场开放，人们观念的转变，看到土地不仅是宝贵的资源，而且是一笔巨大的财富。寸土寸金，土地增了值，升了位，管地批地有油水，因此一股冲击波出现了，许多部门伸手争权，争着要管地。

建委说：土地历来属于我们管，现在土地局应该解散，土地管理应归建委。

农业局说：农民是土地的主人，土地理所当然属于我管。

城建局说：土地就在我们的脚下，为了市政建设的需要，土地该归城建局管……

由于种种原因，许多市、县的国土局被吞并，土地管理出现分裂的局面。

另一种局面是，“开发区热”热了一阵子，如今已到了低潮。因此，一些开发区的土地闲置，他们将低价收来的土地，自批自卖，没有法律约束，更逃出了统一管理的范畴。

农村土地，任意分割。

农村，天地广阔，土地执法更难。一些乡镇用地批地，更不规范，最突出的是未经主管部门批准，擅自用地。这些年，乡镇企业有了大的发展，是好事，但也出现了混乱，乱占耕地，乱出租，问题严重！

花样百出，无奇不有。甲地这样搞，乙地立即仿效。在东南沿海，有个县级市，乡镇企业占地，未经审批的达9 000余亩。邻近一个省级直辖市，1993年乡镇企业用地达1.3万亩。还有一些离城市近的乡镇，把土地随意出租、批租，使大批集体土地未经主管部门批准就擅自进入土地市场交易。

中国确实地"大"，加之现行"以块块领导为主"的土地管理体制，很难体现中央政府作为国有土地所有者的权威，山高皇帝远，缺乏上面对下面的监督机制，因此，各行其是，各谋其利。这也许是发生大量土地违法事件的重要原因。

由于土地失控，市场混乱，全国每年大约有300亿元国有资金流失。这是一个罕见的数字，难道不让人痛心吗？

# 第三章　“蛀虫”钻进黄土地

清代陈景登任晋州官时，见土地瘠薄，百姓生活潦倒，便在州衙门前悬挂着一副自警联：“头上有青天，作事须循天理；眼前皆瘠地，存心不刮地皮。”此联除了自警自戒外，还讥讽那些“刮地皮”的贪官。这副对联确实生了效，使众多的官员廉政清白，不“刮地皮”，不“吃”农民的血汗钱。

然而，数百年之后，在神州却出现了一批“刮地皮”，“吃”土地，坑农民的贪官。本章将向读者列举一桩桩奇案，一个个罪恶行径。

## “房地产热”酿成的腐败

斗转星移。人类社会发展到20世纪末，全球发生的重大变化之一是：各国政治相对稳定，经济发展成为中心。

随着科学的进步，经济的发展，腐败现象如同瘟疫一般滋生、蔓延，一些政府官员的丑闻迭出，频繁曝光。

腐败的侵蚀，使一些西方国家和发展中国家在政治上受到冲击，经济上直接或间接地受到影响。因此，人民尽皆痛恨腐败，而腐败现象，已成为全球面临的亟待解决的政治难题。

在日本，最大的政党自民党，执政40年，由于接二连三的丑闻迭出，首次在大选中失败，成为在野党。社会党，也因此失去了一半的席位。“祸水”殃及，使战后“自民党—社会党”主导的政治结构宣告结束。

在韩国，贪污腐败日益盛行，已成为严重的政治积弊和一大“社会痼疾”。在近几年发起的反腐败斗争中，已有成百上千的政府官员和军官，因涉嫌贪污受贿而被撤职起诉。前总统卢泰愚被送上法庭之后，紧接着另一位总统全斗焕又出庭受审。

在意大利，对反贪问题，自从1993年拉开帷幕，频频爆出惊人新闻之后，震惊世界的贪污丑闻，已成滚雪球之势。一大批政治家、企业家卷入腐败的浊水之中，致使民众几乎对所有政党，都失去了信任。

在中国，自古人民对腐败行为就深恶痛绝。大凡为官者都懂得“公生明，廉生威”的道理，众多的清官，留下了不少拒腐的传闻和典故。

春秋战国时期，刘向在《说苑·反质》一书中，写下了齐桓公和管仲的一段精彩的对白，一段流芳千古的故事。

齐桓公严肃地说：“我们的国家很小，可供使用的财物也很少，而群臣们穿的衣服，乘的车马却奢侈过分，我想禁止这些行为，可以吗?”

管仲沉思片刻之后，笑道：“我听说，国君尝一下味道，臣子们便大吃大喝；国君喜欢穿好衣服，臣子们便盛行起来。现在你吃的是桂花调制的汤，穿的是纯紫色的衣服，冬天穿白狐狸皮做的皮袄，这是群臣奢侈过分的原因。《诗经》上说：‘不亲自履行，百姓不相信。’你如果想禁止奢侈，为什么自己不先禁止呢?”

管仲语重心长，齐桓公始而吃惊，继而觉醒。他思索再三，觉得管仲言简意深，很有道理。于是不由自主地说：“很好，很好!”

齐桓公想得周到，“己不正，焉能正人?”倘若只要求臣节俭，而君自己仍然奢侈不止，权势再大，也不会树起威信。于是他率先垂范，重新制定了政策，做了纯布衣服、白色帽子。他穿着普通的衣服上朝理政。君节俭，臣廉洁，齐国兴旺，百姓平安。

古人廉政的故事颇多。《玉堂丛语》卷五载，明代书吏王公不满贿赂之风，拟一简明告示：“宋有人言，受任于朝者，以馈及门为耻；受任于外者，以苞苴人都为羞。今动曰贽仪，而不羞于人，我宁不自羞哉!”

这一告示，一经发出，廉政之风大兴，正气高昂，而那些行贿受贿者望而生畏。

古代为官者，如此廉政、俭节，治国安民，兴盛民富。今人呢？在神州，不近人情，违背民意的腐败现象时有发生。

近年来，由于改革开放的步子加大，经济异常活跃，而一些规章制度跟不上形势的发展。随着对外交往的频繁，“社会热点”的勃起，滋生出一批“蛀虫”、“硕鼠”。据观察，每个社会热点的涌现，都具有其特殊的原因，人们称之为“功利性”。简言之，社会热点与一些社会群体的政治利益、经济利益有着密切关系。不同社会群体和社会职业集团，都会根据自己的利益选择社会热点，通过某种方式获取利益。

于是，一个严重问题产生了。社会热点中的利益倾斜，极其自然地指向一些持有权力的个人或集团，必然出现社会上的热点和党内的腐败行为挂上钩。

不是吗？前些年，猛然席卷神州的“房地产热”，随之而涌现的腐败现象，大量出现在土地的批租，房地产的兴建与销售中，一批“蛀虫”削尖脑袋，挖空心思，钻进了黄土地。

房地产开发的盛行，大量货币的流通，这就有了腐败现象产生的“土壤”与“温床”。他们为谋取个人名利，进行权钱交易，大肆挥霍和侵吞国家的财产。

在东海边，那座大都市里，不知是从海底还是黄浦江中，忽然冒出了一伙“蛀虫”。这群“蛀虫”，一窝四人，旗号是“美联”房地产开发经营公司。1994 年 8 月，上海市检察院明察秋毫，查实了案情，向上海市中级人民法院提起公诉。

公司庞大，受贿数目惊人。四个案犯，嘴大肚阔，一举侵吞国家财产 200 万元。

这四个罪犯的手伸得长长的，他们利用手中权力，利用业务之便，收受贿赂。

董事长姚某，利用职权，在与香港某公司以及江苏、浙江等地的两家建筑公司、工程队进行房地产开发的收支往来、承包项目的业务中，非法收受钱物共计价人民币 54 万元。

总经理诸某，是一位讲究“实惠”的财迷，在与港商洽谈开发房地产经营的业务中，他始终没有忘记“我”字、“钱”字，收受他人钱财计价人民币 51 万余元。

副董事长瞿某、副经理王某携手共营，顺手牵羊。仅两年间，他们在进行涉外的房地产开发中，明知故犯，违背有关“外商不能经营内销商品房”的规定，将“虹光小区动迁房”等7项房地产开发经营业务，与港商合作，从中受贿。前者受贿47万元，后者受贿43万元。

这伙败类，钞票到了手，自鸣得意，“胜利”冲昏了头脑，忘记了自身的职责，自身的人格，爱财如命。而命呢？他们抛至九霄，抛进了东海。大凡这种人，有一种侥幸心理，他们自信做得巧妙。然而巧妙之中，却露了马脚，不到一年，案情得以暴露，一个个都难逃法网。

干蠢事的人，都是一门心思寻找缝隙，伺机钻营。

钞票与罪恶往往是难分难舍。在东海岸有人想钱而犯了法。同一个时期，在南海也有一伙“蛀虫”，大口大口地吞噬国家的钱财，而落得一样的下场。

海南是我国最大的经济特区，那里的房地产“炒”得火爆，价格猛涨，人心滚烫，因而价格乱，市场乱，人心乱。少数人利用职权在乱中索取贿赂。

某厅一位大官——厅长姜某，便是这个特区受贿的大虫，共收受人民币12.3万元，美元1 000元。他是专管土地规划、房地产开发的干部。长期以来，他的鹰钩鼻十分锐敏，鹞子眼极其贪馋。他曾为几家公司介绍业务，招揽工程，推销房地产，审批专项贷款。在他手上溜过的工程一项又一项，款项巨大。五彩缤纷的钞票使他眼花缭乱，既熏红了他的眼睛，也调动了他吃、喝、贪、拿、占的胃口。渐渐地，他的肚皮越来越大，手越伸越长。

不见棺材不流泪。似乎这种贪婪的人都有一个共同特点，“金手表”没戴在手腕上之前，他们是没有畏惧心和警惕性的。一旦丧钟敲响，他们才痛哭流涕。

前不久，河南省泌阳县人民法院挖出一条“蛀虫”，也是那样的人。范某官职不大，仅是一位村支部书记，可他心狠，贪财的手段极为卑劣。他竟然在贫困的农民身上剐肉吃。那些年，该村的用地费本身就不多，而层层剐油，落到农民手上已寥寥无几。这位村支书，也许是想贪而无处寻觅，便相中了农民，既收贿赂又贪污，双管齐下，剐去村民头上的占地补助款1.2万元。

在古代中国，每段历史上的君王是明君还是昏君，人民是幸福还是悲凉，都成了一代王朝廉正还是腐败的佐证。《周礼》中的“六廉”是我国最早评价官吏廉正的准则。“六廉”要求官吏廉善，善于行事；廉能，能获得群众的好评；廉敬，能行各项政令，尽职尽责：廉正，不信邪，品行端正；廉法，奉公守法；廉辨，临事分明。

中国共产党人早些年，已确立了拒腐蚀的格言警句和一整套纪律，来束缚每个党员干部。老一代领导干部在廉洁方面严格自律，50年代的“三反”、“五反”更是刀悬头上，若有谁贪污腐化，格杀勿论。

人们这样说：“黄金之所以不易变质，是因为它抗腐耐蚀；老一辈无产阶级革命家为什么能永葆革命青春呢，是因为他们谱写了一曲曲抗腐的赞歌。”

目前，中国正经受一场严峻的考验，贪污受贿现象在侵吞着改革的成果。

腐败，若不清除，它会侵蚀着健康的政治机体；它会破坏国家的建设，危及人们的信念，遏制经济的发展，导致国库空虚，人民贫困，乃至政局动荡不稳。

惩治腐败，加强廉政！这是来自社会深处的呼喊。

## 一串“硕鼠”

沸沸扬扬的卖地、炒地中，“蛀虫”挖空心思，如苍蝇逐臭一般钻进了黄土地。

这些“虫”，并非一般的甲壳虫，而是舞着指挥棒，带着金色桂冠的掌权者。

这类“蛀虫”贪婪、好色，且无孔不入。虽然他们没有贪污受贿犯王宝森那么大的胃口，但也是一方之王，可左右一方之土，横吃一方的俸禄。

讨厌！对这类戴着官帽，行使职权干罪恶勾当的不法分子，百姓恨之切切。

这类专“吃”土地的“蛀虫”，在全国究竟有多少？没有统计过，在此，只挑出几位代表：科长、局长、市长，且看看他们的祸心祸水，就一目了然了！

**科长家藏百万金**

贪官徐阁聪入狱了，100多万元贿金，许多来历不明的巨额财富，是他锒铛入狱成死囚的罪证。

他的官有多大呢？科长，北海市某局用地科科长，一位官谱中最小的官。

这位“暴发户”全靠卖土地，勒索他人，吞噬巨金，一夜之间成了百万“富翁”。真快呀！仅仅当了7个月科长，就吞噬财富100万元。

这是一个“团伙”，本案涉及到的还有几个小官，一位副区长被清除出党，判刑一年。他的罪行是介绍某房地产公司行贿徐阁聪50万元支票、3万元现金、100万元存折和一辆台湾产的豪华型摩托车，收取“中介费”50万元的支票。

受贿的金额巨大，实属罕见！

钱权交易，也属罕见！

行贿者说：“我们是被迫的！”

这话有几分真实！某公司，在北海搞了一个项目，要征地，资金到了位，项目也经主管部门考核审批，下一步就是要土地，实施方案。

用地，政府也批了，随即，顺顺当当，闯过了一个又一个关口。然而到了用地科却卡了壳，科长总是抛出那句老话：“别急，我们顾不上来。”

公司经理、副经理，轮流跑得脚板朝天，那科长就是不画押。时间过了几个月，他们跑了数十趟，仍然遥遥无期。

症结何在呢？

有一天，徐科长突然提出要借钱，说他家要修房子，缺现钞。这一回经理似乎搞懂了。他万般无奈，只好照此办理，可这位科长“借钱”不打借款凭证。

徐科长的胃口越来越大，吃了这家吃那家。老板手中有钱，他手中有权，在他看来，这“钱”与“权”交易，是“公平”的。所以，他肆无忌惮，仅仅7个月，受贿百万元。

### 局长坠落成囚犯

深圳市近年来，挖出了一个比一个肥大的“蛀虫”，但他们中最“显赫”的囚犯，要数原深圳市房管局局长陈炳根。

他比“七品官”仅高一级，可他的权力却大得多，也厉害得多，也就贪婪得多。

捞油水，得好处，他似乎比别人更方便。这些年，他管房屋，管地皮这一黄金产业。钞票大把大把地花，他一点不在乎，那是国家和集体的钱。吃、喝、玩、拿，他学会了一整套贪婪的手腕，令人惊叹！

1989年，他任局长之后，仅仅三四年工夫，就把自己的腰包装满了。

年过半百的陈炳根，真有点树大根深。他的经历非同一般，进过大学的门，扛过枪，当过首长的秘书，搞过经济管理，说起来，他算个全才。所以，他到了特区，在人才紧张的年月，他平步青云。1985年去闯深圳，不几日就当上了深圳市基建办临时负责人。岁末，市里决定组建房管局，像神话一般，他迷迷瞪瞪地爬上了局长的宝座。

在官场上，他并不迷糊。他大智若愚，决心大干一番，取得领导和群众的信任。

英雄难过美人关，局长难过金钱关。他大权在握时，像发现“新大陆”一般，发现权与钱是如此相近，如此有“缘分”，“权”可以换“钱”。

陈局长正在做“金钱梦”的时候，机会果然来了。他任局长的第三个春天，局下属的房屋修建服务公司黄经理，领来某县政协的一位领导，磋商向银行贷款，共同开发“威威花园”住宅区。陈局长赓即派人请来建设银行管业务的两个头，设宴款待，决定贷款300万元。陈炳根早有预谋，贷款搞地产赚的钱公、私各得其所，他还暗示，开发所得的钱除一半交修建服务公司外，所剩一半四人平分。

钱，谁不喜欢呢？银行的头，一签字贷款很快到了位。经过一年的努力，第二年的12月，“威威花园”竣工了。陈局长迫不及待请来银行两位领导，共庆胜利的同时发话了：工程进行得顺利，利润丰厚，该拿一部分慰劳大家。黄经理按照陈局长的“指示”，从工程的利润中提出35万元，其中11万元交给了陈炳根。

陈局长抱着大袋钞票，高兴得彻夜难眠。他尝到了“甜头”，从此便一步一步向深渊滑去。

继“威威花园”工程之后，有位港商杨某，想来深圳炒房地产，苦于无钱，便找到陈炳根。陈将杨老板介绍给银行的张、梁二人，很快贷款600万元。杨老板购得商品房2.5万平方米进行倒卖，很快赚回280万元。杨老板给了陈局长“好处费”6万元，另外，还“奖”给局长价值50万元的一套住宅。

陈炳根无孔不入，无钱不贪。他发得快，倒得也快。

经深圳市法院查明，陈炳根一伙人共贪污受贿85万元，他一人就独吞23万元。

1993年8月9日，经深圳市中级人民法院审理，依法判处陈炳根死刑，剥夺政治权利终身，并对其非法所得继续追缴。

**市长锒铛入狱**

论职务，似乎科长、局长都只不过是小官，芝麻官。在厦门捉住的一位“州官”比他们的架子、面子大得多。

原厦门市副市长陈某，利用职务之便收受贿赂，犯了大案。当初，这在全国也是少见的“州官”犯罪的奇案。

厦门，是一座举世闻名的花园城市。我1993年去采访得知厦门的城市建设、工业、科技开发虽然起步较晚，但其一划为特区，就像点燃的火箭，直往上蹿。

同时，厦门处在重要的地理位置，政治、经济、文化各行的发展，是一日千里。作为这个市管理城市规划、房地产开发、土地使用的一个头，手中的权可大啰！

“有权不用，过时作废。”这句“格言”被陈某用上了。他自从1988

年任副市长以后，在兼任市城市建设委员会主任的日子里，他把那双带点“书生气”的手直接伸到土地规划、基础建设，以及审批外商生产用地等领域。一个个项目、一宗宗土地的划拨，他都管，而且几乎达到细枝末节的程度。

法院在审理他的案件之中，发现一个特点。陈某的心“不狠”，不像那些“蛀虫”胆大心厚，一口吃个大胖子。而他像蚂蚁啃骨头，一口一口，长年不止，利大利小都不论，只要有油水，他决不放过。

他所收受的贿赂数额和房地产领域中的其他“硕鼠”相比，他算一只小鼠。但手段“高明”，情节恶劣。他首次直接伸手收受外商的贿赂是港币 6 000 元、美元 1 000 元。

另一个特点是，这位“书生”深知牢房森严，于是他利用“迂回战术”，自己退居二线，让老婆去周旋。

有些企业也清楚，不好“直来直去”，便绕着弯道走。为了“感谢”陈副市长的“帮助”，那些外商一次又一次，登门拜访，送给他妻子“拜年费”、“好处费”港币 5 000 余元，高档“礼品”彩色电视机、电子微波炉、录像机一类的礼物。

这些事，陈某知道吗？知道。他俩一唱一和，共同策划。若要记功，当然应记在陈某的“功劳簿”上，妻子有“自知之明”，决不会“贪天之功为己有”！

法律是公正的。有一笔应记在他妻子的“功劳簿”上。她在任市土地局会计期间，正是“炒地皮”火爆的好年头。她伙同他人，以外商用地的名义，向市土地局申请到 16 块地皮，非法倒卖，从中渔利 2.5 万元。

这位副市长夫人，深知人际关系的重要性。在从事这项非法活动中，她与同伙先后向有关部门行贿港币 1 万元、美元 600 元，还有一台录像机。

1993 年 12 月 23 日，厦门市法院以受贿罪判陈某有期徒刑 6 年；其妻犯有受贿罪和行贿罪，数罪并罚，依法判处有期徒刑 3 年。

他俩不服判决，上诉于福建省高级人民法院。高院很慎重，终审判定，驳回上诉，维持原判。

堂堂的副市长，为啥走上了犯罪的道路？旁观者清，一位香港同胞一针见血："政企不分，实行的是'权力经济'，权力要你富，你马上可以富起来。既然权力能直接产生利润，收买权力，以争取优惠政策的行贿进贡，'烧香拜佛'一类的腐败行为必然盛行。"

## 蜀中有群"土耗子"

"蜀国"，在中国历史上，虽有名却无实力，若概述成一个字，就是"穷"！

那山高而险，北有秦岭，南有南岭，东有巫山，西有川藏高原，四道天然屏障，严严实实，围成一块盆地——成都平原。

按历史兵家的战略思维，似乎这是好事，四条天然防线，给帝王将相们带来无数好事妙事。他们只需寥寥兵马，即可御敌于门外，又可高枕无忧。

这一没有通衢走向世界的内陆省，犹如笼中鸟，圈中羊，赶不上潮流。蜀中男儿急如星火呀！

巴蜀大地经济落后，钞票奇缺，经济举步维艰。在"炒地"、"炒楼花"的热潮中，也热闹了一个时辰，就哑声了。那是"虚火"、"虚热"，属于"打摆子"，为不正常状态。这一躁动，正好调动了一些人的胃口。因此，在房产、地产市场的交易中，少数"土地爷"、"地老虎"、"房老板"眼馋、心毒，个别人甚至贪得无厌，从而在蜀中滋生出一群"土耗子"。

这是一起难办的案子，在众多的办案人员手上，已经搓来搓去，内查外调，上下求索，虚虚实实，真真假假，磨了两年时光，这个"堡垒"依然没有攻破。

怎么办？群众急，干警急，检察官更急！

1993 年 4 月 11 日，绵阳市检察院再次将被告廖某推进审讯室。

这是一个十分狡猾又十分虚弱的家伙。在一个日落西山，华灯初上，人们纷纷归家的傍晚，检察院灯火通明。

这场漫长的舌战，从早上 9 时，一直持续到晚上 8 点，是场"马拉松式”的审讯。

“你已是穷途末路了，还不老实交代!”检察官一双如刀似箭的目光，又一次扫过案犯的面颊。

“嘻嘻，我没啥交代的。有，你们就拿出来呀。我承认……”廖某嬉皮笑脸，兜圈子，设防线。

面对廖某的嚣张气焰，审讯人员似乎无可奈何。副检察长、反贪局局长莫亚林，决不输这口气。他想，这是绵阳市近年查出的一起特大贪污受贿案，群众眼巴巴地盼望着报捷。然而，时间一天天过去，案子没啥进展，怎样向群众交代呢?

莫局长在台上着急，而案犯却优哉游哉，若无其事。他从腰包内掏出指甲刀，“嚓、嚓、嚓”地剪指甲。末了，他“啪”的一声，把那带着一串钥匙的指甲刀，扔在桌上。

此刻，莫院长灵机一动，抓过钥匙，觉得转机已到。那些缺牙少齿的铁片儿，不正好是个打开僵局的好家伙吗?

莫局长晃动手上的钥匙串，突然大声喝道：“你老实说，家里到底有多少钱?”

廖某慌了，急忙去抢钥匙，说时迟，那时快，莫亚林已将钥匙串，紧紧地攥在手中。

廖某顿时如丧考妣，瘫在凳子上，四肢乏力，动弹不得。

赓即，他们带上案犯和那串“金钥匙”，火速赶到他家。启开他家的保险柜，检察官们震惊了。嗬，廖某的家简直是个“聚宝盆”：

人民币：11.2万元；

美元：2 060元；

港币：9 910元；

存折：10个；

合计：23.76万元。

外加高级名酒数十瓶，金银首饰一大堆。至此，这位“优秀党员”、“优秀企业家”、“跨世纪人才”的面纱，“哗”一声被撕得粉碎!

乘胜追击!

廖某的防线垮了。检察院一鼓作气，继续审理案件，很快发现他利用管理花园综合工程之便，先后收受建设公司巨额贿赂 8 万多元。屈指数来，廖某到案发前夕共贪污受贿 6 笔，依法认定其中受贿 10.6 万元、贪污 12.9 万元。

夜，万籁俱寂。在莫亚林家中窗前那张绛红色的写字台上，摆着许多材料，有花花绿绿的案卷，还有密密匝匝的检举信、控告书，年仅 36 岁的莫亚林负责审理这起重大案件，算是取得了巨大战果。然而，领导的表扬，群众的欢呼祝贺，并没有给他带来更多的喜悦。

“能称巨大的战果吗?”他望着那些材料在沉思。他高兴不起来，从蛛丝马迹之中，他认定这起案子才刚刚拉开帷幕。

于是，他向检察院提出建议，尽快组织了 40 多人的办案组，继续查办。他们不辞辛劳，长途跋涉，内查外调、明审暗访数百人次。北上京城，南下广州、深圳，行程数万里，历时一个多月，便侦破了这起震惊神州的特大贪污受贿案，挖出了一串串罪犯。

这伙“蛀虫”，吃集体，拿国家，坑群众，肥了个人的腰包，群众是绝对不会放过他们的。有觉悟的群众多次投诉检察院，强烈要求将他们身上的画皮剥掉。

翻开他们的历史，已是罪恶累累：

——1985 年岁末，绵阳市城郊房地产公司经理廖某伙同公司党支部书记冉某、副经理吴某，在承包绵遂路商品房施工中，收受某公司贿赂 4.6 万元。

——1986 年，在承包某局职工宿舍工程中，他们利欲熏心，收受包工单位送来的“感谢费”2.2 万元，三人平分。

——1987 年春节快到，又有一个施工单位向他们三人“拜年”，送来“红包”，每份“礼物”2.2 万元。

……

这是一个“蛀虫”窝。整个案子涉及 7 个单位，15 人，贪污受贿金额达 70 多万元。

当罪犯一个个被揪出来之后，愤怒的群众奔走相告，人人欢喜!

然而，罪犯的阴魂不散，他们企图反扑。因此，在这场反贪斗争中，检察官们受到了一次严峻的考验。

1993年4月12日，正是反贪肃贿取得赫赫战功之时，一份由两家公司116名职工名义签署的“紧急情况反映”，送到了绵阳市委和有关单位。材料这样写道：“我公司经理、书记相继被抓，眼看年产值几千万元的企业即将毁于一旦……”

与此同时，由120人签名的万言书，送进了市检察院。“签名者”更是煞费苦心：“用自己的全部资产作抵押，担保廖某、冉某出来主持工作……”

伴随着这两份“请愿书”，一伙人发动了强大的舆论攻势。他们散布谣言，扰乱人心，甚至目无法纪，指责检察机关反贪肃贿是违反改革开放的精神，是打击“改革”人物，要检察机关审时度势。

他们中有人竟然施展黑社会的魔力，化装成蒙面人开着无牌照的汽车，跟踪办案人员。一时间，黑云压城，群魔乱舞。

面对“反贪”与“拥贪”、正义与非正义，市检察院和反贪局的领导没有气馁，没有后退，他们向市委作了详细汇报，市委立即指出：贪污、受贿任何时候都是犯罪的，不管涉及什么人，不管资格有多老，地位有多高，都要坚决查办，不能手软，不能放人。

反贪干警们手握尚方宝剑，一鼓作气，将这伙贪污分子一个个推上法庭，使其受到了应有的法律制裁。

位于成都平原西边的绵阳市，改革开放起步早，是蜀中的佼佼者。但在这块沃土上，“蛀虫”颇多！

也就是离这座古城不到60公里的三台，是个并不十分富裕的农业县，人口众多，土地稀贵，但仍然滋生出一伙“蛀虫”。

不，他们与前面那些大“蛀虫”相比，只能算讨厌的“小爬虫”。

县国土局局长帅某、副局长李某、地政股长王某、副股长蒋某。他们的权不大，却十分“珍惜”手中的权力，巧妙地以权谋私、肥私。

这伙“土地爷”，仅3年的时间，他们挖空心思，贪污、行骗、索贿……作案多起。他们先后将该局规划所的征地费、测量费和虚增多报的会议费、资料费，以及截留骗取的临时工工资、承包费和该局的汽车出租费等多笔违纪金额 8.48 万元私分。在此期间，帅某等人还以购办公用品、电脑打字机等名义，用开具假发票等手法，骗取公款 1.46 万元。此外，他们利用审批征用土地手续的职权，先后收受索要 7 个单位送来的贿赂 4 万余元。

四川国土系统的这伙败类，都一一受到了国法的制裁。

似乎黄土地里的油水太丰富了，大大小小的“蛀虫”都不会放过“好”机会。前面讲的是大“蛀虫”，下面再捉几只“小爬虫”，让明眼人看一看他们的嘴脸，也许对一些人有较大的教益。

让我们把镜头顺着宝成路，向东延伸，焦聚对准新都县的龙虎镇。该镇不大，偏僻冷清。镇长钟某是副科级，在官谱册子上是找不到的，但在贪财上他并不示弱，别看他扯眉吊眼，一脸横肉，不多言，不多语，可肚皮里长牙，贪财时他眼珠儿比谁都转得快。

新都县位于铁路旁。1992 年 10 月，钟某受桂湖镇的委托，解决建高速公路时，取土填路基遗留土坑的补偿问题。他动了吃钱的心，觉得时机好，不能放过。于是，两只八字脚儿飞速地旋转起来。

他首先找到被占用土地的城守村、甘露村的负责人吴某和陈某，直言不讳地说：“老兄，我们都是一个道上的人，你们两个村都有钱了，给点‘想头’吧……”

常言道：“锣鼓听音，说话听声。”他们二人心领神会，觉得话中有话，若给点“想头”，他们不会吃亏的。于是，经过周密思考，填好收据再经钟某签字，在镇农村合作基金会用转款和取现金的方式，取到了全部补偿款，两个村都赚大钱了。

翻过 1993 年的皇历，在元月上旬的一天，钟某走进吴家，果真拿到了“想头”，第一笔 2.5 万元，不多时，吴某又登上钟家的门，送了第二笔 2 万元。紧接着陈某又送来第三笔“好处费”1 万元。

钱来得多么容易啊，钟某一句话，便获得丰厚的“俸禄”。

人“有情”，法律无情。不久有人举报，钟某被法院判处有期徒刑 8 年，剥夺政治权利 1 年。

正当钟某被送往监狱的时候，成都市的另一个郊县——崇庆县又挖出一只“吃”土的“蛀虫”。

他姓赵，平素村民叫他“小土地爷”。别看这个“小土地爷”年纪小，可是一只大“蛀虫”。这位风华正茂、一表人才的乡国土员，1989 年从农校毕业分配到崇庆县济协乡工作，第二年就批准定为“国土员”。崇庆县是川西坝子上的一块宝地，寸土寸金。土地的批租，村民的修房建屋，虚占多占的人多。国土员虽然“官”儿不大，可实在，交接来往的事无不与钱挂上了钩。

开初，这位小青年和千千万万刚走上机关的青年一样，工作兢兢业业，勤勤恳恳，很快取得了领导的信任。不多时，赵某变了，有点傲慢自诩，盛气凌人。

1991 年初，有位农民交来土地使用费 267 元，当时出纳不在家，赵代其收下了这笔钱，然后找个体户刻了一枚出纳的私章，给农民打了收据，钱便落入自己的腰包了。

初次作案，赵某心里发虚，像只偷油吃的小老鼠，不敢见人。他无时不在观察动静，还好，第一次无人发现。于是，他的胆子越发大了，将法律抛至脑后，良心埋在脚板底下，肆无忌惮。

次年 5 月，在短短的几个月内，他玩弄小小的权力，私下从县国土局领回“土地费专用收费收据”，再盖上私刻的出纳员私章，疯狂作案，先后开出土地费专用收据 61 张，贪污公款 2.1 万多元。

这一切依然无人察觉，然而，他自己的生活轨迹却暴露了他的违法行为。

有了钱，他扔掉了艰苦朴素的本色，大肆挥霍，逛舞厅，讲排场，摆阔气，大彩电，70 型摩托车他玩得溜溜转，高档西装换了一套又一套；他操办婚事，购置高档家具，大摆酒席……

“他哪里来那么多钱?”人们惊奇了。

查！赵某的行动，引起政法部门的重视，一查便挖出了这只“吃”土的“蛀虫”。

1995 年 4 月 26 日，这位“小土地爷”昧着良心，吃恶钱，被推上了法庭，判刑 6 年。

蜀中的“土耗子”还多着嘞。1995 年 10 月 30 日，我去采访“四川省反腐败查办大要案成果展”，在众多的案件中，要数“吃”黄土地的“贪官”最多。

政府要员的堕落。董某，原德阳市政府副秘书长兼市国土局局长。1992 年 10 月，董某利用职权，批准减少某市某建筑安装工程公司土地征用费 15 万元，收取贿赂 2.5 万元，被判刑 7 年。

悔之晚矣。“我太贪心了，一失足成千古恨。”这是涪陵市荔枝办事处副主任兼建管办主任廖某，身陷囹圄后，发自内心的忏悔。他利用掌管征地、拆迁工程的职权之便，有恃无恐地追逐金钱，受贿 20 万元，被判处死刑，缓期二年执行。

土地作交易，受贿肥私囊。隆昌县国土局征地办公室副主任陈某，利用土地征用的批准权，两年中先后受贿 12 万元。

……

英国有位学者说过：“有多少罪恶是在‘国家利益’的美名掩盖下进行的。”正是如此，前面所说的那些徇私舞弊、贪赃枉法的“土耗子”，都是在高喊“国家利益”的幌子下，刮地皮、“吃”黄土，发了横财，亏了国家，坑了农民！

## 祸水横溢

海南，蜀人“炒楼”大成功！

数以万计的商家、企业家，以及政府官员，越过琼州海峡，拥向海岛。

“别人不修我修，别人不干我干！”

“借鸡下蛋，借船出海！”

一时间，蜀人在海南弄得风车斗转。

在众多的“蜀军”中，有一支来自川西绵阳的“炒楼”高手组合成的“永宏房地产开发公司”。这是两个企业组建起来的先遣队，总经理苏渝湘，是商场的老手，“炒楼花”、“炒地皮”一路独领风骚；另一位是副总经理兼会计师程秋菊。这一男一女，一老一少，在海岛，演出了一幕幕精彩绝伦的“活报剧”。

程秋菊，一位富有个性的女人。她和著名影星巩俐扮演的《秋菊打官司》中那个土气十足，开口闭口“要个说法”的农村妇女的形象完全两样。这位妙龄女子，浓妆艳抹，花枝招展，善于卖弄风骚，讨得一些男人的喜欢。

她系大学财会专业毕业的本科生，懂经营，会管理，无论是洽谈生意，还是搞公关，她都能说会道，精于周旋，且多谋多智。

她的才华显露得最成功的，莫过于在海南搞房地产开发的那些年月。

她聪颖、外向、爱出风头，有时也就显得“笨拙”、“天真”，使得她那狡猾多变的狐狸尾巴，难免不显露出来。

1993 年 7 月，永宏公司决定在海口市买一幢大楼，善于钻营的程秋菊，顿起邪念。对她来说，会计的心计只有进入流通领域，才能显示出“才华”。

当初的海口市，房地产商数百家，商住楼举目可见，买谁的呢？秋菊自有主张。

她挑来选去，选中了靠海边的一座大厦，在交易的过程中，她凭着女性的特征和会计师的本领，说活了对方，做了手脚，同意将 1 000 万元的成交价，变成一张 1 108 万元的收据。

这一切似乎做得十分谨慎、周密。他们双方神出鬼没，钱火速交付，大楼火速到手，一切都按照她的意愿办理，一切都显得有条不紊。

付款时，苏、程合谋从公司套取多开的 108 万元，存入了程的私人账户，侵吞为己有。但秋菊又觉不妥，怕露出了尾巴，尔后又用化名把钱火速汇到成都，存入苏、程二人名下，苏得 56 万元，程得 50 万元，另 2 万元两人已在海口挥霍。

这笔不义之财得手后，他们挥金如土。在海南玩困倦了，他们又决定在四川都江堰市、绵阳市各购一套别墅，随后又购得小轿车 2 辆，黄金首饰十余件。

程秋菊觉得海南天地太小，四川的天地太窄，于是二人又到了上海、青岛、重庆等地，游山玩水，开“洋荤”。

人常说：“久走夜路，一定会碰上鬼。”这笔巨款仅仅在他俩手上旋转了4个月，便东窗事发。绵阳市检察院出动了20多名干警、兵分多路，四面出击，很快查明了案情，同年8月1日，程秋菊在昆明被抓获，两天之后，苏渝湘在成都归案，全案破获仅仅花了15天。

1993年9月25日，四川省绵阳市南河体育中心广场上，人头攒动，法庭庄严肃穆，正在宣判苏、程这起贪污逾百万元的大案。宣判结果，依法判处苏渝湘死刑（最高法院审核为死缓），程秋菊死缓。

本案宣判了，罪犯被投入了监狱，按照法律程序，此案可以了结。

然而，“天下事了犹未了”。此时，这起特大贪污案，似乎仅仅是个“引子”，好戏还在后面。

不安分的女人，即使戴上脚镣手铐，她照样施阴谋，洒祸水。

锒铛入狱，何时才能重见光明呢？程秋菊常常掉泪。唉，死缓！多么可怕的字眼儿！监狱，对这位妙龄女子，是多么“残酷”呀！她觉得前程渺茫，不堪思索……

难道就这样束手待毙吗？不！决不能等待死亡，要活下去。她抹干眼泪，鼓起了勇气。

于是，她不甘沉默，改变了战术，演出了一出又一出的闹剧，引出了一系列精彩的奇案、怪案。

正当苏、程二人被判处死缓，群众拍手称快时，在绵阳繁华的大街上，又出现了两组令人惊讶的镜头：

突然，死刑犯程秋菊，花枝招展，满面春风，回到了绵阳她父母家中。一向偏僻沉闷的小巷内，响起了噼里啪啦的鞭炮声，摆着满盘美酒佳肴，家人为女儿洗尘“辟邪”。

不时，在热闹非凡的公园路，绵成路……一位身着警服、全副武装的民警，骑着摩托载着程秋菊，奔驰于笔直宽敞的大街上。傍晚时分，他们二人又不时出入在公园、宾馆、酒吧、舞厅，热恋、狂欢……

面对此情此景，群众惊讶感叹，迷惑不解，重重地打了一串问号：

“难道法院出了毛病，办了错案？”

“公安干警与一位死刑犯勾勾搭搭，是何体统?”

……

事出有因。

想当初，程秋菊判刑后，押于绵阳市看守所，她成了一个特殊的犯人。

她那柔软的腰肢，白嫩的脸蛋，一双会说话的眼睛，很快就勾起了刚离婚、仅比程秋菊大两岁的高某的“好感”。本来，这位犯人不属他的管教范围，他却百般温顺，主动照顾她。

在高某看来，这位妙龄女子，有才华，举止大方，是位美貌的女性，年纪轻轻的就被打入死刑之路，实在可惜。

高某连夜失眠，盘算着如何接近她、关心她，与她交谈。一日，他突然要“提审”女犯程秋菊。在审讯室，他们二人畅叙情怀，眉来眼去，相见恨晚。打那以后，高某坠入了情网，经常买些高级饮料、糕点送到程的身边，关怀备至；程则以身相许，海誓山盟。

而这时，程的母亲又发起攻势。她多次来探监，向一位副所长行贿。这位头头见高、程二人来往密切，睁只眼，闭只眼，顺其自然。

程秋菊企图抓住一切机会，把高作为跳板，跳出牢房，重获新生。

1994年，程被押送到四川另一座监狱劳动改造。

这所监狱办了几个加工厂，近几年由于市场竞争激烈，效益不景气。头头们想聘用高手开创新局面，可又苦于人才缺乏。他们得知程秋菊曾是经商的，能说会道，熟悉商情，便给了她一个“新生”的机会，专门为她举办了一次演讲活动。

果真是个“人才”。她口若悬河，讲得头头是道，当即得到了领导的赏识：“好哇，这女娃子颇有才气!”

这一切都有序地进行着。为了让程出狱跑业务，监狱领导同意她借口“母亲病危”，先请假5天，由高某作保。在报告上，高公然以“丈夫”和公安干警的双重身份签字画押。

生活如痴如梦！程秋菊入狱仅一个月之后，就自由自在地以商人的身份去厦门、成都等地洽谈生意。

7 月 30 日，程一行 4 人回到成都，她又向监狱提出，这次跑生意有“功”，希望回绵阳去看望母亲。监狱领导同意了，但要求其 8 月 2 日一定返回劳改局。

程秋菊果真回到老家。她得意忘形，一下车就跑到绵阳看守所去找高某，并借此良机到狱中去探监，看望昔日的“患难朋友”。

假期到了，可程、高二人绵绵缠缠、情深意切，难分难舍。此时，高又出面，为程秋菊找到一位“歪”医生，开了假证明。随即，高又抛出一番谎言，说他爱人在成都工作，生了重病，今晚要住院治疗。通过多方说情，医生未见到病人，也未经检查、会诊，便开了一张入院手续，就这样让程秋菊“住进”了医院。

当天晚上，在医院内高代程秋菊向监狱领导去了电话，说她“子宫出血不止”，已住进医院，要开刀做手术……

这一幕又一幕闹剧、骗局，在绵阳造成极坏的影响，群众、干部纷纷向市检察院去信检举揭发。

法律之网再次向罪犯张开。

1994 年 8 月 9 日晚，程秋菊和高某正在两人世界里逍遥快活的时候，被公安干警当场抓获。

市检察院在侦破此案中，查明看守所副所长王某接受程母的贿赂，有人民币 2 600 元、港币 200 元、翡翠金戒指一枚（价值 500 元），并为程送书信、食品、衣物。

这场闹剧演出的结果是，在罪犯的行列中，又增添了两名犯人：一是高某，二是王某。

1995 年 2 月 23 日，绵阳市涪城区人民法院开庭审判，以行贿罪判处绵阳市看守所一级警司高某有期徒刑 5 年，以受贿罪判处副所长王某有期徒刑 6 年。

## 鹰眼·铁嘴·神仙肚

要说“硕鼠”、“蛀虫”，前面所述的那些，只不过是些小蟹、小虾，而真正的大“鲨鱼”，罪恶累累，死有余辜的要算郑利华了。

这位年仅39岁的女子，论官职仅是一位副处级、副经理。这些年公司多如牛毛，那经理、副经理随处可见。小的大的，老的少的，任命的和自封的，犹如和尚敲木鱼，多（笃）！多！多！

也许郑某是一位特殊人物。她所在的公司是个特殊的公司。深圳是在经济腾飞中刚从地平线上冒出来的大城市，经济活跃，思想也活跃，可人的贪财之心，千万不能膨胀！

机遇和氛围给她铺下了一条金光大道。郑利华得意了，生长在这座南接亚洲“四小龙”之一的香港，西靠繁荣的广州，经济高速发展的南方大城市，如鱼得水。

她哪里想到，1993年3月18日，当她走进深圳一家豪华宾馆时，逮捕证突然出现在她眼前，随即，“咔嚓”一声，透心透骨的手铐套在了双腕，她被两位警察拖上了警车……

她，一位“女强人”，变成了女囚犯。

说她是条大“鲨鱼”，并不是吹嘘，或者言过其实，请看她的罪恶实录。

索贿受贿：

人民币：546万元；

港币：204万元；

美元：3.2万元。

金额之巨大，实属罕见！

郑利华是何许人也，她竟然神通广大，一举侵吞国家巨款？

她，出身于川南那座风景秀丽、气候宜人、号称长江第二大城市——泸州。

郑利华生长在一个普通的家庭。她很幸运，正巧在“文革”后期赶上了“工农兵大学生”的末班车，进入高等学府，受过正规的教育。虽然那时的“工农兵大学生”更侧重于“镀金”，但她腰包里毕竟有一张大学文凭。

毕业后，人已成熟，懂得社会，懂得人际关系，更懂得如何拼命地去利用中国体制中的弊端，钻营和壮大自己的肌体。

最初，她在一家发电厂工作。据她的“抱负”，她的“心计”，绝对不安心做井底之蛙。

跳出“盆地”，去闯大世界！她下定决心，仿佛一位魔术师，三变两变，来了个三级跳：第一步从电厂跳入社会；第二步从泸州到成都；第三步从成都飞越南岭，到了广州。

1982年，这位精明能干的年轻女子，手持调令，跳进羊城时，已经变成了另一个人。

她一扫乡村小镇姑娘的小家气，落落大方，举止典雅，气度不凡。她的同行给她一个标准的评语：“鹰眼、铁嘴、神仙肚”。于是，她在闯荡繁华的都市——广州、深圳、珠海……在酒吧、商场，或在谈判席上，很快练就了十八般武艺。人们这样地吹捧她：绝妙的算计，咄咄逼人的谈吐，精明的运筹，准确的决断。因此，大伙给了她一顶桂冠“女强人”。

郑利华的脑神经确实转动灵敏。她在几年之内，成为一只大“蛀虫”。当走进阴森森的铁牢之后，她猛醒。一气呵成，写下了长达几万言的“自白书”，呼喊“要痛改前非”。

她在“自白书”中这样写道：“从我的犯罪经过和事实可以看到，我犯罪的过程是逐步变化的，开始外商主动给我，我收下；看到外商不问不管，就产生了占有欲；后来发展到找借口和理由向外商索要，数额比原来大。达到目的后，看到钱那么容易到手，胆子就大了。在‘白云路综合大楼’项目中，发展到有计划有预谋地向港商、台商索要‘台底钱’……金钱疯狂地毁灭了我！”

让我们把镜头换个角度，对准她的“自白书”所展示的丑恶灵魂。

她“崭露头角”，是从1990年下半年开始的。这位“女强人”也许是机遇，或者说，她官运亨通。郑利华，开初是位名不见经传的小人物，担任了深圳工程咨询公司广州分公司副经理。她之前，没有“正”职，实际上她是独当一面，掌管公司的大权。

20世纪90年代初，在神州，房地产这个黄金产业还未被人们完全认识的时候，她似乎有先知先觉，认识了，便钻了进去。

正巧，1990年，羊城要筹建一个规模很大的小区“海印苑”。她早就听到消息，四处搜集信息，刺探情报，掌握了上上下下的官情与民情，准备投标。

她运筹帷幄，下了一番工夫，作了全面研究。从拆迁费用到工程周期，从基建投资到建成回报，从建筑设计到造型，如何体验南国风光和用户的心态……都作了周密而科学的运算。

在招标那天，来自广州、深圳、珠海的四五十家房地产商，老牌的、实力雄厚的众多经理、董事长，在答辩中，都意想不到会败在一位年轻的女子脚下。

答辩时，她不惊不诧，不急不慌，口若悬河，对答如流。末了，她手捧一份厚厚的考察报告，呈给招标者。她一举成功了，夺得“海印苑”工程的开发权。

工程开始运作了，郑利华的“鹰眼”也开始选择“猎物”。她在“运筹”，要在三五年内，捞足 1 000 万元港币，然后逃出国境，坐享其福!

她，野心勃勃!

她成功的时机，和她步入铁窗的时机，正在缓缓地向她同步走来!

合作开发“海印苑”工程的是成都一家公司。协议上写着：郑利华的公司负责项目设计、管理、办理手续和协调上下关系；成都某公司负责项目所需全部投资。

成都某公司的董事长，实际上是一位老谋深算，吃透大陆“行业”的外商。

他知道，这个项目的发展，将会给他带来高额利润。同时，他也清楚，必须拿出一笔资金去打通关节。

这一点，郑利华与外商是“一脉相承”的。

项目进展很顺利。外商为了收到双边合作的巨大成效，他便拿出 44 万元人民币和 1 000 美元，送到郑利华面前，和颜悦色地说：“郑小姐，这点小意思，用来疏通关系。”

郑利华仅莞尔一笑，毫不犹豫地说了一声“谢谢”，便伸出了纤细白嫩的手。

她上瘾了。慢慢地，“毒品”渗入了血液。她的手不想再收回去。

她贪得无厌，获得第一笔“酬谢费”之后，她又在想第二笔。

工程进展很快，因为“天时”、“地利”、“人和”都凑在了一处。“海印苑”是穗市旧城改造的示范区，市政府十分重视，上有专门领导小组，下有各个部门密切配合。这对郑利华来说，如虎添翼，一个个关卡都开了绿灯。

港商喜出望外，以为是他那笔款子生了效应。实际上，那笔“酬谢费”全部谢了郑利华。

善于察言观色的女人，趁外商高兴的时候，又伸出了细嫩的手。她妩媚一笑，说道：“董事长，那笔钱我都一一分送给了审批部门，审批手续才办得这么顺当。请再给 8 万元，还要送礼，请客。”

这第二笔，一分不丢，又全部进入郑利华的私囊。

1992 年初，“房地产热”最先从广州兴起。房产一天一个价，购房者络绎不绝。此时，董事长三番五次找郑利华，要求“海印苑”部分现房外销，可赚更多的钱。

郑利华摸透了董事长的心理，迟迟不表态，总是推三阻四的，一会儿说批文不好办理，一会儿说“领导”不同意。

其实，她心中有数，要办外销的手续，不费吹灰之力。一个急如星火，一个稳坐钓鱼台。

那位董事长，明知她不愿为这事周旋是有缘由的，但想摸摸底，便问：“郑小姐，这事要多少钱才能办成？”

郑利华瞥了他一眼，不以为然地说：“为这样大的事可不轻松啦。钱吗，需要 60 万元人民币，购两套住宅给审批部门的领导，还要 3 万美元，给审批人员到国外旅游用。唉，不给别人一点甜头，能成吗？”

董事长惊呆了，他叫苦：“这么大的数字，唉，真可怕呀！”

郑利华瞪着鹰眼，怒斥道：“你这人不懂得交往！不给别人点甜头能办成吗？这个数，分文不少，你看着办吧！嘿，你嫌多，我还不愿跑腿呢。”

董事长斗不过她，只好乖乖地将 62 万元人民币和 2.8 万美元交给郑利华。

事情很快就成功了。这笔钱，郑利华一分也没有花。

郑利华连敲三杠，还不手软。接着，她又向董事长表功，并要他拿出15万港币为她办一张“斯威士兰”护照。

郑利华有她的如意算盘。她计划出国定居，怕贪婪之心一旦暴露会吃官司，坐监狱，想趁早逃之夭夭。

她向一位香港朋友打听到，在国外要想过得舒适，自己要有房子、汽车，还要有医疗保险。那位朋友还为她粗略地算了一下，过上这样的生活，起码也得1 000万港币。

为此，郑利华为自己订下计划；3年内达到这个数，然后飞出国门。

郑利华更加疯狂了！

1992年3月，她正在云里雾里地做着美梦的时候，又一个好机会降临了。她所在的公司，夺得了广州市“白云路综合大楼”开发经营权。

那是一块肥肉，香港老板看重了，愿意和她合作。

这个狡猾的女人，摸透了对方急切的心态，又来了一番讨价还价。她得意地说：“嘻，老板，你是个聪明人，要参与开发，必须拿一笔入门费……”

“嗯，郑女士，我理解，200万元港币够不够?”老板很大方。

“不够，你准备250万元吧！有诚意就开心点!”郑利华下了狠心。

为了把这事办成，老板马上送来100万元港币。

郑利华没有收，一则嫌少了，二则她变换了手法。她找来两位她相识的外籍华裔夫妇，谎称：“这钱不是我要，你交给他们，由他们负责疏通办理。不过钱，你要一次交清。”

那位老板照此办理。

那年岁末，广州市政府调整了地价，“自云路综合大楼”外销地价由原来的每平方米875元，降到350元。这位老板，仅此一项少投资1 150万元。

郑利华旋转着鹰眼，顿生一计，对老板说：“这次地皮降价是我去疏通的，没有我能办成吗? 哎，节约下来的投资就各得一半吧。”

那老板明知是她在要花招，却又怕得罪了她。只是无力筹足575万元，便付了现款190万元作为“酬谢费”……

翻开郑利华的犯罪史，不难看出这条大“鲨鱼”，全凭她的“杀手锏”，利用房地产这个黄金产业，一口一口地侵吞国家的巨额资金。最后，当她走进高墙矗立的监狱时，痛哭流涕地说：“金钱疯狂地毁灭我了！”

## 八号岛上的罪恶

“嗬，这伙‘圣人’都变成了‘囚犯’，活该！”

“那些家伙贪惯了，吃了百姓，吃‘土地’。”

“啊，这案子太典型了，几乎整个班子都陷进去啦！”

……

1995年10月的一天，在四川省反腐败查办大要案成果展览的大厅内，参观的人群堆里，议论最多的是简阳市的“八号岛事件”。

这桩案子像一声惊雷，不仅震惊了全川，而且震惊了全国。

他们的“事迹”已载入了史册，在大厅的展台上，用斗大的字写着他们的罪证：

“卿文才，青年得志，‘而立’之年便当上了局长、副市长。他忘乎所以，利用其兼任简阳市开发区主任、旅游开发区管委会主任等职务之便，1991年以来，在龙泉湖8号岛上的土地征用和发包各类旅游开发工程等公务活动中，先后数十次受贿达24.68万元……”

东出蓉城的城门，约二三十公里路程便是龙泉山。在龙泉山下有一个风景旖旎，令人神往的龙泉湖。

龙泉山，人称花果山，是成都人民旅游玩耍的好去处。成都是个内陆城市，虽然有三国遗址武侯祠，有风景绚丽的草堂寺，有神话一般的宝光寺，可缺少的是水。人们对水如痴如醉。鉴于内陆城市人们对水的渴求，不知是谁动了心思，在龙泉山下建起了一个大湖——龙泉湖。龙泉湖周围，苍山叠翠，风景秀丽，又位于成渝高速公路旁，来此游玩的远近旅游者络绎不绝。

近几年，“房地产热”、“度假村热”热遍神州之时，蜀中也搞得火爆。

在龙泉湖上，昔日不曾引人注目的八号岛，顿时却成了掌上明珠，颇受大企业家、房地产老板，还有一些凑热闹的大机关的青睐，他们争先恐后向龙泉湖进军，一夜之间，八号岛身价百倍。

1991年，简阳这个新建市，向省里争得龙泉湖的开发权之后，市里的主要头目如同吃了喜鹊肉一般，高兴得头脑发热。为了加强领导，副市长卿文才便兼职担任了市开发办主任。

这是一个显赫而又"吃香"的实权机构。搞项目、引资一类的事，凡是大股小股的金银水，进进出出，都得从他的眼皮底下淌过。

卿文才是位刚过"而立"之年的年轻人。他当过兵，种过地，虽然没有进过高等学府，可他一个脑袋能顶上两个头，人称他"天才"。

这位"天才"，曾做过许多梦，"当官梦"、"金钱梦"、"发财梦"，凡是男人爱做的梦，他都做过。然而，机遇一个个滑掉了。

入党、做官、发财……这是卿文才自幼就憧憬的人生三部曲。在部队他积极肯干，是学雷锋的标兵。他自以为，这样的表现会给他铺下一条通往"天堂"的金光大道，然而他的美梦落空了。在部队没有提干，却成了两手空空的退伍兵。

他没有泄气。他赢得起也输得起。回到简阳，由于他能说会道、敢作敢为，加之苦心经营人际关系，所以很快赢得了干部群众的喜欢、信任，不久便当上了副市长。

随着"升官梦"的实现，他贪婪之心在膨胀、扩大，接着做起了"发财梦"。

红运，一个接着一个。他任开发办主任不久，在一项工程中，接受了省上一家建筑公司经理尹某送来的"好处费"。第一笔贿赂使他尝到了甜头，从此他见钱眼开。

接着，争夺龙泉湖的序幕拉开了。市领导看到那块风水宝地是棵"摇钱树"，千方百计要"下水"捞一把。

1993年，全国"公司热"带动了市委、市政府也匆匆上阵，建起了"简阳市兴贸企业公司"。这个公司直属市委办公室管辖。公司的结构奇特：

法人代表、总经理系原市委副书记、现市督导员杨某；董事长系市委办公室主任陈某；副总经理系市委办公室副主任黄某；会计系市委办公室副主任邱某。

这个公司的核心领导成员全是有“官位”的掌权者。明眼人一看，就知道他们是“政权”与“资本”相结合的简阳市“垄断”集团。

公司成立后，相中的第一块猎物，便是龙泉湖上的“八号岛”，欲将那332亩土地，抓到手，然后再“炒”出去。

兴贸公司的“高手”们，究竟是如何“炒”这块地皮的呢？

1993年的6月，简阳市委分管市委机关工作的一位副书记，率领兴贸公司的人员，亲自登门找到副市长兼开发区管委会主任卿文才，要求买下这片地，要他开绿灯，而且在价格上饶一点。

经过几次“勾兑”，最终，兴贸公司以每亩2.5万元购得了这块宝地。

这一伙人，尽管他们一手抓“印把子”，一手抓“钱串子”，真要做生意，却被难住了。土地到手，如何去“炒”、去赚钱？他们只会出点子，不愿亲自动手，或者说，他们怕露了“马脚”。

在疑惑之中，他们突然想起了龙泉灌区管理处的女“秀才”李秀林。管理处尽管只是个副县级，李秀林只是个副处长，可她的能量大得惊人，南来北往的商贾、名流，无不称她是“女强人”，公关的“高手”。

这位“女秀才”还凭她的才智，在简阳的文学刊物上，发表过一些作品——“打油诗”，为自己涂脂抹粉，戴上“秀才”、“作家”的桂冠。

总经理杨某，拿到“八号岛”之后，正逢全国“炒地皮”的高潮，地价一天一个样。他着急呀，弄不好，这笔生意会亏空蚀本的。他想利用“女强人”李秀林，然而管理处找出种种借口，就是不放人。

在简阳，兴贸公司有着至高无上的权力，小小的管理处怎么扭得过兴贸公司呢？他们先礼后兵：起初主管农业的副市长帮李秀林请假；而后，主管农业的市委副书记给管理处的头头打招呼：“李秀林帮兴贸跑土地，你们就支持一下嘛！”

巧极啦！“女强人”刚出山，成都市某银行就看中了“八号岛”，托李秀林帮忙买下那片地，双方一拍即合。经过磋商，价格每亩3.8万元，款很快到了兴贸公司。该公司前后不过30天，就赚了一笔大钱。

“赚钱了！”大家喜出望外。

1993年的金秋，杨总经理召集公司的核心成员，召开秘密会议。他开门见山地对大家讲：“公司旗开得胜，第一回赚了个大数。说起来也不易，没有市里和有关部门领导的鼎力相助，恐怕……我提议，给他们意思意思，怎么样？”

“要得，要得！将来靠他们的机会还多着呢！”大家异口同声。

“他们应该，我们自己也应分享一点。”有人提出了另一种意见。

“对。可以把成本部分提高些，利润少报点，抽出部分钱，以分红分股的形式慰劳慰劳大家，好鼓鼓劲再干！”

会议开得很热烈，你一言，我一语，最后作出了决定：空出29万元，其中10万元给5位公司领导“分红”；另外19万元给市里有关领导发“红包”，共分成10份。不久，土地的买方又送来10万元“感谢费”，加在一起，共29万元，由杨总经理和李秀林分发给各位领导。

卿文才的手特别长，银行送来的那笔钱，原计划拿2万元送给另一位副市长。他知道后，做了小动作，认为那人作用不大，便私吞了。

人常说，“人外有人，天外有天”。他们自认为这一切都做得诡秘，可仍然露出了马脚。

卿文才最贪，最后砸锅还是砸在他的手上。

那是1994年岁末的一个寒风瑟瑟的夜晚，一辆吉普车驶进了简阳市中区，车内坐着内江市检察院的副检察长和反贪局局长、副局长，中间押着卿文才。不多时，他们走进了卿副市长的办公室，竟被眼前的景象惊呆了：文件柜、书柜、抽屉里、桌上、椅上、公文夹内，到处都放着红红绿绿的美元、港币、人民币、债券……一合计，总共43万元。随即，吉普车将这位“天才”，连同他的“发财梦”一齐拉到内江市检察院去了。

卿的败露，是第一位给他行贿的那个建筑公司的尹某在监狱揭发的。

顺藤摸瓜！旋即，简阳市委副书记、市长王某、管理处副处长李秀林等一伙，被“请”进了看守所。

他们中，最“想得开”的要数李秀林。她闭着眼睛往楼下一跳，手脚一伸就走了。

最“想不开”的是市长王某。1995年的春节，他是在看守所度过的。这位“父母官”百感交集，此时，他想念着妻室儿女。同时，他觉得愧对全市人民，不禁泪流满面。当新春佳节的鞭炮声传来的时候，他伫立窗前，望着满天的星星，不禁悔恨自己：为什么会走向深渊，成为“阶下囚”？他曾为自己骄傲过，他是简阳历史上第一位本乡本土的县长，当县改市后，他又是第一位本乡本土的市长。这位“父母官”曾经确实为群众做过好事。

这起轰动全川的简阳市领导层特大案件，为什么一举卷入了七八位“父母官”？至今，人们还在思索……

1995年11月10日，内江市中级人民法院作出了第一份判决书，判决：被告人卿文才犯受贿罪，判处无期徒刑，剥夺政治权利终身；受贿所得和非法所得予以没收。还有几位同案犯，都受到了法律的制裁。

农田新品种

一九九三年五月
华君武

# 第四章　美元软了　地皮凉了

第一章概述的是中国房地产业发展的一段艰难的历程，也是一段沉痛的教训。房地产业的惊雷，在神州响起了第一声，谱写了序曲，也付出了巨大的代价。大片大片的良田沃土被吞噬、荒芜、毁掉。

美元软了，地皮凉了。

一时间，房地产界狼烟四起。新闻媒介频频发出“狼来了”的警告，房地产老板们惊惶失措，乱了阵脚。

## 山重水复疑无路

在中国，房地产业如鱼得水的当初，社会上引起了一场风波，一场争议！

众说纷纭！街头巷尾，茶馆酒店，高楼大厦，凡有人群的地方，就有众多的争辩：是与非、喜与忧、“真热”与“虚热”……一溜儿评说。

此时，新闻大战更是此起彼伏，小报大报，中央电视台、地方小刊物，总而言之，有关房地产的报道充斥了各种新闻媒体。标题新鲜、硕大、醒目，五花八门，实属罕见。什么《烫人的中国房地产》、《房地产市场的问题及其对策》、《房地产热其实是“虚热”》、《房地产幽思》云云。一时间，房地产成为大陆的新闻中心，记者们穿梭似地跟踪追击，争头功、找热点、抢新闻。

房地产业，有着特殊的含义，修了房子，占了地，并不等于就有了房地产业。当房产与地产结合起来，并从第一、第二产业分离出来，进入商品交易市场后，渐渐地，房地产业才能成长起来。在经济发达的国家，其前前后后的发展，已有几百年的历史。

在共和国，这一产业的出现，是从20世纪80年代初诞生的，嗣后，“热”了几年，又“冷”了几年。1992年，东山再起，沸沸扬扬，似乎不可一世。这种“热”，极不正常，有实“热”，也有虚“热”。从地域来看，房地产业发展“冷”“热”不均。一般说，南方“热”于北方，沿海热于“内陆”，开发区、经济特区“热”于其他区域，大城市“热”于中小城市。

**“虚热”盗汗——撤**

如何看待房地产热呢？房地产是“真热”还是“虚热”呢？这是争论的中心。

市场经济的发展，可谓瞬息万变。1993年5月《半月谈》敞开情怀，吐露出一番真言：

> 近年来我国各地出现了房地产热，且持续升温不减。国人经营房地产，海外地商也雄心勃勃地进军大陆房地产，对当前的房地产热如何看待，众说纷纭。最近一期《半月谈》刊登了中国房地产开发集团公司总经理对此问题的看法——
>
> 他认为，当前出现的房地产热是一种“虚热”，是我国房地产业走向市场经济过程中出现的问题，是由于市场发育不善、经济秩序不健全、操作行为不规范所造成的，当务之急是要加强管理，因势利导，推动房地产业活而有序地健康发展。
>
> 一般人们说房地产热，主要表现在两个方面。
>
> 一是批地热、“圈地热”。1992年前8个月，我国有偿出让土地约2 000幅，为前4年土地出让面积的两倍。房地产投资的沿海、沿江、沿边等热点地区，到处在“批地”、“圈地”。除了大大小小1.4万多家房地产开发公司蜂拥而上“抢地”之外，一些没有房地产经营权的单位也纷纷介入房地产业圈地，由此出现了不少值得重视的问题。例如，有些地区土地供给计划性不强，批地与项目脱节，项目没有落实就批出土地；土地批量过多，规模过大，不考虑开发能力，以致出现晒地皮现象；有的地区土地

供应缺乏市场机制，难以做到公平竞争。在土地出让中，采取协议的方式多，招标、拍卖的方式少，使国有土地资源流失。一些地方对外商投资房地产，没有给予明确的投资方向引导，对资金到位情况缺乏监督，管理不力。

二是开发区热，开发区过多过猛。据统计，全国乡镇以上开发区已有9 000多个，挤占土地1.5万平方公里，其中大部分是开而不发，无商可招，有的地方政府越权审批土地，有的县、乡也自行审批占地很大的开发区。盲目开设开发区，其结果是没有那么多资金用来开发，致使大片土地闲置，影响农业生产。

在“批地热”、“圈地热”、“开发区热”的同时，适合城镇居民购买的住宅并未真正“热”起来，远远不能满足实际的需要；内地有些城市的房地产刚刚起步。上述情况给我国房地产的发展造成一种似乎过热的虚假现象。因此说我国房地产是“虚热”并不过分。

这是官方对“房地产热”下的评语。

外国人说，中国已出现了泡沫经济，存在着“三乱”“两热”——乱收费、乱罚款、乱摊派；房地产热和开发区热、炒股热。

形势严峻啊！

据透露，到1992年底，房地产业沸沸扬扬，已火热到了登峰造极的地步：全国各大城市大兴土木，大批高楼林立，且四方都有大批房屋正在兴建，忙忙碌碌，轰轰烈烈，那气氛让人眼花缭乱，全国有5 000万平方米商品屋等待顾主。这是一方面。另一方面，城市拥有400多万房屋特困户，长期挤在狭小的天地里，如同蜗牛一般。其中人均两平方米以下的人家，就更是寒酸了。他们长期蜷缩在破旧、阴暗的篱笆墙之下，有人甚至躲在地下室、桥梁下、山洞中，过着“三代同室”、“四世同堂”的艰辛日子。

这是历史沉淀下来的寒酸苦涩，也是中国人多年贫困潦倒，自身无力解除的困境。

面对这种局面，我迈开两腿，在都市内跑了一圈，去追逐其“内详”

和它的“病根”。

一个阳光灿烂、春风如意的上午，我走访了刚建起的成都市房地产研究会的几位专家。他们在一派惊讶声中，冷静地对房地产业发展现状，发表看法。

诚然，他们占有众多的材料，富有心计，富有观察能力。他们的透视分析，确实棋高一着。他们认为，之所以会出现这种局面，原因是多方面的，但其主要原因有四点：各地房地产开发公司急功近利，热衷于经营利润高的豪华住宅和别墅，互相攀比，越建档次越高；独资、三资企业赶时髦，极力兴建外销商品房，由于供应过量，只好“出口转内销”；税多税杂，有的地方多达70余项，因此购房价不断上浮；一些“皮包公司”和“炒家”东炒西炒，地价和房价愈炒愈高。

面对高房价，“工薪阶层”和一般居民只好望洋兴叹！

人们正处在忧心忡忡、举步艰难的时刻，中央发动了一次“房地产大清理”。

1993年7月下旬，北京召开的全国土地管理厅局长会议上，国务院副总理邹家华切中时弊，挑明当前房地产突出的问题有三点：

一是越权批地，多头批地；

二是地产开发管理失控，房地产开发企业过多过滥，炒卖房地产严重；

三是建高档宾馆、写字楼、度假村等，严重影响了国家资金的正常投向和运作。

他强调一点，也就是那些“歪”企业、“炒家”头痛的一点：

要围绕健康发展房地产业这个中心环节，用一段时间着手清理整顿房地产。

紧接着，就是真枪实弹，动真格。建设部、国家工商行政管理局、国家土地管理局、国家税务局齐心协力，提出了“加强房地产市场宏观管理”的七条措施和意见。

邹家华在这次会议上具体提出了加强土地宏观控制，制止炒卖房地产，惩治投机行为，必须采取以下十条措施：

一要强化建设用地的计划管理。

二要严格执行国务院有关文件，土地使用权出让必须由政府垄断。政府对土地出让的垄断，要体现在对土地开发实行统一规划、统一征地、统一开发、统一出让、统一管理上。

三要适应房地产市场发展的需要，改革城市规划和土地利用规划。

四要尽快改革供地方式。今后，除党政机关办公用地、军事用地、公共公益事业及国家重点扶持的企业等用地外，都要实行出让方式，并以招标、拍卖为主，尽量减少协议出让。

五是对成片开发出让土地和开发区建设要严格控制。

六要清理检查土地自发交易行为，加强行政划拨土地使用权的管理。

七要加强土地估价工作。

八要加强土地税（费）征收工作，充分发挥税收在市场中的调控作用。

九要加强土地登记工作，通过登记确认权属，不经登记不受法律保护。对未办理登记的土地，政府有权收回。

十要加强土地执法监督手段，充分发挥土地监察对调控房地产市场的职能作用。

紧锣密鼓，一场大清理在全国展开了！这场大清理的熊熊烈火在神州燃烧，真金？假金？都会经过这场考验，泾渭分明。

一声惊雷，四处恐慌。1993 年 7 月，奔涌而来的房地产大清理席卷全国。各地相继有一批无开发能力的房地产开发公司自行关门，另有一批违法经营的公司受到查处。土地管理部门和金融机构开办的房地产公司，也纷纷按国家的规定脱钩。

广西对无力开发的 380 家房地产公司进行了考核，责令自行停业。南京更为彻底，对全市 393 家房地产公司逐个清理，凡发现注册资金虚报假写，根本没有开发实力、偷税漏税严重的，一律撤销。

形势紧迫！许多省市的房地产企业，实际上早已没有业务、房屋、地皮卖不出去，资金积压，公司仅是一只没有血肉的躯壳，不停也得自行消亡。形势逼人啊！加之，外力的作用，很快就出现了摧枯拉朽的局面。

## “开发区”开而不发——砍

寒潮步步逼近!

面对蔓延全国的“开发区热”中出现的“开而不发”、“跑马圈地”的现象，又给国人带来几多忧虑，给国家带来众多损失!

因此，在大刹“房地产热”歪风的同时，给“开发区热”扎下了一根楔子。早在1993年4月28日，国务院发出《关于严格审批和认真清理各类开发区的通知》，其精神是十分清楚的。要采取果断措施，“各地对未经国务院或省、自治区、直辖市人民政府批准而自行兴办的各类开发区，进行一次认真的检查清理。对缺乏基本建设条件，项目、资金不落实，过多占用耕地或占而不用的开发区，要坚决果断地停下来，并向群众做好宣传解释工作，处理好有关善后事宜。土地要还耕于农，严禁弃耕撂荒。”

国务院的《通知》是算数的。

这一指示的下达，给一哄而起的开发区，“开”而不“发”的单相思，是一声长鸣的警钟。

中国人总是喜欢“好大喜功”，而功不成，名不就时，又走回头路，人们叫“吃回锅肉”。

“肉烂了在锅里嘛!”这是一些人常用的搪塞术语。这次就不是这个理了。许多开发区，几百几千亩土地，一荒就两三年，损失可谓大也!

无论怎么说，“走回头路”也好，“做亏本生意”也好，知错就改，也还是可以谅解的。

在《通知》精神的感召下，一些开发区的头，很快就明智起来，他们暗想：这一回是政府给我们搭起了下台的阶梯，再不撤，就不好向群众交代了。

各地在缓缓地行动。据21个省市的初步统计，开发区从2 098个减少到1 154个，减少了45%，几乎砍掉了一半，少占耕地一百万亩。其中，上海1993年土地出让计划，已由6平方公里调整为3平方公里；广州，1993年第四季度土地供应量比上年同期减少60%；河北、山东、江苏等7个省的开发区清理，数量和规划面积分别减少了3/4。

清理开发区成绩显著的四川，砍掉了114个开发区，使规划面积减少了481平方公里。辽宁的态度也是积极的，通过检查清理，撤销了82个；陕西停办了96个。

这也算是一大进步吧！

将来还会不会头脑发热，发疯似地围田圈地做发财梦呢？谁也不敢保证！

**“紧缩银根”——收**

中央对“房地产热”动了大手术，随之对“开发区热”降了温，施了一剂“良药”。紧接着，又颁发了“紧缩银根”的政策。

全国宏观经济的控制，对虚热的房地产业，对圈而不开的“开发区”是断“水”、断“血”，当头一棒！

中央发出了指令，加强宏观控制，促进经济发展。中央领导指出：“经济工作中出现一些问题，突出的表现是资金紧张，主要是由于金融秩序混乱，没有按照优化生产结构的要求把资金用到应该保证的重点上。今年上半年（1993年）银行存款下降，大量资金拆出省外，拿到沿海去炒房地产，重点建设资金不到位，企业的正常生产也影响一大片。因此只有整顿金融秩序，重点建设项目的资金才能有保证，生产才能搞上去……”

为此事，《人民日报》还在1993年7月26日发表了题为《加强和改善国家宏观控制》的社论。文章是这样叙述它的价值的：“我国的改革开放和现代化建设取得了巨大成就，举世瞩目。但在经济高速度发展的同时，也出现了一些新的矛盾和问题，如不及时解决，经济建设就有可能出现大的起伏，也有可能贻误有利时机。就像高速行驶的汽车没有有效的制动装置不能安全行驶一样，没有强有力的国家宏观调控，经济的运行必然要出现混乱。”

这里有种奇妙的现象。在一些西方国家里，对房地产业调控的主要手段是加强对土地的调控，加强城市规划管理基础上的土地资源开发，然而，在我国却无法做到这一点。

为什么？从体制上讲，整个国家经济处于新旧两种体制、两种观念、两种行为方式之间的矛盾冲突中，以及两种体制的转换，使房地产业中的主体“地业”开发，由于部分政府官员的家长制作风，而大量涌现“条子地”、“关系地”的混乱状况，“圈地热”和“批地热”，最终导致了土地供应失控。

宏观调控，会使房地产业出现啥状况呢？随着宏观控制，曾一度靠地皮起家而一举发达起来的深圳，在此期间，也进行了全方位把关，下闸，基建投资控制在165亿元以内，严格控制高层综合楼宇建设；对资金不落实的项目实行停建、缓建、不建；酒楼、宾馆、别墅不准超前。地处北方的黑龙江省，也制定了宏观控制，陕西、辽宁、四川、上海等省市也先后对房地产进行全面清理。

地价下跌，形势急转直下！

北海首当其冲，房地产转入低潮，土地价格跌幅在20％～60％之间，一些短期投机的“炒家”眼看无利可图，纷纷撤走。而一批头脑清醒、眼光远大而又有实力的中外投资者则把国家的这一举措看成是向更高层次发展的良好机遇，他们坚定地留在了北海。北海人解恨似地说：“走掉了一批‘炒家’，留下了一批实干家。”

最“热”的海南房地产“烧”退得厉害。房价回落、地价下跌、交易冷淡，“滑坡”、“疲软”之声四起，外界更有“猛泻”之说。据统计，期房下跌20％～30％，现房下跌15％～20％。海南十分特殊，其市场资金80％来自内地，银根抽紧，致使一些“下海”公司资金纷纷回流。

重庆房地产：山重水复疑无路。与重庆火爆的天气相反，时至1995年初，房地产市场依然冷冰冰的。该市国土局告诫房地产商，有实力的继续大干，没有实力的就应该趁早“洗手”。

随着房地产市场宏观调控，1993年期房和现房价格比年初回落20％～30％。随后的两年中仍是一筹莫展，举步维艰。

地皮凉了，美元软了！

随着“房地产热”带来的美元暴涨，到此时也一跌再跌。1993年春天，美元兑人民币从1∶7.3跳到1∶11，不到半年工夫，旋即又跌到1∶8。人们惊呼，“美元垮了！”

也许暴涨的继续就是暴跌。诚然，专家说美元暴涨暴跌的原因很多，但他们肯定最主要的原因是因房地产市场的疲软所致。

全国积压多少商品房呢?

传播媒介在1995年岁末公布了这样一个数字：全国已竣工尚未售出的空置商品房面积达4 232万平方米，占用资金多达687亿元。

这样巨额的积压，是惊人的！何年何月，才能解除，从而使房地产业走向健康发展的轨道呢?

## 沿海的困惑

正值神州“房地产热”达到沸点的时候，一夜之间，又从沸点跌降到冰点。人们感觉如梦一般。我索性闹个究竟，先在内地几个省市作了调查，随后又匆匆地奔向沿海几大城市去考察，看看那里的真情实况如何！

那是1993年的金秋。春华秋实，应该说，秋天是成熟的季节，收获的季节。但在那里，情况并非如此。

随着全国整顿金融秩序，严控房地产规模的措施出台，一时间，南线的房地产界似乎也碰到狂风暴雨的袭击，广播、电视、报纸不断发出警告。顿时，本就心有余悸的房地产老板们闻此风声，便惊慌失措，乱了阵脚。纵观福州、厦门、深圳、广东这些房地产开发起步较早的房地产市场，也可谓“云霾四合”，房地产公司的老板们惶惶然，坐卧不安。

9月20日。阳光灿烂。福州。

这是一座沉睡多年，刚刚醒悟的城市。我站在“五一”广场的制高点，眺望全城，立刻在我的面前出现了一幅优美的山水画。福州，三面环山，一面向海，清澈的闽江从中淌过。翠绿茂密的树木，婆娑起舞般的山峰，将整个城市装扮得分外绚丽。

福州在城市建设上起步晚，直到20世纪80年代后期才向外开放，高楼大厦很少，所以建设上不像广州，更不像深圳等大城市。

在我的视线中，出现一批高层建筑，刚刚冒出地平线，还未成形。然而后起之秀的福州，有着得天独厚的优势，一旦“解冻”，外商潮水般涌来。

目下，福州情况怎样呢?

在“五一”广场对面的一幢乳白色的大楼里，我走访了福州市土地管理局批地办主任刘君衡先生。他热情地向我介绍了情况。

他，中等个头，40余岁，祖籍福州。曾在四川江油市工作过多年，1979年才调回老家，所以我们一见如故。他的口音既脱离了川音，也没保留闽话，而是操一口标准的普通话。

他开门见山地述说着福建、福州近几年发生的巨变。他说，福州是全国历史文化名城之一，先辈们在这里创造了光辉灿烂的文化，留下了丰富的文化古籍：鼓山摩崖石刻、三山两塔寺、马江昭忠祠，还有林则徐纪念馆等等，所以福州城才如此美丽，建设突飞猛进。9月19日，福建省电视台报道，福建省已引进建设项目1万多项，外资180亿美元。

此时，他面带笑容，有几分自豪，但也有几分忧虑。他说，福建有点特殊，概括地说，八山、一水、一分田，是山多水多的省份，人均耕地仅0.6亩，人多地少，土地资源十分珍贵。近几年，建开发区，发展房地产，上得很快，土地也占得多。马尾开发区、元洪经济开发区、福兴工业开发区等建设，规模大，投资多。房地产公司仅福州市已发展到300余家。

他还告诉笔者，福州市历来城市建设差，没有什么大型建筑，自身没有什么大的能耐，主要靠引资。可以说，刚刚起步，可碰上了宏观调控，房地产公司纷纷叫苦。虽然对外资企业影响不大，可内部也感到寒气逼人。有些房地产公司不按法律行事，受到清查；还有一些公司本身就没经济实力，当财源一断，就失去活力了。

9月24日。多云转阴。厦门。

厦门，这座风景旖旎的海滨城市，蓝蓝的大海，如仙景般的鼓浪屿，令人如痴如醉。

厦门之美，曾被许多文人墨客描写得淋漓尽致。1981年春天，赵朴初先生初访厦门时，又欣然命笔，赋诗留念：

鹭门海上耀明珠，
波漾山光画不如。

喜见列车衣带过，
满装春意上燕都。

从福州至厦门，300 多公里，我不顾汽车颠簸所引起的头晕，也不顾长途跋涉带来的疲劳，到达的第二天，便马不停蹄地去走访，考察，追逐新的感受、新的信息。

虽说福州、厦门有着共同的经历，都起步较晚，房地产业的发展，也主要依靠外资。但我自出城门，一种冷淡萧条的感觉便油然而生。从福州至厦门，沿途的大小乡镇，重点开发地区，火热的场面消逝了，更多看到的是一片一片围起的撂荒地及半停产的工程，摆在路边场头。上述景况，过了泉州，行至同安、集美，公路两侧更加显眼。

6 月 20 日，《光明日报》一则消息《厦门特区地产市场稳步发展》称："厦门经济特区地产市场正在稳步发展，目前已确立了以地产市场带动城市基础设施建设，旧城改造和土地成片开发的运行机制。"

"厦门地产市场始于 1984 年，1986 年首次进行土地使用权公开拍卖，至 1992 年底，公开拍卖、招标土地 35 幅，面积 225 亩，收取土地款 3.5 亿元。今年 5 月，对厦禾路旧城改造公开招标，三幅地块面积 1.85 万平方米，成交地价 2.3 亿元，平均每平方米土地 1.2 万元，为历年来有偿出让土地的最高价。"

这是 1993 年夏天的梗概。到了秋天，情况大变，似乎秋天未过，冬季已经降临，海风中已夹杂着"冷风"，热浪中已带着寒流。可以说，整个城市都没有几座现代化建筑，旧城改造也是平平。

我首先涉足的是厦门土地管理局。

土地管理局位于郊外。我跨过碧绿的筼筜湖，兴致勃勃地爬上七楼，可不巧，那一天国土局的头头们都到省城开会去，我扑了个空。

我索性去找别的部门调查。几经周折，最后找到市计委、市房地产协会，知情人都谈到了厦门特区有她的特色，有她的困惑。这里虽然外商，特别是来自日本、新加坡和中国香港的商家比较多，厦门是他们投资的热点地区之一，但大起大落的现象也给他们带来困扰。

第二天，我又走进市土地管理局，陈莉小姐，一位厦门口音、年轻漂亮、淡雅文静、语气随和的姑娘，不惊不诧、不急不慌地向我介绍了厦门房地产市场的动向。

她说："不久前，厦门举办了一次房地产展销会，成交情况不甚理想。厦门总的情况在降温，今年的房地产前景不妙，价格下跌，许多房地产公司处于困境。但有一点还较为乐观，厦门不像海南，没有跳楼的。"

随后，我到了《厦门日报》编辑部，几位专门报道房地产、土地管理的同仁，他们很热情地向我介绍了厦门近几年房地产、开发区等发展的现状。

经济部的老游同志介绍说，厦门土地少，山多，这里的领导和全国任何一位领导的想法都一样，想干一番事业，但没钱，只好用土地去换钞票。实际上，他们把下一代子孙吃饭的土地都卖掉了一部分。厦门市不大，一年建房约200万平方米，按这个规模，现在批出的土地20年也建不完。我给他们开玩笑说，可批租的土地都批租了，你们的下一任，卖什么？国家要求，两年不建的土地收回，哪里收得了呢？都是干部顶着的。

房地产开发，厦门和全国的通病一样，高档次楼宇比较多，每平方米高达4 000～7 000元，老百姓勒紧裤带也买不起。现在厦门建房等于过去的3倍，但缺房户仍有9 000多户。高档楼房卖不出去，谁来买呢？这个矛盾，在厦门很突出！

9月29日至10月2日。暴雨洪灾。深圳。

在深圳的日子里，正巧碰上暴雨、洪灾，海潮冲破海堤，深圳湾的洪水泛滥，深圳城出现了被水淹的奇观。

那一天清晨，火红的阳光射得双眼难睁。中午时分，天色突变，瓢泼大雨铺天盖地。洪水很快袭来，市内的主要街道被淹，我狼狈逃窜。一连数日，在市里没能找到国土管理部门、房地产开发部门的要人，只好在几家传媒的同仁之间去捉捕材料，索取信息。

我先后走访了《深圳特区报》编辑部、《中外房地产导报》编辑部等几家知名度较高的报纸、杂志社的同志，他们高瞻远瞩，客观、实际，所得信息不少，且准确可靠。

深圳是房地产开发起步早，搞得最火热的地区。但到了1993年的下半年，房地产走势已是“高层滞销，整体下调”的局势。

近一年来，深圳批出的土地量相当大，有433万平方米。这些地按当年建房的速度，3～5年也难覆盖建完销售。这必然导致房地产商普遍对土地的招标拍卖持观望态度。资金捉襟见肘，不敢光顾；即使资金雄厚的，也是摸着石头过河。7月份，银根紧缩，银行采取措施，土地抵押贷款停止，给地产商当头一棒。老板们靠土地发财，土地是他们的“摇钱树”，一转眼，“摇钱树”变成“苦楝树”，令其叫苦不迭。如此这般，必然背债，高额贷款利息压得他们喘不上气来。8月初，龙岗区招标3幅土地，有72家房地产公司的老总们争相领取标书，但结果呢，竟没有一家有胆量去投标。在此期间，国家建设部在深圳举办房地产展销会，也没能为老总们找到灵丹妙药，会上出现了“门前冷落鞍马稀”的局面。

怎么不“稀”呢？只有卖方，而无买方。目前，全市供大于求，在建高层住宅楼212幢，近期内还有100幢高层楼要投入施工，高层楼宇难销，必然造成积压，银根紧缩。

10月5日。阴间多云。广州。

位于广州闹市区的广东省国土厅，在南方几大省内，算是富有的一个省级管理部门了，一幢高层建筑漂亮、豪华、气派。我在第五楼见到了综合科科长钟毅。

不愧是大省、开放最前沿阵地的“土地卫士”，听说从外省去的记者要采访有关房地产、土地开发方面的情况，他十分乐意地接待了我这位“不速之客”。

钟先生1989年毕业于广州中山大学地质系。年轻精干，谈吐自然、流利、坦率。他说，他很热爱自己的本职工作。一阵闲聊之后，我们进入了主题。他给我谈了近几年广东的土地管理、房地产开发的一系列情况。并顺手给我一叠材料，还有几份刚出版的《广东国土通讯》、《城市土地经济运行》等杂志。

他的话不多，但语重贴切。他说，目前的情况十分艰难，对于部分实力雄厚的房地产公司，银根紧缩可以内部消化，发展实力，并不会因大市场受挫而受影响。市场游动资金减少，正好说明市场资金各归其位，在盘整中积蓄。但对那些凭一张条子办起的一块牌子、一张桌子、一个袋子（皮包），专门靠炒地皮、玩空手道的空壳公司而论，他认为不仅“狼来了”，而且要被“狼”逼着他们跳楼。

广东房地价猛跌，珠海、东莞、中山等地，房地产价下跌二至三成。惠州已有60亿元资金被调回原籍，部分工程无力开工，从惠州的市区至淡水大亚湾一带，一些地皮的转让价比1993年初下跌了五至七成，而且售者众多，成交量少。

因此，广东在宏观调控和清理整顿中，一举撤销了170家房地产公司。清理还在继续，一些公司“虚热”盗汗，正在苦苦挣扎之中。

## 鹿回头

有人说：“鹿回头，我不回头。”

可能吗？

他们似乎未曾看见，也未曾想到，风云变幻，轰动一时的“房地产热”风势一转，打起了摆子，浑身发冷，虚汗大作。

最早是从广西北海发现“病毒”，炒家十万火急，纷纷脱手，一走了之，不愿像缺水的大鲨鱼，困死在海滩。

风驰电掣，“瘟疫”顺着漫长的海岸线向东转移，入深圳、侵广州、袭珠海，“炒家”像服了“蒙汗药”。全身乏力，大汗淋淋，举步维艰。地处“房地产热”的前沿阵地价格暴跌，“炒家”更是愁眉苦脸，哭丧的、逃跑的、跳楼的，坏消息一个接着一个。在川南某市，一位副市长被派到北海去创办房地产公司，投下数亿元，地皮、材料购置齐备，正欲上马，突然形势大变。他奈何不得，便跳楼自杀……

紧接着，冷风从沿海卷入内地，一些弱不禁风的房地产公司纷纷倒闭，经理们一扫昔日的威风，一派惊呼，哀乐长鸣！

据国内专家的分析，一些炒家的哀鸣沮丧，是自食其果。即使是房地产商，也必须接受严峻的现实，接受这场考验。国内的房地产已由膨胀期步入消化期，这意味着步伐放慢，价格回落，楼宇滞销。

人们在沉默中，寻找出路，寻找机遇，探索新路子。

希望在于将来。

希望是忧愁的最佳音乐。

地处“天府之国”的房地产大老板们正在冷静地思索。在困境中，他们仍然抱着希望。于是，他们想借用集体的智慧来摆脱羁绊，涉过沼泽。因此，一些相应的措施和组织应运而生了。

“房地产协会”、“房地产研究会”纷纷挂牌。此时，商家们更富有理智，坐下来边学边干，一些理论研究会、市场分析协会、法制学习班，也竞相开办。

1993 年 12 月 26 日。近百家房地产公司的经理云集在成都市东郊风景秀丽的花果山——龙泉驿。是去赏花休闲吗？不。他们心乱如麻啊，哪有如此闲情逸致呢。此时聚会，是举行“当前房地产形势及其对策的研讨会”，探测如何摆脱目前的困境。

会场内，一个个总经理、董事长，腰间夹着大皮包。手上提着“大哥大”，不安的眼神，疲惫的身心，可以看出，他们所承担的巨大压力，已是超负荷了。

惊恐万状！

这也许过分了一点。这次聚会名曰房地产研讨会，实际上是“大款”、“大老板”云集一处，探测风云，商讨如何杀出一条血道。

畅所欲言。与会者无所不谈，无所不讲，倾吐心里话。

哭笑不得啊！一个个大老板，几个月前还是那样精力充沛，财大气粗，神气十足，可如今宛如泄了气的皮球，怎么也打不起精神来，一个个蔫不溜秋。那模样儿已如夏天的剩菜残羹——不是味儿。

说真心话，与会者大多是正儿八经、有营业执照、有一块办公地点，想实实在在经营房地产业的老板，当然，也想实实在在赚大钱。

金钱梦做得越美，一旦失落，也就越感苦楚，凄凉！

表面上看，会议气氛依然是热烈的、激动的。不过可以嗅得到，一切都变了味。

虽然已是冬季时节，寒气步步逼人，可大伙儿心中仍然像一盆火。气，在胸中涌动；话，在心中旋转。难免，有人按捺不住，将牢骚话、泄气话、骂娘的话，一齐喷发出来。

会议在一派沉静中开始了！

“我说”，一位大个子首先打破了这潭“死水”，“真是的，事业难搞呀！什么这样规定，那样限制，把我们的手足捆得像根藤藤儿，搞个鬼的开发……”

一石激起千层浪！他的话勾起了许多人的心病。牢骚满腹，话长气短，便放开了嗓门往外泄。

“唉，我们这个地方，不打摆子，就发高烧，真个是办事难!”

“怪事多，成事少，一会儿河东，一会儿河西，风云莫测。”

“这哪像搞建设呀！是坑人，一下闸，没有个底；一放又没有个边，左右摇摆，让人无所适从!”

坐在我身边的老何，是个“房地产通”。他咬住我的耳朵，给我放了许多“风”。

他说：“哎呀，现在房地产老板难呀！近几个月，房地产市场冷到了冰点，成都市房价每平方米降二三百元，写字楼只成交了24%，普通住房不到50%，买的人稀稀拉拉，房子修起没人要。你说气人不?老板唧个不着急嘛?”

我不解地问：“有那么严重吗?”

他眨巴着眼睛，十分气馁地答道：“怎么不，牢骚话是说不完的，可要想个法子。你这个当记者的，也该呼吁呼吁。”

我点了点头。

此时，会场上也七嘴八舌，乱成一团，起哄的，叫苦的，呼喊的……

坐在前排位子上的四川省国土局局长助理，忽然插进一块楔子，抢过了话题。

这位体魄健壮的汉子，在土地管理、房地产业上有过一番艰苦经营和认真的研究，对目前全国面临的房地产困扰，能说出个子丑寅卯。

“我想说几句，”他一开场，血液仿佛随着他的声音，在外围流转。他很激动，但语句又十分沉稳：“我对房地产业的前途仍然是乐观的，希望大家要有信心。”

他端起古香古色的茶杯，有滋有味地喝了一口，又说道：“我想说两点：一是成绩，二是问题。”

他的发言，扭转了会场的气氛，大伙冷静地倾听着他的述说。

他在谈到成绩时，有这样的表述。

“我的话可能刺耳，好话丑话都讲一些。丑话不说，憋不住，对大伙儿也不利。”他环顾厅内，只见长方形的桌边，一个个与会者都在洗耳恭听，似乎在期待着一剂“解毒散”。

他说：“由于房地产开发，活跃了市场，促进了建材、能源、钢铁工业的发展，带动了其他行业和整个经济的发展，还引进了一批外资。我省去年建房 925 万平方米，销售 200 万平方米，销售额达 15 亿元，上交税利 1 亿多元。这些成绩应该肯定。”

他的话，似乎给大家的所作所为，讨了个说法。

“但是”，他把话锋一转，并加重了语气，“房地产引发出来的‘圈地’、‘炒地’，大量占用耕地的做法令人发指、愤怒！有些人错误地理解‘筑巢引凤’就是‘圈地运动’。他们以为先把地圈起来，‘凤’就来了。土地一上价，就做起黄金梦、发财梦。‘开发区热’热得发狂，全省，国务院只批了 4 个，省上只批了 48 个。一些地、市、县发疯似的，自己圈地挂牌的‘私生子’共有 694 个，实际开工的只有 129 个，仅占 18.6%。土地的浪费十分吓人！1992 年全省占地 32 万亩，国家下达指标 20 万亩，超计划 12 万亩。一些人不懂市场经济学，盲目追求‘沿海效应’、‘外国效应’，浪费耕地，浪费钱财，错误地认为地能生金，圈一块就会富起来。其结果搞乱了市场，也扰乱了人心。最近，省人大领导到外地去考察，目睹一些市县，把大量的地围起来，空着、荒着，把国家可以利用的资源，闲置起来，很生气。”

局长助理的发言语重心长，很有分量。他披露一些投机性很强、不按法律行政、留下后患、让人钻空子的丑事，说有人将划拨或廉价批租的土地像变戏法一般转手倒卖，大发其财，让人触目惊心。有些地区的做法更卑劣。他们利用行政手段，划出一大片地，让别人炒卖，或四六分成，或三七分成，违法乱纪损害了国家利益，肥了小集体和个人腰包。说得不客气点，这些人实际上是“教唆犯”。

他中气很足，整整讲了两个小时。结束时他强调要转换房地产业机制，强化法律意识。

他还说，四川的房地产业潜力很大，国家要求人均住房8平方米，我省才5平方米。从都市化来讲，国际上已达25%左右，中国只有12%。我省的现状，百姓急需住宅，急需微利房。这个机制一转换，房地产业的发展前途甚广。一个美国商人看中了这一点，已在乐山市批租土地搞中、低档商品房开发，瞄准一般住户。“老外”都看清楚了，而我们有些商家，只打雷不下雨；只做“金钱梦”，不顾百姓的期盼。他们总是死死地盯着高档楼宇、豪华别墅不放。这不是自寻烦恼吗？

大伙在寻求出路！

房子修好了卖不出去，地皮揽在手上“炒”不出去，怎么办？

人们似乎找到了一条新路：房地产交易会。这个新鲜玩意儿，能解饥渴，能救命吗？

在研究会将结束的时候，大伙共同起草了一份文件，“关于举办西部地区房地产交易会的行动纲领”，旨在寻找用户，寻找解渴者，解救目前已是瘫痪状态的房地产业。

这场打击，来得太突然了！当初，许多专家和权威人士断言，中国的“房地产热”不是过“热”，而是“虚热”，是混乱。许多人盲目追求以地生财，追求高效应，致使这个新兴产业走进了死胡同。

是外部的控制引起的呢？还是自身的虚火，饮鸩止渴而造成了败北的局面？

本是薄命草，怎么经得起天旱与水涝呢？

那些靠地生财、靠借钱当“炒家”的人，在此节骨眼儿上，原形毕露了。

他们曾几何时，昂头挺胸，杀上阵来，企图靠中国刚刚兴起的房地产业，大干一场，大发一回！

如今呢？金融上的宏观控制，卡断了血管。血不流了，肌肉僵化了，能不鬼哭狼嚎吗？

几度风云，几度春秋。房地产业究竟如何发展？如何走出困境？各路“神仙”，正在施展魔力，寻觅“救身符”。

四川独辟蹊径，首先举办起“’93 中国西部房地产展销会”，旨在展示中国西部，尤其是四川房地产开发的实力和阵容。

这次盛大的会议，于 1993 年岁末在蓉最繁华的市中心——那座富丽堂皇的四川省展览馆拉开了序幕。

我应邀参加了开幕式。

气氛是热烈的，场面十分壮观。几个大厅内，排列着整齐、格调新颖的一百多个展摊，红红绿绿的图表、说明书展示一新。高层建筑的模型，花园别墅的姿容，都如花似锦地展现在观众的面前，无论从哪个方面去探测整个展览的设计、布局等等，设计师都考虑得周全、完整，无一破绽。

一阵轰轰烈烈的剪彩仪式之后，鞭炮声消失了，省市的大人物陆续离去了，余下的是苦恼的房地产家。翻看着林林总总的展销会说明书、图表等资料的人们，眼光是黯淡的。

圈内人倒挺忠于职守，苦熬苦守在冷清的大厅内，眼巴巴地盯着横幅巨标上的“销”字，不禁发出了疑虑：能达到人们想象的效果吗？

我提着黑色手提包，漫步在大厅里，在一个个展摊前，听到的大都是唉声叹气和抱怨之声。我转了一圈，收集了一提包资料，同时也记下了房地产商家的肺腑之言。

“唉，展销展销，只有卖方，而无买方，不过是夜梦情郎，一见钟情哟！”

“花那么大本钱，搞展销，有啥用！”

“是呀，看起来轰轰烈烈，实际上，房子没人买，地皮没人要，都是空对空。”

展销不景气，可新闻媒体倒立下了汗马功劳，既为商家吃了一剂“清热解毒散”，又为领导争了光。

一家地方报纸，在通栏标题，外加套红的长篇通讯中这样写道：“其场面热闹壮观，规模宏大，令参观者感到西部‘日新月异，旧貌换新颜’。”

“此举不仅让企业吃了一颗‘定心丸’，又帮助企业分析了市场要求，使企业进一步明确了开发和投资的方向，因而大受企业欢迎和称道。不少企业表示，将继续参加政府举办的此类活动。”

横标下，还标了个副题，透露一串惊人的数字：

成交总额 10.42 亿元：

出售商品房 7.73 万平方米；

招商引资 3.69 亿元……

报道归报道，信不信由你。新闻“假打”是常见的事。这篇报道有几分真情、几分假意，只好让读者自个儿去领会。

不过，报道还留有“余地”，结尾时，留下一笔：“这些成交，大多属于‘意向性协议’。”

能兑现吗？一位圈内人士对我说：“能达到 3%的兑现率，那就算幸运了。”

新兴的“房地产展销热”，期盼能找到“救身符”，找到解救大款们命运的“神仙”。因此，一时间在中国的北部、东部、中部的许多城市都纷纷举办“房地产展销会”。

随即，内陆各省的触角伸向沿海，沿海伸向港澳。其结果，确也起到了互通情报，促进销售的作用，但这种“展销热”没能持久，大伙看到了这种权宜之计终归不能挽救“房地产热”继续降温的凄凉景象。

## 来无踪　去无影

生活中的怪事，无奇不有。

在大街上，一位男青年冥思苦想，缓缓地向前移动。忽然他一抬头，看到迎面走来一位漂亮的小姐，便上前一把挽住别人的胳膊，说她是他已故妻子的化身。他笑呵呵地说："哎呀，我的心肝宝贝，您的鼻子、眼睛、嘴和我爱人一模一样呀！"

有人说那青年是疯子，患了精神病，也有人说他是位"流氓"。实际上，从心理学角度分析，上述现象称之为"妄想症"。它是一种幻想的发展，进而产生了一种错觉，或者不现实的信念、推理、追求、嫉妒。虽然客观事实证明，这种想法与事实不符，或者说根本不可能实现，但患者仍然要去痴心妄想。

在现实生活中，少数不讲科学、不求实效的人，往往也犯这种"妄想症"。他们自己不去下苦功夫推进改革，寻找一条适合自己致富的路，却一个劲儿妄想追随别人，亦步亦趋，到头来只落得让人耻笑的下场。

勃然崛起的"房地产热"、"开发区热"，使不少人染上了这种"病毒"，难以治愈。内地一些交通闭塞、经济落后的穷乡僻壤，看到沿海引资方便，来者愿意倾囊筑巢大干一番，便不顾根本不具备条件的现实，做"美梦"、凑热闹，或筑巢，或圈地，诱惑外资外商，结果造成了严重损失。

12 亿人的吃饭问题，可不是儿戏，决不能掉以轻心呀！但他们没有考虑过，或考虑甚微，躺在荒地上做美梦。

有的地区，利用这种手段，确实也引来了一些港商、台商。可他们来无踪、去无影。他们是"商人"，不是慈善机构的老板。赚钱，是他们的唯一目的，没钱赚，他们是绝对不会上钩的。

1995 年春节刚过，在神州掀起一阵浪花：清理撂荒的耕地，指令闲置的土地尽快复耕。

在"天府之国"的土地上，撂荒的耕地数量之多，在全国实属罕见。

一年之计在于春。在川西坝，平坦笔直的田间小道上，或幽静的院落里，到处都可看到男男女女忙忙碌碌，或积肥送肥，或修河补堰的备耕盛况。

但成都郊外，许多无地农民，可怜巴巴地望着忙碌的农民，唉声叹气。他们失去了劳动对象——土地，两手空空，无计可施啊！

我采访了几处荒芜土地附近的农民，所到之处，农民无不围着记者，含着泪水诉说那些土地闲置的前因后果，以及他们痛苦的心情。

我站在一片平展展、黑黝黝的土地上，说不出是个什么滋味，只觉得，人类为什么愧对世世代代养育他们的母亲——土地，他们为什么把土地当成“弃儿”，不，是当着“奴隶”。缚住手脚，加了围墙，索性出卖给外商呢？

在西郊，一片40亩大小的耕地，方方正正，已躺了三年。肥沃的土地，一亩一年两三季，是旱涝保收的良田呀！这里的土地，由都江堰水系哺育着，春播秋实，每到夏天，或者秋天的季节，无须人们费多大的神，金灿灿的小麦、稻子便发出了迷人的幽香，令人流连、心醉！

这片地，外商来看过，走时，丢下一句谎言：“等着吧，我会来投资，办一家大工厂。”这话在干部的心中成了“圣旨”，日里等，夜里盼，999个日日夜夜过去了，却不见人影儿。

在“招商热”的大潮中，新都县的芝麻官儿们渴求有朝一日能像沿海城市那样批租一宗一宗土地，让县城发达起来。这想法似乎没有错，想“发达”，搞市场经济，改变落后面貌，自然要去寻找最佳的路子了。

1992年10月，如梦幻一般，从香港飞来一位地产商，胖乎乎的腰上系着一根黑腰带，昂头挺肚，道出一番诺言：“要投数千万元办工厂，搞开发。”新都人如痴如梦，仿佛看见神仙下凡来解救这片饥渴的土地。于是听信传言，立即围起一片土地。

从此，这片土地被关了禁闭，等待港商来启封解冻。

从此，新都人做着金色的梦。

“君子无戏言。”可商人呢？“戏言”也许是他们的口头禅。

那位港商不守信用，草草地签了一份意向性协议，便向南飞去，从此杳无音讯。

仿佛神话一般，新都人憨厚老实，长期守着“空房”，荒着土地，日夜盼“郎”不见“郎”来。

一等两载，方才知道上当了。

这块土地的命运，如此卑贱，如此凄惨。是它本身的过错吗？不，是人为的结果！

惨景还在后面呢！它被港商“遗弃”之后又折腾了数次。某电子企业原打算来办厂，可腰包里空空荡荡，谈了几次，退潮了。往后一家热水器厂看了眼红，企图买下这块地。他们唇舌相交，讨价还价，结果又成泡影。这宗地，好像是一位嫁不出去的丑女，被到处踢皮球。

沿着成灌公路（成都—灌县）约莫半个时辰的汽车就是郫县。那里是成都平原的腹心地带，也是世界著名作家韩素音的故乡。在这片沃土上，同样产生过美梦，出现过“卖地”的奇闻。

1992年，美国××集团神出鬼没，看中郫县城外一片土地，要建高尔夫球场。

当时，就有好心人嘀咕：“高尔夫球场，谁玩，哼，我看十有八九是瞎吹。”

“瞎吹？”说准了。那位外商圈了90亩地，压了7万元钱的买路费，走了。

他还来不来呢？谁也不知道。

等呀等，一等3年过去了，“美国佬”不见踪影。

郫县人不敢动作，怕得罪了“老外”，把“凤”给惊走了，那块地白白地荒了3年多。

那一天，我随市里的检查团来到地边。我捧起黑乎乎的泥土，没说半个字，凝神沉思，只觉得脸上无光，身体的血液在涌动。中国人受到了莫大的侮辱，莫大的欺负，为什么？

据县里的同志介绍，当初是一位台湾人介绍来的。他们去找那位台湾老板，可他不认账了。

“荒芜一春，三年理不抻。”带我去看荒地的县国土局的干部叹息道。

是呀！那7万元钱的价值能顶这块地3年的收入吗？90亩地一年产粮90吨，3年270吨，按现今的粮价，合81万元啊！

无独有偶。顺着成灌公路，再向西行数十里，便是都江堰市。

市国土局李局长提起外商撒下的烟幕，积了一肚子怨怼，一肚子惆怅。

他愤愤地告诉我，在引资招商中，都江堰人吃了不少苦头。

都江堰市是闻名遐迩的风景名胜区，是古人今人、名人要人向往的宝地。改革开放，许多外商和港台的大老板，纷纷前来选址、圈地，跃跃欲试，办企业，兴业绩。但许多人只是一种“意向”，而无诚意和决心。

一家台湾老板，经人介绍来到都江堰市。那老板很鬼，他摸透了大陆人的心理，夸下“海口”，要拿出好多亿元，开发李冰父子曾创下的这块天地。

最初，他在青城山脚下选了一片沃土，要办什么电子厂。不几天，又变了卦，在滚滚岷江边选中了一块上等好地。他看到当地干部引资心切，便讨价还价。土地贱啊，每亩只收二万元，于是他张口就喊了个大数：320 亩。

干啥？资金何时到位？市领导和当事者磋商，台湾老板却心中无数，他支支吾吾地说了一些不着边际的打算。

地圈了，人走了，好端端的耕地，成了老鼠、兔子的大本营……

年轻的李局长越说越冒火，越激动嗓门就越粗。他说，提起这件事，我们还憋着一肚子气。当时，地要得急，一没办征地手续，二没付老百姓的补偿。顶头上司下了死命令：“先围起来再说。”唉，我们不敢违命呀！

这样的事，在成都岂止一两起呢?!

有一次，我在温江县城采访，听了几位干部和农民的议论。

“老外，要水，哄人，不可信，他们像点火一样，三谈两谈，草率地定下个项目，圈一块地，不明不白地溜了。”一位中年汉子愤愤不平。

“唉，那些龟儿子，缺德，坑我们大陆人，不得好死。”一位太婆瞪着一双大眼睛。

“怪谁呢？还不是干部没动脑筋，轻信别人的花言巧语，上当！”一位干部模样的人煞有介事。

他们的心情是不平静的，一片片良田沃土，听信花言巧语围起来不用，怎不心痛啊！

此时，那些决策者又如何想呢？他们无动于衷，似乎他们是为了大家而不得已的。

那年月，对土地的残害，蹂躏，是可想而知的，也是普遍的。

也许，是头脑发热。对外商的信任度，大大超越了自己的眼睛，明明知道是骗局，还得笑脸相迎。

引资招商，就全局而论，成绩是很大的，应该肯定。这么大个国家，这么多人口，经济亏空，物资供应不足，仅靠自身力量是不足的。借助外部力量发展经济，是无可非议的。但在“招商热”中，由于“热”过了头，对外商中少数人的言过其实或诈骗行径辨别不清而上当，教训也是深刻的！

应该清醒，有一些外商，他们不是真心实意来中国投资建设。他们来无踪，去无影，或游山观景，跑马观花；或投其所好，企图大捞一把；有的如同儿戏，圈地不用，一走了之。更有甚者，伪造证件虚报资金，公开行骗。

在全国，此类事件不胜枚举！

上海浦东，那块当今中国最红火的地段上。破例，首次依法解除一家港商土地使用权出让合同，引起了神州人们的震惊！

那是 1992 年 7 月 16 日，香港××企业有限公司与上海市土地管理局，正式签订了土地使用权出让合同，面积是个大数，46 万平方米，用于建造花园别墅。

那是一块黄金地段，在浦东的中心，随着土地市场的活跃、勃起，若将那片地皮一转手，大把大把的钞票就到手了。

可这家公司口气大，腹中却无货，付不起出让金。按合同 60 天内应付清全部出让金，但对方不付。市土地管理局曾多次催收，对方依然拖延，且企图赖账。

“阿拉上海人，不吃侬那一套！”

是的，上海人有脑筋，不易受骗。

3 个月后，市土地管理局的领导作出了果断的决策。根据“出让合同”规定和《中华人民共和国城镇国有土地使用出让和转让暂行条例》的规定，解除了合同，并罚了那家公司的违约款。

这是法律、法规的威力，也是上海人做事果断，不为小利而失大体的表率！

拖欠出让金，或将土地占而不用，在全国各地都不鲜见。如何对付，得看当地政府的行为是否规范！

青岛人也是不好欺负的。

青岛路易电器有限公司是美国雷登房地产开发有限公司在青岛注册的独资企业。1992 年 6 月 22 日，还是“招商热”在全国热得透不过气的时候，这家公司与青岛东部地区开发指挥部签订了“青岛市国有土地使用权出让合同书”，面积 1.29 万平方米，使用期限 70 年。签了字，提供了“红线图”、地质普探报告，颁发了建筑用地规划许可证，一切手续齐备。

办事效率是高速的，手段也算现代化，青岛人自信是讲信誉、重友谊的。

对方是啥态度呢？嘿，令人懊恼！

墨迹未干，对方就产生了一种不可名状的意识：拖延不缴土地出让金。

青岛人可不是巴蜀人，你不付款，我就收回土地。按规定，应于同年 3 月 15 日前缴纳第二期土地出让金 1 451 万元，“路”公司迟迟不缴。6 月 20 日，便收回了土地使用权。

依法行政能治天下，以言代法，如同橡皮图章，是绝对吃败仗的。

“招商热”、“引资热”既有喜，也有忧。在一些内陆省，可能更多的是忧。

南国深圳已是中国招商引资的大舞台。在招商热浪勃然兴起的年代，深圳市内，各大报刊的大幅广告、各大宾馆、展览馆门前的鲜花、彩旗、高空彩色气球、飞船等等，一切都莫不是为招商引资大造气氛。

招商洽谈会上，来自全国政界、商界的人士和新闻记者之多，规模之大都属罕见。仅仅在 1992 年，深圳举办国际性招商活动就达 150 多次。各个省市互相攀比组团，一个省少则几十人，多则三五百人。还有一些省的招商活动，借用罗湖桥，直接把招商引资的触角伸入香港。

效果呢？

纵观各地在深圳的招商活动，形式多样，成果有大有小，可互相竞争，互相杀价，外商“透过面纱看真容”。于是，他们利用内部矛盾钻空子，炒地皮，坐地起价，转手倒卖以牟取暴利。

还有一些市县，追求形式主义，讲究声势，仿效深圳，大摆排场，政府官员、企业界人士、电视台、报社记者蜂拥而至，热闹一番之后，花销几十万、上百万元，精力耗尽，开付钞票一大堆，草草地签上几张意向性协议，外商溜之大吉，官员们望“纸”兴叹！

教训深刻啊！许多事明知是竹篮打水一场空，可大伙就是不去理会，偏要落得两手空空，才鸣金收兵！

## 别墅成群　有房无“市”

如今，社会上出现了一个新名词——“休闲”。什么“休闲服”、“休闲鞋”、“休闲文化”、“休闲文学”……紧接着涌来一个时髦名词：“休闲别墅”。

“别墅”，翻看《辞海》，其意是指住宅外另置园林游息处及其建筑物，亦称“别业”。

《晋书·谢安传》：“（安）方与玄（谢玄）围棋赌别墅。”言下之意，“别墅”从古至今，一般庶民百姓是高不可攀的。

中国人，素以茅舍为穴，既节俭，又方便。当然啰，那种带有野味、原始味的房屋，非常简陋、平淡。“别墅”，对于普通中国人，似乎望尘莫及。

新时期必然出现新的潮流，人们喜欢新奇事，更向往美好的生活，比如有套高档衣服，有座漂亮房子，欲望在一级一级向上浮！

因此，有人向往别墅，向往过上荣华富贵的“阔佬”生活。不多时，在神州竞相兴建高档别墅群。

一座座绚丽夺目、典雅辉煌的别墅群，齐刷刷地从地平线上冒了出来：古典式，西洋式，哥特式，英格兰式，混合式，还有什么英国摄政时期风格的洋楼……款式之多，花样之新，令人眼花缭乱。

1995 年 6 月 25 日，那一天正巧是全国第五个“国土日”。对这个节日的到来我很激动，天没亮，便想早起，去看看外面的世界，想知道人们对这个响亮的“土地日”有何感受，有何想法，有何动向。

我顺着成都市蜀都大道由东向西漫步。东方一缕红光，金灿灿地洒向天际。此时，天已经大亮，行人匆匆，车辆如梭。

蜀都大道是成都市最繁华、最宽大的闹市。

一眼望去，在鳞次栉比的高楼中，最耀眼的是那些铺天盖地的广告，给大都市增添了姿色，增添了生气，也增添了许多浮想。

在广告群体中，最耀眼的还是房地产广告，特别是别墅群体，名字美丽，广告新奇。那解说词也写得别致。

“桃花源别墅”——世外桃源的好去处；
“国际大都会”——一代天骄；
“杜甫花园”——文人荟萃的天堂；
“珠海成都大厦”——高级商住公寓；
……

我仅仅走了半条街，也仅仅是成都这块小天地，摄入我眼帘的房地产广告就有二十来幅。横的竖的，方的正的，高的矮的，红红绿绿，琳琅满目，让人目不暇接。

我伫立在人民南路的广场上，仔细观察了那块天地里的节日气氛。在毛泽东的塑像下，巨型横幅标语写着 19 个鲜红的大字：“十分珍惜和合理利用每寸土地，切实保护耕地。”

这是我国的基本国策，也是保护占人类 1/4 的中国人赖以生存的土地的“宪章”。

我细观四周的标语、口号，气氛是热烈的，而且匆匆而过的路人，不时向标语瞥上一眼，似乎他们明白今天是什么日子。今朝的氛围中，包含着特殊的意义和内容。

不过，“土地日”若要和别的日子相比，还是显得有点冷清。对一般市民和干部而言，这日子仿佛离他们太远，没有切身之感，也没有威逼生存之意。

在蓉城，“别墅热”起于何时呢？

据考证，在房地产炒得火爆的时候，成都市郊有一批别墅投入兴建。那股风，我至今还摸不透是从何处吹来，又从何处刮起的，只记得，1992年初夏，赛特公司的刘经理几次约我去看他们正在兴建的“天回山庄”。

那地盘选得绝。位于成都市植物园的大门外，一片林木葱郁，山势险峻，环境幽美。

一天，他陪我去采风，欣赏这位策划人的风光和才气。

工地一派繁忙，山林里机器轰鸣，人头攒动，主体工程已经冒出地平线。

年轻有为的刘经理领着我走了一圈之后，又打开图纸，细述这工程的构思、设计、特征以及超前的意识和现代化设施……

“天回山庄”别墅群是仿哥特式的西方建筑，每幢小楼设计都是经过周密思考的，有其独特的风格和款式。诚然，比起成都的古建筑，更典雅、古朴，耐人寻味；比蓉城的现代建筑，更高雅、华丽，富有魅力。更吸引人的是，色泽、线条、采光都把人的适应性和自然的回归、人类生活的远景全都考虑进去了……

真是煞费苦心呀！

这座别墅群，共耗资 8 000 万元，工程不小啊！

工程竣工已三个年头了，命运如何呢？某日，偶然和赛特公司的宣传大臣老丁邂逅相遇，他告诉我，这几年，经过数次商战，内促销、外招商、磨嘴皮、做广告，千回百转、百折千回，迄今，只销出一两幢。

我吃惊地望着他：“哦！那是 99 幢呀，按这个速度，两年销二幢，到 21 世纪也销不完呵！”

他摇了摇头。此时，他在思索，黑乎乎的络腮胡不停地蠕动，却难以启齿，好半天才发出一声感叹：“难啊！那么贵的房子，谁买得起呢！说真的，那样的别墅根本就不该建。”

1996 年 5 月，我曾走访了成都市双流顺风苑，龙泉驿的桃花源、阳光城，还有城南的锦绣花园，城西的杜甫花园。这些别墅都独具特色。首先，这些具有较高建筑艺术的别墅区，所选的地址都是成都一流的风景区，加之建筑大师们的鬼斧神工、高超的技术和典雅别致的建筑风格，优美绚丽的环境，使之成为一代建筑艺术的代表作，构成了一个个颇具现代意识的“景点”。

诚然，颇具匠心的建造，使其价格必然居高而不可降。成都市首次投建的别墅，最低档售价为30万～40万元一套，最高达300万元，对于经济落后的内陆城市，“工薪阶层”是绝对望尘莫及的。即使是“大款”，腰包内的钱也不多，能花上百万买套别墅的人屈指可数。“老外”和港台同胞有钱，可谁愿意在这里购别墅呢？

此种现象岂止出在成都！

中国人热衷“追风”，喜欢“从热”，一哄而起，今天街上流行“超短裙”，便不分高矮胖瘦，群起效法；明天流行“大脚裤”，众人又一窝蜂似的倾心仿之。这种追赶时髦的事，不仅仅限于小姐、女士和先生们，其实各行各业都有仿效、追风的现象，时时有“热”变、天天有“热”浪。

“别墅热”是从何处缘起的呢？我未曾考究。追根溯源，大约在1992年的春夏时节，当时，“热浪”十分惊人。打开每天沿海各大城市的报纸，售别墅的广告与售商品房的广告就铺天盖地而来。“立新花园”、“达利花园”、“英达花园”、“金湖山庄”、“豪门山庄”，一家比一家吹得闹热，一家比一家的广告做得醒目别致。

广告妙语更让人赏心悦目：

置个安乐窝，全家乐呵呵。
拥有怡兴楼，一生已足够。
华厦秀甲群芳，成就高人一筹。

深圳新安湖花园楼的广告写得让人如痴如醉：

人生有追求，
居住花园楼。
人生在享受，
生活乐悠悠。

别墅花园“热”京城！

一位有心计的记者曾在北京做过调查。他顺着人称“中国第一街”的长安街，从公主坟到大北窑街头两侧，发现有80块广告牌，其中有10块清一色的花园别墅、度假村、商住楼等高楼设施广告。而且令人回味的是，全都集中在首都最繁华的长安街头。

别墅，这个热点中的热点，在杭州更是“高温”不退。1992年，浙江全省批准兴建的涉外房地产项目160个，投资18亿美元，建筑面积1 000万平方米，其中花园别墅370万平方米。这意味着在浙江大地上将林立一万余幢高级别墅。

省城杭州是人称“人间仙境”的地方，众多的房地产公司逐鹿相争，使“人间天堂”的别墅开发如日中天。

杭州的“别墅风”是从“宏福山庄”推出之后兴起的。1992年2月，浙江房地产公司和香港顶昌地产投资有限公司第一个瞄准了杭州市场，首先建起这一别墅群。紧接着，以西湖为中心，“梦湖山庄”、“凤凰山庄”、“紫天山庄”、“伊甸山庄”、“中山花园”、“三江花园”、“西湖国际度假村”等等别墅山庄星罗棋布，不下数十个，有梦幻型、连心型、贵妃型、公爵型，造型别致，可称全国之冠。

广东这类建筑的市场，更是热得呛人。1993年秋天，我去广东采访，走访了几个部门，企图探个真情，可谁也没说明。我无奈只好求助于报端。

在广东，众多的大小报纸，房地产广告纷繁如云，铺天盖地。仅仅是七八两月，允许在海外出售的别墅城、度假村、新城、新村、山庄、金村、雅苑、花园、中心、湖、园、阁共有126处。某市，仅一个镇就建起了5个别墅区。据知情人透露，还有150余处正在计划建设中。

盖高级别墅的劲头居高不下，而且规模越盖越大，越建越豪华，五彩缤纷的广告让人堕入云端：“西班牙风情别墅”、“瑞士花园别墅”、“夏威夷式度假村”、“全国景观最美丽的度假别墅”、“中国高级花园式别墅区”等。

让人意外的是，在别墅中又分出了档次：什么“逍遥型”、“田园皇宫型”、“锦绣型”；还配有私人游泳池、室内停车场、桑拿浴室、独立花园等。在别墅区还规划有高尔夫球场、迪斯尼花园、大型游艇俱乐部、网球场、山泉游泳池等设施，可供人享受、娱乐。有心人统计，广东省兴建的别墅已有 3 万套，还有一批正在兴建的，是个未知数。

“高楼别墅热，商铺楼宇凉，普通民宅冷。”这是中国房地产开发的一种怪圈。

在杭州、广州也不例外。那些风景名胜区的“别墅热”一阵涌潮之后，仍然是卖家多，炒家多，买主少。对闲置的别墅群，有这样的写照：“早晨迎日出，晚上送日归，无人来光顾，昼夜空幽幽。”

全国高档别墅供大于求，销售困难重重，于是，各地房地产商们使出了浑身解数，开展花样繁多的推销术，什么“售楼小姐”，高额回扣，奖励住房，直到奉献高级轿车，实际上这些诱人的手法，无不是为了卖掉别墅，摆脱困境。

这些高明的手段，似乎也无济于事。着急之中，房地产商们又生一计，向港台推销。深入香港市场去拉关系，搞展销，找买主。这也许是在黔驴技穷的情况下使出的最后一招。

情况如何呢?

那两年，内地房地产商如同潮水，一个劲儿地往香港涌去，销楼盘的单位竟达 800 多个，总价值仅 100 万港币。由于度假村、别墅、高档公寓在香港瞬息推出太多，造成香港市场“暴饮暴食”，吞咽不下，发生“反呕”。

这一招也并不灵验！在那弹丸之地，市场情况很不妙，完全相悖。一些房地产商丑态百出，而且有人做出了有失尊严、有失人格的丑事，叫人啼笑皆非！

1993 年初，内地在香港举办展销会，和过去不一样，此次推出的主要是沿海开放城市的别墅、高档住宅。然而整个展销会前前后后半月时间，只售出了 37 套，各种费用花去了近 200 万元，真是得不偿失！

这种情况值得投资者和主管“婆婆”深思。曾一度，香港报载：“风起云涌的国内房地产业，在港对外销售经过一阵旋风式的铺开后，终于略显疲态，势不如前。房地产市场已呈饱和，有待消化，市道滞下来。”“相对地出现低潮冷静”。

好梦难圆啊！房地产商预想中的主市场香港、台湾以及东南亚其他地区的容量十分有限，2 000 万台湾人、600 万香港人，买得起上百万元，以至几百万元一套别墅的人毕竟是少数。

这几年大量兴建别墅、度假村、高档楼宇，苦了房地产商，坑了土地，浪费了资源。这笔账，细算起来十分惊人！

教训是深刻的！我所碰到的兴建这类高级住宅的老板，无不满脸愁云，坐卧不安！他们在悔恨中饮下了“自酿的苦酒”。

作为一种崭新建筑风格和为少数人服务的别墅，从筹划开始，就遭到社会上的各类评说。批评者最典型、最集中的指责是：金钱的梦幻者，异想天开，不求实际需要，浪费了大批宝贵的土地。

这一切，似乎已经过去。不，时至今日，大量的别墅仍然空着，大批的土地在它们的臀下闲置。

## 无奈售房摆噱头

房子！房子！

买一套属于自己的单元房，或营造一个属于自己的安乐窝，曾经是，如今也是多数人的愿望和梦想。

然而，许多人为了实现这个“梦想”，奔波一生也只能是个梦。

年已七旬的著名艺术家刘声道，一生漂泊，一生奋斗，为了艺术，他熬白了头；为了营建安乐窝，几度寻找立足之地，却没能如愿以偿。在西安，他曾在大雁塔下蹲过窝棚；在京城，他无地施展才干，同部队的战士住在营房里；在深圳，他几度举办大型画展，却寄人篱下。时下，他索性自己花钱购房，扎根成都。

他的梦能成现实吗？

一日，他从深圳风尘仆仆地赶回成都，寻着那些报纸、电视上琳琅满目、叫得山响的广告去买房，可结果也未能圆他的梦。

他沮丧着脸对我说：“我别无奢望，老了，准备买两套房，在成都落脚，趁早找个归宿。哎，结果呢，我尽碰上些乱弹琴的事，叫人头痛。”

刘老带着他的学生，还没进门便连珠炮似地对我说开了。

这些年，他跟着改革开放的脚步，创作了几批国画，在深圳、珠海、广州展销，产生很大的社会效益和经济效益，赚了一笔钱。他想落脚成都。1993年秋天，他要我帮帮他，在成都众多的商品房中，替他买两套房子。我给他物色了几处旧房，由他挑，可他不满意。无奈，他颤巍巍的，自己甩开两条腿，在几百家公司中去挑选。

他越说越气。

我给他沏了一杯茶，想帮他除去心中的不安，殊不知他坐在沙发上又发作起来。

“我们看了报纸上的广告介绍，香港××集团，圈地1 500多亩，修高层住房，豪华型，四室一厅，每套13万元。我按广告上说的地址，去了，一看傻了眼。房子在哪？嘿，房子的影影都没有，三五个人守着一片空地。”

刘声道满脸怒气，干瘦的颈项上青筋乱跳。他愈说愈火：“我在一位朋友家里碰上个热心人，说南郊××城正在建商品房，要出售。10月13日，我们急急忙忙地赶到那里。嘿，又扑了个空。地，是围了一大片，门前挂起偌大一块板子，房子设计很漂亮，可还是一张挂在牌子上的图纸。我见到了经理，他说今年交钱，明年底交货。有可能吗？真够荒唐，全是骗人的鬼话。”

由于求房心切，刘声道一连扑了几次空，仍然没有丧失信心。听了别人吹嘘：成都远郊某县有现房，他马不停蹄地向那里奔去。

刘老说，那里确实有现房，已封顶，正在进行内装修。5万元一套。但经营方式与别处不一样，每套房子多付1/3的款，三年还本，产权属买方。

“好哇，5万元一套，还要还本，多合算！”我即刻鼓励他。

刘老摇了摇头说：“好什么！”随即他扳着指头算：“那是耍花招！这个办法很有诱惑力，让你‘没蚀本’，还得到一套房子。似乎要得。但我们作了细算，三年，每年货币贬值15%，三年内他们把钱拿去买地再造房，流动一圈，河水陡涨，再赚一坨，公司不亏，个人亏了。有些事，也不可不防啊！倘若三年后公司突然宣布解体、或破产，买房户能拿到钱吗？结果呢，一骗了国家，二骗了购房户。那些人脑壳烂，鬼点子多，我们不能不防这点。”

“哦，刘老讲得有道理，有道理！”我恍然大悟。他的一番话给我莫大的启迪。

刘老“买房记”道出了很多“机密”。在蓉城，房地产炒得火爆，广告满天飞，报纸、电视台轮番叫卖，真要买房却又难。

“我跑了十余家，时间花了半个月，可没几家有房子，大都是谎言，是纸上谈兵。”

刘声道老人反映的情况，不仅成都有，外地一样有，许多房地产公司为了销掉手中的房子，不择手段。

《新民晚报》读者来访栏目中，刊过一则消息《房地产广告噱头多，害得买主吃苦头》。

家住上海西区的小王家，由于住房拥挤，急于在徐家汇附近购一套住房。新房梦已做了数月，却没有圆梦的机会。

忽然一日，他在报纸上看到一幅广告，有家房地产公司在徐家汇有个人产权房出售。广告上写得清清楚楚，该房离地铁徐家汇站只需步行 3 分钟。小王看了广告喜出望外，立即去查看房子，殊不知，他东寻西问，跑得汗流浃背，才在离徐家汇地铁站步行一刻钟的地方找到。小王气愤，明明要走 15 分钟，为什么广告谎称 3 分钟呢？

“房地产广告上摆点小噱头，购房者来回奔波吃苦头。”

这种事近年来各地读者纷纷向报社投诉。希望房地产经营公司一定实事求是，不能故弄玄虚，不要摆噱头，坑害百姓。

这些年，随着房地产业的迅速发展，商品房售房广告十分活跃，大城市的街头巷尾、行驶的汽车上，还有报纸、荧屏上，大大小小、红红绿绿的广告叫人目不暇接。其中，有些“房地产公司”没有正式手续，没有《房地产预售许可证》，均一齐乱登广告，买主被蒙在鼓里，不知不觉上了当，叫苦不迭。

在房地产开发较早、经验丰富的深圳，对于虚假房地产广告害人的招数是清楚的，所以规定很严，即申请刊播、发布房地产销售广告，必须附上有关验收证明文本。

还有一条过硬的规定是，广告中许诺购房户，或涉及保险、公证、法律顾问等内容，必须交验证的材料，才允许刊登广告。

报纸刊物也十分严肃，不是来者不拒，必须依法行政，没有齐备手续一律不登。对任何形式发布广告欺骗用户的，政府会追究广告经营者和广告发布者的责任，给予严肃处理。

这道闸门在深圳起到了很好的作用，可在其他地方却不令人满意，坑害百姓的事时有发生。

房地产降温，销售受阻，一些经营者绞尽脑汁，招数变幻莫测。这是一段时间泛起的一股浊流！

老挝有句谚语说得好："钱财可找，失去信任难挽。"

群众紧急呼吁："房地产市场也应打假。"

人们对假冒伪劣产品历来深恶痛绝，却又防不胜防。扑朔迷离的房地市场也不乏"假货"，有的利用种种骗术，骗得行政划拨的土地，再用低劣建材建房，进行倒卖；有的以低价卖房为诱饵，使买者在办房地产证手续时附加种种款项，付出巨额资金后，方知上当受骗；有的预付款后，不按期交房，一拖再拖……还有一种怪现象，是集体单位或全民所有制单位也行骗。他们见市场"炒房"、"炒地"赚大钱，便巧列名目，以建机关办公楼、宿舍为名骗得十亩八亩土地，建好房后，将房屋进入流通领域，或出租，或变卖。这种投机取巧也应是打假的范畴。

近几年，地处南大门的广州，房地产市场日趋红火。一种价格低廉，并被冠以"集资商品房"派头的房屋突然冒出，且愈建愈多，广告攻势愈来愈猛。

对此，市场的气氛热烈，市民也"赞不绝口"，然而，花钱买到的房子，却货不对板：有的买房交货期到了，找不到交货方；有的预付了款，最后却钱房两空；有的虽然拿了房票，有了房子，却质量低劣……

事态越闹越大，不可收拾！

所谓“集资商品房”，是个啥玩意儿呢？

“集资房”的美名，是广州市郊一些乡镇创造的，此事起于白云区，随后蔓延至四郊，如法炮制。那些乡镇利用脚下的集体土地，乡政府组织集资者兴建，然后销出赚大钱。目前，全市的“集资房”已建 200 万平方米，占地 6 000 多亩。

购商品房的烦恼很多。最令买主气愤的是，巧立名目，抬高价格。

一旦签约，付定金，算是迈出了购房的第一步。接着，你的购房美梦便会被一系列烦恼纠缠。

大多数购房者，倾毕生积蓄，欲购一套单元房，岂料收获的并非是享受，而恍惚落入他人刀下，任人宰割。

在上海，工程师李先生就有如此不幸的遭遇。他向一家公司以每平方米 2 400 元的价格购了一套单元房，合同一签，便是一系列的费用，什么“安装费”、“环境建设费”、“安全保卫费”……一合算，房价又增加了 20%。

不仅如此，中间环节也颇多，有的售房合同“游历”了几个卖主，经“层层盘剥”，才落到买主之手，其价格之昂贵可想而知。

因此，人们发出警诫：“买房时，莫忘捂紧钱袋。”

由于购房心切，往往是病急乱投医。如今，在商品房交易中，在众多的花枪中，有种谓之“公摊面积”的幌子，少给住房面积。西安市科仪公司陈先生 1993 年 7 月与一家中外合资的房地产发展有限公司签约，以每平方米 4 000 元的价格购买两套商品房，面积 125 平方米，当他搬入房内，发现只有 73 平方米，少了 52 平方米。当买方向卖方提出质疑时，公司经理回答说，一些公共设施所占面积要“公摊”，如锅炉房、水箱间、设备室、机房等，实际每平方米价格为 6 800 元。

纷繁复杂的房地产市场中，房地产商八仙过海，各显神通，搅得购房者心惊肉跳。

夏日，一个炎热的上午，何老师突然来办公室串门儿，摆龙门阵。他这个“房地产通”，没说三句话，就扯到了房地产市场上。

“成都市后子门有个房地产自由市场，热闹得很。”他说，“你该去看一看，那里活跃的全是房地产‘串串’，炒楼花、炒地皮五花八门，商品房销售手段也花样百出。”

“哦，如今的自由市场真是无奇不有啊!”我惊讶。

他是教师，但对成都市的房地产发展现状和困境、哪里有期房、哪里有现房了如指掌。

“你既然要写房地产，该‘下水’去看看那些人的动作，如何拉关系，找买主，相当有趣。如果感兴趣的话，还可以捞到点茶钱、酒钱。”他接过茶杯，又笑道：“你们这些耍笔杆儿的，太迂了。工资有几个哟，不如去炒房地产，或者当个‘串串’也比坐办公室强。”

“我们哪来那个闲心呀!”我顺口说。

“闲心？哈哈哈……你是说条件吗？许多人还不是干拇指沾盐。人家都说有钱大炒，没钱小炒。”

他收住笑脸，严肃郑重、推心置腹地说到自己跑房地产市场的经验。他说：“起初，我也观望了好几个月，别人炒红了眼，才被人拉‘下水’。我是个小学教师，有哪门子钱哟？没钱就小炒，看准了就干一下。”

何老师的家在农村，前些年他在郊区教书，没有房子住。他不安于现状奋发追赶城里人，扑向城市，学习生意经，窥测千变万化的市场，寻找赚钱的门径。他出门西装革履，不过，那鞋总有点不合脚似的，两边鼓起两个包；西装呢，要比他稍胖的身体小一码，后面开的叉，绷得大大的，腰也捆得紧紧的。

他炒房，不同于其他人。他是以农房、街房为主。郊外，那里有他施展才干的地方。他会预测哪家哪户地要出租，便帮别人找买主；哪家有闲房空屋，又帮别人找买主，或自己花钱买下，待征了地，不仅一还一，旧换新，还获得三五千元补偿费。

旧城改造，拆旧房建新房，又是个好机会。他倾心周旋，若有哪户分得新房，他便买下旧房，再转手倒腾，即可换得新房。经过几年的奔跑、忙碌，眼下，他手上已拥有几套房子的产权。

“你这几套房子卖不卖？”我问。

“不，不，不！现在不是时候。眼下，市场不景气，卖不起价。过些日子，看看风向再说。”他很乐观、自信。

他更多地谈到了房产市场的混乱情况。他说：“现在商品房难找到买主，那些老板像热锅上的蚂蚁，坐卧不安。你想嘛，房子修好没人买，着急呀！无奈，施出了种种手法。”

他真摸得透，一口气谈了七八种销售商品房的办法。什么“抽奖销售”、“免费旅游销售”；什么“买一赠一”、“化整为零”、“配个人股售房”……

他说得很贴切：“你想嘛，持续一年多的商品房不景气，叫开发商、承销商和炒家担惊受怕。他们又不是木头，咋不走邪，想出些没眉没眼的馊点子？这些方法也不是一成不变，而是交换使用。他们把七十二般武艺都使出来了。这中间‘假冒’‘骗术’哄人欺人……嘿！水深得很啰，一不小心就要上当！”

何老师几次约我去看成都的几处“串串市场”，我忙忙碌碌，一直没抽出空去光顾。不久，我在报端看到了一则消息：《市有关部门发布通告加强管理，‘房串串’被撵飞》。文章说：

> 较长时间以来，我市（成都）房地产市场的黑市交易一直没有停止过，甚至愈演愈烈。一些不法分子坑蒙拐骗，使合法的卖房者和购房者受骗上当，不仅严重干扰了我市房地产市场的正常交易秩序，而且在“串串”聚集之地，交通受阻市容受损。

可想而知，房地产的黑市交易是何等热闹。请看上新街的交易场景：过去，每周除星期天外，每天上午上百的“房串串”把这条小小的街巷挤得水泄不通。他们进行非法中介、交易活动，偷税漏税，坑蒙拐骗的情况时有发生……

房地产黑市交易，是另一些房地产老板们效法的。

为使房产尽快脱手，那些老板的千般武艺万般手法都统统施展殆尽。在南方有南方的计谋，在北方有北方的新招。

在北戴河，有座豪华别墅，为了促销，施出的招数更绝，更意味深长。

1993年7月，“×××豪华别墅”在中央一家大报刊登的广告中写了一段别具特色的文字：著名风水大师×××曾三次游观此地，赞叹：“空前绝后的风水宝地，居后，注定非富则贵。”

善哉！有许多人读后大喜。要想不费力气就发财，只需住上这块风水宝地的房子，便会“芝麻开门”，一切金银珠宝，应有尽有，不用劳其筋骨，费其身心，便可大发横财！

有人听后生疑，一位好奇的读者想追个水落石出，便分别打了两个电话。

一个电话飞向北戴河，找到了售房地产商，对方答：“此地确实是块风水宝地。震惊世界的唐山大地震发生时，附近都受到影响，唯有这块地安然无恙。我们请的那位知名风水大师，大概是香港人或东南亚人，他是经过多方研究和考察作出的结论，不会有误。”

那位读者是在追求真理，而不是人云亦云。他对地产商的答复半信半疑。放下电话，他忽生一念，给国家工商管理局广告公司去了电话。对方下了断语：“广告内容中关于风水大师的一段话，纯属迷信宣传，广告内容也违反了广告管理条例的有关规定。”

利用迷信诱惑购房，明眼人看，是可以识别的。在“期货热”袭击大陆的时候，房地产商乘机念头一转，又抱住“期货”这个大棒引诱买主，诱惑人心。

地产商的用意是清楚的，就是利用房地产“期货”要购房者先付部分定金，预购未建好的房子，经营者利用已付的购房款筹资建房。这样便减少了他们的风险，无需贷款付巨大的利息。为此，地产商们为引来更多的买主，使出浑身解数，竞相杀价，视此为一良策。

在西欧一些比较先进的国家，早已在房地产业开辟了期货交易市场，继而扩大到汽车、家电一类高档商品等领域。在中国，近几年房地产市场也风风火火搞起“期货”，谋求产销矛盾得到合理解决。

由于我国的房地产市场混乱，加之法律也不健全，一些地产商见利忘义，违法经营，要尽花招。有的违约延期交货，一拖数年；有的无止境地加购房款，抬高房价；有的“一女二嫁”，甚至“一女多嫁”……致使不少购房者落入期货的陷阱，既损失了钱财，又白盼一场，期房成了“海市蜃楼”。

三十六计何为上策呢？在房地产市场纷繁杂乱、频频下跌的今天，各家经营者正在摸索各自的路数。我相信，房地产市场会经过一段艰难的过程，会走向规范化、法制化的轨道。

雀巢别墅（味道不好了）

一九九五年十月华君武

# 第五章　撂荒，“饥饿”的土地在呼唤

自从人类洗去野味，走向文明，走向定居和农垦以来，土地一直是农民的命根子。他们世世代代，依赖着脚下的土地养家糊口，繁衍生息，发财致富。然而，近几年，由于“开发区热”、“房地产热”占领了大批耕地。一些人将好田沃土占而不用，荒芜、闲置。一时间，黄土地失去了光泽，失去了宠爱！

## 占着鸡窝不下蛋

“房地产热”、“开发区热”、“炒地皮热”……一场狂风，把大地搅得沸沸扬扬，六神不安，人心惊恐！

耕地大片大片被围起来闲着、空着，与世隔绝，农民说：“白天晒太阳，晚上装月亮。”这风趣的表述，形象、生动，意味深长！同时，是对土地撂荒的呐喊，对批地、围地、卖地人的控诉！

这几年，在神州大地，土地撂荒、闲置，已经达到了令人发指的程度。广播、电视、报纸……富有正义感、责任感的新闻媒体，无不声嘶力竭地发出了最强音。最有权威性的新华社，在 1993 年 5 月发表了一篇内参，具体反映了这一问题。内参所指，是西南某省的情况实录。

省政府派出由政府办公厅、省国土局、省计委组成的三个土地执法检查组，并邀请省人大参加，对 17 个地、市、州土地管理执法情况进行了检查，一举查出近几年来土地管理中存在的问题。

检查组发现，部分领导法制观念淡薄，特别是在经济发展的形势下，片面强调“保证用地”而忽视用地的法律程序，造成混乱现象。有些地区提出开发区管委会“一个公章管天下”，不少建设用地“先上车，后买票”，实际上，是用了地不报不批，“不买票”。

更为严重的是，随意下放土地审批权。检查组查出有7个地、市、州政府行文，下放土地审批权，将地、市、州政府耕地20亩、非耕地60亩的法定审批权，一撒手放给县、区；照此办理，县政府将耕地3亩、非耕地10亩的审批权，放给乡政府。很见效，哗一声，越权批地达3.17万亩。

占地不用的情况十分严重。这个省有各类开发区170个，规划面积768平方公里，启动面积57.4平方公里，实际用地4.2万亩，只占规划面积的4%。

这份内参，我是半年后一个偶然的机会才读到的。内参是反映我国南方的一个大省，一个人多地少，而且经济落后的省的实情。其实，这个省乱占耕地的实际情况比内参上反映的要严重得多。

情况是惊人的！我目不转睛，一字一句，反复读了三遍。我越读心里越沉重，双手像是铸了铅，字里行间，似乎涌现了一双双渴求的眼睛。那是失去土地的农民，在哭泣，在诉说失去土地的痛苦，和没有了谋生手段的忧虑与悲伤。

那些土地，均属于大小城市附近的肥田沃土，绝不是荒山野岭，而是千里平川中的佼佼者，若干年代之前人类的祖先便在那里繁衍、劳作。生活的习性，人类的传统，文化的积淀，一齐倾注其中。对农民来说，那是宝中之宝呀！如今失去了，能不痛苦吗？

更使农民不安的是，那些沃土被圈后，没有充分地利用，去创造经济价值，而是让它静静地躺在那里，让其休闲、酣睡。农民脚下的土地本来就十分有限，一年四季，他们投入了若干劳力，洒下滴滴汗水，辛勤地浇灌耕作，让其活跃起来，为社会创造财富，而今如同沉没海底，让它冬眠。在农民看来，这无疑是犯罪！

起初，我对这份材料有着一种困惑、怅惘之后，又产生一种怀疑感。“实际用地只占规划面积的4%”，这数字可靠吗？

这两位内参的作者，我曾相识。我想，他们已是有着数年记者生涯的同仁，有着极其丰富的采访经验，所反映的情况，不会有诈吧？

不过，我为证实材料的真实性，还是登门去拜访了他俩。

他俩一位年长，一位年轻，都在土地战线上写写抄抄地干了若干年了，他们对土地的那份情感不亚于农民。

同仁相见，十分坦诚。不多时，我们的思绪，我们的追求和良知便融合在一起了。

他俩告诉我，这一问题早在一年前他们就已开始关注了。前前后后，他们深入到一些市地县作了一系列的调查、访问，耳闻目睹，把广大农民的呼声沉入了心底，随后倾注于笔尖。1992 年的冬日，他们决心要把情况如实地反映给中央。但他们没有动笔，想等一等、看一看，希望那些当权者、大小施政者能生出点悟性，能产生一点同情心，把土地还给耕耘者。然而不然，已经撂荒的依然荒着，未见觉醒。一些人做蒙昧无知的事，继续仿效着那些狂想一夜之间变成富翁的人。因此，“炒地、圈地”的歪风并未消逝。在这种情况下，他们才撰写出这篇触目惊心的文章。

这里仅仅是反映了一个内陆省的情况。拉开步子，放开视野，再看看长江流域和经济发达的沿海地区，那情况就更令人吃惊了。

对土地撂荒，中央早有察觉，早有指示。1992 年 12 月 22 日，国务院办公厅发出了通知：《严禁占用耕地撂荒》，并登在《人民日报》第一版上。

通知讲得透彻清楚。当今，各地在兴办开发区和城镇建设中，占用耕地出现了多占少用、占而不用、闲置撂荒的情况，造成耕地资源的严重浪费。“凡以兴办开发区和城镇建设名义圈而未用的耕地，没有依法办理批准手续，又不具备补办条件的，一律收回，由原农村承包者种植，不得拖延贻误农时。”

然而，中央的精神，被一些人束之高阁，不闻不问，依然我行我素。

## 闲置土地晒太阳

沿海，是我国经济活跃，起步最早，房地产业发展迅猛的地区。在那里，率先崛起的是新兴城市深圳，随着广州、珠海为主体的珠江三角洲经过几年的开拓与建设，广东地产市场体系的框架已逐步完善。地产市场的发展，确实为广东省的对外开放，加速国民经济发展起到了重要作用。再往后，福州和厦门等几个后起之秀，也是一日千里，高速奋进。

但是，在欣喜的时刻，似乎同时出现了令人担忧的景象。一些地区乱占耕地，造成大量的土地荒芜，情况十分惊人。沿海人口密集，土地珍贵，这意味着什么呢?

1993年秋天，笔者顺着波涛汹涌的东海岸，从东至西，沿着漫长的海岸线进行了考察，从福州至厦门，从厦门至深圳，途经蛇口、珠海、广州。这一线，堪称我国起步最早、前途无量，也是“老外”特别关注的经济开发区。几个经济特区，是我国改革开放的几颗明珠。

沿海几大城市的开发是破天荒的。然而在成绩涌现的同时，对土地的浪费也是巨大的。

我所耳闻目睹的情景，令人不安。

9月21日清晨，东海的天空特别蓝，没有一丝儿云翳。在内陆已是秋风瑟瑟，树木泛黄的季节，可在东海岸边，阳光喷射，海潮涌动，气候炎热。清晨，在一片海啸声中，我们顺着宽阔的公路，从福州向厦门进发。

我乘坐的是中国旅行社的一辆乳白色的大客车。

随着车速的加快，我的视线从茫茫的大海收了回来，注视着车道两旁。

闽南的沿海是一片平坦的海岸，间或有些浅丘出现。土质虽然不太肥沃，但也算是种庄稼的好地方。秋天，那片片稻田，是第二季稻谷收获季节，金灿灿的稻子飘来阵阵稻香。

出了福州城，来到郊外，视野更宽更广。我平视前方，在公路的两旁出现了异样的景象：一片片、一块块被圈的撂荒地。那些撂荒地上，有一种明显的标记，种庄稼的地是橘红色，撂荒地则已经铺上一层厚厚的砂石，变成了白色。

汽车过了福清，进入了农村。这时，我的思绪似乎卡了壳，弄不清那些地为啥会铺上海沙?

福州至厦门的公路，不是“高速公路”，可路面宽阔、平坦，由橘红色、白色、灰色三种颜色组成的板块结构，一直随着奔驰的汽车向前延伸。

我收住视线，在沉思，这些荒郊野外，没有什么大工厂，也少见挂起什么“开发区”或者集镇建设的牌子，为什么人们要把好田好地铺上砂土，空着、闲着呢？

“喂，先生，你从哪里来？”坐在我旁边的一位年轻人，突然打破了我的沉思。

“四川”。

“是成都人吗？”

“对，成都人。”

“哦，我在70年代末，也去过成都，是出公差。”

“你是福建人了，听你的口音。”

“对，老家是晋江，这次省委调研室举办读书班，我们一行五人去石狮搞社会调查。石狮是我省开放的典型呀！”

“你们对福建的情况很熟悉了。哦，这公路两旁的地为什么铺上石块、砂子呢？那些地，不是很好的吗？种上粮食多好哇！”我冒昧地发问。

他的双眼又重新落在我的身上，上上下下打量一番之后，严肃地说：“这正是我们调查的内容之一。近几年，城里搞改革引进外资，乡下人眼红嘞。他们也迫不及待地四处出击，引资、搞开发，先把地空起来，铺上砂子，表明……”

我洗耳恭听，他却忽然刹住了话题，摇头。稍停片刻之后，他忧郁地说道：“这做法，无论从哪方面看，都是不对的，他们想的是圈地引资，诱惑外商，实际上，地围起来还是没人光顾。”

我点点头，赞许他的说法。此时，我对他有种异样的感觉。他是个性格开朗、讲真话的人。我不禁详细地扫视了他一眼，只见他西装革履，一表人才，很有一股男子汉的气质。

他见我们志趣相投，更加热情地向我谈起整个福建改革开放的情况。

接着，他发问：

“你是搞什么工作的？”

“搞新闻的。”

“嗬，我后面的这位是你的同仁，他是《福建日报》群工部的编辑。”

我伸出手同他相握。

过了惠安，便是泉州。当旅游车“嘎”一声刹住车轮时，已是午后二时了。

此刻，我更品味到“民以食为天”的妙语。在一家小店，我们狼吞虎咽地吃了两碗面条。尔后，我便走进路边一块铺着小砂子的地里。那块地足有三四十亩。我抓起一把砂子在手上摆弄，这些砂是从海滩上运来的，在太阳照射下变成了白色。

泉州是座小城市，人口不多，建设也一般，没有迹象表明那里有谁投入巨资，办工厂，搞货站；在城周围大块小块的土地上，也没有任何实质性的设施。地围了不少，可全市冷冷清清，只有几处小型建筑在施工。

饭后，省里的那几位同志向南方奔去，我继续向厦门进发。

车越靠近厦门市，仿佛做美梦的人越多。空地荒芜一块接着一块，马尾、集美几大片土地，都晒着太阳，等待外商开发。

长途跋涉。从福州到厦门，汽车跑了一整天，全长300多公里。公路两边除去少数丘陵、山地之外，凡有耕地的地方，两旁几乎都被围上，荒着。究竟何日“凤凰”才飞来呢？

我想，那些地，若外商不来开发，“内商”无力，要复耕，也十分困难。因为熟土被覆盖，铺上的砂石如何除掉？

福建省是全国人均耕地最低的省。在我去采访的前两个月，福建省政府土地官员已经亮出黄牌。据统计，“六五”期间，福建共减少耕地51.9万亩；“七五”期间共减少耕地41.9万亩；“八五”期间，政府千方百计控制耕地减少。哪能呢？粗略统计，前4年已减耕地23.4万亩，还有若干越权批地、先占后报、不批不报的土地。目前，人均耕地仅五分多，搞“土地开发”不是造出好土地，而是毁掉大量的优质良田，实在叫人痛心！

福建省土地局的官员说，在使用土地方面，个别地区“未批先用、越权审批”的问题严重。一些县的头头说：“拔掉‘耕地保护区’的牌子，就是拔掉贫困。”有一个县，居然围地要建四五个平均占地千亩以上的高尔夫球场。至今没钱兴建，只好让地空着。

黄牌亮出，能生效吗?

撂荒，从福州至厦门，无疑是大片的、突出的。我所经过的另一条线，是从深圳至广州。10 月 1 日，是共和国的生日，那天早晨，我乘车从深圳到广州。节日期间，许多机关、厂矿的车辆不出门，只有旅游车在路上撒野似地飞驰。由于这段公路正在扩建成高速公路，所以车只好跑跑停停。

这条线，自然比起福州—厦门要热闹得多，正在兴建的房产也要多得多。沿途的土质比较肥沃。我走过这条路，已有七八次了，对它比较熟悉。相比之下，此地的自然条件比较好，经济林木郁郁葱葱，柑橘林、芭蕉林、椰林，随处可见。

公路的扩建，科学地占去一些耕地是必要的，无可非议。但这一线的特点，一是围着的荒地多，二是沿着公路两边建起的矮小房屋，搭起的简易棚，许多地段已连成片，几乎找不出空地方。路面扩到哪里，明荒和暗荒就延伸到哪里。

广东是个人口大省，6 000 多万人，占全国的二十分之一。1985—1992 年，7 年间减少耕地 248 万亩，全省人均面积仅 0.56 亩。许多耕地占而不用，成片成片的耕地摆着晒太阳。

## 记者们的一场赌注

汽车奔驰在高速公路上，车轮的飞速旋转与路面的凸凹不平产生了强烈的摩擦力，发出了轰隆轰隆的响声。

我们一行数人，从四川省乐山市大佛脚下驶出，穿过夹江县，绕过峨眉山市，经过苏轼的故乡——眉山县，直奔成都。

那是 1994 年 5 月 21 日的事，四川省国土局组织了七八家新闻单位的记者奔赴长江上游——乐山采访。数日返回，归心似箭，十多天的奔波劳累，大伙都已疲惫不堪，躺在靠背椅上，闭目养神。

车厢内，七八条汉子，此时此刻的神情，早已不是那样火热，那样富有活力，那样健谈了。

我没有睡意，精神特别好。对土地的采访，我早就有这样的奇想，能在各地走一走，转一转，看看全国各地，特别是沿海地区和四川省不多的土地资源，经过第三次抢占后的面貌，究竟是个啥模样儿？

这次采访，让许多市、县领导感到意外，有诸多猜测："记者们究竟为了啥呢？不会让我们难堪吧？""搞改革嘛，多占点、浪费点，也是为'大家'好呀，为了把经济尽快搞上去嘛！"

这次，记者们都是一批关心土地、热衷土地宣传，为土地的忧思而不惜奔波、周旋的"土"记者。我们时刻在关注 12 亿人的吃饭问题，关心农业发展动向，曾不辞辛苦，跑田坎，钻农舍，写过许多关于土地、粮食的报道。

我国有限的土地资源，历经数次践踏、磨难后，如今又出现第三次失控，当我们看到耕地被蚕食、锐减，心里不安啊！在巴蜀，我们发起的此次社会调查，旨在为保护耕地声嘶力竭地呐喊！

我们在长途跋涉的调查中，选择了重点，顺着涪江、岷江、宝成路、成渝路，绕着成都平原，及"天府之国"的腹心地带采访。

在党纪党风还不太纯洁的年代，揭疮疤，找岔子，查问题，这样的采访报道，对少数干部而言，如芒在背，心惊肉跳。你批评他们，他们不高兴呀！

但是，作为有良心的、有着高度责任感和使命感的新闻记者，这是他们的职责，不得不去为保护耕地，为人类的生存与发展呼唤！

这种认识上的反差，思想上的距离，在中国这片土地上，始终是存在的，而且矛盾尖锐。它究竟要延续几世几代？难以推测。

"嘟—嘟嘟—"汽车发出一阵轰鸣，冲过了岷江大桥，进入了新津县城。

"嗬，到新津啦！"坐在我身边的小蒋（《房地产市场报》记者蒋锡巧）揉了揉睡意惺忪的眼睛，突然吼了起来。

大伙都伸起腰向窗外张望。

“喂，你们快看，‘土围子’，‘土围子’，一个、二个、三个……好家伙，这新津人，也学着外地，把地圈起来，招‘女婿’上门，哈哈哈……”快人快语的小蒋，没说完就笑开了。

顿时，车内你一言，我一语，热闹起来了。

“没招到‘女婿’就让它当‘处女’关起来，如今变成‘处女地’。”《西南经济日报》的刘端平操口东北腔，“这些银（人）尽干些蠢事，自己坑害自己”。

“简直是单相思！屁钱没有一分，先把地圈上，找项目。这……这成啥体统！”此刻，四川省国土局办公室副主任、宣传大臣戴世荣也按捺不住内心的激动，从肺腑里发出了呼喊。他那紫铜色的脸上，露出了几分忧虑，几分愤恨。他是位“老土地”。10余年来，他在这条战线上摸爬滚打，为了保护土地，熬白了头发，也写出了不少好文章。

不多时，车驶过新津，眼前出现了一段平坦笔直的路面。此时，一眼望去，两边的“土围子”星罗棋布，一个接一个……

“喂，诸位，你们看到了，这条路的‘土围子’多如牛毛。上月我从新津到成都，数过一下，共计有74个。”我下了断语。

“有那么多吗?”

“老王，是吹牛皮吧?”

“喂，当记者的可别瞎说呀！真实是新闻的生命。”

……

大家哄起来了，一个劲地嚷我。

“不不不，我是有根有据的，绝不是瞎说。”我据理力争。

“什么依据?”

“我数过！那是上月中旬，我从洪雅县采访归来。不信，你们再数。”

有人仍然带着怀疑的目光，向我投来不信任票，而且占了绝对优势。

“赌!”

“对，如果没那么多，老王输了就请大家‘看花盆’（吃火锅）。”来自重庆的小蒋抛出了一招。

“不，吃火锅没味道，输了就到锦江宾馆九楼包一场卡拉OK，让大家乐一乐。”

“好，我认了。”

我的话音一落，大家目不转睛，全神贯注。七八对眼睛像探照灯一般，扫射着公路两旁的田野。各自在数着，记着……

新津县至成都市区40公里，是成都平原的宝地，是发展经济的黄金口岸，是粮仓，也是成都市历来的“菜篮子工程”的主要基地。自从高速公路建成后，这条线的地理位置发生了巨大变化，价值更高，成为商家厂家的重要目标。

这段路的两侧，近年出现了奇观，房屋没建几幢，可围墙一个挨一个，一块块好地好田，全加上了方框框。

那一天，我从洪雅归来，看到一片一片的耕地荒芜，心中有种梗塞不畅的感觉。我正坐在司机旁边，就我视线以内的“土围子”数了一遍，我牢牢地记下了这个数字：74个。

那些红色的、灰色的砖墙，高高地把地围了起来。我心中不悦，不禁问：“为什么要把无辜的土地圈起来，关禁闭呢?”

我曾几次经过这条路，始而忧虑、怅惘，继而有些愤怒。建设需要，占点地是应该的。为什么占而不用呢?未建的土地为什么让它撂荒，一年、二年，没有止境。越想心里越紧，“咯噔”一声，仿佛又在我的心扉上扔下了一块石头。

一个个“土围子”内，既没修房子，又未见动工，冷冷清清，冰凉的土地上长着半人高的野草。绿油油一片，像西洋油画大师笔下的图案。

那些“土围子”，有的留着几个看守人员，守株待兔；有的放着一些砖头瓦块，没有高大的挖掘机，也没有轰轰隆隆的推土机；有的用作牧场，一群群牛羊，在欢快地、津津有味地嚼着青草。

“土围子”大小不等，小的十亩、八亩，大的几十、上百亩，特大的有几百、上千亩。我一个个数到成都共计74个，这不是虚报而是实情……

不一会，车驶进双流县城。此时，记者们不约而同各自报着一个数：“24个。”

突然有人嚷道：“老王，你输定啦。74个？哎，没那么多呀，你认输好了!”

“不！不到黄河心不死嘛！还未数完怎么就认输了呢?”

此时，这场“赌博”处在了争执、辩论阶段。他们企图胁迫我，要我“投诚”，可我不甘心。

过了双流，“土围子”密密麻麻，没有间隔，全出现在大伙的眼前。兴许，司机减慢了车速，否则应接不暇，也就数不清了。

接着，大家目不转睛，嘴里不停地报出了一串串数字。

车到了南门，“嘎”一声刹住了。各自报了数，除去一个围子内有一幢一楼一底的房子独立中央不算之外，异口同声，报出了一个数字：73个。

顿时，大伙儿陷入了沉思。赢耶？输耶？此刻没人了断，大家在思索着一个问题：人们是否发疯了？好端端、黑黝黝的土地为什么加上封条，锁起来不用?

面对事实，大家有一种不可名状的情感，在激烈地斗争着。

人们天天在吼“保护耕地”，记者们也在声嘶力竭地叫喊，并用手中的笔在不停地撰写保护国土的文章，可是就在人们眼皮下，在大都市的城墙外，有那么多的耕地被荒芜，多么令人愤懑!

《西南经济日报》记者刘端平，在1994年6月17日，率先登出一篇“采访札记”《巴蜀‘荒原’的呼唤》。

其中有一段文字这样写着：

> 记者在川西大地采访，看到的是令人揪心的事情，在全国各地大办开发区的热浪辐射下，川西平原大片良田沃土被院墙所包围，墙内土地荒芜，长满野草，不少农民不无惋惜地告诉记者，这些良田大都荒了一两年了。国家搞建设，我们支持，可是把大片良田圈起来长草，我们硬是没搞懂。他们让记者捎个信，让有关部门给个说法。
>
> 5月21日下午，我们驱车由新津向成都方向行驶，这段全程40公里的路程，据几个同行的老记者观察，仅视线以内圈起

来的荒地就达73处之多，这些地块小的十多亩，大的上百亩，墙外是黄澄澄的即将收获的早春作物，而墙内则长出近人高的杂草。既无人管理，又看不出任何开发迹象。川内某国家级开发区，农民在1992年底就迁出土地，每人领取79元的生活费，而方圆2.1平方公里的开发区内，大片大片的土地荒芜。据说该区的水电气路已实现三通一平，但记者看到的则是现代化的道路与荒芜土地形成一个错位画面。可称地上良莠互见，开而未发。尤其严重的是，这些被围荒地多数是城郊肥沃的优质高产田地，都是自然生产力和土地产出率很高的地带，因此更让人痛心。

## 市长：提心吊胆

作为记者、编辑，读报是我的主业，像农民挥锄种地一样，每天都得放在首位，把报纸放在眼皮之下，去关注它，时时思索，摆弄。

那一天，我信步走进编辑部大楼，刚落座便有人嚷道："好文章！好文章呀！"我跟着大伙的嗓音顺势也打开1995年3月8日的《四川日报》第二版，不禁也拍手嚷起来："好！好！好！"

确实使人赞不绝口。这篇文章，在大伙一阵赞誉之后，我便坐下来细细咀嚼、品味。标题是《撂荒地复耕何以这么难》，副题是《××高新技术产业开发区部分耕地撂荒透视》。我小声地读着：

今年元月，记者来到××高新技术产业开发区，了解有关土地开发和撂荒地复耕方面的情况。

据开发区管委会几位负责人介绍，××高新技术产业开发区的规划面积为6.1平方公里（约合9 150亩），首期开发启动面积为2.5平方公里（约合3 750亩）。3年来，开发区国土局（原称"土地开发公司"）已采用划拨和出让多种方式，向300多家用地单位提供土地2 186.1亩，引进项目342个，已经投产的有40余个。目前存在的问题是，由于一些征地单位的项目、资金不落实，已造成部分土地被闲置、撂荒……

造成这种局面的原因何在?

据有关方面的人士分析，主要有以下几点：一是头脑发热。一些单位在项目、资金均不落实的情况下，盲目占地、圈地。二是政府行为不规范，土地审批权的下放造成土地市场秩序混乱。他们说，由于开发区自行设立国土局自行批地，不仅造成了国有土地资产的严重流失，而且也削弱了开发区自我积累、自求平衡、滚动开发的造血机能。按理，作为高层次的开发区，本应在以地生财、以地聚财和善用国有资产方面作出表率，但是，事实却并非如此。几年来，尽管这个开发区国土局采用划拨和出让方式，向300多家用地单位供应了2 000余亩土地，但收回的土地出让金却不够支付数千失地农民的搬迁补偿费和待安置农转非劳动力的生活补贴……

复耕难，难在以下几方面：一是由于土地被征用后，村民已农转非，以前的村社集体不复存在，找以前的干部帮助开发区组织农民复耕，已不可能。二是由于过去住在村里的农民交出土地后，无猪、无肥、无农具，已无力复耕。三是原有的水系、道路已被毁坏，所以许多离开土地的待业农民不愿复耕。

综上所述，开发区撂荒地复耕之所以这么难，难就难在有人吃国有土地的“大锅饭”，难就难在有法不依，执法不严。看来要解决这一问题，还得从端正党风，严肃政纪，规范政府行为做起。

妙极啦！还配了一篇短文，放在“一语中的”栏目中。文章三言两语，击中了要害，点中了穴道，耐人寻味！标题更妙：《查一查，还有多少撂荒地》。

土地既是宝贵的资源，又是巨大的资产。我省是一个人口大省，人均耕地只0.84亩，后备资源严重不足。随着人口的增长，人多地少的矛盾将更加突出。如不重视土地管理，切实保护耕地，后果不堪设想。

为了严格管理土地资源和土地资产，国务院和省政府早已三令五申，要求各地对本辖区的土地荒芜情况进行彻底清理。开发区、城乡结合部和基本农田保护区属于清理的重点。不论以出让、划拨还是以其他方式获得土地使用权而闲置、撂荒的耕地，荒芜两年或两年以上的由政府收回土地使用权；荒芜半年以上两年以下的，按有关规定收取荒芜费；凡是能复耕的荒芜耕地（包括收取荒芜费和收回土地使用权的耕地），必须限期交给被征地或附近村组安排农户耕种。既不收回土地使用权，又不收取荒芜费的，要追究政府和主管部门领导的责任。

建议各地特别是办有开发区的地方认真检查一下，对国家土地法规执行得如何？

“好！”我读完短文，不禁双手相击，高兴得跳了起来。

“本报记者”就在我楼下，我在12楼，他在10楼。拿上报噔噔噔地向他办公室走去，我要为他祝贺。可不巧，他外出采访去了，我扑了个空。

我暗想，对今天这篇报道，他会满意的，这样的批评，指名道姓，披露一个高新技术开发区，还是第一个呢！再说，这个市近几年工业上得快，成绩在省里小有名气，怎么敢批评呢？这次他动真格了，竟敢大动“干戈”，挥毫批评一个“先进典型”呢！

那一天，我一连打了几次电话，都没找到他，不免有点遗憾。

翌日，上午10时，我到楼下，一开电梯门，迎面碰上了他。

“哟，有心栽花花不开，无心插柳柳成荫。嘿，我找了几次都没看见你的影儿，今天在这儿碰上了。”我在他的肩上重重地敲了一拳。

“哦，找我有事吗？”他惊讶地问道，“走吧，到我办公室去谈。”

“你那篇文章写得真好呀！”

“咳，好什么？差点把人的肺都气炸了……”他的笑声突然哑了，而且带着一种忧伤。

我不知所以，呆呆地望着那微胖的脸，仿佛晦气仍在他脸上涌动。在那一瞬间，我忽然发现了什么。根据多年的观察，他是个个性耿直，办事认真的人。一旦有不愉快，首先表露在他的眼神上。对人间的邪道，对社会上的不公，他不会寂寞的，总是要提出自己的看法，去抨击那些有损于党纪民风的丑事。

他虽然已年过半百，可刚毅、坦诚的性格，仍然没有变。如今的风气，像他那样心直口快，敢说真话的人不多。眼下的记者难当，批评报道更难写啊！

我没有打断他的思路，让他说下去。他稍停片刻，铿锵地说："这是一篇难产的报道，元月 20 号就发稿了。现在才登出来，真是十月怀胎呀！不。这个难产的婴儿在腹中，还经过一番折腾，磨了一次，又磨二次，棱角被磨平了。"

我理解他的心情，但又不知怎么为他抹去那些忧思。于是，我动了个小心眼，尽量说些好听的话来使他高兴。"不管怎么说，这篇报道与读者见面了，为农民说了话。"

"当然，从这个意义上讲，是值得欣慰的。唉，如今搞点批评报道真难啊！有人提出来稿件要送到省里去审查，我没采纳，后来又说要交给省国土局的领导看一看。无奈，我同意了。当稿子送到傅应铨局长那里，他一看就拍板了。他说，'这篇报道反映的是事实'他提起笔就签了个'同意发表'四个字。"他一阵激动之后，心里似乎平静了些。

接着，他从座位上站起来，谈起这篇报道在采访中的精彩场面。

"去××高新技术产业开发区采访，是 1994 年 5 月 18 日的事。噢，我记得那次你也去了，是吧？"我点了点头。他继续刚才的话题："那次调查回来，许多人就怂恿我写。当时有些顾虑，怕伤了一些领导的面子，同时也想再等等看，让他们觉察到问题的严重性，也许会尽快改变。嗬，真是扫帚不到，灰尘不会自己跑掉。"

"大半年过去了，中央和省里的指示，文件不止一两个，他们都无动于衷。一天我再去市里采访，听几个知情人摆龙门阵，'哎哟，现在土地撂荒真有点不像话，××市荒了几千亩，至今没种上庄稼。老百姓饿肚皮，他们把肥田沃土围起来，刮凉风，还有一点良心没有……'我进一步打听，他们讲的正是那个开发区。”

“今年元月，我和省局一位主任，再次踏上那片荒原。事前，我们没有和任何人打招呼。来了个‘越级式’采访，直接找到那些被开发区赶出来的农民和基层干部。他们泪流满面地诉说：地收了，失去了生活的手段，说得好听是‘农转非’；说得不好听是从此失业了。我们干啥呀？一无技术，二做不来买卖，闲着无事。每月每人给70多元钱的生活费，喝米汤都不够呀！顾了身子，顾不了嘴，买了米，就没钱买盐巴了……”

“去年种小春，也动员过农民种上庄稼，可没有人动，农民说，要种，就把土地真正还给我们。无奈，开发办去找村干部做工作。村干部说，我们都被撤了职，说话有谁听。再说，良田已经被糟蹋，乱七八糟，坑坑洼洼的荒原，水利设施毁了，表面的黑色土层没有了，咋种呀？许多人‘农转非’，农具都没有了，拿啥挖地呀？后来，开发区搞了一次‘飞播’，撒了一些油菜籽。我们远远看去，确实青一片，红一片，好像种了粮食。嘿，细看哪是种的庄稼呀，全哄人。”

我越听越入神，不断发出哀叹声。待他暂时把话题画上句号时，我便赞扬道：“好哇，你们这一招真神，直接听取农民的意见，了解真情实据。”

“不”，他又打断我的话题：“其实许多材料，还是他们给我们提供的。开发区也动过一些脑筋，外资不来，他们决定把乡镇企业引来。天哪，乡镇企业有多少油水、多少资金进高技术开发区？一计不成，又施一计。随后他们又把一部分地卖给房地产开发公司，搞商品房。哎，那地方离城一二十公里远，住房修好谁来买，谁来住呀？”

“嗨，这些人真会动脑筋！”我愤愤不平地说。

“这篇稿子的出台，也有社会的支持。”他理直气壮地说，“见报前几天，正在召开的省人代会上，我把这篇报道捅给了代表们。他们高兴得跳了起来，还有许多代表积极主张：作为提案，交到大会上。就这样，高技术开发区撂荒的事儿才捅到了省人大常委会，他们纷纷要求把这篇批评报道公之于世。”

“老王呀，开办这种开发区，浪费土地，群众不欢迎。开发区搞了3

年啦，不仅不发，而且还耗费国家资金一亿多元。这笔账如何算？是谁亏了呢?”

末了，他还告诉我一个信息，在上月召开的省人大会上，当他把“开发区撂荒数千亩肥沃的土地时间长达3年”的风吹出去之后，一位省上的领导立即找了该市的那位市长，严厉地批评了这个地区不负责，不把老百姓的意见和生存放在心上。

这个开发区，问题是明摆着的，上上下下都有意见，可他们还不服输呢！

1994年初夏，新华社、四川日报社、西南经济日报社等七八家新闻单位的记者，一行十余人出发去采访。采访是由四川省国土局组织的，我也参加了。大伙揣着好奇心，风尘仆仆，踏上了××高新技术开发区。在全国大搞“开发区”的年代，我们对它的关注就像对待一个初生婴儿一般。

这是国家级的“开发区”，远比一村一乡几个跑田坎的“黄泥巴脚杆”自发搞起来的“开发区”的档次要高出十倍、百倍。

我们去的那天，阳光明媚。田野上绿油油的庄稼煞是喜人。我们乘坐一辆“本田”车，顺着市外宽阔的大马路，向东驶去。

那地方，我熟悉，在××市上高中读书时，常去那里支农，劳动锻炼。老地名叫永兴镇，浩瀚的涪江从她的身边流过。一片平展展的黑土地，自流灌溉，一年两季，旱涝保收，是粮仓。那里的种地人，从不愁吃不愁穿，即使老天爷与他们作对，也不会危及“农二哥”的吃饭问题。他们说，有了这些田，祖祖辈辈等于守着粮仓。秋天到了，金灿灿的谷子，真喜人呀！那粮食仿佛关在仓库里，到了收割时节，打开仓门，便是一粒粒饱满的黄谷。

变了，变了！

车到永兴，我认不出那地方了，好像走进了荒原。一阵吃惊之后，有种异样的感觉。老农户的房屋不见了，那种农茂粮丰、农民安居乐业的景象不见了。

一条笔直的大路，把这片土地划成两半，远远望去不见高楼大厦，也不见人流涌动，唯有青蒿、野草长得密密匝匝，昔日的农田，变成了野草地。在开发区的中部有少许平房，那便是开发区管委会。平房的附近有几处修了半截的钢筋水泥建筑，看模样像是厂房，也许老板的腰包空了，房子刚冒出地平线就夭折了。

管委会是在一片平房内，中间簇拥着一幢楼房，有三四层，房子没有什么特殊的地方。倒是那大门外，宽敞雪白的墙上，挂着10多块吊牌，吸住了我的视线，什么国土局、工商局、税务局……公安、政法都是齐全的。

向记者介绍情况的是“开发区城建国土管理局”的×局长，一位年轻的小伙子，西装革履。

他说：“我们开发区是1992年10月国家科委、省上批准的全国52家国家级高科技开发区之一，1993年初正式挂牌，占地面积13 600亩。我们的基建工程进展很快，仅花了一年工夫，道路、九种管道、进水、排水就全部竣工。总投资1亿多元，其中管委会投入1.2亿元。现已向300多个单位转让土地数千多亩。其中外商一家，因资金未到位，退出去了。我区实际首批启动区2.5平方公里。路南1.1平方公里，还有外商区……”

他长达一个多小时的发言，主要介绍了一些基本情况，还强调了两点：一是这个开发区是全国罕见的高技术开发区，是“国家级”的；二是两年来许多高级首长、高级干部，从省里到中央的领导都给予“支持”，有的还亲自来考察过。

中央和省领导支持是对的，但是应该把开发区搞好。开而不发，3年过去了，几千亩耕地撂荒，这一事实是摆在大家的眼皮子底下的。如何向群众、向中央交代呢?

我们走出管委会，去周围参观，看到的不是火热的工程，不是竣工的楼，而是冷冷清清的景象。于是，大家走进了荒草地，高一脚，低一脚，边走边看，谈天说地。市里的同志说，实际上，进入开发区的单位到目前为止，只有48家，这48家单位有的只是立了项目，交了点定金，却没有动土；有的是圈了地，筑起了土围子，却没钱建房；比较先行一点的单位，房子修了一半就没劲再干了，只好停下来歇息……

又说：这仅仅是问题的一方面。而更重要的是，眼下有一万多农民没有安排好，每月发79元钱的生活费，农民呼天喊地，叫苦不迭。

市国土局的同志告诉我们，叫人担心的是，农民的生活艰难。他们经常上访、流落街头，形成一种社会不安定的因素。开发区管委会的干部经常被围攻，那倒不打紧，更使市长不安的是，农民不时光顾市长楼、书记楼，问他们要饭吃呀！

今年初（1994年），一个漆黑的夜晚，一伙农民风风火火地闯进了市府大院，“咚咚咚”地敲打一位副市长的门。正熟睡的副市长不知啥事，从梦中惊醒，他提心吊胆地打开门，一群满脸怒气的农民站在他的面前，吓得他打哆嗦……

故事讲到这里，大伙儿真有点为×市长担忧。即使有三头六臂的领导，也难解决农民的生活问题。倘若惹出大问题，如何了结呢？

我竭力打听，农民到哪里去了？我顺着市国土局的同志手指的方向望去，看见山包上有一片房子，他风趣地说农民都进入“集体农庄了”。

## “农转非”狂潮汹涌

土地，几千年来是农民的命根子，为什么有人忽然要抛弃它，不再眷恋呢？

早有社会学家这样说，“民工潮”的汹涌澎湃，表明中国这个以小农经济为主体的偌大的乡土社会，正在孕育着一场新的变革，新的走向，将跨越农村与城市的“藩篱”。

但这位社会学家可能没有预料到，在“民工潮”涌来的时候，另一种“农转非”的狂潮，如山洪暴发，一泻千里，冲击着社会机体，一批世代眷恋黄土地的农民，冲破了陈腐观念，跨越城乡之间历史筑成的城郭，走向城市，变成了离开土地的市民。

一时间，如同潮水般出现了“农村人口大迁移”，收费“农转非”。在山里，一批批农民，不惜倾家荡产，花上三五千元，为孩子或自己买下城市户口。

“喂，老兄，你帮我打听打听，大城市的户口啥价？嘿嘿，我想为儿子闹一个。”

“进城，好呀！也让你们松松肩……不过，进城来，没工作，图个啥呀?”

“哎呀，我们村已经有十多户人转到县城啦。我们家老伴，逼着我转个户口。哦，进城，图个清闲呗……”

一时间，买户口，成为乡下人议论的中心，行为的主攻方向。他们绞尽脑汁，千方百计找门路，拉关系。

不多时，亲戚来了，老同学登门了，小叔子也提着大包小包求情来了。他们正被狂潮卷了进去，四处奔走，一心要闹上个城市户口，才心安理得!

冲击波直接影响到农村的安定。热浪不仅冲击着大城市、小城市、平原和交通方便的小镇，也成为山里人涉猎的方向。

有一天，我下班回家，隔房一位叔叔来了。他是我的父辈中年龄最小的。我在离开家时，他还未长大成人，如今他已是两个孩子的父亲，而且老大已上初中。

以前，他家穷，父亲没有机会上学。他也只读过小学，深知在社会的大家庭里，没有文化，是社会中最吃苦的一个层面。

他的父亲是一位勤劳而又聪颖的老农。我上大学时，他常常把儿子拉在我面前：“大娃子，你看你看，人家多么有出息呀，书读得多，还上了大学堂，你要跟着学呀。当爹的再苦再累，也要供你读书呀!”

他那黝黑的脸上，总是饱含渴求和希望。然而，他的那片苦熬苦守的心，没能在儿子身上体现。儿子大了又想在孙子身上去实现那梦想。

小叔生长在三年困难时期，身子单薄，个头不高。这些年，他妻子在家种承包地，他在外打工，节衣缩食，一分一分地积攒钱，执意为儿子买个户口。

他太累了，不到40岁的人，已是皮包骨头，清瘦的脸上，黑里带黄。

真不幸，1990年的冬天。他在一个建筑工地干苦力，不慎从二楼摔下去，把手臂摔断了，成了终身残疾。不过，他仍然苦苦挣扎，要积攒钱为儿子买户口。

他和家人勒紧腰带，攒下一万元钱，在成都郊区一个县城，买下了两个户口，一个为儿子，一个为女儿。两口子没钱再买就跟着孩子走。

愿望实现了，全家欢庆，以为有了“出头之日”，一夜之间，他们已是让人羡慕的“城里人”了。

然而，时局的发展，并不令人如意。他一家人既不会什么技术，也不懂商场上尔虞我诈、钩心斗角的商战谋略。总之，他们缺乏城里人谋生的本领。唉，户口有了，可养活一家人难呀！咋办？

城市不敢进，农村的土地不敢扔。两个孩子要上学，进了城，一家人吃啥？哪来钱供孩子读书呢？进退两难呀！

时间一拖两年。他们决心退出县城，还是留在农村以土为生，或转在本县城。他们跑了若干趟，主管部门既不退钱，也不转户口。一万多元钞票，是他们攒下的血汗钱呀。

他们走投无路，来求我，我也奈何不得。他们夫妇俩气得顿脚，深深感到生活捉弄了他们。

是的，真有点坑人啊！他们的结局如何呢？至今，我不得而知。

为什么乡下人不惜代价，要买个城市户口呢？许多专家在思考，许多人在惊叹！

近十多年来，中国农村在时代的鞭策下，面貌发生了颇大的变化，但却仍是遵循着千古传统的小农经济，条件差，底子薄，经济拮据，城里的诱惑力不可抗拒，高楼林立的大都市，依然是他们梦想中的“人间乐园”。

富有想象力的年轻人，不愿死守父训，不愿在黄土地上度过自己的青春年华，他们受着改革开放浪潮的激励，着力向命运挑战、抗争，演出了一幕幕“城市梦”的人生悲喜剧。

城市户口，对于被称之为中国“二等居民”的农民，多年来一直是可望而不可即的“登天梯”。于是，他们义无反顾地向都市涌流。

“脱农皮”的路子也许有很多，但众多的老实巴交、无权无势、无后门可开的“农二哥”，通过无数次的摸索，探访，寻找到考、嫁、闯、买等行之有效的途径，向大城市转移。

高考制度的改革，给农村青年进入城市开辟了一条新道路，然而这条路太难太难，它不过是一条拥挤着千军万马的羊肠小道。

嫁到城里去，是农村年轻姑娘跨进大市场的一条通道。但这条荆棘丛生的路，是漫长的，也是艰难的。过去，嫁到城里的农村女子，有幸福如意的，但更多的人，装着一肚子辛酸泪。

闯，对前两条路都望尘莫及的青年，硬着头皮，凭着自己的一身劳力或“三寸不烂之舌”去闯荡社会，有本事的人，可以找到一条谋生之路，用金钱去打通关系，弄到一个“农转非”的户口；无本事的人，仍然被拒之城墙外。他们中有许多成功者，也有若干牺牲品。

随着人们“城市梦”的出现，旋即冒出了一条新路：买户口。

这条路，似乎更直接，更现实，对于普遍的农村人讲，再好不过了。你只要有钱，无须去求神拜佛，无须去铤而走险。“一手交钱，一手交户口”，“公平”、“坦荡”。起初是遮遮掩掩，天长地久也就无所谓了，公开交易嘛。

20世纪80年代末，人们的观念比较原始，偷偷摸摸地“暗买”，先付钱，再找个中介人，便可在三五月内得到一个“农转非”的指标。户口可以是本地的，也可以是外地、外县、外省的。至于如何交易，局外人是不得而知的。地方官员们，对这事是睁只眼，闭只眼。似乎它没有触犯“王法”，也没有“王法”去约束它。

收费“农转非”，大多以集资搞经济开发为名。一些地方的头头，想到“卖户口”这种字眼太刺耳，尽量绕道走；有些地方的领导在别人问及此事时，躲躲闪闪，敷衍塞责地回答：“这不叫‘卖户口’，是农民集资进城搞开发。”

对这事，一些人始而惊讶，议论纷纷；继而麻木不仁，跟着效法。

至90年代初，“卖户口”之风便形成热潮，并蔓延到全国。

嘿，这是棵“摇钱树”呀！

不少地区，因为卖户口为地方财政积聚了相当可观的资金。

那年的夏天，我去川北农村采访，途经某县县城，那里卖户口正搞得热火朝天嘞！

那是个人口众多，资源贫乏的穷县，旧县城仍是破破烂烂。一位县里的干部告诉记者："好家伙，现在有办法了，卖户口，赚了 4 000 多万元，用来改造县城。"

当时我听了这话，不禁冒出一身冷汗："这是全国出了名的贫困县，一下从农民身上刮下几千万元，这……怎么行呢?"

"行！怎么不行呢？提起'农转非'，农民们劲头就来了。没钱？嘿嘿，人是活的嘛，卖了祖坟，也能挤出一些票子来嘛。"

一个穷县，竟然从农民身上压出一笔巨款来发展县城，这不是杀鸡取卵吗?

"卖户口"，对农民不仅是种巨大的诱惑力，对地方官，也同样是个解决他们经济困扰的一条好门路。

因此，有人把它当成"摇钱树"。为了防止"肥水"落入外人田，许多县市急不可耐，甩掉"思想保守"的帽子，争相奋起。

旋风迅速在全国刮起。广东、四川、安徽、江苏、浙江等省一些先行一步的市县，另有一些内陆省的市县也产生了紧迫感，匆匆上阵，奋起直追。

"卖户口"，各地的进度不一致，招数也不完全相同。河北××市在前几年，为了让县城现代化，想出了妙法，动员农民"投资"，只要你投资三五千，便可以给你分得一个户口，顺顺当当"农转非"。部分农民乐意，可大多数人要投这笔巨款，仍然是力不从心。1992 年，全国"炒户口"、卖户口，闹得火爆。河北某县采取了另一种手法，县政府在报端登一则广告：本县在珠海市有户口指标，本县买者五千元，外县买者一万元，若要买者，尽快到县政府外办联系。旋即，这场户口大甩卖轰轰烈烈地开场了。一连数日，公安局大门口排成长蛇阵，只要带上身份证，交付一万元钱，立即办理户口迁移令。农民高兴地说："一手交钱，一手给户口，痛快!"

广东惠州市某区很有创意，也更有诱惑力。该区公开登报做广告：购当地商品房一套（起价 5 万元），可将全国各地户口迁入惠州。那是珠江三角洲上的一块宝地，广告一出笼，农民便从四面八方拥来。

更有甚者，安徽某城不少乡镇规定干部、民办教师应聘，若是农村户口必须交钱，不然停职停课。当初，户口虽然“大甩卖”，但乡镇干部和民办教师无力购买。随即，一些地方政府施展魔力，拨出一批贷款，专为那些困难户解决难题。有一个镇，贷款十多万元，为 40 多个干部、教师买了户口。

户口本无价。但现在很多地方，以数千元的款项大胆“出售”城市户口，引起了强烈的社会反响。在这起事件中，老百姓用血汗钱圆了一个梦，也上了一次当，而那些乡镇的头头脑脑，也惊呼受骗。

对收费“农转非”，群众议论纷纷，舆论界也纷纷给以曝光，披露。

支持者认为，这是敢想、敢干、敢闯“禁区”的行为，给农村人进入城市提供了一个新的机会。

少数人也这样说：“俺农村地少人多，劳力旺盛，想向城里人学习，扩大生产，城里就是俺选择的目标。‘农转非’收取点费用，是两厢情愿，公平交易。”

反对派的意见却针锋相对。他们认为，买卖户口违反国家户口政策，国家有关部门应尽快制定出有效措施，制止这股歪风。否则，农村劳力大量向城里涌进，谁种庄稼呢？

众说纷纭！

对买卖户口，中央曾发过文件，一律停止。可在 1994 年的春天，四川某市的郊区少数乡镇，为要发展、建设，又刮起买卖户口的邪风。这一回，风力不断减速，大多数农民不感兴趣，价格猛跌，从八千元跌到五千元，又从五千元跌到三千元，一跌再跌，依然门庭冷落，无人问津。

时髦的“农转非”，花样百出，除买卖户口之外，还有耕地的“农转非”。建立“开发区”，占去农民的土地，便“农转非”。眼下，农技人员“下海”、“走穴”，乘机凭一技之长，转入城市，进入其他行业。1994 年，对南方某省四个地区的调查，有 1 400 多名农技人员“农转非”。

中国是个农业大国，目前经济实力还比较薄弱，城市的经济才刚刚起步，大量的人拥入城市，给城市带来重负。农民放弃农业，却又无力去经营其他行业。必然使一部分人走向困境。这是喜忧参半的农村劳力“农转非”的结局。

户口毕竟不是商品，它只是一种行政管理手段。大量的农村人口，离土离乡，迅速向城市转移，对农村的发展不利，对城市的压力有增无减，后患无穷！

人走了，土地荒芜，饥饿的土地在呼唤！

眼下，由于中国的经济结构，城乡的传统格局，大量的劳动力转入城市，是难以适应的。让责任田任其撂荒，可以出现捡了芝麻、丢了西瓜的局面。俗话说，人哄地皮，地哄肚皮。

务农，我国有着悠久的历史传统，古人十分器重，称之为“本”。《管子·枢言》篇中写道：“慎贵在举贤，慎民在置官，慎富在务地。”

种地，是历代文人墨客、官府圣贤无不器重的事业。以农为本，以农为生，决不可本末倒置。

## 明天，谁来种地

春节刚过，我去火车站接一位客人。车站人海如潮，候车室、入口处、出口处都被挤得水泄不通。我好不容易挤到出口处，忽然，一股人潮将我推出三四米远。我正在抹去头上的汗水，广播里传来一则消息：302次列车晚点4个小时。我无可奈何地退到门外广场上，想找个空旷的地方喘口气。可哪能呢？这几天，正是春运高峰，民工潮涨，纷纷外出打工。

在黑压压的人群里，有一对青年男女，男的背着木箱，女的扛着被盖卷。还带着个老大不小的男孩。他们焦急地望着向入口处拥去的人流。

我闲着无事，便凑过去和他们摆龙门阵。

“喂，你们是一家子吗？”

“对呀，是一家子。”

“上哪去？”

“南方。”

“干什么？”

“打工呗！”

“打工还带着孩子?”

“嗯呀，大人都走了，孩子无处放，只好带着啰!”

“打工能赚到钱吗?”

“嗯，难说呀!”

“你们一家子跑那么远，没有把握能成吗?”

“碰运气嘛!”

“没有把握，为啥外出呢?”

“有啥办法，我们川北人这些年日子很艰辛。人穷，收入少，顾了上头，顾不了下头，顾了老人，顾不了孩子，想出去闯闯……”

男青年瞥了我一眼。他见我关切他们的南行，便坐下来和我拉起家常。可提到农村的艰辛，他说不下去了，我也只好收住话题。

不多时，他们一家走了，挤进人群。从那青年清瘦的脸庞上，可以看出清平的生活给他们带来的忧思和不安。

近几年，大批耕地占而不用，仅仅是一部分。还有广大农村，农民热恋土地的意识与情感在淡化、冷漠，许多人不愿种地，纷纷背井离乡，四处飘荡，赚钱谋生。

明日，小郑也要去南方打工。时过午夜，他还没入睡，一会儿开灯，一会儿看表，生怕误了上火车的时间。

刚进入“而立”之年的小郑，个头不高，人挺老实，干啥事都显得有精神、灵透、利索。

他家住大巴山区。贫困与落后如同瘟疫，多少年都一直罩在农民的身上。

他家人多，母亲生了七八个“和尚”，早些年搞集体化，供不起、养不活，大哥、二哥都抱给了别人。他真幸运，父亲看他从小有出息便留在身边，还进了学堂，念了初中。

读了初中又怎么样呢?务农吧，他的体力不济。找工作吧，没有三朋四友帮忙，没有“靠山”难呀!

小郑的性格比较内向，弟弟还小，爸爸妈妈已进入暮年。他很苦闷，不时为自己的出路担忧。

1985年，他有一位亲戚在城市工作，为他说情，好不容易才让他在一家私营小厂谋了份打工的活。当学徒，每月薪水七八十元，只够糊口。那老板看他听使唤，又写得一笔好字，便叫他学做账，干点文秘一类的事。

一干五六年，人已经进入了婚龄，山区来的“打工仔”，在城里找对象是绝对不可能的。只好回老家娶媳妇，“农二哥”找“农二姐”。人常说：“物以类聚，人以群分。”农民爱农民，夫妻恩爱，不久生下一个小子。从此，小郑举步维艰，挣那几个钱，养活不了三口之家呀！他只好又回到老家种地。

种地就种地吧，为什么他现在又要去南方呢？

他出发的那一天，我正巧碰上了他一行三人起程上路。对他们外出打工，远离家乡，有何想法，我想弄个究竟，于是便和他谈起来。

他苦涩地笑道：“我们家乡有种说法‘金窝银窝，不如自己的狗窝’。农民是很重感情的，自己家再穷，也是爱惜的。谁想随便离开家乡，到处游荡呢？唉，记者同志，这，这是不得已了。”

话题还没拉开，他的脸上已经露出了几分惆怅和不安。

“看来你是不想离开家门了。”我疑惑。

他把三岁的儿子递给妻子，继续前面的话题。

“怎么说呢？想吧，不想吧，为了生活，都得要离开，去找几个钱呀！”他眼圈红了，泪水已在眼内滚动着。

“你家不是有土地吗？就在家种地，安居乐业，你何苦带上全家去奔波呢？”

“种地，养活不了一家人呀！山旮旯，自然条件糟。天又不开眼，投入大，一年忙到底，连裤衩也穿不上。”

“你就是有劳力，土地面积每人只有一亩，许多‘土政策’把你捆得死死的。自从1982年土地承包后，十多年不变，‘死不收，生不补’，原先我只分了一亩地，幸亏，两个弟弟外出打工，把他们那两份地让给我一家种。我们搞了三年，越搞越糊涂……种子、化肥、农药、地膜太贵了，投入大，除了锅巴没有饭，农民种地没油水。”

他扳起手指像背诵一段古老的故事。他说，他种了三年地，吃了三年苦，背上手上脱去了几层皮，也没搞出点名堂。

他还说，我如果摆给城里人听，也许城里人不会同情我们的，你们根本就不知道和土地打交道是个啥滋味儿。我不是自吹，在我这般大的青年中，我算会种地的了。可天不凑巧，再加上乡村干部还抱着60年代那样叫人伤心的管理作风，更叫人难受了。

政府叫农村搞“指导性”生产。我们那里还搞老一套：“指令性”、“强迫风”，弄得农民左也不是，右也不是。

他气呼呼的，两眼鼓得圆圆的，脸上的微笑消失了，随之露出的是悲哀。

他说，农民想的是自由劳动，自由种植，现在我们山里哪有可能呢?“山高皇帝远”，许多政策传到下面走了样，干部把农民当作木头脑壳。该种什么，不种什么，全由不得你，要听他们摆弄。

我吃惊地岔开他的话题，问道：“哦，现在还搞那一套呀，都啥年代了。”

“怎么不搞？搞一次，败一次，他们不去听农民的呼声，主观臆断，到头来，倒霉的是农民……”

他忽然收住话题，仿佛想起了什么。

“我回去的头一年，据说省里某领导说我们县穷，批了红头子（文件)，决定兴办烟厂。头头得了尚方宝剑，要我们大种烤烟。”

“他们脑子发烧，动员全县农民大种烟叶，有人不愿意，他们便搞摊派。当然啰，大多数人听说种烟草可以赚钱，农民求之不得，拼死拼活也得种呀!”

“嘿，谁知道，办烟厂没经过中央，说是办黑厂，北京来人给查封了。办与不办，头儿们嘴一张就行了，却苦了农民，烤烟没人要，农民哭的哭，闹的闹，烟叶那玩意儿，人吃不了，猪也喂不得，只好往河里倒。你说叫人伤不伤心呀!”

“嘿，真是瞎胡闹。”我十分气愤。

“胡闹？嗯，还有更扯淡的事嘞！种烤烟失败了，看到市场上的海椒很起价，干部强迫大家种海椒。说他们的心是好么，可就没个脑筋。你想嘛，海椒能当饭吃吗？那一年家家户户都种，结果海椒又滥市，红红的海椒又大又鲜，几角钱一斤都没人要，农民们喊天天不应，骂娘也没用。”

我拍了一下小郑的肩膀，怂恿地说：“小伙子，对干部的瞎指挥，怎么不起来反对呢？就这样俯首帖耳吗？”

“反对？他们总爱亮王牌，下任务的时候，把省委、县委的领导通通抬出来吓唬你。农民淳朴，敢不听吗？”

他还细算了几笔种田的账。他家种了3亩地（其中一半是田），一年产3 000多斤粮。一亩地一年两季的开支约400元，1 000斤粮，只能卖五六百元钱，三加二减五，所剩无几了。3年中，他家的收入，除了口粮，平时买点油盐酱醋外，连衣服都没做几件。春节后，他告别年迈的双亲，决定带领老婆孩子，南下广东，帮一家养猪专业户养猪喂鸭。

我们谈论了一个多小时，他的上车时间到了。

我目送这一家子。他们风尘仆仆，南行的身影仿佛在告诉人们：农民在艰难地生活着，奋斗着。我不禁为他们大声呼喊：中国农民何日才能富起来？何日才能安居乐业呢？

更使我不安的是，他说他们家乡青壮年、强劳力都外出打工去了，余下种地的只是“三八六〇”部队（“三八”即妇女，“六〇”是指年已花甲的老人）。有能耐的，劳力强的都扎不下根来搞农业。耕地有的荒了，有的虽然种了庄稼，可无人去管，“草盛豆苗稀”，收成孬，农民叫它“暗荒”。小郑一家走了，3亩地没人接手，也只好让它长野草。

千百年来，土地一直是农民的命根子。他们依赖土地养家糊口，繁衍生息，视土如命。过去一些人曾为了生存，为一块零星地，一段田埂，或一片荒坡，你争我夺，甚至大动干戈，“寸土必争”，打得头破血流。然而，现在他们纷纷抛弃土地，遗弃家业，远走他乡。

“民工潮”，过去只有“春潮”（春天的），现在逐渐发展成“四季潮”，不分春夏与秋冬，不分农忙与农闲。有人估计，全国“民工潮”的规模，大约有6 000万人左右，其中90%是青年农民。

改革开放以来，我国经济获得高速发展，农村的剩余劳力越来越多，加上经济发展的不平衡，沿海与内地，城市与乡村之间的差距进一步拉大，所以大量的农村劳动力，向城市转移。

这种“民工潮”现象，并非当代独有，在古代也出现过，被人称之为“反文化”现象，或者说成社会“病态”。

中国历来以农立国，土地是社会最基本、最原始的生产资料，是宝中之宝。“土，包含万物”，“一农不耕，民有饥者；一女不织，民有寒者”。农民各种生活所需之物品，都来源于土地。土地，历来是广大农民安身立命之本。

“有土斯有财。”人类在地球上必须依附土地生存。“生于斯，长于斯，终老于斯”，是中国的固有的文化与传统。

解树民在《中国农民运动》一书中这样表述：

万物土中生，离土活不成。
田地是活宝，人人少不了。
田地是黄金，有了才松心。

然而，近几年，土地的神圣地位在农民心中发生了动摇。农民不再热恋土地了，不再视土如金了，不再用汗水浇灌热土了。为什么？难道不令人深思吗？

在全国，这样的事，已经不是神话了，而是事实，有很多令人惊叹的事。

河北省盐山县某镇 10 个村，共有耕地 1.3 万亩，其中粗放经营和弃耕地就达 5 200 亩。

湖北省某县弃田退田的农民 1.4 万户，面积 2 万多亩。

江苏省某市农调队对 9 个乡 90 家农户调查结果表明，有 23％的农田被空闲，粮食种植面积 1993 年比上年减少 49.9％。

四川省渠县有一个村，共 2 100 亩耕地，抛荒地达 1 100 亩。

河南省信阳县已有 1 700 亩耕地无人耕种。

……

据调查，我国农村从南到北，从东到西，被弃耕、抛荒的土地越来越多。

湖北省有关部门介绍，自 1992 年秋收以来，农民要求退田者很多，接田者寥寥无几，有的地方只有人退没有人接。

还有一种令人不安的现象是，不少地方紧缺的耕地正在走向“暗荒”。管理粗放，将两季改为一季，有的农民因经济紧缺，贷款困难，无钱购买化肥、农药，因而粮食长势不佳，造成减产。江西吉安地区，历来有“粮仓”之称，近些年由于土地“暗荒”，26 万亩耕地，每年减产 7 800 万公斤。这些损失可不小啊！这些粮食可供 30 万农村人口吃一年。

究竟是为什么?

分析农村土地抛荒的原因有多种，但经过明察、细研，屈指数来，那使人吃惊的缘由还是人。一部分人外出打工，一部分有经商能力的人外出闯天下，形成“丁壮弃陇田，竞相务工商”的局面。

木星受了伤
无钱去求医
土地大贱卖
补充医药费
三千人民币
一万平方米
如果想移民
价钱可面议
木星房地产开发公司
一九九四年八月
华君武

# 第六章　“命根子”越来越细

管子在他的《治国篇》中说过：“夫富国多粟，生于农。兴利者，利农事也；除害者，禁害农事也。”他还说：“民事农则田垦；田垦则粟多；粟多则国富。”

古人的这些道理是十分明确的，可今人对此则昏昏然。近些年，神州自然灾害频繁，成片土地被洪水侵蚀，被沙漠吞噬。然而雪上加霜，“愚昧消费”者，修筑庙宇；头脑发热者，重复兴建“人文景观”，又占去了大量的良土好土。

“命根子”越来越细！

## 数据的考证

有人喜欢摆龙门阵，有人喜欢传言国情。今天哪里引进了电子技术，明天哪家公司的新产品出口了；再不就是南方的风景区真迷人，北京的西瓜大增了产。天南海北，说个不停。

道国情，讲形势，关心社会，关心民族的兴盛与民间的风情，这是件幸事呀！

当人类生存受到威胁的今天，不少人，甚至个别行政官员，或基层的掌权者，恰恰不喜欢听国情，摆国情。对资源的国情、省情，对土地的国情、省情漠不关心，泰然处之。

若说他们完全不关心，似乎委屈了他们。他们是关心的，但切入点有差异，他们想看到和听到的是地卖多少钱一亩，哪村哪方又引来了一项大工程，“占地”多少亩。请注意，在当今，新闻报道也好，头头们作报告、传递信息也好，表述一项工程的大小，最喜欢用两个字“占地”多少亩来反映。似乎占地越多，工程就越大，“功劳”也就越显著。

土地、人口、粮食已是当今世界矛盾的焦点。这绝不是危言耸听，故弄玄虚，而是实情、真情！

我国耕地家底究竟有多少？耕地增产潜力有多大？

多少年来，耕地家底一直是个“谜”。“地大物博”，究竟有多大，谁也说不出个子丑寅卯，无奈，口报鲤鱼三斤半，随便呼出一个神仙数字。

1958年国家统计局公布的耕地面积为18亿亩，此后逐年减少，到前几年最低时减为14.4亿亩，或者15亿亩。当时，中央曾对此数字提出过质疑。

为了对耕地资源求得一个准确数字，为了解开这个谜，“全国耕地资源及其开发利用”机构，1984年在全国开展了一次土地资源的调查。这次调查采取了目前中国最先进的航空和航天测量技术，参加调查的人员都经过了专门的技术培训，每张航空测量图片，都是经过人工实地调绘的。标明分界线和土地使用性质，然后再用计算机统计各种数据，最后得出了一个比较准确的数据：中国现有耕地面积超过18亿亩。

这是一项庞大的工程，全国有40万人参加调查、耗资10多亿元。对于新的统计数字，较过去的数字增加了三成。但是，也有人对此数字的可靠性提出了疑问：这些年，耕地在一年一年减少，而查出来的数字，却增加了三成，原因何在呢？

国家土地管理局的一位官员解释道：

一是50年代，大规模的土地调查时，有的仗量工具不准确。例如，有些地区用大木叉（称老弓），名为一丈，实为一丈二；还有一些地区用垧计算面积，大垧为15亩，小垧为10亩，准确性很差。

二是当初丈量土地时，好地的面积较准确，次等地的面积往往是估算。

三是过去在全国各地大修水库时，曾占用了一些耕地，统计时记为减地，但后来又恢复耕地，未作统计。

四是近年开荒造田未作统计。

五是有些地方为提高亩产量，有意留有“余地”，少报耕地数。

耕地面积即使增加了，我们能乐观吗？能掉以轻心吗？土地是有限资源，固定资源。土地的增加，只是一个计算的问题，而人口的增加，却是个可怕的数据！

“地大物博，人口众多”，是多年国人引以为自豪的优势。然而，当人均拥有土地量的概念输入大脑时，便会发觉，其实中国每个人的生存空间并不大，且愈来愈少。

960万平方公里的国土，如果折合成大家熟悉的“亩”，约合144亿亩，人均占有12亩，仅为世界人均占有量的1/5。

在144亿亩的国土中，山地占33%，高原占26%，盆地占19%，丘陵占10%，平原只占12%。除去浩瀚的沙漠戈壁、茫茫的雪山高原，可供12亿中国人选择生存空间的土地并不宽裕，目前我国人均耕地仅为1.3亩。这些年乱占滥用，许多地占而不报，或多占少报，1.3亩已是个可靠性差的数字了。

这就是我们国人耕地和饭碗的“家底”。

不可谓乐观！

何况，我们的工业、农业，以及其他事业的发展，存在着很难令人高兴的国情。

土地是静止的，有限的，而12亿人则是运动的，在不断增长。只有合理地使用土地，才能达到土地资源的永续利用。

对我国的土地国情和人们需求的表述可以概括为“四多一少”。

首先，是人口多。一个12亿人口的泱泱大国，人多，需要的空间就多，吃粮食多，占有必需的土地——即养活每个人的最低水准的土地就多。倘若人口减少一半，我国已有的一切建设足够享用了。

其次，非农业建设需占用的土地多。城市建设，乡镇、交通建设，每年占去几百万亩，这是一个庞大的、惊人的数字。据统计，全国的城镇、村庄和工矿用地已接近4亿亩；交通用地已近6亿亩。这10亿亩中，有相当大的一部分占用的是耕地。

我国是发展中国家，目前正处在人口膨胀时期，工业化、城市化、现代化正处在起步阶段。搞建设、促发展，人们梦寐以求地向先进国家靠近，无论是吃饭、穿衣、住房，还是盖工厂、建学校、修公路，都需要大量的土地。

土地减少的额度十分惊人！追溯历史，中国的土地锐减是从1957年开始的。在1957—1977年的20年间，全国耕地减少了1.8亿亩，相当于减少了20个福建省的耕地面积。从1978年以后，耕地以年平均480.5万亩的速度消失，随着经济开发区热潮的掀起，耕地面积如雪崩流水一般减少。1986—1993年的8年间，减少耕地3 500万亩，每年净减耕地450万亩。这样的速度是难以让人容忍的！

再次，对外开放程度大。引进外资建工厂，建设游乐场所、旅游区，这都是个无限的数字，也是当前的一个热点。

对我国感兴趣的海外人士，将大量的资金投入中国市场，为的是什么？他们稀罕中国廉价的土地和劳力！

第四，自然灾害频繁。洪水、风暴、沙化、泥石流，在我国还无力抗御的今天，肆虐横行，人皆为“奴隶”，任其蹂躏！

“一少”是指土地资源少。

“四多”仅仅是一个概括，一个意向性指数，表面上人人都能看见的国情。“内幕”若要讲下去就太多太多了，可以讲它“十多”，“八多”。

那“一少”呢？这里主要说一说土地资源少。

论总量，我国土地面积占世界总面积的7%，其中耕地总面积占7%，分别列为世界的第三和第四位，大言不惭地说，在世界众多的国家中，真正是“地大物博”。然而，我们人口多，人均土地占有少，耕地人均占有量更少，仅为1/3。“地大物博”变成了“地少物稀”，如此发展下去，中国人将沦为可怜的“穷汉”！

再看看人口。

1995年春天，根据国家统计局的测算，中国人口已达12亿，相当于美国、苏联、日本、英国、法国、意大利、加拿大等16个国家人口的总和。

12亿人究竟意味着什么呢？就是说，12亿张嘴每天至少吃掉200万亩土地一年生产的粮食。

据科学预测，按目前人口增长的速度，到2000年我国人口将突破

13.5 亿。

人口在猛增、耕地在锐减，这个拉锯战将持续下去。

我国土地对人口的承载力仅仅为 8 亿人，应该说是早已超负荷运转了。人均耕地不可低于一亩，而我国已有 1/3 的省市人均不足一亩，沿海各省甚至不到 0.6 亩地。

耕地，亮出了黄牌！

中国农业专家们早有自己的论断，他们断言，今后几年中国粮食面积的警戒线为 16.5 亿亩。中央要求到 20 世纪末，实现 5 000 亿公斤的粮食生产任务，必须稳定粮食播种面积，不能低于警戒线。

实际情况如何呢？自 1991 年以来，我国粮食播种面积连年下降，4 年下降了将近 6 000 万亩。1994 年的粮食播种面积已经降到了 16.5 亿亩以下。

目前我国粮食市场供求关系已经吃紧，而且一旦出现灾荒或战争这样的紧张局面，要调整过来至少要二三年的时间。

在我国历史上，曾多次出现过耕地荒废、锐减，劳力锐减的情况，而造成经济溃败的教训颇多，远的不必去追述，说说近代民国时期的事实，就很有启迪。

据《中国救荒史》一书记载，民国以后，历年垦殖面积逐年减少，荒地增多。特别是民国三年至七年，耕地面积每年递减十分严重，耕地从 15.8 亿亩，减到 13.1 亿亩，平均每年荒芜 6 700 万亩。以后各年，荒地面积增加，也日甚一日。

全国荒地增加、耕地锐减，灾荒不断发生，不仅摧毁了农业生产力，形成赤野千里，而且使耕畜死亡，农具散失，农民往往不得不忍痛变卖一切生产手段，使农业再生产的可能性极端缩小，加之有时农民因灾后缺乏种子、肥料及其他生产资料，以致全部生产完全停滞。总之，灾荒所造成的直接后果，就是整个农村经济的崩溃。

农村经济的穷竭，一般农民的经济，平日已极窘困，大多数农户如不依赖借债、典当，便不能长期维持生活。一经受灾，农民的经济状况，愈加恶劣。

历史上这类事实，不胜枚举。每每所导致的结果都是："凶荒不遑赈救，人小乏则取息利，大乏则鬻田庐，敛获始毕，执契行贷，饥岁室家相弃，乞为奴仆，犹莫之售。"

## 沙漠把土地当"快餐"

"喂，明天去看大漠呀!"

消息发出，即刻骚动起来。小白反应最敏捷，忙着准备鞋袜和干粮。小王大瓶小瓶地购矿泉水。老刘是踩着草原长大的，他的体验最深。他告诉我："大漠的脾气古怪，有时恐怖，有时温柔，有时发怒，让人难以捉摸，难以想象，不过有一点会告诉你，那里不是人类的天堂，而是大自然惩罚人类而布下的陷阱。"

对沙漠，我有种神秘感，曾产生过许多梦幻。孩提时觉得它神秘，高深莫测；少时对它眷恋，想从它博大的胸中得到什么奥秘；如今，对它却又产生了畏惧。它仿佛是大自然赐给人类的苦果，寂寞、凄楚、可怕!

我的上一部长篇报告文学《啊，国土》，反映的是灾难深重的国土在人类的践踏、废弃下带来的忧伤。沙漠也是国土呀！可沙漠已走入迷途，在人们的心目中，它已成为怪兽。它究竟如何残害人类呢？对大漠我有种异样的感觉，急着要去看沙漠，去领略它的风采，它的禀性。

一个夏末秋初，越秦岭，过秦川，我们跨入河套。

古人云："黄河九害，唯富河套。"是的，河套是一块美丽富饶的宝地，平展展的沃土，绿油油的庄稼，物丰马壮，人杰地灵，确实是一片美景良田。

美景过后是荒原。再向北，走出河套，便进入了洪荒之地：鄂尔多斯大沙漠。真大呀，无边无际，望不到尽头，走不到边际!

河套的另一边，便是罕见的库布其沙漠，达拉特旗就在大漠的边沿。

怪诞的沙漠，气候说变就变，出发前的那一夜，电闪雷鸣，大雨如注。我的心缩紧了，画了一个问号："明天能去吗?"

殊不知，次日骄阳如火，炙烤着大地。

罕台川，没有水，没有活力，死气沉沉，我有点怨它：山大没柴烧。

对罕台川的怪诞、疯狂，我不禁问起我的向导老姚。嘿，他却不那么看呢。

他神秘地告诉我："你别小看了这河的作用。他虽然是季节性河流，但一到夏天，他像降沙的巨龙，从南向北，躺在达拉特旗的西边，截住沙浪，堵住了一部分风沙的东进。当然，总体看，沙丘在不断向东移动，向我们逼近。夏天，河水暴涨，一泻千里，其中一部分流沙被冲向黄河，冲向大海。"

茫茫的鄂尔多斯大漠，是个神奇的世界。响沙湾便是她腋下的毛孔，也是她与罕台河拥抱、聚会的地方。罕台河从南向北，到此突然向东拐去，蜿蜒的罕台河构成一张弓，响沙湾便坐落在弓上。

正当午，太阳火辣辣地从头顶泻下来，头皮炙痛，黄沙滚烫。

在沙漠中行走，穿鞋不是一种享受，是臃肿，累赘，只能打着光脚丫儿。我们赤着双脚，艰难地向前走去。脚丫儿始而痒痒难受，继而似乎脱了一层皮，只觉得烫乎乎的。

沙粒儿，是那样微细，那样均匀，那样松软。微风吹拂，微细的沙子随风扬起，形成沙雾。沙随风走，风随沙移。风，时而大作，时而息怒；时而轻柔，时而发作。大漠被风搅动，沙雾弥漫。因此，随着风的呼啸，沙的运动，发出的声响，如击鼓，如鸣号，如笛声。

我好奇地爬上一座沙丘。此刻风小了些。那声音随着我的脚步起伏，变换无穷。我有意想驾驭它，我停它息，我动它鸣，我跑它吼。当我从沙丘上向下滑时，沙丘忽然发出一种犹如波音飞机腾起的轰隆声。

我曾在南海听过惊涛拍岸的潮音，在夹金山林海听过轰鸣的松涛声，在一泻千里的大渡河上听到哗哗的浪声，在响沙湾听到的却是另一种奇怪的声音：如山崩、似虎啸……哦，响沙湾呀，你是如此神秘，如此狂暴。那声音使人恐怖，使人对沙漠的特性更产生了诸多的幻觉。

响沙湾是个谜，随着星移斗转，许多地质专家、科技工作者都纷纷带着干粮、帐篷，驻足考察、探索，也听到过那令人猜疑的响声，变化无常的吼叫，却没有得出定论。

我不是地质学家，对如此的自然景观却着了迷。我不禁又问起身旁的老姚：“是不是凡是有沙漠的地方都有如此吼声？这声音为啥如此古怪而奥妙?”

他眨巴双眼讲起一段故事。他说，这里的神话传说颇多，但人们相传最多最普通的是，从前，这里林木葱茂，风景秀丽。在林海深处有一座雄伟壮丽的喇嘛庙。正当数百名喇嘛跪在佛祖前念经时，忽然狂风大作，飞沙走石，顷刻吞食了寺庙。和尚死得冤屈，因而游魂不散，那响音便是他们念经传道的声音……

扑朔迷离的故事，更刺激了我的神经末梢，我极力去寻找那些僧人曾经走过的足迹。于是我举足斗胆地向大漠深处走去。在无边无际的沙海上，没有人影，没有鸟鸣啾啾，没有一点生气，甚至没有生命，那荒凉、冷清、寂寞的天地间，如同地狱一般。

我向四周寻觅着，极力想找到有生命的东西，证明这是地球的一角，而不是火星，或别的什么星球，然而一切举动都是白搭。天空没有常见的大雁和其他飞鸟，荒原的伙伴——野兔和地鼠也不复存在。

我走呀，爬呀，翻过一个沙丘，顺着陡峭的沙流，向低洼处滑了下去。忽然，在一处低洼地上，发现了一个黛绿色的斑点，我低头细看。哦，是刚刚冒出沙面的一株灯香草。我轻轻地用衣袖拂去它身上的沙子，拔起来，然后夹在我的笔记本中，作为永恒的纪念!

啊，多么稀罕、宝贵！这个小生命，代表沙漠不是在别的星球上，而是地球的一个有机部分。我又仔细观察了这株“灯香草”，一个独根，很长很长，你别看它是一株小草，高不足3厘米，可它却像沙漠英雄，富有强大的生命力、抗争力。

沙漠啊，你是什么?

在鄂尔多斯荒漠上，我们摸爬滚打，辗转数日。在一个阳光炙烤的日子，我们驱车顺着包兰公路干线，从达拉特旗向西行，沿着风沙线前进。这一线又是另一番情景。

这里地势平坦，偶尔有起伏的土包儿。土丘之间，一片乎展展的土地，不过已是半牧半沙和人与沙奋争的防线了。看上去那里似乎不久前是繁荣富饶的农区。在蓝天白云下，隐约可见未被沙漠吞噬的灌溉渠、村舍，弯弯曲曲的田间小径。

人类面临严峻抉择：是沙进人退，还是人进沙退呢?

环境恶化，是21世纪人类生存面临的一大难题。大量的土地沙化将给人类带来灭顶之灾，造成环境恶化，耕地锐减。

土地沙化成为世界性灾难。挡不住的风沙无时无刻不在袭击人类。全球沙漠和沙化土地已有4 500多万平方公里。更令人惊恐的是，每年土地沙漠化，仍以5万至7万平方公里的速度扩大。被称为当今世界十大环境问题之首的土地沙漠化，估计每年损失420亿美元。亚洲首当其冲。这一灾害，每年有10亿人口直接受到沙漠的威胁，有2/3的国家和地区饱受沙漠之苦。

不可小觑啊！人口众多的中华民族，是世界上沙漠面积较大，分布较广，沙漠化危害严重的国家之一。

这个可怕的现实已出现在眼前，全国沙漠和沙漠化土地面积已达153万平方公里，占国土面积的15.9%。

由于过度放牧、开荒、毁林毁草、乱挖乱掘等原因，沙漠化的面积每年正以2 000平方公里的速度蔓延。2 000平方公里是个啥概念呢?相当于每年被沙漠吞掉了一个县，300万亩良田。

目下，举世闻名的万里长城西段已经被黄沙吞没，闻名中外的“丝绸之路”已被逶迤连绵的沙丘掩埋，曾被称为西域明珠的古楼兰国都，已进入了沙漠的肚腹。

沙进人退！人类无力抗御，不得不向沙漠妥协、让步。

是沙进人退，还是人进沙退?12亿中国人正经受着一场严峻的考验啊！

## 疯狂的践踏

“羊有跪乳，鸦有反哺。”这是自然界的奇观、轶事。

土地养育了人类，我们都是大地的儿子，应孝敬土地、孝敬母亲。土库曼斯坦治沙专家巴巴耶夫教授说过：“土地是人类的母亲，我们要爱惜土地。”

然而，在今朝今世人类却在疯狂地践踏土地，以怨报德，回报母亲，成为此等忤逆不孝之子。

人们一旦意识到土地的价值，忽然间，另种倾向涌来，在土地上掀起了“房地产热”、“开发区热”、“高尔夫球热”……一串串热流，向土地倾注。

“高尔夫球热”的代价是热浪中一个重点。

是体育事业发展的需要呢？还是一些人头脑发热呢？要探讨这一问题，得从高尔夫球的发展史去追溯。

高尔夫球，人称为“贵族运动”、“奢侈运动”。最早高尔夫球起源于苏格兰，那里的人是在起伏不平的、绿油油的牧场上打球。牧场茂密，由雨水浇灌。往后，这一运动向热带地区发展。要发展，得付出昂贵的代价。首先，要保持原有的风格，就需创造一套人工生态系统，要有丰富的水源、化学物质和非本地青草。在热带，为了保护一个有18个洞穴的高尔夫球草地，每天平均要用400吨水。

高尔夫球是世界上发展最快的一项产业，它的中心在日本。日本人不仅在本国修建了大批高尔夫球场，而且还扩大到了世界各地。在日本国内，除了已建成的2 000个高尔夫球场外，目前正在修建的高尔夫球场多达800个。

高尔夫球，首先在英国的贵族中兴起，后又在欧美国家上层人士中流行。随着商品经济的发展，近些年，国外的高尔夫球场，有了新的排场，它成了上层人士的聚集地，即政治、经济信息的院外交流地，许多重大决策、国际争端，几乎都是在那里酝酿、决断的。

可以说，这是一种贵族、富豪们游玩的运动。对于一般人来说，特别是第三世界，无论从哪方面讲，高尔夫球恐怕在老百姓中都是一项陌生的、操不起的运动。人们也清楚，这种运动，只是在少数人中流行，对于大多数人，只能在电影或电视中一睹，没有身临其境的具体感受。

一夜春风。因近几年随着改革大潮，以及许多热浪的涌现，“高尔夫球热”也风风火火、沸沸扬扬杀上阵来，在一些大城市猛然兴起。

作为一种对人体健康、民族兴旺发达有利的运动，不应该拒之，贬之。但也应该有一个尺度，讲点因地制宜。不顾中国的国情和普通人的消费水准而一味地追求这种高消费的“奢侈运动”，似乎还差一截。这倒不是中国对这项运动不感冒，而是中国的“大款”毕竟太少，绝大多数人还在为一日三餐如何填饱肚子而奔忙。那些数以亿计的山区农民，更是经济拮据，生活贫寒。

那热浪，许多人断言是从南方向北刮起、逐渐侵蚀的。珠江三角洲，最早是外商盯住的一块猎物，兴建高尔夫球场的项目，从 1992 年 1 月的 12 个，忽然增到 40 个，计划用地 8 万亩，其中占耕地 8 000 亩。

热源出现了，各地的“热心者”着力仿效，呼呼啦啦，如雷鸣电闪一般，在北京、成都、武汉………一些大都市内，竞相争夺，集资，圈地建球场，仿佛中国人，即刻变成了“贵族”、“富豪”，人人均可奢侈一番，玩玩高尔夫球。

在 1994 年岁末，有关人士透露，在全国已投入使用的高尔夫球场有 20 多个，正在兴建的有 50 多个。与此同时，来考察投资的外商仍然络绎不绝，国内也有一批活跃分子，正在酝酿，还要大上。这两股活力，预计还有 40 余家准备兴建。不仅一些大城市、大企业、大老板企图涉足高尔夫球场；还有一些中小城市也不甘落后，在未进行可行性调查、论证的情况下，便打着改善投资环境、吸引外商的旗号，把有限的资金投入到耗资巨大的高尔夫球场建设中。

成都人在追赶时髦方面，是绝不逊色的。在这股热浪中，该市相继建成了两家颇具“国际标准”的高尔夫球俱乐部。一家为“四川国际高尔夫球俱乐部”，另一家为“青城美国乡村高尔夫球俱乐部”。从名称看，确实喜人、诱人，也是值得热闹一番的。更有诱惑力的是，首座“迷你型”开放式高尔夫球俱乐部练习球场，也于 1993 年的岁末，接待客人，它就是成都森华双流高尔夫球练习场。这个练习场，与国外和港台地区相比，属于中等档次，长 200 米，宽 150 米，占地 2 万多平方米，规则球道 40 个，可同时容纳 40 个人练习打球。

兴建高尔夫球场，要占去大量的土地。一个 18 洞穴的国际标准的高尔夫球场投资一亿元，占地 1 000 余亩；若建一个 36 洞穴的高尔夫球场要投资 2 亿元，每年的养护费还需 1 000 万元人民币。也就是说，我国要兴建 100 多个球场需耗资 100 多亿元，占地 10 余万亩。

减少 10 万亩土地，意味着什么呢?

这种资源的损失及其补偿，不是简简单单就能算清的。按照经济学中有一个“机会成本”的概念，建一个球场，就要放弃 1 000 亩土地生产粮食和蔬菜的机会，而把这种资源用于少数人纯消遣性的娱乐中，值得吗?

经济学家、农业科技专家是反对的。他们通过周密考察后，指出：建设一个高尔夫球场要砍掉树木，推平山头，种植草坪。草坪养护完全靠自动喷灌，一系列的设施，庞大的配套工程耗资更多。

对建设上百个高尔夫球场，经济学家、农业科技专家们认为，高尔夫球场投资大、占地多、消费高，国内已建成的球场效益不好，他们呼吁“高尔夫球热”应该降温。

高尔夫球运动，在日本发展最快，然而反对高尔夫球运动的人和建筑商之间最尖锐的冲突也发生在这个岛国。这是为什么?

在报端有一条经济电讯，可以很好地回答这一问题，不妨录下：

“东南亚国家最近均纷纷严格禁止建造新的高尔夫球场，因为保护草地青翠，高尔夫球场需定期喷洒农药，结果污染环境，其代价很难弥补。这些禁令同样适用于申请建造高尔夫球场的外商。”

高尔夫球运动带来污染，世界各地的反对声日益高涨。

全球反对高尔夫球运动组织，是从 1993 年开始发展为世界性“无高尔夫球日运动”的。英国《独立报》1995 年 4 月 30 日撰文写道：“这个组织是在日本商品蔬菜经营者森田的鼓动下，开始这项活动的。这位日本经营者看到他的菜日益受到污染，他种植的蔬菜相继死去。他还发现邻近的高尔夫球场排放到他农田的水会有令人忧虑的深浅不一的黄颜色。调查发现，这是高尔夫球为了使球场保持翠绿而施放的化学物。”

“在那一年年底，森田同 20 位环境保护者在马来西亚开会。为了解决这个被称为‘世界上最严重的环境问题’，会议决定成立全球反对高尔夫球运动组织。自那以后，这个组织日益壮大，并在许多国家积极开展活动。”

有点阴错阳差，这项活动别人反对，我们却匆匆忙忙大肆兴建，难道不值得深思吗？

“愚昧消费的悲哀！”这已是别人回眸发出的警示。

我们为什么不吸取教训呢？

要分析，这和一些人的文化氛围、民族意识是有着密切关系的。

热浪滚滚，还涌现了传播封建迷信、追古、仿古的一些世俗之徒，在广大农村掀起“乱建庙宇热”、“人造景观热”、“修坟热”等等。别处有座“关帝庙”，我也要建“关帝庙”；三峡有座“白帝城”，我也要造“白帝城”；东山有座“土地庙”，我也要修“土地庙”……

人们利用文化铺垫，发展经济；利用文化名胜，广揽游客、外商，来树立自己的形象。深圳是座新兴的城市，文化资源贫乏，便集中华民族文化之大成，兴建了“锦绣中华”、“中国民俗文化村”等微缩景观，成为经济、文化发展的“窗口”。的确，它为深圳的繁荣起了很大作用。在文化名城——武汉市，有座黄鹤楼，近几年又举巨资，大兴土木，建起了“楚城”，显示出中华民族文化的博大精深。

有了深圳和武汉，随之一哄而起，兴建“人文景观热”在全国比比皆是。记者从旅游、文化等单位获悉，人造文化景观，盲目上马，占用大量土地，带来的弊端让人忧虑。项目雷同，质量低劣，缺乏宏观调控，也不看旅游者的感观和兴致。据统计，仅仅是西游宫全国就有 30 余个，在北戴河、秦皇岛等地，还计划要造 15 个。无锡、镇江、武汉已有“三国城”，全国又有不少地方争相修建“三国城”。小小的成都市，兴建的“白帝城”、“西游宫”，就有七八处。先建的，还有人好奇，去观看；后建的，已没有什么艺术价值、观赏价值，游者寥寥无几。成都所建的人文景观，全占用的是良田沃土。这些工程太多了。有的项目不仅内容雷同，而且相距不远，比如，圆明园遗迹的复创为“世界之窗”的第二期工程，已在深圳建设，毗邻的海南，又按 1∶10 的规模，兴建圆明园的全景。有这个必要吗？

中华大地，人造景观知多少？自从深圳“锦绣中华”一炮打响之后，各种人造文化景观，如雨后春笋般地涌现，大有你争我夺，欲夺天下为己之势。而且一个比一个规模大，名字响。沈阳的“中国八卦城”，浙江新昌县的“中国大佛城”，北京昌平区的“老北京微缩景园”，江苏无锡的“世界奇观”，都是占地面积大、投资大的工程，耗地惊人。据统计，全国仅20处人造景观，就占地3万多亩。

“老外”在笑话我们，群众唾骂我们：“唉，这些人是不是吃错了药？”

“人造景观热”占去了大量的土地，而另一个“建庙风”不仅占去了土地，还为搞封建迷信活动，提供了方便之处。

乱建庙宇之风，是一个全国性的举动。有个省近几年来，未经批准新建的大型寺庙，多达48座。这还不足为奇，另一个省修建中等规模的庙宇121座。某省，有些地方几乎村村建庙，有的村还不只一处，什么“土地庙”、“城隍庙”、“关帝庙”、“娘娘庙”，大搞封建迷信活动。四川有个县，238个村，竟修建“观音庙”、“土地庙”、“龙王庙”、“山神庙”等20余种庙宇150余处，占地2万多平方米，其中耕地占一半以上。

建庙宇，钱从哪里来呢？在银川肥沃的平原上，会发现村庄旁、路两边、田间地角，新崭崭的“土地庙”、“娘娘庙”之类的东西，四处可见。据了解，建庙宇的钱是各家各户摊派，每户出资一二百元不等，而且干部找出“理论”蛊惑人心，叫“破财免灾”。在辽宁某村，大兴土木，一个不大的村，竟建庙宇8处，耗资8万余元，平均每户出150元。据说农民的收入相当一部分都用在敬神弄鬼之类的“愚昧消费”上去了。

这类事，不胜枚举。面对这些举动、弊端，群众在大声呼喊，不可低估，不能姑息啊！它不仅大肆占用耕地，浪费土地资源，更为严重的是，要把群众引向何方？

## 灾难深重的人类

1994年7月17日，凌晨。

雨，如同天漏，哗哗哗……直往下流。狂风席卷，刮断了树枝树干，仿佛整个地球都在旋转、颠簸。

一声惊雷，把我从梦中惊醒，只觉得天旋地转，分不清东西，看不准南北……

咔嚓！又一声霹雳，暴风雨撞破玻璃窗，向我的床头袭来。

啪！啪！窗户在摇摆，扑打着窗棂。雨更大了，指头大的雨滴，从缝隙中杀了进来。

我不顾一切，先向前面的阳台冲去，决定关上窗户，堵住暴风雨，折腾了几次，才插上了插销；随即又向后阳台奔去，可那里的窗户已经打烂，只好听任雷声、雨水向屋里涌来……

暴雨从凌晨三时，一直延续到天亮。我躲在门内，惊呆地望着电闪雷鸣……心，沉甸甸的，好像有一种不祥之兆：人类的大灾大难即将降临。那倾盆大雨，不说落一两天，即使落上七八个小时，就够成都平原“受用”了。“大暑”刚过，秧子在发蔸，包谷在扬花，大春作物经过几度干旱的折腾，才刚刚恢复元气，若再来第二次打击，怎么得了呀？我心中在嘀咕。

人类，灾难深重啊！

**四川**

1994 春天以来，四川的旱象，是历史上罕见的。灾情首先从长江的源头发作，随即“灾星”四起，祸及川南、川东、川北、川中……

若再有瘟神降临，“天府之国”的一亿多人民，用什么充饥呀？

对此，我不敢继续往下想。近几年的四川，虽然工业生产时起时落，好一阵，歹一阵，而农业生产出现了好势头。令人欣慰的是粮食丰收，粮草供应充裕，农民，给城里人，也给四川的“父母官”争了气，拿了脸。“家中有粮，农民不慌。”农民有吃有喝，城里人也沾了光。人们常常爱说一句贴切的话：“农民为四川争了气！”

这一切毕竟已成为过去，已成为历史，今年如何呢？明年如何呢？将来如何呢？凶吉难卜！许多关心农民、关心时局的人士，总是用审视、谨慎的目光提出许多疑义。

仿佛，天随人意。不多时，暴雨突然停了，风也住了。雨过天晴，东方一轮红日，喷薄而出。

记者出身的人，似乎有种怪癖，看报如同一日三餐，须臾不离。尽管今天是星期日，天一晴，我仍耐不住，急急忙忙向报社走去，对当天的大报小报，一睹为快。若有一天不读报，便心神不安，仿佛生活中缺了点什么。

在报社，我打开当天的《人民日报》，一篇令人吃惊的文章闯入了我的眼帘，我不禁眼睛睁大了。文章的标题是：《联合国一报告称当今世界三大难题：贫困、人口膨胀、环境恶化》，文章说：贫困、人口迅速增长和自然环境恶化，将导致全球性的社会、政治和经济混乱。世界上没有任何一个国家和地区能够避免贫困、人口膨胀和自然环境恶化而造成的不良影响。目前贫穷国家面临的种种问题还没有成为国际社会关注的重点，这一现象必须尽快改变。如果不努力消除贫困、人口过剩和环境恶化的影响，用不了几年，这种恶劣影响必将导致社会分裂、经济混乱、政治动荡，从而直接威胁国际民主化进程和世界稳定。

在中国，如今还有 8 000 万人没有摆脱贫穷。世界上，挣扎在饥饿线上的人就更多了。

1994 年，仿佛是个灾年。“上帝”赐给人类的“祸星”太多太多：

相传，“太空之吻”——彗星和木星相撞，祸及地球，弄得人类一派惊恐！

非洲的霍乱使人成批死亡，给人类又添了一份忧患。

我国地域辽阔，地理条件和气候条件十分复杂，自古以来就是一个多灾的国家。

墨子说：“一谷不收谓之馑；二谷不收谓之旱；三谷不收谓之凶；四谷不收谓之馈；五谷不收谓之饥。”

自然灾害，特别是新中国诞生前的百余年间更加频繁，更加严重。

自 1840 年以来的百余年间，水、旱、风、雹、虫、震、疫等灾害，几乎年年都有，只是受灾的面积有大有小，灾情程度有轻有重而已。至于因洪灾泛滥，而跨州连郡“尽成泽国”，或因连续干旱而“赤地千里”的大灾巨彗，也是史不绝书。据粗略统计，黄河、长江洪水泛滥，平均两年漫决一次，或将大批农田吞没，或将百姓冲入大江；淮河流域，更是“大雨大灾，小雨小灾，无雨旱灾”，“十年倒有九年荒”的民谣，成为这一地区的灾难史。史沫特莱在《中国的战歌》一书中，她对旧中国的连年灾难有过这样的描述：旧中国是一个“军阀混战，河水泛滥，饥馑连年的重灾区，好几百万农民被赶出他们的家园，土地卖给军阀、官僚、地主以求换斗粮食，甚至连最原始简陋的农具也拿到市场上出售。儿子去当兵吃粮，妇女去帮人为婢，饥馑所迫，森林砍光，树皮食尽，童山濯濯，土地荒芜。雨季一来，水土流失，河水暴涨；冬天来了，寒风刮起尘土，到处飞扬。有的城镇的沙丘高过城墙，很快沦为废墟。”

新中国成立之后，灾害虽然有所减少，但“上帝”仍然将“灾星”留于人间。

中国，年复一年的洪灾，祸星不灭，灾难深重，1994 年全国又有一些省受到洪灾的骚扰。请看以下纪录。

**广东**

哗，哗——天上之水不可挡！

1994 年 7 月 25 日，一连数日的暴雨，西江出现了 1949 年以来的第三次大洪水，北江汛情也十分严峻。肇庆、清远、茂名、深圳、珠海、中山等地出现严重的灾情。江河水位急涨，都已大大超过了警戒线。西江、北江和珠江三角洲面临高水位的严峻袭击。

仅茂名、肇庆、清远等三个市，就有 195 个乡镇 315 万人受灾，洪水毁坏房屋 47 万多间，全省经济损失逾 30 亿元。

这已是该年第二次洪水泛滥了。6 月 25 日，洪水、海潮和四号热带风暴席卷全省，损失惨重，才过了 30 天，灾星再次降临，对南粤大地再次进行洗劫。

连日的山洪暴发，造成化州、阳山等地多处山体滑坡，导致公路切断，果园、良田、房屋被埋，死亡村民 20 余人。绿油油的 2 000 多亩良田，转眼变成了泥石流堆砌的场所。

**湖南**

古城长沙的历史，将永远记住1994年的6月。

当南太平洋强劲的暖湿气流猛然冲进江南腹地的时候，6月的天穹被撕裂了，连续6个昼夜，湘江上游暴雨如注，千江交汇，万物遭殃。

“黄河之水天上来。”6月20日晚，正是龙王港抢险最为激烈的一夜。狂暴的洪魔，残酷地刷新了湘江水位的历史纪录。洪水撕裂防洪堤，涌进绿岛，浸过堤坑，吞噬着两岸数万亩良田。

只一夜工夫，有100多栋村舍在咆哮的湘江水中倒塌，造成数千群众无家可归。

**浙江**

浙东沿海人民，在1994年8月21日晚，遭到17号台风的袭击。17号台风如虎似狼，向浙东扑来，风力超过了12级，又值天文大潮，导致大风、大雨、大潮三碰头。

温州的水文资料表明，这次灾害为190年以来未遇的一次大灾害，受灾人口达1 100万，倒塌房屋80多万间，冲垮海堤500多公里。

**辽宁**

1994年7月13日，辽宁西部普降暴雨，流经锦州境内的大凌河、小凌河河水猛涨，水流量超过大堤防洪能力近一倍，锦州市数百万人民的生命财产遭到严重威胁。

沧水横流显本色。锦州市委书记张鸣岐带领军民抗洪，以身殉职。一位新闻战线上的年轻记者杨晔，也献出了宝贵的生命。

**黑龙江**

暴雨成灾，洪水横行。地处最北面边陲的黑龙江省连日暴雨，遭受了近百年来历史上最惨重的水灾，有47个县市损失相当严重。

**广西**

地处西南角的广西，有 14 万公顷作物被洪水冲毁。

在中国大地，六七两月是洪水逞豪、人为鱼鳖的两月。时至 8 月，天一反常态，万里晴空，出现了暴雨之后的暴热。

国家防汛抗旱总指挥部 8 月 15 日发布的第 19 号汛情旱情通报说：8 月份以来，江淮、长江中下游地区降雨持续偏少，且持续高温，南方旱情持续发展，全国受旱面积已由 8 月初的 1.7 亿亩，发展到 2.43 亿亩，从川东至长江口一带旱情最为严重。安徽、江苏、河南、四川、湖北、陕西严重受旱面积超过 2 000 万亩。

洪水泛滥，泥石流滚滚而至，大批土地农田被冲刷。

提起泥石流，人们更是提心吊胆。它可直接吞噬房屋、牲畜，以及水利设施，而且对宝贵的土地资源，是致命的摧残。

狡兔三窟

# 第七章　黄土地外的忧思

文人的忧患意识自古有之，只不过有其历史范畴，不同时代的忧患意识，有着各自的鲜明的时代特征。当今，常常可以看到各种传媒和众多文人提到“忧患意识”，如忧国、忧民、忧落后等等，但时下议论最多的是土地。

## 英籍华裔的典范

“不占农民一分田，这是韩素音在解决我们曾祖母刘氏的坟的最真实的想法。”那是1993年6月27日晚上，我采访韩素音（原名周光瑚）的堂弟周光墉先生时的开场白。

那个普通的夜晚，我驱车到他家时，只有他和夫人林幼筠女士在。周光墉原是四川省邮电管理局副局长兼总工程师。这位年已七旬的老人，是一位严肃而富有学识的高级知识分子。周老师告诉我，对这件事韩素音十分郑重。本来她正在日内瓦她的住所闭门笔耕，创作一部长篇小说，可一接到信，便很快回到中国。

“我们的老家在郫县。由于四川芙蓉旅游实业总公司（煤炭部下属单位），要建造‘水泊梁山宫’，正好选中了大坟包，埋葬我们曾祖母的那块墓地。”

周老师稍停片刻后，又说道，“我记得我们的父辈说过，曾祖父在清代是朝廷的一名官员。周家建有一座祠堂，周围的百姓都叫它‘周家祠堂’。我们的曾祖母死后葬在祠堂附近。‘文革’中，被‘红卫兵’当作‘四旧’揭开了棺木。那是一副红色棺木，完好无损，里面的衣物、葬品都没有烂。随后将棺木迁到了河边，由于涨水，被洪水冲刷，棺木露在地面。后来把棺木从河边迁到了大坟包。”

为了把这事解决好，而且要让韩素音满意，县政府的领导经过周密思考，提出了几种方案。他们认为最佳的方案是，选定一个风景秀丽的地方，划一亩地，重建一座纪念堂。煤炭部的领导也很慷慨，决定拨一笔专款，用于建纪念堂。他们还煞费苦心，请美工人员设计了几种图案。这些图案，既有文化气息，又有民间特色，典雅古朴，含而不露，美而不俗。

1993年4月26日，韩素音、周光墉应县政府的邀请回到郫县。“父母官”们十分热情，详细地述说了他们的迁坟计划。随即，又把设计的图案交韩素音审查过目。韩素音一看，觉得不是个滋味，简直让她哭笑不得。

“不行，不行，这是绝对行不通的。中国人口多，土地少，一座坟占地一亩，还要花费国家那么多钱，没有必要嘛!”韩素音对这一方案，当即提出了否定意见。

“这……这是经过我们多次研究决定的呀!”县长急忙解释。

韩素音思前想后，觉得不妥。她诚恳地对县里的同志说：“我刚刚为一本专写土地问题的报告文学《啊，国土》作了序。我在呼吁全社会都要爱惜土地，不要乱占浪费土地。为了曾祖母的坟，这样做，恰当吗?”

“这是县委县政府的决定。这座古墓算是文物，不可随便就把它埋了。如果这样做，我们心里也过意不去呀!”县长再三劝说。

韩素音是个急性子。此时她满脸愁云，心想如何说服他们。平素，她极少吸烟，此刻却向堂弟周光墉要过一支香烟，深深地吸了一口，随即重申了她的观点。“嘿，我还劝别人不要乱占耕地，你们却给我拨一亩地修祖坟，这叫我怎么说呀？我的意见很明确，不花国家一分钱，不占农民一寸地。”

韩素音自然有她的想法。在国际上，她已是一位知名度很高的作家，如果对此事处理不好，外国人，特别是西方国家的一些人，会抓住这件事作文章，影响不好。他们都清楚，多少年来，这位女作家的心，一直向着中国。中华人民共和国成立几十年来，她的言谈举止，以至她的作品中的字里行间，无不渗透着一颗活脱脱的中国心。

周光墉老师，在回忆当初的情形时说，那一天没有谈妥，原因是韩素音不同意占地重建。

后来，有人提出火化。韩素音赞同，因为她知道，周恩来总理的遗体是火化后把骨灰撒向大地的，可县里的领导觉得不当。有人说把坟迁到外地，对这一方案，县领导仍有顾虑。他们一方面觉得，搞建设占用坟地，得到韩素音支持，也是十分感人的事，如果把坟迁到外县于心不安；还有一个想法，这座坟既是古物，又是名人的祖先，若留在郫县，是郫县人民的光荣，所以，他们思来想去，还是犹豫不决。

一连几天，韩素音和几位堂兄堂弟一起商量，如何解决这个问题。

那天晚上，她在周光墉家里踱来踱去，烟抽了一支又一支。

"好了，好了，深埋，就地深埋！这样既不占用农民一寸土地，又简便。"忽然，韩素音想出了一个两全齐美的妙法。

"深埋，家乡没有这种丧葬习惯，这样做行不行呀?"周光墉有点担心。

"怎么不行呢？国外早就有这样的习俗，我们为什么不可以仿照呢?"

"对呀，你在写周总理的书中，不也写了周总理平坟的事吗?"林幼筠拿起韩素音刚出版的新作《周恩来与他的世纪》一书在空中晃动。"哦，书中你还专门写了周总理的骨灰撒向大地，撒向全国的情况嘛!"

翻开书的最后一章，韩素音是这样写的："哭干了眼泪的邓颖超对治丧委员会说：他的愿望是把他的骨灰撒到祖国的河山去；不要竖纪念碑，不要建坟墓，不要刻石碑或塑像，甚至不要在八宝山公墓存放骨灰盒来纪念他。""一架飞机把周的骨灰撒向大地。周去世后实际上比他在生命的最后岁月里更加强大。"

是的，周恩来总理不仅自己作出了榜样，而且早在若干年前，他的这一思想就已经灌输给了亲友。1964 年，周总理到江南考察，看到横亘数里的坟地，就对当地的干部说，坟地问题一定要解决。中国六七亿人口，只有 16 亿亩耕地，平均一人 2.3 亩，将来人口越多，人均耕地就会越少……1965 年岁末，周总理下了平坟的决心。江苏淮安是周总理的出生地，也是周家祖坟较为集中之处。他对要回老家的侄儿周尔萃说："你是军人，要带头破旧立新，移风易俗。我布置一个特殊任务给你，你要好好执行。这次回去，把家中祖坟平掉，深埋在一米以下，做到不影响机耕。把坟地交给生产队集体耕种，坟地上的树木交生产队绿化。办好这件事再过年。"除夕那天，周尔萃和当地干部群众一起将此事办妥了，并报告了总理……

韩素音越想越觉得周总理伟大、坦诚，是人民的楷模。她的思路豁然开朗，马上作出了决断："对，深埋，就地深埋，上面不留标记，把地还给农民耕种。"

次日，周光墉陪同韩素音，再次回郫县，县里的同志对她的这一果断决定既吃惊，又赞赏。

这位英籍华裔著名女作家的思想境界如此之高，他们十分敬佩。

韩素音怕她走后，有人反悔，给县里的工作带来麻烦，因此又起草了一份材料，交给用地单位。

**四川芙蓉旅游实业总公司：**

关于你公司在郫县城郊建设"水泊梁山"游览园，涉及我们曾祖母刘氏的故墓需要迁移一事，经我们与其他几位亲属商议后，提供如下处理意见：

一、在郫县人民政府领导下，你们认真对待坟墓迁移的事情，我们表示感谢。

二、我们愿意珍惜每一寸土地。我们敬爱的周总理早在五六十年代，就多次提出意见，将在淮安埋葬他祖父、生母等周家坟地平掉，迁走墓碑，棺木就近深埋，土地交集体耕种。周总理为我们做出了榜样，我们也希望对曾祖母刘氏的棺木，在园中就近深埋。

三、灵棺是历史遗物，深埋得到合理安置，上覆厚土也方便你们使用。棺木埋置深度按地下水位情况处理，棺木上、下和四周用水泥板包封，避免虫鼠、树根、污水等侵损即可。

四、地面上不设置坟冢、墓碑等坟墓标志，完全由你们自行安排使用。

周光瑚（韩素音）　周光墉　周光埙

1993 年 4 月 28 日

韩素音时时在挂念着中国，想着 12 亿人口的吃饭问题。

1994 年夏天，成都理工大学刘兴诗教授去欧洲访问归来时，在他的书房内接受了我的采访。他说："我和韩素音已是老朋友了，到了瑞士，怎能不去看她呢？一天傍晚，我们在日内瓦湖畔约会。我们没谈几句，她便提起最近回成都给她留下的一个印象。她眉头紧锁，忧心忡忡，露出了无限惋惜的神色。她说：'现在成都平原到处都在搞开发，把许多良田都圈了，真可惜！我看了，很心痛！'"

她的意思非常清楚，搞开发是对的，无端耗去许多良田好土，未必都对。她十分了解成都，所谓"沃野千里"的"天府之国"，实际上就是集中指成都平原一隅良田沃壤而言。土地，是哺育生命的摇篮，人可以不居高楼大厦，不吃饭却万万不行！

我和韩素音不曾相识，也不曾交往过。

诚然，对这位世界著名的作家，当我在步入社会时，就阅读她的作品，默念她的名字，更多的是在报端，读到她的音容笑貌。读她作品的时候，往往被她的小说、纪实文学中的故事所吸引；被她那"刀侠"般的笔触，犀利的文风，辛辣的讽刺，纵横捭阖的大手笔，幽默有趣的语言所激动。

我真正认识她，是在 1993 年岁末。她的《赤潮——毛泽东与中国革命》一书，由山西人民出版社翻译出版，她到太原参加首发式之后，风尘仆仆途经成都去新加坡。12 月 14 日上午，在她下榻的成都锦江宾馆，她接受了我的采访。

她是一位非同凡响的女作家，性格倔强，少有女性的优柔寡断，极富男性的刚毅果敢。她语言诙谐，谈笑风生，虽年近八旬，仍精神焕发，没有"老之将至"的感悟。

采访结束时，她又谈起土地。她说："成都平原的土地是世界上最好最好的土地。美国的密西西比河两岸的土地赶不上，欧洲平原的土地也赶不上。成都平原的土壤，捏得出油来啊！随便占了太可惜！"

然而，近几年来，有些人做着黄粱美梦，幻想内地也像沿海那样"筑巢引凤"。于是，把一片片良田沃土圈起来，一年、二年、三年……结果呢？良田长满青蒿野蔓，耗子、兔子、癞蛤蟆成群结队，相伴为伍。

当我告诉她，许多人鼓励我写土地问题的续集时，她切住话题，恳切地说："写！就是应该写。这两年，许多地方无计划乱搞'开发区'，浪费了不少土地，这可是件大事呀！要大声疾呼，唤醒干部，要珍惜土地。中国12亿人的吃饭问题，是个大问题呀！"她稍停片刻，又继续说道："西方许多政治家，好心的与恶意的，都在盯着中国人，看着12亿人口如何解决吃饭问题，如何活下去。这不是一件小事！他们想的是，一旦中国人没有饭吃，会自己扼杀自己。不知我们的干部，意识到这件事没有。"

韩素音的话严肃而诚恳，她是在向全国发出呼吁，要大家引起高度重视，对土地问题切不可掉以轻心！

多年来，韩素音身居海外，情系故土，关心中国人民的吃饭问题，土地问题。

人们常说，水有源、树有根，韩素音的根就在中国，而且深深地扎在家乡这片热土上。土沃才能叶茂，叶茂才能根深。她的整个思绪，贯穿着一根主线，那就是愿祖国富强，愿人民安居！

## 文人的忧患意识

土地在呻吟，文人在叹息！

历来，骚人墨客聚在一起，或谈天说地，或吟诗作句，涉及的主题大多是"文房四宝"，或古今的逸闻趣事，总而言之，谈"天"是其习性，而说"地"却是少见的。

如今的文人们却关心人类面临的危机：土地锐减，人口剧增的重大国事。

1995年仲春，中国散文与旅游文学学会的一批成员聚会，为远道而来的文友洗尘。席间，一阵寒暄之后，大伙忽然把焦点集中到我那本写土地的小册子上。

“老王，你的长篇报告文学《啊，国土》产生了强烈的反响，听说得了三四个大奖，是吗?”四川人民出版社的喻光韶先生率先引出了这一话题。

“嗯，有那事。”我夹了一块红烧东坡肘子放在嘴边，支吾地回答，“我倒不在乎得不得奖，而注重读者，注重社会的反响。这件事，让我欣慰的是，它引起了人们的关注，使我感奋。”

“你的题材抓对了，大主题、大气度。”姚咏絮女士待我的话一完，便瞧准机会切入了主题。“我们这么大个国家，家底再厚，也有个限度。土地一片片被鲸吞、荒芜，可惜呀!”

老喻又抢上一句:“有人说这个问题，四川最突出，这是事实。外省同样出现‘炒地皮’、闹‘开发区热’。前些年，哗啦一下，把土地审批权力下放，一个乡、一个县都可以大片大片围地，失去了耕地，农民叫苦不迭。搬迁，交地，一些人丢了土地，两手空空，变成无处谋生的游民。这个问题严重呵!”

《西南旅游》杂志主编邓洪平，说得更贴切:“圈地、卖地、荒地……这种无止境的做法，怎么得了呀!中国人口多是世界之最，一旦发生了灾荒，或者打一场什么战争，断了粮，12亿人中如果有一亿人当难民，中国不得安宁，周边国家不得安宁，世界不得安宁，会天下大乱呀!哎，圈地、卖地究竟为了哪一宗吗?”

“这股圈地歪风，来势之猛，波及面之大，是前所未见。”老喻继续接上老邓的话题，“1993年，我去湖北，看到江汉平原一片片肥田被占用，被荒芜，心中很不安。激动之后写了一篇散文《登荆州城楼》，发表在一家晚报上。这篇散文我是专为江汉平原的遭遇而呐喊。同时，也联想到成都平原的命运，今天这里圈一块，明天那里围一片，多么好的土地啊!”

“嗬，圈地风岂止成都，北海更凶残，更厉害嘞!那些外来的，本地的，大老板，小老板，去北海都盯着土地，一围就是一大片。东一块，西一块，方圆几十平方公里的土地，稀里哗啦，不到两年时间全都被分了。”姚女士放下酒杯，越说越激动，“前些日子，我又一次到北海，在海湾的尽头，一眼望去看不见几幢房子，到处是荒地，野草茂密，老鼠成群。”

“北海，不是中央搞的点吗？”不知是谁插上一句。

“点？中央有精神、指示呀！可有些事中央说了谁听嘛！那些炒地皮的‘串串儿’有恃无恐，对上面的话阳奉阴违，你说你的，他干他的，山高皇帝远，管得着吗？”

北海有一片望不到头的大海湾，湾上的那片土地肥沃、平展，是种田人的摇篮！

银滩，是北海著名的风景区，国务院总理曾说：“银滩比夏威夷还好。”人大委员长也挥毫书下“中国第一滩”。许多名人、要人都称北海为“东方夏威夷”。

这是名人要人的定语，但不是名人要人的造化，而是大自然的杰作。

北海，原来是个小镇，自从1988年被批准为全国重点旅游城市以来，游客逐年增加，1991年达120万，1992年突破150万！随着“北海投资热”的高涨，1993年游客突破200万人！

火热的北海，沸沸扬扬，至1993年已有50余家海内外客商投资，总金额达83亿元。120幢别墅和一批娱乐设施已初具规模。北海将号称是目前亚洲最大的海洋运动娱乐中心。

那是多么令人振奋的消息呀！

可随着时间的推移，北海的发展似乎梦幻一般，美元少了，投资者节节后退。潮涨潮落，生产停滞，生意萧条，土地荒芜，一些高楼刚冒出地平线，就蔫气了，停产了。昔日沸腾的景象消失，海滩上的游客稀稀拉拉！

盛世不惧危言。越是改革开放越是欣欣向荣，蒸蒸日上，越要不避左见。要有一些“杞人忧天”，从大好之中管窥不测，从盛况之下预见危机，从而才能知荣辱，明兴衰，定对策。

人们面对现实生活中的一些弊端，常常爱用“忧患”二字来表达内心的情感，文人更是如此。其实，“忧患”一词并非今人所造，自古有之。

最早，见于《周易·系辞下》。其曰："《易》之兴也，其于中古乎？作《易》者，其有忧患乎？"在中国，也许是一种民族的特征，历来许多文人都有一种"忧患意识"。这种忧患意识，也就是常说的"安不忘危"，"居安思危"。

总结历史，忧患意识的重心有两点：一点是忧国；一点是忧民。在中华民族的发展史上，忧患意识始终是我们民族所特有的。文人面对各种社会矛盾和各种隐形的危机，产生了对国家、民族命运的担忧，并发展成一种自觉意识。

追溯历史，忧患意识最典型的代表人物，莫过于范仲淹。他在《岳阳楼记》中写道："居庙堂之高，则忧其民；处江湖之远，则忧其君。""是进亦忧，退亦忧，然则何时而乐耶？其必曰：'先天下之忧而忧，后天下之乐而乐"乎。范仲淹的这种忧国忧民的思想，影响着许多文人。

风声，雨声，读书声，声声入耳；

家事，国事，天下事，事事关心。

这是明代以顾宪成为代表的东林书院一伙文人忧患朝政的腐败，写下的流芳千古的一副对联。它更富有典型性。

在今朝，对土地忧患的人也不少呀，他们纷纷撰文，发出呼吁，充分表达了自己忧国忧民的爱国之心。

中科院学部委员、西南农业大学教授、世界著名的土壤学专家侯光炯，在1992年岁末，从长期蹲点研究土壤的长宁县到成都，一路耳闻目睹，对一些城镇乱占耕地和农村土地抛荒十分痛惜。对眼下出现的办开发区热感到既高兴，又担忧。他向全社会呼吁："寸土寸金，请珍惜土地！"

1996年3月，中国农业大学教授杨志福在《毁了耕地，愧对子孙》一文中说："我国耕地负载量已到了临界状态。农业科学家预测，我国现有耕地至多可养活15亿人，我国目前现有耕地实际能种植的只有16亿多亩，待开发的土地资源非常有限，大约只有一亿亩，两项数字加起来仅有17亿亩。""前一段时期不少地方的领导在考虑工作时，只顾眼前利益，盲目铺摊子、上项目，导致毁坏了大量的耕地，这实际上是对子孙后代不负责任。我们可以毫不客气地说，毁了耕地既愧对列祖列宗，更愧对子孙后代。”

作家那家伦在 1994 年 1 月发表的《漠茫的土地》一文中，重笔疾呼：“民，以食为天，以地为本；无天就无生，无本即无根。当今纷乱的世界，有的国家正经历着‘无天’的困苦，有的民族正饱受着‘无粮’的苦难。任何民族，都应在求生存求发展中，顶起天，立住根，否则将会自掘坟墓。”

在第六个“土地日”到来的前夕，书法家、画家和爱国志士廖静文、秦岭云、李铎、刘艺、杨力舟等，云集首都，挥毫泼墨，为纪念《土地管理法》颁布 10 周年留下了墨宝。

他们把深怀的激情，一齐吐露在笔尖之上和书画之中：

“土地是人类之母，万物之本！”

“惜地如金，造福人类！”

“但留方寸地，传与子孙耕！”

## “老土地”的箴言

“老土地”，这名字听起来很别致。

时下，人们喜欢给人取绰号，而且绰号越幽默，越耐人寻味。绰号的成因有种种，或根据其职业的性质和资历，或抓住某一特征。叶荣聪，这位和土地有着深远交情的老人，在大伙的眼里，他就是“土地”，“土地”便是他身上的一块“肉”，所以，在他退休时，大伙给他取了一个具有纪念意义的美名“老土地”。

我第一次认识他，是 1993 年 11 月 23 日，在四川省地价评估委员会召开的一次研讨会上。那天到会的人很多，省里管土地的副省长在座，一批土地专家和新闻记者也在座。个头高而瘦的叶荣聪，看上去朴实无华，像一位农村干部，然而，他的发言却刺激了我的神经。

他用明镜般的大眼睛扫视大厅之后，便如数家珍地倾吐他蕴藏在腹中的“财宝”，阐述了世界上发达国家的土地管理的历史与现状，中国土地管理的绝招，评估在资产管理中的现实意义。他的发言令人惊讶，让人不难发现，他有满脑子的“土地经”。在会议休息时，他热情地邀约我和他合著一部土地管理和评估的论文集。他说，在大陆，这方面是个空白，绝对的好，绝对的受人欢迎。

他长期研究土地，摸透了土地的脉络，精通土地韬略。近几年，他研究的新课题是土地的估价。在这方面他是位行家里手，是我国第一代土地估价的专家。我对这位土地老人十分感兴趣，对他提出的许多新观点、新领域，想刨根究底，闹个透彻。

一个春风融融的日子，我找到叶荣聪，邀请他介绍土地管理的真情实况。

他是一位健谈而谦虚的人。说话直来直去，没有三弯九拐，一根肠子通到底。

他哗哗啦啦地，仿佛在作讲演不打底稿，不要麦克风，要把肚里的话，倒个精光。

他说，土地是我们的命根子，党和国家赐予我们的批地权既不能让，更不能放……唉，可是我们有些领导却把权放了……

我一边听，一边记，全神贯注。然而他忽然封了口，不再言语。

我疑惑地盯着他，希望他再次敞开“喇叭嘴”。可他不说了，一双眼珠儿，圆圆地盯着墙壁，一动不动……他的心极不平静，还有许多话，堵在胸口上……

“老土地”，自他20世纪50年代中期参加革命工作后，就一直与土地打交道。先在市计委、建委等一些政府部门任干事、科长。他说，无论在哪个部门任职，他都干他的老行道：管土地，跑田坎，做“农二哥”的“贴身”兄弟。是的，你若稍加注意，即可以看出，他的语言、动作，特像一位地道的老农。他把“二”说成“噫”，把“吃”说成“溪”。他爱土，爱农，对“农二哥”有一片永不泯灭的深情。

自那次参加学术研讨会后，我们常常会面。一天，一个偶然的机会我们又碰到一起，寒暄起老话题。

“大记者，你竟然也迷上了土地？这两年，社会确实进步了，大部分人都重视起土地，重视起农业来啰！哈哈，我们这些管地的人，也被人瞧得起了。要不，我们干笨重活的人，没哪个器重。”他笑时，脸上的皱纹全动起来了。

“哎呀，‘老土地’，人不是菩萨，要吃饭，没粮心里慌呀，还能不器重吗?”我顺着他的话，接上了头。

“你最近忙不?”

“不怎么忙。”

“那好。哪天晚上欢迎你来家摆龙门阵，咋样?”

“行!”

“啪。”两只粗大的手一合，“协议”定妥了。

“老土地”尽管现在已经退休了，但大伙还亲切地这样称呼他。他的精力很充沛，仍在潜心钻研土地的学问。

那是一个没有月亮的夜晚，“老土地”住在市政府的宿舍。我兴致勃勃地骑车去拜访他。

初夏，蓉城的夜是寂寞而又清凉的。她没有广州“不夜城”的风采，更没有上海外滩那通宵达旦，灯火通明的景色。与其说蓉城人缺乏激情，没有迷恋夜生活的习惯，不如说蓉城人腰包内缺钞票。因此，人们常常是饭碗一丢，便围着电视机，看热闹，欣赏别人如何度过良宵。

我绕过一幢幢高楼，七弯八拐，在高楼的腋下，一排矮小的平房内，找到了“老土地”的家。

“老两口”正围着一台黑白电视机，在观看一场精彩的足球赛。

朴实而洁净的小屋，没啥豪华摆设，几件古老的家具，都已褪色陈旧。

此时，我有一种异样的心思冒了出来。看来管土地没啥油水，要不，这位干了40多年的“老土地”日子不会如此清贫。

家是清贫的，可他那颗炽热的心却是满盈的。

交谈开始前，似乎他有难处，我只好慢慢启发。

有关土地的学识他极其丰富，对马克思的极差地租，对西方国家土地市场的研究谈得头头是道，有滋有味。

“我省特殊，人多地少。土地失控的原因很多，但土地审批权下放是要害，是最大的失策……”

突然他关上了话匣子，长吁短叹。我急切地望着，等他说下去。可足足等了两分钟，他才抛出一句：“唉，我们只有一个川西坝呀！”

顿时，我领悟到他心中忧郁的缘由。

他说，法律应该是神圣的，然而，这些年代一些领导头脑发热，把法律置之脑后，以言代法，以权代法，我行我素。

某市，一度也曾把土地权下放了。由市上掌管的征用耕地20亩以内的审批权，放到了区、县。似乎他们的思想“开放”，有“远大”目光。殊不知，这一放酿成了灾难，哗啦一下，大块大块的土地失去了。

下面的“官老爷”们，再略加动作，来个“化整为零”或“分散征地”，今天批一块，明天划一块，百亩、千亩的土地，“县太爷”大笔一挥，就“化”了。

可怜的川西坝，在20世纪的末期，被折腾得遍体鳞伤，五官残损！

老叶激动起来，颈项上的青筋直跳。他说，俗话说“一碗泥巴一碗饭”，土地乃人类生存的根本。近年来，成都市粮、油、蔬菜基地被征占的情况十分严重！

“人属于土，土地的命运，便是人的命运。土没有了，人之难存。这道理很简单，但至今未被引起广泛重视。唉，真叫人生气。”他气愤，许多话仍在胸中涌动。

休闲的时候，人们总想到郊外去透透气。然而，当你走出四门，便觉沮丧，那景象已经变了。茂林修竹的景观不见了，代之而起的是高楼、别墅，或是红砖砂石圈占的“阳光工程”。

在大批的“阳光工程”中，有些是如前所述，正儿八经地经过批准占用的。而多数是乡、村企业占用，或出租变卖的。

他说，外地人一提四川，都竖起大拇指说，那里是“天府之国”。其实呢，56万多平方公里的四川，真正最富裕的地区在川西平原。严格说，川西平原也就是成都周围的一些县市，总面积不到1万平方公里啊！耕地在急剧减少，如果失去了成都平原，“天府之国”还名副其实吗？

两千多年前，蜀太守李冰父子尚知施出良策，凿离堆，开水道，使川西千里沃土，水旱从人。并警示后人："深淘滩，低作堰，惠泽至今。"如今的一些"父母官"却鼠目寸光，给人一种"我死后哪管洪水滔天"的感觉。

土地太广袤厚重了！

相传女娲造人的原料，都是泥土。我们任何人的归宿，也是泥土。珍惜每寸土地，就是珍惜人的生命和人类的未来！

## 历史的诉说

戴世荣，一位忠诚的"土地卫士"。

一天下午，也就是第五个全国"土地日"的前两天，我忽然想起去找他聊一聊，探访我国土地三次失控的情况。

他正在忙碌着，准备"土地日"的宣传材料。文件、资料，以及红红绿绿的报纸、书刊，摆满案头。

我在他对面坐定后，他发话了："老王，你稍等一等，我改一份'土地日'的宣传材料，正等着打印呢。"

"嗯！"

我会意地点了点头，便坐在一旁静静地观察。戴世荣，身为四川省国土局办公室副主任，专管土地宣传的"大臣"，实际上，他和我们是一个战壕里的战友。在宣传上，他是一位行家。自成立省国土局，他就一头扎进了这个"土地庙"。

年过半百的戴世荣与同龄人不一样，性格刚毅、倔强，无论大小场合，他都在侃谈土地，土地！他的嗓门高，中气足，总是不知疲劳地宣讲土地的管理，土地的命运，土地对人类生存的意义！

我心中的老戴，相识几年来，没有什么太大的变化，只是他那密匝匝的头发，由黑变黄，由黄变成花白，又由花白变成了灰白，也许这是土地给他的馈赠。

土地管理是艰辛的。在全省，甚至说在全国，一代国土"元老"，仅经历了10年，太多太杂的大事、小事，时代浪潮的冲击，土地官司的纠缠，生活的折腾，给他们镌下了许多难以忘却的记忆！

“很久不见，又在写什么大作呢?”他放下笔，微靠在木椅上。

“没写啥，最近有个打算，许多关心土地的‘土地卫士’和文友，一直鼓励我，再写国土。去年想提笔，有同志劝我，不是时候，许多问题闹不清楚。我听了，没动笔，我想现在时机到了。”

“对！写，应该写。我一千个支持，需要我们做点什么，就直说!”他稍加思索后，随即又说：“明明白白我的心。过去糊涂，今朝明白。上面明白，我也明白。中央对土地的态度，对几年的恩与怨，功与过，都有了个底。”

“该如何去理解近几年在土地管理中冒出来的案件和纠纷呢?”我打断了他的话。

“成绩要写，问题也应该写，光歌功颂德是引不起大家的兴趣的。这一场土地争夺战，教训深刻啊！应该猛击一掌，让几代人都不要忘记。诚然，唉……”他似乎有啥心事，刹住了话题。我耐心地等待了一阵，他又漫不经心地往下说：“要讲真话。作为一个人，我没啥追求，就是讨个实情，不能昧着良心去讨好别人。老王啊，可讲真话难啊！我曾和新华社一位记者，合写过一份‘内参’，向中央反映土地第三次失控的情况，作了如实反映，结果至今还有人不理解我，耿耿于怀。我为了啥呀？一不图当官，二不图晋级，就是为了求个真理，为了保护我们的生命线!”

他从抽屉里，取出一个黄色的笔记本，哗哗啦啦地一边翻，一边说。

我国土地管理的历史教训很多，也十分深刻。多少年来，没有设立专门机构，最早是建委管，后来由农牧部门管，城建部门也在管，再往后是三家合管，实际上谁也管不好，占一块，荒一块，浪费一块，无人问津。这是土地管理的历史沿革。

他扳动指头，如同在数万人的广场上演说：我国多少年来，在农村一直保持着自给自足的格局。农民手握锄头、刀把这些简单的工具，进行着世代相传的简单劳作，无需对外界，对市场有更大的求索，便可养家糊口，繁衍生息。这就是中国小农经济的特征，也是小农经济的弱点。它像一根绳索，把几亿勤劳、富有创造力的农民，紧紧地系在黄土地上。

党的第十一届三中全会后，改革的浪潮从城市转向农村，长期沉闷的“农二哥”醒悟了。在广大农村，突然兴起了一场工业变革，农民大办乡镇企业，学着城里人，部分农民当上了工人。

这一波澜壮阔的浪潮涌来，很快在偏僻的山乡、小镇，建起了一个个小工厂，搞食品，造机器，冲向市场。

这无疑是件大好事！

然而这又是一件对土地强占、浪费的一次大冲击。

“土地是我们自己的，占点、用点，天塌不下来。”这是一些人的想法、做法。

一个全国性的占用耕地的严峻事实产生了。

接着，他又翻开笔记本，告诉我一串惊人的数字。

从全国来说，占用耕地大体可分为三个阶段：

“六五”期间，农村掀起一股占地盖房热，每年违法占地建房案件200万起，平均每年减少耕地700万亩。

“七五”期间，干部违法占地建私房，每年违法案件在10万件以上，平均每年减少耕地400万亩。

“八五”期间，兴建“开发区热”，出现了占用耕地的第三次高潮。特别是1994年，全国耕地减少了1 071万亩，如果减去同期开发复耕的面积，净减597万亩。

在我国历史上，这一年耕地锐减达到了高峰。这个数字发布后，警钟轰然鸣响，引起国人对耕地保护的高度重视。

我国耕地年年急剧减少，可长期没有引起人们足够的重视，造成人均占有面积越来越少。据有关资料记载，历史上，人均占有耕地呈现不断减少的趋势，变动的情况大致是：汉代人均占有耕地13.8亩，隋代42.2亩，唐代27亩，明代11.5亩，清代2.3亩，1949年2.7亩，1993年不足1.3亩。

前两次全国性的土地失控，完全是人为的，也是违法的。

不知从何处刮起一股邪风，那些富有私心和小农经济特征的地、县、乡的干部，在“三十亩地一头牛，老婆孩子热炕头”的小农意识的熏陶下，掀起了一场违法占地建私房的鏖战。

那场具有毁灭性的举动，从东到西，从南向北，在一些中小城市和乡镇延续了两三年之久。

我多次外出采访，走到哪里都可以看到，在城外、路边、镇旁，一个个矮小的土围子，如雨后的毒麻散一般从地下冒了出来。

他们互相攀比，你占一分地，我比你的官儿大必须要占二分三分；你占半亩，我比你的资格老，千方百计要占一亩两亩。一片片好地，一块块良田，被那些“自私鬼”吞食了。

可以说，他们对土地母亲犯下了滔天大罪，应该对那伙人进行声讨！

第二次土地失控，四川又是重灾区。那些典型中的典型，被群众形象地称之为“官街”、“华尔街”、“总统府”……在合江、石柱、平昌、开县等地，至今还留下历史的见证。

历史不会重复。但侵占土地、浪费土地的历史，却演了一次又一次。

第一次失控，其中一部分是为了发展乡镇企业，有人辩解：浪费点，可以理解。第二次，是那伙头上戴着乌纱帽的基层干部自私自利，蚕食土地，应该受到指责。第三次土地失控的扮演者，既非农民，也非基层干部，按群众的语言表述，纯属政府行为，是各级政府没有依法行政，大搞“开发区”而引起抢占土地，撂荒浪费。

对耕地的质量问题，过去没有引起人们足够重视。在耕地面积一增一减之间，存在产粮水平的亏减，也就是说耕地质量上的亏空。生田和熟田，不是一回事。我们常说的“占一补一”，或“用一造一”，有人以为这样可以补偿耕地的赤字。其实未必。用新增耕地，来补偿同量占用的熟土好地，表面上平衡了，实际上是达不到的，埋藏着一个“隐性减量”。

讲到这里，老戴嘘了一口长气，心情沉重，如负千钧。他沉痛地说：“教训深刻呀！”

结束时，老戴告诉我：“刚才国家土地管理局打来紧急电话，通知有两点：一是，今年下半年，中央要对全国的耕地进行一次大清理，清查非农业用地、越权批地、多头批地的问题；二是，今春以来全国清查耕地撂荒，要求5月31日前报北京，可现在还有许多省没有报，要追究责任。”

今天，我们谈得很投机，天南地北，无不是围着土地这个根，魂牵梦绕！

猪八戒游春 一九九四年三月 华君武

# 第八章　“亡羊补牢，未为迟也”

古人云：“亡羊补牢，未为迟也。”不过，许多事由于平素不“补牢”而“亡羊”，结果造成很大损失。为什么事前不主动“补牢”，采取防范措施呢？

土地失控，造成大量耕地闲置。现在复耕，“补牢”，修复羊圈，可损失的粮食是难以挽回的。农业根植于土地，然而土地一波三折，命运不佳。圈地——撂荒——复耕。如此折腾，三四个春秋消逝了。农民说：“荒芜一春，三年扯不抻”。

如今，只好硬着头皮“补牢”，究竟能否达到预想的效果呢？群众拭目以待！

## 土之不存　国将焉附

那是共产党诞辰 73 周年的日子（1994 年），普天同庆，大喜大乐。这一年，会议特少，且出现一种新的形式，用娱乐和歌声，庆祝共产党的生日，似乎更贴近时代，群众喜闻乐见！

在中国历史上，最有影响的思想家孔子，他的政治经济思想，富国强民的思想是十分明确的。他在《论语·颜渊》一章中这样写道：“子贡问政。子曰‘足食、足兵、足信之矣。’子贡曰：‘必不得已而去，于斯三者何先？’曰：‘去兵’。‘必不得已而去，于斯二者何先？’曰：‘去食。自古皆有死，民无信不立’。”孔子把粮食放在头等位置上，一个国家，没有足够的粮食，民不信任政府，而且会闹饥荒，饿死人。

“食”系粮食，食物；“兵”系军人；“信”系民信、军信。孔子认为，治理国家，安抚民众，首要的是，要发展农业、丰衣足食。他深知食、兵、信三者对于国家的存亡、人民的安居十分重要，是兴国安民的必备条件，弃一不可。“民以食为天”，“民生之道食为大”，“食”是头等大事，“兵不可一日无食”。

那天傍晚，我放下手中的碗碟，下意识地揿下了电视机的按钮，打开中央二台，荧屏上即刻显示出生动而热烈的画面：中华专业歌手大奖赛正在激烈的争夺之中。

电视中传来高亢、激荡的歌声，这是一曲百唱不厌的彝族民歌《在一起》：

星星和月亮在一起，
珍珠和玛瑙在一起，
庄稼和土地在一起，
幸福和劳动在一起，
太阳和光明在一起，
春天和温暖在一起……

随着画面的更迭，那声音悠扬婉转，激荡人心。

这首歌的微妙之处，还在于歌词富有浓郁生活气息和深透的哲理，给人无限的启迪。你想，声音跟着走；你去，思路跟着来，声声重心弦，句句抓住了思绪。

“庄稼和土地在一起”……这一声，不禁给人深思、联想。是的，庄稼，在自然界中生机勃勃，绿油油、嫩生生的禾苗，生在何处呢？很自然，惟其生存于大地上、土壤中，否则便是无本之源。

这是一个极其普通的道理，然而时下那些赶时髦、追求“黄金效应”的人，却忘记了这一常识，而不切实际地“高攀”，捆住土地的手足，等待它变成“黄金”。

能成吧？

“啪！”我不由得再次揿下了按钮，跳了频道，从二台换成一台。

巧极啦！节目正是全国政协主席李瑞环在八届全国政协常委会第七次会议上作报告。他忧郁而宽大的脸膛，黑里透红，目光炯炯，音调激昂。

不难看出，他正在阐述一个重大的问题，正在大声向全国人民疾呼。他的报告，可以说，言简意赅，力透纸背。

1994年7月2日，《人民日报》、《光明日报》等首都和各地方的数以千计的报纸，都刊登了李瑞环主席《关于农用土地的几个问题》的讲话。

他以严肃认真的神态，向全国人民发出了振聋发聩的声音。

**各位副主席、各位常委、同志们：**

这次会议的中心议题是讨论农业问题。研究农业，不能不涉及土地这个根本问题，涉及农用土地的保护、利用和开发问题。许多同志会前会上就这个问题发表了不少意见，我也想过很久，但研究不深，谈一点看法，以期引起各方面的重视。

马克思说："土地是一切生产和一切存在的源泉。"土地是人类赖以生存的立足空间，是一切物质生产的首要条件。离开土地就无所谓农业。在中国这块广袤的土地上，我们的祖先，世世代代辛勤耕作，繁衍生息，创造了优秀的中华民族文化，在人类文明发展史上写下了光辉的篇章。新中国成立以后，我们在土地的保护、利用和开发方面取得了很大成就，特别是中共十一届三中全会以来，农村实行联产承包责任制，改革土地使用制度，极大地调动了农民的积极性，大幅度地提高了土地的生产率。我们国家以占世界7%的耕地养活了占世界22%的人口，被赞叹为人类历史的一大奇迹。

但是，我们必须清醒地看到，人口多、耕地少是我们的基本国情。我国国土总面积960万平方公里，约占世界陆地面积的1/15，居世界第3位。但由于人口多，人均占有国土面积不到世界人均数的1/3……在全世界26个人口5 000万以上的国家中，我国人均耕地仅高于日本和孟加拉国，居第24位，相当于美国的1/9，泰国的1/4，印度、巴基斯坦的1/2。我国耕地后备资源不足，据统计，现有宜农荒地5亿亩，其中可开垦为耕地的只有1.7亿亩。说我国地大物博并不假，但从人均占有量来看，说我国土地资源相对贫乏也是事实。我们想问题、办事情都不能离开人多地少这个基本国情，特别是研究以土地为先决条件的农业，更要时刻牢记这个基本国情。

目前，我国人口仍在日益膨胀，耕地却在急剧减少，这一严峻形势令人十分担忧。据统计，从1957年到1986年间，全国累计减少耕地6.1亿亩，净减少2.3亿亩，平均每年净减少790万亩。1986年《土地管理法》颁布实施后，耕地锐减的趋势一度得到控制，但近两年来，又重新回升，仅1993年全国耕地就减少937万亩，相当于一个青海省的耕地面积。根据国家计生委的数字，现在我国每年净增人口1 600万，相当于每年增加三个半青海省的人口。如果这种耕地锐减、人口剧增的势头得不到遏制，50年以后我国人均耕地将降到0.6亩，100年后还能留给我们子孙后代多少耕地？

我国耕地面积大幅度减少，人为占用是一个重要原因。据粗略统计，1992年各项建设，农业内部结构调整和设立开发区等占用耕地高达1 000多万亩。一般说来，在国民经济高速增长时期，由于建设规模的扩大、产业结构的调整和城市化进程的加速，占用耕地难以避免。但如此大幅度的占用，在任何国家都不能容许，在我们这样人多地少的国家尤其无法承受，更何况有相当一部分是属于乱占滥用。1987年搞过一次全国性非农用地清查，查出违法占用案件1 000多万件，违法占地达816万亩。1993年全国清理开发区，查出在新设立的2 804个各级各类开发区中，有78%，属于滥设，涉及土地面积高达1 143万亩。

我国土地面临的另一个深刻危机，是水土流失严重，土地生态环境恶化。现在全国水土流失面积已达130万平方公里，土地沙漠化面积已达17.6万平方公里，每年都有大量耕地、草地被吞蚀。若不尽快采取有效措施，预计到2000年，全国水土流失面积将扩大到180万平方公里，土地沙漠化将增加到20万平方公里。熟悉历史的人们不会忘记，我国唐代繁荣一时的丝绸之路，由于生态环境的破坏，昔日的西部绿洲变成了今天的一片荒漠。殷鉴不远，我们应该汲取这种沉痛的教训，绝不能重蹈历史的覆辙。

土地资源状况制约着国民经济的发展，影响着社会的各个方面，关系到中华民族的兴衰。土地的保护、利用和开发是一项事关全局和长远的大事。我们要广泛、深入、持久地开展爱护土地特别是耕地的教育，增强全民的土地忧患意识。要牢固树立“十分珍惜和合理利用每一寸土地，切实保护耕地”的基本国策观念，严格依法管理土地。要实行领导干部目标任期责任制，处理好发展经济与合理利用土地的关系，坚决刹住乱占滥用耕地之风，扭转耕地锐减的势头……

前几年，人们还为“卖粮难”苦寻对策，而今形势急转直下，又为南方和沿海一些省的粮食短缺而担忧。中国农产品的供求关系的几番变化和波动，从一个侧面反映了在国民经济快速发展和经济体制转轨过程中，暴露出我国农村和农村经济出现的新问题、新矛盾。

面对新矛盾，一些人无动于衷，似乎大祸还未临头，缺粮、闹饥荒的年头还未涌到眼前。

城里人有另一番考虑，“有钱能使鬼推磨”。仿佛有了钱，就可以高枕无忧。卖了土地，修了房子，再说吃饭，这是一种糊涂观念。

这件关系到12亿人的生存大事，已引起中央的关注，也牵动着全国政协每个委员的心。

近两年来，全国人大代表、国家土地管理局局长不顾年迈，不知疲倦地从北到南，从东海之滨至茫茫戈壁，调查了神州的土地、生态、环境，他更注重广大农民的肺腑之言和心中之患，心中之苦。他用心血和汗水，凝结成一份报告。

这份报告，沉甸甸的，他向国家主席送去的不是福音，不是美丽动听的辞藻和虚假的数字。国土局长客观而诚恳地向中央禀报国情、民情，向全国人大常委会提交了一份令人警醒的报告。他还希望通过报界告知人们：土地的警钟需长鸣！

他说，如果他向人大常委会提交的这份报告能使各级政府警醒，像抓计划生育一样抓国土资源保护，我们对子孙后代才算有了交代。

这究竟是中央向全国人民发出的第几次呼吁？我不曾作过详细统计。

明眼人一看，严峻的国情，已让中央领导、主管部门的领导，坐卧不宁了！

古老的中华民族，历朝历代，列祖列宗，从来没有像今天这样为土地而着急啊！

怎么不叫人着急呢？

耕地的锐减，人口的增加，正在困扰着整个人类，而中国是首当其冲！

古人云："泰山不让土壤，故能成其大，河海不择细流，故能成其深。"

倘若，我国不全力以赴保护耕地而乱占滥用，长此下去，留给后代的耕地还有多少呢？

"国以民为本，民以食为天""土之不存，国将焉附？"

## 亡羊补牢

复耕，一场新的斗争拉开了。

割去的土地，转眼或变成为高楼大厦；或打个滚儿，利润十倍、百倍地往上冒；或放在露天坝，白天晒太阳，晚上装月亮，变为"阳光工程"。让它晒太阳吧，也许再过一年半载，会增值生崽。

然而，耕地被无辜闲置起来，已过三秋两春，荒如草原，失去产粮种菜的好时光，白白地浪费了土地。

而今，农民在呼喊，要求把土地拿回去复耕。那些肥田沃土撂了几年，既没生儿，也没下崽，还要被罚款，没收。于是，复耕与反复耕、真复耕与假复耕，成了一对尖锐的矛盾。我急不可耐，想了解复耕的真情。

这完全是个巧合，在春暖花开的春日，我走进了成都市国土局的会议厅。嗬，会议厅里，坐得满满的，气氛严肃而热烈，各区县一一汇报土地复耕的动向。

我环顾大厅，一张张熟悉的面孔上，似乎涂上了一层蜡，绷得紧紧的。

他们那严肃的眼神清晰地表明，今天的会不轻松！

坐在我身边的是一位英俊的小伙子，他姓赵，是办公室的。

我咬住他的耳朵问："会议的进程如何？"

"现在是一个县、一个区的汇报。"

"顺利吗？"

"难啊，'土围子'守得太死，难以攻破！"

"哦……"

我还未回过神，另一个县又接上了话题。

前几日，我打过几次电话，约李局长采访这次市里清理土地撂荒的情况，他忙，没时间接待。我不想错过这次机会，索性闹个究竟。好家伙，今天不期而遇，碰上了好运气。全市国土部门的领导都云集在这里。

我挤进了他们的行列。细听，发言激烈，字字句句，真枪实弹。那些棘手的事，令人气愤的事，在猛烈地敲打着大伙的心弦。

三年，仅仅是三年，成都平原的沃土肥田，又经历了一场争夺，一场洗礼。有人从农民手里夺过来，让它不声不响地躺着，等待好梦。争夺中，令人伤心的是农民。部分农民失去生存的物质基础，眼睁睁地望着曾养活他们及其祖辈的土地，泪如泉涌。对此，却无能为力啊！他们望眼欲穿，喊天呼地，要夺回自己的土地，可又有谁理解他们呢？

农民骂娘："一些人急着想富起来，不去老老实实办工厂，开矿山，盯着土地，刨命根儿卖地、炒地，能成吗？"

"败家子，'要想钱，快卖田'，'要想富，炒土地'，哪朝哪代也没这个理儿嘛！"

改革开放，给人们带来许多新的观念，新的许诺，新的向往。

前些年，人们提出了一个响亮的口号："要想富，先修路。"

如今，有人顺势仿效，隐隐约约，羞羞答答，在肚皮里冒出了另一种说法，为自己的不轨行为找依据。

于是，呼呼啦啦，刮起了一场“圈地风”，青苗儿拔了，农民被赶走了，土围子一个又一个，愈围愈大，该围的和不该围的，一起围上了，风越刮越烈啊！老外都惊呼：“中国人是不是发疯了！”

围上又怎么样呢？荒着，空着。

农民是通情达理的。必要的建设用地，他们会给，可浪费、荒芜，却不能答应。荒一亩就少收一吨粮。即是说，就有三口人没粮吃。

土围子封上，一些人苦熬苦守，绕着田坎，两年三年，赚钱梦，一直做得美美的。如今要退田复耕，打掉土围子，心里能舒服吗？

去年夏天，我去乐山市五通桥采访，一个偶然的机会，碰上某县国土局一位女局长，她提起她们县，有一块20多亩的地荒芜了两三年，有一天市领导来检查工作发现了，要求马上把地退给农民复耕。县领导思想不通，因为卖地的钱已经花了，要退地首先就要退钱，于是顶着不动。

她向市里诉说自己的苦衷，市长批评了县长，限期复耕，胳膊扭不过大腿，县长只好点头许诺。可市长一走，就苦了女局长，她被县长刮了鼻子，还罚她去农村“锻炼”三年。

市长的作风不赖，不久他派人检查，地依然在放牧，结果是假复耕。他狠狠地批评“县太爷”，盯着他的鼻子，责令县上退了钱，把地还给农民，种上了庄稼！

那块地真幸运，撂荒三年，东斗西斗，还给了农民。可苦了那位女局长，她谈起这件事，边抹泪，边诉苦，像是在讲述一个令人伤感的古老故事……

会议在激烈地进行着！

在我背后的角落里，一位健壮的年轻人，正在叙述复耕的精彩场面。那人我不认识，还是小赵告诉我，他是青白江区国土局局长张仁军。

年轻的局长，似乎不是在汇报土地复耕，倒像是在法庭上控诉一桩桩冤案。他猛然启动了洪钟似的嗓门，哗哗啦啦，话直往外冲。

“青白江是块风水宝地！前几年，征地的人心狠，巴不得一口把大田大地吞了。这里要三亩，那里要五亩。征！征！征！项目没立，钞票未到位，先占地。‘圈地风’来得猛，谁挡得住呢?”

他越说越气愤，脸气红了，颈子上青筋直跳。随后又述说起全区荒地的情况。清查、登记，一块一块，查出23宗征而未用的土地，共计661.9亩。

撂荒的情况是复杂的。××化肥厂是区里的大工程，牌子大，气魄也大。那厂长却不争气，把厂搞烂了，人跑了，账本一把火烧了。新上任的厂长一筹莫展，难以打开局面，职工饭都吃不上，哪有钱修房建屋呀，所征土地全荒了。

他说：“有趣得很，有一块方方正正、平平展展的地，听说日本人要来投资，急急忙忙围上了。今年等呀，明年盼呀，可不见日本人的影儿，搁了几年，草根儿长得密密匝匝的。”

“望空城!”大家对这种作法有些气愤，你一言，我一语，会场上嚷了起来，指责那些头脑发热的人。

上行下效，是农民吗?不，是村干部，看见上面有人建土围子，等“老外”，他们也效仿着干，地先围上，再请人来投资，名曰“钓鱼”。这个区有一块地，不大不小刚好10亩，荒了几年，区里去清理，没人吭声；国土局过问，被顶了回来。咋办呢?

张局长突然刹住了话题，望着市局的领导，等待回答。

市国土局局长李质耀，是个直率的人。他略略思索便说道：“这事，要依法处理!国土局不能被别人牵着鼻子走呀!”

话是对的，但此时此刻，他没有想到“一石激起千层浪”，因为大伙心中都憋着一股闷气。

忽然，从另一个角落站起来一位老同志，大声嚷道：“话好说呀，你想过没有，那时，征地、占地，一股风，以权代法，以言代法，市长、区长、县长就是‘法’，他们要征地，你敢不给，谁支吾一声，就是‘绊脚石’。那帽儿滚烫滚烫的，你戴得了吗?土地管理法都别在裤带上了，谁还讲法呀!”

“是呀，那阵子，谁的鼻子不是被别人牵着的呢?”

“岂止是牵鼻子，你的命运，全掌握在长官的手心里，谁说个不字，马上叫你滚蛋!”

一场争论拉开了，七嘴八舌，嚷成一团。

站起来的那位同志向前跨出一步。他又开口了：“还有规划局，他们的权力更大，红线画到哪里，土地就征到那里，他们只讲规划法，只按上级的意见办事，对土地管理法就丢到脑后……”他一头花白的头发，此时全都竖了起来。

他的名字特别，刘心田。他那“心田”里充满了对田、对地深深的爱，充满无限的激情。这些年，他在管地上，操劳过度，人还未到“知天命”之年，已是白发挂耳。

在他所属的青羊区，是成都的西大门，要塞宝地。这些年，中外的投资者入川，第一眼就盯上了他管辖的区域。因此，征地多，问题也多，这是必然的。

一宗地，是本区与台湾老板合作办厂，可等了几年，那老板总不入戏，订了协约，等于一纸空文，钱没到位；人，时隐时现，若即若离。大伙的“引资”心切，谁也没对他产生过怀疑。结果呢？他走私，被海关抓获。唉，苦了那块地，守了三年“寡”。

人们觉醒了，发现到内地来投资的台湾老板、香港老板，一部分人是来凑热闹的。他们虚放一枪，圈一块地，就溜了。本地一些头脑发热的人，似乎在寻找电影《阿里巴巴》中的梦幻，千方百计地立“项目”，圈地，结果上当受骗。

“乱打牌”，这也是征地中的一种诀窍。成都市南郊，有一块35亩撂荒地，开初征用时，说是“计委立项”的大工程。用地办见那批条上大红大绿的印章，盖了十几个，逼着划拨，谁也挡不住。可地征了，一直荒着，如今一查，根本不是“计委立项”，而是“地串串”炒地皮，卖东家，当西家，二道贩子，三道贩子，一齐介入，地皮越炒越贵，如今没人接手，荒着。

从大家提供的情况来看，极为复杂，征地，在本市可分六七个层次，中央所属部门，省、市、区所属部门，还有乡村、个体，层次越多，情况越复杂，纠正起来也就更难啦!

在高新技术开发区内，也有一大片，600 余亩地，荒着，找主管部门，别人不理不睬，比级别，市、区国土部门似乎没被他们打上眼。

这是问题的一面，另一面，许多土质都被破坏了，要复耕，需要投入，劳力、资金都有问题。再者，农民们怕上当。那些地，大部分已面目全非，要种上庄稼，花代价就不多说了，倘若闹的是“假复耕”，一阵风过，又要拔掉青苗，收回去撂荒晒太阳，他们就惨啦！

市人大副主任靳双林，是专门前来听取汇报的。他已年过半百，北方同志，白发，戴眼镜，虽然年事已高，但精神矍铄。

结束时，他发言道：“这次复耕，头开得好！市领导很重视。市上开会，发文件后，还一个县一个区地打电话催办，现在各县区都动起来了，国土部门打头阵。抓复耕，各方面反映强烈，得人心，农民都在田边地角议论。当然，在群众中，也有另一种看法，猪肉注水，要重处，上刑法；土地撂荒，损失不亚于前者，也应上刑法……”

这话，提到了点子上。可谁来定呢？目前，法律没有这一条，在中外法律史上，也没有先例。撂荒是如今的时弊，亡羊补牢，只要在行动，就得人心。

1995 年 3 月上旬，成都市人大、市政府对全市各类非农用建设占而不用的撂荒地，逐块进行了清理。

6 日，笔者随市人大和市国土局监察大队的同志，以及部分新闻单位的记者，对位于高速公路、机场路、成（都）温（江）路、成（都）灌（都江堰市）路等主要公路沿线重点检查，结果令人担忧。全市共查出撂荒土地 196 宗，面积 5 894 亩。

在犀浦镇成灌公路旁，一块被围墙围着的好地，一派荒凉，一位老太婆正在那里挖地。这位年已古稀的老人是附近的农民。她告诉记者，她的孙儿刚出世，这里的土地就卖给了人家。现在孙儿都三岁了，地还荒着。可惜啊可惜！唉，多好的土地！这一圈，灌溉渠被毁了，没有水，种不了水稻，只好把地整理出来，种点杂粮、小菜。

复耕，是农民的迫切要求，市里动员了大批人马，前前后后，上上下下，兴师动众，搞了两三个月。并对情节特别严重的 12 宗撂荒地，在报纸、电视台公开向社会曝了光：武侯区火车南站综合贸易中心100.78亩、蓬兴公司35亩、成都市工商经济开发公司21.7亩、四川省招生办公室成都霓虹灯厂20亩、双流县教委华嘉花园40亩、成都高新技术股份公司华锦花园83亩、中国银行双流支行20亩、新都县物资局港星铝材厂40亩、金牛区成都金跃实业公司（美国协和集团）33亩、成都市建筑机械化施工公司45亩、郫县犀浦镇福隆公司30亩、青羊区文家乡成都海燕客车厂38亩……

撂荒的原因虽然颇多，但还应指出，一些人对土地的国情、市情认识模糊，缺乏土地危机感。该市人多地少，土地资源十分紧缺。目前，全市人均占有耕地大大低于全国人均耕地面积。很可怕，这个市已离联合国粮农组织划定的人均耕地一亩的警戒线很远很远了。

人们对此不以为然，近十年内非农用耕地就减少了50万亩，相当于新津、双流两县耕地的总数，相当于全市人均减少两个月的口粮。

情况严重呀！

成都啊，土地不能再减了，“命根子”不能再细了！

## 猛“药”除沉疴

土地复耕，已是大势所趋！

前面，解剖了成都市这只“麻雀”。回头再看看全国的动向如何呢？

我对成都市的采访刚刚告一段落时，《人民日报》于1995年4月1日，在头版的位置报道了一则消息，题目是《我国全面清理非农建设闲置土地》。

> 我国今年的土地管理工作将有重大举措。
>
> 据国家土地管理局副局长刘文甲介绍，在全国范围内全面清理非农业建设闲置土地的工作已经部署完毕，近日陆续在全国展开。这是我国又一次全国性的土地清理活动。
>
> 这次清理的范围是1992年以来新增非农业建设用地中的闲置土地，特别是征、占未用的耕地。清理的重点是各类开发区和

工商业小区、城镇郊区、成片土地开发、房地产开发以及高档娱乐设施建设等用地。在清理闲置土地的同时，对1992年以来的建设用地进行一次全面检查，弄清年度用地的数量和配置结构、耕地减少、土地审批和使用等情况，摸清底数，找出问题，分析原因，提出对策，加强管理。

为搞好这次非农业用地的清理工作，国家土地管理局已于近日向全国发出通知，对清理中查出的问题，主要采取如下措施：

对闲置土地，凡能复耕的，要限期耕种，不误农时；对闲置一年以上的土地，征收土地闲置费，并限期动工开发建设。若近期难以开发，应与用土单位协商，复耕或调整使用；凡土地闲置满二年的，要依法收回土地使用权；因原批准面积过大造成闲置的，按有关规定，予以核减；对无权批地、越权批地和擅自占用导致土地闲置的，严格按照法律、法规严肃处理。

这则消息，说它新，也确有些新的说法；说它是炒陈饭，也有道理，有些话，过去三令五申，但讲了就讲了，纸上谈兵，没人行动。

荒芜耕地，占而不用，并非一省一市，在全国从南到北、从东到西都不同程度存在着。

复耕，中央传圣旨，下命令督促、检查，也是数次了。

1993年的春日，国务院曾派检查组，前往四川、广东、湖南等一些省份，清理荒芜的耕地。真是圣旨传来，兵临城下，而且声势浩大，有无坚不摧之势。

然而，谁也没想到，一阵风刮过，野草“春风吹又生”，撂荒的照样撂荒，阴森围墙岿然不动。上有政策，下有对策。他们哄了检查团，苦了农民。

农民，眼巴巴地望着成片荒芜的耕地长叹，却奈何不得。

诚然也有一些地区，头脑清醒，那里的领导敏感，对中央的指示精神，有了理会，有了行动。亡羊补牢，虽然羊逃了，但还愿意把羊圈修好。“亡羊补牢，未为迟也”。

“牢”如何补呢?

荒芜耕地成顽症，施猛“药”除沉疴。根据一些地区的经验，这场斗争，不猛击一掌，许多人是不会觉醒的。

四川省彭山县就是个典型!

1995 年春，这个县的头儿，掀起了一场治理顽症的大围剿。

目标，1992 年以来违法占（租）用土地、征而不用的撂荒地。

这个县有点特别，12 宗撂荒地，大部分是租用，手续不清不楚，农民不愿种，租给企业使用，一无项目，二无手续，一年两季，撂着荒着。

圈地者是顽固的，执法者针锋相对!县委、县府，对症下药，猛切三刀：征而不用，收回使用权，交农民耕种；乱占乱租，没有手续的从重从严，处以罚款；乡镇企业私自占用耕地，补办手续，缴纳一切征地费用。

某电子厂 1992 年征用青龙镇 23 亩上等耕地，一搁三年。县里令其限期复耕，可该厂软拖硬抗。县上组织大批人马压了过去，那厂长傻了眼，便乖乖地交出土地，给农民耕种。

“杀鸡给猴看”的战术有其特殊效应。

这起土地纠纷处理结果公开后，震动全县，某汽车配件厂、某化工厂等 6 家企业纷纷“缴械投降”，把长期占而不用的荒地交了出来。

这个县强化土地执法，受到广大农民的赞扬。农民敲锣打鼓，还给县太爷送了喜报。

这是内陆省的一些复耕情况。沿海经济发达地区的情况如何呢?

绕过琼州海峡，向东漂去，那便是南海明珠——湛江。

湛江市，是粤西的经济中心，工业突飞猛进，农业也成为广东省的产粮基地之一。

近几年，“投资热”勃然兴起之后，湛江更加耀眼、光辉，投资者络绎不绝。在这里，“圈地邪风”比台风刮得更猛。

投资者善于看风使舵，热一阵，冷一阵，圈的地，用了一半，荒了一半。

1995 年春节刚过，全市便掀起查荒复耕的活动。从市、镇、区三级派出 700 余人，组成 200 多个工作队，举起“扫帚”，四处出击，围剿包办者、放荒地的阻拦者。

不多时，全市查出 3 600 亩。全面复耕。当春暖花开之际，成片的荒地，响起了“突突”的叫吼声，拖拉机在前面深耕细耙，农民们在后面碎土除草。观看的市民惊呼：“活了，活了，乌拉!”

毁田容易，复耕难啊!

湛江人民既有商品意识，又有农业意识。农民复耕有困难，企业积极扶持。

在湛江吴川中山镇林屋村附近，有一块黑黝黝的土地，面积 100 余亩，长期丢荒，成了“芦苇荡”。农民复耕有困难，林屋机械厂厂长林文芳伸出了援助之手，不仅一举投下了 66 万元资金，还亲自带领全厂职工卷起裤脚下田，日夜苦战，修好了排灌渠，建起一座公路桥，又将整片土地划成 62 块方格田，筑起田埂，使排灌分家，旱涝无忧。他们为了让农户能早日复耕，赶上春播农忙时，还特地购置了两台中型拖拉机、两台手扶拖拉机。初春，林文芳又领职工 300 余人，连续奋战，犁田播种。随后，将良田献给农民。

农民望着一块块种好的农田，绽开了笑脸。他们啧啧称赞：“林厂长最了解我们的心。我们一定守好土地，不再让人夺走。”

广东省在湛江开了个好头，随即在全省展开了查荒灭荒的清理工作，共查找出丢荒闲置土地达 55.7 万亩。这件事，震惊了省委和省政府的头头。1995 年春节刚过，省委决定扩大灭荒范围，恢复农村弃荒和闲置土地。经过三个月的努力，使得闲置弃荒地复耕。

春耕时节，从全国各地，不断传来复耕的信息：

海南。全国“炒地皮”炒得最火爆的省份之一。成片的耕地被加上了包围圈，引资。他们渴求美元、日元，但不一定都能成功。于是，相当一批地被炒焦之后，失宠闲置。最近，经过唇枪舌剑，有 1.8 万亩土地种上了庄稼。

黑龙江。把镜头从祖国的最南端，拉到最北端，聚光镜所到之处，不难发现，这个省近些年土地资源锐减，人均耕地只有新中国成立时期的一半，黑土地亮出了“黄牌”。他们经过全面查处，收回城镇闲置土地 2.65 万亩。

通州。地处长江口的江苏省通州市，由于人多地少，无奈采取“人分口粮田，劳分商品田”的“两田制”，很快使抛荒的7 300亩地全部复耕。

山东。自1992年以来，这个省减少耕地数以百万亩计。这次大清查中清理出违法占地14.7万亩，闲置、撂荒地7.5万亩。经过三个月的教育、宣传、鼓动，最终将闲置的大部分土地种上了庄稼。

……

人所共知，我国土地资源匮乏，耕地资源尤其不足。奇怪的是，一方面存在着人地矛盾紧张的局面，一方面却有大片大片的耕地弃之不用，空晒太阳。在这次清查工作中，查出广东、浙江两省闲置土地达百万亩。全国的闲置土地面积何等惊人啊！

贪污和浪费是极大的犯罪！

近年来，人们生存的“命根子”——土地，经历了三个历程：圈地——撂荒——复耕。人们回眸相盼，虽然对土地的浪费是憎恨的，但不管怎么说，时下的查荒灭荒，也算是一大进步吧！

## 终于唱起了“主题歌”

大至国际社会，小至一个国，一个家，一个单位，在一个时期，总有一支主题歌，有个运转的中心。这是规律，还是习惯？我未曾研究过。不过，我觉得，这是天经地义的事。

在艺术界，玩电影的、演话剧的艺术天才们，或者服务于艺术的人员，都懂得这个理，而且常常是努力去创作一支最能表达他的意志的歌曲，并精心修饰、美化、完善。电影《上甘岭》是大家熟悉的，主题歌《我的祖国》，其曲调之优美，歌词之动听，更是让人百唱不厌。

一条大河波浪宽，
风吹稻花香两岸，
我家就在岸上住，
听惯了艄公的号子，
看惯了船上的白帆，

这是美丽的祖国，

是我生长的地方……

土地管理，有无中心、主题呢？我想，恐怕应该有。

闹土地，我国最热闹的有三个时期：50年代初，“农民分田分地真忙”；80年代初，社员搞承包，“包田包地繁忙”；90年代初呢，按村民的说法，“卖田卖地瞎忙”。三个“忙”字，把中国对土地的态度，粗略地勾勒出来了。前两次“忙”，是忙到了点子上，农民喜出望外。第三次忙，农民看了伤心、愤懑、诅咒！

颂扬“主题歌”，大唱“主题歌”。一些国土管理部门这些年有苦难言，有话难说，他们中的情况也是极其复杂的，有人附和，有人阻拦，有人参与，围地圈地，批地卖地，成了他们的主要业务。少数地区的国土管理偏离了主题。这里需要声明，我的意思只有遗憾，而无指责之意！

自1992年以来，我一直在等待，等呀等，期盼再次唱起保护国土、歌颂“基本国策”的主题歌。

哦，一等四年，直到1995年的岁末，我才隐隐约约地听到了重唱保护耕地这支“主题歌”。

12月26日。天下着漾漾细雨，蓉城一派弥漫。我冒雨走进了“浣花山庄”多功能厅。富丽堂皇的大厅，坐满了黑压压的人。我定睛细看，在“成都市保护耕地工作会议”的横幅下，坐着市里几大班子的领导。市长王荣轩，市人大常委会主任段维义，省国土局局长傅应铨等等。他们正襟危坐，从眼神上透露出一种高度的责任感。

这次会议，无论怎么说，开得及时，开得成功，国家土地管理局局长邹玉川还发来贺电。会议主持人，首先向大家宣读了电文：“成都是四川省省会，是国务院规划确定的我国西南地区科技、商贸、金融中心和交通、通信枢纽，也是全国著名的商品粮、油、生猪生产基地……土地是不可再生的宝贵资源，耕地减少已成为制约我国农业乃至整个国民经济发展的一个突出问题。江泽民总书记指出‘保护耕地是事关社会主义建设全局的大事’。就是要求我们全社会，特别是各级领导同志要切实重视耕地保护工作，并将其落在实处。成都市地处‘天府之国’的腹心地带，保护好成都平原的耕地，在全省乃至全国都有很重要的意义。功在当代，利在千秋！”

接着，市长王荣轩作了长篇讲话。这位体魄健壮的汉子，语重心长地对成都市的土地、农业、环境，以及保护耕地的艰巨性作了精辟的论述。

他断言，成都平原的命运，令人十分担忧。

会上，他发出了呼吁，发出了震天的喊声。成都市是拥有千万人口的大城市。保护耕地，就是保护农业、保护基础。但是，对保护耕地的特殊重要意义，一些同志认识不深，没有正确处理好“吃饭与建设”的关系，因此，曾一度出现了大量圈占耕地建“开发区”，炒“房地产”的热潮；在农业内部结构调整中，部分地区为片面地追求经济效益，也不惜毁占耕地种果、栽桑、挖鱼塘。这样，虽然短时期内可能带来经济繁荣，但从长远和全局看，最终将会自食其果，历史的经验值得注意。对此，我们要有高度的警觉性和危机感、紧迫感。对成都市的市情必须有一个清醒的认识：一是人口多，田地少，几乎没有耕地后备资源。1994 年，全市总人口达到 960 多万，而耕地仅 677.6 万亩，人均只有 0.71 亩，分别比全省和全国人均占有耕地少 0.12 亩和 0.59 亩，已经低于联合国规定的人均占有一亩的危险警戒线。而且，全市可以开发、垦复的耕地资源极其有限，几乎是无荒可垦。二是人增地减呈刚性态势，人地矛盾越来越突出。1994 年比 1980 年相比，全市人口净增 137.8 万人，增长 16.8%，而这 14 年间净减 57.2 万亩，相当于减少了两个温江县，平均每年净减 4.1 万亩。与此同时，全市粮食播种面积也减少了 25.4 万亩。三是当前成都市的复种指数已经很高，能挖掘的潜力越来越小。

市长是个文化人，他还引经据典地说了“民以食为天”，“有土斯有财”，“无粮不稳”的古训。吃饭问题是关系到国计民生的“天字第一号”的大问题呀！“为政之要，首在足食”，这是中国历代治国安邦的经验……

谈到这里，这位市长的心情特别难受，突然声音低沉，语气梗塞。感到一市之长，肩上的重担直往下沉。市民没有粮吃，很自然，首先要拿市长问过拿错！《商君书·算地》中说：“民之性，饥而求食，劳而求佚，苦则索乐，辱则求荣。”

会议开得很成功！末了，通过了《成都市人民政府关于实施基本农田保护规则的决定》，向全市发出了保护耕地的呼吁：千方百计，给子孙后代留下赖以生存的“保命田”！

保护耕地！1995年岁末，中央、省里都已下了动员令，并召开会议，作为一项重要工作来抓。

保护耕地！这一响亮的口号，这些年来，并不是没有喊过，但声不正，气不足，效果差！

保护耕地真难啊！

1995年6月中旬，在北京召开了全国“保护耕地工作会议”，同年11月中旬，四川省又召开了保护耕地工作会议。

土地形势已经到了十分严峻的关头了！为了千秋万代，国务院在1994年8月18日颁布了《基本农田保护条例》。这个条例，对于保护我国紧缺的耕地资源，保护农业生产持续、稳定增长、保证国民经济协调发展，具有十分重大的意义。

国因法律而昌！

一系列土地法规的出台，《基本农田保护条例》的实施，初步显示了共和国的土地使用和管理已纳入了法制轨道。这是文明古老的中国亘古未有的创举！

这是个良好的开端！我想，长此实施，无疑是对人类的巨大奉献，也一定会取得丰厚的回报！

但是，还应该看到，这些条文法规毕竟在纸上，要实施，还有一场斗争，一个过程。我们希望法律变成现实，祝愿顺利实施！

一元复始，万象更新！又一个年头开始之际，对全国土地管理，又有新的认识，新的打算，新的决断。

特别值得一提的是，党的十四届五中全会召开以后，土地管理部门根据党中央提出的“九五”计划和2010年规划的奋斗目标，以及两个具有全局意义的根本性转变的要求，提出了适应新形势、新任务、新要求的新思路，这就是通过土地管理方式，从适应计划经济向适应市场经济的转变，土地利用从粗放型向集约型的转变，严格控制土地总量，使用土地朝着节省资源、优化配置、充分提高使用效率的方向发展。

中央指出，今后相当一段时间里，为适应两个根本转变的要求，必须全面推进土地制度的改革。在管理体制、规划方法和设计管理、信息系统、地租税费、立法和执法、科研和教育等各方面深入地进行变革和建设。这是一个庞大的系统工程。如果没有这一系列的、具体的系统工程，保护耕地只能是一句空话。

1996 年是《中华人民共和国土地管理法》颁布 10 周年。国家土地管理局专门发了文件，制定了 10 周年宣传方案。方案写道："江泽民总书记明确指出：保护耕地就是保护我们的生命线。为回顾土地使用制度和管理体制改革 10 年成就，展望土地管理事业不断发展的未来，深入贯彻执行'十分珍惜和合理利用每寸土地，切实保护耕地'的基本国策，我局确定宣传主题是'土地与发展——保护我们的生命线'。"

90 年代已过半程，新世纪已初露曙光。1996 年是《土地管理法》颁布 10 周年，又是国家土地管理局成立 10 周年。"天下之事，因循则无一事可为；奋然为之，亦未必难。"殷切希望处在新的历史发展阶段的土地管理工作者，以奋发创新的精神和艰苦卓绝的努力，在新的历史舞台上，大显身手！

人们对从事国土管理、国土保护工作的人称为"土地神"、"土地爷"，这似乎有点别扭，其实是最亲切的称道。千百年来，人民群众对"土地神"是很尊重的，建土地庙，拜"土地神"，求它保佑五谷丰登。这是华夏民族的一片真心。

对国土部门的要求，也就是要他们保护土地。这几年，由于土地管理乱了套，偏离了"主题歌"，所以群众怨声载道。

在新时代，我们应该把更多的爱，洒向土地，用歌声抹去怨声，用爱去换得更美好的未来。

《中国土地报》1996 年新春伊始，刊登了中山市第一中学阮峥老师的一首诗《把爱洒向土地》，充分表达了他对土地的深情。

啊，土地，
我们赖以生存的土地！
小学的地理课本，
早就让我熟悉了你。
你辽阔宽广，物产丰富，
是我们衣食之源。
我梦想在你碧绿的田野上，
快乐地奔驰。
现实击碎了我的梦境，
你令人担忧的是什么？
是人们盲目地滥用你！
是遍地黄沙，到处闲置撂荒！
你不是取之不尽，用之不竭，
怎受得了这巨大的冲击？
人们得意洋洋，哪知道你在委屈呻吟。
人啊，瞧瞧伤痕累累的土地，
冷静一下被金钱冲昏了的头脑吧！
不要顾此失彼，
搬石头砸自己的脚。
看看现在，想想将来。
让我们清醒过来，行动起来。
把爱洒向土地，
让土地母亲恢复盎然生机！

# 第九章　规范化　法制化

大地在呼唤法律，国人在呼唤法律，而法律却没有完全醒悟。因此，在神州涌现出一场土地鏖战，致使百姓遭殃，国家受损，教训沉痛啊！

建立健全土地法规，使土地管理走向规范化、法制化，势在必行！

## 第五个全国“土地日”

土地是衣食父母，
土地是春秋冬夏，
土地是民族之本。
土地是社稷国家。
珍惜每一寸土地，
珍惜每一捧泥沙，
珍惜土地吧，爱我中华。
土地哟，土地哟……

一曲带有川味的主题歌《大地颂》悠扬激荡，四位歌手的演唱和一群天真活泼的少年的伴舞，拉开了“大地呼唤”文艺晚会的序幕。

那振奋人心的歌词，令人激昂而奋进的歌声，在大厅内回旋，使数千名观众难以平静。

“啊，土地，人类的衣食父母……”歌声啊，多么富有震撼力，多么叫人难以忘怀啊！它渗透着土地——母亲，对人类巨大的奉献和深沉的爱。

“大地呼唤”这场别开生面的文艺晚会，是四川省暨成都市携手合作，专为纪念第五个全国“土地日”而举办的。

这样以土地为主题的专场文艺晚会，在“天府之国”还是第一次，在全国也不多见。

为了纪念这个富有重大意义的日子，省市的主要领导和数千名蓉城观众，在成都最豪华的剧院——锦城艺术宫，欢聚一堂，共同观看了演出。

晚会在隆重地进行着，观众正襟危坐，那氛围，似乎不是在观看一场娱乐、休闲的艺术佳作，而是在倾听振聋发聩的呼喊！

随着悠扬的歌声缓缓升起，两位主持人以高亢的气势扬起了大地呼唤的证词：

男：朋友们，人的生存与发展，无不依赖于地球，依赖于地球上最宝贵的有限的资源——土地。

女：生命的起源、繁衍和发展，
从来就和土地血肉相连，难舍难分。
没有地球就没有生命，
没有土地就没有人类，
当然，也就没有我们炎黄子孙，
龙的传人！

男：是啊！如果你要问我，
世界上什么最美丽！
我会肯定地回答——
土地，土地，土地！
虽然她朴实无华，无声无息。

女：土地是我们的母亲，
我们依偎在您广袤的怀抱里。
那水是土地流淌的血液，
那山是土地顽强的肌体。
就连那熬粥的砂锅，

盛饭的瓷碗，
也是烧制过的泥土。

男：然而，耕地却一天天被吞噬，人类的生命圈一天天在缩小……长此以往，地球将不堪重负，人类靠什么生存？大地向人类发出了含血溅泪、振聋发聩的呐喊！

女：肥沃的成都平原，有着得天独厚的自然条件，这里“水旱从人，不知饥馑，时无荒年，天下谓之天府也。”

男：可眼下，这片宝贵的耕地资源正在一天天减少。
死者土葬，与生者争夺土地；
违法者乱占滥用，在蚕食着土地。

女：乱砍滥伐者又在破坏着土地；
人口“爆炸”继续在压迫着土地，
……

男：朋友们，不可小觑啊！自1958年以来，成都平原减少的耕地数，相当于每年减少200～300亿斤粮食。眼下，成都平原的粮食已经难以养活巴蜀儿女，仅成都、重庆、德阳三个市，每年就要调进粮食60亿斤！

女：这严酷的现实，怎能不使我们每个人深思和忧虑呢？
土地联系着你和我，土地就是我们的生命线！

合：朋友们，为了民族的富强，为了子孙后代的幸福，让我们一起来做好这件“功在当今，利在千秋”的大事——爱护土地，保护耕地！

我迎着潮水般的掌声，走向后台，采访这台晚会的编导和演员，探索他们的辛勤劳动和付出的代价。

接待我们的是编剧曾渝陵小姐。

她，一位富有才华的女性，热情的心底如同这片热土，在起伏升腾。从她那睿智清秀的脸庞上，就足以让人看到她的内心世界，看到她对土地的执著和艺术的娴熟。

晚会颂词是她的杰作。她说："我们接受主办'大地呼唤'的晚会，时间急，任务重，一切都是在匆忙中上阵的，又是在匆忙中去奋进，去发掘它的主题和深远的内涵的。"

她的语言生动，寓意深邃。在她看来，他们不是在表演，而是在奉献一颗博大的热爱大地母亲——土地的赤诚之心。

他们日夜兼程，仅仅花去一个月时间，就创作、排练出《大地颂》、《国土员浪漫曲》、《土地情》等一批歌曲、舞蹈和小品，格调高雅，形式新颖。并邀请了全国著名的歌唱家董文华、杨洪基参加演出。

提起杨洪基，在我耳际不禁响起了电视剧《三国演义》主题歌《滚滚长江东逝水》的声音。那是一曲气势磅礴的壮歌，那声音至今仍震撼着人们的心弦。

此时，他随他的歌声一起，走进了舞台，为晚会增添了光彩。

曾小姐陪同我采访了杨洪基。此人气度不凡，高大的个子，和善而有神的表情，风度翩翩，随和稳健。

"你参加这样的演出，有何感受？"我劈头问道。

"哦，感受颇多啦。"他似乎早有准备，"实话告诉你，以土地为主题的演出，我还是第一次。不过，对土地的情感，对我国的土地国情，早有感受。去年，我去欧洲访问，先后去过德国、意大利、芬兰等十余个国家。给我印象深刻的是那里的大地一片翠绿，那里的人民对土地一片痴情。那些国家到处是森林、草地，没有人愧对人类的母亲——土地。"

此刻，他突然刹住了话题，明眸里透出一丝丝忧虑。好半天，他才接着往下说："然而回到祖国，再细观山河，到处是荒山秃岭，乱石嶙峋，一片片焦土，给人的印象是沉闷的，灰暗的……过去，中国人喜欢说'地大物博'，现在地已变小了，物博也就不好说了。"

作为一位艺术家，如此深情地关注土地，是难能可贵的。我们的谈话进行得很顺畅。这位年过半百、饱经沧桑的歌唱家，说话犹如竹筒倒豆子。

末尾，他又补充了话题。他郑重地表明一个道理："在我国如何教育农民，教育广大干部群众，爱护森林，爱护土地，这是人类的美德，也是体现人类文明的表现，我们不能丢掉了美德。前些年，炒地皮，买卖土地，我实在看不惯呀！”

省、市政府官员，对这场晚会十分关注，主要领导都来了。一位副省长在致词中，声音激昂，措词强烈。

每年的6月25日，是全国“土地日”。这是1991年6月24日由国务院第83次常务会议决定《中华人民共和国土地管理法》颁布的日子——6月25日为全国“土地日”。这是党中央、国务院加强土地管理的重大举措，意义十分深远。

这位省领导，还叙述了土地的省情，并全面地、客观地披露了家底。他说：四川省土地管理工作经过努力，取得了显著成效。但是，他话锋一转：四川这个人口众多的农业大省有种种困惑。四川人均耕地面积仅有0.84亩，比全国人均水平少三分之一。每年自然灾害和农业结构调整净减30多万亩，非农业建设占地18万亩，复耕开垦约20万亩，三下五除二，每年耕地净减30万亩，而人口净增上百万。人地矛盾始终是制约四川省经济发展的突出问题。因此，我们要广泛、深入、持久地开展土地国情和省情教育，增强全民的土地忧患意识。

一年一度的“土地日”，旨在教育群众，教育整个民族，共同奋进，保护国土。每到那一天，举国上下的人民都会最诚挚地纪念这个节日。今年的节日，有着特殊的氛围，特殊的意义！

6月24日，国家土地管理局局长邹玉川，在接受记者采访时，再三强调，今年“土地日”的中心是“大地与法制”。他面对麦克风，严肃诉说着这个节日的重大意义：“今天是全国‘土地日’。自从确定这个纪念日起，历经了5个春秋，‘土地日’从陌生到熟悉，已深入亿万人的心灵，成为全社会深切关注的一个重要纪念日。”

6月25日，为纪念这个重要节日，《人民日报》在头版头条位置发表了评论员文章《制止违法批地用地》。文章写得清清楚楚，明明白白：“今年的土地日的宣传主题是‘土地与法制’。这个重大的主题，说明了土地与法制这两者之间的密切联系，向人们提出了如何加强法制建设，依法强化土地管理的重大课题。”“法律是土地的保护神，而土地正在呼唤着法律。”“市场经济是法制经济。土地当它从非市场化走向市场的时候，尤其要靠法律以强制性的力量来规范，通过严格的管理，使之活而不乱，运作有序。在致力于土地市场建设的同时，致力于土地法制建设，这应当是并行不悖的两项任务。只有两手一齐用力，抓住这两种建设，才能促使土地使用制度改革健康地发展。”

## 越权·揽权·争权

应该说，这一回，四川的举动是“超前”的。第五个全国“土地日”刚过 10 天，就行动起来了。

1995 年 7 月 6 日，“四川省政府土地执法检查组”兵分四路，浩浩荡荡，向川东、川西、川南、川北进发。

前一天，我去省国土局办事，在办公室碰上了老曾。

“王记者，我们土地执法检查组，明天出发，去查土地的事儿，你去不?”他高声热情地嚷道。

“查什么?”

“查违法、越权批地呀!”

“哦，不是说，下月才干吗? 怎么这么快就动起来了呢?”

“嘿，过去我们老是拖后腿，这一回，要做出样儿给大家看才是呀。这……不，这是上面的意图。”他是个直肠子，快人快语，可这一次，有些话已到嘴边，为啥又咽了下去?

我在沉思，咀嚼他话中的内涵。

“你到底去不去? 我们还邀请了好几家新闻单位的记者参加呢。”

“去!”我点头应允了。

次日清晨，我按时参加了川西组，第一站，是川西的某市。

小巧玲珑的市政府小会议厅，安静、优美、清新，给人的感觉很好。汇报会，召开得紧紧凑凑的，会议室人数不多，但气氛很浓。一位副市长亲临会议，迎接省政府的检查组。

我坐在圆桌的尽头，察言观色，静静地等待着市长、局长们的汇报。

约摸半个时辰，会议开始了。首先由市国土局局长作了全面汇报，有些材料自清理土地撂荒以来已听过几遍了，新鲜的、动听的不太多。

但有一点令我难忘，令我吃惊。他理直气壮，毫不掩饰地说，自1992年以来，市里批地6万亩，各区批地6万亩，报省上批地6 000多亩。

此外，下面有人反映，在土地批租上步子迈大些，本届政府要求发展经济，当初认为门路更多的就是批租土地。有些问题，哪里是我们造成的呢？上面有领导叫我们加大力度，多圈土地嘛。××航空港、××工业城、××扶贫开发区、台商招商区等等，都不是我们的主意嘛……

说到这里，副市长插入了话题。他的声音柔和而有分量。他说，这几大开发区，市里没批，现在依然是，应该算违章用地。此话透露了实情。

在场的知情者和不知情者的眼珠儿都鼓得圆圆的，望着他，仿佛在说，讲下去，讲下去，继续披露。

我蒙在鼓里，不知缘由。

局长接着说。此时，他心情是复杂的。他从压抑到激动，似乎像岩浆压在地壳中，突然喷发出来。“××大都会、××乐园，都是上级领导开的口，我们哪里顶得住呢？上级强调说‘特批特办’，先用后批。唉，这样搞，我们当时就认为……所以至今没批没办手续。1992年，上级要求大发展，现在又来找问题。我们应该历史地、辩证地看待才是。我们欢迎提意见，但我们也要汇报我们的苦衷……还有，最近，省上提出全省建立100个镇，每镇用地300亩。这些土地从何而来？”

此时，副市长也激动了，国字脸涨得通红，明眸大睁，大有一吐为快之意。顿时，厅内鸦雀无声，大伙儿屏住呼吸，听他的诉说。“这……”很遗憾，他没有说下去。

沉默了约两分钟后，局长才接上了话题。

现在，他的心情倒平静了些。他说，3年前，省上要求以我市为中心，抓好“一条线”的发展，要我市做好服务工作。所以我们将土地的审批权，即耕地 20 亩、非耕地 60 亩的审批权委托给区县办理，并发了文件。这个文件也不是乱发的，是根据上面的精神搞的，别人指责我们下放土地审批权，不对嘛！我们是有依据的。唉，我们国土局难办呀！我还是那句话：大家得病我吃药……哈哈，这叫我当局长的怎么说呀！

于是，你一言，我一语，又争执起来。这几座大的工程，如“××大都会”市政府不知道，也没人批就干开了，甚至连市委、市府的主要领导也只是听到一些传言，没人正式和他们商讨。还有人透露，“××大都会”开工是一位上级机关的头头剪的彩。

如此种种，叫人费解，叫人心酸。这也许是，本市这块可口的肥肉，在当初批地、租地、卖地、炒地的热潮中，大伙儿都把成都平原当成“唐僧肉”。手从四面八方伸来，横吃、豪吃、抢吃、偷吃，谁也挡不住！

最后，局长细言细语地提出了一个不大不小的要求。他说，我市给的土地审批权限耕地 20 亩，非耕地 60 亩，太少了。深圳、广州等地的审批权比我们大，耕地 500 亩，武汉、南京是 200 亩。我们应该和深圳、广州一样才是。省上的审批权耕地是 1 000 亩，市上可不可以审批 500 亩呢?

局长的意见也许有他的道理，广州、深圳有的权力，该市也应该享受。权，有时候确实起很大的作用。此外，还有一个政治待遇的问题，不可随便弃权。

但是，我又想这权能放吗？我一时迷糊了。不过，我想成都平原就是那么大一块了，一次就批 500 亩，或 1 000 亩，权力的作用太可怕了！

我环顾厅内，一派沉默，既没有人支持，也没有人反对。只见大伙双眼滚动，好像在说：这权不能放！

其实，这权该不该放，是有法律规定的。《土地管理法》第 24 条规定：“国家建设征用耕地一千亩以上，其他土地两千亩以上，由国务院批准。征用省、自治区行政区域的土地，由省自治区人民政府批准；征用耕地 3 亩以下，其他土地 10 亩以下的，由县人民政府批准；省辖市、自治州人民政府的批准权限，由省、自治区人民代表大会常务委员会决定。”

这是国法，谁也不应该篡改呀！至于权限，是很明确的。

汇报是平淡无奇的。在汇报中，有个小插曲，倒很有趣。

检查组领头的是一位年逾半百的同志，听说是省上某厅一位副秘书长。按照常规，他的发言应该是有分量的，然而并非如此，真有点遗憾。

他说，《土地管理法》颁布快10年了。我们这次检查是调查、总结、学习的一次好机会……不过，这种执法检查，也许是“例行公事”。我们实行分级检查原则，我们在查的基础上进行检查……查的范围，不从1992年开始……嗯，依我之见，主要是汲取教训的问题，有些事如何处理，就看中央的了……

顿时，厅内寂静无声，大家面面相觑，对头儿的这番“肺腑之言”哭笑不得。我呢，刹住了笔，只觉得一股冷气横贯全身。怀疑自己的耳朵出了故障。唉，难道“例行公事”，就是这次检查的目的吗？难怪，邀请了七八家新闻单位的记者，都不来，仅仅是我这个“编外”记者来了。我责怪自己，是不是吃错了药？别人既然是“例行公事”，你又何苦来凑热闹呢？

我心中一阵冷，一阵热，冷气消失之后，又转换成热浪。我的心底在说，哎，现在来讲这些话，都是马后炮。地，占了，圈了，该占的占了，不该占的也占了，卖的卖，荒的荒，一拖两三年，大批土地都陷入了头儿们的纷争和戏言之中，目下再说再争，都没用！

谁之过呢？

是村干部？他们是“中国官谱”之外的“无品”小官，没有那样的“胆”。

是村夫？他们是被“宰割”的对象，更不敢妄动！

我一直在沉思，这场土地大战，造成如今僵持局面，风从何处刮起呢？又是谁在推波助澜呢？

我一直在捉摸，这次检查为什么匆匆行动，而第一步还没有迈出去，就降了调，泼了冷水。后面的路该如何走呢？

我正在猜测时，同行的四川省国土局监察处李处长，递给我一份材料。

我打开一看，似乎明白了几分。一份国务院的《情况反映》，文字不长，可领导批字，从中央到省里一级批转一级，字迹密密匝匝，龙飞凤舞。正文这样写道：

“从四川刚结束的国土工作会议获悉，成都平原1992—1994年耕地又减少了一个中等县的耕地，像这样快的速度，使耕地锐减，我们的后代将到哪儿去生存？我们省解放后，耕地减少有三次高峰，第一次是1958—1959年，第二次是1984—1985年，第三次是1992—1994年，就其严重程度来说，以这一次最为严重。因为，这一次是土地实行了统管，有健全的土地管理机构，而且这一次大多数占地特别多，如成都附近就有近10家占用耕地1 000亩以上。如什么‘国际大都会’、‘四川国际高尔夫俱乐部’等等。这些本应由国务院、省政府批准的占地，或用而不批，或少批多占，或化整为零等各种方法占用，进行非农业建设，请问这应该由谁来管？成都平原还能存在吗？‘天府之国’这个美丽的名字快进博物馆了。”

对于这次汇报会，总觉得这里有许多疑点，执法的似乎理不直，气不壮，被查的不服，有气，而且不怕泄出来。这究竟是为什么？

一月之后的一天上午，我又走进某市国土局，去找局长，想弄个一清二楚。

他正在接待省里某厅的领导，也是说土地问题。他忙，平素难找到个空档。今天，他同意安排时间。我就决心不走了，坐在办公室与主任闲聊。

不知不觉，我们扯到了土地越权与争权的事情上。

主任是军人出身，北京腔，粗嗓门，讲起话来无忧无虑，直冲冲地往外冒。

他的观点很鲜明，这几年土地审批权乱啦，乱啦，彻底地乱啦！这问题反映在下面，而根子却出在上……

“吃菜吃心儿，听话听音儿。”他的表白，话中有话。

他递给我一份“某市审批非农业建设用地的报告”，是给省人民政府的。

他心中很不平静，重申了一种观点。他说："咱们市属副省级单列市，可省上给我们的审批权不公平呀！沿海一些副省级城市，土地审批权限均为一个标准。我市是国务院定的副省级城市，又处在西南地区'三中心、两枢纽'的重要战略位置，国家、省里重点项目多，用地面积大，而且时间急，要用地，又不给权。哎，咱们到时赶不上需要，能不对我们拈过拿错吗?"

主任的话似乎有点道理，这权应该放。但是，对我来讲，这道理仍然没有吃透。从旁观者的视角来看，权力集中点，将关卡隘口把严些，以免造成大批土地的流失，不更好吗？我想得很天真！

这种争执，我没闹清楚其症结何在?

如果是为了控制土地，管紧管好土地，少批少用，节约土地，那么省上的意见也许是对的。

我正在纳闷的时候，突然局长走了进来，他满脸笑意，热情地说："哎呀，记者同志，对不起，让你久等了!"

我们寒暄了几句，便走向他的办公室。

我见他太忙，便开门见山地谈起那件事："前次市政府汇报中，局长提到，市上几宗大工程用地，市里不明不白，把地划了，用了，究竟是怎么一回事?"

顿时，局长脸上的笑意全没了。他深深地吸了一口烟，又将烟花吐了出去。旋即，屋内烟雾弥漫。不难看出，他有难言之苦。唉，我后悔，不该再提这件事。对于他这个"执行官"，我理解！

"哦，这事我只是顺便问问，局长别在意。"我打破沉默。

"唉，这件事，有澄清的必要，但如何说才好呢。他们是上级，我们是下级，不过就大前提都是为了国家，为了人民……××高尔夫球场，扶贫开发区……有十多宗地，共计 2 万多亩，那是省里的领导表的态，事前我们不知道呀！用地手续，有的办了，有的至今没有办。"

他掐熄了烟头，静静地坐着。忽然他蠕动了一下嘴唇，可没有再发出声音。

良久，他又吐出一句真言："过去的已经过去了，可现在这种现象依然存在呀。据说上面要建'保税区'，占地三平方公里，一位领导已发话了，可我们至今不晓得……"

这位局长心中的苦与忧够多了，不好责怪他。

对土地的审批权限，为什么有人争，有人揽？一直是个"谜"。

过了很久，全省的执法大检查已经结束。我再次走访了四川省国土局一位处长。他告诉我，全省查出越权批地 9 万余亩，其中某市 6 万余亩。这仅仅是各地越省上的权。他又扳着手指算了一笔账：按规定，一亩地要缴纳税费 2 万多元，9 万多亩，应该向省财政交 20 个亿。可这笔巨资流失了，没有进入国库。

他还说，争权也好，越权也好，说白了，是个利益分配问题……

哦，原来如此！

这场争夺战，已长达 4 年，将来还会争下去。他们揽权的用意，都是为本单位、本部门的利益，目标，依然瞄准土地，土地！

可怜的母亲——土地，您何日才能摆脱任人宰割的命运，坦诚地，用您洁白的乳汁，哺育人类呢？

## 培植"一五二六四"系统工程

"我没时间，下周再说吧，记者同志！"我约了五六回，他总是笑吟吟地回答。

他很忙！

四川省国土局局长傅应铨，是一位精干的汉子。前些年，他任副局长，我就发现他的"腰圈"儿在缩小，"有点不正常"，我暗想。可不是，像他这个年龄，一位高大的个子，正是长腰圈的良机。

然而，他忙呀，急呀，一个 1.2 亿人口的大省，把"最最"宝贵、"最最"巨大的资产——土地，交给他管，能不急吗？

他成天奔忙着，运筹着，把那颗爱心完完整整地奉献给了土地。

在无数次会议上，我听过他的语音。他，总是带着深情厚爱，为土地而声嘶力竭地呐喊。发言中，关于土地的失控；关于违法占地的行为；关于全省人民对土地的渴望，他都如数家珍，娓娓而谈。每当谈到土地被践踏时，他眼里的泪花在旋转，血液在涌动。

傅局长是位多情的人，两年前，他就真诚地支持我拿起手中的笔，再写，再写，再为土地而呼喊！

他是农民的儿子，对土地有着深厚的感情。1968 年他从成都理工学院地质专业毕业后，被分配到省地质矿产局，和矿山、土地结下了不解之缘。90 年代初，他被调到省国土局任副局长，1992 年提为局长。多少年来，他殚精竭虑，把心血全部倾吐在国土上。对土地，他是专家、里手，并有着众多的著述。

1996 年 3 月 5 日，我终于找到一个采访这位局长的机会。

这一次，我们谈得坦诚、炽热。他说，要管好土地必须法制化、规范化、深化土地使用制度的改革。这场改革，既是经济体制改革的重要组成部分，又是建立社会主义市场经济体制的一项基础性任务。说得具体点，是在坚持社会主义土地公有制的基础上，实行土地所有权和土地使用权的分离，建立土地使用权市场，把长期以来形成的土地无偿、无限期、无流动使用的行政划拨制度，改为有偿、有限期、有流动使用的出让、转让制度。主要通过市场机制的调节，达到土地资源合理利用，优化配置，切实保护耕地资源，充分发挥土地资产的最大效益。我经过多年的研究，把这一制度的改革，概括为“一五二六四”系统工程。我的用意是，通过宣传、实践，让大家较容易接受、理解和实施。

许多人，愿意接受新观念，不想照抄照搬别人的东西。这里，我把“一五二六四”系统工程作个具体表述。

一个目标。建立与社会主义市场经济体制相适应的公开、公平、公正、规范有序的土地市场体系。包括有效的资源配置体系（在国家的宏观调控下，通过市场有效地配置土地资源）；正常的价格体系（建立土地使用权的市场形成机制）；健全的法律体系（使土地市场行为规范有序）；合理的收益分配体系（体现明晰的产权关系，利用各种税费、租金进行合理有效的调节）；完善的中介服务体系（促进土地市场的健康发展）。

五项任务。控制用地，保护耕地，稳定耕地面积；扩大土地使用权出让范围，高度垄断出让市场；规范土地交易市场（即二、三级市场）和管理；明晰企业土地产权，量化土地资产价值量，为建立现代企业制度创造条件；规范和加强农村集体土地使用权流转的管理。

两项制度。第一是建立土地登记制度，强化城镇国有土地“户籍管理”；第二是建立基准地价和标定地价定期公布制度。

六项原则。坚持全省土地、城乡地政统一管理的原则；坚持土地资源和土地资产管理并重的原则；坚持政府宏观调控和高度垄断的原则；坚持行政管理和执法监督并重的原则；坚持从实际出发和因地制宜的原则；加强政府领导和部门协调配合原则。

四项措施。加强宣传教育；加强领导；加强法制建设；加强对土地集中统一管理和机构队伍建设。

妙极啦！傅局长把深化土地使用制度改革的基本框架，作了高度的概括。

高文典册。这个基本框架，仿佛是一座巨型的艺术宫殿，又好像是《西京杂记》中杨子云叙述的“军旅之际戎马之间，飞书驰檄用枚皋；廊庙之下，朝廷之中，高文典册用相如（司马相如）”。

在中国，土地市场，只是个新生的婴儿。

“土地市场”在老一辈人的头脑中，寻根究底，也难发掘这个名词。对于新一代的年轻人，虽然他们脑瓜灵，心眼活，可这一新鲜事儿，仅仅是近些年才叫响的，也难扎下根。

新时期，许多事进展特快。你若稍加留意就会发现，一些新名词在公共场合或街头巷尾很快就被人们汲取，并念念不忘地提出“要和国际接轨”。可对“土地市场”却另当别论。

对于土地市场这个新概念，在这里需要啰唆几句。什么是土地市场呢？我国土地市场是指以土地使用权出让、转让、出租、抵押、终止为主要内容的交易市场。土地市场又分为一级市场和二级市场。一级市场即土地使用权的出让市场，二级市场即土地使用权转让、出租、抵押等。

土地市场的兴起，需不需与国际接轨呢？这个问题，还没有人探讨过。我想是需要的。更现实的是，建立规范化、法制化的地产市场和房产市场，对于耕地的保护，土地出让、转让，无疑是十分重要的。

就其教训而言，前些年，面对神州的一股热浪、一股逆流，“新生儿”是无力抵抗的，无力去拼搏。这几年，在地产市场的经营上，有成功，有教训，也有一败涂地的惨景。

分析土地时局，自1992年以来，在我国出现的“房地产热”，说白了相当一些人是“炒地皮”，捷足先登者，一夜之间成巨富。这笔巨大的财富，从全国来看，数以亿计的资产，就这样不明不白，流入了集体或个人的腰包里。据统计，仅1992年，全国土地收益一年跑掉30亿元。

另一方面，按照《宪法》规定，我国土地，城市属于国家所有，农村属于集体所有。土地一级市场，应由国家控制，绝对不能放权，土地出让、转让的收入应全归国家财政。

然而，有人嗅到土地买卖中油水大，贪婪的眼睛便死死盯着不放，千方百计伸手，扰乱市场的正常交易。无论在大城市，或中小城市，买卖房屋，或出租房屋，这些异彩纷呈的交易中，都包含了其土地的买卖和出租。只讲房屋而不论土地，这种现象被称为土地“隐形市场”。这是一个往往被人忽视了的漏洞。

应该看到，房地产交易中隐藏着土地的交易；出租房屋连同出租土地使用权，都隐藏着土地的交易。这些表现形式很多。如开发区土地资产流失；在合资、合作企业中，国有土地资产流失；股份化改造中的国有土地资产流失……

在建立正常的土地市场中，危害最大的是土地“隐形市场”。对于这一点，国家土地管理局局长邹玉川概括为五个方面：一是造成土地资产大量流失，在自发交易中，地租流向颠倒。交易的土地使用权本来是土地使用者通过行政划拨方式取得的，但是在交易中本应归国家的地租几乎全部落入土地使用者——单位和个人的腰包，给土地所有者——国家造成巨大损失；二是影响了城镇土地统一管理和规划；三是加剧了社会分配不公，助长了不正之风和腐败现象；四是诱发了土地投机，滋生了一些炒买炒卖土地的不法分子；五是制约城市改革开放的深入进行，使城市建设和开发只有投入，没有回收，形成恶性循环。

为什么土地收益在体外循环?

冰冻三尺，非一日之寒。土地市场上存在的诸多弊端，与国情有关，也与体制有关。目前，我国土地市场，其价格形式、产权主体、行政管理，包括土地所有权，都呈现一种“双轨”形态。即是体制双轨、产权主体双轨、行政管理双轨、土地所有权双轨。

可以这样说，土地市场的畸形发展，实际上是计划与市场、部门与部门、中央与地方、政府与农民在土地变革、体制转轨的过程中的一种利益磨合与碰撞的反映。

## 给土地上“户口”

人有户口，地也要有“户口”，地的“户口”叫地籍。

我国是世界上人口最多的大国，人头有户籍。自从你出生那天起，你的性别、生日，长大了是什么职业、家住何方等等，在户籍簿上，记录得一清二楚。这些工作必须有人管理，因此形成了一支庞大的户籍管理队伍。

然而，对土地却心中无数。说来是笑话，在我们这样一个农业大国，对耕地面积总数，至今难报出一个确切数字。

过去，由于土地没有“户口”，所以历来对土地的概念是迷糊的，哪块地好，哪块地瘦，哪块地多大，哪块地的价格如何……都是一本糊涂账。那时，没有把土地放在眼里，“地大物博”的说法，麻痹了我们一代人的思想。宝贵的土地资源任人宰割，随随便便切一块，废一块，没关系，在人们的眼里，地踩在脚下，是卑贱的，“上户口”不值啊!

倘若回顾新中国成立以来的历史，是令人触目惊心的。由于土地管理混乱，权属混乱，中断了地籍管理，随之而来的是使人烦恼的纠葛。个人与集体，这个单位与那个单位，甲地与乙地，争争夺夺，吵吵嚷嚷，成了冤家。这是常有的事。

在素有“东方莫斯科”美称的哈尔滨市，一所学校和一家工厂为土地扯皮，闹得冤冤不解。在50年代，学院将无偿划拨的一块土地，自愿借给了一家工厂。那时，由于土地在人们的观念和价值上没有地位，也没有人“斤斤计较”。然而到了80年代，由于市场经济不断兴起，土地使用权被注入价值，学校突然醒悟，觉得亏了，决定收回土地，而工厂却不愿偿还，你争我夺，诱发出一场说不清的纷争。随后，只好诉诸法律，原告与被告，在法庭上怒目相视，“亲家”变成了“冤家”，朋友变成了“死对头”。

在首都，有一机关，60年代建办公楼时，国家无偿划拨一块地，待建好楼房，亦属一般房屋。殊不知，天长地久，这块地变成了“风水宝地”，价值猛增，清水衙门竟变成黄金地段，该机关靠出租门面而变成了一方富甲，本应国家收入的巨款，流入了机关，流入了职工的私囊。这几年，根据政策清理“隐形市场”，土地管理部门要收取土地税，那机关却以权代法，以权压人，闹得四邻不安。

这样的纠纷，从北到南，从西到东，在华夏这块国土上，岂止一起两起呢?

随着改革的深入发展，加强土地管理、地籍管理是形势所迫。通过地籍详查，查清土地权属和利用情况，明确土地使用者的权利和义务，可以解决和避免大量的土地纠纷。这也是进入法制化、规范化的必经之路。

这一切，盖因我们的土地尚缺少一本眉目清楚的“户口簿”——地籍。

在一次全国土地工作会议上，笔者走访了国家土地管理局副局长马克伟同志。这位土地管理专家，通晓土地的宏观走向和微观的困惑。他对笔者谈起了我国地籍管理的发展与现状。他说，我国新时期的地籍管理工作是80年代初起步的。回顾国家土地管理局成立10年的历程，地籍工作大体经历了试点总结、全面开展两个阶段。1986年，在南宁召开的全国地籍工作会议上，提出“不仅要查清土地权属，也要查清城市和村镇内部的土地权属和利用状况；土地评等级不仅要考虑自然的因素，还要考虑经济因素。”这些认识还是初步的、肤浅的。尔后，中国大地起着翻天覆地的变化，开放度的进一步加大，外资的滚滚而来，城市建设的大步前进，等等，通过这些实践和社会的变革，认识的提高，逐步形成和确立了我国地籍管理以土地调查、土地登记、土地定级估价、土地统计和地籍信息资料管理五大内容为主且相互联系的管理体系。

马副局长滔滔不绝地讲述着地籍管理的历史经过。其实，地籍管理在国外，是长远而系统的，科学而规范，细致而有规章。

我记得土地学专家徐杰在一次闲聊中，谈到国外的地籍管理的历史和发展趋势。不久前，他到德国考察。在美国、德国等一些先进发达国家，一百年前就开始了地籍管理工作。德国在1872年普鲁士时期就颁布了《土地登记规则》，开始了土地法律登记，实际上就是产权保险。随着经济的发展，土地作为不动产越来越多地与各种经济活动发生密切联系。1900年，德国再次颁发了《帝国土地登记规则》，以产权登记为主要特征的土地登记普遍拉开，并在此过程中，不断丰富登记内容，发展到现在的诸多名目的地籍的法律登记，实现了规范化、法律化、制度化。

老徐还告诉我，在研究土地管理上，我国目前正在实验，准备将德国的地籍管理引向我国的一些地区试点。

在我国，地籍管理和国外的一些国家相比，晚一百余年，给土地上“户口”是近几年才时兴的。在全国还专门建起了一个庞大的机构，叫什么“地籍处”或“地籍科”，并专门培训了一批管理地籍的人才。这支队伍，对960万平方公里的国土进行了详查、测算、登记、建立档案，开展了“一条龙”的基础工作。

给土地上“户口”是件难事。笔者从全国地籍管理工作会议上获悉：为给中国960万平方公里的土地报上“户口”，国家土地管理部门集中了上百万参加者，耗资10余亿元，历时10载，用航空遥感技术加脚步丈量方法，对我国国土利用状况进行详查、登记发证、定级评估、统计和搜集信息资料、“户口”档案管理等工作。无疑，这是一项庞大的地籍管理系统工程。

目前，这项庞大的工程尚未完成，但已取得显著的成绩。截至1993

年岁末，全国需要进行土地详查的 2 843 个县级行政单位，已有 2 829 个完成或即将完成详查任务；城镇地籍调查面积已完成 9 300 平方公里，占 61%；已有 50%的国有土地使用者持有了土地使用证；集体土地建筑用地使用证发放了 1.02 亿余本；为土地使用权出让、转让、出租、抵押和企业股份制改组、兼并、破产等服务的宗地评估工作已全面拉开。

不久前，国家土地管理局地籍司的领导传出信息，按目前我国土地详查工作的进展，1996 年年底前我国耕地总面积的可靠数字，即可有个准确“说法”。

## 一个新行当：土地估价

当今世界，商场如战场。产品竞争，人才竞争，消费竞争……无不达到白热化程度。在竞争中，要决断谁胜谁负，人们总是利用价值、价格和利润来衡量。

随着商战的崛起，炒邮花、炒股票、炒地皮……火爆爆地如痴如狂。热浪中，最令人瞩目的是“炒地皮”。最早从港澳，从沿海兴起，尔后，南风渐至，拂面而来，呼呼啦啦，炒遍了神州，炒焦了黄土地。

地皮越炒越贵，3 万元一亩，炒来炒去，又翻十倍百倍，炒到三五百万，更有甚者，在深圳，一平方米的地价盘升到 490 万元。倏忽之间，百万富翁、千万富翁便冒了出来。一时间，“炒地皮”炒红了眼睛，炒乱了人心。随之涌现出一种说法：“种地不如卖地”，“当官不如炒地皮”。

一双皮鞋多少钱，一件衣服多少钱？在交易之前，早就有人定好了价。但“这块地”值多少钱，又有几个人能说出个一二三来呢？现在土地转让、土地入股、土地抵押，都需要个实价。因此，土地市场的呼唤，呼出了一个新行当——土地估价。随着土地估价这个行业的诞生，从事这方面的专业技术人员“土地估价师”也就应运而生了。

常言道：“七十二行，行行出状元。”这行业，在祖国的西南角率先兴起。1992年4月，在“天府之国”创建了我国第一个估价机构：四川省土地有偿使用地价事务所，旋即培养出一批“土地估价师”。

给土地“估价”谈何容易？这是个绝活，难活，不像给针头麻线标价那么轻松。笔者喜欢猎奇，对此想闹个究竟，有一天便走访了四川省土地有偿使用地价事务所。该所所长隋太明和副所长赵平向我介绍了土地估价的情况。

在巴蜀这片土地上，为顺应潮流，土地估价的发展很快，成绩斐然。在省地价评估委员会和省土地有偿使用地价事务所的带动下，全省市、地、州相继成立了18个地价评估委员会和地价评估事务所，建成土地估价机构76家，其中国家土地管理局颁发的A级评估机构3个，有国土局颁发证书的土地估价师267名。到目前，四川省已建立了完整的地价体系，全省完成了区域性指导地价的调查研究工作，以城镇为中心的基准地价评估工作正在蓬勃发展。

评估工作的发展十分喜人，他们为土地使用权出让、转让、出租、抵押和企业股份制改组、兼并、破产等服务的宗地评估已全面开展。经几年含辛茹苦的奔忙，眼下完成了上百个城镇的基准地价评估，先行一步的成都、重庆、遂宁等地区，已完成了地区的基准地价评估，也就是说，这些地区的土地上了“户口”，确认了身份，制定了价格。目前，全省宗地评估已有一万多宗。

过去，土地使用无价，压根儿就不需要估价这个行当。那时，土地在人们的头脑中是卑贱的。哪个单位要修房建屋，需用地皮，很简单，只需向有关部门写张纸条，提出申请，批准后，圈一块，让你去占用、享受就是了。行政无偿划拨土地的弊端，造成土地资源浪费，耕地减少。早些年，人少地多无所谓；近几年，人口猛增，耕地锐减，形成了难以缓解的人地矛盾。正因土地无价，近年来，神州出现了令人震惊的怪现象——“炒地皮”，少数人发了，而国家却蒙受了巨大损失。因此，从保护国家土地资产，促进土地制度的改革，变无偿使用为有偿使用，把土地推向市场，就十分需要土地资产“量化”，需要一个进行“量化”的行业。这场变革，其核心是土地由资源管理转化为资产管理。这一举措，对防止土地流失和推动企业机制的转换，都是十分有利的。一旦基准地价确定，便为收取土地费提供了依据，为土地出让、转让、抵押或实行股份制提供了方便，同时，会更好地服务于清理“隐形市场”，为宏观控制城市建设用地起了钳制作用。

给土地具体评估，有下列招数，首先要根据这块地的一般因素、区域因素、特别因素，还要结合土地的位置、地质、环境等因素，严格按照《城镇土地估价规程》，用国家统一标准进行评估测算，再经过综合考查，方能测算出这块地的资产货币量，标上明码实价。四川省地价所，按照这一程序，曾为自贡、绵阳等十余个城市的40余宗土地进行了评估，为60余个企业标了地价。自贡市气象局有一亩地要拍卖，可定不出标价，请他们去进行了评估，制定出合理的价格，拍卖一举成功。射洪县电力局有20余块地皮，这些宝贵的资产究竟价值多少，是笔糊涂账，他们邀请省地价所进行了评估，摸清了家底，为企业增添了活力。自确定了土地估价这个行当之后，土地估价师们一直处在繁忙之中。在省内的东西南北中，都留有他们的足迹，海南、新疆等地，已不断发来邀请信，要他们去施展才华。

土地估价机构是土地使用制度改革的产物，是加强国家对土地资产管理、培养和发展地产市场、完善机制的重要内容。

在神州，土地估价行业发展很快。目前，全国有A级地产评估机构70余家，B级机构700多家，已有数千人的专业队伍，形成了网络，并充分发挥了应有的作用。

土地估价行当的涌现，表明土地从此有了地位，有了价值，这不能不说是个质的飞跃!

翻开1996年的历书，新年伊始，我信步走进四川省政府大楼，正巧碰上省地价所隋所长。他不久前参加全国第二次地产中介机构负责人联席会议，学到不少新的政策精神，也传来了不少信息。

这位在土地部门摸爬滚打数年的“老土地”，仍然是那样精神抖擞，满腔热忱。我们已是老朋友了。他给我的印象是工作严谨，政策性强，法制观念强。这也许是他最早是搞土地监察、执法工作的缘故，养成了严谨的工作作风。

他开门见山地叙说了近两年土地估价付出的艰辛和取得的成效。他说："这次会议的中心议题是交流情况，总结工作，认清形势，明确职责，找准问题，研究解决的办法。"

老隋的谈话很有分量，很有逻辑性。他说，这是一项具有历史意义的工作。在中国，由传统的土地资源管理，转轨到资产管理、用经济规律管理上，可以说是一大进步。摸清土地资产的数量和存在的价值量，需要用数字进行科学的计算、量化、统计，更深一个层次是对城镇土地的分等定级，制定出基准地价，这一切在我国历史上是从未有过的。这是政府实施宏观决策，引进投资项目的重要依据。

说到这里，隋所长突然放低了声音，微胖的脸上顿时笼罩着阴云。

他告诉笔者，土地估价是项科学性、政策性很强的技术工作，在实施中必须坚持原则，坚持客观、公正。然而现在社会上一些中介服务机构进行土地估价的随意性、"灵活性"很大，他们为了"吃钱"，迎合用户的需要，对地产的估价"水分"很大，同一宗地，根据用户不同的需要，可以评出几种价格，不仅影响很坏，而且使国家的土地资产流失。在那些人的头脑中，缺少法制观念，因为对地价的评估结果，是要负法律责任的，他们可以不顾法律的规定，随心所欲。

土地评估，本应由土地管理部门经过考核、培训一批专业技术人才而兴建的正规评估机构来进行。

现在，社会上的地价评估所五花八门，各显神通。仅四川一个省，二三年工夫，呼呼啦啦，就涌现出700余家评估机构。因此，出现了机构混乱，人员混乱，评估地价混乱的情况。还有一些部门甚至想独揽地产、房产的评估业务。说到底，是这些单位看到这项工作有油水可捞，把手伸得太长了。奇怪的是，建委、工商等部门都在批，都在兴建评估机构。他们还找到一些"理由"：建委部门的人说，过去土地属于我们管理，现在房子是我们在建，地产的评估理所当然该我们来抓。工商部门的人说，土地批租、转让，以及修房建屋都要登记、发证，地产、房产的估价，应该由我们管，我们批准建立估价机构是正道……

目前，在四川，乃至在全国都出现各建各的机构、各抢各的业务的现象，并且情况很严重。这样一来，对地产以及工矿企业、机关学校的清仓核资的评估、定价就没有统一标准，花样百出，漏洞百出。

## 多一点忧患意识　多一点法制意识

纵观沸沸扬扬的第三次土地失控，叫人心底难受，又难以给人一个肯定、痛快的回答：是谁之过？

是政府官员？是百姓？

百姓，手中无权，没有“印把子”，把地交给他们，一没有那么大的胆，二没有那么大的能耐把地卖出去。

若反思，应寻根究底，找找缘由。

1992年以来，圈地之风波及到960万平方公里，举国上下卖土地，炒地皮，搞开发，大量侵占良田沃土，是历史上乱占滥用耕地的高峰。

狂潮，从何而来呢？

探索乱占滥用耕地的原因，可以举出很多很多，但专家们经过周密调查分析认为，最关键的一点，是我们的一些行政官员的忧患意识和法制意识淡薄，以言代法，以权代法。

这是高见！

世界上，各个国家的土地管理都有自己的招数，但有一点是共同的，那就是把法制管理放在第一位。特别是一些先进、发达的国家，对立法、执法没有半点怠慢，半点马虎。

人类的需求，倘若分为四大类，那么住房就是四大需求之一。

“居者有其屋。”大凡住房问题解决得好的国家，政府无不在地产和房产上给予高度重视。相应的，许多国家在房地产开发方面都有一套完备的法律规章。

地处大洋彼岸的加拿大，土地资源丰富，建筑艺术高超，豪华别墅和居民住宅的建筑水平都名列世界之冠。其管理手段，也居世界先进地位。他们有一个值得别国借鉴的经验是政府制定了一系列行之有效的法规和政策。加拿大联邦和省以及地方各级政府，都建立了完善的法令、条例、规范，用作管理房地产开发，而且执法如山，违者必究。加拿大也是一个对土地和房地产立法最早的国家。早在20世纪40年代，就颁布了《全国建筑规范》。经过数次修订，目前已成为各省制定条例和规范的重要依据，是一部加拿大最权威的建筑法典。

古老的英国，也属房地产开发立法较早的国家。英国政府在1946年就通过了《新城法》。在日本，为解决住宅难题，于1955年制定了《日本住宅公团法》，这些法规对于开发房地产，保护土地都产生了强烈的影响。

提起先进国家在土地立法方面议论最多的是美国。1993年5月，四川省组织的赴美考察团归来后，他们向我介绍了在美国的见闻和所受到的启迪。

美国的土地立法健全，而且率先亮出土地法规。在19世纪末，美国国会对土地、森林、矿产、水、环境等，先后制定出32个法律，其中有关土地管理法律15个，比中国几乎早一个世纪。

保护农用土地，美国是放在重要位置上。从1973年开始建立土壤保护区，目前已建立了3 000多个区，99%的农田和牧场都纳入了保护范围。

美国公民的法律意识、法制观念都较强，而且自觉地执行。

近10年来，中国有关土地、森林、水、矿山和房地开发方面的立法也不少。

1987年1月1日起正式施行的《土地管理法》，对制止乱占滥用、保护耕地资源，规定得清清楚楚。随后国务院又制定了《城镇国有土地使用权出让和转让暂行条例》等8个行政法规和一系列法规性文件，相继出台实施，加上国家土地管理局等制定的法规和规章，业已形成了一个与现阶段国民经济建设、土地管理工作相适应的土地法律系统框架。

不知为什么，中国法律总是出现错位？每当头脑发热，法律便被束之高阁，随之涌来的便是“以权代法”、“以言代法”，特别是1992年以来，达到了登峰造极的地步！

无可奈何！在1992年11月22日，国务院看到全国一哄而起的“圈地旋风”禁而不止，又发布了《关于加强土地管理制止乱占耕地的通知》，针对当时全国的情况，提出了明确的要求。

然而，有令不止，圈地歪风，从南到北，从东到西，刮得人心惶惶；“炒地皮热”、“房地产热”，一个劲儿地刺激着一些人的神经。他们发疯似的，不顾中央政策和国家法律，推波助澜。尔后，中央又采取了宏观控制的强硬手段，紧缩银根，强行拉下闸门，才算堵住了一个个“血盆大口”。紧接着制定了《房地产法》、《土地增值税暂行条例》。1994 年 8 月，国务院又颁发了《基本农田保护条例》，把我国基本农田保护纳入了法制轨道。

对于法律，有人用主观臆断去抵制它，还有人，包括政府中的少数官员“无法无天”，用行政手段去干扰它。

有一次，我到一个镇去采访，了解到这个镇要引资建食品加工厂，项目资金不到位，八字不见一撇，就匆匆忙忙地圈起一块开发地。我问镇长：“把地围起来，撂荒，这不是糟蹋良田吗？”他笑道：“这个我没有想到啊，我想的是吸引别人，先围上地，表明我们有诚意。”

“你们办理了征地手续吗？”

“不用。”他若无其事。

“这是违法呀，你知道吗？”

“我是一镇之长，镇里的土地我有权处置。难道自己建厂占点地，国家也要来管吗？”

我不禁叹了一口长气，堂堂镇长，竟然说出这般话，叫人啼笑皆非。

更有甚者。1992 年，胶东有个县级市，为了尽快出名，引资，不顾国法、国纪，竟然在海边黄金地段划出大块沃土，作为特殊使用。干什么呢？赠给国内的歌星、影星、笑星、节目主持人，好让“明星”们盖别墅，建“明星村”，给市长、书记们“光宗耀祖”，美化门面。

这是多么美妙的事儿呢！“明星”们做梦也没想到有这等好事。他们见地价陡涨，也不怕别人说三道四，便蜂拥而至，不到半年就有 80 多个明星报了名，不费吹灰之力，便拥有了该市非常宝贵的一亩土地，当时的地价每亩 25 万元。

人们常说：互助互利。第二年，这个市的头儿忽然灵感涌来，决定花百万元巨资在首都召开新闻发布会，一则大造舆论显示自己的气度；二则要“筑巢引凤”，招徕凤凰。拥有一亩土地的“明星”们纷纷前来捧场、做戏，并选出了一位以滑稽而出名的“星”当明星村的“村长”。这个会开得热闹非凡，“明星”们十分开心。

这些“明星”真叫人难以想象。相比之下，中国的这些“明星”们，还不如外国的明星明智。巴西著名女明星格洛里亚·波雷斯主演过多部富有国际影响的电影和电视剧，如《蜘蛛女》、《全都值得》等影片。她在1996年1月看到自己国家仍有许多人处于饥饿之中，受到很大震动，毫不犹豫，将自己原来用于畜牧业的2 250亩土地，悄悄地捐献给戈亚斯州的贫困农民种粮食。1月15日，获得土地的农户已开始播种水稻和玉米。

这位巴西的明星，她有一种忧患意识。中国的明星也应多一点忧患意识，自己吃饱了，还该关心关心我国农村众多的贫困户。

再说，土地是国家宝贵的资源，一个县级市的头，竟然可以把土地当作礼品送人。这等事，本应给予曝光批评、处罚。嗨，有人却赞不绝口，认为是“上策”。还有人效法给“明星”赠送地皮。不久，这股歪风，从山东刮到了河北。

一个县的头，有啥权把国家的土地送人呢？国家对土地出让的审批权是作了严格法律规定的。一个县级市，审批土地的权限是耕地3亩，或非耕地10亩，至于送人是一分一厘的权力也没有。

80亩耕地，白白送给私人，实属罕见！

对这类行为，有些干部也明明知道自己越了轨，违了章，但他们仍然要去“创新”。他们往往觉得自己有能耐找到，或者说手中已握着“挡箭牌”。

古人作战，常用长矛、弓箭、挡箭牌。这三种武器。各自的功能十分清楚，长矛用于刺杀，弓箭用于射击，挡箭牌呢，用于防身、抵抗。

随着科技的发展，长矛、弓箭早已被淘汰，取而代之的是飞机、坦克和导弹。没有了古战场上的烽烟和刀光剑影，本来“挡箭牌”也失去它的功效，没有存在的必要。

然而，现今一些人把“挡箭牌”留在身边，作为“抵御箭的盾牌，推卸责任的借口”。

中央三令五申，禁止乱占滥用耕地，稳住农田面积，虽然有些地区正在贯彻执行，但目前仍有一些地区行动迟缓，等待观望，甚至使出“挡箭牌”，或寻找“变通”妙技。也就是说，“上有政策，下有对策”；“你宏观我乐观，你整顿我发展”。他们编织了很多说法，什么“我们还不是为了发展经济，为大家谋福利”；什么“地是祖宗留下来的，用点卖点有啥不得了”……

乱占耕地的原因很多，但就目前看来，一些人的头脑中，核心问题是“钱字当头，农业错位”。

首先，他们没有摆正第一、第二、第三产业的位置。党中央、国务院一再强调各级政府要切实重视农业，必须把农业放在一切经济工作的首位。然而，他们随心所欲，换腔走调，另唱一支歌，说什么“现在是市场经济了，啥来钱快就干啥”。似乎他们的理由很充足。他们抛出了“心里话”，农业生产，特别是粮食生产周期长，灾害多，投资大，效益低，长期搞农业不划算，不如搞第二、第三产业赚钱，出政绩。他们有了这种搞农业生产吃亏的思想，一说搞开发区，便不顾实际情况，一哄而起，任意圈地，哪怕晒地也在所不惜。

实践证明，目光短浅常常会把事情弄糟。违法占地，总是只顾本地区、本部门的利益，缺乏全局观念，没有想到12亿人的吃饭问题，更没有想到耕地占了，儿子的儿子，孙子的孙子，将来吃什么?

他们的如意算盘是“有钱可以买到米”，“钱袋子”满了，“米袋子”就不会空。假如都这样想，不知大米从何处而来?即使国际市场有米卖，外汇又从何而生?

形势急迫啊!

第五个全国“土地日”到来之际，《人民日报》又发表了评论员文章，观点很明确：“对于那些至今还对违法批地用地不以为然的领导干部，我们必须大喝一声：‘赶快回到依法办事的轨道上来!’对于违法批地的行为，必须严肃查处，追究责任，给予应有的法纪处分，再也不能姑息了!”

对中国人来说，法制建设是个艰苦的过程，特别是那些法制观念比较淡薄的人，不大吼一声，猛击一掌，他们是难以深思、觉醒的。

大地在呼唤法律！为了让法律在土地上扎根，必须使土地法制意识在全社会扎根。我们要利用各种宣传形式，广泛、深入、持久地宣传土地国情、国策、国法，树立起全社会学法、懂法、执法、守法，管好用好土地的风尚。

殷切地希望我们的干部，以及广大群众多一点忧患意识，多一点法制意识!

# 第十章　靠谁养活中国

文章即将进入尾声，但全文的实质性问题，似乎在本章方才鲜活地托了出来，也就是本文谈论的主题，即中国现代化进程中一个带根本意义的战略性问题。

目前，粮食、人口、环境问题成为世界性的困扰，不得不警示人们积极地行动起来，千方百计，摆脱困境。中国12亿人的吃饭问题，更为当前国内外理论界，以致政界所关注。

中国的农业半个世纪以来，冷冷热热，潮起潮落，经过无数次的折腾与磨炼。眼下，人们对此又有新的说法，叫做“热门话题”，“冷门行业”，像进站的火车，吼得凶，跑得慢。

在这一重大问题上，我们究竟持啥观点呢？以我之见，不能盲目乐观，也不能过分悲观。

无农不稳，无粮则乱。中央领导看到了这一点，下了狠心，要让“冷门行业”热起来。

究竟靠谁养活中国12亿人口呢？靠西方发达国家的恩赐不行，靠国际市场供应粮食也不行，只能靠自己，靠9亿农民的辛勤劳动！

## 粮食，人类面临的危机

地球在紧急呼救！

人类发展到20世纪末，在高科技的背后，似乎出现了可怕的阴影，出现了人类自身难以治愈的创伤。

创伤来自于人类无计划繁衍而对土地的撞击，它无情地冲击地球，威胁着人类的生存。

联合国开发计划署的官员们，也许有先见之明，早在1992年初，便动员大批科学家，整整花去三年时间，对地球上的大事要事，作了详细调查，绘出一副全球土质下降的清晰图画：约占世界植被面积11%的12亿多公顷土地，正变得日益贫瘠，部分已变成不毛之地。遭受严重毁坏的土地，主要集中在经济落后的非洲和亚洲。这是造成69个发展中国家粮食产量赶不上人口增长速度的重要原因。

土质恶化，已是全球性的问题。农业科学家作过具体分析，有9.1亿公顷土地的肥力正在缓慢流失，这些土地大部分是因为连年水涝冲去表皮的土层，而失去了耕作的价值。如果投入较多的肥料，或者用劳力保护、改造，下一番苦工夫，维护其耕作能力，还可勉强维持增长。但是要花巨大代价，投入巨额资金。这些国家因为太贫穷，无能为力。其实，对付水涝也有良策，即兴修水利，降伏洪水，防止水土流失。但投资巨大，大多数贫苦的农民只有望洋兴叹！

今天，严重的而且广泛的土壤条件恶化，每年使7个南亚国家遭受的损失十分惊人，高达1 400亿美元，大约相当于这些国家农业产值的7%。联合国官员说："这对于穷人的影响最大。"而且破坏目前仍在加剧，"有43%的农田正在受到程度不同的土壤条件恶化的影响"。

也就是亚洲，莽莽苍苍，无边无际的原始森林正遭受着一场浩劫。森林面积日益缩小，随之大片草原渐渐枯死，大地脱去绿色美丽的外装，逐步走向沙化。森林和草原的消失，破坏了生态平衡。耕地的水土流失，也就成了不可抗拒的现实。这一部分土地仅次于前一种情况，但也是个不小的数字，多达3亿公顷。

亚洲，是世界上粮食生产的主要产地，然而过去的10年中，亚洲在经济上创造的奇迹，却危及到粮食生产，因为大量的农田被工业生产所占用。联合国粮农组织原总干事奥贝杜拉·汗十分惋惜地说道："农民的土地被用光了。耕地被非农业用途占用，抵消了改进技术所带来的效益。土壤遭到破坏的程度已到了使地力枯竭的地步。"

亚太地区的耕地只占全世界耕地的27%，但却养活了地球一半以上的人口，因此，一切情况表明亚太地区已面临着饥荒的危机。

全球耕地一天天地缩小，而人口在一天天增长！

目下，地球人口已达57亿，已经接近极限了！

人流滚滚，人海茫茫！

关于人口大爆炸，联合国早在1990年就发出了危险信号：预测到2050年，世界人口将达到100亿，到那时，无论人类如何艰辛勤劳，地球也难以养活100亿人口。

人口过剩的阴影，使人们深感不安。生存的空间日益缩小，无论城市，还是农村，凡是有人群的地方，都显得拥挤。人类生存的空间正在变得狭小，而生存的条件也日见艰难。

在所有的资源中，与人类最亲密的，提供人类最基本需求的，要算土地了。如今，在越来越沉重的负载下，土地已疲惫不堪。随着人口的增长，森林和田地的压力增长，在不远的将来，为100亿人口生产粮食可能会成为一场梦魇。

并非杞人忧天！

社会上，凡是有着责任感和良知的人都在关注地球上发生的变化，都为之而忧虑和不安！

怎不叫人忧虑呢？展望全球，展望人类，得出了一个可怕的结论：地球已经养活不了人类啦！

由于歉收和战乱，农业产量大幅度下降，全球粮食少了。

1993年岁末，联合国粮农组织在最新粮油展望报告中说：目前全球的粮食供应情况比一年以前更不妙，严重的地区性缺粮问题依然存在，特别是非洲，歉收和动乱是造成缺粮的主要原因。报告预计，全球粮食总储备量在下个收获季节前将降至3.1亿吨，比1993年夏季的储量少5 000万吨。如果不想储量继续下降的话，必须使1994年全球产量比1993年增长3%，即多打6 500万吨粮食。

自20世纪80年代以来，全世界食品生产年年呈现下降趋势。1993年世界人均粮食产量比1984年下降6%。最令人担忧的是，近十余年来，世界上主要食品的生产增长缓慢，甚至减产。

1994年岁末：

那么，人们渴望的1994年的状况怎样呢？

信息传来，情况极为不妙。1994年世界谷物总产量下降5%，油料、棉花、粮食生产也都是一片哀叹声。1994年世界粮食总产量19.47亿吨。

粮食储备攸关世界安全，不得不引起各国的高度重视。1994年世界粮食库存量减少到3.2亿吨，降低到世界粮食最低安全线。

纵观世界，全球一派惊慌！

世界大国之一的俄罗斯联邦已面临食品不足，1995年上半年将出现粮食危机。柬埔寨更不平静，水灾和旱灾交错造成的后果令人担忧。这个长期缺粮国在1995年是最难渡过的一年，只好进口大批粮食解危。

非洲的肯尼亚、苏丹、利比里亚、塞拉利昂和安哥拉1994年仍将出现严重的缺粮问题，而导致难民泛滥。

泰国《曼谷邮报》在1994年12月6日撰文《全球大米出口量可能供不应求》，全文记录如下：

据粮农组织说，1995年全球大米出口量估计为1 490万吨，比不断增加的进口需求量少70万吨。

除日本之外，许多国家都将缺少大米。日本1995年最低进口配额不会超过37.9万吨，比1994年240万吨下降84%。

预计大米进口需求量的增加主要在非洲和拉丁美洲，但非洲进口国的购买力满足不了其全部需求量，因为它们缺少外汇。

对1995年出口能力和进口需求之间的差距所作的估计是根据全球大米储量作出的。预计全球大米储量将进一步下降至5 300万吨。这表明：产量的增长无法赶上全球消费量的增加。

泰国和其他大米出口国——美国、澳大利亚、缅甸和印度——仍将是世界主要的大米出口国，它们的库存超过了国内的需求，而且有可能大幅度增加。但孟加拉国、中国和印度尼西亚这几个不稳定的主要大米出口国库存将下降，可能无力出口大米。

在美国，官方估计1995年的大米出口量为270万吨，比1994年多20万吨。越南出口的大米将增加到230万吨。

1995年岁末：

这一年总的概念是：需求增加，库存减少。根据联合国粮农组织1995年10月13日在罗马发布的报告指出，1995年世界粮食产量估计为18.91亿吨，比上年减产5 600万吨，即减产3%。这是继1993年和1994年之后连续第三个减产年。所以，世界粮食供应关系将比以前更趋紧张，必须动用储备，才能保证正常消费。

全球粮食储备降至最低点。华盛顿智囊团、国际粮食政策研究所的詹姆斯·加勒特说："如果我们看到明年产量不足……我们就没有太多的储备可以进行补救了。"

世界分析家约翰·施尼特克尔具体分析了粮食面临的严峻考验。他说，1995—1996年的粮食储备数字大概相当于45～48天的供应量，这个数字是相当低的。世界粮食储备降到20世纪70年代以来的最低水平。

1995年，可以说是"世界粮食年"，其理由并非是粮食产量有多大的提高，生产技术有何惊人的突破，而是对下个世纪粮食的预测，在这一年成了国际学术界、经济界议论的中心。

粮食，已成为全世界沉甸甸的话题。

从东半球到西半球，从发达国家到发展中国家，都出现了对粮食问题前所未有的关注。各种官方的、半官方的、民间的粮食问题研讨会、报告会频繁举行。中国作为此次"粮食热"的焦点所在，仅1995年9月份就接待并召开了第四十四届世界粮食生产会议、中国粮食问题前景研讨会等专门国际会议。

世界粮食供应到底出现了什么问题？中国粮食真的面临危机吗？国际专家们都作了充分研讨，让人们感觉到这一话题的热烈和沉重是空前未有的！

1996年2月7日，联合国副秘书长兼联合国日内瓦办事处主任彼得罗夫斯基，在日内瓦举行的记者招待会上呼吁，全世界有1/4的穷人每天只有不足一个美元维持生存。如今，全球有15亿人在挨饿啊！

世界粮食短缺的问题，已被社会学家称为人类21世纪面临的主要威胁。1995年3月在丹麦首都哥本哈根举行的社会发展首脑会议上，这个影响社会发展的重大问题，无疑地成为全会的中心话题。

粮食是人类生存必不可少的东西。社会学家把粮食短缺称为21世纪人类面临的危险。这绝不是危言耸听！美国世界观察环境研究所在1994年8月14日公布的一份研究报告表明，在未来的40年中，世界人口爆炸使得粮食供应继续匮乏。据世界现有人口增长态势预测，到2050年，世界人口将上升到100亿～140亿。届时世界人均年粮食供应量只有239公斤，是美国现有水平的1/4，即是说一个人的饭将分给两个人吃。

如何走出困境呢？目前，许多国家的农业专家都在冥思苦想寻找摆脱危机的良策。更多的人把解决粮食问题的希望完全寄托在大幅度提高粮食产量上。然而，专家们却认为，世界上已经出现了限制粮食增长的许多因素，今后一个时期粮食产量增长的幅度不可能很大。

地力在不断减弱，人力似乎已无能为力。为此，美国世界观察研究所的布朗和凯恩的新著《人满为患》一书中说："绿色革命"——20世纪曾使粮食生产率提高的开发水稻和小麦新品种的运动的作用大体结束，可与"绿色革命"相比拟的措施还没有出现，这是限制世界粮食生产的重要因素。

在哥本哈根举行的世界高级会议上，与会者的意志集中到了一点。他们不约而同地议论，目前世界三大难题：贫困、失业、社会分化。这三大问题，阻碍了世界发展的进程。

贫困，这个古老的名词，到了今天似乎叫得山响。也许，对于发达国家、对于富裕的人们是不会理解的，然而它却又像瘟疫一般存在于世界大部分地区。

世界目前生活贫困者是一支庞大的队伍。失业者更是举目可见，全世界28亿劳动人口中，失业者达到1.2亿。失业就意味着贫困、意味着没有饭吃。

世界的发展是不平衡的，也是不公平的。在发达国家和经济落后国家，人民的收入有天壤之别。

## 中国，明天还有足够的粮食吗？

人是要吃饭的，不吃饭就要饿死。这是千真万确的真理，连三岁的孩子也知道。

然而，我曾在报端看见一则奇闻：题目是“饿不死的人”。文章津津乐道，说有人硬是可以不吃饭，而且活得颇有精神。

无独有偶。最近，一家号称全国著名的大型国际学术交流刊物，也登出了一则怪闻，振振有词地说，在南方的某地农村，发现一位神秘女人，不吃饭只喝水，已长达38年之久，而且肤色红润，体态丰腴健康。

这毕竟是传说、奇闻、天方夜谭。人是血肉之躯，实际上不吃饭的“神人”是没有的。

怪诞的传闻历来都有，不过这些年开放搞活，人们的思想大乱，真实和虚假共存，真真假假的事特别多，也特别神。

有些是来自民间，有些来自文化人的笔端。他们故弄玄虚，宣传什么“灵魂不死”、“和外星人对话”、“长生不老术”等等一类虚无缥缈的东西。

无论如何宣扬、摆弄，人不是神，是要吃饭的。而且，当今为吃饭问题，弄得全球不安、人心惶惶。

眼前，世界人民始终有个吃饭问题！中国人始终有个吃饭问题！

这并非是新近的说法，而是老生常谈了。早在共和国诞生的时候，一些西方的观察家就十分重视中国4.5亿张嘴，在这片烦乱而初醒的黄土地上，如何去发掘她的潜力，恢复她的元气，养活这些中国人。

对这一问题，在西方与东方，朋友和敌人，好心人和歹心人之间，有意或无意，发生了许许多多的议论，也投来了众多的惊恐、好奇和敌视的目光。

在惊恐的眼神里，他们担心，共和国接下这个烂摊子，要管理好一个人口众多的民族，有什么绝招能解决百姓的吃饭穿衣这个头等大事？是的，如此重大的国计民生，倘若民不果腹，会影响到新生的红色政权，稳不住民心，会波及社会，影响共产党的形象。好心人不时在祈祷“上帝”：别因此而失去民心，引起社会动乱。

还有歹心人的敌视，他们虎视眈眈，梦想有朝一日，一旦中国人民吃不饱肚子，共产党会失去民心，那时他们会大摇大摆，把几亿中国人揽在他们的羽翼下，不用一刀一枪，即可让中国沦为殖民地。

这一切，绝非笔者的推测，而是事实，是历史，也是现实。

如前所述，中华民族的许多炎黄子孙，十分担心。英籍华裔著名女作家韩素音最清楚，对中国人民的吃饭问题，她是最了解西方人的心态的。少数敌视中国的人，压根儿就是这么想的。他们幸灾乐祸，当中国人自己养活不了自己时，或窒息，或让西方人来“养活”。

如今共和国已经从少年进入了壮年。47 年过去了，共产党把人民养活了。人们生活自由自在，但中国人的日子过得并不轻松，多打粮食，吃饱肚子，一直是中国人奋斗的目标。

人常说：旁观者清!

对于中国农业的现状和未来，许多国家的专家非常关心。中国仅占世界 7%的耕地面积，而生产出了 20%的粮食，养活占世界 22%的人口，这是个奇迹！那么将来如何呢?

舆论界把中国人的吃饭问题视为热点，进行全方位的透视。

1995 年 3 月 1 日，美国的世界观察家们撰写的《世界情况报告》中，有关中国问题给予了许多警示之言。他们分析中国的国情，认为中国作为一个相对贫困的农业国，管理得相当好，在减少贫困和向人民提供基本福利等方面取得了重大进展，但是，困难在于人口众多，资源短缺，中国面临满足人民不断增加的物质需要和持续发展经济的挑战，这也是全世界面临的挑战。

中国的资源和美国的大致相同，但人口是美国的 4.5 倍。虽然中国的农业在 19 世纪初以前处在世界农业的领先地位，但为提供足够粮食的努力，一直是中国近代史上反复出现的主题。

观察家们对中国的历史是清楚的。近 30 多年来，中国没有发生饥荒。1960 年以来，粮食消费增加了三倍，在 1973 年超过了美国。人均粮食消费已从 1985 年的一天 2 000 千卡增至 1990 年的 2 640 千卡。这个数字比日本仅低 10%，而大大超过了印度的水平。迄今为止，中国没有进口大量的粮食来满足日益增长的需要。这些主要是共产党一直重视农业，农业的改革和价格的调整，刺激了农业的发展。

另一方面观察家又十分中肯地指出，耕地大量被占用，农田急剧减少，随着人民日常饮食继续改变，中国在满足粮食需求方面，困难将更多。

这些警示之言，不仅来自拉美，同时也来自欧洲、亚洲一些关心中国发展的国家和地区。

香港一家报纸在1995年3月13日发表的《工业吞食土地，中国谷物进口猛增》一文中，也道出了许多真情："中国政府一直坚持粮食自给自足的原则。为了维护其独立地位，北京甚至在谈论放弃私人耕种制度而恢复集体耕种的制度，希望这能使农业产量提高。但中国无法制止工业占用可耕地的趋势。"

中国农业面临着历史性选择！

《日本经济新闻》1995年1月29日发表文章称，中国"人口不断增加，谷物产量减少，粮食形势让人担忧"。"今年2月，中国人口突破了12亿大关，到2000年将达到13亿左右，随着收入的增加，人们不再仅仅满足于解决温饱问题，对口味和营养的要求越来越高。"

人口增长，需求剧增，耕地锐减，这就是中国面临的挑战！

近几年，我国的农业发展趋势确实令人担忧。播种面积下降，受灾面积不断扩大，1993年达7 200万公顷，1994年又有发展，达到8 633万公顷。这就不能不影响粮食生产。

今后几年我国粮食播种面积的警戒线定为16.5亿亩。预计到本世纪末完成粮食生产任务。

实际上，这种愿望已经不复存在。1994年谷物播种面积已降到警戒线以下，仅16.2亿亩。这种紧张的局面至今也没有明显松弛下来。

1995年，经过多方努力，全年粮食总产量达4.5亿吨，成为历史上粮食产量较高的丰收年。但这却是短暂的，不能高兴得过早！

因此，国人在餐桌、街头、田间都无不议论着一个中心话题：明天还有足够的粮吃吗？

这是人们直接关心的大问题。每个公民，都不得不考虑自己的生活与生存。

本世纪，中国人养活自己，虽然日子过得艰辛，但无论咋说，中国人争了气。

21世纪，中国的粮食能否自给呢？

1994年，由于粮食减产而导致物价上涨，粮食问题再一次引起方方面面的关注，特别是西方国家，关注中国的粮食供应态势，有一位外国专家甚至断言“中国人养活不了中国”。

这位专家，通过中国人口剧增、耕地锐减的现状，预计2030年，中国需要进口粮食2.16亿吨，届时的国际粮食市场，至多只能供应2亿吨粮食（目前世界平均年出口量为2.03亿吨）。他因此得出一个结论：谁也没有能力养活中国人。

无论怎么说，这位专家给中国一个启示，就是说，中国的粮食问题，是一个严重的问题。

粮食，国脉所系，比登月球和探测火星更重要！

我国专家也曾预测过，中国人口将以年均9.2‰的自然增长率持续增长，2030年将可能达到最高峰16亿。如果国民经济以每年5%的速度持续增长，百姓的生活水平不断提高，由于膳食结构的不断改变，用于肉类食品生产的饲料粮猛增，到那时需求粮食将达7.34亿吨。而耕地即使每年净减少面积控制在200万亩，到2030年，我国耕地面积将大幅度下降，形势确实难以想象啊！

对这一问题，我国专家们提出了另一种看法。他们趋于一致地认为，挖掘土地潜力，提高粮食总产量，是可以解决的。首先，从我国过去的21年中粮食产量增长2亿吨来看，在将来的35年中，即到21世纪中期，我国粮食总产量从目前的4.5亿吨增长到6.5亿吨是完全可能的。其次，30年后，我国已是一个初步发达的国家，科技的发达、资金的投入可以使单产赶上先进国家的水平。

1995年4月，国务院研究室副主任杨雍哲先生在关于粮食问题的对话时，有根有据地说：“对中国粮食问题作出过分悲观的估计是难以成立的……据有关部门和一些科研单位的预测，以现代科技水平和我国资源状况，到下个世纪人口达到最高峰值16亿时，粮食仍然可保持基本自给……我们有理由相信，中国不会出现因大量缺粮而给世界带来麻烦。当然这是非常不容易的事。这就要求我们始终要十分重视吃饭问题，任何时候都不能掉以轻心。‘为政之要，首在足食’。足食才能安定，安定才能发展。今后，看各级领导的政绩，应把这一条放在突出的位置。”

## 清醒“脑袋”　充实“米袋”

在庄严敞亮的人民大会堂内，今日既不是举行什么大型宴会，也不是举行欢迎某国元首的仪式，而是刚刚结束的全国人民代表大会八届三次会议后，国务院总理举行的新闻发布会。

来自中外的一千余名记者，目光炯炯，全神贯注，期盼着，第一个抛出早已酝酿成熟的问题。

“今天的新闻发布会，主要是欢迎各位新闻记者提出问题。现在开始……”总理的开场白十分简短而明快。

“中国是个农业大国，如何使农业有新的发展？新的突破？让12亿人民有饭吃?”一位新华社的女记者率先发问。

她涉足的问题，是当今中国最敏感、最让亿万人关注的热门话题。因此，呼啦一下便把整个新闻发布会推向了高潮。

“这位小姐提出的问题”，总理严肃地回答，“切中了时弊。本次代表大会历时14天，三千多位代表，着重讨论了我国农业的大发展问题，代表们在提案中指出，农业的关键是抓落实，讲真话，讲实话……”

历时两个小时的新闻发布会，离不开一个“农”字，离不开12亿人的吃饭问题。

1993年“两会”的热门话题是土地；1994年“两会”的热门话题是农业；1995年呢？　“两会”的热门话题仍然是土地、粮食、农业、农民……

农业，被新闻记者炒得火爆。

一年一度的“两会”，来自祖国大江南北的人大代表、政协委员聚集在首都，共商国是，共商农业。

“菜篮子”、“米袋子”，这些老百姓每天离不开的家常事儿，竟成为“两会”代表们议论的中心，成为他们的心事儿。

回顾历史，1987 年农业部推出“菜篮子工程”以来，这是第一次举行盛大的新闻发布会。更使人瞩目的是《政府工作报告》中，明确地提出“菜篮子”要实行市长责任制，“米袋子”要实行省长责任制。那意思再清楚不过了，就是要把市长、省长拴在“菜篮子”和“米袋子”上，要他们与人民同呼吸，共命运。

这不是国务院随心所欲提出来的权宜之计，而是历史发展到今朝今日，给人口众多的中国出下了一道难题。粮食，早就给中国人敲响了警钟！

为啥？不为啥！只因 1993 年下半年开始，神州突然一片惊恐，大中城市老百姓的“菜篮子”、“米袋子”不那么充实了，居民为吃饭而着急，种田人为粮食而担忧。古老的农业大国失去了重心，失去了平衡。

粮食陡涨，菜价上浮，市场供不应求。“菜篮子”、“米袋子”是每个人的命根子，非同小可啊！一日三餐，谁能少一顿呢？

“哪个省‘米袋子’出了问题，由哪个省的书记、省长负责；哪个城市的‘菜篮子’出了问题，由哪个市的市长、书记负责。”江泽民总书记严厉的讲话表明了中央的巨大决心。抓好“菜篮子”、“米袋子”不单单是“柴米油盐酱醋茶”的事儿，它一头系着中央，一头系着千家万户的百姓。这是广大人民群众的“生命工程”，是衡量和评价党和政府是否为百姓排忧解难的民心工程！

1994 年 3 月，“两会”刚结束就迫不及待地召开了农村工作会议，响亮地提出：坚定不移地把农业放在今年各项工作的首位！

农业和农村工作的任务十分明确：

确保粮、棉、油和“菜篮子”的生产和供应；

全面发展农村经济、增加农民的收入；

保持农村社会稳定；

搞好农村基层组织的建设……

形势逼人啊！

然而，历史的遗迹，却不令人满意！

天不助我！

反观1994年的农业形势，更令人感叹！

寻找1994年中国农业的脉搏，不难发现心律不齐，心力交瘁。自1993年出现了新中国成立以来粮食生产高峰后，转过年来，农业形势受到了严峻考验。

旱灾；

涝灾；

风灾；

人灾——土地第三次失控……

这一年累计受灾面积达8.6亿亩，成灾面积达4.6亿亩，灾害系历史罕见！

三灾并举，受灾面积超过了三年前的江淮特大水灾；大幅度的农资、农产品价格上涨，大幅度的农产品收购价格上浮。

农业这个"基础"出现摇摆，社会承受力加大，人心忽然波动，怨声载道，社会不安。

波动和不安的交织，涌现出1994年农业对社会的震撼力，也显示出它的特征和忧患。

百姓急！中央更急！

中央施出两剂良药。

1993年底和1994年初，中央在几个月之内连续两次召开了全国性的农村工作会议，布置全党行动起来，大抓农业，要全党全民高度重视农业！

殊不知，天不助我，灾难接踵而来。

天不助我，人助我否？国家作出一系列决策，去争取农民，激励"农二哥"的生产积极性。

同年6月，国家正式提高粮棉收购价格，粮食提价幅度为39%，棉花幅度为60%。不可小视，仅这一项措施，就可让农民增加收入400亿元。

这样的举措，便空前地激发了农民抗灾夺丰收的积极性。加之政府的重视，政策兑现，措施得力，农业科技人员的及时指点，挽回了部分损失。

是人们没有预计到呢？还是市场经济规律在作梗呢？

在国家大幅度提高粮棉收购价格的同时，农业生产资料价格猛涨，达到了新中国成立以来的高峰。其原因，除受社会通货膨胀影响和粮棉提价的牵动外，主要是农业生产资料流通体制不顺，造成竞相抬价，失去控制。于是，农民负担反弹的压力又日渐增大。

似乎弄巧反拙！中央大幅度提高粮棉收购价格，意在增加农民的收入，提高他们的种田积极性。结果呢，农民种田的积极性却受到冲击。

事物的发展，让人失望！天不助我，人不助我，形势更加严峻！

至此，全党全国大抓农业的呼声，一浪高过一浪！

1995年“两会”的议程更集中到一点：农业！农业！农业！

12亿张嘴在呐喊：

清醒“脑袋”，充实“米袋”！

常言说：“巧妇难为无米之炊。”居家过日子，粮从何处来？粮的多与少，丰收与歉收，是至关重要的。

第八届全国人大三次会议的《政府工作报告》中特别强调：

> 促进农村经济全面发展。大力发展农业，保证农产品稳定增长，是控制物价上涨幅度，实现国民经济健康发展和社会安定的基础。各级政府要重视农业，切实加强领导，千方百计夺取今年农业丰收。今年要抓紧水稻特别是南方早稻的生产，力争粮食产量达到4 550亿公斤以上，棉花播种面积和产量有较大增长，油料、糖料、肉类、水产品也要有较多增加。通过发展农村经济，继续增加农民收入。
>
> 为了保证农业稳定增长，必须坚持农村各项基本政策，继续深化农村改革。首先要增加对农业的投入。今年中央用于农业的投入将有较大幅度增加，地方政府也要增加投入，农业投入不得

挪作他用。要积极引导农村集体经济和农民个人增加资金投入和劳动积累。二是保护和合理使用耕地，稳定粮棉播种面积，坚决制止撂荒和乱占耕地的现象。各地都要建立基本农田保护制度，并且落实到地块和农户。城乡建设要尽量利用非耕地资源，农村多种经营和住宅建设不得挤占粮田。三是因地制宜搞好农业综合开发，积极开垦宜农荒地，改造中低产田。有条件的地区要发展农业适度规模经营和集约经营，提高农业劳动生产率，调动农民种粮的积极性。四是加强农田水利等农业基础设施建设，重视重大自然灾害的预测、预报和预防，增强农业抗御自然灾害的能力。五是进一步改革农产品的储备体系和风险基金制度，促进粮食供需的地区平衡和结构平衡。要坚持"菜篮子"市长负责制，"米袋子"省长负责制。负责"米袋子"就是负责本省的粮食供应，这就要求保证种植面积，提高单产，增加储备，调剂供求，稳定价格。六是促进农、科、教相结合，推广优良品种、节约用水、科学施肥和使用农家肥，以及病虫害综合防治等农业适用技术，对制约农业生产发展的重要技术进行重点攻关。大力培养农业技术人才，稳定农业科研和技术推广队伍。七是积极扶持化肥、农药和农机生产，提高产品质量，整顿农业生产资料流通秩序，减少中间环节，降低流通费用，抑制价格上涨。八是支持发展乡镇企业特别是中西部地区乡镇企业，多渠道吸纳农村剩余劳动力，组织好剩余劳动力的合理、有序流动。九是认真实施"八七扶贫攻坚计划"，多安排一些资金，扩大以工代赈规模，重点扶持贫困地区修建公路和基本农田，解决人畜饮水问题。十是继续加强农村社会化服务体系建设，逐步建立农业保险制度。

"米袋子"问题像一座难以跨越的大山，摆到了各级领导的面前，不能掉以轻心啊！正如明代吕坤在《呻吟语·存心》中所言："心一松散，万事不可收拾；心一疏忽，万事不入耳目；心一执著，万事不得自然。"

"手中有粮，心中不慌。"这本是千真万确的。"饥而欲食，寒而欲暖，劳而欲息，好利而恶害，是人之所生而有也。”（《荀子·荣辱》）这是个很浅薄的道理。

“米袋子”系人心啊！

“上海有400万企事业职工，如果每人上班因抱怨‘菜贵’耽误5分钟，就要损失产值几百万元。”上海市农委张燕代表用这个形象的“小算盘”，谈都市与郊区的唇齿相依的关系。

张燕代表慷慨陈词，滔滔不绝地述说着上海重点兴农的新招，早在1987年，上海提出了上策：“菜篮子工程大家建！”所有的企业，每人每月拿出5元钱，这样一年可筹措两亿资金用于“菜篮子”。如今已是第8个年头了，功效卓著。为防止“菜贱伤农”，上海还建立了“生产风险基金”，补贴农民因自然灾害造成的损失。这个基金会没有失信于民，几年内已拿出400多万元补偿农民。市里考虑得周到，可以说，对农民体贴入微。农民进城，市民一百个欢喜。对农产品的收购，不打白条子，那是最起码的。买农民的生猪、牛奶必须付现金，且有明文规定。高档商品可以进入超级市场；农民进城卖菜、卖水果，也设有漂亮的摊位，而且定人定位，发有专卖卡片，不收一分钱的管理费。农民竖起大拇指赞不绝口：“城里人视乡下人为朋友，阿拉干得更有劲！”

“咬定农业不放松！”新疆维吾尔自治区党委代理书记、全国人大代表王乐泉与农业有着不解之缘。他是农民的儿子，当过社长。当“官”不离土，他走上领导岗位后，依旧恋着农业，主管农业，对土地仍然情有独钟。

他用农民那种朴实的语言，明确表达了自己的看法：“新疆的土地面积全国之最，人均占有面积也最多。可提起农业，最为忧虑的仍是土地……许多人不惜以牺牲耕地为代价，牺牲农民的切身利益，占用大量的耕地，致使粮棉产量减少。”

王乐泉谈到这里，眼圈都红了，脸上的忧郁显得更加深沉。

头发花白的孙孚凌副主席成天都很忙。在1994年3月的全国政协会议上，他就公有制和非公有制的关系发表了成熟的意见，引起与会者的广泛关注。4月份，他又奔赴农村，西行陕西，南下江苏，跑田埂，钻农舍，虚心听取农民的意见，着实考察了他们种地的难处与艰辛。

回到京城，他立即着手写提案，把农民反映的农村种植效益低、农民不愿种庄稼这一迫切需要解决的问题，在政协常委会上正式提了出来。

他和记者见面时第一个问题就提到了农业。他严肃地说，“民以食为天，吃饭问题是第一位的，粮食是根本问题，农业是重中之重。”

孙老无时无刻不在挂念农业，始终把农业当作一件大事情给予关注。他说，依我看，农业不是一年的问题，也不仅仅是5年把粮食增加到1万亿斤的事，至少到2010年农业都是重中之重。

谙熟经济的孙老，如同站在讲台上向学生讲授博大精深的理论，讲得津津有味。

在理论上，孙老是有其独到见解的。他说，我建议应该像开发工业小区一样来开发土地，可以把荒地划出来出租使用权50年到70年，收入的钱，有计划地用于搞农田基本建设，这样可以省去国家的开支，又增加了可耕地的面积，同时，要严格控制土地的占用，减少土地浪费。我们把计划生育和环境保护作为基本国策，同样也应该把节约土地作为基本国策……

两会期间，会上、会下，代表们、委员们张口闭口无不议论一个“粮”字、一个“菜”字。

政协委员沈桂芳把一份专家建议带到了农林界小组讨论会上。这份材料上面，密密匝匝地写着几位农业专家给中央领导的重要意见。

1995年3月5日下午，北京西郊宾馆综合楼一个不大的房间里，坐满了政协农林界的委员。他们围着《政府工作报告》谈及的热点、难点问题，竞献诤言良策，最后聚焦到一点，就是如何大力发展农业，如何保证让“米袋子”丰盈起来。

正在激烈的争论中，沈桂芳接过话题。这位刚卸下中国农科院党组书记、副院长的研究员，拿出了该院教授梅方权写的一份题为《粮食生产需作战略性调整》的建议。

沈桂芳委员对这份建议作了这样的解释。她说我国到2000年人口将猛增到13亿，要能吃饱饭，粮食就必须进行结构改革。梅教授在建议中指出，我国将来粮食的增产幅度大，实际上大部分属于饲料。如何达到增产这个目标呢？当然有各种方法和思路。但是最迫切的是要作战略性调整，即从现在的以粮食—经济作物生产为主的“二元结构”，转变为粮食—饲料—经济作物生产为主的“三元结构”，尽快实施“三元结构工程”。

代表和委员们非常理解。过去，我国人畜不分的粮食生产结构，对我们这样一个耕地匮乏、粮食短缺的国家来说，无疑是极大的浪费，严重影响粮食生产的有效增长和粮食综合效益的提高。所以，粮食生产亟待作战略性调整，“三元结构工程”势在必行，而实施“三元结构工程”，将会大幅度地提高粮食总体生产能力。

在会上，安徽省农科院名誉院长李成荃带来了一个好消息。全国粮食输出量第一的安徽已采纳了实施“三元结构工程”的建议。会后不久，该省召开的第六次党代会上，这项工程已经进入了省委的红头文件中：

“大力调整农业种植业结构，从传统的粮食—经济作物的‘二元结构’逐步转变为粮食—饲料—经济作物的‘三元结构工程’。”

人们难以忘怀的1995年，是中华民族的农业观念大转变的一年，也是全国上下齐心大造舆论的一年。

历史，刚刚翻开新的一页，全国上下呼声四起：农业、农民、粮食……喊得震天响！

1995年，一个崭新的观念在一些人的头脑中确立；3月18日，“两会”在“咬定农业不放松”的口号声中结束。

接着，在3月24日，中共中央、国务院召开了农村工作会议，全面落实加强农业各项决策，加快发展农业和农村经济。

至3月底，江泽民总书记风尘仆仆踏上了南行路——江苏、广东等省，实地考察农业。

随后，《人民日报》发表社论《统一认识，狠抓落实》，强调全党全国大抓农业的意义和它的艰巨性。“我们应当从政治上、全局上、战略上看待农业问题。只有夺取农业丰收、丰富‘米袋子’、‘菜篮子’，增加农产品的有效供给，才能缓解通货膨胀的压力，满足社会需求，保持社会稳定。”

## 靠中国人养活中国

在商品经济大潮的冲击下，尽管社会纷繁复杂，但一切有正义感的人，一切有信仰的人，都依然相信真理，相信曾为中华民族谋利益，至今仍然孜孜不倦地为12亿人民奔波的执政党——中国共产党。当人民生活艰难，或没有粮吃，或碰到灾难，或祸水袭来时，共产党总是想到人民群众。那朴实、庄严，曾经为居民奉献过的“国营”粮店，是群众向往的地方；当人们被假冒伪劣产品陷害而伤透了脑筋时，总想到去“国营”商店买到真品；当人们受到歹徒欺凌、侮辱时，就想到了头戴五星、国徽的人民警察……这是一种信赖，这表明人心是向着共产党的（当然不包括那些贪污分子、腐败分子和以权谋私的利己主义者）。

粮食，正在困扰着拥有12亿人口的泱泱大国。人民群众把这一重大的求生欲望，重重地压在共产党的身上，压在农民的身上。

历史的经验证实，要养活12亿人，靠西方行不通，靠盟友难以奏效，只有靠自己，靠共产党的正确领导，具体点讲就是只有靠中国共产党领导下的中国农民养活中国12亿人，舍它，别无选择！

在“八五”向“九五”计划转折的历史关头，中共中央写下了重重的一笔，即《关于制定国民经济和社会发展“九五”计划和2010年远景目标的建议》，其中，如同一颗耀眼的明珠，镶进了这样的文字，“必须充分认识粮食问题的特殊重要性，采取得力措施，确保粮食增产”。

很清楚，“得力措施”就是“要依法保护耕地，开垦宜农荒地，提高复种指数，保持粮食播种面积长期稳定”。

1995年9月，在中国北京召开的第四十四届世界粮食会议上，来自40多个国家和地区的专家、学者阐述发展农业存在四个方面的机遇：种子遗传学、农业资源管理、农业科技推广及教育、国际性农业贸易。这四大机遇中，他们认为，有效利用和保护现有耕地、维护生态平衡以及保护自然资源，是提高全球粮食产量的重要前提。

机遇，对于中国人来说是存在的，而且在某些方面还占有绝对优势，问题在于如何清醒头脑，把握机遇，不要懵懵懂懂，践踏耕地，伤害农民。

诚然，把住机遇，不是几句狂言戏语就能奏效的，关键在于人，在于人的观念，人的行为。全党、全国重视农业，关注农业的各个方面，可以说1994—1995年，这是一个重大的历史性的转折。全党上下，完成了思想的“交接班”。这个时期，旨在扭转人们的思想，树立一种重农为农兴农的观念。

人们再次回头，更加清楚地看到我国农业基础的脆弱，农业综合生产能力的局限，以及农业投入不足的种种弱点。

当前，社会各界普遍关注的问题是农业投入不足，后劲不大。如果按社会生产力发展的协调比例来衡量，必须把农业投入与整个国民经济的增长综合在一起考虑，特别是应该从农业增长与工业增长的关系来考察。按照我国的实际情况，农业与工业增长的协调比例，应该为1∶2.5。目前，我国的实际情况是，农业增长速度为4%，工业增长为20%以上，两者之间的比例为1∶5，显然失去了平衡。

对此问题，目前中央采取的一个重大决策是，控制工业增长速度过猛的同时，增加农业投入。1995年，农业投入的安排是，农业基本建设投资比上年增长24%，其中非经营性投资比上年增长25.9%，在新增的非经营性投资中，农业和农用工业占到40%，这应该说是很大的倾斜。与此同时，在农行的支农措施中，最醒目的要数信贷投入的增长，贷款规模达到570亿元，优先支持“米袋子”和“菜篮子”，保证基础农业的稳定增长。

对中国农业发展的趋势，不仅中国人不能掉以轻心，外国的学者、专家也十分关注。

当然，这里有个如何正确估价目前我国的农业形势和我们的困难的问题，倘若夸大了困难，把形势估计得过于悲观，会使人民丧失信心；倘若把形势估计得过于乐观，会高枕无忧，不重视农业的发展，到头来会酿成灾难。

美国世界观察所所长布朗的专著《谁来养活中国》在1994年出版。那时，正当中国粮价陡涨，举国上下大议特议吃饭问题时，十分关心中国的粮食问题。在他挥毫撰写的另一篇论中国经济的长文中，他预计到2030年，中国需要进口的粮食，世界所有出口量加在一起，也满足不了中国人的胃口。所以他预言："粮食的严重短缺将会使中国经济奇迹过早结束。"这样的推测，也不是毫无根据，在国内的经济界学者中也有类似的说法，不过未曾引起有关方面的兴趣和关注。中国人就有那么点"好奇"，这话一经美国人的口中吐出，似乎"身价"百倍，很快引起社会的强烈反响。

那也好，趁此机会，也给这些人一次形势教育，国情教育，在背上猛击一掌！

事物都有它的双重性，只看到一面而忽视了另一面，是不对的。在同一年，日本专家白石和良先生等著文评述了布朗的观点。他们指出："布朗是过分强调了不符合事实的预测。"他们科学地、实事求是地说。正是中国自己看到了拥有众多的人口，看到了只能自己养活自己，所以把农业摆在国民经济的基础地位，实施了许多相应的农业政策。

如果布朗是好心，作为学者，提出中国人未来经济的发展，农业走势，倘若不引起重视，这个泱泱人口大国，在一定的条件下，有可能出现粮食危机，值得警惕！我们必须防止那样的悲剧出现。为此，大吼一声，让中国的决策者以儆效尤，我认为鉴往知来，值得我们警醒。

至于别人是好心还是歹心，并不重要，至关重要的，还是我们自己要有足够的信心和决心！

1996年3月7日，正当第八届全国人大四次会议期间，在人民大会堂举行的新闻发布会上，农业部部长刘江在答中外记者问时谈道：怀疑中国人民能否养活自己的观点并非今天才有。早在新中国成立前夕，当时的美国国务卿艾奇逊就曾经预言，中国每一届政府都无法解决中国人的吃饭问题，言外之意似乎中国共产党也解决不了中国人民的吃饭问题。但是，新中国成立以后，粮食生产发展很快，1949—1984年，粮食总产量由1.1亿多吨增加到4亿多吨，年均递增3.5%，人口虽然由5.4亿增加到10.4亿，但人均占有量由200公斤增加到400公斤。1984—1995年，我国粮食生产又跨上4.5亿吨的新台阶。

刘江充满信心。他说，中国未来能不能实现自己的粮食增产目标？我以为，经过努力是完全可以达到的。到2030年，我国人口达到16亿高峰值时，预计需要粮食6亿多吨。按这个目标，今后35年间，平均每年粮食产量增加近40亿公斤，每年递增1%就可以实现。而新中国成立46年来，我国粮食年递增3%。

当然，我们的增产目标难度是相当大的。今后我们将采取以下措施：一是严格保护耕地；二是努力改善生产条件，大力改造中低产田；三是实施科教兴农战略；四是加快发展农用工业；五是调整生产结构；六是按社会主义市场经济体制的要求，深化农村改革。更为重要的是，我们全党全国高度重视农业，确立把加强农业放在发展国民经济首位、立足国内基本解决粮食供给的方针……

他最后的结论是：中国人有能力养活自己！

正确总结历史经验教训，及时制定好合理、正确的农业政策，保护好农民的利益，千方百计调动广大农民务农、种粮的积极性。中国农业的潜力很大，中国农民的潜力也很大。只要中国广大农民愿意种田、种粮，加上有现代化的农业科学技术和现代农业生产资料的投入，我相信，中国的粮食供给是不会有大问题的。

在本文搁笔时，我不禁再次向全国呼吁：保护国土！保护耕地！

只有保护耕地资源，才能保持社会安定！只有全党和全民支持农业，才能多打粮食！

是的，历史与现实给我们启迪，要养活12亿中国人，靠外国农场主，不行；靠盟友，不能解决根本问题，唯独只有靠中国农民养活中国，靠中国人养活中国。这就是结论，这就是我们的行动指南！

1996年秋于成都

妖仙大比赛、地球出大汗

一九九八年八月华君武

# 后记之一

《国土的忧思》一问世，许多朋友都关心这部书，关心我。不时有人称赞这部书“题材抓得绝，写得好”。也有人提出疑问：“你当初是咋想的，为啥要写这部书?”

应该说，《国土的忧思》和读者见面后，自己心中充满喜悦，然而，我捧着书，阵阵高兴，阵阵惆怅。高兴的是，我多年的夙愿变成了现实，把激烈的人地矛盾，推到读者面前，敲响了忧患的警钟；而忧虑的是，一些愚昧的人，对地球的破坏，已完全失去了理智。这样的呐喊，能否达到它应有的效果?

正如诗人李广田在《地之子》中所抒发的情感：“我是生自土中，来自田间的，这大地，是我的母亲，我对她有着作为儿子的深情。”

人类是地球的一个部分。但人类发展到今朝今夕，却难以控制自己，全世界人口剧增到 57 亿，到 2000 年将变成惊人的数字：62.5 亿，超过了地球承载力。人满为患！人多了，要保持地球的本来面目十分艰难，必然出现人类对地球的无情践踏和破坏。目下，负重如牛的地球已是满目疮痍了。

中国早些年算是地球母亲胳膊上的一块肥肉，如今的负荷沉重，难以迈步。就人均占有的耕地而言，中国仅为世界人均耕地的 1/3，“天府之国”更可怜，成都平原就更少更少了。人口在不断增长，而人均耕地在不断减少，逆差日趋加大。可以想象，土地对人类是多么珍贵呀！昔日，以“地大物博、人口众多”自居的中华民族，如今已面临“土地匮乏”的局面。中央提出的“十分珍惜和合理利用每寸土地，切实保护耕地”，是我国必须长期坚持的一项基本国策。1986 年，全国各地建起了国土管理机构。从此，有了一支生气勃勃的捍卫队。紧接着，国家又颁布了《中华人民共和国土地管理法》。从此，在华夏有了土地管理的法规，人们不禁欢呼雀跃！

有了队伍和法规，应该说有了管好土地的基础。然而事情并不那么乐观，要理清土地管理的混乱状况，理顺思想，转变观念，谈何容易呀！四川是人多地少的典型，是矛盾的集合点，问题集结，宛如一堆理不清的乱麻。

1988年春天，是执行《土地管理法》的第二年。那时，我在“民主与法制”编辑室当编辑，报社派我抓土地管理的宣传报道。

在宣传上，这是一个陌生的领域。我以陌生的目光去透察那块黑色的土地。我迈开双腿，走南闯北，渐渐地在发烫的黑土地上，发现了人类的顽疾和地球的困惑。据了解，土地管理如履薄冰。许许多多的奇事、怪事触动了我的情怀。那年仲春，我到川西地区去调查土地管理情况，碰上一位国土局的女局长。她是一位北方女性，工作泼辣，感情丰富，能说会道。可她谈起土地管理上的困扰时，似乎受了莫大的委屈。她对记者说，上级领导不理解，要钱没钱，要人没人，还扔出一句令人难堪的话：“国土管理不需要啥人才嘛！不就是开开票、收收钱、画画线……”谈到这，女局长忽然哽咽了，哭得如此伤心。

在土地管理的混乱年代，干部以权谋私，抢占土地，营造安乐窝；一些百姓仿效，跟着侵占土地；乡镇企业更是近水楼台，随意强占耕地。人类有限的耕地资源被一块一块地吞噬。

人源于土，人离不开土。古人云：“四海之内，五合之间。曰奚贵？曰贵土”。“有地霸业，无地难为家。”中华民族的祖先视土如金，奉若神明！然而，历史发展到了20世纪末期，人们的国土观念薄弱，乱占、滥用土地，违法占地建房到如此地步。诚然，国家重点建设需要用土地，也应合理用地、依法用地、节约用地，不应浪费践踏！

许多奇闻怪事，驱使着我。不多时，我跑遍了全川，对人与地的冲突作了全面透视、剖析，撰写出一批文章发表在报端，引起读者关注，一度来访者不断。他们中有的是反映干部违法占地建私房；有的是因土地被占，失去了谋生的手段，上访、告状；有的已背井离乡，流落街头……

大约在1991年的秋天，一位独臂青年率领一伙农民，呼呼啦啦走进编辑部大楼，诉说他们失去土地的痛苦。那位独臂青年，是刚从"猫耳洞"归来的战斗英雄。他在前线保卫祖国领土，他的耕地却被乡里非法强占。乡里一不给补偿，二不安排工作。他和几十户农民失去了谋生的手段，四处上访，却无济于事。在走投无路的情况下，矛盾激化了，他们身上捆着炸药包，向市委逼近，要与市委领导同归于尽。市委获悉，一面请律师出面做工作，一面调公安干警保护市委，才未酿成大祸……当他讲述那段惊心动魄的故事时，在场的人无不目瞪口呆。惊讶中，产生了同情和愤懑。

我再也坐不住了，随即同他们请的律师一起，写内参，呈报告，为他们的土地奔波、周旋、呐喊！

《土地管理法》的颁布为清理违法占地建私房，买卖土地的行为，提供了法律武器。但随之，执法与抗法，护土与强占的斗争步步升级，引来了一连串的悲惨事件。1989年9月23日，浙江省桐庐县合强乡土地管理所副所长夏继良为了保护土地，被村民何玉贵等人用铁锤砸碎颅脑，不幸殉职。一年后，在川南宜宾，乡土地管理员蒲先云又为保护国土献出了宝贵的生命。国家土地管理局授予蒲先云"土地卫士"的仪式刚刚结束，又从遂宁传来第七个"土地卫士"被人杀害的噩耗。多么严峻的现实，多么悲惨的情景！

1990年10月，被四川省人民政府定为"第一个国土宣传月"，执意要进行一次全民国土教育。全省上下一齐动员，宣传土地管理政策和法规，意在提高全民的国土观念，法制观念。同时，四川省国土局和四川日报编辑部还联合在《四川日报》上举办"国土宣传月"征文活动。我承担了征文活动的采访和编辑工作。这次"宣传月"活动规模庞大，写标语，发传单，领导干部上街咨询、演讲，并利用报纸、广播、电视台等宣传媒体大造舆论。省委书记、省长、省人大常委会主任、省国土局长，还带头撰文在报上发表，产生了广泛的影响。

"国土宣传月"在群众中产生了强烈的反响，清理违法占地的工作向纵深发展。许多怪案奇案相继被揭发出来，令人触目惊心！一种政治责任感，驱动我手中的笔，去记下那些为了人类生存而保护土地的英雄。

所以，我在1990年就萌发出一个念头，写一部反映人地矛盾的长篇报告文学。在国土部门的大力支持下，经过近三年的努力，完成了第一部著作。

我在《国土的忧思》一书的“作者自述”中写道：

“我与土有缘，按星相学元素分，我的星座属于‘土’。倒也是，我土生土长在四川剑门山区的沃土中。”

“1964年从西南师范大学毕业后。走上了新闻战线。跑田坎、钻农舍，着力撰写‘土养人’的报道。70年代以来，时代赋予我灵感，从此奋笔报告文学创作，有多篇获优秀报告文学奖的作品。当《人生一万八千日》、《生活没有梦幻》等多部报告文学奉献给读者后，护土的责任感，驱使我出夔门，入南疆，越秦岭，浪迹天涯。笔触五彩缤纷的大地，创作了长篇报告文学《国土的忧思》。为‘基本国策’的实施，为人类的母亲——土地祈祷、呐喊!”

是新闻工作者的责任感，敦促我担负起这一重大任务，抓住这个全社会共同关注的热点和难点，写出了第一部反映人地矛盾的长篇报告文学。

可以说，我的文学创作是源于新闻，始于新闻，如果没有这种记者的良知，也就没有这部作品的诞生。

然而，从新闻到文学，从记者到作家又是那样的艰辛。以这本书来说吧，在动笔前，就想让这部长篇既要囊括世界，囊括中华，又要有血有肉。因此，我长途跋涉，搜集了几大捆资料，记满了六七个笔记本，才筛选出20万字的作品。

脱稿之后，我已是精疲力竭，但想到这一全社会关注的重大课题，不能就此搁笔，对土地管理的宣传，是个长期而又艰巨的任务，作为文学创作，土地堪称是个长远的主题。所以，紧接着，我又将“土地卫士”蒲先云烈士的感人事迹，创作成电视剧《血祭黄土地》(上、下集)，由峨眉电影制片厂和四川省国土局联合摄制。

辛勤的劳动，带来了慰藉的鼓励。当《国土的忧思》一书问世后，立即引起各方面人士的重视。许多读者来信、来电话要求购买，特别是社会科学研究人员、机关干部、中小学教师和学生很感兴趣。

1992年3月1日，英籍华裔著名女作家韩素音女士在成都看到《成都晚报》刊登的该书将出版的消息后，很想得到这本书，于是她委托在成都的亲戚、四川省邮电管理局总工程师周光墉先生帮她购买。周先生跑了市新华书店、成都出版社，最后又找到我，因当时此书正在印刷之中而没有买到。6月份，她又从英国来信敦促周光墉先生尽快为她购买。在第五届书市期间，韩素音女士回到成都，当她看到这本书之后，热情赞扬："写得很好！"10月20日下午，她又专门打电话到四川日报编辑部，在电话里十分激动地对我说："你的书写得不错！用报告文学的形式，既写好的，也写问题，反映了中国人口多、土地少的全貌。我们不能是聋子、瞎子，要看到人地矛盾的严重性，应该注意土地和人口，土地非常珍贵。成片土地被占用，对农民不好。这本书，我一夜就读完了。我还送给我的朋友读了。我要把它带回欧洲去，做些研究。"

书已经问世了，但人地矛盾还在加剧。1992年，这部书正在发行之中，随着又涌来"开发区热"、"房地产热"，从东到西，从南到北，遍及神州。这既是好事，又令人担忧……这里，我又想起美国绿党有个响亮而又发人深省的口号："我们不是从父母手里继承了地球，而是从子孙那里借来了一个星球。"倘若人类还需继续繁衍下去，就必须唤起全社会共同努力，捍卫人类赖以生存的物质源泉，热爱自己的母亲——土地！

# 后记之二

我压根儿就没有想到，《国土的忧思》一书会产生巨大的反响。书一问世，《人民日报》、《光明日报》、《农民日报》、《中国土地报》、还有香港《星岛日报》等，七八十家报纸刊物作了宣传报道，随后，由峨眉电影制片厂拍成电视剧《血祭黄土地》（故事片），英籍华裔著名女作家韩素音，香港著名作家刘济昆，以及著名评论家傅德岷、吴野、陈朝红等纷纷发表评论文章，给予肯定和赞赏。美国国会图书馆收藏了这本书。1993 年 6 月，该书再版时，韩素音还为其作了序。她在序言中这样写道："这本书写得很好，值得大家一读。它论述的问题关系到中国亿万人民的未来兴旺与幸福。作者王治安先生用报告文学的形式，以客观、科学和认真的态度，既写好的，也写问题；既不夸大，也不掩饰地叙述其对国土的忧患，反映了中国人口多、土地少的全貌，启人深思，使我不愿释手，阅至深夜。"末尾，她还提出："这本书除供国内读者阅读外，还可翻译后在国外发行，在拉丁美洲、非洲的一些国家或地区，也存在不注意保护土地，任意砍伐森林等类似问题。"

正值全国大搞"开发区"、"房地产"的高峰时期，《国土的忧思》一书的作品研讨会于 1993 年 10 月 29 日在成都举行，与会的省、市有关领导，以及作家、评论家在会上异口同声地赞扬这是"一部大力度、大气度、大规模、大内容、大主题，并产生了大反响的优秀作品"，同时大家对当时全国涌现的"圈地旋风"惶惑不安，鼓励我提起笔来，撰写续集，对乱占滥用耕地的歪风给予披露和抨弹。同年 12 月份，韩素音女士又到中国，我采访她时，她忧心忡忡，再次谈到我这本书。她坦诚地说："近年来，全国不切实际地办'开发区，虚占良田沃土，很不应该，很不正常。我到郫县去，那里的干部说：'不搞开发区，我们吃亏了。'这种说法很离奇。我支持你再写国土问题，警示广大干部，要从长远着想，不要随便占用耕地。”

众人所言，给我莫大的激励和支持。写！我下了决心。

然而，一大难题，如同泰山阻拦着我的前行。如何写？重心放在哪里？仔细琢磨，觉得难度太大。

犹豫中，一些朋友劝我，不要轻易下笔。邓小平视察南方讲话发表之后，举国上下，掀起改革大潮，此时此刻，你来披露土地问题是否恰当，会不会有人说你给改革开放泼“冷水”。还有一些好心的朋友，说得更实在：“你要三思而行，你已是有名气的人，要识时务，不要天亮了还撒泡尿。”

对文友的提醒、新闻界同仁们的劝告，我非常感激，也非常慎重地作了全面思索。

但是，对于写与不写，我一直不甘心。因为，我已花去很多精力进行采访。1993 年 8 月，我不顾夏日炎炎，北上内蒙古、山西，考察了沙漠、草原。从内蒙古返回成都后，又马不停蹄地向南奔去，采访了福州、厦门、深圳、珠海、广州等沿海几大城市和一部分开发区，获得了大量第一手资料。

犹豫和不安，一时间充满我的脑子。写报告文学是艰辛的，酝酿和审视更是艰辛的，很长一段时间冥思苦想，常常失眠。

我在举棋不定的时候，在一次采访中碰上了国家土地管理局宣教司司长周乃平同志，对上述问题，他也有同感。我们在交谈中，可以看出他的心情也是复杂的，一方面他对土地第三次失控深感不安，支持我写续篇；另一方面又觉得时机未到，认为许多问题还不明确，中央的态度，整个局势的走向，对各地违法占地如何处理没有定论，如何处理好方方面面的关系很难。不过据他预测，这种局面会很快过去，对制止乱占耕地的行为，中央已经发了指令。

事隔不久，第八届全国人大二次会议开始了。这次会议的中心议题是土地、农业，会议号召大抓“米袋子”、“菜篮子”。解决 12 亿人口的吃饭问题。雨过天晴，阳光灿烂。随即，全国的呼声一浪高过一浪。中央的态度很明确：大搞“开发区”，乱占耕地和小平同志的讲话是两码事，不能混为一谈。顿时我心中的结解开了，精神抖擞，浑身充满活力。

《靠谁养活中国》一书的重点，自然就明白了。《国土的忧思》重点是写基层干部和农民为了私利违法占地；这部书的重点便是披露一些地方政府官员不依法行政，乱点鸳鸯谱，乱办“开发区”，造成了土地第三次失控。从内容看，前一本书着重解剖了四川这只“麻雀”，续集便跳出了四川，既写了中国，也涉及全世界，特别是亚洲、非洲和拉丁美洲的一些经济落后国家的土地失控的状况。从时间看，仅仅记述了1992—1996年这段历史。

最后，我衷心感谢所有支持我、鼓励我的朋友和同志！

1996年12月20日

长篇报告文学

# 舌尖上的搏击

# 舌尖上的搏击


## 摘　　要

酒，可以赐你欢乐、逸兴、豪情；

酒，可以使你迷惘、痛苦、悲伤；

酒，可以驱你狂躁、野蛮、犯罪……

几千年来，酒与文化联姻，形成独领风骚的华夏酒文化。随着人类的进步，对美好生活的渴求，酿酒步入高峰，名酒剧增，“小酒民”辈出，世人惊叹中国为“世界饮酒超级大国”。

然而，不知为什么，近几年来，在这个“世界饮酒超级大国”里，假酒芸芸众生，如同魔鬼，侵袭社会机体，毒害人们的健康，成为社会公害，而且不法之徒肆无忌惮，愈演愈烈！

本书作者首次以丰富翔实的第一手材料，揭示了当今制售假酒的严峻现实和卑劣手段；深层次地剖析了假酒案屡禁不绝的种种根源；颂扬了一大批与犯罪分子搏斗的缉假英雄……

谨以此文献给第十一个“国际消费者权益日”。

# 导　　言

推动人类社会发展的是智慧和科学，绝不是愚昧和落后！美化人们生活靠的是勤劳和奋发，决不能靠卑劣的骗术和谎言！

也许，少数人的灵魂被颠倒了，从而在五彩缤纷的现代社会，他们把愚蠢当作聪明，把无知当作隽永，把假货当作真货，去骗人、害人，去捣毁人类的聪明和理智。

于是，尔虞我诈，弄虚作假，已经达到无以复加的程度，成为一种世界性的社会现象！

无论是发达国家，还是发展中国家，都在遭受着骗子的蹂躏，愚昧的玩弄，假货的困扰！

似乎，每个国度，都在兴师动众，绞尽脑汁，治假治骗，去伪存真。然而，假货、伪劣商品宛如魔鬼一般，渗透到每个角落，每个家庭，防不胜防，治不胜治！

假冒伪劣商品，屡禁不止，严重损害了消费者的利益，威胁着人民的健康，甚至生命安全。

在世间，真是无奇不有，无假不有。1992 年 5 月 12 日，韩国汉城大学的一个近代史研究组，在整理“奎章阁”历史文献时发现，1905 年 11 月 17 日韩国（李氏王朝）和日本缔结的《乙巳保护条约》和 1907 年 7 月 24 日缔结的《韩日新协约》，均系假的。

更令人惊奇的是，法国《新观察家》周刊 1992 年 1 月 23 日透露，在一年前爆发的海湾战争中，当初震惊世界的“爱国者”和“飞毛腿”的“决斗”，竟然是假的，是一场虚惊。海湾战争结束一年之后，情报部门和武器专家们几乎一致断言，伊拉克的“绝对武器”——“飞毛腿”导弹不过是废弃的、拼凑起来的导弹，而美国的“神奇武器”——“爱国者”反导弹充其量也不过是在漫天的弹片雨中击落了一堆废铁。这两种武器在海湾战争中，创造的所谓“奇迹”，只是虚张声势的宣传，它们在空中的实际表演是另一回事，是利用谎言和骗术，蛊惑人心，以此欺骗世界的听众。

假的、虚的，在外国有，中国也有；过去有，现在也有。

中国商品经济大潮中，近些年也突然出现了一股浊流，假冒名牌商品。

它来势凶猛，像蛇蝎纠缠着健康的社会机体。

近几年，中国市场上的假、冒、伪、劣商品已是无处不见，无孔不入，像一股浊流侵蚀着中国大地。1992 年上半年，仅上海市统计，有 88 家工厂的 122 种名牌产品，被外地企业所假冒。

马克思一语道破了投机商的嘴脸：“假如利润构不成强大的诱惑力，买卖人也许还有一丝斯文，但是，当利润猛增到百分之一百，甚至百分之二百、三百，那么，买卖人不仅斯文不起来，而且会铤而走险，连上断头台的危险都是肯冒的。”

1991 年 6 月 27 日，当金利来公司总经理曾宪梓在国家工商局召开的查处假冒金利来商标新闻发布会上，义愤填膺，慷慨陈词时，北京地铁口，无证小贩正以 5 元两双的价格，声嘶力竭地兜售假冒金利来袜子。

人们提心吊胆！无论在个体商店，还是在国营商店，当你兴致勃勃地买回一件名牌商品，很可能是“冒牌货”，让你高兴一时，懊悔一世，而又无可奈何。

在人们的经济生活中，一时间，消费者们被这股假冒浊流搞得晕头转向，真假难分；生产厂家弄得狼狈不堪，叫苦不迭，大有被假冒商品冲垮之势。

国家技术监督局及有关部门，在完善发证工作的同时，于 1990 年在全国范围内，开展了查处生产和销售无证、伪劣产品的工作。在 31 个省、自治区、直辖市和单列市，查出无证、伪劣产品约 1 700 万盒（件），价值 4 亿多元。

时下，假冒商品，如瘟疫，似洪水，防不胜防。

在众多的假冒伪劣商品中，假冒名酒可谓独树一帜！近年来，社会上掀起一股制造、销售冒牌名酒的狂潮，其来势之猛，发展之快，是十分惊人的。假冒名酒充斥市场，遍布全国。那情景确实令人不安。这里略举一些搞假冒的人和事，以及那些惊人的数字，更可看出其严重性。

——1986 年，第四季度，陕西、山西、辽宁等 7 个省的工商局，查获假冒名酒 218 万瓶、劣质酒 80 万公斤。

——1987 年，山东省济南、菏泽、淄博等几个地区工商局，查获假冒名酒 300 余吨。

——1988 年 1 月至 9 月，北京工商行政管理部门，查获假冒名酒 7 万余瓶。

——1989 年 1 月 7 日，贵阳市工商局市场检查大队，一次查获假茅台酒 1 800 瓶，假茅台商标 1 900 套，假茅台酒空瓶 1 900 多个。

以上所列举的，可以说，仅仅是假冒名酒中微不足道的部分。前几年，在消费者的一派吼声中，工商行政管理部门全力以赴，围追堵截，造假者略有收敛。

然而，好景不长，1991 年以来，冒牌酒又突然甚嚣尘上，愈演愈烈。

1991 年，上海市仅酒类专卖局，查获假冒茅台、五粮液、泸州特曲等共 6.2 万瓶，价值 800 万元。

1991 年，成都市工商局和检察院查获大批假冒名酒，缴获假冒名酒 43 615 瓶，价值 127 余万元。

1991 年 1 月至 9 月，四川省工商局查获假冒名酒达 1 755 吨，假冒名酒商标 56 万套。

这些数字，只不过是个引子。然而它却足以引起人们的深思！

# 第一章　第二贩毒

当今世界，从可卡因到鸦片、海洛因，再到大麻制品、PCP（一种麻醉药）等一类毒品，无不破坏人体之机能；无不使人思想颓废，意识沉沦；无不引发出凶狠酷烈的行为！

毒品，已成世界性灾难。贩运者遭到种种阻拦，打击，围剿，在世界各国贩卖毒品均属非法行为，均要受到法律制裁。然而，吸毒贩毒屡禁不绝，从地中海到加勒比海，从亚洲到非洲，从欧洲到美洲；武装贩毒的枪声，依然不断，毒品恐怖事件层出不穷。

为什么毒贩要铤而走险？其原因，大凡是“瘾君子”拼命吸毒，不惜倾家荡产；毒枭用毒品作诱饵，大发横财。全球每年的毒品贸易额十分惊人，高达5 000亿美元，超过了粮食贸易额。

在地球的东方——中国，近年内涌现了另一种毒品——假酒。短短几年，造假酒，贩假酒，遍布神州，无孔不入。这已成为当今中国最有利可图的行当。因此，那些不法之徒，像毒枭一样，铤而走险，拼命地制假贩假，屡禁不绝。

另一方面，中国的消费者，有种时髦的消费观念，向往名牌，热衷名牌，迷信名牌。在酒类家族中，一旦成为“名酒”便身价百倍，价格比那些稍次点的同类酒高出十几倍，甚至几十倍。由于人们对名酒五体投地，因此不惜倾囊购买。一些不法之徒投其所好，抓住消费者的某些畸形心理，肆无忌惮地制假、贩假，满足他们的需要，他们用劣质酒，冒充茅台酒、五粮液……一瓶“茅台酒”赚利上百元。倘若制造十吨八吨，一转手，一夜之间，便可牟利数万、数十万元。就高额利润而言，贩卖假酒仅次于贩卖毒品，故有人将倒卖假名酒称为“第二贩毒”，实在恰当不过了！

巨额的利润，便引诱愈来愈多的人去铤而走险，毒害群众，骗取钱财！

于是，从个体到集体，从集体到国有企业一起被卷了进去，一起制假、贩假。

于是，从劳改释放犯到游民，从无业者到工人、干部，甚至有的共产党员，涌现了一批热衷于“第二贩毒”的卑劣行径。

于是，从收购名酒瓶，到制造相似瓶形，印制假商标，从小批量到大批量，从地上到地下黑工厂，不断推出。从原始手工作业，步入了“现代化”的技能，从“星星之火”发展到无孔不入。“制毒”和“贩毒”者沆瀣一气，联手作业，形成产、供、销“一条龙”。他们不择手段，坑害百姓，搞得“上帝”叫苦不迭！

由此，那些名酒厂被一伙人搞得焦头烂额，致使名酒身败名裂，“皇帝女”嫁不出门。由于假酒的涌现，随之商标案、侵权案各种纠纷，接踵而至。曾一度，茅台酒厂、五粮液酒厂、郎酒厂、泸州曲酒厂、剑南春酒厂，被迫派出一大批律师、一批专案人员，长期奔波于工商局、检察院、法院之间，致使企业陷入了无穷无尽的官司和纠葛之中！

抓假酒，打假冒，举国上下，工商局、公安局、检察院以及消费者协会，一齐动员起来，向假冒名酒、伪劣酒扑去！

报纸、电视台、广播电台，一切宣传工具，有关假酒的报道，密集度已创造了空前纪录，形成了浩大的洪流。其声势，在中国远远超过了对禁毒的宣传报道。

## 第一节　百万富翁张富贵

迄至今日，四川省新都县工商局缉假大队队长刘成充，谈起捉拿张富贵，还眉飞色舞，活灵活现。1992 年春天，笔者到县里采访，他娓娓道来，让人不禁咋舌、惊奇！

张富贵系成都人，兄妹 8 人，他排行老大。如今，他刚满“不惑”之年，可他的劳改生涯十分富有传奇色彩。这一回，他已是“三进宫”。他的劳改史：1977 年，因赌博成性，劳教 3 年；1985 年，为制作、贩卖淫书淫画，被判处有期徒刑一年；1988 年 11 月 24 日，这位制假贩假的老手，因制造假名酒，触犯了刑律，以投机倒把和行贿罪被收容审查。

多年“经验”的累积，张富贵的脑子更活了、灵了，在他的犯罪生涯中，他决不就此罢休，决定要创造奇迹。

当他第二次走出威严的监狱大门时，他真的有点后悔，钱没赚几个，反而蹲了监狱。一日，他忽然在《参考消息》上发现了一条消息；缅甸金三角的毒枭，运毒贩毒，一举可成亿万富翁。那些贩毒分子，已把黑手伸进了中国这片广袤的土地……

旋即，贩毒带来的巨大利润，引起了他的极大兴趣。然而，他没有下水，因为贩毒动辄会掉脑袋。这位狡猾的投机者，一般无谓的冒险，他是不会去干的。

第一贩毒他没涉足，便走上了第二贩毒——制造、贩卖假酒。

说来，他很幸运，当第二次获得自由时，在社会上，正是制假酒、贩假酒的高潮。他悔恨前两次进监狱不划算，钱没有捞着，倒惹了一身臊，于是，他毅然作出了抉择，后半生要大干一番“事业”。他正处在十字路口时，有人将社会上假冒邪风，刮进了他耳内。

制假，他算是真正的“老手”，在他们的圈子中，知名度颇高，制造假名酒，那诱人的高额利润，顿时使他疯狂起来。

有人怂恿他，搞假酒一本万利，要有闪电式的行动，快干快富，大干大富。他毅然接受了这个意见，而且星夜动工，择窝点，找后台，买工具，跑信息。不多时，他一切皆备，便开了工。

老谋深算的张富贵意在夺取高额利润后，猛然刹车，然后飘向异国他乡。

很快，他选择了七八个窝点，隐蔽在成都市区周围。他先在青龙乡村民李某家，从外地招徕 4 名无业人员，闭门仿造“五粮液”，布下了第一个据点。随后在青白江区福洪乡杨某家，设下第二个制造假“剑南春”的地下黑工厂；接着，他又在天回乡农民张某家，租下 6 间房子，铺开摊子，着手制造“全兴大曲”……不到 3 个月功夫，他已在成都郊区建起了七、八个制造假名酒的地下黑工厂。

顿时，像魔术师变戏法一样，张富贵获得了高额利润。他买来 1.80 元一斤的普通白酒，再买三五角钱一套的仿制的名酒商标，便制成假“五粮液”、“泸州老窖”、“全兴大曲”、“剑南春”等名酒，源源不断销往西北、华北、东北和深圳特区，钞票像流水一般涌进了张家的保险柜。谁也没想到，不到两年功夫，张富贵已是腰缠万贯的大亨。

对于他，似乎有了钱，便有了一切，玩女人，逛高级舞厅，挥霍无度……

对张富贵制造假名酒，工商部门早已发现一些蛛丝马迹。1988 年 4 月，他设在青龙乡的那个点，败露了，工商部门查出伪造的“五粮液”49 件，“剑南春”37 件，5 月 31 日被金牛区工商局抓获。可他用金蝉脱壳的伎俩，只损失了一些瓶瓶罐罐，擦破一点皮毛。他自觉幸运，保全了实力，保全了自己。

往后，张富贵更猖獗，使出了“游击战术”，打一枪换一个地方，制造一批，更换一批，他自个儿称这是“麻雀战”。他是总头目、总指挥，从不抛头露面。他做得诡秘，工商部门也查得很严，不时抓住他的马脚。他的窝点已是第五次被查获，然而没有伤他的筋骨，也没有发现幕后的黑手张富贵。

俗话说：“没有不透风的墙。”经过工商部门的调查，不久，终于发现了那些黑窝点的幕后操作者张富贵。

张富贵如同惊弓之鸟。他察觉公安部门、工商部门在跟踪追击，便将黑窝点从市区移向郊区，再从近郊移向远郊。最后，选中了新都县一个偏僻的深丘地带，作为他的“大本营”。新都县工商局决定抓住这只“老狐狸”，便派军人出身的刘成充，组成调查小组，进行调查。

一天傍晚，刘成充正在用晚餐，忽然接到报告，新疆开来的两辆卡车，到新都来运“五粮液”，车人已到。

这消息很奇怪，新都不产名酒，哪来的“五粮液”呢？即使有，也不用开两辆大卡车。刘成充想，其中必定有诈。他立即召集“缉假大队”的全班人马，火速整装出发，并邀请县公安局派人密切配合。

公安局派出 2 人化装成村民，打入蜀蓉旅馆，去试探虚实。证实真有其事！公安人员就地抓获5个前来运假酒的贩子。经过一夜审讯，他们招供，这已是第二次与张富贵打交道了。

张富贵，这只埋得很深很深的“老狐狸”终于露出了尾巴。

他们星夜追击，发现了张富贵的老巢，竟设在本县木马乡，一个偏僻的村子内。但他极少进入“大本营”，他神不知，鬼不觉，在市内抚琴小区租了一套房子，长期带着两个情妇，隐居此地。

那抚琴小区是成都最大的居民村，林林总总，高高低低，屋檐接着屋檐。究竟张富贵住在何处？陌生人捉摸不透，经过多方调查，终于找到了一点线索。

那是一个淅淅沥沥的雨夜，他们围着张富贵住的大楼，干巴巴地守了一夜，毫无结果。天快亮时，他们决定找本辖区的公安部门配合。当地派出所很积极，当即派出两名户籍，以查户口的名义，前去试探虚实。

张富贵虽已40挂零，但他穿着特别讲究，一身时装，外加涂脂抹粉，便年轻了10岁。前去查户口的两名干警，均系刚调来的大学生，经验不足，张富贵站在他们面前，都没有认出来，便让他溜了过去。

刘成充熬了一夜，却没有抓住张富贵，自然不会罢休。天亮后，他领着调查小组向牛市口张富贵的亲戚家扑去。

他们刚刚离开抚琴小区，张富贵便带着他的情妇，拎起密码箱仓皇飞抵广州。箱内装有20万现钞、各类黄金首饰和珠宝。

张富贵的亲戚家，坐落在牛市口那片高高低低的居民住宅区。他们从后门包抄过去，团团围住，叩门入内，张富贵的另一个情妇，还躺在床上。

那情妇年轻漂亮，全身镶金，一对金耳环，一对金手镯，4枚金戒指，一个进口摩登皮包内还放着3只金戒指，7 000元现金。经搜查，从床脚下拖出一只密码箱，内有现金9.5万元。此外，还有一捆新崭崭的票子，藏在一个米口袋内，一清点，19.5万元。

在茅屋还抓了3个汉子，他们昨晚陪那姘妇打牌，她的皮包内原本是1.4万元，昨晚因为获悉张富贵已经逃走，心中不畅，一疏忽，输掉7 000元。

据那姘妇交代，张富贵早有潜逃的准备，去年，他将部分存款转入了广州，作为潜逃的经济准备。

张富贵逃到广州，深感末日来临，他坐立不安。这位已有前科的劳改释放犯，他明白，倘若再触犯刑律，后果将不堪设想。他早有偷越国境的思想准备和经济准备。可目前，他仍在犹豫，还想重返成都：一则，还有一批巨款存在大本营；二则：最年轻漂亮的情妇还在成都，他想扔掉身边这个情妇，带走另一个。

1988 年 11 月 24 日，那是个阴雨连绵的天气。张富贵神出鬼没，从广州飞抵成都。他一下飞机，就风驰电掣一般，向他的大本营——木马乡奔去。

这个乡，生得绝，远离县城，交通不便，进出只有一条机耕道，平素几乎与世隔绝。自从张富贵畏罪潜逃，公安部门对其大本营早已盯上了。傍晚时分，张富贵骑着一辆雅玛哈，顺着机耕道，直奔木马乡他的黑窝点。几天秋雨，浇得大地一片泥泞。摩托车走走停停，停停走走，举步维艰，二三十公里地，跑了几个小时才走拢。张富贵原打算连夜赶回广州，可天不凑巧，他已是精疲力竭，动弹不得。

是夜，公安干警将他的大本营包围，张富贵已是瓮中之鳖，束手待擒。在他的大本营内，又查出一批现金和财宝。

经内查外调，这位第二贩毒大户，仅有账可查的经营额达 1 600 599 元，牟取暴利 108 万元。经公安局、工商局的密切合作，收缴现金 319 279元，还有一批黄金首饰和珠宝。

1990 年 9 月 24 日，成都市中级人民法院按投机倒把罪，判处张富贵无期徒刑，剥夺政治权利终身。巧极了，张富贵转了一圈又回到了牢房。

## 第二节　“野郎”吞噬钢都

鞍山，这是一座钢城，自古为辽东名胜，有“无峰不奇，无石不硝，无寺不古”之誉。鞍山，是铁铸成的鞍山。鞍山人自有其特殊的性格和风采，有着钢铁般的意志。

然而，他们面对假冒伪劣商品，却是一派惊慌，一脸晦气！

1988年的春节，可以说，是改革开放以来，一个最富有纪念意义的春节。钢都一派繁忙，市区、郊区，大街小巷，张灯结彩，爆竹声声；羊肉串、糖葫芦、馄饨、饺子……应有尽有，嘿，还有东北人最喜欢的“郎酒”。

前几日，不知从何处购进一批“名酒”，呼啦一下，百万人口的大都市，那打着“中国名酒”的“郎酒”，堆满了大店小店的橱窗、柜台，真是琳琅满目，令人眼花缭乱。

“欲问青天花数朵，九百九十九芙蓉。”在钢都人的想象中，美丽的鞍山，有了佳酿“郎酒”，千山上，那奇秀的峰峦，自会含苞怒放；仙人台内，那五尊石佛，也会笑逐颜开。鞍山人如同佛教徒迷信佛祖一般，迷信“郎酒”。往年，只有在国宴上、大宾馆才能嗅到郎酒的幽香。今年，新春佳节还未到来，忽然神话一般，20万瓶“郎酒”充斥钢都。那情景，那场面，怎不叫人高兴呀？顿时，人们潮水一般涌向街头，各大小商店门前，市民冒着刺骨的寒风，排着长队，抢购“郎酒”。

那情景，既喜人又惊人，许多行家觉得奇怪，怎么一下涌进大批“名酒”。市工商局的高景和、张玉在人群中，细心观察，暗暗揣摩，从嘈杂声中，从人们的汗臭味中，他们仿佛嗅到“野郎”的臊味。

消费者的“保护神”，面对疯狂的“野郎”，火速贴出通告：“郎酒有假，谨防上当!”

于是，消费者惊呆了，他们捧着假郎酒，有人仍不服气：“怎么会呢?不明明写着‘郎酒’吗?”有人愤恨，发出啧啧的骂声：“这些王八羔子，真他妈的缺德，竟敢明目张胆地弄虚作假，骗人钱财，该把他们统统……!”

兜售者，眼看着大摞大摞快到手的钞票，又飞了。他们站出来，双手叉腰，不服输，为之辩解：“不不不，别胡说，这些‘郎酒’是真资格的，标识、瓶形、包装全都是资格的，而且是价廉物美，难得的好酒啊!”

一时间，鞍山市沸腾了，舆论大哗，人心惶惶!

市工商局的干部高景和、张玉，是两位和酒类、商标打了数年交道的专家。他们冥思苦想，郎酒系国家商业部和轻工部评定的13种国家名酒之一，工艺复杂，生产难度大，一向厂家难以满足国内外市场的巨大需求，鞍山市为何一下子涌入 20 万瓶之多？这其中必有奥妙。市局领导部署，对此必须查个一清二楚。

这是一场激烈的斗争！眼下几十万瓶酒，关在库房，春节卖不出去，谁赔得起？另一头，春节转眼即到，市民们眼巴巴地盼着“名酒”。要查，是假冒，那自然不必多言；倘若不是“野郎”，那方方面面的压力谁顶得起，经济损失谁来负责？

时值风起天际，沈阳城内，正隆重举行全省工商局商标工作会，全省专家、名家云集，各式各样的所谓名酒荟萃，真假“李逵”都将在那里亮相。他们还有意将鱼目混杂，让高手鉴别。

高景和、张玉带着“郎酒”风风火火抵达沈阳，也放进了杂牌军中，任其鉴别。

他们很快发现，各路假货，几乎全在商标上露了馅，然而，他们带去的“郎酒”，与真郎酒放在一起，却看不出差异，其商标上都冠以清一色鲜红的大“郎”字；瓶型、标识都一模一样。他们再详斟细看，却露出了“马脚”，真“郎”的旁边，注有个小“酒”字，人们常叫“郎酒”，而假“郎”就五花八门，什么“生力”、“蓉风”等等名目繁多。

这一趟没有白费，高景和匆匆赶回鞍山市，利用舆论媒介，很快告诉全市人民，这是一批假郎酒，指令经销单位立即停止销售，违者严惩，于是，闹闹嚷嚷的“郎酒”销售热戛然而止。

鞍山市工商部门有着穷追猛击的勇气，他们抓住“野郎”的尾巴，执意直捣“野郎”窝。

追根溯源，假郎酒来自“天府之国”的成都某批发部。那是一家地道的国营商店，财大气粗，经理也许是个大官僚，直到官司打起来，他还不明不白，居然抛出一席官话、大话、无理的话。此时，已是“兵临城下”，他却还硬着头皮对着干。

两军对垒，一场舌战在蓉城拉开了帷幕。

某批发部经理，是个嗓门高、中气足的汉子。他先发制人，瞪着双目质问：“你们根据什么说我们经销的是假‘郎’？”

“那味儿不是郎酒的味儿，怎么说它是真郎。”高景和漫不经心，柔中有刚。

“为什么说我们违法?”经理咄咄逼人。

“标识和包装全是冒用、盗用，违反商标法第38条规定：未经注册商标所有人的许可，在同一种商品或者类似商品上使用与其注册商标相同或近似的商标，均属对注册商标专用权的侵犯，是违反商标法的。”张玉抛出一条钢鞭，击中了对方。经理仿佛惊弓之鸟，不禁打了个寒战。

“我们经销的是‘生力’牌郎酒，商标也是经国家注册的，怎么侵权违法呢?”经理急中生智，强词夺理，意在堵住对方的口。

“不，根据国家商标局116期商标公告，郎酒商标是全图注册，其中不但包括‘郎泉牌’字样，而且还包括商标画面中鲜红的‘郎’字标志。你们借用大‘郎’字发财，采用与其一模一样的‘郎’字标志，引起消费市场误认误购，起到了以假乱真的作用，难道不是对注册商标专用权的公然侵犯?中国字成千上万，为什么不采用别的字，专门采用‘郎’字呢?”经理张口结舌，无言以对。

他是个久经沙场的“老将”，此时，他虽然吃了败仗，可他绝不就此罢休，忽然他来个金蝉脱壳，一推就把全部责任推给假酒制造者——四川的一家酒厂。

“野郎”的面目虽然被识破，可制造者和经营者并没有就此罢休。鞍山人大大觉醒，听此结论，纷纷要求穷追不舍，一网打尽。鞍山市工商局派出年已57岁的“老工商”徐宗武，披挂上阵，同高景和再度踏上了“天府之国”，去寻找制造“野郎”的老巢。

做假心虚。他们风尘仆仆，从东北赶到假冒“郎酒”出厂的地方，人还未到，厂家的情报网早已得到了信息。

“我们找厂长，请问他在哪间办公室?”徐宗武走进厂门首先发问。

“啊，厂长……他早走了，外出开会去了……”值班的青年，守口如瓶。

“厂长不在，我们找会计。”高景和灵机应变。

“啊，会计也走了，也许月底都不会回来。”

他们吃了闭门羹，自然心中不悦，但没丧失信心。

跑了和尚跑不了庙！他们暂且放弃窝穴，把主攻方向转向外围。因此，他们又火速杀回成都，去找某批发部。那经理先是像火球一般，灼人、逼人，如今，他却像冰棍一样冷漠、凝重。

人往往是欺软怕硬，欺远怕近。某批发部经理，早已有准备，一不提供情况，二不出示原始账目和单据，拒绝审查。其理由是“会计搬家，不便寻找。”

人们在担心，这一回怕“老工商”斗不赢“野郎”！

“老工商”碰上“拦路虎”，并没有气馁。他们赓即去拜访“地方官”——成都市工商局的头，要求协助，共歼“野郎”。

鞍山、成都联合，结成天罗地网，共捉“野郎”，终于捣毁了假冒郎酒窝。

## 第三节　假“茅台”横闯大上海

上海之大，名列世界前茅，许多跑江湖、做买卖的人，都畏惧大上海。他们惊叹：“到了上海，好像菜籽掉进了大海！”

然而假“茅台”，它仿佛比谁都逞能，竟敢涌进大上海，横冲直闯。怪哉！假茅台不会生翅膀，咋飞进去的呢?

翅膀是没有，但有“飞毛腿”。

华南宾馆，是座拔地而起的罗马式建筑。人称“金算盘”的A，是某批发部常驻宁波的代表，他一向是会动脑、动心、动手的“能人”。宁波是南北经济交流和外贸中心，公司曾派几个采购员，都没能扎下去。倒不是他们人不好，而是人生地不熟，蹬打不开。A是“老宁波”，他啥事都弄得风生水起。

今天，他仿佛心事重重，在大厦前，两步一停，三步一站，要说等朋友、候贵客，脸色却又是那么沉沉的，眼里无光，打不起精神。这也许是他40多年的习惯所致。每到这个时刻，他都那般“猴儿像”。

噔噔噔……他爬上顶楼的旋转舞厅。这是本市最豪华的舞场。今晚，本市的舞迷们、歌星们汇聚一起，拥拥抱抱，手腕攀着手腕，狂欢狂舞，跳起了伊朗“肚皮舞”，祖与露都系标准化，腰肢柔软如丝，舞姿优美，乐声融融，人已陶醉……

他是个舞迷，可今天他却没有心思步入舞场，他找了个地方坐下，只似听非听地听了两曲，又神出鬼没地走进了电梯。

他究竟碰到了什么麻烦？有人顺着他的脚印觅去。哦，似乎发现了什么奥秘。

“五一”快到了，昨晚上海来了加急电报，要从宁波进一批“茅台酒”。前几天，他已得到一个重要情报，华南宾馆已听说从宁波中转买到一批茅台酒。但同时，有位知己，知道他是个“宁波通”，托他弄到这批茅台酒，往后绝对不会怠慢他。酒已到手，交谁呢？他正在掂量着砝码的分量。

A突然想出了一个好主意，朋友的情面不能不照顾，而本单位的任务也必须完成。他清楚，江汉副食品商店，是搞经营的，他们要酒干啥呢，还不是想赚点。

赚点就让他们赚点吧，于是A把240瓶“茅台酒”让给江汉商店，心甘情愿让“朋友”一转手赚了13 320元。要问其中奥秘何在呢？“信息费”各得一半。然后用高价把酒买回来。

A将这批假茅台运回了他所在的上海某批发部，他还向领导请了功，又捞了一把。

他为啥如此讲义气呢？他不顾本单位的利益，将万多元的利让给别的单位。而且，东倒西倒，手续繁杂。价格呢？每瓶进价由127元，一下就升到了235元。这其中的奥秘又何在？

A人称“金算盘”。这一回，他的算盘咋打呢？

那批假酒，经过他的手，进入了批发部，似乎身价百倍。但也有人当初就提出了疑问：“嘿，看发票，是从一个商店进的名酒，他为啥不到酒类专营单位提货呢？”

而批发部经理似乎见惯不惊，他说：“A是老采购，经过他的手，不会有啥问题。”

经理一锤定音，再也没人提出异议。

批发部是正牌子，国有企业，这样的假茅台，经过这个部门的“过滤”，无意中就镀上了一层金，进入了主渠道。人们不会提出问题，更不会怀疑“茅台”出身卑贱，会是“私生子”，从而顺顺当当进入了主流通领域，去体验名牌商品的属性。

消息传来，各个经营网点纷纷前来要货。很快，240 瓶假茅台，便以每瓶 264 元的价格，批发给 18 个单位。

这批“国酒”，可谓“过五关，斩六将”，长途跋涉，进入了大上海，却没有谁提出疑义。倒是一家小商店的老涂，这位大半辈子都和酒类打交道的“老上海”，望着那商标，总觉不对劲。

说来也巧，老涂匆匆赶到批发部，没找到经理，却碰上了 A，他还没把话吐完，A 便截断对方的话：“那商标是出口商标，也许大家过去都少见。”他轻而易举就搪塞了过去，再次为“假茅台”闯荡上海，开了绿灯。

事隔不久，还是那位“老上海”，带着疑团将酒一瓶一瓶地卖了出去。钱是赚了不少，可每卖一瓶，他的心坎上仿佛多堵上一块石头。卖到最后，他仍然放心不下，自己掏钱买了一瓶，将两个月的薪水打漂漂。

酒拿回家去，老伴听说他要动真格，便傻了眼，劝道：“管它是真是假，反正商店赚了，何必自己白花几百元管闲事呢？”

老伴的话也不无道理，商业部门，成天进进出出，来的去的，大宗小宗，成百上千品种，谁有那份心思，管得那么细呀！糊涂一点儿也没啥关系。可老涂对这类事，他从不糊涂。他反驳道：“不，我们不能坑用户呀，自己贴就贴吧，赚了心也不安。”他一举手，瓶盖儿转动了。

“啊！假酒！假酒！”他一嗅就嗅出味儿来，便立即拿着假茅台找到工商部门。

老涂的举报，立即引起了工商部门的注意，他们火速派人查处。据查，他们又获得一个信息，这批假茅台是宁波“产”的，他们赶到宁波中转站时，又获悉这批酒是从温州“调拨串换”到宁波的，单价每瓶仅 95 元。

那么，有人会问，温州又从何而来呢？很遗憾，1989 年，上海发现类似假酒案，至少有几十起，工商部门人员少，资金不足，对多如牛毛的假酒案，无能为力呀。

话说回来，在这场假酒“连环斩”中，每个“二传手”都得到了最佳“效益”，而真正被“斩”得血淋淋的是可怜的消费者！

一批假茅台经七倒八倒，从温州，转入宁波，再进入大上海，竟然顺顺当当。其单价每瓶从95元，倒到264元，增加169元。可以想象，有多少人从中得到效益，就有多少人从消费者身上吸血。那些搞假货的人，就是一伙吸血鬼！他们不择手段，挖空心思，从消费者身上吸血，来养活自己！

这起假酒案，闹了大半年，结果呢？仅仅罚款400元。那些积极为“假茅台”奔波、开绿灯的人，连皮毛也没动一根！

## 第四节　林经理财迷心窍

“老林，你得服气呀，尽管那事。你没估计到，其中的水有那么深，可你不该去接那笔钱呀。”纪委书记是位老同志，一讲话，脑门上那几根稀疏的毛发根上就冒出汗珠儿。

“我怎么签嘛，钱说的是借用，有了就还，我已经还了嘛！还要……唉，处分我，我能想通吗？”正因为书记是位老同志，老林的嗓门才压得很低，否则他会和书记大吵大闹起来。

老林的家乡在昆明市郊。他家境贫寒，解放初跟着一位石匠学技术活，打石头，修水库，全是打硬仗，他的日子仍过得很难。不过，日子再难，还是被他打发走了。一晃10年过去了，老林碰上了好机会，进了县办酒厂。他有信心，也有了机会，钻研配酒技能，不多时，他便成了一名好手，获得“酿酒大师”的称号。

在酿酒、运酒、卖酒业中，老林也是一把老手。1986年，一个偶然的机会，改变了他一生的命运。公司经理是个酒口袋，一次公司请客，决定搞点“剑南春”喝一喝。酒席上，他咕嘟咕嘟，一杯又一杯，喝得他头晕目眩，最后昏倒在地。经医院抢救无效，不幸凌晨二时告别了人世，告别了酒的世界。经理走了，论资排辈的结果，老林当了“一把手”。呼啦一声，他跃到金字塔的塔尖上。

这几年，他领导的县糖酒公司这帮人，东奔西跑，冲冲杀杀，好不容易，使公司活了起来。春节刚过，他突然想到，新的一年，若要大上快上就得搞点名堂，于是他决定，胆子再大些。

去年六月，他曾派出几位采购员到西南酒乡，采购了几批名酒，赚了大钱。今年，想把步子再跨大些，但思来想去，又犹豫起来。

正在这时，有两位跑"穿穿"市场的税某和聂某找到林经理。他喜出望外，赓即向他们打听消息。

"嘿，有啥好酒？我们正想着呢！"林经理直言快语。

"剑南春，你看如何？"税某投石问路。

"这酒……在本县不一定畅销。"

"要高档就茅台、国酒，有威望。"

"价太贵，群众难以受用。嗯，剑南春，有现货？"

"有！不过要一手交钱，一手交货。"

"价咋样？"

"哎，老朋友，不会亏待你的。"

"行！"

林经理一拍板，这笔生意成功了。他自觉得意，这批酒一到手，便可在本县和邻近的地区，一齐销掉，金钱梦，他越做越美，仿佛一夜之间，即可成为百万富翁。于是，他一个电话召来了两位采购员。他俩即刻按照林经理旨意，前去购买"名酒"。

随之，35.7 万元货款便拨了出去，订下了"剑南春"6 500 公斤。

税某笑了，乐了，一切如意。

那老林，确实大方，既没深入调查，也没查看货源的真假。所派去提货的人除古科长外，是三位合同制工人，自然，他们会无条件地听从古科长的吩咐。

他们不远千里来到成都郊县提货。他们人还未到，税某已经安排妥贴两辆桑塔纳轿车和三位公关小姐等候在车站。古科长一行，刚走出火车站，便被前呼后拥，迎上了轿车，向峨眉山、青城山、九寨沟奔去。他们很快被峨眉的猴群，乐山大佛的雄伟，九寨沟的枫叶，公关小姐的温柔所吸引，所迷惑。

这20多天的旅游，使他们成天沉浸在笑声、乐声之中，对于酒他们没有去想，也没有去研究。

税某早已清楚古科长的海量，午餐的桌上，放着一瓶资格的“剑南春”。他陪着两位客人，一杯又一杯地喝着谈着，天南地北闲扯。古科长已是神魂飘惚，心不随神……

此刻，税某派去公关小姐，扶着古科长去库房看货。古一见“中国名酒”“剑南春”，摆开小姐柔软的胳膊，扑了上去，抢起酒瓶，大声笑道：“好酒！老兄……是好酒！”

税某轻轻地拉着古科长的肩头：“科长先生，本来货源很缺，看在古兄的情分上，才卡下了这批货，往后的日子长着呢，如果还需要就打声招呼，老弟愿为你们效一臂之力。哈哈哈……”

“哈哈哈……你，你老兄够朋友！”古科长嘴上喷出一溜泡沫星儿，也跟着大笑起来。

古科长已经醉到了头发尖上，哪能识别出真货还是假货呢？倒是两位合同工对这批“名酒”起了疑心。老莫说：“哎，老严呀，这货的皮毛好像不大顺眼，有没有啥问题？”

“嗯，这位税某别看他表面热情，可他好像心里有点虚。”老严也看出了破绽。

古科长把他俩的话当作耳边风，毫不在意。

临行前，税某备了四份礼物，名酒名烟不必提了，在精致的四个糖果盒内各放一个“红包”，那可是个重量级的礼物，林、古、莫、严四人分别送“好处费”8 000元、3 000元、2 200元、1 300元。

随着假冒“剑南春”一批一批运出，而“礼物”不断加码，金钱完完全全挡住了他们的眼睛。

当第二批假酒运到县糖酒公司时，林经理心里已经明明白白，可他已身陷沼泽不能自拔。税某得知林的妻子病重，又急急忙忙赶到昆明去看望，在送去的“咖啡伴侣”瓶中，放进了一对金耳环……

经过几个回合，县纪委又派来了一位副书记，几经舌战，林经理才认了，把赃款赃物退了。

老林那双曾拿过铁锤、钢钎的手，此时却痉挛颤抖，显得那样无力、难堪。他清楚，这一切意味着风流一时的经理末日的降临。

终于，县纪委、县监察机关决定：开除林的公职，并交司法机关，按照贪污受贿案查处……

## 第五节　贩“毒”者究竟是谁

茅台酒的吸引力是很大的，那五彩斑斓的商标，那迷人的包装，那令人陶醉的香味，对一些人更是如痴如梦！

正因为如此，数以亿计的人们迷信“国酒”，所以，有关茅台的故事便层出不穷。无论在东北，还是在西北，凡是国酒曾涉足过的地方都会有它的故事。在这里，我们既不谈东北，也不谈西北，而是在革命老根据地——太原。这故事太奇，太险，许多人听了都瞠目结舌……

“啊，不明明写着、印着‘贵州茅台’吗，怎么会是假的呢?”游跃友拍着双腿，直气得昏头昏脑。

他抹去泪水，又把“茅台酒”捧在手上摸来摸去，闻呀，看呀，瞬息间，那包装上的大字、小字更加模糊。他不禁一愣，身子摇摇晃晃，心如刀戳，“扑通”一声昏厥在地……

这事的发生，也确确实实使人沮丧。太原市，虽说是个内陆城市，但近些年来，人们的追求，居民的消费欲望发生了变化，吃红高粱，啃玉米棒子的时代早已过去，汾酒的甜味儿，高粱酒的辣味儿，已经使他们厌倦，不少太原人很讲究，对名酒更是情有独钟。

经济的发达，名牌的诱惑，太原人迷上了“五粮液”、“茅台”之类的名酒。逼得商业界的能人，四处奔波，却只能偶然一得。年前，一个偶然机会，游跃友在一位朋友家，碰上了两位客人，他们自我介绍，两位都是来自黔北茅台酒厂的职工，一位是供销科的“朱科长”，一位是办公室的办事员游江。朋友的朋友，自然就大家都不陌生了。因此，他们一见如故，称兄道弟，高兴之余，谈起饮酒之道。

“哦，茅台酒厂，这可是名酒的故乡啊！我们太原人最爱茅台酒嘞。”

游跃友首先引出了话题。

“嘿嘿，是呀是呀，我们厂的产品不仅是名酒，而是‘国酒’，酒中之王。”游江灵机一动，布下了诱饵。

“茅台稀贵，在太原市难得买到，想劳驾二位在你们厂里进点货，不知有何难处?”游跃友终于启齿了。

“这是我们分内的事，只是目前产品少，市场需求量增加，怕满足不了游兄的要求，就看朱科长的意见……”游江没把话说完，便向朱科长使了眼色。

斯斯文文的朱科长取下墨镜，放在手掌心上，一边轻轻地敲着，一边漫不经心地述说：“既然游兄的公司需要，看在朋友的情分儿上，尽力而为吧！就是看数量的大小。”

“越多越好，多多益善！承蒙二位的关照，多谢，多谢!”游跃友急忙欠起身子感激不尽。

不几日，游江果真找到了“茅台酒”，而且是个庞大的数字，200 箱，很快发至太原市。真幸运，游跃友望着一箱箱“国酒”喜笑颜开，拍着游江的肩头赞道：“老游呀，您真够朋友，帮了我们公司的大忙，往后不会亏待您!”

“哪里哪里，朋友有信嘛，我俩都姓游，一笔难写两个‘游’字，既然是‘家门’，还能言而无信吗?”游江的话儿又柔和，又动听，他俩显得更加亲热、坦诚。

那位精明干练的游江，看上去不过 30 出头，说话行事都显得精灵，成熟，地道，让人置信无疑。酒到了，手续齐备，什么“酒厂发票”呀，什么“专卖局准运证”呀，什么“酒质检测报告”、“鉴定表”呀……一溜齐全，大红印章一个不缺，鉴定表上还签着一行工工整整的字样“法规处鉴定人田飞”，一切都天衣无缝。

1992 年春天，面对假酒狂潮，“中国质量万里行”记者采访团，在一派呼吁声中，勃然兴起，敦促了各大中城市，查伪劣，除假冒，很快掀起热潮。圣母所在的太原市，尽管圣母严肃而慈祥，然而，在那里造假贩假者照样无法无天，无孔不入。就在圣母的脚下，今年三月初，一连查出四批假茅台，合计400余箱。游跃友的“哥们”所送来的那批“茅台酒”也在其中。

这一回圣母没有保佑他。尽管春节期间，他领着儿女和妻子，到晋祠去朝拜了圣母，然而，这次，圣母似乎患了呆痴病，没显灵，致使游跃友上当受骗。当太原市城南区工商行政管理局要查封他的“茅台酒”时，他还在梦中。他断言：“保证的保证，绝对的绝对，他进的‘茅台酒’不一般，朱科长、游江都是茅台厂的人，绝对不会有假。”

区工商局干部的检测是十拿九稳的，绝对没错，但游跃友不服。双方争执不下，区里决定带上6瓶样品，派出人员，向南奔去。

他们到茅台酒厂，法规处的同志接过样品，详斟细酌，乍看包装色泽清淡，字迹轮廓残缺不全，细看酒质，浑浊且有微粒漂起，再细细品尝，原形毕露，那酒是用苕干酿制的“白干酒”，和“国酒”茅台没任何亲缘关系。

那位在“法规鉴定表”上签字的田飞，就坐在他们的对面。他审视了准运证、发票之后，便哈哈大笑起来：“老兄，你们全上当了，这些手续都是假的。”

撞鬼！假酒，假手续，假职务，假姓名……全是骗人的假把戏！

那制假贩“毒”者是谁呢？山西与贵州联合作战，组织调查组进行查找，可至今仍然是个糊涂案！

有头的假酒案难查，无头的假酒案就更是不着边际了。

这些年，在黔北，在仁怀县、遵义市、贵阳市，骗子像蝗虫一般，密集在这片山区的每个角落，作案、招摇、行骗，吞噬着社会的机体。由于骗子的行动诡谲，来无踪，去无影，因此“无头案”层出不穷。

那贵阳市，可算骗子攻击的重点目标了。今年早春二月，云岩区工商局突然袭击一些窝点，破获的案件中，有牟利百万元以上的假酒案。这起案件的来龙去脉，精彩极了，小说家可以书一部长卷。据查，仁怀县的数万居民中，有一位身材高高大大，年仅30出头，有知识，有计谋，有胆略的汉子。他从当地购置了一批不贴商标、不加防盗盖的低劣酒，运到贵阳市，然后又购来一批假商标，请来三五个农民弟兄，开始了他的事业：

制造“茅台酒”。他可谓高速度，一夜之间，640 箱“茅台酒”便出了笼。尔后，在假酒、假商标、假包装的“假”字家族中，又引出了假发票、假准运证、假姓名。接着，那精壮的汉子，身着西装革履，大摇大摆，冒充县糖酒公司副经理，将这批假“茅台酒”，售给广东、广西、华北、西北。也许有人会问：他如何运得出去呢？嘿，他的一切行动之所以畅通无阻，是靠钱的魔力。他用钞票，一路叩响了铁路、银行、交通等部门的大门，前前后后，有 10 多个国家干部、街道居民参与了他的事业——制假、贩假、骗人的行当！

“朱科长”与“游江”运往太原的那批“茅台酒”，是否也是从这家“假酒厂”造出来的？谁也说不清，因为他的客户太多太多。

# 第二章　形形色色的假酒案

在中国大地上，众多消费者的不满当中，呼声最早、最高的要数一样商品——酒。

制假贩假，仿佛最先从酒类开始，抑或是中国被称为“饮酒超级大国”的缘故。酒，饮的人多了，而且大都渴望名酒、好酒，因此投机者投其所好，贪婪者窥测方向，不法者不择手段，猛然，假酒泛滥成灾，形形色色的怪事，形形色色的假酒案屡禁不绝。一时间，搅乱了社会伦理道德，搅乱了人心，搅乱了执法部门正常的工作程序。

为了猎奇，不妨解剖几起案例，分析其作案的原因和它们的奇妙之处。

## 第一节　假冒中的假冒

这是一桩奇案，涉及单位之多，数量之大，人员之众，实属罕见，令人触目惊心！具体说，这起“名酒”公案，涉及4个省、5个地市、14个单位，有32名国家干部伙同作案，分享“果实”。

这是一则奇闻，借用军车运假酒，有损军威、国威、民族之威！奇闻曝光后，震惊全国。记者云集，报纸、广播、电视台，纷纷推出特大新闻。

其案情，要追溯起来，得从酒城泸州开始。

天地还在冥冥六合之中旋转，人们还在梦中追求自身的价值时，从北向南延伸的白花花的电线，传来一则消息。隆昌，一辆解放牌军车，上面盖着黄色大雨篷，在夜色中正做着出发前的准备。

泸州“打假办”的值班室里，即刻忙乱起来。“今晚有情况，老魏快点起来。”老雷急促地呼喊。这时，电话铃声又响了。

“什么，有情况，……啥地方？……啊？”老魏睡眼惺忪，瓮声瓮气地问对方。

“隆昌，火车站旁边的一个单位，有人用军车运假酒！快呀，那车马上出发了！”电话里大声叫嚷。

此刻，老魏像被针刺了一下，霍地蹦了起来，火速穿上衣服，冲出了门外……

隆昌郊外的一间大房子内，正展开一场“激战”，几个农民模样的临时工，满头大汗地正在装车。不一会儿，他们叫道：“马经理，装好了，关车门，快呀！”

马经理苦苦地劝说着：“何师傅，开车吧，这是最后一车了，还犹豫啥呀？”

“不不不，太危险了！我家上有老下有小，不比你们，有权有势，日子过得舒展。嘿，说得轻松，最后一车，万一‘崩’了，谁负责，弄我去坐班房哟？”何师傅黝黑的脸上，又增添了几分忧虑。

“怎么会呢？各方面都吃通了。”

“吃通？难道你把全社会都能吃通?”。

“快去吧，你是哪股神经发了，别误了大事！”马经理虽然自己吼得凶，他心中却有点虚，神色紧张。但他很快又振作起来。他清楚，倘若自己都虚了，何师傅更会丢下不管了。马经理挺了挺胸，拉了拉衣领，挪了挪大檐帽。似乎在显示“军威”，有意为何师傅壮胆。

马、何二人，是同乡、同村，他们从山西老区入伍来到四川，已有20多年了。何师傅只因没有文化，在部队当了“大兵”，20年不变，幸好他学得一手技术，不会摆弄笔杆儿，可方向盘摸得透熟。

那马经理的脑子活，官运亨通，班长、排长、连长，一顶顶官帽让他利令智昏。改革刚拉开帷幕，他就闹着退伍到地方做生意，赚腰包。1984年，他果真如愿以偿，到了地方，先是操排档，后又跑上海，奔广州，如今倒卖假酒的生意涌现，他也放活了，一屁股坐镇隆昌，东倒西倒，几个转手，现已是百万富翁。他的门路很广，虽然已离开部队，仍然和部队保持着千丝万缕的联系，不时还穿上那套褪色的军装。

这一回，他似乎看到了不祥之兆，他的“后备”部队不听使唤，莫非会有什么难测之变？他忽然忧心忡忡，长吁短叹起来……可他一看面前这车“名货”，一转眼，几十万元唾手可得，于是他又振奋起来，向何师傅求情。此时此刻，他心情极度焦虑，差点儿要大哭一场，用眼泪来感化“老乡”……

东劝西哄，何师傅打开车门，踩燃了发动机，可他心里犯疑，下意识地看了看表，已是夜里10点。此时，成渝公路正是车流的高峰期，危险！于是他又熄了火，走出车门。“老马呀，不行，这车等到晚些时候再走。”

“这……这可怎么办呀，别人已经在准备接车，货送不到可就砸锅啦！”马经理两手一摊，气得直跺脚。

话分两头，“打假办”的老魏和老雷从泸州匆匆出征，向隆昌方向奔去。在城北一个不远的院落内，确实停着一辆军车，车上捂得严严实实。

寂寥的夜晚，寒风四起，月光只放出了一丝丝儿余晖。老魏体质差，实在有些挡不住了。老雷虽是精壮汉子，一天的折腾，不觉四肢无力。

“看来，今天白等了，那车何时启动，不知道。”老魏暗示老雷。

“咋办呢？”老雷不解地问。

“那里面究竟装的是‘名货’，还是别的？”

“用军车运假酒，这事还没见过。有可能吗？”老雷也有些疑惑。

他俩又等了一些时辰，仍然没啥动静，便决定收兵回城。

就有那么绝。魏、雷刚一走，那辆军车便动作起来，黑幕中驶出大门，向重庆方向驶去。

姓马的非常幸运，这辆军车的出现，也是半月前的事了。当他驶出第一车、第二车，隆昌方向的“耳目”已经注视到他的行动。今晚算他运气好，逃脱了监视网。

“军车”在狭窄的山路上，风驰电掣一般前行。何师傅，这位中年汉子，在这条道路上跑了整整20个年头了，没闪失过，也没打过空靶，都顺顺当当。

倒是坐在旁边的马经理，有些犯愁：“老何呀！别开得太快啦，万一失手……”他的话还未落音，一个急转弯，呼一声，一辆卡车冲到眼前。

“哐当!”两车相撞，只听见车上的酒瓶，发出一声炸响……

“完了!”马经理不由自主地发出一声哀鸣。

车，两败俱伤，动弹不得……

天亮之后，交警大队赶到现场。他们测了地形，登记了车号，又找到两位司机分别谈了话，公说公有理，婆说婆有理，那何师傅的气不打一处来，竟骂骂咧咧，以势压人。

交通民警，对何某的出口不逊没在意，只顾看地形，检查执照，分析出事时各自的行驶路线和各自应负的责任。

马经理站在一旁，呆若木鸡，手脚不听使唤，心跳得快蹦了出来。他几次想上前解围，可没鼓起那股勇气……

交警在查询中，忽然发现这位押车的“解放军”的脸色红一块、白一块，一副心事重重的样子。

“请亮出身份证!”一位大个子交警，盯着他的鼻梁，突然发“难”。然而马经理浑身筛糠，不知所措，结结巴巴地答道：“我的身份证没……没带上……”

几位交警从他的声音中发现了可疑之处，忽然，另一位交警咄咄逼人，向马发出了询问：

“车里装的什么?”

“是……是军需物资。”

“请出示手续!”

“这是机密，不行不行……”

马经理在一片忙乱中，从喉头挤出了这番托词。交警早看出破绽，大个子警察一飞身上了军车，拉开篷垫，现出了原形。

这位“军人”露了马脚。

公安局奇迹般地发现了这车“五粮液”，又奇迹般地，电告重庆工商行政管理局和泸州打假办。

化验师、品酒师一齐涌来，对假酒进行了全面检查、化验。铁证如山。

经过三天的审讯，这位“军人”便原原本本地交代了这伙人造假酒、运假酒、扮“军人”，用军车贩卖假酒的原委。

重庆市公安局、酒类专卖局和泸州市“打假办”联合作战，很快摸清了底细。

很快，另一主犯钱家明也被捉拿归案。他是远近闻名的黑道人物，制造、倒卖假酒的老手。他，善于预测行情，卖弄资历，招摇撞骗，制假酒的技术颇为高明。无论是“五粮液”、“茅台”，还是“泸州老窖”、“董酒”、“西凤酒”，他都会炮制，达到了登峰造极的程度。

他是酿酒行家，他研究的那套制作方法简易可行，一搞就成功，一成功，大摞大摞的票子就到手了。他会“因地制宜”，因势利导。

钱和马连手，一个搞制造，坐地分红；一个跑运输，搞外销，从中牟利……

在这一案件中，的确有那么一批人拜倒在“孔方兄”的脚下，有人为冒牌酒提供了“产品质量检验证明”，又有人为假冒酒开了通行证（假发票）。这些人自然都要被感谢一番，“意思”“意思”。

上百万元的款子，从四面八方汇来，向谁汇，谁来接收呢？于是姓钱的又用“孔方兄”这块砖，砸开了某市农行的铁门，破例为他开了户。

于是，这批“歪酒”便顺顺当当，运往山东、山西、江苏等省。

## 第二节　刁厂长受“刁难”

“喂，刁厂长，为什么全兴大曲价格越来越昂，而味道却越来越‘歪’?”有人质问成都酒厂厂长刁明贵。这位刁厂长被人“刁难”。

“不！我们拼命在提高产品质量，酒，决不‘歪’，而‘歪’的是，社会上的冒牌全兴大曲越来越多。”

刁明贵，作为成都酒厂厂长，每每听到别人的议论，他哭笑不得。

如果有谁刁难他，确实太冤枉了。他走马上任那天就立下了“军令状”，一定把质量拿上去，保住“中国名酒”这块牌子。

这些年，他率领全厂职工，打擂台，补内功，确保名牌。另一支突击队，便是公安、检察、工商部门，为他们打外围，堵漏洞，抓蛀虫，保住全兴大曲的声誉。

3 年前的秋末，西城区公安局一举挖出一个制造假名酒的团伙，为刁明贵正了名，自然，他感激不尽了。

1989 年 9 月 17 日，刚上班，两位居民老大爷，没顾上吃早饭，就走进了西城区公安局的大院。向公安干警报了案："西隍城边街，那巷子里，有几间大平房，一伙人，鬼鬼祟祟，进进出出，不知搞啥名堂。有人怀疑他们搞假酒，也许是个窝子，白天不见动静，也不见人来人往，夜深人静时分，他们便疯狂起来，车呀，人呀，来的去的，川流不息。有天晚上，我们去瞅，哎哟，屋里放满瓶瓶罐罐，一股臭味，顺着窗缝儿冒了出来……"

夜，万籁俱寂，位于城北的西隍城边街，是个偏僻的小巷儿。平素，那片古老的平房，外地人极少介入，本地人也不多。此刻，更显得冷清，孤独。

公安员小李和老刘，全身披挂，神不知，鬼不觉，在月光下，顺着街沿，闪到了一座破旧的民房后屏住呼吸，静静观察。窗外，朝着河边安的一台抽风机轰轰隆隆，不停地转动；屋内，排放出带着浓郁酒味的空气，而且不时传来叮当的瓶子碰撞的声音。

他俩已经观察了几个小时，证实两位居民反映的情况完全属实。

"刘哥，我们冲进去打他个措手不及。"小李贴近老刘耳门说。

"不，这伙人心狠手毒，我们要以防万一。你赶快回局里求援，我继续监视。"老刘果断地作出了决策。

不多时，增援力量到了，决定开始行动。敲门，无人开。只得破门而入。

屋内两男两女，惊慌失措，霍地站了起来，各持凶器向他们扑来。眼看一场流血事件就在眼前。

老刘喝道："放下，不准动！"

那几个家伙，仍然负隅顽抗，不仅不放下凶器，一双双血眼圆睁，步步逼近。公安干警一个个面对这伙歹徒，两个对一个，四个对一双，已摆开了阵势。老刘迅速取出了"五四"式手枪，同时大吼一声："我们是公安局的，你们已被包围，快缴械投降！"

那声音宛如晴天霹雳，歹徒一个个吓得瘫在地上。

他们搜查里屋外屋，墙边摆着已包装好的假冒“全兴大曲”、“泸州老窖”；中间放着劣质白酒和空瓶、纸箱、瓶盖、商标、装酒工具等。

经审问：两男姓邓，是哥俩；两女姓胡，是姐妹。

公安人员将4人带回局机关，连夜进行审讯，直到凌晨。

邓交代，年初他们就开始制造假冒名酒，不仅有“全兴大曲”、“泸州老窖”，还造有“五粮液”、“郎酒”等假名酒。主谋是哪里人，酒运到哪里去了？这一切都是单线联系，制造的只管制造，运输的只管运输，倒卖的专门倒卖，互不相识，不让交头接耳，互通信息，组织纪律十分严密。他们对外部活动，只知道，有一位顶头上司姓刘，大家叫他“刘师爷”；有位开车运酒的师傅姓王，大家称呼他“王师傅”，他一人开着“红、白、蓝”三辆车，轮流进屋来接酒。还有一条铁的纪律是，不该知道的不准打听；来了陌生人，不准泄密。

嗨，挺神秘啊！倒有点像当年的军统和中统，神出鬼没，神秘莫测！

屈指数来，这个假酒窝已经存在大半年了。究竟制造了多少假酒，欺骗了多少消费者呢？不得而知。

“制造者”已抓获，“酒老板”又是谁呢？也不得而知。

“乘胜追击，一网打尽！”西城区公安局领导，作出了果断决策。

他们兵分两路，一路带着二胡，去找“刘师爷”，一路带上二邓，去寻“王师傅”。

经过几天战斗，获悉，“刘师爷”这家伙狡猾，早已逃窜。

又经过了些时日的紧张追捕，二胡在郊外，终于认出常来运假酒的一辆红色微型车，可开车的不是“王师傅”，而是“刘师傅”。

那姓刘的落网后，见主子都四处逃遁，自己不愿承担罪责，便和盘托出，愿带公安人员去找假酒的行踪。但他有个小小的要求，别白天去，因为他全是晚上拉假酒，白天反而路不熟悉。条条狭窄的街道，白天的地形仿佛全变了，看不清从哪里拐弯，哪里进入，也看不清那些记得牢牢的标记。因为，“老板”引他们走过时，是黑夜里走的。嘿，“夜猫子”的本性难改，公安人员只好满足他们的请求。

9月22日凌晨4时，公安人员开出几部摩托车，带着刘某，凭着

“夜猫子”的记忆，向南郊驶去。

车穿过一串小巷，又拐向一片田坝，颠簸在一片泥泞的路上，尔后又穿过几条小街，驶进一片正在兴建的工地，在荒野上，闪出一座仓库。刘某颤巍巍地突然冒出一句“到……到了，就是这里。”

按照事先向刘交代的程序，由他敲开了仓房门，屋内全装满了酒，包装上打印着新崭崭的字样，包装十分逼真。一清点：假“全兴大曲”130件（2 600瓶），假“泸州老窖”60件（1 200瓶）。再详查，货主却是一家国营糕点公司的经营部。这里是仓库，具体经营人姓陈。那位陈某又何处去了呢？

公安人员不顾疲劳，马不停蹄，乘胜追击，次日上午，终于抓获了陈某。从此，案情又深了一步！

这位“老手”，见势不妙，便交代他已收经营部付来货款43 800元，其中24 200元已落入自己的腰包，其他情况，他吞吞吐吐怕吐出来。眼看就要大功告成的特大假酒案，此时，又陷入了困境。他们拨开一些假象，进行全面分析，制定了行动方案。

老刘和小李等公安人员，又连续苦战了七八天，人赃俱获，战果累累，战功斐然。按理，在目前案件频繁、侦查工作繁忙的情况下，本可以收手结案。但他们为了恢复名酒声誉，为刁明贵厂长正名，决定继续追查，抓住首犯。

潜逃的“刘师爷”、“王师傅”在何处呢？

公安人员向“王师傅”的妻子交代了政策，只要找到“王师傅”，再找到“刘师爷”，便可以争取宽大处理。妻子对丈夫是忠实的。她想，只要丈夫不坐牢，她就有一线希望。

于是，她带上公安人员到一亲戚家，去找丈夫“王师傅”。

在10余天的侦查工作中，公安人员早已领略到这伙骗子，狡猾、心毒，便先布下天罗地网。随后，再带着王妻去找他们的亲戚。然而敲开前面的房门，却不见王的影子。王妻茫然，公安人员也很吃惊：“莫非这位女人在耍花招？”

忽然这时，后屋的窗户“吱呀”一声开了，只见一个黑影在窗户上一闪，便向田野逃窜。

说时迟，那时快，小李大吼一声："站住!"然而，那黑影依然旋风一般向前奔跑。

"砰!"小李便急中生智，鸣枪警告。

那黑影如惊弓之鸟，颓然倒地，全身痉挛，动弹不得。

公安人员迅即包抄过去，抓住那黑影一看，原是酒老板"刘师爷"。接着通过刘又擒住了"王师傅"。刘、王二人双双落网，交代了和他们手足相连的另外一个制造假名酒的黑窝子。

夜，不知不觉地又降临了。老刘和小李夜以继日，撰写结案报告。全案共收缴假名酒 6 540 瓶，赃款 17 万元，抓获 8 名案犯……

区公安局正在庆祝战果的时候，刁厂长满面春风，走进西城区公安局，代表全厂职工，向为他洗刷污点的侦破人员致谢。他还捧着亲手酿的全兴大曲和奖金，登上了最初报案的两位老人的家门。

## 第三节　历史公案在延伸

茅台美酒盛名扬，
与众不同韵味长。
风来隔壁三家醉，
雨过开瓶十里芳。
外运五洲千户饮，
内销全国万人尝。
漫道此酒只乃尔，
空杯尚留满室香。

寥寥数行，为茅台写下了一曲赞歌。

"国酒"茅台，被誉为酒中珍品，确实名不虚传。古代的骚人墨客，或月下独酌，或和知己对饮，以助文思，当场挥毫，为茅台写下了许许多多的富有浪漫主义色彩的诗篇；在今朝，国人对茅台更是奉为瑰宝。

然而，在华夏这片国土上，似乎有种怪胎：名人多责难，名酒多奇遇。

“国酒”茅台酒誉满全球，作为炎黄子孙，无人不喜，无人不爱。茅台酒，产于贵州省仁怀县茅台镇，因而得名。自从茅台酒呱呱坠地，便在人们心里占据了重要的位置。

人人爱茅台酒，那茅台酒中，也密集着人类的爱。据古籍记载，早在公元前135年，茅台镇一带，勤劳的茅台人，有着勤劳的巧手，精雕细刻，徐徐而酿，产生了醇香甘美的美酒。人类在进步，科技在升华，地球转至公元1108年，即宋大观时期，酿技一跃而上，酒质大增，已酿制出“凤曲法酒”。

时至19世纪初，茅台酒已是壮年，蓬勃发展，“茅台烧房不下20家，所费山粮不下二万石。”“茅台烧春”、“回沙茅台”独具风味，茅台酿酒业已出现了昌盛繁荣的景象。到了清末民初，成裕烧房、荣和烧房，成为茅台酒业中两个佼佼者。相互竞争，比翼双飞。当时，在众多的烧房中，所酿的酒统称为茅台酒，为了竞争方便，不同的是，茅字前都各自冠上“老板”的姓，用商标来加以区别。成裕烧房的创办人是华联辉，故产品称之“华茅”，荣和烧房的创办人是王立夫，便称为“王茅”。

1915年，为纪念巴拿马运河通航，在美国旧金山举行“巴拿马万国博览会”。从美洲传来喜讯，中国人酿制的茅台酒，以其独特的风格，荣获金奖，茅台身价百倍，被誉为世界级名酒。顿时，地处黔北崇山峻岭中的茅台镇，沸腾了。镇上爆竹声声，男女老幼载歌载舞，欢呼雀跃，热闹非凡。

博览金奖，这本是件大好事，殊不知引来一场争端，一场嫉妒，一场官司。

酿制茅台酒的作坊，有几十家，而金杯却只有一个，归谁呢？

那金杯上都渗透着茅台人的心血，都记录着他们的业绩。对金杯，谁都想争，谁都要夺。成裕善造舆论，称参展茅台属于本家，奖品非我莫属；荣和八方演说，参展的茅台属他精酿，荣誉理当归于“王茅”。双方明争暗斗，愈演愈烈。友人变成了仇人，喜讯变成了恶浪。

常言道，清官难断家务事。如今是，县太爷难断“金杯案”。仁怀县知事覃光銮捧着两份状纸，十分为难。他细细听来，觉得双方均有道理，而双方都有靠山，给了华家，王家不服；给了王家，华家不服，切成两瓣，可不能如此如此……

覃知县聪颖过人，遂向省署呈文，将矛盾上交，既不得罪人，又图个轻快、洒脱。

那省署官员，同样怕承担责任，收到呈文，亦不敢造次，立即派人到南京国民政府请示、查询。

这举止，有其道理，参展的茅台酒，是由黔北所酿，而南京政府向博览会推荐，又有何变化，具体情况不明，怎能判断呢?

数日之后，前去查询的差人回县府相告，当初，为参加巴拿马万国博览会，国民政府农商部，发出通知向全国征集名产特产，茅台酒系贵州省长公署差人选送，成裕和荣和两家均选送了茅台酒。农商部官员收到展品后，十分为难，不知如何是好。两种茅台均产一地，产地相同，名称相同，酒质相同，而且两家都冠以“烧房出品”，这和国际称谓极不协调。于是，农商部经过几次磋商，将两家茅台酒作为一种产品，冠上“茅台造酒公司”的商标，这样妥妥贴贴，送往美国旧金山。

为了平息这段历史公案，省长刘显世，作出了如下指令：“巴拿马赛会茅台酒，系荣和、成裕两户选呈，获奖一份，难于分给……毋庸发给造酒之厂，以免争执。而留省府作纪念。”

事隔数年，争执未断，历史公案仍在延伸。时至20世纪80年代，茅台酒公案陡起，遍及神州。而今日公案，虽然有着内容差异，可实质仍是为了各自私利，企图吞噬“茅台”这块牌子，而哄起、角逐、蔓延……

假“茅台”泛滥，其势凶猛，其害无穷！假酒冲击波如同狂潮一般涌来，茅台公案从此一个接着一个。

新公案，率先从贵州泛起。仅就两次全省性打击假冒“茅台”的活动，令人触目惊心。

1988年10月，在名酒之乡发动了一场从北向南，席卷全省的“打假”总攻势，其势之猛，不亚于“三反”、“五反”。摧枯拉朽，工商局、公安局、检察院……一批执法机关，联合行动，浩浩荡荡，进行查处，惩罚，围剿。

据查，参与制造、贩卖冒牌“茅台”酒的单位，不仅有私营企业和个体户，而且有国有企业和集体企业；参与作案人员更广泛，有机关干部、企业职工、离退休人员、农民、街道居民、无业人员……从前是两家相争，而今是百家相斗！

遵义，这座历史名城，制造冒牌“茅台”竟有50多家，而贩卖者、转手者，比制造者高出10倍。

贵阳，这座位于乌江上游的西南重镇，仅仅9—11月，就查获165起制造、贩卖“茅台”的公案。

茅台镇毗邻的桐梓县，有一家酒厂，那厂长是个“窝囊废”，自己无能，创不出好牌子，便搞假“茅台”上了瘾，也许自认为这是他的“绝招”。有一回，他从仁怀县购回3 588瓶与茅台酒瓶相似的怀林窖酒，运至花溪镇，雇请农民，星夜将商标洗去，贴上伪造的茅台酒商标，冒充茅台，卖给广西南宁，每瓶175元。

那一年仅1—9月，贵州省就查出了380起假冒名酒案。如今的省长所碰上的困惑，远远大于当初茅台荣获万国博览会金奖所碰上的麻烦。那时，省长绝对没有想到，70年后的茅台竟遭此劫。

1992年春节来临之际，贵州省两度掀起围剿假冒“茅台”的“人民战争”。在大规模联合查处假冒“名酒”行动中，已有39万多瓶假冒货被“捉拿归案”。

在酒乡遵义地区，严惩伪劣商品办公室在联合行动中收缴各种“名优酒”假彩盒、假商标10余吨，60余万套；地区公安局抓获制售假冒名优酒犯罪分子103人，使不法分子受到惩处。遵义市还公开设立举报箱、公布举报电话，发动群众参与查处假冒货，一种“人人捉拿伪劣货”的社会监督气氛正在形成。

在查处打击假货的同时，省城贵阳市20家商业企业开展了“节日名优酒有奖捉劣”活动，在售出的名优酒上一律贴上“信誉标志”，确保名优酒质量，规定凡消费者一旦购到假货，除退还货款外，还将奖励举报人。这一做法，使走进节日名酒市场的消费者有了安全感。

搞假，富了骗子，苦了贵州。“酒省长”、“酒书记”一咬牙，下决心了：“对制造、贩卖冒牌名优酒的违法分子，一定要坚决给予严厉惩处，光没收、罚款不行，要搞他个‘倾家荡产’，并绳之以法！”

他们兴师动众，大动干戈，搞了几年，确实辛苦，确实取得了较大成果，然而并未完全刹住。

被屈辱的“国酒”啊！何日才能得到彻底营救？人们正在为您祈祷，为您奔波，为您呐喊！何日才能洗清您那被玷污的躯体，恢复您的声誉！

## 第四节　指鹿为马　清官难断

这故事离奇，它横贯中国南北，实则是从东北向西南倾斜。

说它奇一点不假。要说原委，得将故事分作两端，一端在长白山下的吉林市，一端在云贵高原的春城。始于长春，终于昆明，横穿巴蜀，波及神州。这奇案南北交错数千里，涉及三省。笑话连篇，奇中有奇！

东北是老区，人的素质、觉悟的高低，自然名列前茅。抗日时就练出了一套反假、抗假、斗假的本领。对他们来讲洋鬼子不怕，小日本不怕，冒牌货更不怕！

长春市工商局宽城分局的工商干部，有着长白山的气质，认真、踏实，更有着不到长城非好汉的传统。

嘿，那冒牌货无孔不入，说着说着便来了。某饮食服务公司经销部采购员老赵，是位富有长白山气质的人。他的采购生涯虽没有长白山那样老，可也有二三十年了。

有人说“无商不奸”，而老赵却不是那种偷奸耍滑、刁钻刻薄、爱吃“欺头”的人。对事业他忠心耿耿，对业务，他熟悉忠义，对人他厚道虔诚。在业务上，他是把好手，从没有半点失误。

然而，这一回，他破天荒干了一件说不清、道不明的事。前些日子，他浪迹天涯发现长春城内，名酒脱销。东北人咋能离开酒呢？那时正是寒冬降临，冰雪满天的数九寒天。可以说，酒是东北人的血液，它不仅用来助兴，更重要的是酒能舒筋活血。

东北人爱酒似命，且特爱白酒，也就是白酒中的名酒，名酒中的烈酒，多多益善！

这年月，名酒谁不爱呢？东北缺，华北也缺，老赵鬼使神差，不远万里，步入昆明。啊！真壮观，春城无处不是酒！他一举在一家干部离职休养所，购下了“五粮液”酒6 400瓶。

他风尘仆仆，一路艰辛，一路笑声，自认为又一次为长白山人作了大贡献。

酒还未到，老赵就把信息扬了出去。嗜好者登门问好，经营者纷纷签订合同，乞求他转让批销。

“五粮液”一到长春，好像哪国元首来访一般，嗜好者倾城出动，击鼓欢迎。

质检员拨开人群，取来“五粮液”作质检。一查，便傻了。这“五粮液”瓶底有沉淀，酒质浑浊，不香不苦，淡而无味，这酒有假……

老赵从早到晚，忙于“名酒”的销售，签合同，发货、收款，忙得溜溜转。消息传来，他哪里听得进呢？

“老赵，不能再发了！”质检员发出了指令。

“为什么？”老赵疑惑不解。

“是假酒。”

“啊，怎么会……”

消息传来，如同一声炸雷，他当场就瘫倒在椅子上，号啕大哭起来。“男儿有泪不轻弹。”何况他如此好心没有好报呢？一心想立功受奖，殊不知“败走麦城”，怎不叫他痛心呢？

“一定查个水落石出！”市工商局的领导调兵遣将。

从何处着手呢？自然，首先是追究采购员老赵了。

工商局领导一个电话，召去了赵采购。他战战兢兢地掏出那张云南某质检所出具的“五粮液”质量检验证书。白纸黑字，明明白白写着“五粮液”、“合格产品”，那末尾还嵌一块大红印。能有假吗？

这似乎无可置疑。老赵老泪纵横，哭诉着原委。他还说，在昆明采购时，谈过数家批发的名酒，一般公司我不放心，怕上当受骗，所以才选中了老干部离休所办的公司，他们都是一些德高望重的老革命，还能搞假吗？再说，又有省级质检部门出示的证据，不信也得信呀！谁知……，唉，会是如此遭遇呀！

省工商局的领导，面对“合格”证书，似乎无疑了，但大瓶大瓶的“五粮液”却又是假名酒。一时，为这事内部也争论不休，而且分成两派，一种意见认为这些都是事实，都足以证明“五粮液”不会有假，可以放行，这 6 400 斤，纯利就是 15 万元，倘若全亏了，这笔巨款谁担得起呀？算了吧，别自己搞自己人，地方利益要紧哟！

可另一些人却针锋相对，嘿，这些酒明明是假冒，对搞假骗人，能开绿灯？原则到哪儿去了？良心到哪儿去了？

宽城分局无奈又拿着抽检的样品，匆匆忙忙请来吉林省一位国家级评酒员鉴定。可以说，这是最高层次的鉴定了。那位评酒员，一生中，身经百战，尝酒无量，全国几届评酒会他都身临其境，13 家名酒，他尝过数次。总之，他是一位享有盛誉的评酒名家

这位评酒员被请来那天，他自个要求找一个僻静房间，斟酒三杯，一天内，自尝自辨，自辨自定，终于得出了结论：“这酒是合格的‘五粮液’，没有错。”

“神啦！真的神啦！”宽城工商局搞质检的全体人员，面对国家级评酒专家定语，仍然半信半疑，不禁惊叫起来。如果说是真酒，那纸箱粗糙，字迹模糊，包装旧巴巴的，瓶口封闭不严，更使人生疑的是商标上那枚名酒金奖标记，和圈围的稻、麦烫金的颜色有假，图案没有突出……这一切又如何解释呢？

评酒员自有道理：“怎么不像，论色泽，讲香味，全和‘五粮液’一样，能假得了吗？”

争论喋喋不休！众说纷纭，莫衷一是。

这批假“五粮液”，作假技能颇有点绝，那酒质竟达到了以假乱真的地步，把国家级的评酒委员都耍了。因此，也有人顺水推舟：“这酒不赖，就指鹿为马，认假作真，算了吧。”

然而，工商部门的领导却不同意，发出指令：

“不行，尽快邀请四川支援，查个水落石出！”

一道命令，宽城分局遣人背着酒南下，专程赶到四川五粮液酒厂做检验。

“五粮液”是金沙江上的一颗明珠。远远望去，那高大而别致的厂门上，悬着“质量——五粮液精神的生命”，10个金光闪烁的大字。醒目，诱人。来者观后，无不喜悦！

五粮液——这颗雄居于世界酒林之上的星星，似一幅气势恢宏的画卷。多少创业的艰辛，失败的苦难和成功的喜悦，令人目不暇接，像一座异彩纷呈的殿宇；独特的工艺，神奇的勾兑，精美的酒体，绝妙的风味，更令人心驰神往！

检测手段，对于五粮液酒厂来讲，是多种多样的。这次邀请检验，他们没有使用现代化的手段电子计算机，也没有使用试管呀、化验瓶，而是推出“两代风流”：国家级勾兑专家范玉平和他的小女——商业部评酒委员范国琼。

这父女双双，有着独特的味觉和神奇的“特异功能”。对自己酿的酒不用品尝，仅用鼻子轻轻地一嗅，便清楚其标号、度数、酒龄……

范玉平和酒打了一辈子交道，深通酒性。对全国各地之名酒，只需滴酒沾唇，便能品出其牌子、产地、年头，以及所含的各种微量成分。他能得此大名，更在于他的味觉的灵敏过人。

他打开长春送的“五粮液”，瓶口起处无香味，再用舌去尝，酒到口中，当即大吼起来“假的，假的！”五粮液酒具有香、浓、甜、净、爽五味的特色，可这酒喝起来，既没有香味、甜味，更没有爽味。

范大师漫不经心地戴上老花镜，再详查细看，他的眼珠儿大了。五粮液商标，曾荣获“中国驰名商标”之一的殊荣。它的美感，它的特征，它的魅力，一点也显示不出来。

争论数月的“假名酒”公案，从此进入了一个真伪明朗的终审阶段。工商局全部收缴了假冒酒，把此案列入专案，进行全面查处。

从此，昆明和长春的有关人士，被推上了被告席，接受法律制裁！

## 第五节　假中假　案中案

在五花八门的假酒案中，真令人眼花缭乱，目不暇接，有张冠李戴的"冒牌货"，有移花接木的"拉郎配"，有指驴为马的乱点"鸳鸯谱"。在四川新近又挖出一个假酒窝。

### 1. 南征北战

夜，随着奔流的长江，已经进入万籁俱寂的午夜。在市工商局的门前值班室，老魏接到一个紧急电话。值班室，立即忙乱起来。几位商检人员，爬上面包车，风驰电掣一般，向北面的盐都奔去。

司机紧握方向盘，在一段崎岖的山道上疾驰。当汽车快到岔口时，一列货车呼啸而来，汽车只得沮丧地待在一旁，喘着粗气。

当列车驶过后，"面包车"迅速驶进了火车站，老魏和小李大步流星走向车站调度室。

"喂，同志，请问，我们是调查情况的。"老魏边说，边出示证件。

"啥情况？"值班的黑大汉不耐烦地问道。

"有批酒，经过本站发至山西大同，请暂时不要发货。"

"为什么？"值班人伸出半个脑壳，不解地问。

"有问题！"小李精明地补上一句。

"啊！车，刚才已经出站了，难道你们没有看见？"他两手一摊，十分为难。

他们望着北去的列车，长叹一声。眼看这批假酒从他们的眼皮下溜掉了。

凌晨，他们火速返回市里，连水都没吞一口，老魏又向市府奔去。市领导指示：要千方百计挡住那批假酒，不能让其败坏了酒厂的名誉。

长途电话迅速接通成都，可消息传来，使人懊恼，发往山西大同的货车，已经通过成都站，并向广元方向驶去；接着，他又向广元火车站发话，回答是列车已经开过广元。

繁忙的春运，铁路在加速运转，列车如飞如腾，要想追赶，太难太难。最后，市府作出果断决定：要借助空运优势，派人乘坐飞机直奔大同，截住这批假名酒。

与此同时，另一个调查组也跟踪追击查清了这批假名酒的件数和发往的地方。

事关重大！直接关系到川酒的声誉。于是市府向地区行署报告了案情，行署又向省府汇报了情况，并向省政府求援。省政府火速向大同市拨了长途电话，请他们积极配合。

迎着利箭一般的北风，飞机降落在大同的暮色中，老魏和小李兴致勃勃，走下舷梯。在呼啸的西北风中，小李如同一根芦苇，在风中东摇西荡，瑟瑟发抖。

车与人，几乎同步进入大同，他俩决心要出其不意，攻其不备，挡住那辆装川酒的列车。他们不顾寒冷与疲劳，直奔铁路局，找到了负责人，又出示了四川省政府开的介绍信。在铁路部门的配合下，将刚运到的川酒车厢打开，一箱箱“尖庄”酒展示在他们眼前。经过鉴定，全是一批仿冒“尖庄”牌子的假货。

于是，小李与老魏又深深地陷入了沉思：

这批假“尖庄”从何而来？又出自谁的手？

**2. “官”逼民反**

正当人们兴师动众，跟踪追击一批假冒名酒的时候，某酒厂以其浩然之气，在全国糖酒春季交易会期间举行新闻发布会。

大厅内，新闻记者云集。领导纷纷莅临，更为红光满面、精神抖擞的某厂厂长增添了一层浓厚的保险色！

这是一次绝妙的新闻发布会，也是一个自我吹嘘的大讲台。那会，对从长江边来的他来说，可算是开天辟地第一次。这会，自然也要花去一大笔钱。

杨厂长站在台上，神情专注，侃侃而谈：“天府多名酒，酒乡属宜宾。我们酒厂就是酒乡的一个小有名气的厂家。”

他侃谈历史典故，今昔变化，以及酒乡圣地的来历与运转。可是，就是那位厂长正在前方口沫飞溅之时，可他怎么也想不到在他的后院（工厂）却起了火。

工人向有关部门揭露了工厂的一些问题：

“我们酒厂的生产习惯特殊，白天，厂里冷冷清清，即使生产，也只装点酒不贴商标和标识。晚上，通宵达旦，逼着全体工人，拼命装酒。谁都感到奇怪，装好酒却不贴自己的商标，而贴别厂的商标。噢，鬼得很，买方需要啥酒，就贴啥商标。这是我亲眼所见，亲手所干呀!”

有一回，看见他们深更半夜装“泸州二曲”，满满一车间，我便偷了一瓶，揣在怀里，向大门走去，准备上市里去报案。走出第一道门时，没被那守门的“岗哨”发现，可是，当走向大门时，门前警戒森严，腿还没迈出门槛，两个彪形大汉便堵住了我的去路。那胖子大吼一声“站住!”另一个伸出两只铁钳般的手，卡住了我的脖子，从怀中搜出了酒。随即将我拖到厂长办公室审问。与此同时，他们向派出所写了材料，以“干扰”生产的“罪名”要求将两青年抓起来。

杨厂长的“智囊团”这次失了灵，没想到为他俩提供了一个揭假的好机会。他们进了派出所，就一五一十地把这个搞假酒的大本营，和盘托出……

派出所也来得绝，没几天便将两青年释放回厂，要他们继续监视这个“假酒窝”的行踪。

厂长万万没有想到他俩这次进厂变换了手法，厂内的酒封得比罐头还严，要想抓到几瓶，确实难。但他们知道，无论他们做得如何诡谲，假酒终归要进入流通领域——市场。

不久，他们发现了该酒厂在成都设有办事处，并开了商店，于是他俩千里迢迢，利用假日，星夜上成都，从那里购得“尖庄”和“泸州二曲”酒各一瓶，经检验该酒瓶、酒质、商标纯属仿冒。

随后，一封灰色的检举信，火速转入了市工商行政管理局那幢橘黄色的楼房内。

此时，大同的信息也一齐反馈回市里。这个假酒窝，已被彻底暴露。

杨厂长一阵惊慌失措之后，他们如同毒蛇一般，面对寒流，本能地从地面转入地下，从原野转入山洞，用五颜六色的面具把自己伪装起来。

他们的第一个举动，那便是大转移。一批假冒酒向地处山区的高县、兴文方向运去，26 万套假冒商标，用两只大皮箱，4 只大麻袋装着，派出一辆“丰田”面包车，向成都方向驶去……

### 3. 夜袭蓉城

青年工人的揭发，仅仅是为侦破提供了引子，而真凭实据又在哪里呢?

市专案组的人员，星夜兼程奔向成都，发现了该厂在成都设有办事处和商店。可内攻不破，他们决定冲破外围，寻找一个突破口。

老魏他们同行四人，均系市检察院、市工商局的精壮汉子，还有公安局的配合。

这次去的侦查组，老魏仍是核心人物。在途中，他已作了战略部署。

某酒厂成都的商店，负责人姓高，是位“老成都”。此人好酒，也好色，店堂上，为了装点门面，也为满足他个人的性欲，专门聘了一位漂亮的小姐。“名酒”加美女，更引人注目。平素南来北去的顾客，买酒还是看酒，有事还是无事，都会刹一脚，进店观光、品尝。所以那酒橱前，经常是宾客盈门，热闹非凡。

这个店，高某拿到手，他觉得自己干起来碍手碍脚，他转让给“公关小姐”张某。高是经理，张任副职，二人合作默契。

擒贼先擒王。然而，他们派人几次潜入店侦察，可那高某，又狡又猾，早闻听主人出了纰漏，他便隐居深宫，不见人影儿。

一日，李、魏装作采购员，又专门制作了名片，前去试探，要购买“五粮液”、“尖庄”酒的商标。可是没答上几句，“公关小姐”凭着她机灵的杏眼，察出了漏洞，便转移了话题。

唉，真难呀，这地方搞得针插不进，水泼不进，一时弄得几名侦查老手左右为难。

老魏急中生智。他便用高价请来守门的那位老翁。他们请他上了车，可没开多久，车进了省检院那扇大门。老翁一看那牌子便心中不悦，继而大吃一惊，然后依计而行。

老翁骑一辆永久，老魏和小李在后面随着，缓缓地向郊外驶去。

那是一片田野，穿过小径，在府河的北岸，一片竹林中，找到了高的住所。

“咚，咚，咚……”老头仍然按照以往的习惯，敲了三次门，不见人影。门前的太婆，一看来了两名陌生人，不禁吓了一跳。她定定神，又壮起胆子上前答话。

“晤，老哥，你们找谁呀?”那太婆一双亮眼后面仿佛还有一双眼睛，在监视着他们。

“找经理呀，他上哪儿去了呢?”老头始终不给她一个准确答复。

“有啥事儿，我可以转告他。”

“喔！有急事，公司来人要他去商量……”老头急忙答话。

“哎呀，他一般要晚上 10 点以后才回来。如果要找，晚上 10 点来，我叫他等你们好了。”太婆眨巴着一双火爆眼睛，几句话便把他们哄走了。

老魏一行，确实按照那“热情”的老太婆的吩咐，盯着时钟，等到晚上 10 点，又到了府河北岸。然而，他们顺着田埂，摸到高的那座新式砖房门前时，却大门紧锁。

他们做梦也没想到，那太婆把他们出卖了。晚上 6 时，高走进房门，太婆就立即告诉了他下午发生的情景。因此，他没落脚就溜了。

在老魏的鼓动下，老者又提供了新的线索，从而在一派沉默中，他们又整装出发了。

夜幕已经降临。两辆面包车，一前一后，驶出西门，便向金牛坝方向奔去。他们决定先去寻找“公关小姐”的家。

那是一处偏僻的农院，他们在公路边下了车，徒步走向张家院子。

天已经全黑了，田野上除了青蛙的叫声，再也听不到都市的嘈杂声。

门紧闭着，窗户上透出微弱的灯光，几次叩门之后，门内无人应接，而灯却猛然熄了，周围一片漆黑。

“是不是走错了路?”老魏小声地问。

“没有，绝对没有。”老头再次张望黑漆漆的农房，肯定地回答。

又是一阵“咚，咚，咚”的叩门声，可依然没有反应。

“咔嚓!”他们破门而入。黑夜中，传来了男女混杂的惊叫声。在一束电筒的光圈内，露出了两个裸着身体的一男一女。

屋内在惊叫，屋外在惊喜。巧极了，他们要找的这对“宝贝”，竟在此双双待擒。

**4. 星夜合谋**

郑州，这座中原的交通枢纽，是闻名遐迩的旅游胜地。在 1986 年 10 月，全国糖酒交流会，还未拉开序幕，那繁华、热闹的气氛，已经使人陶醉。琳琅满目的商品货物，色彩斑斓的各种名酒，南来北往的中外客商，更为本届交易会增添了无数的兴致、情趣。

杨厂长对这样的热闹场合，抛头露面的好机会，他是绝对不会放弃的。即使没啥生意，结识几个朋友，打几张粉红色的名片出去，也算一大胜利。在郑州，他望着五彩缤纷的世界，他浮想联翩，昏昏欲醉，从郑州飞抵成都，马不停蹄，又火速赶回象鼻山。

杨厂长那只黑色大皮包，刚放进保险柜，便召来“智囊团”的核心人物——常务顾问兼质检科长徐某。

杨厂长与徐某，那可是城隍庙的鼓槌，天生的一对。一个因贪污被判刑两年；一个因严重政治错误，受留党察看两年的处分。

他俩同年同月生，同年同月长，同在这片土地上，一同干着说假、造假、卖假的勾当。

很自然，情感相近，臭味相投，情趣相当，徐某忠于杨厂长的事业，杨厂长对徐某另眼相待，情同手足，亲若孪生兄弟。

“这次郑州之行，收获颇大。”杨厂长躺在黑色的牛皮沙发上，漫不经心地拉开了话题。“老兄，我们的生意做得太小气，太保守，郑州交易会，算当今一流的，气魄恢宏。哎呀，真是惊人，货币如洪水、流沙，有着气吞山河之势呀!”

“啊! 杨厂长，您的意思是……”徐某掏出翻盖“红塔山”，恭恭敬敬给顶头上司递一支，然后，又回到座位，洗耳恭听。

"在交易会上，老友、熟客们都提出要'尖庄'酒，泸州'二曲'，现钱现货，有多少要多少。这是难得的好机会……我们的头曲比'尖庄'好，大曲比泸州'二曲'强，不用单独勾兑，转换机制，我看质量只有比它好，不会比它差。不知徐兄有何高见?"杨厂长掐熄烟蒂，背靠着办公桌，望着"高参"，等着他的表态。

"高！高！厂长，这个计划好，十月是'红十月'，就叫做'十月计划'。"徐某顺着厂长的旨意应着。

"嗯，好！就叫它'十月计划'，得马上组织人力、物力实施。徐兄，就看你的了！"杨厂长皮笑肉不笑地发出了指令。

徐某受宠若惊。他以叱咤风云的"胆略"，来去匆匆，分别在盐都、山城、成都购回伪造的"尖庄"、"二曲"的商标 45 万套，从包装厂、纸箱厂购回非法印制的包装"尖庄"、"泸州二曲"的纸箱 9 000 余个，利用劣质酒包装假冒名优酒"尖庄"、"泸州二曲"，于是又一批冒牌货钻进了市场。

钞票宛如洪水一般流进了杨厂长的"金库"。他抱着大叠、大叠的人民币，狂呼："啊，胜利了！"

小人得利更猖狂。从此，该厂便全面拉开制造、推销假冒名酒的勾当。他们相继在成都、大同、石家庄等地分设了五个办事处，向西北、华北、中原等 10 余个省市，推销假货。徐某这位高级顾问，还担起"外交大臣"的要职，整天奔波、周旋，靠着他那三寸不烂之舌，打通了一个个渠道。

**5. 锒铛入狱**

5 月 30 日的凌晨，从南宁传来一个振奋人心的消息：杨厂长被抓。

在审讯室，杨厂长耷拉着脑袋，他不言不语。但人们不会忘记，他是一位作案的老手，坐班房的常客。经历这场面，他不是第一次。

调查证实，1988 年 2 月 2 日，该厂又一次将假冒"尖庄"酒 45 吨，销往广西，投入市场。广西和四川合作，抓住了不法之徒杨某。

这些年来，杨某生产假冒名酒，之所以能闯入华北、东北，以至蔓延到半个中国，是因为他利用高额利润行贿，收买了一些关键人物。据核实受贿的共有 8 人，现金 7 万余元。

1988 年 7 月 23 日，市人民法院，当众宣判了两起案子。

一是，以被告杨某为首的团伙，制造、倒卖假名酒案。被告人杨某犯假冒商标罪，判处有期徒刑 3 年；犯行贿罪判处有期徒刑 2 年；数罪并罚（诈骗、行贿、倒卖）决定执行有期徒刑 5 年。

二是，被告人吴某于 1985 年下半年至 1987 年 3 月期间，利用职权之便，从杨某处索取“雅马哈”80 型摩托车一台，现金 8 000 元，依法判处被告人吴某有期徒刑 6 年。

# 第三章　真假李逵的厮杀

商标，作为商品的标志，堪称五花八门。人们每时每刻都在创造财富，创造产品，每时每刻也在创造商标。虽然，商品的商标，犹如人的名称，只是一个代号，没有属性的内涵，也没有商品那样的使用价值。然而驰名商标的特殊功能，却是不可估量的。

“驰名商标”这个载入《保护工业产权巴黎公约》的专有名词，已经使用百余年。自然，“驰名商标”，在人们的生活中，显示出一种特殊的魅力，引人注目。

五彩缤纷的商品市场，如同竞技场，受人关注青睐。对消费者钟情于名牌商品，向往的是商品的货色，质地，就企业而言，名牌不仅代表企业的形象和信誉，而且会源源不断地引来财富。

由此可见，商标，对于一个企业似灵魂、如筋骨。拥有驰名商标的厂家，总是俨然像爱护自己的眼睛一般，爱护自己的商标，保护自己的知识产权。这是情理之中的事。令人憎恨的是，在金钱诱惑之下，几乎每一种名牌商标，一旦问世，其背后，都寄生着一群贪婪者。他们不劳而获，露出狰狞的面孔，摘取别人的胜利果实！

面对现实，近几年，中国市场上的假、伪、劣商品已经泛滥成灾，无处不见，无孔不入，像一股祸水流向神州的每个角落。因此，随之而来的商标盗用、伪造、仿冒等侵权行为，屡见不鲜。

## 第一节　“口子酒”开不得口子

“真的，‘口子酒’开不得口子呀！”很久以前，许多权威人士，早就这样告诫过。然而，事物的发展却令人遗憾，“口子酒”一开了口子，便立即出现了一场混战！

地处安徽北端的淮北市，是口子酒的故乡。

老祖宗开创出来的口子酒，后人继承，借以享受，借以发财，仿佛是天经地义的事。

多少年来，口子酒鲜为人知，到了20世纪中叶，时来运转，身价百倍，如珍珠玛瑙一般，连获三个大金牌：早在1955年，它就荣誉高扬，被评为国家甲级酒；1979年，酿酒业在神州猛然崛起，“口子酒”大开口子，冲向全国，压倒群芳，一举被评为国家优质酒；1984年，全国轻工系统名优酒质量大赛中，淮北市和市所辖的濉溪县两个酒厂生产的口子酒皆大欢喜，双双获金牌奖。

商品社会就是如此不公平，发展吧，就必然存在竞争；竞争吧，实则残忍，你“死”我“活”，大鱼吃小鱼，小鱼吃虾米。似乎没有“道义”可讲，也没有谦让、“和平共处”相随。

但也不尽然，口子酒生得逢时，也过得安宁，名声，在发展中也日益高涨。在20世纪70年代前，淮北市只有一家口子酒厂，随着改革开放，由于市场的需要，用户的渴求，便大力发展，一家分两家，一厂变两厂：淮北市酒厂和濉溪县酒厂。各立门庭之后，这对孪生兄弟，平平安安，各自奋发图强！

然而平安中有涟漪，1987年，在全国保护名优产品展览会的筹备工作中，人们像哥伦布发现新大陆一般，突然发现闻名遐迩口子酒，钻出两种牌子，有关部门在同年12月致函淮北市酒厂，指责该厂使用的口子酒商标属于侵权，令其不再使用。

真是无巧不成书。这一戏剧情节，酷似“茅台”酒首次获得巴拿马国际金奖时，涌现的纠葛。那一纠葛，经过调协取得圆满结局，而这纠纷却难评说。此时此刻，淮北市酒厂正踌躇满志，展翅欲飞。经国家批准，在原厂的基础上，拨巨款，大兴土木，扩建、更新，准备达到年产白酒5 000吨的规模。这可是宏大的计划，是皖北的一大工程。这一计划的实现，安徽东北角将会出现声誉远扬，经济腾飞的势头！

晴天霹雳！已经动土的扩建工程轰轰烈烈，然而因商标问题使全厂职工如入冰海。倘若这么干，淮北市酒厂的职工不会同意，几十万淮北市民也会有异议。

嘿，提出这个疑点的人，似乎也不无道理。其理由是，淮北市酒厂的注册商标是“濉溪”牌，只能叫濉溪酒；而另一家酒厂濉溪县酒厂注册的商标为“口子”牌，方可叫口子酒。遵照法律依据是，酒的商品名称要与商标统一起来。

真叫人惋惜。如果按照上述精神，硬下命令，把淮北市酒厂一掌推进白浪滔滔的濉溪河，那么这个已经营近 20 年的骨干企业，将一败涂地。经济学家预测，产值将下降 83％，而口子酒的总产值将减少 94％。

更可怕的是，这对“双胞胎”，本是“和平共处”，齐头并进，将会解体分裂，互不服气，从此内战不休！

追溯“哥俩”发展史，口子酒取“口子”为特定名称已有 30 多年。几十年来，淮北市酒厂产的口子酒，7 次被评为省优、部优产品。那酒，行家尝了交口称赞，嗜者饮后只觉千杯少。1989 年一个好机会到了，在全国第三届名优酒评比中，实力雄厚，得分很高，已和一国家名酒的总分不相上下。只因两厂使用同一商标口子酒，而败下阵来。当时厂长听了这则不幸的消息，几乎昏厥于地。

再说，这对孪生兄弟，多年来情投意合，亲如手足。它们通力协作，不分彼此，取长补短，从不伤和气，在技术上共同磋商；在经济上互相支援；在交往中，友谊第一，共同前进，共同富裕，是对好兄弟。1985 年，两厂共产口子酒 522 吨；没两年就增加到 1 124 吨。市酒厂人强马壮，发展势头高，占将近 2/3，而且还承担了部分出口任务。外商对“濉溪”牌酒的评价很高，所以选中了这一出口产品。

也许问题就出现在发展上，各有所好，各有所爱，备有所求。“濉溪”牌红火了，难免叫人产生嫉妒。

这一系列的变化、发展和误会，都阴错阳差，引来了一场误会，一场风波。究其原因，这里有习惯势力的侵扰，有历史演变中的差错，也有人们心理不平衡，从而引起思维上的波动。

1979 年 10 月，全国清理商标时，国家商标局，对两个酒厂分别核准了商标。“口子酒”三个字都同时核准，写在册子上，白纸黑字，谁也动不了啦！曾于1979年被工商局核准使用的“濉溪牌口子酒”商标的淮北市酒厂，到如今却碰上了困扰。这困扰，说到底不是天灾，而是人祸呀！

这风波，愈演愈烈，外交上的纵横捭阖，舆论上的众说纷纭，搅乱了人心，影响了生产。有人说，这也许是“天意”，抑或是阴错阳差。这名称就奇，淮北市酒厂产的“口子酒”起名叫“濉溪牌”，而濉溪县酒厂产品又称为口子酒。乍一看，似乎是牌子和产地互为矛盾，不符合一般习惯，因而受人怀疑，受人指责，这也难免。不过这是从字面上引出的联想。

有人为之鸣不平，“濉溪牌”和“口子牌”同一个祖先，同一个基因，同一个父和母，又在同一片土地上，为何要生拉活扯，使他们骨肉分离，短兵相接呢？国家工商局负责人曾在全国工商局长会议上指出：“对于产品经济模式，留存下来的一些不利于发展生产力的管理办法，则需要按照商品经济观念加以改进。”这话讲得好极啦！贯彻执行商标法，是应考虑如何有利于发展生产力这一因素。口子酒商标所引出的风波，也许在全国是特殊中的特殊。它俩在创业中诞生，在发展中共存，不存在谁侵犯谁的问题。倘若从有利于发展生产力，满足国内外市场的需要出发，也许两厂共存，“和平共处”，是一个发展的象征。一旦人为地骨肉分离，将会“内战”不止，消耗大量的精力、实力和财力，到头来，两败俱伤，国家受损。

有人为其辩解，口子酒商标有它的特殊性，特殊问题，应特殊处理为妙。历史的本来面目是，60年代末，淮北地区只有一个酒厂。70年代初，由于口子酒成为群众向往的佳品，市场的渴求，一厂分成两厂。市、县二酒厂是同时起步，共同发展。酒民对这两个是一视同仁，决无厚此薄彼，宠爱一家，嫌弃一家的念头。口子酒的荣誉、牌子、历史，应属于两个厂共同财富！

这也是有法可依的。《中华人民共和国商标法》第五章第78条规定：“财产可以由两个以上的公民、法人共有，共同共有人对共有财产享有权利，承担义务。”根据民法通则，两厂都有继承、使用口子酒特定名称的权利。

“真没想到，好好的两个厂子，却为丁点小事发生内讧，真担心啊，倘若纠纷延续下去，可就喝不上口子酒啦！”在大街小巷，群众有这样的议论，有如此担忧！

这场纠纷已经闹了一年了，给生产者和消费者，都带来了一片忧思，一种不安！究竟如何结局？何日结局？凶吉难卜！

亲爱的读者，请别担心。笔者在快搁笔的时候，《人民日报》在 1992 年 9 月 6 日，以《濉溪口子酒厂发挥党员模范作用》为题，报道了“濉溪县口子酒厂”的情况。《经济日报》在 1992 年 9 月 11 日在事隔 4 天后以《淮北市口子酒厂今年再上新台阶》为题，报道了“淮北市口子酒厂”的情况。

《人民日报》报道：“生产优质高档消费品的安徽省濉溪县口子酒厂，近年来，在深化改革，转变生产经营机制，开拓国内外市场，发展外向型企业的同时，始终坚持两个文明建设一齐抓的方针，注重加强基层党组织建设，发挥共产党员的模范作用。”

“已连续 7 年获安徽省创最佳经济效益先进单位和夺魁单位的濉溪县口子酒厂，1991 年创利税 4 420 万元，比上年增加 2.5 倍；今年上半年实现利税比去年同期又增加 48%，创该厂历史最高水平……”

《经济日报》报道：“以生产国优名酒濉溪口子酒著称的安徽省淮北市口子酒厂注重科学管理，在深化改革中不断完善以质量为中心的经济承包责任制，保证了产品质量的稳步提高，促进了经济效益的大幅度增长。今年 1—8 月份销售额实现 9 772 万元，税利总额达 4 401 万元，比去年同期增长 14%和 28%。”

“该厂在发展传统酿酒工艺的基础上，不断创新，注重科技投入，走科技兴厂之路。他们利用气相色谱分析和微机勾兑等现代科学手段，减少了常规化验和人工勾兑的复杂程序，有效地控制了产品质量指标的准确性，从而保证 3 个系列，20 余种产品质量的稳定和提高，在广大消费者中赢得较高声誉，继今年荣获 1992 年国优精品博览会特别金奖之后，又获 1992 年京城酒文化节社会公认名酒，产品远销美国、加拿大、东南亚等世界各地……”

## 第二节　偷鸡不成倒蚀一把米

当一个人成为死皮赖脸的庸人，倘若由这样人的操纵企业，企业也许会走上同样的命运！

该怎样形容他们呢？该怎样骂他们呢？南海边某酒厂的头，长双懒手，没有能耐就搞假酒，说假话，哄人，骗人。他们挖空心思，做着发财梦，其结果却搬起石头砸了自己的脚。钱没骗到，却臭名昭著，无地自容。

那是1988年初的事。一天，两台解放牌大卡车，装着满满两车“茅台酒”，一溜烟，驶进了河南某林业局劳动服务公司。

当时正值春节前夕，在这个豫南偏僻小县里，听说来了“茅台酒”，人们奔走相告，市民们争先恐后要买“国酒”。

次日清晨，天刚发白，那街口、路边，来的，走的，老的，少的，不多时，聚成人山人海。一双双期盼的目光，盯着服务公司那扇紫红色的门。都想尽快买到“国酒”，先品为快！

杜康故里的河南人，有着爱酒、惜酒、饮酒的传统。特别是对于烈酒，也许是祖先的习惯，使他们形成了“无酒不成席”的老传统。这里虽说偏僻点，可改革之花，在山里山外，开得红红绿绿，热热闹闹，地也富了，人也富了。百姓的观念变了，购买力增强了。平素，来个什么“洋货”、“名货”的，像闪电一般，倾城出动，一抢而空！

“茅台酒”引来的风声很快就传到县工商局，领导一听起了疑心，“哎，这林业局服务公司，只不过是个鸡毛店，哟，这些待业人员真有点神通广大，一次竟搞到800件（4 800公斤）……嗯，我看有鬼。”

局领导立即派人前去试探虚实。工商人员拨开人群，走进店门，远远望去，那包装箱上明明白白印着“茅台酒”，那图案，那字迹，那色泽，与贵州茅台酒厂出产的产品一模一样。这一切都是现实，又是事实，谁能否定呢？他们从箱内取出一瓶，详斟细酌，更傻了眼，这酒瓶包装特别，瓶为圆柱形，乳白色，瓶贴画面红白相间也是“国酒”的商标，整个设计、图案、外形，都无两样。再细看，在包装的一个不显眼的地方，冒出四个蝇头小字“中国宝山”。

怪哉！茅台酒厂在贵州省仁怀县茅台镇，怎么宝山又钻出一个“茅台镇”?

“这酒有假冒嫌疑，暂不销售，立即封存!”办案人员下了指令。

“不行，春节群众需要酒，应该满足!”服务公司的态度很硬。

流与堵，销与存，形成了对抗。办案人员请示局里，局里请示县里，县里又请示省里，省里下了决心，方将800件（4 800公斤）“名酒”暂时关了警备。

“中国宝山”，唉，那“宝山”究竟在何处呢?

专案组老李拿起《中国地图册》，翻来翻去，从东北找到华北，又从华中找到中南，偌大一张中国地图，却不见“宝山”的影子。他无奈又到县图书馆去查，在中国地名录中，才找到“宝山”，原是广东省的一块偏僻地。

办案人员，顾不上与家人团聚，就拉开了长腿，下南海，上京城，转战南北，总算没有白费精神，闹了个一清二楚。

假货的诞生与成长，总是伴随着许多戏剧性情节。

他们南下广东，查明“中国宝山”原是广东省惠州市某酒厂制造。货主称：“这批酒是按某军需生产处的通知，发运到河北省邯郸驻军，在内部销售，途中货车与客车相撞，车头被撞歪了，对方横行，不认输，也不赔偿损失，矛盾一时难以解决。因此决定暂存正阳。日子一晃半月过去了，酒没赶上部队的需要，便退了。正阳人爱酒，所以决定就地销出。”

话说得轻松，动听，确实富有戏剧性!

这话是真是假，就让别人去评说了。

可专案人员有种“职业病”，不注重戏剧性的故事如何精彩，却着眼于事实。

人们讨厌“搞鬼”，其实“搞鬼”也需要“学问”和“才华”。没有这方面的“本领”，想欺世盗名，白搭。

“宝山茅台酒”的孕育和诞生，“谋士们”确实花去不少心血。追根溯源，在此地，原有一种牌号，叫“宝昌牌”，是东莞县驻军某部综合加工厂所用。这牌子未履行注册手续，不久部队整编，要调出此地。也许他们是从爱民着想，将牌子无偿转交给地方一家酒厂。“宝昌”这名确实取得妙，叫人喜欢，那家酒厂“老板”的大脑特别发达，来了个移花接木，将“昌”字改为“山”字，“宝山”和“茅台酒”两者结合，摇身一变产生了“宝山茅台酒”。往后，他觉得不够意思，仿冒需求“真”，于是再次进行移植，在商标画面上放大“茅台酒”三个字。然而，他又觉得太“露”，若被真“茅台”看见了，假“茅台”会吃官司，于是又在不显眼的地方，若明若暗地标上“中国宝山”制造几个字样。

酒“老板”乐了，洋洋得意。这样一改恰到好处，真真假假，麻了不少用户，这几年很生效，销路好，能吃钱，很快就发了家。老板还受到上级领导的重赏和职工的抬举。

脸色清瘦的老板，万万没有想到，好马也会失蹄。这一次，摔得不轻呀，侵权，吃官司都不打紧，“出国梦”从此破灭了。

1988 年 8 月 24 日，正阳县工商局依据《商标法》作了决定：“责令广东省惠州市某酒厂将正阳扣获的所有‘茅台酒’瓶贴全都销毁，无标瓶酒限价销售；鉴于该厂侵权行为比较严重这一事实，并处罚款 16 000 元上缴国库；建议惠州市工商局进一步查清该厂库存的全部非法商标、瓶贴，另作它项处理……”

当厂长捧着这份处理决定，他哭了，哭得伤伤心心的。

此时，上级一反常态，贬他是个“窝囊废”；职工怨他“偷鸡不成倒蚀一把米”。

## 第三节　“法律万岁！”

正值阳春三月，春意盎然。我随着阵阵飘来的醇香的酒味，踏上了向往已久的神秘之地——四川宜宾五粮液酒厂。

三月的川南，气候宜人，宾客纷至沓来。踏上这座古城，我却没有心绪去游览那风景秀丽的翠屏公园，观赏三江映双月的良辰美景。一心去研究“五粮液”被屈辱、践踏的悲壮惨景。

在五粮液酒厂的三楼法制办公室，法制办主任孙建一给我谈起了一桩商标侵权案。

这是位北方老乡，在五粮液酒厂已就职多年。人聪颖，体微胖，中等个头，口音已有八成实现了“川化”。他对厂里的情况，自然了如指掌。

他陪着我，徜徉在厂区的林荫道上，眼前一派异样的景色，建筑别致而新颖，厂房整齐划一，设计精美而特别，不难看出这家名酒厂的风格和它的发展规模。我们边走边聊，边聊边看，走过旧厂房，又拐向新厂区，眼前出现一片开阔地，新区正在扩建之中。据老孙讲，这是全国规模最大、设计最完美的新厂房，我们没走多远，折转向储酒场走去。远远望去一个个如“顶天柱”一样的大酒罐，耸立在厂区的中部。储酒、窖酒都已走向现代化。

此刻，正逢厂内工间休息，从高楼、车间传来一阵悦耳的歌声，广播室正在播放《五粮之歌》：

久闻宜宾未曾游，
今日到戎州，
把盏醉了星和月。
甘露落心头，
五粮酿美酒，
醇香飘五洲，
古今诗人都赞美，
佳句传千秋，
酒不醉人人自醉，
地灵人杰山河秀。
……

歌声响过，我们又回到主题。

老孙健谈，操着川音，本能地、愤愤地谈起那些恼人的侵权案。

他说：“1981 年 5 月，五粮液酒厂为确保自己商标权益不受侵，将‘五粮液’三个字样，向国家工商局申请注册获准，从此应该受到商标法的保护。”

“然而，近几年来，一些不法之徒，像豺狼一般，睁着乌黑乌黑的眼睛，盯着五粮液，妄图发横财，先后被20多家酒厂假冒、仿冒。嘿，你说气人不，这五粮液竟成了‘唐僧肉’，谁都想吃一嘴。”

“最使人愤恨的便是湖北某国营酒厂。噢，亏它是‘国营’企业，真有点丢脸呀！为了赚钱，这些人职业道德不要了，脸皮、人格也不要了。究竟用什么词儿来表达，才能解人心头恨呢？我没想好！”

老孙很气，白色脸庞上，气得是青筋乱蹦。他喘着气，努力控制自己，因此，不得不停下话题。他沉思片刻又说道：“为了这起商标侵权案，我们花去了几年的精力。我老家在信阳市，为了这起案子，我可以说是，‘三过家门而不入’。我几次从家门经过，只远远望了一眼家门，都没下车回去看看家乡父老。”

他接着说：“那案子，提起话长。第一次北上，是我和老徐去的。我们从四川宜宾向湖北奔去，经过几天的折腾，找到了那家酒厂。为了搞准，开初我们没有暴露身份，扮成买酒采购员。当我们进门找厂长，殊不知扑了个空，厂长不在。我们想方设法接近工人，一边和他们聊起厂里的生产，一边观察情况。哎呀，厂内到处都堆着和我厂五粮液瓶形相同的瓶子，印着‘五粮液’三个大字的包装箱，到处都是仿冒我厂的商标。这家厂竟不择手段，明目张胆，侵犯我厂的权利。每年生产500吨冒牌‘五粮液’酒，向全国推销，牟取暴利。”

“这一次没找到厂长，但收获很大，摸清了一些情况。我们离开时，在厂门口的门市部买了一瓶冒牌‘五粮液’，回厂化验。”我们回到厂，立即向中国白酒协会，国家工商管理局和一些报社送了材料，揭发控告这家酒厂的侵权行为。国务院副总理田纪云知道这事后，很生气，指示说：“现在到了非管不可的地步了，请尽快制定措施！”

“这是一桩轰动全国的‘五粮液’注册商标侵权案。历时4年，我们上上下下跑，一会北京，一会湖北，奔呀，跑呀，真有点气人，法律明明有规定，可就把他们告不翻。”

谈到这里，我俩的心都不平静，既气愤，又担忧，在我们的国度里，加强法制建设已经快10年了，第一次普法教育在全国拉开，成绩斐然。为啥这些人的法制观念如此淡薄呢？

我们从厂区走回老孙的办公室。他翻开档案，讲起这桩侵犯注册商标专利权案的原委。

1982年的春天，北京城内一度显得冷寂的白酒市场，忽然活跃起来，大量的中国名酒“五粮液”涌进了橱窗、商店，而且价格较贵。

这一信息，很快吸引了许多嗜酒者，他们的兴趣很浓，酒瓶上“五粮液”三个金光闪闪的大字，让人又惊又喜，继而掏腰包，争相购买，许多商店门前排成了“长蛇阵”。

巴人中的品酒行家有种说法；“五粮液”的绝妙之处在于“香”，当你把瓶盖一揭，那喷鼻的香味，便即刻溢出瓶口，飘然而至，使人韵味无穷，抿至口中，香味满口，回味不尽。

然而，细心的品酒人，品尝廉价的“五粮液”后，却不见香味，于是他们心间浮起团团疑云。再看厂名，他们恍然大悟，这些“五粮液”的生产厂家不是四川宜宾五粮液酒厂，而是湖北某酒厂。

“真缺德，冒名欺骗群众!”顿时，骂声四起。

这是熟悉五粮液的常客，他们觉醒早，没有上当。那些不明真相的买主却长期被愚弄，成为购买假冒“五粮液”的受害者。

一时间，检举信件像雪片一般，飞向四川宜宾五粮液酒厂。

为了维护《中华人民共和国商标法》的尊严，为了维护该厂声誉。厂长王国春下定了决心，组织材料向湖北方面提起诉讼。

几天之后，一份“情况反映”寄到四川省工商局。四川省工商局态度十分鲜明，指示五粮液酒厂，准备材料，正式向有关部门提起诉讼。从此，一场侵权纠纷案，拉开了帷幕。

北京，国家工商行政管理局，那座淡黄色的大楼内，两位风尘仆仆的中年汉子，带着一叠材料，叩开了商标局那扇乳白色的门，那汉子便是五粮液酒厂的老孙和省工商局的老马。老孙理直气壮地指出某市国营酒厂的侵权行为。

老孙本是个平易人，可一提到那恼人的商标纠纷，白净的脸庞上，红一块，青一块，气得浑身发抖。商标局的负责人很理解厂方的心情，果断而严肃地指出：“这是侵权行为，五粮液酒厂应尽快提起诉讼，按照法律程序要求调查处理。”

有了这一指导思想，五粮液酒厂的腰杆自然更硬了，方向更明了。他们返回川南后，再将搜集的材料，写出了一份长长的诉状，向国家工商局投诉，接着又向湖北某工商局投诉。

五粮液酒厂的投诉，证据确凿，白纸黑字，个个像炮弹，对那些法盲，那些“利己主义者”，弹无虚发，某市没有反应，某酒厂仍然我行我素，照样作假骗钱。

面对这种顽抗，国家工商局三番五次敦促某工商局对某酒厂采取紧急措施，某工商局作出了一个令人费解的决定：“由于考虑到某酒厂已用（即冒牌商标）多年，急于改换有损，经多次请示商标局，其结果是仍要按商标法的规定查处。我局意见，请你们与市粮食局商量，限期用到今年底，今后不得使用‘五粮液’标识，当前不作假冒商标处理。”

你说气人不气人？这一决定为这家酒厂开了方便之门，不仅不以“假冒”处理，而且鼓励该厂加快速度，名正言顺搞假冒。

于是，某酒厂搞假冒，不仅没有受到应有的法律制裁，反而受到法律的保护，老百姓对“以权代法”的行为非常反感。这一句话，把他们跑了一年的路，冲了，把他们的权利，给卡了。嘿，有理无权告不准呀！

由于该厂的侵权行为没有得到应有惩罚，所以胆子越来越大，印有“五粮液”大红标识的假冒酒，大量投放市场，充斥柜台，继续欺骗消费者。

他们长途跋涉两年，辛勤的汗水只换来一纸空文，很不理解一些部门为什么采取如此态度呢？为什么要袒护违法者呢？

古人云：“有理走遍天下，无理寸步难行。”

“找中央”他们的支撑点只有这一个，也就是人们常说的“通天”。他们鼓起勇气，背着黑色公文包，又走向国家工商局那淡黄色的大楼。

国家工商局又一次向有关省、市工商局发出“关于查处生产、销售冒牌‘五粮液’的通知”，严厉指出：“这是严重的违法行为。请你们立即通知某酒厂不准在商品上继续使用‘五粮液’字样，已进入市场的立即停止销售。对生产和销售冒牌‘五粮液’的单位都要依照商标法查处。”

这道令牌能起作用吗？当然，国家工商局下了这份“通知”，是对查处工作的支持，办案人心中得到慰藉并充满信心。正义终于有人为之伸张。尽管当初有人怀疑，说那通知还是一纸空文，但它像一团火花在心中燃烧，而且发出了灿烂的光！

某工商局倒也痛快，在1985年1月4日，也就是国家工商局发文后的第九天，致函四川宜宾五粮液酒厂，表明自己业已陷入进退维谷，束手无策的困境，便顺水推舟，荡向彼岸。来函写着：“由于种种原因，此案一直处理不了，我们认为某酒厂已构成违反《商标法》第40条罪，请你们直接向检察机关控告为荷。”

正巧，一向走在时代前列的新闻媒介，助了一臂之力，帮了大忙。当时，《人民日报》、《经济日报》等多家报纸呼吁，支持五粮液酒厂的正义行动。

舆论确也厉害，呼啦一下，这起已奔波两年而轰动神州的商标案，借助舆论的力量，升了级。1985年10月12日，四川宜宾五粮液酒厂向湖北省某市中级人民法院提起了诉讼。

付诸法律，这是该厂的愿望，也是群众的呼声。他们松了一口气，以为这样，便能找一个说理的场所，让这起悬而不决的纠纷，能有个好的结果。嘿，殊不知，情况并非如此，那些人横行和无理到了极点。被告自以为法院属于本地，可以为其厚颜，再涂一层保护色，或者南辕北辙，重复历史，或胡搅蛮缠，以柔克刚，变非法为合法。

于是同年11月18日，在某市中级人民法院经济庭的法庭上，原告理直气壮地向法院陈述了诉讼请求：销毁假冒商标；处理冒牌酒，赔偿损失并对被告处以罚款。被告却丑态百出，辩称：早在原告“五粮液”注册前，他们就已在生产五粮液酒，不存在假冒名酒问题。真是颠倒是非，被告还强词夺理地提出反诉，要求原告赔偿被告因名誉受到所谓的“诬陷”而造成的经济损失。

这话从何说起呢？“五粮液”已有600年的光辉史。1915年获巴拿马国际博览会金奖时，也许这个厂和它的假冒专家们还没来到人间，他们打着“五粮液”这块金牌去骗消费者，已达到了令人发指的地步，如今却来了个“骗子索赔”的滑稽表演。

法律是尊严的。在法庭上，经过一场激战之后，法庭出示了大量的证据，庭上那金光灿烂的国徽，照出了被告的丑态。行骗者在法律与事实面前，不得不低下了头……

12月9日，盖有某市中级人民法院大印的一审民事判决书，分别送往原告四川宜宾五粮液酒厂和被告湖北某酒厂，上面清楚地写着：一、被告立即停止侵犯“五粮液”注册商标专用权的行为，销毁现存“五粮液”、“五粮酒”、“五粮玉液”、“五粮特酿”商标及精装纸盒；二、对被告罚款一万元，上交国库；三、被告赔偿原告损失五万元。

消息传来。人们激动万分，不断奔走相告，大声呼喊：我们胜利了！法律万岁！

## 第四节　他被“假郎”吞噬

他俩风尘仆仆，满腔怒火，满头大汗，匆匆地走进了省报编辑部那幢灰色的大楼。

林永清与张和容，一个是古蔺郎酒厂办公室主任，一个是该厂聘的常年法律顾问。在这场“真郎”与“假郎”的搏斗中，他俩堪称是护“郎”的英雄！

为了保护郎酒的声誉，这对汉子，从赤水河边，不远千里，走进省城、京城，他们希望找到当今的“包公”，解除全厂职工憋在胸中的怒火。这桩轰动华夏的商标侵权案，报纸、广播各种新闻媒介究竟呼吁了多少遍，统计不清。可似乎哪样“媒介”都失灵了，散失了效应。这，虽然不是“新闻”，可大伙却十分关心，关心中国名酒的命运，关心事态的发展，更关心这两位为保护真郎，而富有牺牲精神的勇士。

我记得，那是1990年的夏天。

他们控诉，很快把大伙带入了沉思……

提起省报，曾因为批评了成群的“野郎”、“假郎”，吞噬真郎，而引起了一场风波。

1989年3月27日《四川日报》在“民主与法制”专栏内刊出了《假“郎”扮真“郎”》文章，省报的批评触动了某些人的利益，个别领导火速派出了“特使”，上蹿下跳，八方“做工作”，拉关系，想方设法，逼着省报要“各抒己见”刊登什么联合调查组的调查，让读者啼笑皆非。一个小小县曲酒厂，竟敢如此胆大妄为、肆无忌惮地长期侵犯郎酒商标，缘由何在？答案又在哪里？

古蔺郎酒厂给我的印象很深。那是1988年秋天，我南行至赤水河边，采访郎酒厂，调查“假郎”围攻“真郎”的阵势。

弯弯曲曲的赤水河，离开贵州茅台镇，向东拐去，潺潺流入古蔺县境。就在这山明水秀的二郎镇上，古蔺郎酒厂依山傍水，树起了名酒的旗帜。有首民谣这样写道：

上游是茅台，
下游望泸州，
船到二郎滩，
又该喝郎酒……

赤水河，一条美酒流淌的河。生活在赤水河畔的二郎人，用他们的勤劳和智慧，酿造出中国酒林瑰宝——郎酒，奉献给人类。

近百年来，郎酒曾以自己的甘美和芬芳，铺成一条金色大道；跟赤水河上游的“国酒”茅台和下游的“泸州老窖”一齐，名扬四海，占尽风流。诗曰：

蜀中尽道多佳酿，
更数郎泉回味长。
太白如今渡赤水，
当惊美酒喷醇香。

是啊，清泉酿制的郎酒，有种神奇的魅力，人们赞美它、歌颂它，它和“茅台”系“孪生”兄弟，一同随着奔流不息的赤水河，香飘万里，走向世界！

在席间，厂长云宗倜向我讲述了一个故事。在上届全国评酒会，茅台酒的厂长，误认“3号”酒是自己的茅台酒，便多打了0.2分，事后，发现“3号”是“郎酒”，而不是“茅台”，他拍着云厂长的肩膀说：“老兄，你好厉害，郎酒的香味快赶上茅台了。”那次评比结果，总分茅台酒仅比郎酒多0.3分。

云厂长的龙门阵，激起了大家的酒兴，连我这个平素滴酒不沾的“文人”，也举杯畅饮，为郎酒祝福！

云厂长兴致很浓，饭后，他带着我，边参观边介绍。他说：郎酒厂与茅台酒厂隔江相望。相传，郎酒的形成是个漫长的历史过程，但也有人说在若干年前是一位茅台酒厂的老工人（老技师）相准了二郎滩上的清泉味美，将技术带到二郎镇，随后就有了郎酒。

对二郎镇，曾有人这样评说：这是一个物质的世界，也是一个精神的世界；这是一世俗的世界，也是一个理想的世界。今天看来，赤水河畔的二郎人，肯定是从那个古老的世界走来，创造了酿酒艺术，开创出一个灿烂的文明之路。经过漫长的历史发展，终于1907年，酿出香馥醇郁的“郎酒”，跻身于中国名酒之列。

郎酒的用料，酿造工艺与茅台一样，都源于古老的“回沙工艺”，即两次投粮，八次加曲，九次蒸煮，七次取酒，3年储存再勾兑出厂，均属酱香型白酒，酱香突出，幽雅细腻，空杯留香，尾净味长，独领风骚。

功夫不负有心人，1984年，几经艰辛的郎酒被评为国家名酒，厂长云宗倜抱回了金牌，全厂上下，欢欣鼓舞。从此，郎酒扬名中外，供不应求。我国著名酿酒专家周恒刚评价说：“茅台酒、郎酒的酿造复杂，香气之间，大有增之一分则长，减之一分则短之慨，可谓姊妹酒。”

翌年7月30日，郎酒厂以一个大“郎”字为商标标识，在国家工商局商标局申请注册，从此，大“郎”商标标识成了郎酒厂的专用权。云厂长非常沉痛地告诉记者：就在郎酒成名之时，一个阴影悄悄地扑了出来。许多假冒、仿冒的假“郎”、野“郎”也就纷纷出笼，横闯全国，不法之徒为了牟取暴利，大量制造假“郎”，从瓶型、瓶盖、商标到装潢，都搞得与真“郎”一模一样，郎酒刚刚走俏，马上引出数十家小酒厂生产100多条野“郎”，什么“郎窖”、“郎郁”、“郎乡”、“郎曲”，“清郎”、“池郎”、“蔺郎”……一时间，假“郎”、野“郎”乱舞。

那些厂不在提高产品质量的基础上，去争创名牌上下功夫，而是采用偷梁换柱、混淆视听之法，精心仿制了郎酒商标（在突出大“郎”字商标下，再加上些小字，如“郎窖大曲”、“郎郁”等字样，都与郎酒商标相近似），真“郎”商标是一个大书字体的“郎”字，右下角一个篆体“酒”字。而各种野“郎”也如法炮制，突出“郎”字，只是在同一位置，右下角把篆体“酒”字写成“君”、或“乡”、或“窖”，有意制造“迷魂阵”。

这些野“郎”的商标很迷惑人，一般消费者难以识别，容易误入“迷魂阵”。许多消费者，一看那“郎”字，便吸引住了，以为是真“郎”酒，误购后，直到酒宴上，打开瓶盖一尝，才惊呼：“上当啦”！

作为厂长，那情景能叫他不着急吗？“假作真时真亦假。”假“郎”、野“郎”每年有几千吨流入市场，而真“郎”的市场不断缩小，销售额大减，税利大减，在华北一片，东北一片，假“郎”、野“郎”冒充真“郎”降价销售，就这样发展下去，假“郎”会挤垮了真“郎”，野“郎”会吃掉了真“郎”。在太原召开的全国名酒订货会上，郎酒厂提供2 000吨，而很少有人问津，结果只订了120吨，名酒被玷污，国家受损失，工厂陷入困境。

面对现实，厂长云宗倜着急了，办公室主任林永清着急了，法律顾问张和容也着急了，全厂职工着急了。一座好端端的中国名酒厂，怎能就此被野“郎”吞噬呀？为了保护郎酒厂的声誉，在赤水河畔涌现了一批打野“郎”，驱假“郎”的好汉，时代赋予他们使命，消费者给了他们权利！

1988年春天，在走投无路的困惑中，法人代表云宗倜突然找到了一条希望之路，向省高级人民法院，提起诉讼，控告假“郎”和野“郎”。张和容作为代理人，长期奔波在古蔺和成都之间。

他们一切希望寄予省法院，一切精力投入了这场“官司”。

他们也清楚，这场官司并非是直接与假“郎”、野“郎”周旋、搏斗，而真正的被告在后面，在阴沟里煽风，在阴暗处施诡计。一想到这些，云宗倜、张和容常常额头冒冷汗。他俩都是年过半百的人了，只因一颗责任心，才心不死，背水一战！

是输？是赢？凶吉难卜！他们常常祷告，寄希望于“清官”，寄希望于“上帝”！

省法院很重视，很快以经济庭为核心，成立了打假“郎”专案组，派副庭长李昌荣，受理这起商标权案。

这是一起特大商标侵权案呀！四川省高级人民法院曾两次裁定此案，只因受到种种干扰，裁定仅是一纸空文。

时间整整拖了三年，委托代理人张和容律师，已整整地奔波了三年，他已成“郎”酒驻蓉代表，长期风里雨里，马不停蹄，生活节俭，穷于奔波，因此，这位年过半百的老律师，形瘦人乏，精力不支。

第三次开庭审理的时间就在明日。张和容把一切希望寄托于这关键的一战。因此，这位老律师加倍努力，仅为准备材料，他已经熬了两个通宵。这一夜他怎么也合不上眼，证言、辩护词他又熟读了一遍。他想，这是一次关键性的裁定，不获全胜，他怎能心神安定呢？

早晨，张和容照常起得很早。他还是那个作风，匆匆地在对面那个小巷内，买了一个大馒头，狼吞虎咽地吞下了肚。随后，他不问道路曲折，便骑上自行车，飞速冲出了小巷。心急路窄，在拐弯处，正巧一辆大卡车直冲而来。当时，他的大脑仍然被那些辩护词和证据所占据，所以，他来不及躲闪，人和车一同滚到车轮下……

张和容的惨死，真叫人目不忍睹啊！噩耗传来。赤水河的人民无不悲伤、愤懑。这位坚持正义，抗击邪恶的律师，人民永远怀念他！

为了打击假“郎”，保护真“郎”，张和容献出了自己的生命。

郎酒的命运如何呢？真“郎”与假“郎”的搏斗，更加激烈，而法律又显得苍白无力……1992年2月2日，“中国质量万里行”记者抵达赤水河畔，进行全面调查后，写出长篇批评报道。

打假“郎”的阵势在不断升级，加温。时至1992年2月21日，也就是打“假郎”英雄张和容逝世一周年的日子，《人民日报》、《工人日报》同一天以《酒的呐喊》为题，刊登这一报道。在两报的“编者按”中写道：

“真‘郎’斗不过假‘郎’，斗不过野‘狼’，岂非咄咄怪事！严重的是，此种现象已经存在了几年，而如今仍是如此。人们不禁要问一个为什么？再问一个怎么办?”……

# 第四章　缉假大战

随着假冒名酒的涌现，一场“打假缉假”大战，在神州相继摆开了阵容。不法分子肆无忌惮，制假贩假，扰乱了社会。这是破坏改革的一股暗流，也是叮在消费者机体上的一群凶残的寄生虫。

在众多消费者的不满当中，呼声最高、最早的要属“酒”。假冒名酒已是遍布神州，受害者呼声不断。倘若追溯历史，“打假办”的诞生，就是从打击贩卖假酒开始的，从泸州“酒城”，宜宾“酒乡”率先涌现打假办，很快全国仿效，通力协作，形成强大的攻势！

## 第一节　智擒“李鬼”

天灰蒙蒙的，阳光穿过薄雾，洒向大地，显出一片银灰。早春二月的川东，依然冷风嗖嗖，寒气逼人。上午 11 时许，一辆辆“长安”牌小货车，载着五位“游客”，经过吉安、立石、云锦，风驰电掣一般，从永川县城，向泸州驶去。

车外，冷风刺骨；车内，谈笑风生。前排两位穿着西装革履，手拎新式密码箱，一副商人打扮。那高个子 A，是县里一家贸易公司经理；矮个子 B，是公司的采购员，后排坐着一位胸阔腰圆，敦敦笃笃的汉子 C，是一位长期闯荡江湖的游客；另外两位是刚雇来的搬运工。

“我们要的货，有把握吗？”A 经理掐掉烟头，首先发问。

“货嘛？没问题。我们老板是个痛快人，就看你们是不是现款？”C 诡秘地向二位瞟了一眼。

“唰！”B 采购会意地顺手拉开皮包，露出了满满一皮箱钞票。

C 眼花缭乱，不禁大喜，随即凑近经理的耳朵：“好说，好说！只要是现款，不会上空船。”

“老C啊，我跟你们老板，已是老相识了，买卖已不是初来乍到。这一回，价格要给优惠，眼下生意难做呀。”

“你放心，A经理，凭我三寸不烂之舌，会说服老板的。”C讨好似地又抛出一粒定心丸。

“好！C兄，够朋友，你为我们公司流了汗，不会亏待你，哈哈哈……”A经理的一阵笑声，使车内的空气更加活跃起来。

C受宠若惊，也乐了，笑了。

车在飞速前进，笑声不时洒向田野。谁也没想到，在飞扬的尘土后面，紧紧尾随着一辆吉普车。

经过3个多小时的长途跋涉，车终于到达酒城泸州。在一个十字路口上，C借口下车找亲戚，走向一家食品店内，悄悄向“老板”的“二传手”S报信，叫他火速报告“老板”，“财神爷”已经登门提货。“老板”很鬼，怕有诈，不愿出场，便派他的下人、心腹S前来拜见A、B二人：“哎呀，二位来得不是时候，我们老板正在接待贵客。”

A经理从此话中，似乎预感到，这位“老板”是个老谋深算的老手。于是他便抛出了对策：“既然老板很忙，那就把货拉到永川，先提货再付款。”

S一愣，急忙答话：“这……可不行呀！我们老板一向的规矩是一手交钱，一手交货。”

顿时，双方各持己见，陷入了僵局。C见状，冒出一身冷汗。他东说西劝，但气氛仍然未缓和。

A经理把话题一转：“我们已有合同嘛，为啥改？既然你们老板无心做这笔买卖，他有他的货在，我有我的钱在，拜拜！”A经理起身便走。

S慌了手脚，急忙上前拦住：“别急别急，再找老板商量。”B采购见状说道：“老C，我看你们老板根本没货，有意愚弄我们。”

S更急了，眼看到手的买卖，溜掉了，如何向老板交代呢。他急忙补充道：“谁说无货，我们老板做事是十拿九稳。”

互相讨价还价，闹了一个时辰，S怕有什么闪失，只好摊牌，同意马上去提货。

然而，A经理却固执地提出："不见老板不成交，你们谁也做不了主。"S当机立断，拍着胸口，大言不惭地说："我作主。走，提货去！"

此时，江岸暮色已至，市内灯火通明。"长安"向郊外驶去。

停在沱江大桥头的吉普车，远远望着"长安"的影子，并又开始向前移动。

车，行至郊外的大桥垒，一位穿得花里胡哨的女人，排着八字脚，站在路中央，手举车停。C急忙向车上的人解释，她叫F。

"老板说了，买方的人全部下车等候，只让车去装货。"F斩钉截铁地说道。

S只好从命，主动拉开车门往下走。

A经理生气地骂道："他妈的，你们老板究竟要啥花招？深更半夜，叫老子在野外等，万一出了纰漏，他负得起责吗。算了，他有没有货就明砍，别捉弄人。"

B采购接上话岔："唉，怪哉！买货不看货，自古以来，哪有这般道理？"

A、B若无其事地躺在靠背椅上，一动不动。C急忙拐了一下S，他们三人嘀咕了一阵之后。S来了个折中，对A、B二人说："A经理别生气，这是一批抢手货，老板怕误了二位的安全，才提出这个权宜之计。二位就别下了。货，里面有人装，搬运工就别去了。"

车，没走多少路程，在拐弯处，那忽明忽暗的灯光下，前面出现两个"醉汉"，强行拦路搭车。

司机鸣笛。可两位路人却不愿闪开，踉踉跄跄向车撞来。

"酒鬼"，F恶狠狠地骂了一句。急忙下车去拖"酒鬼"。

那"酒鬼""哇"一声，吐了她一脸。随之，又提出无理要求要搭车。他们东推西推，没摆脱。A经理和他的助手又不时发出不耐烦的声音。又过了一个时辰，"酒鬼"仍然胡搅蛮缠，不放过他们。无奈，只好让他们上了车。车，悄悄驶向一家农舍停下。F急忙打发走两个"酒鬼"之后，转身向农舍击掌三下。

门开了。从黑咕隆咚的门洞内，窜出两个彪形大汉，他俩和F、S嘀咕了几句后，F突然改变态度，要一手交钱，一手交货。于是，又拉开了一场舌战，不时陷入僵局。A经理从皮包内取出与C签订的合同，C怕失去上万元的介绍费，气冲冲地拍打胸膛说："他们是我请来的大买主，你们信不过他们，该信得过我，要是生意黄了，我可不依……"

又经过一番讨价还价，最后才达成协议，买方先交定金，这批"茅台酒"全部发货。待装好车，F传达"老板"的命令，派四人随车到永川收钱。

这几幕精彩表演，那两个搭车的"酒鬼"，在暗处看得一清二楚。

"长安"调头，连夜返回永川县城时，忽然只听见车内有人惊叫一声"糟了!"

不远处，只见永泸桥头上站满了穿着公安制服、工商制服的人员，堵在桥上，并发了停车信号。尾随在"长安"后面的那辆吉普车，火速绕到前面，停在桥中央。

"完了，全完了!"

S发出了绝望的哀鸣。而A、B二人却十分镇静，稳如泰山。

公安干警将车上的人全部收审。

时钟已过午夜，审讯室内，C、S二人面面相觑，缄口不语。尔后，他们又把责任推到A经理和B采购身上，企图来个金蝉脱壳。猛然，"酒鬼"出现在他们面前。人赃俱获，铁证如山。他们冒出一身冷汗，瘫在凳子上……

公安干警和工商局的同志，火速赶到泸县，抓住了"老板"。他是贵州仁怀县劳改释放人员，在窝主家还查获从贵州运进川的假茅台酒483瓶，尚未改装的白酒474瓶，假茅台商标151套，以及包装假酒的工具。

这一仗打得干脆利索！待他们拿着胜利品凯旋时，已是雄鸡高唱，东方洒下一缕朝霞。

## 第二节　来自酒城的报告

这似乎是个谜。那些搞假酒、制假货的不法之徒，他们总是想方设法，在产地或发货地，制造、贩运、销售。这些年，酒城的“李鬼”特别多，而酒城人也特别敏锐，自从“李鬼”出现的那天起，酒城就出现了打“李鬼”的“敢死队”。他们奋起大板斧，与“李鬼”抗衡、斗争，涌现了许多可歌可泣的动人故事。

**1. 老科长不减当年勇**

他，梁国光，一个非常坦诚、执著，善解人意的保卫科长。

我走进泸州曲酒厂保卫科，在握手的那一瞬间，他的气度，已给人留下很深很深的印象。老梁虽已是年过半百的人了，可干事利索，走路叮叮咚咚，像个“毛小子”。这位抗美援朝的老兵，在上甘岭的战斗中，几上几下。幸好，枪子儿有眼，没有穿透他的心，只划破点儿皮，给他开了个大玩笑。回国后，他调到防化部队当连长，一干 10 年。那辛辣味儿，他闻惯了，闻够了。1970 年转业时，他毅然回到老家，安置到泸州曲酒厂，任个科长。有人为他祝福，可以好好嗅一嗅酒味儿，过过瘾啦！然而，他“命薄”，对酒却一滴不尝。

他说话客客气气，随随和和。那一天，我采访他，梁科长和我仿佛老相识，没坐三分钟，他就拉开了话匣子。他像是拉家常，操口泸州话：“假酒案，过去谁也没办过，说来简单，干起来挺复杂。我们的工作是市里直接指挥，全市集中搞，有条件的单位也可分头办案。两年来，我厂公安科，抓了不少要案大案。”

搞假的人，比狐狸还滑。开初没经验，待你发现线索，那些跑“串串”的便闪电一般逃之夭夭，等你赶到，已经无影无踪了。那些人精得很，你东面攻，他们往西面跑；你在西面堵，他们又往南逃，要抓那些“痞子”，难呀！

老梁深有感触地说，打仗有个路数，抓假酒也得摸索条规律。思来想去，我们不能蛮干。我们在明处，对方在暗处，必须巧取，智擒，诱敌深入，一网打尽。

这时，门上进来一位黑大汉，身材魁梧，目光炯炯，有一股阳刚之气。老梁向我介绍：“哦，老雷，这位记者要找你了解打假，办酒案的事。

老雷是我们科的副科长，我俩是老搭档。”

雷思振是大个子，立地如塔。两只灯笼似的大眼睛，雪亮雪亮的，是搞侦察的好手。

梁科长点燃烟，继续他的话题。侦破几起大案很有趣。老雷装扮成“酒老板”，西装革履，挺像挺像的嘞。我就扮成秘书，提上漂亮的手提包，皮包内装着现款，一大堆，“五方”、“十方”（一方一万元）的大数。还有人专门在后面“叮梢”，跟着。不然，万一失手，可就糟了！我俩就这样，奔走在泸州、隆昌、永川、成都一带抓假冒，抓“李鬼”。

还真灵，抓了一大批案子。有些大案，我们啃不下来，就交市检察院、公安局，要求他们配合。

泸州市有两大名酒厂：一是泸州曲酒厂，二是古蔺郎酒厂。自1985年下半年以来，嘿，这伙人就像苍蝇一样，成天围着名酒厂转来转去。你想，不想吃香香，何必围着锅台转呢?

搞假酒的围着酒厂转，我们围着假酒转，形成阵势。有一天，突然发现案情，隆昌火车站附近，有个卖假商标的窝点。我们先派人去侦察，那伙人封得紧，没发现蛛丝马迹。我们换了新招，我和老雷化了妆，扮成买方，打进去，一探听，果真是个窝子。

附近，有家朝南开的酒店，很阔气，柜台上摆着很多名酒，价格比我们的酒的出厂价还便宜。细看，大都是冒牌货。我们买了一瓶“泸州二曲”，一喝没错，是假的，我们还装模作样地赞扬一番后，要向老板买酒。

“酒，好的好的。”老板操一口南腔北调的普通话。“老板，我们要买一大批，有吗?”

对方心神不定，又将我们打量一番。在他疑惑时，我插一句：“我们老板，从河北来，若价格适宜，可定十吨八吨。”

对方动心了，可话到嘴边，又改了口：“哦，买酒，想发财，先到别处去，我有酒不卖。”

“老板，你这酒够意思?”老雷拿起瓶子晃了晃，又说。“你有酒不卖就算了嘛。再见，后会有期。”我们起身，没走几步，那酒老板见我们不是“老外”，又劝我们转去。

这一回，似乎他排除了疑心，老板把我们带到内屋。他终于亮相："伙计，'五朵金花'（五大名酒）你们喜欢哪一朵？"

"只要是'名花'，我们都喜欢。"老雷对答如流。

"'花'是上乘货，包你们满意。"

"好，见人如见货，信你的，没错！"

"货不是我的，一位朋友，托我给他打听打听。"他稍停片刻，又问："是现钱吗？"

"我们一向讲究现货现钱。"我插话，同时"叭叭"地拍了两下皮包。

他霍地站起来："走！我带你们去见那位朋友。"

在郊外的一片农房中，七拐八拐，绕来绕去，不知转了几道拐，才走进一家独院。他的那位"朋友"，一看就知道不是本地'农二哥'，一身毛料西装，头发梳得油光光的，精神抖擞，风度翩翩。他俩在内屋嘀咕一阵之后，再和我们答话。"这是万经理。"

万经理很机灵，立即接上话茬："既然二位有心买货，我认了，可货现在未到。按我们公司的规矩，先交50%的定金，货到两清。"

我一所，便知那人是来自北方。既然他敢闯荡江湖，决不简单。

嘿，真滑头，狐狸尾巴刚露馅，又抛出个难题。预支，能成吗？狐狸没有抓到，还会倒蚀一只鸡。他把钱拐跑了谁负责，老雷望了我一眼，我使了个脸色。他立即答话："定金我们付，可要给我一个字据，回去好向老板交代。"

舍不得孩子打不着狼。这决定也行。接着，又经过一番讨价还价，预支了1 000元。他见我们动了真格，那酒老板便大大方方地开了个收据。临走时，约定第三天上午8时，汽车开到火车站的左侧接头，提货。我们对此不放心，第二天又派人去试探，可根本没有动静，那位北方人也不见影儿。

我们都惊诧啦。咋办？1 000元钱呀，可不是个小数字！嘿，这回丢了孩子也没打着狼。

几天几夜我都没合眼，一直在思索，如何挽回败局，抓住这伙贼，可没有找到妙法呀。到了第三天，我们还是按约定的地点时间去了。果真，那老板在等我们，可他们行踪诡秘，一上车要司机顺着成渝公路向重庆方向开。究竟到什么地方提货？没人吱声。

“这就奇怪了，莫非他们要暗算我们？”汽车东行几十里后，我才在老雷的耳门上叮咛了一句。

“不会吧，常言道狡兔三窟。他们怕被人发现，故意搞得神秘莫测。”老雷的话稳住了我俩的心。

当初怕他们硬吃了我们，所以市公安局派了便衣警察，装着推销员，开了一辆北京牌吉普，尾随于后。

车一直开到邮亭铺，才刹住了车轱辘。万经理把头一摆：“你们二位下车好了，由司机去提货！”

雷老板没答理他，好半天才说：“我的车，是租来的。司机能代表我们吗？再说，你给的是名酒，价贵，我们也得过目啊！”

在那里又磨蹭了一个时辰，才让我们随车去装货。

那地方很偏僻，是一座破庙的后面。装了许多酒，还有一大批商标。我们进去两名公安人员，一身旅游参观者的打扮，在破庙内转来转去，为我们保驾。

老雷顺手抓起一瓶“泸州老窖”，把瓶子盖一扭，就往嘴里喝。顿时，他两眼圆睁：“这酒不对，万经理，带酸味儿，是假货。”

万翻脸了，一把抓住瓶子：“你这伙计疯啦，我的货没错，货真价实，也许你们没见过名酒。”

“我们不要！”

“为什么？”

“有假。请你退钱。”

“胡说……”

“你说没假，走，找工商部门鉴定去！”老雷拿起瓶子就要走。

“你他妈的坏种，……”万经理上前死死拦住。

你一言，我一语，越吵越凶。一个要夺瓶子，一个不给，于是你推我拉，便抓扯起来。不知是谁吼了一声：“来人呀，打架啦！”

“别打啦，我们是派出所的，走，到派出所去解决。”忽然，从破庙内钻出两名公安员，把我们押往当地派出所询问。

顿时，“万经理”现出原形，他不姓万，而姓方，是某县一家印刷厂的，因企业不景气，别无他路可走，便改行专印假冒“泸州老窖”、“五粮液”、“剑南春”等一类名酒商标卖。很快，厂发了，方厂长已是十万富翁……

“哎呀，我扯得太远了。”老雷刹住了话题。

“老雷呀，你掌握的情况真不少。还有啥精彩的，再讲些听听。”我迫不及待地补了一句。

雷思振抱出一大沓材料，一边翻，一边讲：“我厂专案组是1987年组建的。这是形势所迫，酒城两大名酒厂名声在外，可假酒风忽然冒了出来，像瘟疫，闹得满城风雨，人心惶惶。名声很坏呀，别人喜欢名酒，又怕名酒。社会上不了解内情的人，以为是厂里想赚钱，搞假货。因此，我厂职工出去办事，别人指着鼻尖骂我们。厂的形象被歪曲了，我们的脸上也无光呀。这伙人真卑鄙，搞得我们坐卧不宁!”

“就拿前面梁科长讲的那个姓方的吧，专门印假商标倒卖。这样的厂也不只他们一家。还有，前段时间，我们破了一个团伙，领头的姓陈，共6个人，都是假名字。他们从浙江买假商标，到泸州倒卖，一元钱一套，一次就推销18万多套。春节那天，我们采取突然袭击，在郊区一家农房内抓住了‘陈光太’。他很鬼，这些假商标是找的一辆军车，从绵阳市，往返上千公里拉到酒城出售。你看厉不厉害!”

老雷还说，我们抓到的，只是一些倒买倒卖者，被抓获的人供认，假商标大部分是从浙江来的。假商标印得很精致，达到了以假乱真的程度。我们发现浙江有两厂子，专门搞名酒商标。我们抓的只是一些倒卖的人。炮制假商标的厂家，那才是祸根呢。浙江，已经跨省，我们无能为力，多次向省里、向中央主管部门反映，都无济于事!

办假酒案，太辛苦了，发案率高，时间要快，稍慢了一步，就跑了。

梁科长又插话：嘿，是呀，酒案很神。我们一天都处于高度战备状态啦!比如，昨晚我都躺在床上了，以为可以睡个安稳觉，嘿。半夜突然来电话，说发现了案情。我和市“打假办”的同志，火速出发，跑了江安、合江、叙永，一夜行程 200 多公里，追到叙永县城，抓获了两辆运假酒的车，缴获了 1 000 多箱“泸州二曲”，打了个漂亮仗……

我望着梁国光那发红的眼圈和疲惫不堪的身躯，对这些“酒城卫士”，产生了同情和赞美之心。他们为了啥？为了个人？不，他们为了维护名酒的声誉，为了维护消费者的切身利益，打击那些制假、贩假、说假骗人的家伙，没日没夜地顽强奋斗。“酒城卫士”，他们不愧为这场缉假大战中的英雄！

**2. “干滚龙”的自述**

我极力想了解搞假名酒的内幕。第二天，梁国光给我找来一位外号叫“干滚龙”的青年。他个头不大，小白脸，干瘦干瘦的。他已是个曝光的角色。很幸运，他没待在牢房，因为他坦白，退赔积极，“打假办”有时还利用他去刺探“内线”。

“干滚龙”是酒城人。中学毕业后，没考上大学，在家待业。先做点小生意，利薄，没兴趣，别人一勾引，他便上钩，搞起了假酒生意。

他是个坦率的人，语言流利，谈话风趣。老梁没开口，他便自我介绍：“我是‘干滚龙’。我这名，有人一听就炸了。不，我不是随便乱吃乱缠的那种‘操社会’无脸无羞的人。说真的，我的胃口大，一般的抓拿骗不会沾边。假酒生意是个大买卖，我感兴趣。吃一嘴，就够意思了，一万两万、十万八万的就到手啦，所以，许多人看了眼馋。”

搞假酒，也有个阶段性。从发展规律来看，个体—集体—国营；从规模来看，先少量，后大批，现在已是“联营”了，印制商标—制造假酒—推销—贩运，已是“一条龙”的生意了。

我搞假，最早是收购名酒瓶子，只要商标没损坏，就出高价，划得着，一只瓶子一般几毛或者一块钱收来，装上普通白酒，一转手就赚一二十元呀。这办法方便，也费不了多大事。先是我自己动手收，后来有了资本，就向“收荒匠”订货，最多的时候，一次收购过 1 400 多个。这样一打滚，可赚两万、三万的。这是初级阶段。

这种办法，运转太慢。要假酒的人多了，满足不了“市场”的需求，又想出了另外一个捷径。这种办法很巧妙，行话叫做“换衣裳”。做起来方便，保证出效果，赚大钱。

泸州老窖“特曲”是国家名酒，“头曲”、“二曲”是部优、省优。把“头曲”的商标取下来，贴在“二曲”上，将“头曲”的酒瓶，再贴上“特曲”商标，瓶子、盖子，酒都没动，就更换一下“衣裳”。转眼工夫，8元一瓶的“二曲”变成“头曲”，一翻就可以卖20元；20元一瓶的“头曲”一翻就变成“特曲”，价格50元。这多来劲，换了“衣裳”，一般人不会发现，酒质相差并不大。这算搞假酒的第二阶段吧。

现在已是高级阶段了，全方位地造假，从瓶子开始，瓶子、商标、包装、检验单、提货单……全盘假冒。

全盘假冒，效益惊人啊，搞几吨，三万四万，或十万八万的就到手了……

我迷惑不解，插话问道：“这搞假为啥你们不在销售地搞，而偏偏要到酒厂附近搞呢?”

他淡淡地一笑，谈得很轻松。他说，这道理很简单，搞假的目的就是要骗人，达到以假乱真的程度，在产地搞，就更迷惑人，也不易露馅，真真假假，假假真真，更富有迷惑性和欺骗性。消费者有个消费心理，只要说是“酒城”的酒，假的也变成了真的，从而坚信无疑。

搞假的人，非常注意工厂的信息、变化。泸州酒厂为了防止假冒，采取了系列措施。然而，新包装、新商标一出现，过不了几天，社会上仿冒品就出来了。搞假冒、仿冒，有些人已成“专家”。比如，曲酒厂加铁盖，当然铁盖比塑料盖要难点，但难不住搞假的“专家”，很简单，他们买台手压机就解决了。随后，工厂又在商标的背后印上年、月、日，这也难不倒他们，在制假商标时，印上就得了。还有一段时间，曲酒厂在胶盖的边沿部分，搞几根“虎眼”，很细很小，这也不难呀，别人照样可以仿冒。

### 3. 不攻自破

苏辉亚，是泸州“打假办”的一员猛将，也是“打假办”的负责人。他系检察官出身，是位办经济案件的专家。人很执著坦率，也很精明干练，谈起话来口若悬河，两只明镜般的大眼睛，能明察秋毫，罪犯见了他，都不寒而栗。

我在泸州采访的那些日子，专程采访了他，交谈很广。他很爽快，心甘情愿把肚里装的“秘密”挖给我。无论是在办公室，还是在席间，他一谈就来神，挺着腰板，认真而诙谐，严肃而有趣，既有军人的气度，又有检察官的威严。

今天，是我们约定的又一个采访日子。泸州的秋天总是灰蒙蒙的，浓雾把天地凝在一起。清晨，我穿过凝雾，绕过几条小巷，走进了“打假办”。那地盘是公安局的。我刚进门，不知是谁告诉我：“记者呀，昨晚有情况，老苏没睡上觉，可能今早起不了床。”

“哦……”我还没开腔，老苏已出现在我面前。

“约定的时间，可不能让你失望呀。”他一身尘埃，一身疲乏。可他没有顾及自己，伸了伸两根粗壮的胳膊，又开始了他的诉说。

有人反映，长江南岸有个假酒窝，那窝有三个窝点，我们去调查，搞了几个月，没发现什么情况。昨晚突然有人来报案，我们准备了三套人马，三套方案，三套突击路线：一套人马是暗察，一套人马是明侦，一套人马强攻。

有个姓吴的，是头面人物，相当狡猾。平素，他以做布生意为幌子，东窜西窜，一会儿成都，一会儿重庆，我们早有察觉，可抓了几回没抓住。昨晚，我们猛然叩开了他家的门，一看我们穿着警察服，他的脸刷一下全白了。但他知道我们还未拿到真凭实据，他很快又恢复了常态。他竟敢抵赖，还叫我们进去搜。我知道他滑头，没有上他的当。此时，大伙儿有些灰心丧气，不知所措。听说他还有几个窝点，我们想出奇制胜，带他去查另外的几个点。

说真的，直到此时，我们心中仍然无数。倘若查不出什么真凭实据，我们白熬一夜倒不打紧，可打草惊蛇，放走了那伙不法分子，损失就大了。我们面面相觑，谁也没吭声，大家处于困惑之中。

搞假的人，大凡都有一种冒险心理和侥幸心理。吴某也不例外。我们在下楼时，吴某用胳膊拐了我一下，随手掏出一只金戒指，送到我手上。

我接过金戒指，心中大喜。接着，我贴在梁科长的耳门上说："案子破了，我们打道回城。"老梁迷惑不解。我说："他已不攻自破，如果没有问题，何需向专案人员行贿呢?"

天快亮了，倘若再去查，也许查不出来，还会弄巧成拙呢。

我们匆匆赶回市里，赓即对他进行了审讯，真顺当，没几分钟，姓吴的全交代了……

此时，苏辉亚高兴得满脸的疲劳全飞啦！我站起来，紧紧地握住他的手："老苏，祝贺你们了打个漂亮仗！你们太辛苦啦!"

老苏接过我的话题继续说。

辛苦，有一点。搞了两年专案，我少了15斤肉呀。岂止我一个人辛苦嘞！丁处长身患胆结石，坐车晕车，吃不好，睡不好，成天奔波，没歇过一天脚。今年8月，去浙江查案子，那里有个印刷名酒假商标的窝，要去抓人，非他出马不可。晚上赶路，白天工作。有一天，他晕船，刚上码头，他就晕倒了，赶快找医院抢救，治疗，刚好些又开干。

说真的，这两年大伙累得腰酸腿软，家也顾不上，休息也顾不上，没日没夜，冲冲杀杀。我们"打假办"20多个人，仍然感到人员不足，发案多，情况复杂，办案经费不足呀。幸好泸州曲酒厂大方，理解我们。他们的态度很鲜明，一开始就把打击假冒，看成是维护名酒的声誉，在人、财、物方面给予大力支援。

我们这个"打假办"，是全国第一个"打假冒"、"抓假酒"的战斗队。这支队伍涉足全国，仅1988年1到10月统计，就破获重大案件39起，抓获85人，其中判刑4人，已捕和预审34人，收审47人，没收赃款30余万元、假酒1 783件（每件12瓶），没收假冒名酒商标11万套。

苏辉亚对辉煌的战果，感到自豪、自信。他深信，只要政府重视，群众支持，打假冒是完全可以成功的。他抿了一口清茶，继续说。酒是泸州三大经济支柱之一，有两大名酒，影响大，效益好。可这几年，一批人搞假冒闹翻了天，人心不安，经济萧条。搞假名酒，全国都有，上海、北京、内蒙古、云南也特别凶，但发案没有泸州这样频繁。记者同志，你说气人不，送去慰问老山前线战斗英雄的酒也是假的。部队首长对此非常生气。天津人一向爱喝川酒。有一次市长宴请外宾，规格高，指名要喝“五粮液”，可一打开瓶子是假酒，当着外国人的面现丑。市长把脸一沉，桌子一拍，命令道：“简直丢人！以后不准再进川酒！”从此，川酒被赶出了天津市。事情就是那样绝，你买10次名酒，只要有一次是假的，从此怕上当，不敢再买。好坏难分，真假难辨，对消费者损失太重太大了。泸州老窖这块牌子，现在让人望而生畏，太可怕了！

当然，现在搞假酒，也不仅是假冒我市的两大名酒，假“茅台”、“五粮液”、“剑南春”，也比较多。

我们正谈得带劲时，“打假办”老杨带着几位工商局的干部，从门外走了进来，只见老杨一头大汗，气喘吁吁地说：“快，老苏，到门前接案子。昨晚在南岸区，沱江大桥截住一批假‘茅台’，数量很大，已经拉来一批。”

我跟着苏辉亚，急忙走出门。嗬，真不少呀，两辆大卡车装得满满的，清一色贵州“茅台”酒的包装，共120件。司机说是昨晚从仁怀县拉来的，“老板”安排运到隆昌火车站。

那司机很得意。可不，这酒城泸州，似乎形成一座天然的屏障，假酒，无论南来的，北往的，都难飞出泸州。

老苏撬开包装箱，取出一瓶，拿在手上给大家看，我好奇地急忙凑过去。圆柱体瓶型，红白相间的商标。我立刻冒出一句：“哟，果真抓的是茅台酒，真不少，干得漂亮！”

老苏不以为然地笑道：“嘿，别看他道貌岸然，做得逼真，你尝一尝才知道其中奥秘呢！”

旋即，苏辉亚扭开瓶盖抿了一口，只见他把额头一皱，“哇”一声吐了出来。“这哪里是茅台，潲水味，连一般白酒都赶不上。”

我不禁深恶痛绝，那些搞假的，真该枪杀，才叫人解恨。

大家一阵激动之后，老杨述说这案子的原委。老杨说：“这批假酒，已初步查到一些情况。假酒是某机关下属的公司搞的，都是一些干部呀，搞假冒，这就不能不令人深思啊！”

老苏很吃惊，眼珠都大了。他气愤地补了两句：“看来这股浊流很厉害，在全国已伸向每个角落，集体、个体、国营都有人在搞。假冒酒像毒蛇，像鸦片，正毒害着中国人民，毒害着国家机体，毒害着一批国家干部呀！”

老杨继续他的话：“他们从仁怀县，以每瓶120元的价格买来，卖给河南一家公司，每瓶140元，一转手就净赚5万多元。”

这时，酒已下完，公安局、工商局一大批人都拥来，评头品足，议论纷纷，十分气愤。自然，气愤中怀着不满，不满中溢出指责：“机关的公司，也搞假酒，这叫啥体统！应该在群众面前曝光！”

这新闻不胫而走，呼啦一声，传遍了全省。

我反复捉摸，搞假冒最早是个体户的创造，似乎有了个体户，才有假酒。而今，领域拓宽了，已是个体、集体、国营一齐上！我真有点为他们脸皮发烧，无地自容！

此时，我愁肠郁结，不禁默诵起清代诗人张问陶咏赞泸州写下的绝句：

滩平山远人潇洒，
酒绿灯红水蔚蓝，
只少风帆三五叠，
更余何处让江南。

这样瑰丽的篇章，把当年泸州“酒绿灯红”的繁荣美丽的景色写得淋漓尽致。如今的泸州已被那些烦人的假货所践踏玷污。怎不叫人愁肠百结呢？

**4. 撒下天罗地网**

“叮铃铃，叮铃铃……”一个紧急的长途电话，飞到了泸州酒城。“在徐州市，居民买了名酒‘泸州特曲’，可撬开酒瓶一嗅，无味儿，不带劲，全是假货！唉，这是咋闹的嘛？请你们来鉴定。”

泸州市“打假办”，立即派人前去徐州调查。

那批酒很奇特，商标全是资格的，没有一张仿冒。据查，贩假的骆某承认，酒是从泸州进的货。那卖主是谁呢？他说姓贺，是别人告诉他的。有人说他是一家酒厂的“老板”，也有人说他是个体户。

这是一个无头案。这案情也很奇特，酒肯定是假货，商标和瓶子却又是真的。

不几天，从丹东又来函反映，不久前从泸州购的酒，是假货，情况与前面相仿。

这问题出在何处？专案组的全体人员坐下来分析案情，找寻突破口，侦察专家、公安局的梅局长也亲自出马，坐镇指挥。

这是一桩大案、重案，也是一桩疑案。市府调动了大批人，市工商局、公安局、检察院，一些有能耐的办案专家，都纷纷出马探索案情，可没能找到破绽，也没有找到那姓贺的是谁？

正在发愁时，忽然，从郑州又来一封函，提供了一丝儿线索。说是其中有个“中间人”姓何，名叫“何幺娃”，高高的鼻梁，大大的眼睛，中等个头，20余岁，最明显的标记是在他的鼻梁旁有颗黑痣。

诚然，这线索不免使人高兴，可细想起来，又感到困惑：那年龄，那模样儿，可在泸州的425万人口中，太平凡、太多了，到底是谁呢？

梅局长率领的这支侦察组，拖着松软的腿，从蓝田回到机关。这是第几次出击呢？数不清，只觉得忙了几个月，仍然没有发现蛛丝马迹，再搞有啥油水呀，有人怀疑，也有人提出偃旗息鼓。

在疑惑中，不知是谁突然发现一个“显赫”的人物。此人姓罗，兴文县人士。有人反映，他昨天在福集那边，卖出一批“泸州老窖”商标。

梅局长立即派出侦察组，两天后返回。案情有了进展。真有其人，罗某是某酒厂的工人，前年因为旷工，被除了名。他今年28岁，哥俩是孪生兄弟，对酒生意很内行，也极感兴趣，前些日子，传说他哥在重庆翻了船。

跟踪追击，派人化装成为生意人，打入内线，决心弄个水落石出。

一日，忽然在隆昌到泸州的公共汽车上，发现一人像罗某，但鼻子旁边没有痣。当初想抓获，可又没有把握，按梅局长的想法，还是放长线钓大鱼，便放过了他。

深夜，突然有人报案，罗某回了家乡，在村里乱窜，还带去一个外省人，正在洽谈生意。专案组立即驱车前去捉拿。

夜，伸手不见五指。那是个偏僻的山庄，车不能去，他们瞎摸了两个小时才进了村。



“咚咚咚……”一阵叩门声划破了夜空，惊动了小山庄，惊动了主人。那房子是一楼一底旧式木板房，只听屋内窸窸窣窣的响声，但不见房门洞开。

“开门!”雷思振大吼一声。门“吱呀”一声开了，可屋内黑压压一片，看不清。

“我们是公安局的，我们找罗××。”

“我姓罗，但不叫罗××。”那汉子很干脆。

“罗××是你家什么人?”

“他是我弟弟。”

“他哪里去了？我们有事找他。”

“他……他不在家。”

“你们倒卖过假酒没有？赶快交代。”

“我没有做酒生意，是做的编织带买卖。”

“前几天，你是不是去了浙江?”

“嗯，去过。”

“干什么”

“买编织带。”

“是不是倒卖过假酒?”

“我……没有倒卖过……”他心虚了，前言不搭后语。

他压根儿就不承认，而实际上已有人发现他可疑的行踪。

无奈，他们出示了搜查证。屋内上下间，确实堆满了编织带。搜遍了楼上楼下，都没找到有什么假冒名酒商标。雷思振那一双机灵的眼睛，盯住了床脚跟，那下边露出一只侧放着的皮鞋。鞋一般是一双，怎么只是一只呢？而且是侧放着，他起了疑心，便趴下去拖，却拖不动，再用劲拉，却发现鞋上套着脚……

“出来!”一声令下，一人从床下爬了出来。灯光下，他们发现这小子，正是那位长黑痣的青年——罗某。

经审讯，罗某承认在浙江买了一批名酒商标，卖了一部分，还有一部分夹在编织带内。这对孪生兄弟真鬼，所放之处，谁也难查。

大哥罗某也承认，他在曲酒厂买过一批商标，多少套，那人叫啥名字，他记不清了。当初卖商标的那位根本就不告诉他，全是单线联系。他思索着，但没想起那人的样儿，因为不像鼻梁旁边有颗黑痣，第一眼之后就留下了很深很深的印象。

泸州城虽说奇，但地方不大，专案组采取了果断措施，决定带上罗某去厂里，指认那个卖商标的青年。

早饭后，曲酒厂的大门洞开，人如流水涌进古朴典雅的大门。今日的人流仍然像往日一样平凡。人们都在镇静地、奋发地向内走去，决定去完成各自一日的劳作。

雷思振守着罗某，躲在传达室那张屏风后面，聚精会神地关注着进进出出的人流。

人，进来，出去；出来，进去。从早等到晚上。一天、二天、三天……在 3 000 多位职工中，没有一位和他讲的那青年有相似之处。

“莫不是，你小子愚弄我们?”雷思振用怀疑的目光，盯着罗某。

“我记得清清楚楚的，他说他是曲酒厂的。”

“为啥没有这个人呢?”

“不，他亲自告诉我的。好像这人说过，他家里还有人也在曲酒厂工作。哦，脸上还留点络腮胡。”罗某不愿改口。

据分析，这商标有两种可能，一种可能就是印商标的厂出了问题，从那里泄漏出去；一种可能便是从曲酒厂弄出去的。前一种情况，他们已经作过调查，印刷厂管理很严，可能性不大。

曲酒厂保卫科的梁科长，他们积极配合，对全厂青年进行排队，发现一青年突然富了起来，他家人口多，过去生活一向拮据。肯定有不可告人的奥秘。可这青年，前几日因为轮休没有进厂。

第四天，二人照常入位。

在人流中，突然有个影子闯入了罗某的眼帘。“就是他!”

雷思振顺着他的手指望去，一位留着络腮胡的小个子。雷思振认识他，可这位青年，过去表现不错，他怎么会盗厂里的商标呢!

他们火速将他召到厂部四楼公安科询问。梁科长咄咄逼人的目光，死死盯着小个子：“你必须老实交代，才有出路!”小个子，一嘴毛发不停地上下蠕动。没经几个回合，他完全招架不住了，一身冷汗，如一头撞了南墙的小鹿，角断腿伤，瘫在藤椅上。

“我说，我说，梁科长，我错了，我坏了厂里的名声，我有罪……”他左右开弓，扑打自己的脸，交代他的罪过。

为啥要偷呢？他自己觉得有点鬼使神差，莫明其妙。他承认，没有别的原因，就是为了钱，为了挥霍，痛快。他父亲是厂里的老工人，老实、地道。循规蹈矩，可干了一辈子还是穷。他想，我这辈子仍然走着父亲的路，当工人。唉，父辈的日子，我可受不了。于是，他看到别人花天酒地，吃喝玩乐，大把大把的票子直往外撒。他的手就痒痒的，总想找个变钱的门路。看到社会上有人搞假酒，倒卖名酒商标，突然心底萌发出一个邪念，盗窃商标。

第一次很顺利就到手了，第二次是最后砸开窗玻璃进去的，两次一共偷了 20 000 多套，赚了 10 万元。我得了 4 万、富了，真的富了，钱哗哗直往外流。吃火锅，上舞厅，玩台球，还带着一群女娃子鬼混……

## 第三节　酒乡有支缉假大队

她叫曾本君，40 岁年纪，中等个儿，不胖不瘦，谈吐如流水，表情很自然，性格豪爽，有点女中豪杰的气度。

那是 1988 年 9 月 2 日的上午，在她的办公室，一座深宫后院，阳光曦微，气候炎热。

她是素有酒乡之称的宜宾市工商局局长，不管她同不同意，别人称她“女强人”。近几年，她奉命抓打击假冒名酒的案件，抓得有头有序，也颇有点名气。

她快人快嘴，谈话开门见山，一说见底。

酒乡，在1984年，人们一发现假酒，就认定是枚定时炸弹。他们抓住不放，而且一抓到底，置之死地而后快，要让那些搞假的人倾家荡产，无处栖身。

嘿，殊不知有些人却是傻脑袋。他们“护短”，怕揭“脓疮”，怕别人说酒乡出现了假冒名酒。他们的理论多着呢，说历来中国人有个“传统”，“家丑不可外扬。”这种观念，太危险，客观上为犯罪分子开了方便之门。你看，多气人呀，孩子已病入膏肓，还讳疾忌医；船儿都打下险滩，还不要人呼救。这观念，太危险，直接为犯罪分子壮了胆，开了绿灯。你想，这种指导思想哪有点法制观念，是非观念，开拓精神呀！

对假货假酒，绝不能姑息迁就，放任自流，要狠狠地打，抓住一案，制裁一案，把那些搞假酒的家伙打入十八层地狱。那些败类，一害群众，二害国家。他们无能，不去为社会创造财富，反为创造财富的人脸上抹黑，怎不叫人愤慨呢！我一提起这些人，心中的火就直往上冒。你说气人不气人嘛，有一年在石家庄，开全国订货会，突然电视台报道了假冒“五粮液”的消息，影响好坏呀，那一次订货会上，川酒的损失特别大。

“哎呀，记者同志，我只顾说，茶水也没给倒一杯。”她收住话题，一跛一跛地向隔壁办公室去找茶杯。

我忽然发现她的腿行动不便，随即问道：“哟，曾局长，您的腿……”

“哦，我这腿，前几天去抓假酒案，天又黑，跑得又快，一人多高的一道崖，往下跳，不知深浅，就把腿给撞伤了。倒没啥，还好，没伤着骨头。”“呀，我扯得太远了吧！打击假冒名酒的工作，主要是我们在抓。成绩显著呀，不到两年，查处大案60件，查出假酒53万多斤，还有小咪咪儿就没计算了；查封假冒名酒商标标识80余万套。你看厉不厉害呀，这些假冒酒，一旦流到用户手上，消费者就损失惨重了。”

曾局长带着我，走到楼下去看库房。嗬，一下楼，门庭若市，很多的车辆，大车、小车、架架车、三轮车，来的，去的，在运假酒、假商标。我很吃惊。我们走进库房，几大间屋子，全堆着假酒、假冒商标，“五粮液”啦，“尖庄”啦，“泸州老窖”啦，“茅台”啦。我反复斟酌，这些假酒，和我在几家厂里见到的真货，别无两样，那些仿冒技能，真使人眼花缭乱，始而叹息，继而痛恨。我不禁冒出一句："这些伤天害理的家伙，为什么如此猖獗?"

在右边的窗户下，堆着一大堆用于制造假冒名酒的印刷制板、封口机、打包机、玻璃瓶、瓶盖等大量的工具。

曾局长告诉我："这仅仅是一部分，已处理了几批啦。现在科学技术发达了，作假者很'聪明'，他们完全做到了以假乱真。你不信？倘若把假酒卖给你，你绝对识别不了。"

"哦，那我便成了罪犯的销赃人了。"我笑着回答。

"哈哈哈……"我俩都大笑起来。接着，我们又回到她的办公室，天南地北地闲聊。

我们这支队伍有 10 多人。当然，光靠工商局不行，还得有公、检、法三家的积极配合，才能形成一个强而有力的整体。

今年的案件太多，感到人员不足。今天这里抓了，明天那里又冒出来了，几乎天天有人报案。嘿，今年八、九月份，不说办案，连抓都抓不赢。我记得，有一天就发现了三起群众举报的假酒案。在破案上，这几年也摸索了一些经验，这抓假酒案，可不能拖拖沓沓的，要有闪电一般的行动，打他个措手不及，慢了一步，罪犯就溜了，让你扑个空。局里分配我抓这项工作，我乐意。可现在吃得太杂，专案组的头儿都专不起来。我们局压力大，现在已是人人出马，个个办案，一个案子两个人，而每个人手上都有几个案子挂着。我们局是省上的先进单位，在全国也有点名气。压力再大，也得忍着，顶着，打假必须一抓到底。

搞假酒，其规律就是这样，知名度越高的地方，搞假也就越凶；对价格越高的产品，他们的手段也就更残忍。

对那些搞假酒的家伙，按中央"严打"的精神，要稳、准、狠。目前，我们的情况是"稳"字有余，而"狠"字不足。一些人有思想框框，"地方保护主义"，怕这怕那，因此，对搞假冒的手软。你软，他就搞得更凶。

尽管我们碰上这样那样的阻力，但我们这支缉假大队，不断总结经验，充实自己的实力，尽最大努力，狠抓对假冒名酒案的查处工作。

然而，犯罪势力太狂、太猛，制造出售假名优酒的违法活动仍屡禁不止，案件有增无减，尤其是13种名酒调价后，利欲熏心的不法者，更加有恃无恐，蠢蠢欲动。我市仅8月份就查获假冒名酒案10多起。

近来，据调查分析，假冒名酒案不仅数量猛增，而且作案手段又使出新招。违法金额和假冒商品的数量由小到大，由少到多，其数额之巨，令人触目惊心。涉案的地区，已由本市城乡和邻省、邻县，拓展面向到全国几十个省、市。就宜宾来看，作案的不仅是个体户、小摊小贩，而大多是大企业、大单位，集体的、国营的。作案的技术装备手段愈加先进，摩托车、大小客、货车、袖珍录音机、BP机等，都派上了作案用场。作案的人太凶险，五粮液酒厂、泸州曲酒厂为了防止假冒，所采取的更新换代技术，刚一出现，就被追逐仿冒。手段高明，方式巧妙。他们挖空心思，或打入了酒管理系统内部盗用名义，索取证据；或以名酒企业联办厂家的牌子为掩护；或以批发专销机构的名称为幌子；或利用生产和销售名酒的主渠道所属单位的名义，制售假名酒，欺骗消费者。总而言之，他们完全把消费者，当作行骗、愚弄的对象，肆无忌惮地进行敲诈勒索。

有人说，制、售假名酒，是"第二贩毒"，确实如此。在作案手法上，他们模仿毒贩的"高招"。这伙人与毒贩一样阴险、狡猾、凶残。在我们已查获案件中，许多不法者都带有电警棍、跳刀、匕首、仿真手枪等凶器，负隅顽抗，威胁办案人员的安全。这是一种十分危险的趋势呀！

针对违法活动极为猖獗的情况，我们积极创造条件，狠狠打击犯罪分子。同时，请示地、市领导加强对查处假冒名酒案件的领导，建议市里立即组建"打击经济违法活动领导小组"，由地、市领导亲自出马，以工商、物价、公安、检察、法院、司法、酒管、五粮液酒厂等部门为核心，组织"打假办"、突击队，有力地打击假冒活动，维护"名酒之乡"的声誉。

## 第四节　省长亲自查假冒

1992年元旦刚过，北京城内鞭炮声声，灯笼高悬，一年一度的新春佳节即将来临。在那热烈的氛围中，市民们担惊受怕，有喜有忧。近几年，假冒、伪劣商品的涌现，使他们心神不安，其中最怕的是假名酒、假香烟，想买又怕买。

国家技术监督局，由政府拨一批款子，又自筹了一些资金，组织了一支强干的队伍，神不知鬼不觉地对北京市各大宾馆、饭店、酒楼、酒家，以及国营商场、购物中心经营的名酒，进行了一次突然袭击，其目的是抓假冒名酒、“歪酒”之类。

经过几天的努力，战绩累累，全国 13 种名酒，已有 7 种被假冒，而真正的名酒却屈指可数，那情景，多令人吃惊！

战果波及紫禁城，波及华北，既调动了有关部门的积极性，也促进了河北省领导的打假热情。

2 月 23 日上午 9 时许，河北省副省长郭洪岐，带领打击假冒商品检查组，浩浩荡荡，走出省政府的大门。那声势自然是空前的，行动是迅速的，他们绕过西大街、南大街，行至解放路百货商场大门前，汽车戛然而止，检查组楼上楼下，柜台内外巡视、查找。烟酒柜台，摆成一字形，长长的、五颜六色，23 种形状各异的名烟，34 种色彩斑斓的名酒，逐一进行了检查。省标准计量局质检处处长李维培取出两瓶“五粮液”，反复透视、观察后，吃惊地对郭洪岐说：“省长，你看你看，这酒有问题，商标上的凸胎不明显，没有出厂日期，而且瓶盖封口外翻，均不符合质量要求。是不是假酒，我不说死，要化验后再定。”

郭洪岐郑重地答道：“既然发现疑点，决不放过，要一查到底。”

检查组的人全部围了过来。一位女售货员惊惶失措，耳红面赤，急忙解释说，这批酒是节前直接从厂里进的货，只剩下一瓶了。大家对她的解释越听越玄乎，决定把这瓶可疑的“五粮液”带去化验。

郭洪岐在抓质量上，一向态度鲜明、果断。近年来，面对假冒商品充斥市场，他心神不安，常常彻夜难眠。作为政府主管的官员，有一种强烈的责任感，在支使着他，鞭策着他，义不容辞，要维护“上帝”的权益。他是个忙人。然而，即使是日理万机，他也会毅然停下繁忙的外事活动和那些马拉松式的会议，腾出时间，亲自出马，和“打假办”的同志走向前沿阵地，和作假贩假的社会公害作斗争。他决心从省府所在地石家庄市首先开刀，查禁假酒、假货和伪劣产品。

在副食品商场的柜台前，郭洪岐越看，心里越有一种忧虑。他盯着没有出厂日期的五香辣味鱼、没有标签的鹌鹑蛋罐头、没有保质期的卤牛肉罐头，心里很不是滋味，立即令其封存。副省长心神不安地对几位售货员说："食品不同于一般商品，它直接关系到群众的健康，你们今后进货要把好关，没有生产许可证、商标、出产日期和保质期，坚决不准进入柜台，事关重大，绝不可掉以轻心!"

听完副省长的这一席话，服务员倍觉责任重大，他们连连点头赞许，并主动敞开橱窗、货柜，邀请检查组"官员"检查、指导。在场的群众看见副省长亲自查假冒，纷纷围了过来，对省府"官员"关心市民的温暖，非常感激，大家围着郭洪岐，向检查组反映了许多问题和线索。

很快，副省长查假冒的消息，"哗"的一声传向全市。广安集贸市场，几家个体户，听说副省长出征，闻风丧胆一般，把钱柜一锁溜了。在解放商场附近几家鞋店，不知为了啥，刚开门，又关上了铺面，干脆不接待，售货员纷纷躲开了……

这是石家庄最精彩的一幕，副省长直捣假冒货，震撼河北、华北以至江南……

# 第五章　泪洒监狱门

古人云："不见棺材不流泪。"如今，有些不法之徒，见了棺材也不流泪。

目前，制假贩假，已是肆无忌惮，泛滥成灾，群众怨声载道。人们质问："是法律忘记了不法之徒，还是不法之徒无视法律？监狱之门既然是敞开的，为啥骗人、害人的害群之马，却逍遥法外呢？"

但也有些地区的政法部门，善解民心，打假中，采取法律的手段，取得了最佳效果。

## 第一节　余处长进监记

漆黑的天，漆黑的地，漆黑的门。

看守所，对犯人而言，只是一个暂时栖身的场所，一旦法院判决，执行通知书发出，他们将各奔东西。

余处长，这个"笼中人"，已在这里待了七八个月了。明日，他将起程。这一去，可就无期啊！

去哪呢？是茫茫的大草原，还是荒无人烟的戈壁滩？谁也没告诉他，谁也不知道。他捧着判决书，望着铁窗外黑洞洞、夜茫茫一片，不禁泪水如注。

这位走过 49 个春秋的汉子，是个刚直的"勇士"，他不曾有过任何悲伤，也不曾有过痛苦和忧愁。

前几天，他收到妻子从千里之外，寄来为他送行的衣服、鞋子以及他最爱吃的巧克力时，就涕泪交加。是夜，他给妻子去了回信。他泪痕累累，沉重的笔尖，在信纸上写下了这段文字："我走了。我唯一不放心的是你和孩子。你是个弱女子，身患重病，抚养两个孩子的重担落在你肩上。我对不起你，对不起孩子，这一切已无法挽回……”忽然，沙沙的笔尖声停了，信只写了一半，他再也写不下去。那漫长的夜，寂静的牢房，勾起他的思绪和回忆……

酒乡！当余某第一次听到这个名字，他就似醉非醉，渴望亲临那个令人陶醉的圣地——四川宜宾。

1988年5月初，这个机会像神话一般来了。某部的这位“天使”余某鬼使神差，被派到了川南，主持一次大型酒类评比会。

暮春时节，万里长江第一城——宜宾，乃是春暖花开，春光融融，江水清清，喜煞人的大好时光。耸立长江北岸的酒乡宾馆，装点得格外漂亮，妖艳。门前，车水马龙，人来车往，一派喜庆景象。“全国农业系统低度白酒评比大会”正在这里隆重举行。

一场争夺“部优”的激战，便在这里拉开了帷幕。

参加夺魁的共有100多个厂家。

余某这位“天使”抵达宜宾之后，便前呼后拥，下榻酒乡宾馆，住进611号房间。

经过几个回合的角逐，评酒会已经亮出了高低。各家的命运已定，自然胜者高兴，败者气馁。在全国众多的酒厂中，要冒出一个高度，是多不易呀！“部优”，只要有了这个桂冠，便身价百倍，财源不断，谁不望着金牌垂涎欲滴呢？

深夜，伴随着长江的鼾声，他已经入睡了。宾馆内，喧哗声，欢笑声，随着大观楼午夜的钟声响过，渐渐消失了，隐去了。此时，宾馆内突然闪出两个黑影，抬着一箱“茅台酒”，蹑手蹑脚地爬上了六楼。

“咚咚咚……”轻轻的叩门声响后，橙黄色的门开了。

“哟，庞厂长，你还没有休息呀？”余处长急忙把两位不速之客迎进屋内。

“余处长，您辛苦了，特来看望您呢。”庞厂长那甜蜜的话语八面生辉，屋内激起阵阵笑声。

中国，是世界上官员最多的国家。余某在众多的官员中，只不过是个小不点儿，但权力比他的官职大十倍百倍。他是这次“评优”办公室副主任，掌管着全国农业系统产品“评优”工作。由于“评优”办人员不多，里里外外，上下周旋，具体事务都由他一个人包揽。此时此地，余某的身价，和他那肥胖的躯体一样有分量。评酒会上，有关资格审查、组织领导、评选核定、发放证书等，这位处长更是举足轻重的人物。

贵州某酒厂，不过是个乡办企业，在华夏众多酒厂中，没有谁想到它。然而，这次评比中，爆出冷门，一举登上部优的宝座。“金山牌”窖酒评了88.8分，作为该厂的庞厂长，简直是受宠若惊，能不感谢这位“恩人”吗?

一阵寒暄之后，余某望着那箱茅台酒，白白胖胖的脸上堆满微笑。

要说余某与庞某相识有缘，不如说，他与茅台酒更有缘。他，这位“酒鬼”随着手上的权力的增长，胃口也不断增加。

他和庞某的交情，有一段精彩的故事。他俩相逢就是借茅台酒这个媒介相识的。

1987年，庞某是在危难之际走马上任的。可以说，他是在一个错误的时刻，错误地出任厂长。当初，该厂资金不足，产品积压，生产停滞。他面对这个烂摊子，无心去钻研技术，提高产品质量，而是拼命地钻研“关系学”，企图借助外界的力量，寻找起死回生的魔力。

于是，他决心独辟蹊径，一举贷款数万元，买回“茅台酒”，向北京进军，执意不惜血本，拉关系，走后门，为登上大雅之堂——“部优”。他认为先搭好阶梯，再上档次，这是捷径。

1988年1月，他风尘仆仆，为扩大“金山牌”在北京的影响，专门在北京民族宫堂而皇之举行“新闻发布会”。庞的用意很清楚，他要借用“国酒”茅台的力量，利用时髦的“新闻发布会”，炸开步入“部优”的大门。经过别人介绍，庞厂长在这次会上高兴地结识了余处长。

会后，庞带上礼物，迫不及待地去拜谒这位关键人物。

庞厂长走进余处长的办公室，先献一瓶“金山牌”请处长品尝。

余某抿了一口，没咽就“哇”一声吐了。“老庞，你这酒像马尿一样，是酸的，咋喝呀!”余某极不高兴。

庞某急忙凑过去，耳语道："余处长，没啥，还顺便给您老捎来六瓶茅台，晚上给您送到家里。"

余某一反常态，关怀备至。白胖的脸蛋上，绽开和善的微笑。他送他们到楼下，又写了家庭地址。晚上，庞某把六瓶"茅台酒"送到余某家里。余处长即刻给他发了参加宜宾评酒会的申请表，还热情地暗示："老庞呀，今后熟了就好办了。"

庞某如鱼得水，感激不尽，恳求道："余处长，承蒙您老的关照！"

心有灵犀一点通，庞某知道，"部优"白酒的标准很高，"金山牌"白酒是不符合标准的，既然余处长发了申请表，无望变成了有望。

庞某一旦找到这条通往天堂的大道，喜不胜喜。他咬着牙，又投入了一些资本，终于取得了参加这次评酒会的资格。3 个月后，余向庞发去了邀请参加评酒会的加急电报……

庞某捧着电报，喜出望外，一想到这条升级的康庄大道，他乐得合不上嘴。可他耳际响起"像马尿一样"的咂舌声，又犯愁了。因此，他想出了妙计，将"金山牌"与"茅台酒"参半混杂兑成样酒，送到评酒会上。

美哉！在余处长的无微不至的"关照"下，曾被余某视为"马尿"的"金山牌"，终于有了出头之日。

余某不喜欢"马尿"，而喜欢"茅台酒"；庞某得了 88.8 分，靠的是"茅台酒"，而不是"金山牌"。今晚，来酬谢处长的自然是"茅台酒"了。

临走时，庞某轻轻地拉开了梳妆台的抽屉，敏捷地把一个纸包塞了进去。

余某发现了。他装模作样地吐出三个字"别这样……"他送走客人后，迫不及待地关上门，拉开抽屉，打开纸包，啊！好家伙，新崭崭的"大团结"一大摞。余某又惊又喜。他不相信那是万能的钞票，便戴上眼镜详斟细酌。他一数，不多不少 5 000 元。嘿，这一次收获就等于一个堂堂的七品芝麻官，忙忙碌碌干两年所得的薪水呀！余某一夜高兴得没睡好觉。

庞某把余某的心摸透了，余某的胃口也越来越大了，无论是钞票，还是"茅台酒"，来者不误。

一月后，庞某又带上“手榴弹”登上某部的大门。庞某又送去了11瓶茅台酒。余某在高兴之余，告诉他“金山牌”已被评为“部优”，证书尚未印好，年底才能发出。

庞某为了庆贺，在“海鲜餐厅”设宴招待余处长夫妇。席间，他要余某给他开张证明，余满口答应。末了，庞顺手递上一个胀鼓鼓的信封，说是“一点小意思”，他代表全厂职工表示的一点心意。

余某“嘿嘿”一笑，做了个推辞的手势后，便接过来，塞进了腰包。他回家一数，又是2 000元。

庞某盼望的“部优”产品证书，年底终于到手了。高兴之余，庞没有忘记这位“恩人”，他又兴师动众，带领几个侍从，背着贵州的土特产和四瓶茅台酒，不远千里，登上紫禁城，再次向余某表示心意！

庞厂长不惜一切代价，终于捧回“部优”的金字招牌。消息传来，他顿时名声大振，身价百倍，县里、乡里的领导，兄弟酒厂的同仁都纷纷前来庆贺。

然而，这块金字招牌，要为该厂带来实惠也不那么容易，还得花出代价，耗去时间。

这个厂，由于庞某请客送礼，挥霍浪费，已经负债如牛；由于长期忽视生产，就连劣质酒也生产不出来。银行决定不予贷款，工人领不到工资，工厂濒于倒闭。庞某的问题败露之后，余某的受贿随之暴露了。

人常说：“老走夜路会碰上鬼。”余某这个败类，喝惯了茅台，吃惯了“欺头”，哪有不会冒出点臊气来呢？监察部经过一段艰苦的细致的调查后，摸清了底细，抓到了证据。他想躲也躲不脱。

当检察人员搜查余某的家时，人们大吃一惊。这位官不大，收入不高，经常装穷享受国家困难补助的余某，如今家里却是金碧辉煌，琳琅满目，全套的罗马尼亚家具，进口彩电、录像机、组合音响、电冰箱、钢琴，应有尽有。

“金山牌”所得的“部优”产品的牌子，来得不易呀！北京“新闻发布会”，参加宜宾评酒会，竟耗资8万多元，其中购买“茅台酒”1 330瓶。作为国家干部的余某，利用职权、徇私舞弊，先后受贿1万余元。他严重损害了国家机关的形象，败坏了社会风气。群众说："如今，他所得'待遇'是罪有应得!"

## 第二节 郑主任倒在枪口下

死牢里，若明若暗的灯光，地狱般的寂静。郑景星躺在地上，像个泥团，脸无血色，气无长呼，已是三天没进米粒了。

他怎么也没想到，人生如此短暂。生活，像一道彩虹，刚从他眼前闪过，却要结束了。他仅仅活了37个春秋。

他，郑景星，自懂事以来，生活就不公平地强加给他，他煞费苦心，要生个亲骨肉，可结婚10余年了，却没"开张"。为什么？别人说他是薄命。他不信神，更不去追求虚无缥缈的神话般的梦幻。但面对现实，他又觉得，一切的一切，是"命运"在捉弄他，抑或不是这样，那些"怪"现象，又咋解释呢?

他讲究现实，讲究实惠，讲究效益。"不生，算了吧，拣一个，从小精心抚育，长大了就是亲骨肉。"他劝妻子。

"中！景星，就依你的。"妻子顺从了丈夫的旨意。

"女儿抱来了，可别让他人说长道短。"郑景星叮嘱妻子。

女儿进了门，起名银花。从此，他俩火一般的热情，抚养着女儿，企盼她成人成才。

身为某地区司法局办公室主任、党支部书记，既懂法，又有权，可就是票子短了点。夫妇俩养活一个孩子，还紧巴巴的，到了月底扯拇指。

钞票，像魔影一般纠缠着他的灵魂。他想人是活的，钱是死的，无钱只有自找门路，自个儿去开发。他朝思暮想，却没打开思路。一日深夜醒来，他猛想到，他曾办过一个假酒案，那人就是靠搞假冒发财的。他隐隐约约记得，那是1986年的事了。地点？地点是在地区商业局对面，一片平房内抓获一个制造、倒卖假"茅台酒"的黑窝点。仅仅三五个人，一夜功夫，就赚回8万多元。

那案子说它奇，确实奇。但更奇的是，郑景星办完案子便着了魔，没花一分钱，就学会了贩卖假酒的“绝技”，若要去拜师，不花三五百元的谢师费才怪呢！

孩子渐渐长大了，花钱的事儿越发多起来，他毫不隐讳地鼓励孩子去“赚钱”，不要像父辈过着穷酸日子。1988 年春天，郑景星便和女儿银花上了手，倒卖假“茅台酒”。

他身手不凡，生平第一次做生意，出乎他的意料，就赚了 6 000 元，扭转了家境贫穷的状况。他们望着一叠新崭崭的钞票，好奇、惬意、甜美。决定用这些钱改善生活。

郑景星没有笑，沉思片刻之后，忽然他把钱全部捏在手上说：“钱不能花，要它像魔术师变戏法一样，赚得更多更多！”

生活就是这样，当他第一只脚陷入沼泽，他并未觉得危险，随着欲望的增长，又迈出了第二步。不久，8 000 多瓶“茅台酒”，又从他手上溜过。那是茅台酒走俏年月呀，一瓶酒，一倒手就得七八十元呀，相当于他工资的一半。

渐渐地，他的胃口不断增大，两只脚完全陷进去了。他也曾怀疑自己的行为是否越轨了。他是搞政法工作的，不会不知其行为的规范，可他已是钱迷心窍，不能自拔了……

郑景星似闭非闭的眼里，在流泪，他有种预感，忽然觉得自己完了，生活在他的历史上，重重地打下了一个不光彩的句号。

他越想越觉得可怕，抱着妻子，号啕痛哭。

“还是找个律师吧，爸爸，不能就此……”银花的泪水似乎流干了，枯竭的眼睛，反应迟钝。

“请律师，有屁用，唉，我清楚，一旦法院定了板，谁也改不了。”

“爸爸，你完全是为了这个家……”银花哭得死去活来。

郑景星见状，扶起女儿，觉得惭愧。此时此地，他完全糊涂了。为了家？为了女儿？不不不……似乎，他觉得全不是，是为自己。想当初不是钱迷心窍，绝不会干出这样的丑事。

他猛然间，举着那双罪恶的手在昏暗的灯光下乱舞，是这双手搞假酒倒卖，也是这双手使他走上犯罪道路。此时，他觉得自己如此渺小，如此卑劣。他痛心疾首，晚了，一切都晚了！

“啪啪啪……”他左右开弓，扑打着自己的脸……

威严的监狱门启动了，阳光透过了铁窗，洒进了牢房，洒在了郑景星的面颊上。

今天，1989 年 7 月 7 日，地区中级人民法院正式开庭审判，在事实与铁证面前，郑景星低头认罪，去年 7 月和 8 月，也就是这个时间，他同养女，乘假酒泛滥之机，顿起贼心，倒卖假茅台，非法经营，销售额达 104 万元，从中牟利 19 万多元。

这位司法干部，知法犯法，自然法律不会宽容他，为了维护法律的尊严，不亵渎自己的职责，法院判处郑景星死刑，剥夺政治权利终身。

## 第三节　人生环形道

任新民昨晚被公安局逮捕了！消息不胫而走。人们猜想，莫非是他又搞赌博；莫非是他……

公安人员搜查他家财物时，大伙吃惊了，嘿，他家一贫如洗，两间破瓦房，只余下个空架子，屋里，除了几件普通的家具、碗筷、用品外，竟没有值钱的东西，这些年，他的日子咋过呀?

“他现在倒好了，五尺汉子，往监狱一钻，啥都有了，还提回家干啥?”有人给他打趣。

“唉，这汉子，是发疯啦，还是祖宗的遗传？为啥活了 30 多岁了，没醒事呢?”有人为他惋惜。

他去看守所的第二天，正好是家属“探监日”。大清早，监狱门口的人群中，有两位年轻漂亮的女性，一个拎着衣物、糖果；一个拖着不满三岁的女孩，她们混在那些哭哭啼啼的人群中，缓缓向门前移动。

拎衣物的女青年，长方脸，浓眉大眼，一身时装得体、色泽讲究，线条苗条，有人说她酷似著名歌星。

那牵着孩子的妇女，长得一表人才，苹果脸儿，一头秀发飘洒在肩上，酷似某电视剧中的女主角。

她俩仿佛很熟悉，似曾相见，但又那样陌生。浓眉女士排在前面，长发女士排在末端。那浓眉女士，不时从前面送来友好的目光，投在女孩身上，也落在长发女士的脸上。

登记开始了，自然是从前面到后面啰。浓眉女士在“被探人姓名”一栏内填着“任新民”，在“探监人”栏内写着“徐梦如”。长发女士，在“被探人姓名”栏内写着“任新民”，在“探监人”一栏写着“许桂芳”。

门卫望着两张“探监登记卡”愣了，奇怪，两位女士探一个犯人。她俩究竟是什么人呢？

“任新民！”干警大喊一声。

“到！”任新民走出牢门，面壁而立。

任新民已是“二进宫”了，对牢房的规矩他熟悉。这一喊一答之后，他埋头从牢房门走出来，走近岗哨，规规矩矩，面壁而立，却没人吩咐。他在猜测，莫非今天又要审讯，如何对付，如何回答，昨晚他已想好了。此时，他有点神魂不定，便向审讯室走去，可那里无人。他继续在沉思：究竟喊我有啥事？

迄至今日，他没有服法，他不曾想到，倒卖假酒是违法，更没想到会吃官司，进看守所，他觉得自己冤枉……

“任新民，大门口有人给你送东西来。”他从沉思中醒来，急忙就答：“是！”

送东西？谁呢？他知道，压根也没盼望谁给他送东西或来看他。

他埋着头，走向大门，远远听到有一个熟悉的声音：“新民，我来看望你。”他抬头一看，才知道是他第一个妻子。

“梦如，您好……”他轻声地唤了她的名字。随之，泪水直往外涌，他多么后悔呀！想起那段历史……

一位多好的妻子，一个多好的家。8年前，他们结婚不久，他就开始参赌。赌博就像吸毒一样，他很快就上了瘾。妻子的嫁妆输了，首饰输了，家具卖了。妻子抱着他，哭诉着：“新民，别赌了吧，我们这个家输完了……只要你不赌，我啥事都听你的，依你的……”

“梦如，别哭，我保证不赌了！”他说得很干脆，可工资一拿到手，没两个小时又输光了。

“不可救药!”梦如本是个温柔的女性，可这一回她一气之下，作出了勇敢的决策，和他分道扬镳了……

徐梦如和他离婚了。但她却依依不舍，这位男子汉对她有很强的吸引力。她朝朝暮暮，魂系着任新民。还不时来看他，等他改了那使人懊恼的怪癖，她愿和他复婚。可两年过去了，他没有改……

“新民，我今天休息，顺便给你送了点东西，你不介意吧。”徐梦如双手把东西递给了任新民。

“啊，梦如……我对不起您呀……”他哽咽了。

在沉闷的气氛中，他们谈起了痛苦的往事。两位泪人儿，一直在克制自己，可怎么也抑制不了内心的激动。探监的时间到了，梦如恋恋不舍地离去。

“下一个。”门卫喊了一声，许桂芳牵着晶晶走了过来。

“晶晶，他是你爸爸，喊呀。”任新民拘谨地等待着。可晶晶没启齿，却羞涩地躲在妈妈背后。

许桂芳是个爽快豪放的女性。她粗声大气地说：“你呀，还是本性没改。前几天，我就打算带着晶晶来看你，可她外婆病了，没来成。唉，谁也没想到，你的毛病又犯了……”

“……”任新民欲言又止。

他说什么呢？满肚子苦水，向谁倒呢？

第一个妻子赌掉了，人财两空。男人离开了女人，照样是心酸的。他除了上班别无嗜好，成天像只孤雁。1985 年，经朋友介绍，他认识了许桂芳。那时，桂芳已是“而立”之年。她心地善良，快人快嘴，一心爱着他，关于和前妻离婚的事，她相信他母亲说的话：“不是儿子的过错。”她凭着感觉，认为母子俩好，对于那恼人的离婚，她没认真去想。1986 年春天，他们登记结婚时，她知道任新民和前妻离婚的真正原因，但她没计较，总是从好处去想。人呀，孰能无过？既然派出所已批评教育了他，自己也写了悔改书，并表示要悔过自新，更何况单位还可以教育他嘛。因此，她把一片真情交给了他。

然而，事与愿违，两月以后，任新民又因赌博旷工，被工厂除了名。他并未吸取教训，仍然拼命赌，又过了3个月，他被公安机关抓获，判处劳教两年。

许桂芳伤心极了。结婚登记虽然已办手续，可婚礼还未举行。

啊！怎么办？桂芳已经怀孕了，她没有灰心，常常去看他，安慰他，只要好好劳动，改过。她愿等他一辈子。桂芳也确实尽她的力量，准备家具，装修房子。他劳改释放回来后，就办理结婚典礼。

两年后，任新民回来了，他当上了爸爸。一家人终于有了欢乐和幸福。

可好景不长，没多久，任新民的“哥们”又登门邀请他参赌。他再一次辜负了妻子的一片苦心，劣性未改，把妻子准备的结婚钱用光了，还被公安局抓获，罚款400元。

桂芳哭得死去活来。她见他执迷不悟，便带着晶晶离开了这个家。

任新民“输”掉了两个妻子，“输”掉了自己的亲骨肉，毁了自己的家，成了一个无处谋生的流浪汉。

他，正在步履维艰的时候，城郊一个倒卖假名酒的赵某看中了他。帮他付了400元罚款，并给100元的月薪，要他到天津、郑州帮他推销假“茅台酒”、假“五粮液”。

任新民不忘赵某的“恩”，一心为他卖力，搞推销，忙了东头忙西头，跑了上海，跑北京，生意红火，假冒名酒源源不断地推向全国，究竟帮赵某赚了多少钱，他可不清楚。

1992年元月，赵某心狠，在郑州失了手，进了牢房。这位有“前科”的任新民，也没逃出法网。

人生环形道，任新民又走上了老路，走进了那森严的，可怕的监狱之门。

## 第四节　“二娃”的美梦

黄龙飞，这名字挺美挺美的，人也长得英俊，灵透，有着男子汉的气质。小黄勤快，憨厚，有灵气，在村里是逗人喜爱的小伙子。

小黄的老家在四川农村。他家穷，顿顿吃的是包谷面，红薯块。其实呢，家乡是块温馨的土地，风光美，百里竹海，千里长江，山清水秀，大自然并没亏待他们，而且赐予他们许多恩惠和维持人类生存的条件，别人都羡慕呢！可那时人却没有和长江、竹海相思、相合、相配。多少年来，天和地都和长江闹别扭，日子越过越紧巴。

小黄家人多，他排行老二，村里人都叫他“二娃”，父亲叫他“憨包”。他小时候，智力发育缓慢，上完小学，读初中，刚上初中就辍学，书不想读了。他想，如今地归了公，人还有啥奔头呢？老婆孩子热炕头，赶快组合一个家吧。他就这样盼着，等着，爸爸妈妈，也成天唠唠叨叨。

太遗憾啦！小黄的个头老是那么苗条，村里村外的姑娘，都拿他打不上眼，弄得他爸爸妈妈忧心忡忡。他渴望当兵，插上翅膀，出去闯一闯。

他刚满 18 岁那年，机遇果真到了，身体也长得壮实些。他到了北京某部当了个工程兵。他跨进首都，即刻被浩茫的万里长城、秀丽的颐和园、雄伟的天安门迷住啦。心有灵犀一点通。“二娃”在异彩纷呈的大都市，增长了见识，增长了智慧，小脑袋，像微电脑一般灵，各种幼想……呼啦一声从脑袋里滋生出来。北京人的讲究，外国人的富有，这一切像钢针刺激着他的“自尊心”。“嘿，别人富，我们为什么不能富呢？”他不时扪心自问。从此，“钱”字如同一块毒瘤滋生在他的大脑内，吃饭在想，走路在想，做梦也在想。是呀，只要有了钱，可以像老外，脖子上挂个相机；可以像北京人，穿上笔挺笔挺的西服；可以光宗耀祖……

约莫两年，他对挖泥巴的工程兵，腻了，厌了。他怨声载道：“唉，没意思，在农村捏泥巴，在部队也一样捏泥巴，算了算了！”于是，他一狠心，便退伍回了老家。

现在的黄龙飞，可不是几年前的黄龙飞了，他有了自己的主见，有了人生的追求。

他的追求有两个：一是找个漂亮的妻子，他每每看到银幕上、画报上那些浓妆艳抹的女郎便心花怒放。人生难得几回搏，我应该有个温柔的妻子，还应该有个理想的职业。于是，他根据中国的现状和体制，想到要走仕途之路，一定要有一个向上爬的阶梯。没有干部的位子，在穷乡僻壤，那日子等于井底小蛙，不说光宗耀祖，自身也会窝窝囊囊，虚度一生。

可这些渴望和追求，如同泡影，看不见，摸不着呀！为什么？经济是基础，他家穷，仍然吃着包米面，红薯块。

于是，他朝朝暮暮，都挂念着一个“钱”字，可“钱”从哪来呢？它不会随着长江水漂来，也不会从竹海中冒出来。他急呀，经常责怪自己太笨，不开窍。

一个偶然的机会，他在报头上看到一则倒卖假名酒的信息。名酒在川南有三家，南跨赤水河，那便是国酒“茅台”的故乡，搞假冒颇有条件，他索性去闯一闯，尝试尝试。

他无本钱，最初就帮一个姓李的“倒爷”跑联络、跑信息、推销，吃点回扣，得点跑路钱，从微薄的收入中，尝到了甜头。

诚然，他不满足，但初次接触中，觉得搞假酒的技术，似乎高深莫测，不敢攀登。随后，他又觉得帮别人，收入太微太弱，他看见别人大把大把的票子往腰里揣，便垂涎欲滴，不多时，他有了长足的进步，有了一笔积累，于是他拜师学艺，开始跟着别人倒卖商标。很来钱呀，“特曲”商标一般一套 5 元进，8 元出；倘若再制成“酒”，那可就一本万利，打几个滚，一套商标收入三四十元，或四五十元不等。“二娃”的脑子得到了启迪。他跟着别人学，搞了一批假酒，一转手，获利 1.4 万元。他家祖宗三代，也没见过这么多钱。他望着一大堆钞票，高兴得手舞足蹈。

他人也富了，可他舍不得花钱，外出，他仍然节省，吃碗面条或豆花饭，把钱捏得死死的。他不像那些“酒贩子”，住高级宾馆，进舞厅，玩女人，他守着“本分”，依然过着节衣缩食的日子。

往后，他运气好，又得了几笔大数，他已是个“10 万元户”，但他依然恪守着山里人的消费观念。

钱，他另有用场，这时，他又勃发出“升官梦”。正巧，县里要集资办一家麻纺厂。常言道：“舍不得孩子套不着狼。”此时，他的钱派上了用场，一咬牙投了 1.5 万元。

有了钱，姑娘的眼光也变了，村里村外，媒婆纷至沓来。

“二娃”的美女梦，正做得精彩，得体，他在众多的姑娘中，选中了某村某某某的“二女子”，姑娘那模样，和他在银幕上、画报上看到的那些美人儿一模一样，他心满意足了。

完婚那天，10 桌客人坐得满满的，花了一大笔钱，买来“资格的”五粮液，还有“大地红”、“十五响”图个吉利，噼噼啪啪……爆竹声，震撼了长江两岸，左邻右舍，大爷大伯们伸出大拇指：“二娃”，好样的！

真不巧，赞扬声刚落，公安人员登门了。金钱、美女梦正做得热火的时候，两支锃亮的“手表”戴到了他的手腕上。黄龙飞，因倒卖假酒，构成了经济犯罪……

## 第五节　假酒与苦酒

湖南某县，是湘东的一个好去处。酿酒业，不知是哪朝哪代，在这块沃土上悄悄崛起。陈飞自幼聪颖好学，刚 20 挂零，就耳濡目染，学得一手酿酒、勾兑的好技术。他，陶醉，凭着他的天资，有了这门好手艺，可有享不完的荣华富贵了。

日子过得真快！不知不觉，就度过了 37 个春秋。他，虽说没有那“专业户”、“示范户”、“万元户”、“农民企业家”一类的头衔，可他在村里却是个数一数二的显赫人物。

他，作为一个农民，有本事，一双巧手，配酒酿酒，接人待物，撑持门面，脑袋瓜儿转得快，舌尖甜，又能说会道，村里村外都尊敬他，佩服他，赞扬他。有人说，陈飞凭他那三寸不烂之舌，可以把河里的鱼儿哄到岸上来。

在品酒和勾兑上，他有着全国著名的勾兑师的“酒经”，又有着全国评酒名家的“神舌”。在勾兑中，他以怪治怪，以柔克刚，经他兑的酒，香、浓、醇、甜、爽，五味谐调，恰到好处。村里村外，不时飘来“神手”、“怪舌”的赞语。邀请他指导酿酒、勾兑的人也络绎不绝。

这些年，凭着那双“神手”，他的日子过得红火，美气。唯一令他不满的是，漂亮的妻子不争气，稀里糊涂生下五个孩子，全是清一色的“娘子军”。他常常望着“五朵金花”，唉声叹气：“真的要断了香火不成？”他横下一条心：不生男孩，誓不罢休。

她已超生了4个，再生，计划生育政策允许吗？于是，他无奈取回几年的积累。在一个春光明媚的早晨，他带着妻子女儿，浩浩荡荡，卷入了“盲流”队伍。

上哪儿去？此地离沿海繁华的广州、海南，只有一步之遥。陈飞决定闯荡日新月异的沿海。人是活的，又有技术，凭他三寸不烂之舌，还怕混不了一碗饭吃？

人生之路，也绝非所想象的那样平坦。钱花光了，往后的日子咋过？这一问题，他压根儿没想过。

他和老婆，带领“五朵金花”跑遍了广州、深圳、海口，都没找到能赚钱谋生、养家糊口的门路。他犯愁了。他望着茫茫无际的南海，长吁短叹！咋办？回老家？好汉不走回头路，绝对不成，他的誓言没实现，不会改变主意的。

又过了一些日子，这支“超生游击队”到了广州，妻子果真又怀孕了，是喜，是忧？他不敢去想。

在广州火车站附近的一条小胡同内，他忽然发现一位操湖南口音的“算命先生”。他拉着妻子算了一命，果真妻子怀的是“男孩”。

他喜出望外，从此咬着牙，过着乞丐生活。为了“接香火”，喝令大小姐带着二小姐，拾破烂，四小姐带着五小姐，上街和乞丐结友，以有备无患，将来万一生活无着，好有个退路。三小姐护理孕妇，他做点小本生意，养家糊口。

他没日没夜，起早贪黑，卖针线，贩皮毛，可赚的钱，怎么也填不满7张嘴。无奈，他一家又跨过省界，回到湖南。

无巧不成书。正当他精疲力竭、举步维艰时，一个名叫刘少平的农民，知道陈飞有两刷子，便来到他的身边。

“陈哥，日子混得咋样？”刘少平凑过去，亲切地问道。

“唉，老弟呀，别提了。这江湖不是你我这干人闯荡的……”陈飞耷拉着发须森森的脑袋。

“咱们合伙做生意，赚了钱各得其所，你看怎样?”刘少平逼近一步。

“啥生意，能赚钱吗?”

“能！我出 1 000 元做酒生意。”

“你别白日做梦，好不好？老弟。”

“不不不！你有技术，我有资本，还怕赚不了吗？时下‘邵阳大曲’刚得了‘全国食品博览会’银奖，热门货，市场紧俏，你懂邵阳大曲的勾兑技术，我们不妨试一试。”

配制假冒违法，陈飞也不是不知道。但为了生个男孩，为了一家人的生计，于是，他铤而走险。

就这样，一个制造假酒的地下黑窝子诞生了。他们印制假商标，勾兑假名酒。陈飞的全家都投入了。这伙人配制假“邵阳大曲”3 万余瓶，非法经营额达 7.5 万多元，牟利 2.6 万多元。

真是“双喜”临门。正在这时，陈飞的老婆给他生下了一个又白又胖的儿子。终于如愿以偿，接了“香火”，发了横财，他神气，乐得合不上嘴。

正当他了“双喜”临门，弹冠相庆的时候，他们的罪恶行径暴露了。陈飞不仅为他人酿制了假酒，也为自己酿制了苦酒。正当他抱着儿子，乐不可支，陶醉在喜得贵子的美妙梦幻中，头戴大檐帽的检察官出现在他的面前。他那双“神手”，颤抖地从检察官的手中接过钢笔，在逮捕证上写下了自己的名字。

1990 年 10 月上旬，县法院开庭审理，以投机倒把假冒名酒商标罪判处陈飞有期徒刑 2 年 6 个月，没收其全部非法所得。他从此不得再飞了，留给他的，除了那无尽的忏悔，剩下的就是铁窗荒野，还有泪痕累累的老父、妻子和孩子……

# 第六章　坑他人　害自己

常言道："酒逢知己千杯少。"然而世界上的任何事，都不可一概而论。酒这玩意儿，是一种诱人上瘾的嗜品，倘若一旦上瘾，饮酒之风弥漫，不亚于毒品的流传。因此自古以来，就引起有识之士的警惕，有许多历史轶闻趣事，足以引人深思遐想。

相传，夏初仪狄造酒，本是为了献给大禹邀功请赏，为了助兴得到厚爱，殊不知，大禹饮罢美酒，深感味道甘美，心爽神怡，但又发出了忧虑："后代必有为了饮酒而亡国的。"于是，他毅然下了"戒酒令"。三国时的魏王曹操，是个酒的嗜好者，饮酒作诗是他终身之乐。但他得知酒的毒害，可使人堕落，也可使士气衰退，因此，为了防止酒害，也曾下过"禁酒令"。

在当今，饮酒已成人们的一大嗜好，酒类市场混乱不堪，有的制造假名酒，牟取高额利润；有的出卖假商标，以水代酒坑人；还有更加恶劣的是用工业酒精加水当"名酒"出售害人。这样的拙劣作法，实在令人担忧！

从前，有句老话"祸从天降"，如今，依我之见是"祸从口入"。

## 第一节　除夕的风波

春节，是中国人传统的节日。

每逢佳节，什么最好吃的、喝的；什么最美的、穿的、用的；什么最好玩的、耍的、应有尽有，兴高采烈，无忧无虑！

除夕的早晨，人们正忙碌着，准备年夜的佳肴，选择最美最香的名酒。女儿不爱喝酒，但她却喜欢欣赏各种名酒的装潢、色泽和香味；儿子不算酒鬼，但凡有好菜，总眨巴着眼皮儿，寻思着，能否有好酒助兴。自然，一年一度的新春佳节，儿子做的第一件事，就是打开酒橱选酒。

“爸，今年的日子似乎美气些，团年喝啥酒？”儿子问。

“你打开酒橱看看，有啥喝啥。”我坦然地定了音。

他风风火火，一连抓了几瓶都不满意。他把脸一沉，又白了我一眼：“嗯，没有开心的，这些都是家常便酒，不解瘾。”

我有点生气：“这些都是好酒、名酒，还不开心呀！”

我说完便走进书房，打开《中国酒典》一一查阅，1988 年 9 月 17 日刊登的“商业部第三届优质白酒、啤酒评选获奖名单”，琳琅满目的酒名真令人陶醉，什么“酱香型”、“浓香型”、“清香型”，一溜的名酒，共有 164 个，其中四川就有 105 个。中国被世人称为“饮酒超级大国”，真是名不虚传。生在酒乡的人，不仅馋且刁，一般的酒，似乎不足一饮，要名酒才开心。

儿子倒腾一阵，最后选中了一瓶“五粮液”，一瓶“郎酒”。他拿在手上，东玩西弄，爱不释手，又是闻，又是瞧。他举着酒瓶晃荡：“爸爸，今天是除夕，哦，今天还是奶奶的生日，尽管她老人家已经去世七八年了，也应该为她的 80 诞辰纪念纪念嘛！别的名人、要人都要搞什么‘七十诞辰’、‘八十诞辰’，平头百姓也可乐乐，缅怀老辈呀！”

我迟疑了片刻，这两瓶名酒，倒不是我吝啬，不让“消耗”，而是那位未来的“亲家”是个嗜酒者，若有一日，忽然登门，拿啥招待呢？但一想，今天是双喜双庆的日子，团年没有好酒，多败胃口呀。我一狠心便同意了：“开吧，开吧，就依你们的。”

“开哪瓶，郎酒还是五粮液？”儿子又问。“郎酒。”我抛出了自己的主张。

“不，郎酒味儿太纯。”女儿另有主张。

“有泸州老窖就美气了。”儿子却留恋另一种名酒。

“那就开五粮液嘛。”我插了一句。

“准，人称五粮液是‘龙头’，新春佳节，图个吉利，龙头是个好兆头！”

他鼓足了劲，手一旋转，防盗盖已经扭开了，可没有那种“揭盖满屋香”的感受。儿子急了，他想一闻为快，将鼻子贴近瓶口，却也没有那使人神往的香味。他慌了，便喝了一口，不禁把眉毛一皱，便张着嘴，“呸呸呸……”地吐了出来。他吼道：“爸，这哪是五粮液呀’，假酒，假酒，一股潲水味。”

顿时，大家全败兴了，都怒目圆睁，除夕的喜气，饮酒的渴望，祝酒的贺词全消失了。

我也惊叫起来：“怎么会呢？好不容易呀，这瓶酒还是托人才买到手的呀。”

我接过瓶子，一透视，瓶内浑浊，漂浮着许许多多的透明物，我喝了一口，竟是河水，急忙吐了出来。“他妈的，太不像话了，一瓶河水价值95元。”“这些骗人的家伙，枪毙了也不解恨。”儿子仍然愤愤不平。

全家气愤，骂不绝口。儿子提出了自己的主张：“我一月的工资买瓶污水，找厂方算账，决不能饶了他们!”

女儿也气愤：“对，和酒老板打官司。爸，你是兼职律师，这回可有用武之地啦!”

“该去，该去，这几天街上正处理假五粮液，才一元钱一斤，那酒虽假，但里面装的是白酒，还可以喝。这里面装的是河水，全骗人。”大家七嘴八舌，仿佛这场官司打定了。

我迷惑不解：“告谁呢？五粮液酒厂承认吗？我相信，这样的名酒厂，不会干这种缺德事，自己倒自己的牌子。”

“这是一桩糊涂案，无处生根，咋告呀?”

顿时，大家愣住了。打官司，告谁呢？没有被告，官司咋打呀？告五粮液酒厂，他们都是受害者，有苦难言呀!

倒是女儿找了个出气的对象：“准是那些收名酒瓶的收荒匠干的缺德事。他们一块钱一个把瓶子收去，装上水，一转手，轻而易举就赚回八九十元。”

老伴也唉声叹气地自责：“早晓得，前几天不该把那几个‘泸州老窖’、‘郎酒’瓶卖给收荒匠，让他们去害人。”

菜已经摆好了，丰盛的团年饭，正等待大家入席。

不知是谁提议，另取一瓶名酒，可谁也没有劲，谁也不想去取。大伙儿不仅对名酒丧失了信心，似乎对一切酒都不感兴趣……

## 第二节　谁是杀害王检察官的凶手？

王槐固，一位人民的“检察官”，时年刚到“不惑”之年。这个精壮的汉子，饮酒是他唯一的嗜好。

据说，他的嗜好，还有一段精彩的故事呢。他是正牌大学生。1959年毕业于西南政法学院，分配到成都市人民检察院工作。他天生就是一位严肃认真的人。由于他多年来，在一丝不苟的事业中，成绩卓著，案子办得多，办得好，办得彻底，所以罪犯的眼睛老是盯着他。

在“浩劫”的年代，公检法被打入冷宫，王槐固曾被一伙不法之徒拖去毒打得头破血流，腰部严重损伤。他的伤久治不愈，尔后形成残疾，医生劝他常喝药酒，可以祛瘀血，舒筋骨。日久天长，不喝酒的王槐固，养成了这一嗜好。

他家人口多，上有四老，下有两小，日子过得清贫，经济拮据，他没日没夜地奔跑、熬夜，然而日子总是富不起来。腰包里的钞票少，什么都挑便宜的买，挑便宜的用。去年，他岳父闹了一场重病，又耗去五六百元。

近几年，王槐固太忙了，他手里的经济案子一个接一个。案子一到手，他总是一个心眼儿，泡在案子里。办案子，他驾轻就熟，一丝不苟，抓一个成一个，犯罪分子有这样一种畏惧感：“唉，案子要是落在那个干瘪老头手里，就完了！”房管所的受贿案是他挖出来的；某乡一位党委委员的贪污案，是他连夜突击、审讯，一追到底，从而找到线索的；某银行贷款曾一度失控，大量资金外流，其原因是信贷员收贿赂，也是他一手查清的……这些年，从他手上滤过的案子有多少？至今没有核计清楚。院里的同志只算了近两年，由他追回的赃款有15.8万元。

这位人民的“清官”，共和国的“包公”，无不体现他的人生价值！

有许多经济大案，正等待他去调查，去取证，去办理。成天忙得他晕头转向，很少有一点儿喘气的机会。有时干到深夜，他疲惫不堪，走进屋，来不及脱衣、脱鞋，就躺在沙发上，呼呼地和衣而睡。

1985年5月28日，天还未亮，王槐固就在床上“翻烧饼”。头昏昏沉沉，胸闷发热，眼睛如同蒙上了一层膜。他硬撑着，从床上爬起来，摇摇晃晃，像“酒疯子”一般。他唠叨着：“忠蜀，我……这眼睛怎么看不见呀?”

妻子彭忠蜀责怪地说道：“夜熬多了，眼睛咋不出问题嘛。老王，再睡一会儿吧，天还没打白呢。”

昨晚他没睡踏实，还有个原因，是那桩案子揪着他的心。他坐在竹椅上，采用自学的一种头颈推拿法，双手动作起来，掐精明，推攒竹，按四髎……不多时，自觉舒展，便骑着车去办公室。

他打开案卷，使劲地翻，用力睁开眼睛，却看不清，他又把凳子向窗前挪了挪，仍然模糊，头仿佛炸裂，虚汗淋淋，他伏在桌上，咬着牙，熬到下班时分。

“哇！哇！哇……”5月30日，王槐固突然呕吐不止，双目失明，面带土色，不省人事。妻子吓得手足无措，找来检察院的老杨、老黄，把王槐固送进成都市三医院急诊室。

医院领导立即组织医生抢救，化验血液，查小便，看眼底，用的检查手段都用了，却查不出病因。王槐固不幸于次日清晨离开了人间……

他停止呼吸后，嘴角上还挂着白色泡沫。杜院长、詹医生等，一些医院的高手围着死因不明的王槐固，隐入了沉思，但仍然打不开思路。嗣后，大家不约而同得出了一个结论“怪病”!

的确很怪！继王槐固之后，三医院又接二连三抢救了几例“怪病”，死因不明，症状却一模一样。

很快，从木材综合加工厂传来信息，又有一位与“怪病”相同的老师傅命在旦夕。

很快，杜院长组织医生攻关，不查清“怪病”决不罢休！然而他们刚进入紧张的研究中，又一位名叫杨宝华的病人面如土色，湿漉漉，昏沉沉，从郊区抬进医院。大伙急忙围了过去，全部症状如上所述，医护人员守着杨大爷，流着眼泪，呆呆地望着他死去。三天内死了四人呀！市内一派混乱，不知发生了什么传染病。市委、市府上下动员，号召全市人民行动起来，搞好预防工作！

很快，市防疫站胡育金等一行三人，登上救护车，直奔老西门，和杜院长一道，做好了家属的工作，为了救死扶伤，查清“怪病”，决定进行尸解。事关重大，市卫生局拨了专款，立即开展手术。如果查不出死因，还会死人！

他们正在困惑中，66岁的张绪智也得了“怪病”，送进了三医院。他的儿子告诉鲁医生：“我爸爸没啥爱好，就是喜欢喝‘跟斗酒’。”他还告诉医生，几天内，在西门一带，又死了一位爱喝酒的老头。

啊，酒？这信息像针尖一般刺激着医生的神经。

当天下午，市防疫站的专家们倾城出动，有的向卫生局、公安局汇报情况，有的驱车前往西郊一带挨家挨户调查。在乡农市派出所的配合下，查明所有死者都在居民点一家小铺子买过酒。

深夜，市防疫站的化验室，一派繁忙，检验科正手忙脚乱，在严肃而紧张地化验死者留下的“跟斗酒”。一双双愤怒的眼睛，密切地注视着，一个可怕的数字终于显示出来，白酒中甲醇的含量超标达1 000倍以上！

据查，这是近30年来，世界上罕见的甲醇中毒事件！

防疫站立即向市卫生局、市政府作了汇报。市政府当即作出决定，在天亮前查封酒铺。同时，通过市广播电台，向全市人民公告了此案。

利欲熏心的左某，来自酿酒之乡，懂得一些酿酒技能。他自承包这家酒铺，生意越做越兴隆，他很快成了“万元户”。然而他并不满足，金钱的欲望像天神一般迷住了他。他通过熟人的关系，贱价买到一批工业酒精，他利用自来水＋酒精＋白矾＋味精＝白酒（跟斗酒）的这种勾兑法，已勾兑出7 500公斤（每公斤1.5元，低于一般白酒），牟取暴利8 000多元。他旋风一般，辛辛苦苦赚钱，辛辛苦苦害人，地地道道犯罪！

20名死者中，有检察官、机关干部、工人、农民。20个人去了，就有20个家庭痛失亲人，多么悲惨啊！

## 第三节　抢救农民兄弟的性命

每年，农历的五月初五，便是一年一度的“端午节”，又叫“端阳节”。这是中华民族的传统节日。“端午节”的习俗很多，每逢这一天，家家户户要吃粽子，喝雄黄酒，门前还要悬挂菖蒲、艾叶。据说能避邪祛毒，保你岁岁平安！

这些年，日子好了，传统的习俗更加优化，花样翻新，格调高雅。城市是如此，农村入乡随俗，也照此办理。

不知什么时候起，在川中的大井镇，刮起一股“端午节”喝“蛇酒”的风。

村民汪双是个能干的汉子。近几年，他家算是“暴发户”。端午节很讲究，三亲六戚也都纷纷登门，要来朝贺朝贺。午饭后，大伙正沉浸在一片欢笑声中，下午四时许，汪双没饮几杯“蛇酒”，胃里忽然翻滚起来，随之痛如刀绞，全身乏力，“哇哇哇……”乳白色的泡沫，渗夹着殷红殷红的血丝儿，从喉头喷了出来。家人不知所措，有的上镇里请医生，有的为他按摩、解毒，可没有丝毫效果。

“哇哇哇……”又是一阵绞痛，又是没完没了的呕吐。突然，“哇”的一声，一口泡沫堵在喉头上，便断了气。

村里村外，一派惊慌！这个精壮汉子，为何猝死？

人们还在迷惑之中，傍晚时分，忽然六村又传来噩耗：村民古孝英，突然身亡。

据老人说，这个镇清朝末年闹过霍乱，民国初期发过洪灾，亡者无数。解放40多年，人们的日子过得平平安安，没闹过大灾大难，也没闹过鬼，这一回也许犯了“天神”，或得罪了“地龙”。

死亡接二连三地发生，村中哭声不断，闹得全村不得安宁。29日清晨，区委张书记忽然被一阵电话铃声惊醒。他听了噩耗，没来得及思索，便发出了紧急呼吁，集中区级机关干部，兵分三路，到死神出没的乡、村，查明原因，扼住死神。张书记觉得事关重大，又派人火速赶到县府，汇报了事态发生的原委。

“查！一定要查个水落石出。”书记下了死命令。

兵分三路，一路赶到县里要求支援，一路去死者的家里，检查尸体，找原因；一路深入村里村外洞察灾情，一旦发现病魔再起，立即组织人员抢救。

区委张书记率领第二支队，来到六村，组织医务人员验尸、化验。他们在一派混乱之中，发现几个死者，在端午节的宴席上，都曾饮过一种“蛇酒”。

“莫非是酒中毒？”人们向着酒瓶酒罐，不约而同起了疑心。经县区几个防疫、医疗单位化验，得出了同一个可怕的结论：“甲醇中毒。”

县委、县府的领导，得到这一不幸的消息，立即组织公安、卫生部门的人员赶到出事地点，一面组织抢救，一面追查“蛇酒”的来源。

有人回忆，前几日，大井镇的集市上，突然出现一位白发童颜的老者，在闹市上摆一个地摊。地摊上摆着许多草药，还有干蛇、蛇皮、蛇酒。那老者还不停地叫喊：“喂！买蛇酒呀，这酒喝了可防蛇咬，可治‘眼水疮’……”

眼看，端午节临近了，村民们想讨个吉利，尝个新鲜，购买者络绎不绝。到底有多少人买了“蛇酒”呢？还未调查清楚。在下午 2 时，村民赵君忽然又不省人事，人们七手八脚把他送进了区卫生院。

人，已是气息奄奄，一切症状都与汪双一模一样。“肯定是‘蛇酒’中毒，赶快组织抢救！”县卫生局邓局长下达了命令。

赵君的病情急剧恶化，还没等邓局长话音落地，他的心脏便停止了跳动。

眼看一个好端端的汉子无辜死去，亲友的惋惜声，村民的叹息声，家属的号啕声，交织成片。

“多可怜啊，一个个精壮汉子，被无端害死。”

悲声触动了医护人员的心，然而，一切抢救措施都无济于事。不知是谁，不顾赵君呕吐的恶臭，忽然趴下，对着死者的嘴，一呼一吸做开了人工呼吸。他累了，又有一个人接着做，一个、二个、三个……经过半个小时的抢救，快被死神夺去生命的赵君，竟奇迹般地苏醒过来。

事态还在发展。“蛇酒”究竟进入了哪些村民的家?

夜，在悄悄过去，“毒酒”的隐患，仍在蔓延。今晚又有10余个人中毒，被送进医院。张书记披着外衣，从医院向区委走去，突然想出一个好主意，他便匆匆地向区广播室走去。

此时已是深夜，广播里传出张书记洪亮的声音：“各乡干部注意，区委发出紧急通知，在我区发现有人卖毒酒，已毒死2人，多人中毒，各乡干部立即下村串户，进行宣传、说服，凡买了‘蛇酒’的不准喝，全部收缴……”

那声音就是命令！各乡、村干部，为了群众的生命安全，一齐出动，各奔东西，走乡串户，夜以继日，挨村挨户进行宣传，收缴毒酒。

这是一片深丘地带，山里山外，田园密布，居住分散，在短时间内，难以做到家喻户晓。

这里是马门乡，住在本乡边远山区的汪明元是个“酒鬼”。他家这些年早就过了“万元关”，经济活跃，逢年过节什么的，总免不了要打几斤烧酒。家中的名酒他不缺，但他对烧酒特别感兴趣。那天到乡里，正碰上卖“蛇酒”的老汉。汪明元一撒手，买了两瓶，过节时吃个稀罕，痛快。“端午节”他去了亲戚家，“蛇酒”没派上用场。今天，他请了远房表叔、近房兄妹，又专门到水库买了两条大鲤鱼，共享其乐。

今天中午，汪明元家真是宾客盈门，热闹非凡，满满地坐了两桌。桌上堆满了红烧鱼、白斩鸡、东坡肘子、回锅肉……

汪明元兴致勃勃，打开一瓶“蛇酒”，向客人一一斟上。毒酒即将入肚，死神正在向他们逼近，悲剧就在眼前……

乡党委曹书记，已经跑遍几个村子，双腿无力，但他一看手表，已是晌午时分，他心急如焚，他想午饭前，必须赶到汪明元家。他在途中已知道了，今天是汪明元的生日，请客祝寿，是要喝酒的，万一饮了毒酒，就坏事了。他小跑加快跑，满头大汗。待他冲进汪家大门时，只见汪明元举杯笑道：“来来来，今天请大家来没啥好吃的，喝杯‘蛇酒’，品个稀奇……”

“放下，不能喝!”正在紧急关头，曹书记赶到了。他一声令下，大家愣神了，不知所从。一个个放下酒杯，听完曹书记的解释，个个冒出一身冷汗。

话分两头，县公安局调查组，经过几天的摸情况，找线索，终于找到了卖“蛇酒”的老汉柳跃平。他是本县一无证游医。端午节前，他将自己勾兑的酒，动员儿子，在六个乡镇兜售，宣称这酒是用“泸州老窖”勾兑的，价钱便宜，能治百病。所以上当者众多，致使32人中毒，2人死亡。

公安局将柳跃平收容审查后，县委县府领导还不放心，又要求县广播站，将发生在大井镇的毒酒事件，向全县通报，若有购买“蛇酒”者，赶快上交！

全县上下动员，经过几天几夜的连续奔波，把一个个农民从死神手里夺了回来。受毒害的群众，流着眼泪说：“感谢共产党和人民政府救了我们的命！”

# 第七章　冒牌酒为何泛滥成灾

几年前，晋江假药的披露、处理、打击，在神州引起很大震动。人们满以为自此之后，假冒行为会销声匿迹，至少也会有所收敛。然而近几年来，假冒之风愈演愈烈，施骗术，搞假冒，谋人钱财，已经达到令人发指的地步。其中假冒名酒，系众多的假冒商品之冠。

消费者大声地呐喊：冒牌酒为何泛滥成灾？

## 第一节　李区长死里逃生

这是革命老区。抗战时期就不必说了，仅解放战争，打老蒋，蒙阳镇涌现的支前模范、游击队长、支前模范家属、革命烈属，很多很多。

前些年，大伙支援老、边、少，旋风般地为着那些地区治穷致富，摆脱困扰，本地的干部更是一个心眼儿往前奔呀！

李区长，自打土改那阵，任领导，汗水没少流，工作没少做，没有功劳，也有苦劳呀！屈指数来。他今年已经冲冲杀杀，奔奔波波，在蒙阳镇待了 40 个年头。自然啰，一个区级干部，能在山里扎根，一干几十年纯属少见。

他算德高望重的老资格，为人和气，做事也很妥贴，就是有个缺欠，爱贪杯，倒没别的毛病。

年前，供销社崔经理，曾在贵州服兵役，转业回到家乡，当上了供销社的头。他人聪明，脑子也转得快。今年春节，他作出的第一大贡献是破天荒地为区里购回 25 瓶茅台酒，让乡亲们过个热闹年。那消息的传递比国家元首来访还快，一时成了蒙阳镇上的特大新闻。

贪杯的李区长，闻讯匆匆赶到，他拿起一瓶“茅台酒”满心喜悦地东瞧西看，已是醉意朦胧。他笑道："老崔呀，你难得搞到'国酒'，放两瓶做'样品'，临走时，李区长还留下一句："老崔，中央三令五申不要搞超前消费，我看，对国酒应实行计划供应……"

"啊……"大个子崔经理怅然失色。

他是老领导，眼下是一区之长，作为新上台的崔经理，听了吩咐，能多言吗？

"诚然，按区里的分工，我是主管乡镇企业的，不该过多干预工商业。怎么计划法就由企业自己作主吧。"李区长见崔经理为难，又严肃地补了一句。末了，他又拿起"茅台酒"爱不释手，再次端详着，不停地点着秃头。

"李区长，您看这样行不行？"崔经理到底人年轻脑子活。他挪了挪凳子，认真地提出了的意见。"第一条，没有你的手迹，区公所的批示，茅台酒一律不给；第二条，控制机关购买；第三条，限制数量，一人最多两瓶，第四条……

"够了！"李区长把手一挥，皱纹交错的脸上，绽开了笑意："规矩太多，不利于企业搞活，开放。老崔呀，你就本着这原则，具体事你就因人而异了。"

李区长刚起身出门，正好碰上乡镇企业首富宋厂长要买两瓶茅台，李区长没吱声，一举手，画了押。

几天后，宋厂长手拎皮包，登门拜年，送来两瓶茅台酒。李区长瞟了一眼，便吩咐老伴："孩子他妈，快做几个菜。宋厂长为蒙阳镇贡献大，今晚我们干一杯。"

菜刚上桌，正巧崔经理也走进门来，李区长一把拉着崔经理，坐在自己身边："你来得正好，今晚我们共同品尝茅台酒。"

酒过三巡，李区长的老伴觉得不对劲，越喝，喉头越乏味，且隐痛。但也只顾说话，没引起注意。"老李呀，这酒有点打脑壳，不会是假的吧？"老伴瞪着双眼，直摇头。

"嘿，茅台可能就这味儿，只是咱没尝过，也品不出个高低。"李区长没说完，又饮了一杯。

“闻名遐迩的国酒，谁敢伪造?”崔经理夹着一块鱼，放在嘴边。可还没嚼，觉得全身乏力，不过他毕竟是条精壮汉子。

“扑通!”李区长打了几个寒战，觉得全身发麻，倒在地上。接着，宋厂长也瘫在凳子上动弹不得。

在厨房烧菜的蓉珍只见一个个东倒西歪，慌了手脚，不禁大喊一声：“快救人呀!”有的捂着肚子，有的捂着嘴，那李区长在地板上，不省人事。蓉珍又大吼起来：“快呀！救人啦!”

冲进来几个年轻汉子，呼呼啦啦把他们送进医院抢救。

“酒精中毒。”诊断很快出了结果。然而医院药物缺乏。无奈，医院只好向县里、省里求援。蒙阳镇假“茅台酒”中毒事件，很快传遍了全县。

叮铃铃……县长来电话询问，院长满脸阴郁地回答：“中毒还不太深，还有救。”

第二天，县府责成工商部门，派出调查组，查处假酒案。

质检人员一化验，眼珠儿都大了：这批茅台，是工业酒精掺兑而成的冒牌货，可此时，25 瓶“茅台”已抢购一空。

调查组立即下了指令：“一、凡购买者，可持原酒或瓶子退款；二、追究采购者的责任；三、查明假酒的来龙去脉，并通报全县”。

10 日之后，李区长、崔经理、宋厂长，先后脱离危险出了医院。

要追究责任，崔经理自然脱不了手。他痛哭流涕地在检讨书上这样写道：“我纯属一片好心，想到逢年过节，为乡亲父老搞点紧俏货，添些喜色，于是便托在遵义工作的战友，购回这批‘茅台酒’，没想到竟……”

对这事，李区长很重视，出了医院，立即风尘仆仆去向县委作汇报……

半月后，工商局的四条有三条都执行了，唯独没有来退货、退款。直到李区长回来的第二天，蓉珍用箩筐推着 24 瓶“茅台”来退货。

会计望着“茅台”吃惊地问道：“还有一瓶怎么没送来?”

蓉珍老实地回答：“我爸说，那一瓶已经开过，就别退了，留作纪念。”

## 第二节 万能润滑剂

有些话，不管你同不同意，别人总是侃侃而谈。乍听起来，不一定有道理，可细嚼慢咽之后，又仿佛有点味儿。

群众说，中国不仅是个饮酒大国，而且也是个会议大国。其实，“会”和“酒”又结成盟友，相辅相成。开会，总少不了要吃点，喝点。会议之多，吃喝浪费之大，令人瞠目结舌。交流会、现场会、协作会、表彰会、研讨会……文山会海屡禁不止，而且会连会，会外会，形成了会的连环。更令人惊讶的是，开会还要互相攀比，讲排场，摆阔气。因此，“公款吃喝”创造的“饮食文化”便应运而生。

逢年过节，千家万户的餐桌上，飘着酒香肉香，为节日平添欢乐，活跃气氛；平日，亲朋好友，你来我往，喝上几杯助助兴，解解闷，交流情感，这是中华民族的风情民俗。人们常常把“美酒”与“鲜花”相提并论，将它们视为世界尤物。正如一位诗人所说：“生活中不能没有鲜花，也不能没有美酒。”这一切都无可厚非，绝不属于人们所说的“公款吃喝”之列。

这里说的、想的、议的是，名酒这玩意儿，不知从何时起，它便扮演了不光彩的角色：高消费的“催化剂”，神通万能的“润滑剂”，毒化身心的“腐蚀剂”。其来势之猛，效率之高，到了无以复加的地步。在那醉人心扉的酒香后面，蕴藏着私货，散发出恶心的怪味。

名酒，被人为地赋予了神奇的社会功能，成了转动尘世机器的“万能润滑油”。

名酒，犹如黄金一样的“硬通货”，它串通了人与人之间的“情感”，它带着某种“使命”，在人间往返游荡。

名酒，被人们喻为“手榴弹”、“叩门砖”、“贡品”，能使鬼推磨。于是，出现了“买酒的不喝酒，喝酒的不买酒”的民谚。不知从何时起，名酒滋生出了一种特殊的社会功能。

名酒，别看它清澈如水，无形无色，这样的“硬通货”，在“关键时刻”却能派上用场。这是当今老百姓买名酒、存名酒的一般心理动机。不难发现，一瓶名酒，在民间长期旅行，往往溜过几个，乃至几十个人的手，包装磨破了，瓶儿摸光了，却还在旅行之中。因为在民间许多事摆在那里，从小孩入托、入学、到就业；调动工作、上户口、办执照、批条子……那家没有为难事呢？在那些节骨眼上，为了办事方便，少跑冤枉路，少坐冷板凳，你得毫不吝啬，扔出几枚“手榴弹”，把门“爆”开，把“神经”疏通，办事时，便可顺顺当当。总而言之，为了宴请，为了拉关系，说人情，名酒富有一种特殊的功能。它在一些人身上已成了“感化上帝”、“疏通渠道”的“公关”武器。这似乎成了中国的“民情”、华夏社会的“民风”“民俗”。别误解，这种“民风”、“民俗”的味儿是绝对不正常的，这只不过是近几年从阴暗角落内，冒出来的一股邪风、冷风。

不久前，一位朋友来家作客，闲聊中，他活灵活现地讲起一则故事。他说他的家乡很穷，搞建设很难。县交通局的办公室，还是50年代建局时的破平房。局里东拼西凑，积累了一些钱，要修三楼一底的房子。这设想很不错，也该改造改造办公条件，可没想到修到第二层，工程搁浅了。为什么？没钱。不知是谁出了个点子，向省里伸手，据说有扶贫款。他受局长的派遣，兴致勃勃地踏上省城，早晨，他匆匆地走进厅长办公室，虽然厅长曾经见过面，可冷若冰霜，没说几句便封了门。

这人脑子还好使，他知道该怎么“意思意思”。于是他先打听好厅长的住址，然后，买了一些糕点，水果之类，叩开了厅长的家门。这些礼物的档次虽低，但也起了些作用，厅长态度似乎开始转变。他拉开话题，弯弯绕绕地说着：“哎，你们县的情况，我清楚，是需要扶一把，可……我现在手中的经费也不多呀！”厅长说得委婉动听，有了同情心，可他说半句丢半句。

我那位朋友，他沮丧着脸回到县里。对此事，大伙七嘴八舌，评头品足，有的说他搞邪门歪道，坏了党风；有的说“舍不得孩子套不着狼，你不投资还想捞一把，不行呀！”他心领神会，带了一些山里的土特产，不久二上省城。他买了5瓶“茅台酒”。这一回果真炸开了，厅长同意“研究研究”，可悬而不决，说是管财务的副厅长有意见。他又照此办理，疏通了另一条渠道。然而，他拿着批文到计财处，处长又压着不办理，又提出来“研究研究”再说，无奈，他又只好解囊投资……

事情终于办成了，得了10万元扶贫款，可“投资”就达2万元，拿回8万元。朋友觉得心里亏，可他的上司却开心地笑道：“办得好！10－2＝8，我们赚了！”

前年，我到宜宾去采访，在民间流传着一则传奇故事。宜宾是五粮液的故乡，酒美名不虚传，谁见了也想喝一杯。春节刚过，地区一位专员出差到北方的某市，要想尽快返回四川。他匆匆地赶到民航局售票处，已排成长蛇阵。他规规矩矩地排了几个小时，终于轮到他，不巧，当他递上介绍信，年轻的售票员盯了一眼介绍信，又瞟了一眼这位来自宜宾的旅客，不耐烦地回答道：“没票了！”随即把介绍信给扔了回来。专员疑惑不解！问道：“同志，前面一位不是都买了吗？我有急事，请你照顾照顾吧！”那青年眨巴着眼睛说：“是呀，别人买的是最后一张，轮到你就没了。这，我有啥办法呀？”专员又气又无可奈何。他思忖着，为何对方如此这般，排在他前面的一位旅客见他是宜宾人，劝他不妨扔枚“手榴弹”（五粮液）试试。他心领神会，急急忙忙跑回宾馆，取出一瓶五粮液，装在大衣的口袋里，返回民航局，去找售票员。那青年望着这位四川老乡的衣袋内胀鼓鼓的，似乎有点意思。专员把衣襟一撩，露出了“五粮液”那金灿灿的商标，售票员脸上随之也露出了甜甜的笑意。当他接过“手榴弹”，急忙说：“请放心，明天保证让你飞抵成都。”

像这样的事，在中国这片土地上，绝对不止这一起两起。名酒，被赋予一种特殊的社会功能后，成了一种时髦的“礼品”、“贡品”。我在宜宾五粮液酒厂采访时目睹到，住在厂里招待所和市内的“五粮液宾馆”的客商来自全国各地，一部分是经营批发部门，一部分是企业、机关专门买名酒自销自用的。在成都，我走访过红旗商场、晶爵宾馆一些经营名酒的商店，尽管名酒价格高昂，可买者甚多，他们无不说买名酒是作为“礼品”送情。

西方记者称中国是“公费消耗的天国”。在这已有12亿人口的“天国”里，人均购买力，倘若和世界发达国家相比，太差、太落后了。然而，购买名酒的实力却很强。1988年7月放开名酒价格，酒价涨到令人咂舌的地步，茅台、五粮液、郎酒一类名酒的价格一个跟斗翻了上去，茅台涨到三百元一斤，其实，黑市价已涨到四百、五百元一斤。

这绝非是危言耸听，而是有据为证，有数为据。1988 年 7 月，主管部门的用意是，为了控制名酒的集团购买力，决定茅台等 13 种名酒价格放开，一为社会集团节约，二为国家增收。殊不知事与愿违，呼啦一下，涌现了抢购名酒热浪，而且购买者大都为社会集团，国库的钞票化作了醇香的酒味。东北一座大城市，在名酒价格放开后，不到一个月，71％被企事业单位购走了。有人很坦率：“嘿，那钱又不是自己掏腰包，多买点，往后用处大着呢。”

“名酒能使鬼推磨。”那些抢购者，用公费高价买去，倒不一定是自个儿享用！

制止“公款吃喝”风，是一场旷日持久的“马拉松”战役。近几年，党和政府三令五申，下文件，发指示，严格禁止用公款吃喝送礼。然而，有令不止，“公款吃喝”愈演愈烈。样式千姿百态：灯红酒绿的“会议式”，巧立名目的“检查式”，同行同醉的“庆祝式”，逢年过节的“拜年式”，礼尚往来的“换吃式”……

这些“吃喝风”愈演愈烈的关键在于“白吃公家，肥了自己”。民间流传着发人深省的顺口溜：“处处都请吃，不吃白不吃，吃了也白吃，白吃谁不吃?”

在庞大的公款吃喝的“天文数字”中耗去了多少买酒的钱呢？谁也不用算，反正不是私人掏腰包，没人计较，也没人痛心。因此，请吃者慷慨解囊，乐而不倦；吃喝者尽情畅饮，越吃越开心。

道理很简单，社会上请客、吃喝、送礼、进贡、行贿之风越盛行，名酒就越有“用武之地”，社会的需求量越大，名酒的身价也就越高。随之，搞假冒名酒的不法之徒，也就更加肆无忌惮，铤而走险！

## 第三节 “李鬼”有机可乘

众所周知，《水浒》中的英雄李逵上了梁山泊，却有一位无赖李鬼，在李逵的家乡，冒充“黑旋风”，四处愚弄百姓。一日，真李逵回到家乡接老母上山享福，正巧同假李逵狭路相逢。假李逵却不识真李逵，手持板斧，黑须森森，自称“黑旋风”，拦路抢劫，要对方留下买路钱。气得真李逵两眼直冒火星，执意杀了假李逵。“劈手夺过一把斧来便砍”。恨的是“这厮辱没老爷名字，坏我名声”，为民除害。从此，李鬼无机可乘再不敢冒充“黑旋风”，兴风作浪。

如今，在中国发展商品经济，冒牌假货让人眼花缭乱，假酒、假药、“广告文学”、“后门新闻”，真真假假，假假真真，把消费者弄得神魂颠倒。

假冒伪劣商品的涌现，是商品经济大潮中的一股浊流，是社会主义机体上的一块毒瘤，不割掉这块异物，社会难以迈步，更新！

1989年春天，国家工商局便下了狠心，不惜血本，调动千军万马，也要根除毒瘤。并且定了决策：“整顿酒类商品商标，作为今年的一项重要任务。”

商标局局长很健谈。记者采访他，他叮叮当当拍着胸膛，那声音，那语调，使来者都心领神会，信心十足。他强调说：“下一步开展整顿酒类商标的原则是教育和帮助企业增强保护商标使用专用权的法律观念，正确地使用商标，使商标真正成为企业的宝贵财产和有力的竞争武器。对酒类商标，一个一个地进行整顿，而且要在1989年底完成。对违反规定的商标边整边改。”

忠实的领导，确实干得艰辛。然而不忠实的骗子，却不听从国家工商局的指示，照样兴妖作怪！

其实，局长的话全是对的，可没打中要害呀！

在当初，地处海防前哨的广西，对此极为敏感，很快一家报纸在显要的位置，刊出了一篇新闻《李逵和李鬼》，直截了当地披露了市场上的“李鬼”——正宗产品的卫士与之搏杀的精彩镜头。很幸运，这篇稿件还被评为全区的好新闻。

然而，“李鬼”不近人情，作者刚刚捧回金奖状，“李鬼”作祟，却不听工商局的劝告，仍在角落里捣鬼，市场上的假冒伪劣酒频频出现。这两三年来，在广西制假、贩假竟像防不胜防的艾滋病毒，危害着百姓。

从广西向北延伸，“李鬼”欺负杜康的事儿就积重难返了。对兴风作浪的“李鬼”们的卑劣行为，汇成浊流，已成气候，无法无天，而社会上却缺少制服“李鬼”的英雄。

请让笔者，把镜头拉向中东——沙特阿拉伯，也许可以从这个小小的国家里，吸取点什么。

那是一个人口不足 1 400 万的小国，盛产石油，人民富裕，喜欢高档商品，可算高消费。国际“李鬼”像饿狼一般，张着血盆大口，虎视眈眈，向着这块宝地。因此，近几年，一批投机商，从欧洲、亚洲、美国，有恃无恐地把伪劣商品涌进沙特的市场。冒牌货包罗万象，什么假酒、冒牌手表、成衣、皮鞋、化妆品、电器，等等。

物极必反。为了严防假冒商品充斥市场，1992 年，新年伊始，在达曼举办了一次规模空前的伪劣商品曝光展览会。在展览会上，商业部把进口仿制伪劣假冒名牌商标的商品都陈列出来，并把真假“李逵”同台展出，让消费者识别假货，辨别真伪。在这个讲究法制的国家，对此决不手软，当局施展权术，毅然奋起，制定新的法律和法规，对进口的商品，必须有明确的产地标记，有正式商标。对查获的投机倒把分子，根据国法予以严厉惩罚，包括巨额罚款、判刑监禁，处以死刑。

也许有人说，小国好治，大国难统。其实质，不在国家大小，而在治理的“严”和“松”。我国对酒类的管理确实混乱。时至今日，我国对酒类没有统一管理和协调酒类的部门。造酒有利可图，便刺激着轻工部门、商业部门、民政部门、化工部门、乡镇企业部门等 10 多个行业，纷纷兴建酒厂，有条件的要建，没有条件的也要建。不几年，各类酒厂达 50 000 余家，并形成各自为政的局面。目前，我国酒类生产能力已超过社会需求量 300 万吨，虚耗投资 60 亿元。“专卖局”根本就“专”不起来，据商业部统计，全国有 10 多万家酒类批发部，仅北京、天津就有 5 300 余家。酒类批发统不起来，就必然出现渠道越多越烂，各立主张，各行其是，各自为政，“李鬼”们有机可乘，形形色色的假酒，随之流入，泛滥于世。

更可怕的是，星罗棋布的万家小酒厂，由于酿酒工艺落后，设备简陋，技术低劣，在高手林立的竞技场上，必然打不了几个回合，就会败下阵来。无奈，便邪念滋生，将劣质酒，摇身变成“名酒”，进入浩如烟海的酒类市场。河南某县九个乡，就有五个乡，共500多人勾兑假“名酒”，贩运假“名酒”。“李鬼”们走南闯北，大发横财。陕西某县120家小乡镇企业和私营小酒厂，由于技术不过关，成本高于先进企业40%，酒质低劣，无人问津。于是，他们便拜谒“李鬼”，学会了制假卖假的本领。那“技术”一传十，十传百，很快，60%的小酒厂都戴上面纱，昧着良心搞假酒，行骗、害人。

目前的酒类管理是个啥局面呢？混乱不堪！谁都在管，谁都不管，谁也不服管，谁也管不了谁。

人们大声疾呼：“尽快实行酒类专卖！”其实，在我国，酒类实行专卖古已有之。据考证锦官城外武侯祠中，文臣廊简雍碑文里记载了四川酒类专卖史的一则轶闻趣事。三国时，刘备踞蜀称帝，文有诸葛亮、简雍辅佐，武有关羽、赵云、张飞等五虎上将把关守隘。一度，位于成都平原的蜀汉国泰民安，风调雨顺，五谷丰登，广泛流传的酿酒业大盛大兴。一年，巴蜀大旱，百姓粮少闹荒，刘备下诏禁酒。尔后，他听简雍的建议，对酒实行专营，只准官府经营酿酒，并课以重税，这样既防止浪费粮食，又增加了官府的税收。

群众呼吁，酿酒应加以控制，让“李鬼”无机可乘，国家应实行酒类专卖，把酒类生产纳入宏观控制之列。严格酒类生产管理，完善计划体制，尽快结束各自为政的混乱局面。

早在1957年，国家就开始对酒类实行专卖，那大块大块的标着“专卖”字样的牌子，哪一级都高高挂着，哪一级都只挂“羊头”，而不卖“羊肉”，牌子像聋子的耳朵，成了摆设。60年代后期，专卖已完全销声匿迹，无人问津了。

1978年，猛然间，国务院又批转了商业部、财政部、国家计委关于加强酒类专卖管理工作的报告，一些地区又恢复了专卖机构，挂起木牌子。时局又怎样呢？没事儿，牌子像风筝，随风飘荡，没起到多少作用。时至今，木牌不是照样也挂着吗？

有人设想，假设对酿酒业，由哪一个有权威的机构，进行大清理，大整顿，实行生产许可证制度和专营制度，结束混乱局面，也许“李鬼”没有可乘之机，假酒就会失去市场。

## 第四节　只伤皮肉　不伤筋骨

几年前，对晋江假药案进行了揭露、打击、惩处，并借助宣传媒介，向全国消费者公之于众，几乎做到了家喻户晓，形成了耗子过街，人人喊打之势。那气势，那规模，至今使人记忆犹新！

前几天，我带着儿子去买旅游鞋，走了几家商店都没选中。尔后，在一家大百货商店的橱窗内，发现一双款式新颖，外观美，酷似名牌“耐克”的原型。我顺手拈来交给儿子细看，揣摸。他一看上面标着产地“晋江”便把嘴一撇，“叭”一声扔下，急忙说：“不要不要，晋江搞假药骗人！”

我沉思，为啥晋江搞假药，给孩子留下的印象如此之深呢？

许多人对晋江并不陌生，很遗憾，它的“知名度”，是和“假药案”连在一起的。看来，一个人，或者一个地区要“扬名”有两种途径：一是充当反面角色，一是争当“先进”或“模范”。而晋江走的是前一条蹊径。其实，当初搞“假药”的只不过是陈棣镇的几个村，但几颗鼠粪，坏了晋江“一锅汤”。教训深刻啊！

假冒伪劣产品已成我国一大社会公害，不仅使国家蒙受损失，而且严重侵犯了消费者的权益，人们在精神上的创伤更大，更深刻。消费者每当掏钱购物时，都胆战心惊。

报载，山东平度县新集镇的集市上，一位中年农民，想买“久效磷”，可他跑了七八个集镇，都下不了决心，倒不是这汉子办事不果断，而是假农药害了他的庄稼，还给他留下一个阴影。前年夏天，包谷发生病虫害，他跑了30里地，花去36元钱，买了两瓶农药，回去启开瓶盖，结果施在地里不见效，后来托人化验，是两瓶醋。这件缺德事，不仅骗了他的钱，还误了庄稼，造成减产。眼看到手的玉米棒子，变成一片枯枝黄叶，他能不气吗？

他怪自己太傻、太笨，才上当受骗。眼下，他买农药，小心翼翼，但又难以鉴别真伪，无奈，只好“识假不要命”。他拿起一瓶农药，定要先尝后买，旁观者无不咋舌。但他坚持开瓶，用舌头舔到农药味儿时，才放心地掏出 40 元买了两瓶。

卖农药的售货员，为他捏了一把汗。他们清楚，有的剧毒农药，只要挨一下嘴唇，便会导致不堪设想的后果。但这位农民明知有险，可为了庄稼，也硬着头皮去尝，真叫人欲哭无泪。

稍有正义感的人，见了那情景都会为“识假不要命”的汉子请命。而今，造成这种“假作真时真亦假”，畏假如畏虎的心理，真使人痛心！

行骗，假冒，掠夺钱财，名声一向是很臭很臭的。为啥三令五申，严格禁止，邪风却压不下去呢？为啥搞假的人如此胆大妄为呢？有人说，打假不严，打假不力，和“地方保护主义”密不可分。

笔者正在撰写本文时，《人民日报》读者来信专栏内，刊登了山西吕梁霍聚琳的来信《文水县制售假冒酒依然　当地查禁不绝值得重视》：

“去年（1990 年）1 月 29 日你报第 5 版刊登了题为《文水县一些人又在制冒牌酒》的来信后，文水县制售假酒活动仍在进行。该县胡兰镇南湖村，查获假冒‘晋泉牌’太原高粱白酒 100 箱，总价值达 1 万多元，同时还查获了一台打包机和一台压盖机。到去年 10 月底，这个县共查获假冒酒案 7 起，与前年比毫不逊色。”

“文水县制售假冒酒活动为什么屡禁不绝？一是领导的决心不大，只满足于查禁明的制售假酒案犯，不往深处挖暗的制假酒的不法分子；二是打击不经常，刮一阵风，风一过就没事了；三是没有充分发动群众和依靠群众；四是对制售假酒的严重犯罪分子处罚太轻，使他们在经济上没有吃到苦头。”

文水县制售假酒不过是沧海一粟。然而，即使这一“粟”，在《人民日报》曝光两次，可算“扫帚”已经伸到，而灰尘却照例不掉，实在可悲，可叹！

其原因，这则来信，讲得很清楚，实在，据笔者之见，“只伤皮肉，不伤筋骨”，宛如隔靴搔痒。

改革给中华民族带来生机，带来活力，带来希望。无数的能工巧匠正在为社会主义的改革编织美丽的蓝图，使人民的生活呈现了锦绣前程。一些地方富了，一些人富了，这是勤劳换来的幸福！

但也有一些无能者，饱食终日，无所作为。他们受到了群众的白眼，指责，鄙夷。这些人不愿下苦功夫，花力气，创造财富，于是，他们瞄准搞假，制造伪劣产品，骗人害人。

名酒，他们认为是假冒名牌中，最容易，利润最高的一种商品。加之一些地方政府睁只眼闭只眼，只顾地方利益，只顾多收税，不管消费者的死活，为冒牌酒大开方便之门。

酿酒业，耗资少，利润丰厚，见效快，酒厂不但可以赚钱，地方也受益匪浅。人们一旦尝到了“甜头”，便出现了酒厂办得越多，地方财政收入越多。任何事物总有极限的，酒厂多了，生产的劣质酒卖不出去，那些要钱不要脸，要钱不要德，要钱不要法的人就铤而走险，大搞假冒名酒的卑劣行为。

陕西某县的领导，提出了一个“宏伟”计划：两年内建成“百家酒厂，万吨酒乡”。他们如愿以偿，1989 年该县的酒厂从 30 家，一跃猛增到 128 家。结果质量提不上去，酒多了销不脱，就搞违法活动。全县搞假冒的酒厂多达 50%，有的厂甚至不顾群众的死活，用工业酒精直接勾兑假冒酒。据统计，仅半年内，这个县制造、经销假冒酒出现了惊人的“成绩”，多达 100 余万瓶。

对这种有损于社会风尚，有损消费者利益的违法行为，应该进行严厉打击，给予经济制裁和法律制裁，至少也得停产整顿，杜绝此类事件再度发生。然而这个县的领导，似乎得了“夜盲症”，两只眼都闭着。他们怕断了财路，动摇了官位，便听之任之，放任自流。

假冒酒四处泛滥，无孔不入，南至长江，北到长城脚下，均可查到该县的可怕阴影，1988 年夏天，在北京市东城和丰台两个区的工商局，仅查获了来自该县假冒“西凤酒”3.75 万瓶。这个惊人的数字，比商业部门一年调拨首都的真格“西凤酒”多一倍。

四川省古蔺县，几十条假“郎”为何猖獗数年，而狂吠不衰，其中一个重要因素，就是有人千方百计袒护假冒行为，其用心也就是要为地方增加收入。

对假酒，如同毒品，人们愤怒。1987 年 10 月，中国消费者协会、国家工商局在北京举办了规模空前的假冒商品展览。在宽阔的大厅内，花花绿绿的假冒货堆积如山，观者怒目相视。一位参观者气愤已极，在意见簿上写道：“绞死制假者!”1991 年，在成都也搞了一次假冒名酒展览，一时间，假冒名酒成了过街老鼠。当初，善良的人们，以为假冒行为不说彻底杜绝，也该大大收敛了！然而，老鼠却仍然大摇大摆地当街穿过。1991 年四川这个酿酒大省，查获假酒案竟达 3 453 起。

凭着良心说，一些地方政府要员，大会小会也口口声声表示要严厉查封假酒厂。可是，当执法机关动真格，有些地方官却又如“叶公好龙”一般，或千方百计说情，阻挠，下不了决心；或轻描淡写地批评一通，来个下不为例，便不了了之；或只伤皮肉，不伤筋骨，该停业整顿的，领导却亲自批示“恢复生产”。于是，出现查假酒，打假冒，只查外地，不查本地，被人们讽刺为经济执法“灯下黑”的怪现象。

伪劣假冒商品已成为我国社会公害！新闻界自 1992 年春天举国上下，报纸、电台、电视台，推出“中国质量万里行”的连续报道。其声势可谓惊天动地，其影响的确不可低估。

但也有人在报道的后面，重重地打了一个“?”号。

回顾近几年打击假冒的情景，为治理假冒伪劣商品这一社会公害，官员们的话没有少说，有关部门的工作也没有少做，检查、曝光、整顿、罚款……但风一吹过，假冒伪劣商品，又悄悄地从阴沟内爬了出来。

看来，行政手段无济于事，经济执法也会出现“灯下黑”的怪现象。在外国打假有着“倾家荡产”的手段，不妨可以试试。来个经济罚款和法律制裁，双管齐下，搞得制假贩假者倾家荡产，人仰马翻，也许会奏效。

毒枭的冒险，来自于巨额利润的诱惑；贩卖假酒者，心态也同样如此，不倾家荡产，翻了船，没有触到要害之处，过一阵子，又会死灰复燃。

1992年3月，北京市市长在听了八个近郊区抵制假冒伪劣商品情况汇报后，满脸怒色。他说，对搞假冒伪劣的要实行“三铁”：铁的面孔、铁的心肠、铁的手腕；“六该”：该罚的罚，该停业的停业，该摘牌的摘牌，该曝光的曝光，该销毁的销毁，该起诉的起诉。打击假冒伪劣商品，要抓住严重问题追查到底。假冒伪劣商品不会轻而易举就消失，对其抵制是长期的任务，一定要常抓不懈。

市长的这些肺腑之言，切中要害。是呀，制毒贩毒，人人喊打，据说，甚至连世界足球明星马拉多纳也不例外，一样请他进班房。法律并不因为他球艺高明，就减轻他的罪行。不过，也有人为他说“公道话”，说他有可取之处，他的良知未泯，还知道是非二字。其实，他不懂社会公德和人类羞耻。案发后，这位体育明星，除了不承认外，并不为自己的罪责辩护。这比那些制售假冒名酒的“企业家”和他们的保护神，要老实得多。

# 第八章　“饮酒超级大国”的忧思

报载：我国已跃居为“世界饮酒超级大国”。全国有嗜酒者1.8亿之多，未成年的中小学生也有许多沾染上饮酒的嗜好。一向被称为头号饮酒大国的前苏联，其酒徒人数不足我国的一半，中国人平均每年饮下的酒精，比号称“啤酒大国”的德国高出7.5倍。

近年来，人们评论世事，往往持辩证的观点，凡事都有褒有贬，有喜有忧，面对我国酒文化的飞速发展，喜耶？忧耶？

数千年来，酒自杜康巧手孕育而成之后，在人类的历史长河中，它携带着人类的文明和野蛮，欢乐和忧思，泉水与泥沙俱下，汇成汪洋，造就了酒的欢乐，苦涩和悲哀。诗人郭小川在《祝酒歌》中写了酒之深情，也描绘出嗜酒者各自的精神状态：

酗酒作乐的，
是浪荡鬼；
醉酒哭天的，
是窝囊废；
饮酒赞美前程的，
是咱们社会主义新人这一辈！

## 第一节　中国酿酒业的弊端

旁观者清！

中国酿酒业的迅猛发展，必然导致许多弊端。辩证唯物主义的规律：物极必反。任何事物的发展，变化都有个极限，一旦超越，必然走向反面。

香港《信报》1991年10月18日，发表专题文章《从酿酒业看中国企业管理问题》：

大陆的酿酒业虽有悠久的历史，但真正突飞猛进却始于20世纪80年代初，如四川省1978年酒厂只有3 000多家，到1985年却猛增到1万多家。随着酒厂（公司）的兴起，全国（大陆）的酒量生产也随之大增。酿酒业给国家带来了可观的财政收入，但在背后，却存在许多问题。

无论酿什么酒，都离不开粮食，所以酿酒业越增长，说明消耗的粮食越多。据知，仅1989年大陆酿酒耗粮达1 500万吨，相当于1988年进口粮食总量。中国是个人口大国，尽管农业人口占80%以上，但吃饭或温饱问题，一直是中国人民面临的一个难题。而在每年还需进口大量的粮食养活12亿芸芸众生的情况下，却一面还大量耗费粮食，这不能不说是一大讽刺。

大陆的酿酒业管理也相当混乱。到目前为止，还没有一个统一管理和协调酒类生产的部门。全大陆有轻工部门、商业部门、民政和化工等部门，纷纷兴起的酒厂3万多家，再加上乡镇企业酒厂和个体酒作坊，形成了各自为政的格局。

根据有关部门统计，大陆酒类生产能力，已超过社会需求量300多万吨，虚耗资金60多亿元，而酒类生产布局不合理，由于经营酒类有利可图，不少单位纷纷插手酒类批发业务。

酒类批发渠道过多过滥，直接造成了价格和市场的混乱，和大量的迂回运输，这样不仅给国家带来很大的经济损失，也给各种违法经营大开方便之门。

由于生产和经营酒类有利可图，甚至有暴利可图，所以各种违法现象便应运而生，最严重的是假酒久禁不绝。大多数乡镇企业由于没有设备，技术条件差，其产品的质量相应也低，很难同名厂的名牌产品竞争，于是某些酒厂便干起制售劣质冒牌酒的勾当。

另外，不规范或不公平的所谓“名酒”评优活动，也是一个不可忽视的因素。目前，大陆全国规模的酒类评优会多达十余次，省和部优的评比会就更多了。然而，无论哪类评优会，都没有一个具有法律约束力的规范标准和严密的评级程序。

有些厂家，为了使自己的酒获得名牌，便不择手段，使出浑身解数，如请客送礼、拉拢评比人员，有的甚至用自己的商标和瓶子，装上别家真名牌酒去参加评比。如去年一次全国 16 种白酒评比会上，竟有近 50％是假酒参展评比。

笔者认为，要治理目前酿酒业的状况，唯有两条途径可走，一是加强法制，二是实行酒类专卖。

先说法制，由于酒类制售有暴利可图，尤其名优酒更是如此。所以笔者以为当局应把重点放在如何控制名酒的评比和假冒名酒的问题上。前者属商品质量法律方面范畴，后者属商标法与广告法规方面范畴。目前这两方面的法律并不完善。如商标法，对如何保护著名商标都没有明确的规定，所以如果某家名牌商标的酒被假冒后，很难获得法律的特殊保护，只有靠行政手段来干预，因而不免带有随意性和片面性。

另外，有关商品质量评比或评级的法律更是缺乏，现有一个有关条例还不是正式法律，再说有关酒类烟类的特殊条例，更是少之又少。还有，这两方面即商品质量和商标广告的条例之间，也缺乏一定的协调。这些都是当局应当关注的重点。

至于酒类专卖，如建立国家酒类专卖事业局，各地仿效建立相应的网络，或者建立管理酒类的生产、开发和经营销售的权威机构，改变多头管理的混乱局面等等，都必须纳入法制轨道，如制定酒类生产条例，实行生产许可制度等。

所以，上述两个问题实质上是一个问题，或者是一个问题的两个方面。因此，要真正治理中国今天的酿酒业弊端，唯有走法制这一条道路。

这则报道，洋洋洒洒，坦坦荡荡，切中了大陆酿酒业发展的时弊。它大声疾呼，酿酒业脱离了中国的现实，盲目冒进，造成危害；它猛击一掌，以雷霆之力，警告人们，堂堂大国，别走向窒息的蚁窝；它宛如一剂良药，让人清醒，理智……

## 第二节 酒与人争粮

“嘿，这届食品博览会，简直成了酒类博览会!”

1988年秋天，一位刚从首届中国食品博览会参观归来的朋友，伸出空空的双手，发着牢骚，说着俏皮话!

牢骚话，也许刻薄了一点，但不能不引起人们的深思!

那情景的确令人犯难! 中国食品博览会，吸引着全国的观众。有好奇看热闹的，有揣上钞票去买好吃的，也有一些专业技术人员去学习技术的……可参观完了，给大家留下的印象却是：各种各样的酒琳琅满目，而食品淹没在酒海中。

是的，在综合馆和各省分馆内，几乎每个馆都摆着五花八门的酒品，数量多，品种全，应有尽有，酒类占了整个展品的50%以上!

是喜? 是忧? 在现场的情景使观者长叹，视者怨声载道!

记者向一个省的负责人询问，他的回答是：“令人十分惊奇!”他那苦涩的脸宛如雪压冬云一般。他说：“哎呀呀! 哪里是食品博览会哟，挂羊头卖狗肉。一个不大的省，参展企业200多个，其中酿酒企业109个，展品390种，酒占了200种。”

酒漫食品博览会的奇观，如实地反映了我国食品工业畸形发展的现状。

中国大“酒潮”，发展之猛，宛如洪水，令人咂舌。

回顾10年历史，白酒厂已发展到50 000多家，年产量由200万吨增加到1 000万吨，增长5倍。啤酒厂发展到1 000家，产量由68万吨增加到650万吨，接近10倍。10年间，酒类工业产值达到131.65亿元，社会商品零售总额达513.34亿元。产酒大省四川，酒厂曾达到1.55万家，年产酒115万吨。

酒类生产的飞速发展，有值得肯定的一面，也引起了人们的强烈不满。酿酒耗粮十分惊人，一年多达1 500万吨相当于全国进口粮食的总量，相当于全国11亿人口一个月的口粮!

关于酿酒节粮问题，早在我国第一个五年计划中，就作了规定：“逐步利用薯类、果品代替稻、麦、杂粮等酿酒，以节约粮食。”

这是上策，也是全国人民的愿望！

中国是个人口大国，耕地仅占世界耕地的7%，要养活占世界22%的人口，而且人口年年递增（每年增加1 500万），耕地年年减少，人地矛盾十分突出。每年的粮食增长，不能满足人口增长的需要。酿酒耗去大量的粮食，不能自给，只好进口。何时才能自给自足呢？一种可怕的恶性循环，已经摆在“饮酒大国”的面前。如此下去，招来的是“饮酒超级大国”的忧患步步加深！

中国，这个历史悠久的国家，自封建社会形成之后，几千年间，自给自足的经济体制是这个古老国度的根基，是她存在和发展的脊梁。如今，支柱已发生了动摇，脊梁发生了倾斜，难道不该引起深思吗？

酿酒业的畸形发展，从某方面讲，是一种变态的现象。昔日的四川是全国的粮仓，如今变成缺粮省。每年，大批粮食源源不断地从华北、东北长途跋涉，运往大西南！为铁路增加了压力，为交通造成了紧张。

这似乎有点奢华，一个人均收入低于世界平均水平的国家，酿酒业却突飞猛进，超过了人们的生活水准，跃居榜首，真是个难解的谜啊？

这个难以想象，难以理解之谜，其谜底何在呢？

为什么市场上的白酒如此之多？有人认为这是“寓禁于征”的负效应。目前，我国对白酒生产采取高税收政策，产品税中，白酒税率为50%。这种“寓禁于征”的办法，原本为了限制白酒的发展，其结果是适得其反。

近几年，我国财政实行大改革，各地普遍推行财政包干制。这一政策，刺激了地方政府的积极性。为了多征税，便相准了高税率的酒类生产，对白酒生产不仅没有抑制反而推波助澜，竞相发展。

“当好县长，先办酒厂。”县长上台立下“军令状”，第一桩大事就是抓酒类发展！

“当好书记，搞好酒税。”书记上宝座，第一宗大事仍然是抓酒类生产！

于是，“酒县长”、“酒书记”真是“英雄辈出”，酿酒业像脱缰的野马，漫无边际地发展，增加，扩大。

眼下，神州大地大大小小的酒厂星罗棋布，其中70%是近些年发展起来的乡镇小酒厂和个体酒厂。它们在拼命地挣扎，拼命地酿制劣质酒。

这些小酒厂优势小于劣势，大多沿用传统的作坊工艺，生产1公斤白酒，需耗三四公斤粮食，耗粮量比国营专业酒厂高出50%。

但另一方面，它们建在乡村，有着广阔的原料和消费市场，这一点又是它们的优势。

酒，无限制地发展，随之而来的是市场混乱，库存增多，商业叫苦不迭，这是酒类盲目发展的又一恶兆。

目前，白酒生产已是供过于求，杂牌酒、劣质酒大量积压，在神州，勃然掀起一个可怕的，没完没了的“白酒大战”!

酒，是高消费的“催化剂”。由于“酿酒热”的勃然兴起，大吃大喝之风盛行，盲目地改变了人们的消费意识。讲排场，讲阔气，不自量力，超前消费的现象滋生。1987年，山东省济宁市做过调查，120户农民中，当年生活支出人均340.4元，其中酒菜费占38%。1987年，青岛国棉二厂对100户职工进行调查，户均酒宴费465元，占工资收入的1/4。

## 第三节　名酒评比“奇闻迭出”

时下，人们追求高档化、名牌化高消费，似乎是成了一种潮流。其实，这是一种虚假的，华而不实的东西，不代表消费者的富有。

一时间，中国的高消费潮流，汹涌澎湃，席卷神州!

上海、广州、深圳这些沿海城市由于经济起步较早，发展较快，在这股潮流中起着带头作用。高消费也诱惑着内地的人们。家用电器要名牌，服装穿戴要名牌，烟、酒也非名牌不用……许多消费者，也不管其质量高低，内容好坏，只要是名牌就买，就用，就不惜一切代价。

被扭曲的消费观念，如同兴奋剂一般刺激着市场的急剧变化，名牌走俏，普通商品被打入冷宫。一些追赶时髦的人一味追求名牌，争购名牌，继而，名牌偶像化，名牌供不应求。于是，商品拜物教的魔力便显示出来，制假贩假接踵而来。在五花八门的假冒商品中，假酒多如牛毛，位居榜首。这是那些假酒制造者利用了人们崇拜名牌的心理，也是酿酒业过猛发展的必然趋势。

而问题的另一端，争夺名牌的战斗就更是短兵相接了，一些行业与行业之间，企业与企业之间，你争我夺，相互排斥，相互贬低，尔虞我诈，不择手段，可谓达到了无以复加的地步。

一些人热衷于名牌，以拥有名牌为身份，地位的象征。很自然，产品一旦成为“名牌”名满天下，仿佛范进中举，随之带来无穷无尽的好处，最让人看了眼红耳热的便是经济效益的直线上升。因此，“名牌”成为各生产厂家争夺的“皇冠”。

倘若我们回顾一下三年前在合肥举行的第五届全国名酒会上的那场闹剧，便会觉得趣味十足而又使人愁绪顿生。

1989 年，新春伊始，人们还沉浸在辞旧迎新的喜悦中，合肥市的大街小巷已摆好阵容。有人会问：合肥，并非旅游胜地，也非交通要途，为何突然宾客盈门，热闹非凡？各省市的各种要人、外交家、公关小姐、携带着样品、礼品，蜂拥而至。稻香楼宾馆，安徽饭店，长江饭店，望江饭店，以及大小招待所，都被来宾抢占一空。

评酒会，本应是专家的荟萃，施展才华，大显神通的地方，那么多局外人涌来，是啥意思？

人们盼望已久，万众瞩目的评比大战，在 1 月 10 日终于拉开了帷幕。

这次评酒会是解放以来规模最大，品位最高，准备最充分的一次盛会。人们之所以不惜代价，远赴合肥，也是希望在合肥这个宁静的都市内，能静静地品出各种名酒的味儿，体现名酒的魅力。

这次评比大会，参加角逐的白酒，有浓香、酱香、清香等五种香型、374 种白酒。“权利”的再分配和荣誉的各得其所大致是，在会上除对第四届评出的 13 个金牌、26 个银牌，进行复评、审核外，还将评出 10 个国家优质酒，一批厂家将金榜题名，名冠神州，誉满全球，那诱惑力不亚于竞选总统。

最终鹿死谁手呢？

为了“竞选”获胜，一些厂家不得不在提供的500公斤样品上下一番苦功。与此同时，在扑朔迷离的关系网中，煞费苦心，浸透了一干人的心血。他们把这一赌注看成是改变企业命运的唯一途径，一旦“高中”，便身价百倍、千倍，即可从“平民”上升为“贵族”，从乞丐变成百万富翁。是呀，那强大的诱惑力，吸引力，谁不想使出吃奶的劲，去张罗，去搞“外围活动”，以便拉得更多的“选票”。时下，人们呼唤“理解万岁！”此时此刻，这些举动更需要你去“理解”了。

在信息时代，信息传送更显示出它的力度和广度。评比会前，大批酒老板就奔向合肥，打广告，造舆论，刺探情报，传递信息，顿时合肥的电视台、报纸、广播电台忙个不迭，“好酒！好酒！好酒！”成天吼得震天响！

本届名酒评比是由中国食品协会主持的，在开幕式上，副会长一再劝告大家：“评比会刚开始，会外就早早来了许多厂家，希望得到评比会的消息。这次为期15天的评比会，只为最后评定打好基础，不作最后评定，希望各酒厂的同志们回去抓生产，把迫切的创优夺牌的心情，投入到实实在在的生产活动中去，你们在这儿不可能得到任何消息，也不会占什么便宜，不信可拭目以待！”

参加第五届名酒评比的专家，评委早有防备。大会秘书处很精灵，选中了离合肥市区15公里的解放军炮兵学校。那是一所封闭式的、幽静的场所，高耸的院墙，幽深的树林，可以说与世隔绝。这一切，无不是为了防止关系网的侵蚀与影响。

真是巧极了，远远望去，军校所在的对面正是“包公祠”。祠周围的河内，独生红花藕，传言藕内无丝。“无丝”乃包拯铁面“无私”的谐音，祠旁有亭，亭内有井名“廉泉”，相传为官不廉者不敢饮此泉水，香花墩四面环水，一桥径渡，杨柳盈岸，菱荷满地，为游憩佳境。这里便是“包青天”的书院。南来北往的游人中，有不少因仰慕包拯的清正廉洁而来此一游。包括不少评酒员也来此瞻仰过包青天的风采，品尝过“廉泉”洁净的美味，也许包拯传千年的浩然正气会使他们执法更加严明吧。

当今，一切决策都不可能是十全十美的，无孔不入的关系网，纷繁复杂的人际关系，能使乾坤颠倒，日月回转。角逐者们纷纷在窥测方向，寻找时机，绝不放过机遇，直到孤注一掷。也许，在竞技场上，“能者”取胜，“弱者”将被无情地淘汰……

不久，评酒会忽然迁址北京城，人们又蜂拥而至，拭目以待！

然而，人们觉得很奇怪，本届评酒会与往届不同，3 个月去了，却仍然无声无息。评比结果究竟如何？不少人望眼欲穿呀！许多人吃在京城，住在京城，“名酒梦”使他们神不守舍。

当人们几乎已处在绝望中时，《人民日报》突然发出了两则新闻。第一篇于 4 月 5 日推出。标题令人瞠目结舌：《参评白酒擅用他人商标，国优未获败露违法行为》，全文如下：

今天从国家工商局和中国消费者协会获悉在年初举行的中国第五届全国名酒评比会上，参加评比的 374 种酒中，有 28 种擅自使用他人注册商标，或把他人注册商标作为商品名称，装潢使用，占参评酒总数的 7.4%，另有 23 种白酒的商标使用违反了酒类商标管理的有关规定，还有 20 多种白酒冒用“中国名酒”“中国优质酒”称号。

国家工商局商标局日前发出通知，要求各地对侵犯他人注册商标专用权的 27 家企业依法查处；责令违反酒类商标管理规定的 23 家企业，及时更改。全国名酒评优领导小组决定，对构成商标侵权和冒用“中国名酒”“中国优质酒”称号的白酒，取消参评资格。

这次全国名酒评比会是 1 月份在安徽合肥市举行的。参加评比的白酒都获得过部、省优称号。有关人士对在全国性的酒类评比会上出现这么多问题表示惊讶。他说，这说明我国企业的商标意识和法律观念亟待提高。

一方是轰轰烈烈的外围战，一方是戒备森严的铁纪律，两相斗法，势均力敌，颇耐人寻味。

场内的制度、纪律是严谨的，评比采用酒样密码编号，百分制记分，对评酒员、工作人员分别有着 22 条之多的规定，约束着每个人的行为。

制度虽严，但它总是人制定的，在一些参赛厂家如水银泻地，无孔不入的“外围攻势”下，它还能确保评比的严密和公正吗？

5月7日。《人民日报》在头版显著位置，又推出第二则消息，对评比中的“怪现象”进行曝光。引题：《一本糊涂账，弊情知多少》；正题：《第五届全国白酒评比奇闻迭出》；副题：《一厂退出，24厂联合举报，一厂却已庆获国优》，文章全文如下：

第五届全国名酒评比至今还是一本糊涂账，但关于这件事的“奇闻”却层出不穷：有厂家声明退出评比，有厂家联名举报内幕，有厂家预先庆获国优。

有关部门转来的材料证明，第五届全国名酒评比确有许多外人不了解的情况。

四川省文君酒厂，于4月27日发表公开声明：退出第五届全国名酒评比行列。这家酒厂在声明中说，他们厂系四川省名酒厂、省先进企业和文明单位，年创利税1 350万元，年出口创汇额达30万美元。早在1923年文君酒就荣获四川省劝业会优质奖章，蝉联历届“四川省名酒”称号和商业部金爵奖，1988年又荣膺巴黎第13届国际食品博览会金奖。这家酒厂明确声明，他们酒厂已进入第五届名酒评比的决赛，但鉴于评比秩序及评比过程的混乱，这种评比混淆了优劣界线，败坏了社会风气，决定退出，让广大消费者监督产品质量。

云南、贵州、内蒙古、黑龙江、山东等省的24个酒厂4月13日联合写信，举报第五届名酒评比弄虚作假，徇私舞弊。他们在举报材料中列举了5个问题：一是评比前中国食品协会对参评产品的各项理化指标及产值、产量、全面质量管理都有严格规定，但评比中没按原规定办事；二是评比程序不严密，在进行半决赛后，又擅自从淘汰的白酒中挑出部分白酒与优胜者一起进入决赛；三是评酒员分组问题，评比会前宣布：评委不能参与本厂所属香型酒的评比，但河南有个酒厂的评委却始终参加本厂香型酒的评比；四是评酒保密不严，酒样密码本应是绝密的，可在评比之前就把分组编号透给了关系户，有的厂家四处找关系，求人帮忙，暗地行贿；五是这次评酒有内定行为。为此，这些厂家呼吁公布评比活动的原始依据，斩断伸进评比工作中的关系网，正党风，正社会风气。

第五届全国名酒评比结果至今未揭晓，河南伊川的一家酒厂竟在洛阳市大街小巷庆贺喜获“国优”活动。在大幅横标和气球飘带上写出大字，热烈祝贺本厂的高、低度酒分别获得第五届全国名酒评比第3名和第4名。实在不清楚，这家酒厂的第3名和第4名是如何获得的？不由人联想起这届评酒工作的混乱和糊涂。

由于生活的多侧面，观察问题自然会产生不同的观点和看法。对这届评酒会也有持不同意见者。事后，笔者曾走访了一位曾参加这项工作，又有一定权威的领导。他很坦诚，无拘无束地告诉我：“这届评酒会，也不完全是上述的情况。消息报道有水分，有考虑不周的地方。”

“当初闹得很凶，惊动了国务院。”

“最初，在合肥的酝酿过程是正常的。对在评比中出现的外围活动和内部纷争，一些厂家很不服气，究其原因，有不正之风的侵袭，有体制的弊端。改革开放以来，酿酒业突飞猛进、商业部、农业部、轻工部都在抓，都在管，各施其政，各行其是，各有一批名酒厂，又各有各的打算，从而在酿酒史上出现了三足鼎立的局势。近几年，又冒出一支生力军——乡镇酒厂异军突起，在诸多的矛盾中，又增添了一股对抗力量。对此，全国性的评酒会该由谁来主持呢？最终决定由中国食品协会来办。这本是好事，多协调，也客观，但也有人不服，节外生枝。这也是“奇闻”迭出的一个重要因素。

他还告诉笔者，在争执不休的情况下，最后，国务院召集四方会议，经过反复磋商，统一了认识，确定了本届评酒会的名次。

## 第四节　“茅台”失宠

黔北，是个摸不透、说不清的神秘地带。天特别高，地特别沉，气候也特别怪，说变就变。刚才还是炎炎夏日，天一翻脸，大雨倾盆，即刻变得冷清、凉骨，如寒冬一般。

那是1989年的5月9日，全国晚报记者团步入黔北采访。一伙“外来人”，专程来探索黔北天的脾气，地的情感，人的个性。

记者步入历史名城遵义，走访的第一位，便是董酒厂的刘工程师。他生就是个坦诚人，在新闻发布会上，他像放连珠炮一般："记者同志，你们同意我的观点吗？我认为酿酒业，应该降降温了。你们看，我们厂的第一期扩建工程还没有最后收尾，现在市里有关部门急不可耐，又要求我们上第二期工程……"

大家愕然，为什么？名酒厂，在外地外乡，那里的"酒老板"可巴不得一扩再扩，似乎搞得摊子越大，就越气派；赚的钱越多，就越神气。在黔北，嘿！酒老板像是有点"神经质"，对记者们发起牢骚，少见多怪！

在当初，名酒厂的"大老板"，岂止发牢骚呢？呼吁、呐喊、求援的岂止一家两家。

听听"国酒厂"的呼声吧！

贵州茅台酒厂，是有着 1 000 多年历史的老字号。茅台酒工艺独特，与其他任何白酒都不同。茅台的风格是采用本地的优质高粱作原料，优质小麦作高温大曲，两次投料，八次发酵，九次蒸馏，十次烤酒，长期贮存，精心勾兑酿制而成。茅台具有"酱香突出，幽雅细腻，酒体丰满，谐调醇厚，回味悠长"的风格，这语言也许带点广告味，可茅台的品质确实独具一格。自 1915 年在巴拿马万国博览会上获得金质奖后，茅台在国际舞台上的身价是长盛不衰，近几年以来在国际上又连连获奖：1985 年，获法国国际美食及旅游委员会的金桂叶奖；1988 年，在法国巴黎第十届国际食品博览会上，又荣获金牌奖；同年，茅台酒包装荣获"亚洲之星"包装奖……

"国酒"确实名不虚传，喝起来醇甜甘洌，回味无穷。在酒类家族中，这位首领，谁也别想取代。

"你别吹啦，什么茅台，卖给我们的全是假货！"花几百元买瓶假酒，有人气得顿脚。于是就有人发誓再也不买茅台。

厂长邹开良，这几天很不愉快，他那清癯的脸上觉得不光生，那副玳瑁镜架，变得又长又大，精神不振，肤色黑了，人也老多了。

前人说"寡妇门前是非多。"如今是，名家门前是非多。邹开良怎么高兴得起来呢？假酒，搅得他头昏脑涨，坐卧不宁呀！

你看，他案头上，南来北往的信件垒得如同小山，吼声、骂声、谴责声，声声令人不安！唉，能叫他不急吗?《人民日报》、《经济日报》、《羊城晚报》都登了。顾客提起假茅台，便咬牙切齿!

他心烦意乱，不知所措。这难道是他的错吗？有人为他鸣不平。不能这么讲，现在茅台酒失宠，其原因种种。

他决定不再想那些恼人的事，挺起胸板，在屋内踱了几步，仍然不得平静，又坐在沙发上拈起一封信耐心地读着。

这是一封兰州来信，内容是：在兰州春节市场，茅台酒受到冷遇，市糖酒副食批发公司，按常规，为春节准备的200件（每件12瓶）茅台酒由批发公司拆开一件，在一家商店试销，从大年初一摆到元宵节，都无人问津。对这事，有着各种议论，各种心态，挺有意思呢。

公司负责人，被这批茅台酒弄得焦头烂额，花去了整整40万呀！他说："不光是价格的原因。1988年调价后，这样的价格也卖过不少，顾客没有嫌弃呀!"

省政府一位副秘书长却不这么看。他打趣地说："这是件好事，说明社会集团的消费被控制住了，用公款大吃大喝的不正之风减了。"

"不，这说明银根抽紧后，市场稳定，人们觉得人民币贵了，顶用了，舍不得随便花。"省人民银行一位高级经济师摇头晃脑地说，认为自己的判断高人一筹。

唉，如今市场的许多怪现象，谁也说不清，道不明。向来被认为"喝得起，送得起"的个体户不买了。大企业、大公司也不来光顾了。腰缠万贯的某私营企业的大个子经理，道出了真情。他说："原因有三：一是银行卡得紧；二是'十瓶茅台九瓶假'；三是给好友送瓶茅台酒，还不如给他家小孩200块压岁钱实惠。"

从南宁桂花大酒家传来的消息也是令人气恼的。"我们是广西首屈一指的大酒家，对外营业，外宾出入来往甚多。过去我们多用'国酒茅台'，因为它代表国家酿酒工业的发展，在国际上久负盛名。然而最近从某县进了一批茅台，共3 588瓶，打开一看，全是假货，酒家总经理气得吹胡子瞪眼睛，无奈向公安部门报了案。"

"我们的公安同志很负责任，不辞艰辛，跟踪追击，一查到底。经过几个月的努力，嘿，挖到了根，原来是一家‘酒老板’干的缺德事。他们看到茅台吃香，能赚大钱，心里痒乎乎的，便从仁怀县购买一批茅台酒瓶，运到花溪罗平村，高价雇来一批临时工，装上自己的‘歪’酒，冒充茅台卖给我们，他们发了横财，我们倒了大霉。此案涉及16人，其中8人已被公安机关依法收审。你说好险呀，差一点，我们就把这些假茅台卖给老外了。一旦带出国外，多失国格呀！别人会骂中国人是不是穷伤心了，干吗搞假！”

邹厂长如芒在背，信，他再也读不下去了，便拿起《经济日报》，小声念着：“如果有人告诉你，如今国内市场上流通的茅台酒中，有一半属于伪冒赝品，你一定不要吃惊，因为一只茅台酒瓶，黑市交易售价已达一二十元。茅台酒特有的酒瓶，是制造假茅台酒的必备物品。”最近，贵州茅台酒厂杨副厂长对记者说：“保护名牌产品的造型，尤其要保护装潢。但是该厂办理茅台酒瓶专用权的申请久久未得回音……”

是的，为了保护茅台酒的声誉，该厂已将“贵州茅台牌”商标全版注册，并指定颜色、包装不得仿冒，同时还将“茅台”二字和“茅”字分别单独注册，受国家法律保护。唉，真伤脑筋，法律丧失了效应。一些企业，为了假借“茅台”的桂冠发财，挖空心思，仿制、假冒茅台酒商标，鱼目混珠，欺骗“上帝”(顾客)。目前，在市场上出现的仿冒茅台品种繁多，有“吉林茅台”、“北大仓茅台”等等20多种。假茅台以假充真，混淆视听的特点是装潢逼真，瓶型相似。

“过去，茅台酒人人爱；而今，茅台酒人人嫌。”真可悲，有人这样下了结论。

1988年7月名酒大调价，对名酒实行新的价格后，“茅台”销量骤减。春季交易会，茅台每瓶15美元，秋交会高达33美元。9个国家的几十名客商望而却步。国内订户也是如此：1987年秋交会订出145担，而1989年春交会只订出50担。

历史悠久，名闻遐迩的中国酒文化的精英——“茅台”，一度如履薄冰。

当初，面对危机，厂长邹开良忧心忡忡地说：“看到企业处于这种境地，我每天吃不好，睡不着，压力极大。”

茅台“失宠”，厂长气馁。“上帝”面对严峻的现实，不能不说，这是一场“悲剧”，一场闹剧，大地不得安宁，人心不得安宁，“上帝”不得安宁！凡是假茅台玷污过的地方，即使真茅台去了，人们的脑中，也会重重地打个问号。昔日晋江造假药的事，到如今，连小学生也记忆犹新。

啊，这是个可怕的记忆！

眼下，一股浊流不断袭来，侵蚀着广大消费者的切身利益，形成“假货潮”。春节市场上，一批名不见经传的普通白酒走俏，而名酒却像瘟疫一般受到冷落。若问其缘由，“上帝”答道：“假名酒防不胜防，买个‘无名氏’稳当，货真。”

诚然，受冷落的名酒中，何止茅台？其他遭遇惨重的不胜枚举。四川某厂生产的“一滴香”白酒，一度走俏大江南北。在高额利润的诱惑下，假冒“一滴香”纷纷出笼，淹没市场，说出来令人大吃一惊。据查，在年前湖南城乡市场上销售的“一滴香”没有一滴是真的，“一滴香”变成了“滴滴假”。

猴年春节前后，全国各地传来的打击假冒名酒的“捷报”，假“茅台”、假“五粮液”、假“西凤”，各地都有。假冒名酒泛滥，来势汹汹，至今仍然猖獗。

当然，潮有涨有落，行情有降有升。前几日，一位经营名酒的朋友告诉我一个“茅台走俏”的信息：“公款吃喝”的“行情”看涨！曾一度下跌至五六十元一瓶的茅台高档酒，如今重新抬头，价格直线上升，冒出三位数！近几年来，茅台跌宕浮沉，经过了1988年的“热”，1989年的“冷”，1990年的“平”，1991年的“稳”几个阶段。目下，“茅台”的价格回升，这自然是件好事。

但也应该看到，1992年初对北方某省的调查令人愕然，该省1991年其名酒、名烟的社会集团购买量，竟占了总销售量的70%，一些颇有名气的宾馆、餐厅，竟有90%的名酒用于“公吃公喝”。

如今，无论在南方，还是在北国，“公吃公喝”有东山再起之势，这不能不叫人担心啊！

## 第五节 川酒 举步维艰

“四川酒、云南烟，轻纺产品上、京、天。”这是神州大地广为流传的民谣。

四川——“当代玉液琼浆的王国”，它的涌现，仿佛是个奇迹，其实这和改革开放有着血肉关系，而且，它有着自身的特点、诀窍，还有着不平凡的经历。

云南，从滇南至滇北，“烟司令”、“烟县长”、“烟书记”层出不穷，全省人民对烟着了迷。在那里，条件得天独厚，华夏大大小小的烟民人心所向，对那片五彩斑斓的黄土地望眼欲穿。

川酒呢？其声誉久负盛名，畅销不衰。无论在平展展的川西坝子，还是在莽莽群山起伏的大巴山区；无论在神女亭亭玉立的三峡，还是在红军走过的雪山脚下，大小酒厂星罗棋布，出现了“全民集体一齐上，工农商学兵群体竞相办曲酒厂”的壮观景象。

这现象奇怪吗？否！

几千年的历史，形成了一种观念，一种模式——旧式农业。在这片热土上，祖祖辈辈扶犁执锄，休养生息，便是他们的出发和归宿。人口众多、土地肥沃，单一的经济发展，缓慢而沉重，保守而落后，亿人大省，经济发展如蜗牛过海，举步维艰。

老祖宗们给这块巴蜀之地留下的最大烙印就是自然经济，自由发展，自生自灭。所以历来以农业为本，以农业为生，既有自身的独立性，也带来了痛苦和不安。多年来，发展沉闷的农业和现代科技，和突飞猛进的社会发展拉开了差距。纵观全国，多少年来，“巴蜀王国”就像是个被人们遗忘了的游牧部落。也许我的笔太刺人耳目，不过这是历史，又是现实，信不信由你啰！

基于此，改革的春风一旦渡过剑门关，一亿炎黄子孙，如同解冻的冰河，人人跃跃欲试，如朝霞喷薄欲出，如春笋奋发向上。

经济改革不单纯是经济体制的破与立，而更重要、更深远的意义似乎还在于人们思维方式的改变和进步。经济体制的转化，思想观念的变革是个艰苦的过程，在这个过程中必然要付出代价，要“流血”，甚至还要做出一定的“牺牲”。

过去，中国一直实行单纯的计划经济，死板呆滞，束人手脚，经济体制改革，机制转换，如春雷一般，打破了旧格局，建立起新体制，建立商品经济，这一变革孕育了数年，可谓十月怀胎，一朝分娩。

过去，川酒市场只有“五朵金花”，几个老牌号。近几年，市场连老带新，一齐涌出，川酒牌子多得数也数不清。

这是大好事！扩大企业经营自主权，是搞活经济、搞活市场的一大战略部署。生产向市场靠近，市场活跃起来，反过来又调节生产，促进生产，这是经济从恶性循环走向良性循环的起点。市场混乱，假货泛滥，问题不出在大政方针上，问题出在生产者和经营者上。一旦市场活跃，独立的经济利益得到了强化，他们又单纯地把目光盯着市场，市场缺什么就生产什么，哪样赚钱就搞哪样。一些利欲熏心者，昧着良心，制假贩假，甚至以身试法，搞假货，制假酒。

20 世纪 80 年代初期，蜀人沉寂多年的思维被启动后，宛如一座活火山，时时刻刻在寻求一个突破口，爆发出去。终于，和煦的春风温暖了他们的心，不甘寂寞，不甘苦寒的蜀人冲了出去！

接着，他们便利用自己的酿酒技能和农业大省的优势，发展酿酒业。

接着，在 80 年代中期，大酒厂，小酒厂，个体作坊，纷纷扬扬，粉墨登场，一万家酒厂相继诞生。

接着，浓烈的酒味飘向四面八方，年产达到 100 多万吨，耗粮多达 100 万吨，人均有酒 10 公斤。

川酒的勃然兴起，举世瞩目，酒，哗哗地流了出去，钞票，哗哗地流了进来，有些人眼更馋了，心更大了，行无准备，心无计划，扩大再扩大，发展再发展。

面对钞票，有本事和无本事的，好心的和歹心的，高尚的和卑劣的，都在盘算，都想索取。于是，真货和假货，好酒和劣酒，一齐涌出夔门，流向神州，流向世界。

稍稍一回头，不难想到，过去的川人是个啥“活法儿?”吃什么？穿什么？腰包里装什么？

穷，仿佛成了遗传，高山平坝，山里山外，年年用红薯糠菜来充饥，岁岁穿着补巴裤儿，更可怕的是思想陈旧得比破裤裆儿还陈旧。

啊，改革啰！一双渴求的目光，望着南海人的闯劲，盯着上海人的富有，再回头看看自己的穷酸模样儿，摇头、叹息，却又无可奈何！

酒，整个大脑里，只装着这一个字，仿佛巴蜀人要找到一条出路，只有靠酿酒，于是，一窝蜂地拼命搞酒，有技术的和没技术的，集体的和个体的，古老的和现代的，落后的和先进的，齐上阵，那劲头儿和大炼钢铁别无两样。酒厂，东南西北中无处不是。

那速度是十分惊人的，1978 年产量才 21 万吨，到了 1985 年，仅仅过了 2 555 天产量便陡然增加了 4 倍多，达到 116 万吨，年产量占全国 1/8，年均增长 25.2%，大小酒厂总数达 13.502 家。全国市场形成了“川酒热”。

在“川酒热”中，也涌现了奇迹。过去，源远流长的酿酒史，变来变去，两千多年只能酿单一的白酒。眼下，川酒已经发展到了生产白酒、啤酒、果露酒、黄酒、汽酒等品类齐全而且配备完整的生产体系，并带动了制瓶业、包装业、印刷业、商业、乡镇企业、运输业等全方位发展的产业体系。

川酒饮誉中外！其外在质量，优在风格。浓香型曲酒是“四川首创，中国独有”的酒中珍品。“五粮液”香气悠长，味醇厚，入口甘美，进喉爽净，各味协调，恰到好处的独特风格，受到中外消费者的高度赞扬。1989 年春天，在合肥举办的第五届名酒金银牌争夺战中，川酒传来捷报，五粮液、泸州老窖、郎酒、剑南春、全兴大曲、沱牌曲酒获得“金牌”，叙府大曲获得银牌。除此之外，获部、省名优酒的有 227 种，获省内各系统和地方优质酒称号的有 300 多种。还有一个奇观，1988 年 10 月 15 日，在古城西安举行的首届中国酒文化节上评选出的 94 个中国文化名酒中，四川占 19 种。可以说，在每届全国糖酒交易会上，川酒独占鳌头。川酒，还打入了几十个国家和地区。

曾几何时，川酒驰名中外、誉满全球。

然而，天有不测风云，昔日旺销走俏的川酒，到了80年代末期，像失去了脊梁一般，忽然垮塌下来，疲软、滞销，库存增大，少人问津，给人们蒙上了一层忧思。

曾经在天津市一场宴席上，因假五粮液的现形而大煞风景，市领导拍桌大怒："以后不准再进川酒!"

在假货横行的时候，川酒猛从宝塔上跌了下来。在华北不景气，在东北不景气，在南方得不到赏识，一时间川酒成了不受欢迎的"小媳妇"。

1988年7月，物价部门鼓励名优酒放开价格，自议，自流，当初名酒身价百倍，价格陡增，一瓶500克瓶装五粮液高达120元，每瓶泸州老窖特曲85元，好厉害呀，一个干部一月的工资，只能买到一瓶酒。

酒价高了，假酒多了，人们对川酒望而生畏了。"四川骄子"受到了商品经济市场的冲击和考验，一派混乱，很多小酒厂质量上不去，也不愿去努力提高产品质量，却贪图钱财，仿冒名酒，导致"五朵金花"信誉受损，市场受挫。在郑州全国糖酒交易会上，许多客商对川酒"五朵金花"，只闻不摘，敬而远之；泸州老窖系列1989年1～2季度订货5 500余吨，但执行情况不佳；1988年国家下达的四川名酒对外调拨计划，仅执行37.9%。

1989年11月9日，香港《文汇报》推出一条消息：《川酒产销景况惨淡——五千家酒厂关门停产!》

相继各家报刊纷纷报道了川酒的不幸遭遇，《南方日报》、《人民日报》、《中国农民报》等都为之震惊。

曾一时独领风骚的川酒经过一番血的洗礼，拖着沉重的步子，在谷底缓缓向前爬行。

翻开1992年的日历，川酒经过一番考验，似乎有所回升。

对这一问题，在1992年春季全国糖酒商品交易会后，一个风和日丽的早晨，我登上成都晶爵宾馆10楼，走访了四川省酒类专卖事业管理局专卖管理处的田副处长，他谈得十分轻松、乐观。

他在回顾川酒走过的那段艰难历程之后说，川酒经过几反几复，目前出现平衡、稳步发展的局势。在全国春季交易会上，川酒又亮出了一个高度。随即，他又报出一串数字：全国成交额 60.46 亿元，川酒达 10.94 亿元。销售量为 15.12 万吨，占全国白酒销量的 61.7%。本届交易会，四川成交总额、销售总额、酒的销量分别名列全国第一。



他还告诉笔者：由于酒类市场逐步复苏，小酒厂又相继恢复生产。1991 年岁末，全省各类酒厂 7 960 个，比上年增加 1 053 个，总产量 121.5 万吨。这现象既是喜，又是忧，酒厂增加，加剧了原料、市场的竞争，企业之间的竞争会更加激烈。低档酒和一般曲酒会出现销售困难，产品大量积压，会导致企业严重亏损。倘若各地不很好地对小酒厂严加控制管理，名优酒销售走俏，假冒名酒的违法活动会更加猖獗，弄不好，一个可怕的恶性循环又会到来。

## 第六节　酒的罪孽

**1. 小酒民队伍庞大**

人类酿酒、饮酒的历史悠久，各个不同民族的历史上，都有许多关于酒的文字和传说；各种不同文字的古籍中，几乎都弥散着酒的醇香。

然而，酒一出现，其魔力便引起人类高度重视，也就有了“酒宜节饮”的古训，甚至，有的国度和地区，采取严厉禁戒，务求立绝。当然，酒自有它生存的价值，适度饮酒可以健身，还可入药。问题在于如何掌握“适度”？如何做到“文明饮酒”、“科学饮酒”？自己掏腰包饮酒，无可非议，也可减少一些忧患和麻烦。而今，我国酒肆遍及市井，每年酿酒耗粮之多，酒宴耗金之多，确实是前无古人。神州大地，从南到北，从东到西，处处可以看到那杯盘狼藉、觥筹交错、逞豪斗胜、不醉不休的闹剧场面，也是举世罕见的！

对酒的评说，《本草备要》一书早就对酒作出过比较客观的评价：“少饮则和血行气、壮神御寒，遣兴消愁，避邪逐秽……过饮则伤神耗血，损胃亡精，动火生痰，发怒助欲，致生湿热诸病。”

尼古丁有毒，已引起了世人的高度重视，一个戒烟运动，已在全世界掀起。我国也颁发了《烟草专卖法》，而酒精的毒害还未引起足够重视，有一个发展酿酒的宽松环境和社会心理。苏联因酗酒者过多，已限制酒的生产，美国总统布什提名的国防部长托尔，只因“用酒过量”，而被美国参议院否决。

中国人说：“酒能益人，也能损人。”日本有句谚语：“一杯人吃酒，三杯酒吃人。”这些民谚俗语，反映了几千年人类生活的体验，是有它的道理的。连年增加的白酒，不断吞噬着人们的健康，乃至性命。

这数字是十分惊人的，1986 年，全国因酒后开车酿成的车祸达 28 000多起，伤亡 3 000 余人，那一件件车祸，一幕幕惨状，令人终生难忘。

也就是那一年，全国酒精中毒临床患者达 26 700 余人，死亡9 832人。

还有一个令人瞩目的统计，在 1987 年的全国心血管疾病死亡者中，长期大量饮酒者占 87%；全国低智儿童中，父母有嗜酒习惯的占 50%以上。

酒，如同“教唆犯”，如同虎豹豺狼。因酗酒打架斗殴的青少年就更多更多。有的夭折，有的残废，有的被拘役、教养或判刑。在流氓犯罪青年中，38%与酗酒有直接或间接关系。

北京的电视节目，曾公布一项惊人的调查，全国的两亿少年儿童中，大约有 8 000 万人喝酒。这群“小酒民”个个都是父母宠爱的独生子，家里的“小皇帝”。

他们的酒量是父母从小训练出来的。有这样一个家庭，请亲友喝小孩周岁酒时，老爸就用筷子蘸酒给怀里的儿子吮尝，常把小生命辣得哇哇大叫，但老爸却说：“从小练酒量，长大有好样。”

美国研究人员，新发现一种造成酗酒原因的基因。这一发现提示，酗酒是一种病态，而不是一种精神弱点。

用酒去引诱幼儿，很可能诱发出酗酒过早爆发。许多人不知道厉害，孩子大一点，在家中的地位也随之提高，娃儿上桌与大人同起同坐，教他逐桌敬酒。喝得躺下了，父亲就扶起儿子，自鸣得意地说：“老子英雄儿好汉。”

在个体饭店常见小孩饮酒的场面，更为壮观，三五成群猜拳行令，赌酒论英雄，不但酒量不差，连架势动作都有大人模样。这也算是“神州奇观”之一吧！

酒，堪称大自然赐予人类的珍贵礼物，但同时又是一剂“毒品”。在历史上不乏嗜酒丧生之例。

被人们誉为“酒中仙”的李白，相传，他在花甲那年，横渡汨罗江时，因饮酒而神志恍惚，望波间明月，俯身捞之，落水溺死。

清朝曹雪芹晚年穷苦潦倒，借酒浇愁，“举家食粥酒常赊”“卖画钱来付酒家。”但人在愁烦时嗜酒，不仅“借酒浇愁愁更愁”，而且酒精易使神经中毒，引起肝硬化等诸病。曹雪芹刚到“不惑之年”即卒。妻在悼念时，曾作诗题吟：“不怨糟糠怨杜康”。

自古嗜酒多憾事！今朝呢？更有过之而无不及！

我国有 1.8 亿嗜酒者，后面还跟着庞大的后备军——小酒民。

沈阳市城市经济调查队的抽样调查表明：6～12 岁的儿童中，有 60% 的人喝酒，一次能喝白酒、香槟或汽酒等 1 瓶以上者，占喝酒人数的 29%。现在全国有 6～12 岁的儿童 1.6 亿，即使按 50%计算，小酒民也有 8 000 万人，如果加上 4～5 岁及 13～16 岁小酒民的数量，则和“正式酒民”的数量差不多。小酒民发展奇特，男女各半，这与一般酒民中男多女少还不同。

据一项大规模且长时间的调查显示，台湾民众 40 年来酒瘾盛行率激增 100 倍。有关学者奔走呼吁，酗酒及庞大酒徒队伍已成为台湾社会潜伏的一个严重危机。

研究酒瘾问题十多年的台大医学院副教授胡海国，以多次流行病学调查的统计确认，40 年前，台湾汉人与原住民的酒瘾盛行率不过 0.01%及 0.1%，而现在已分别激增至 1%及 10%，均增加 100 倍。

台湾目前经济增长，民众生活富裕是酒瘾盛行率激增的主因之一，由于美酒到处可随时买到，对酒瘾盛行也提供了一个条件。此外，现代社会瞬息万变，现代人所面临的压力是空前之大和多方面的，造成许多人士“借酒消愁”“一醉方休”来逃避沉重的现代社会压力，久而久之，饮酒便成为他们减轻及消除身体疲劳、精神紧张的“良方”。

台湾三十年来人口增加一倍，酒精消耗量却增加10倍以上，而且越来越多的青少年及妇女因酗酒而不可自拔。由于酒瘾而造成的社会悲剧举不胜举，多少交通事故，家庭意外，公共危害与逞勇斗狠，都缘于此。

**2. 姚小红无知打“酒仗”**

饮酒带来的奇奇怪怪的故事颇多。这里不妨顺手引来几则，也许我们从中能得到一些教益。在川南酒乡曾发生过这样一起悲怆事件。

四川省高县复兴乡娱乐村三组青年姚小红，是个活泼可爱的小伙子。他不仅劳动好，还能团结人，关心人，村里村外都说他是个“能人”，会办事。平素，姑娘们总爱羞涩地和他拉家常。

1992年1月5日，是星期天，大清早，他邀约了10多个青年，高高兴兴到七仙湖度假村去玩。时下的山里，改革开放的好时光，也给他们繁重的劳动带来许多欢乐。闲暇之日，青年人三五成群，逛公园，游山玩水也很时髦。

他们尽情地享受着湖光山色，玩累了，便共进午餐。

时下的山区青年，已经一扫过去的寒酸味儿，讲阔气，图痛快，向城里人的生活方式靠近。他们点了七八个好菜之后，姚小红又抓来两瓶“尖庄”酒。他乐呵呵地笑道：“嘿，常言说，无酒不成席。今天，要喝个痛快!”

血气方刚的小伙子，先用小杯小饮，但酒至半酣，觉得不过瘾，姚小红霍地站起，把瓶子一晃，吆喝道：“这喝法不够意思，来来来，我们分成南、北两派划拳如何?”

“好，赞成!”大家异口同声，举起了拳头。

紧接着，你一言，我一语，又商定了输拳一次，喝酒半斤的酒规。于是，“酒仗”就此拉开，狂饮无度。

酒，咕嘟咕嘟，一碗接着一碗，如同山泉流进肚里。大家没过半个时辰，头晕了，喉头麻木了，鼻子也不灵了，是酒是水都难以分辨，个个醉得前仰后合。

姚小红双眼血红血红的，身体晃晃悠悠，语无伦次。此时此刻，他仍然在败北的南派中逞强，又连续喝下两碗半白酒，醉卧如泥，躺在度假村。

饭后，朋友们各自离去。在途中，有人突然发现不见姚小红，他们立即返回度假村。此时，小红已是面如土色，人如泥沙，呼吸微弱。大家急忙将他抬到乡卫生院抢救，可为时已晚，不多时，姚小红就气绝身亡。

小饮，是酒中智士；狂饮烂醉，为酒中末流。姚小红是位豪爽、好客的青年。可是，当他和朋友频频举杯时，忘记了“花赏半开，饮酒微醉”的饮酒之道，因此落得酗酒身亡的下场。

### 3. 高丽琼陪酒丧生

李文贵是云南某县农行行长，他能说会道，对上级关怀备至。凡他出现的场合，是绝对搞得热热闹闹、体体面面的。或是召开会议，或是接待上级，都要挑几个漂亮的“公关小姐”，陪客饮酒，跳舞游览。如果要评选“关心领导”的最佳干部，他准会被选中。

州农行党委书记、行长张德安，很久未见了。这位老上级颇讲点义气。李文贵的提拔呀、晋级呀，承蒙他的关照，李文贵是终生难忘。将来呢？李文贵还多次做着升官梦，只要有张某的牵线搭桥，李文贵会青云直上，梦会变成现实。

1991年12月1日，全州农行系统整顿工作会议结束，李行长举行盛宴，款待顶头上司。他坐在张德安身边，眉开眼笑，阿谀奉承，又是敬酒，又是夹菜。

不多时，餐厅里一些人吆五喝六，互相拼酒。李文贵叫来高丽琼专陪张德安喝酒。小高年轻漂亮，能说会道，也会喝一杯两杯，平素行里接待外宾，行长都把她支出去。今天陪的是行长的恩人，她心领神会，知道分量。

“小高，今天就看你的了，嘿嘿!”李文贵吩咐道。

“你放心，行长，一定会让你满意的。”高丽琼话音刚落，就端一杯“茅台酒”走到张书记面前。她嫣然一笑之后，从樱桃小嘴里吐出一串动人的祝福：“张行长，祝您财运亨通!”她把眼一闭，一杯烈酒便一饮而尽。

接着，她又转向州纪检组长汪箭。这位年轻人，见了富有魅力的女士，自然兴趣猛长，高丽琼又陪着他饮了一杯。

你一杯，我一杯，这位弱女子的酒量本来不大，可不到半小时，喝下了一斤半茅台酒，醉得不省人事，经医院多方抢救无效，第二天早上香消玉殒！死亡通知书上写着死因：急性酒精中毒。

这女子死时七窍出血，人如浊泥，那惨状目不忍睹。家属们哭成一团，她丈夫更是哭得死去活来。群众气愤，家属强烈要求追究行长的责任，一时闹得满城风雨。

李文贵、汪箭一伙人心惊肉跳。他们怕家丑外扬，于是，他们一来为了安慰家属，二来为了抹去不光彩内幕，便为其大办丧事，修坟立碑，竟称高丽琼"因公逝世，流芳千古"。

消息传到省委书记的耳里，对此大发雷霆，含愤谴责这伙丑恶的人，导演的这幕丑剧。

在几年前，也就是这个县，一位国家干部，陪同上级领导喝酒，喝得酩酊大醉，入厕所时跌入粪坑身亡。此事引起群众不满，要求制止这种腐败行为的呼声十分强烈，岂料该县并无收敛，两年之后，又爆发出一起陪酒丧命的丑闻。

省委要求主管部门立即派人查清此案，从重从严处理。

最近，云南省纪委和云南省农行党组决定：对事件中应负主要领导责任的张德安，给予撤销职务的处分；对严重失职者汪箭，给予撤销职务处分；对李文贵这位小丑，给予开除党籍、撤销职务的处分。

领导用公款狂喝滥饮，女青年高丽琼陪酒丧生，在 3 000 万云南同胞中，引起了炸雷般的轰动！

**4. 张越广醉酒杀妻**

这是一桩奇案！故事发生在大上海。

大千世界，无奇不有。

一个幸福、甜蜜、和睦的家庭，只因"第三者"插足，"假离婚"的丑剧，结果引出一系列官司，造成悲剧，有人伤亡，有人坐牢。

1991年9月3日晚上9时许，工人张越广，邀约几位同乡、朋友，去四川路一家酒店喝酒。这位来自浙江的中年人，一向待人厚道，一家过得很开心。眼看两个孩子快长大成人了，这几年，江浙经济发展日新月异，他家也发了、富了。然而，存折上的数字越大，心中的遗憾也越来越深。“农民”，那名字刺耳了；脚杆上的泥印，刺眼了。

这事儿，妻子也着急，一个在农村，一个在城里，这日子咋过呀？

去年春节，他回老家，一天晚上刚上床，妻子提出：“老张，你得想想办法，把大小子弄到城里去才行呀。”

“是呀，我早就捉摸着，想个法子，解决这矛盾。”他顺从妻子。

“有啥办法呀，找领导批个条子，把全家迁进城里吧！”

“那怎么行呢，”他稍停片刻，又接上话题。“办法是有的，兰花，就看你同意不？前几天，我在报上看到一则消息，说一对夫妇假离婚，把孩子迁进城后再复婚，孩子‘农转非’，‘上大学’的问题都解决了。嘿，不妨我们也试一试。”他说得有板有眼，妻子摸不透他的心，就这样定了。

没两天，他们果真拿到了“离婚证”。张越广高高兴兴地回上海去了。妻子老等他回来为孩子办迁移证，可老等没人影儿。他上哪去了呢？

厂里有个青年女工小莉，听说他离婚了，即刻凑了过来，娇滴滴地搭讪道：“张哥，走呀。”

“上哪儿去？”

“嘻嘻，看电影呗。”

一拍即合，她娴熟地勾住张越广的脖子，走进了电影院。

其实，他俩有过一段浪漫史，只因张越广家在农村，小莉嫌弃他，才没成功。

今又重逢，他们形影不离，在舞厅、剧院，在黄浦江边的树荫下，都留着他俩的倩影。张越广完全陶醉在情网中去了，不到一月，就办了结婚证，过着甜蜜的夫妻生活。

原妻匆匆赶到上海，又哭又闹，可一切都晚了。好心人劝她：“到法院去告这个‘陈世美’！”兰花也下了狠心，一纸诉状告到法院。

法院一查，前面有正当离婚手续，后面有正儿八经的结婚证明，无法可治。

无奈，兰花拖着两个孩子，成天跟着张越广，闹得他坐卧不宁。

从此，他喝酒、酗酒，一次一斤半斤地直往肚里灌。

去年 9 月 3 日，是他的生日，晚上他邀约几位老乡和同事，到南京路一家食店饮酒。

喝着喝着，张越广有了几分醉意。无意中，他的老乡何杰提到他的前妻，于是张疑窦丛生，怀疑是何杰挑拨他的前妻闹事。大家东劝西劝，才平息下来。

张越广回到家中，酒性大发，随手取出锋利的匕首，揣在怀里，大约 11 时许，闯进何杰的寝室，寻衅发生争吵，在互相殴打中，张越广用匕首向何杰腹部猛刺一刀，正好刺中脾脏，何杰倒地身亡。

张越广杀红了眼，随即他旋风一般赶到兰花的住处，又杀死了前妻。

酒友相聚，适量而饮，本无可非议。然而，张越广和何杰等人，酗酒生事，大动干戈，造成二人丧命，一人被打入死牢的下场，怎不引人深思呢?

**5. 酒的罪孽**

人们常常把美酒和鲜花相提并论，这无疑将酒的身价大大地抬高了。

在世间，酒往往能沟通人们的情感、思想。人们已把酒称为外交媒介，交往的载体。

然而，酗酒已成为社会的一大公害！饮酒一旦过量，所造成的危害是有目共睹的。

世界上，已有 30 多个国家和地区，把酗酒、吸毒与刑事犯罪并列起来，动员人们少饮或不饮，动员社会力量，共同抗衡。

目前，在我国这个并不富裕的国度里，酗酒现象却遍及神州。

在当前发生的犯罪案件中，酗酒引起的犯罪十分严重，而且人数众多，犯罪的性质较特殊，突发性、凶残性，均属罕见，据精神病学专家研究认为，酒精是一种麻醉剂，对中枢神经系统具有特别强的抑制作用。酗酒后，酒精进入机体，致使神经麻木，大脑皮质的运动性抑制作用减弱，兴奋性增强，语言、行动失去控制，便随心所欲，原始本能作用迅速膨胀，行为、语言失去理智、控制，甚至处于一种狂热状态，随心所欲，无法无天，因此导致酒后犯罪，不仅伤害无辜者，有时连亲人也难幸免。

全国酗酒犯罪的疯狂者，举目可见，层出不穷。

抚顺市公安局曾将一份调查报告送到市委、市府。

这个中等城市，一年中，因酒后犯罪而受到法律制裁的就有 1 091 人，占全市侦破案件的 40%。这些惊人的数字，引起了市政府的高度重视，印发了《关于严禁在公共场所酗酒的通知》，市领导想得绝，还专门成立了全国第一个用以约束酗酒的“醒酒室”。若发现酗酒者，将其领到派出所，转送“醒酒室”。即使采取了种种措施，每天还是“醉汉盈门”，每年要接纳酗酒者 1 500 多人。

徐州市公安局曾在 240 名受到公安处罚的人员中做过分析，因酗酒而导致犯罪的人数占整个犯罪人数的 32.29%。

在徐州市还做过另外一个调查。饮酒前有无犯罪思想准备？262 名酗酒犯罪的人就有 203 人回答是“没有想到”。调查的情况表明，酗酒后犯罪的突发性、偶然性极为常见。的确，许多人酗酒犯罪，是一时酒后冲动，“无意识”，犯罪后，走进监狱，痛哭流涕，后悔莫及。

在当今，青少年犯罪的原因固然是多方面的，但从若干调查中，不难看出酗酒已成我国的一大公害，它是直接危害社会安全和人民生命财产的一大隐患，成为杀人、放火、抢劫、强奸等严重刑事犯罪的一个诱因，不能不引起全社会的高度重视。

# 第九章　施绝招　驱假冒

在小小环球上，制售假冒劣质商品，似乎有一种神秘之感，似乎是世界上任何一个国度经济发展必然遇到的难题：时而高涨，时而沉没；时而强烈，时而低沉。然而，就其本质而论，这一切都和一个国家、一个地区的经济发展，生活的突变，法律建设的相对滞后等，密切相关。

如今的中国，是起跑线上的中国，社会要进步，又必须制止瘟疫流传，才能洁净社会机体，摆脱困境。

## 第一节　经济生活中的“吸血鬼”

晶爵宾馆的九楼，那是四川省酒类专卖事业管理局的办公地。一走进专卖处，你会大吃一惊，仿佛走错了门庭，这里不是办公地，而是一个地道的“酒库”，地板、平台上，柜内、桌上都摆着喜煞人的“五粮液”、“泸州老窖”，倘若哪位“酒鬼”闯进来，目睹那些“名酒”，定会垂涎三尺，甚至昏昏醉酒，飘然若仙。

我虽不是嗜酒者，却爱去观赏酒的色泽、装潢。我顺手从纸箱内取出几瓶，一考证，大吃一惊，全是冒牌货。

办公室的主人，专卖处副处长田勇，是位善谈的“酒老板”，对全省酒类的专管，打击假冒名酒的决策、政策，内外交往情况，他都一清二楚。

一提到四川的搞假冒名酒的违法活动，他便有着满腹的愤懑，冲天的怒气。他措词激烈，语调高昂，对搞假酒的不法之徒，有不共戴天之感。

田处长一阵激动之后，他心情忧虑地回到原来的话题。近几年，全省打击假冒名酒的活动，普遍开展，各地根据自己的特点，采取了多种方式，侦破、打击、围剿，给犯罪分子造成危机感，要他们“放下屠刀”。

假冒之凶残，宛如豺狼虎豹一般。“绵竹大曲”是部优省优，酒质很好。可一度被假冒酒弄得名声扫地，绵竹县府痛心疾首，组织力量，查呀，追呀，抓呀，让假酒无处栖身。

对这一举动，也有颇多的议论。开初有人反对，说这样搞会产生误解，人心惶惶，想买怕买，想喝怕喝，会自己苦了自己呀，不如默认了。这话似乎有点“道理”，乍一听是好心、诚心，于是决策者谨慎小心，手软了。事物就是这样，你让一寸，不法之徒进一尺，制假仿冒活动更加猖獗，不多时，“绵竹大曲”卖不出去了。沉痛的教训，终于使决策者们猛醒，他们硬着头皮，对假冒窝点，发现一个捣毁一个，对不法之徒，该抓的抓，该关的关，该罚的罚，搞得他们倾家荡产，很痛快，很生效。

这件事很有典型性。那种姑息、容忍的观念在目前仍然有很大市场。不整治，不宣扬，怕搞臭了名声，这种回避主义，迷惑了一些人，他们的手软了，心也软了，放任自流，为搞假贩假者，开了方便之门。这也是假冒盛行的原因之一。

政府的关注，是打假能否成功的关键。德阳市政府动员全市力量，保住剑南春的牌子。领导亲自披挂上阵，而且很体察民情，在群众中大造舆论说：“创牌子不易呀，怎么轻易让人践踏呢?”动员乡乡，村村，一齐清查，打击假冒。哪个乡，哪个村，消灭了假酒，哪个就受表扬。工作做得扎扎实实，可以说天衣无缝!

地处涪江边的遂宁，是个新建市。那地方不大，搞假冒的人却不少。是穷得慌吗？也不是，在巴蜀比遂宁市穷的地方多着呢。不知为啥，制造、经营假酒的企业及个体商贩竟如此之多。

如果把镜头转向大佛的脚下乐山市，那个全国著名的旅游胜地，更令人吃惊。1991 年，据不完全统计，全市共查出假冒名酒案 286 起，查获假冒名酒 8 508 瓶，没收 6 384 瓶，还不包括已经推销的部分。

今年元月，西南某市工商局对全市 19 家酒厂进行突然清查，发现竟有 14 家制造假名酒。有的车间设在猪圈内，利用酒精、色素、自来水直接勾兑，再贴上伪造的商标，转眼变成了“茅台”、“五粮液”、“高级人参酒”。此类案子可谓触目惊心！然而，处理却如饮清凉饮料，一“罚”了事。“上帝”还在震惊之中，而制假者又重操旧业，继续骗人害人！

那些不法分子，是一批经济生活中的“吸血鬼”，他们张着血盆大口，吞噬消费者的血液，壮大自己的腰包。

“卑鄙”！许多消费者都这样指责他们。然而，那些家伙怎么会自行消亡呢？来自成都市的信息，更骇人听闻。

猴年的春节，制假贩假者，如同三月的毒蛇，纷纷出洞，着力满足嗜酒者的“口福”。他们暗地窥测，哪样酒走俏，赚钱多，就把它作为攻击目标，旋即在阴暗角落里，制造、贩卖，随之推向市场。

老田谈到这里，不觉心情沉闷。他信手递给我一份《四川糖酒信息》，我翻阅着，其间有这样一篇文章《打一场围歼战，把假冒酒赶出市场——成都一月份（1992 年）又查获多起假冒名酒大案》：

新年伊始，市场对名酒需求增大，但因货源偏紧，供需缺口大，价格也就潮水般地上涨，致使不法分子有机可乘，活动又猖獗起来。仅成都市区，一月份就连续破获假冒名酒大案多起。一月七日青羊区工商、公安部门联合行动，抓获浙江省苍南县杨兴林一伙来蓉贩卖假冒名酒商标的团伙，该团伙携带大批假名酒商标来我市倒卖牟取暴利，根据举报提供的线索，我经济监察中队会同公安局刑警队，于当天深夜突击搜查了杨住的一家宾馆 522 房间，当即查获两箱假冒五粮液、全兴大曲的商标标识，又从宾馆内抓获与杨一伙的苍南县农民徐学明等 6 人，从其房内搜出一批名酒商标标识及部分假冒茅台成品酒，并从宾馆小件寄存处查获，偷运来蓉用荣誉证、代表证掩盖的五粮液、剑南春、全兴大曲等成套假冒商标标识 105 箱，共 5 万余套。一月上旬，锦江区工商局与公安机关配合，在郊区某县一举捣毁三个制造假名酒的窝点，抓获制造假名酒的违法人员 21 人，查扣假五粮液 4 140 瓶、假郎酒 480 瓶，假茅台酒 100 瓶、假剑南春 1 360 瓶、假文君酒 380 瓶，以及用于造假名、优酒的散装白酒4 150 公斤，名酒空瓶 13 200 个；伪造的商标、防盗盖、礼品盒、包装箱等 8 000 余套，还查获私刻的“四川省文君酒厂检验合格章”、“四川剑南春酒厂商标专用章”多枚。1 月 13 日省某厅接待站查获一辆来站过夜的载有五粮液的货车，经武侯区工商局开箱检查，查出假五粮液210箱，其中有部分尚未贴商标，部分贴上商标但胶水未干，从驾驶室里还搜出假冒的五粮液商标……

假冒名酒活动，为何如此猖獗、屡禁不绝？除不法分子钱迷心窍，唯利是图外，还与我们生产、经营单位经营作风不正有关，自名酒实行定点销售和准运证制度以来，在一定程度上对假冒名酒在流通领域的泛滥起了抑制作用，但因供需有缺口，一些经营单位为获得更多的货源，或因其价低利大所诱惑，明知冒假酒有风险而不顾，千方百计经其他非正当渠道进货，助长流通领域混乱，给投机钻营、非法生产、牟取暴利者以可乘之机。为了加强名酒的管理，杜绝假冒名酒流入市场，需要通过全社会来阻击，建立健全必要的制度，人人伸出抵制的铁拳，来一场围歼假名酒的人民战争。同时，只要我们各生产、经营单位，从我做起，广泛发动群众监督，是完全可以把假冒伪劣商品赶出市场的。

## 第二节　百家企业的忧虑与呼吁

“梦酒，五粮醇风，古方秘制，饮誉中外，独占鳌头……”

打开电视机，群燕般的广告，哇哇直叫。可在众多的、平庸的旋转镜头中，“梦酒”却高人一筹，以其高雅、别致、意深而称绝！

“梦酒”，系四川宜宾红楼梦酒厂酿制的系列白酒。它的主人是全国优秀农民企业家阳治国。

这是个显赫人物，他家世代务农，被漫长的岁月磨炼出一双泥脚，一副铁肩，一双巧手。别看他年届花甲，可他的脑子灵，有着“二孔明”的美称。

他酿制的“梦酒”风味纯正、浓郁甜润，回味无穷，品者无不称绝！

其实，更绝的是阳治国的胆量。那些搞假冒、生产劣质酒的人，害怕他们的产品与用户见面，而阳治国却不然，他厂的销售绝招便是“先尝后买”。他的酒销到哪里，他就组织人到哪里去扯摊子，摆上酒，请人尝，满意就买，不满意就拉倒。

生活的漩涡，高深莫测，捉弄良民，常常使人迷惑，使人陷入困境。正当阳治国施展全身解数，与全国各大名酒抗争时，一股浊流袭击他的后院：1988 年，一伙不法分子，买去“梦酒”，改头换面，冒充“五粮液”，玷污了“梦酒”的名声，也低估了阳治国的睿智。

不久，阳治国向报界表示了强硬态度，对此，报社将他的呼吁刊在报端：

“今年 9 月 20 日和 10 月 16 日，在某报头版刊登出《重庆宜宾联合查获一起特大诈骗案》、《成渝查获两起‘官倒’大案》两则消息。消息中提及一些不法分子买‘梦酒’用以制造、假冒五粮液，倒卖牟利，对此，阳治国厂长发表谈话，第一，红楼梦厂确实卖了 11 吨梦酒给不法分子；第二，卖出的梦酒全部符合物价部门规定价格；第三，卖酒时，不知道对方是不法分子，红楼梦酒厂没有参与制造贩卖假冒五粮液的活动。他由此深感党中央作出的治理经济环境，整顿经济秩序的决定非常及时。他说，假冒货不整治，国无宁日，新闻界应该披露。”

“阳治国是我省著名农民企业家。他所创办的红楼梦酒厂，曾荣获省、市先进奖、质量管理奖。他们生产的‘梦酒’曾获 1986 年、1987 年、1988 年的部、省优质奖、名酒奖。阳治国说：“个别不法分子买梦酒，制造成假五粮液贩卖，不仅损害了梦酒的声誉，而且坑害消费者，扰乱了流通秩序。”他表示要尽快运用法律手段，追究这些不法分子的法律责任，以挽回不良影响。

可以说，阳治国的呼吁，震撼了神州，引起了连锁反应。随即，被假冒侵权搞得不堪其苦的“健力宝”、“云烟”、“茅台”等 100 余家名优产品企业的老板，汇集南京，举行了新中国成立以来的第一次“企业与商标研讨会”。

他们呼吁大家行动起来，严厉打击伪造商标、制假贩假，维护企业和消费者的权益，促进社会主义商品经济健康发展。

名牌商标有着一种特殊的功能，产生一种特殊的效应。也难怪，那名牌商标，如同一只美丽的花瓶，一枝红玫瑰，招人喜爱。它代表着商品的质地，吸引着消费者的视线，随之，一种购买的心态油然而生。这不仅是因为它的质量，而且还给人一种安全感、舒适感和美感。

名牌商标，它实际是人们用科学技术和湿漉漉的汗水换得的。全国已有注册商标18.7万个。

真是“人怕出名猪怕壮”，商标一旦出名，便拈花惹草，引来不幸。名商标便如一块“唐僧肉”，谁都想撕一块，尝一尝。仅1991年，据全国工商行政管理局统计，商标侵权案就有9 300件，而且未查获的比已查处的多得多。

1992年春天，刚被评为“中国十大驰名商标”，夺得皇冠的“茅台酒”，名列为第二位的“凤凰牌”自行车，被侵权假冒。一时间，假冒凤凰车横行全国，在沿海一带更是铺天盖地。

老牌凤凰自行车，有着数十年的历史。上海自行车三厂全体工人，兢兢业业，细心经营，使凤凰车如同丽鸟“凤凰”一般可爱，以其独特的工艺、高超的质量、耀眼的色泽，饮誉海内外。

然而，自从1991年开始，也许是那头上冠之“驰名”二字后，一夜之间，不法之徒，便从阴沟内，一齐涌出，都想抱着这块名牌捞一把。消费者的举报信，从四面八方涌来，公安部门、工商部门夜以继日，转战南北，组成一支“消防大队”。

群众叹气说：“我们喜欢凤凰，但因假冒太多，不敢买了！”

国家工商行政管理局，派出执法人员，最近在上海举行专门的会议，开展打击假冒活动，声势不能说不大，可效果如何呢？能根治么？人们拭目以待！

蒙冤的何止凤凰牌自行车呢？几乎有点名气的商标都遭到假冒而被玷污。有人说：“对假冒的染指，是愚人的杰作，懒人的本性，穷人的卑劣。”这话也对，也不对。地处沿海、工业发达的浙江省，1991年以来，就查出假冒“茅台”、“西凤”、“五粮液”等酒2万余瓶，假冒“娃哈哈”儿童营养液18 500盒。

西安旅游食品厂生产的“太阳”牌锅巴，投放市场以来，赢得了广大用户的青睐，行销全国大小城市，产值1990年达到了1.85亿元。这一小宗商品，却取得了大效益。它出了名，竟招来不幸，假冒厂一个接一个，层出不穷，屡禁不绝。

假作真时真也假！消费者望“阳”兴叹，向着“太阳牌”锅巴流唾沫星儿，但不愿掏腰包。一落千丈，销量每月由 3 000 吨降到 300 吨。曾一度威震全国的西安旅游食品厂眼下如履薄冰，市场上，再也无人购买“太阳牌”锅巴了。

国家工商局商标局局长李继忠对此现象也表示忧虑，他说：“地方保护就是保护落后。从眼前看，好像是保护了本地企业的利益；从长远看，对本地区的商品经济发展是不利的。因为假冒商标者得到保护后，他们就不去搞自己的产品，顾不到创自己的品牌，名声坏了，别人也不买他们的产品了，得不偿失。”

这些真话，有谁信呢？打不倒，禁不绝。假冒商品的出现与生存固然情况错综复杂，但法制不严，地方保护主义是其主要根源之一。行政干预阻力大，特别是涉及跨省、跨地区的大案要案就更难查处。

## 第三节　羊年一把火

当你走进“酒城”泸州，首先闯入眼帘的是酒肆、酒店，专卖公司，一家挨一家，一个接一个，瓶瓶罐罐，琳琅满目，美酒飘香。在路边，在车上，在餐馆，人们说的是酒，问的是酒，买卖交易的大都是酒。

酒城酿酒有着悠久的历史。泸州气候适宜，土壤上乘，原料优良，水质甘纯，如此优越的自然条件，铸成了如此发达的酒文化。从巴拿马夺标到“中国名酒”的诞生，在“泸州老窖”的历程中，又涌现出“温永盛”、“天成生”、“协泰祥”……这些拥有百年老窖的“老字号”糟坊。这些老糟坊，你追我赶，博采众长，酿酒技术越来越精，大曲酒的质量也越来越好。

自改革大潮在中华大地勃然兴起后，泸州的酿酒业蓬勃发展。1983 年，全市仅有 10 余家酒厂，产量不到 2 万吨。1988 年，突然增至 1 473 家，产量号称 10 万吨。酒税一年可达 4 200 万元，成了泸州市财政收入的支柱。

浩瀚的长江，从泸州脚下淌过，酒城的酒味儿也熏得长江颠颠簸簸流向东海。

做假的骗子有种灵感，掌握了一个不可告人的秘密，似乎在酒的产地做假行骗更易，真真假假，假假真真，外地人去了不易识破，本地人都忙自己的事儿，谁也顾不上去关心左邻右舍的行动。这样一来，骗子的结论是："在酒乡做假酒更麻人，更富有欺骗性。"

于是，骗子钻空子，他们偎着大酒厂、大酒店的裙边、袖口，窜来窜去，勾兑一批又一批假"泸州老窖"，假"郎酒"，使人防不胜防！"一家名酒四海飘香，百家酒厂纷纷仿冒"的"发酒疯"现象，特别盛行！

骗子的另一招，就是谁出名就冒充谁。

这伙骗子来得快，也做得绝。"泸州老窖"在浓香型白酒中，牌名老，产量大，出口多，声誉高。酒色晶莹清澈，酒香芬芳飘逸，酒体柔和纯正，酒味协调适度。饮后余香，荡气回肠，香沁脾胃，醇甜丰腴，有熏熏然，妙不可言之感。并以"醇香浓郁，饮后尤香，清洌甘爽，回味悠长"的独特风格享誉古今，驰名中外。早在1915年曾获巴拿马万国博览会金质奖章，国内历届评酒均获"国家名酒"称号。

话说明朝末年，农民起义领袖张献忠，率领10万大军，攻进泸州城，杀了欺压百姓的贪官污吏、土豪劣绅，全城百姓争先恐后地拿出泸州老窖大曲酒，前去犒劳起义军将士，顿时，泸州城里城外，四处飘逸出浓郁的醇香味，张献忠端起美酒，饮了一盅，不禁连声赞道："好酒，好酒！并即兴赋诗一首：

香溢泸州城，
芳流百里外，
献忠饮一杯，
醉颜红可掬。

"老窖特曲"本为泸州曲酒厂独有，迄今已有400多个春秋。可从1985年以来，在酒城却出现了形形色色的"老窖特曲"。行骗做得巧，他们甚至瓶型、包装装潢，字体模样，都与"泸州老窖特曲"一模一样。鱼目混珠，真伪难辨，许多用户买后打开一喝方知上当受骗。流通渠道复杂，纵横交错，价格混乱莫测，如此欺世盗名，严重影响了国家名酒“泸州老窖”的声誉。曾一度，“皇帝女儿”也嫁不掉，泸州老窖跌入低谷，假冒酒四处逞豪，泸州市的财政收入失去了支点，经济发展受到严重挫折。

1989年，有人说是个灾年，也有人说是个旺年。那年的酒，像卖毒剂一般，送不掉，也被人瞧不起。酒城“名酒节”在爆竹声中，出现一派萧条的暗色，市场疲软，产与销走向了低谷。

那状况，要问其缘由，一个最大的失策是，“酿酒热”一度把人们的头脑冲昏了。工、农、商、学、兵一哄而上办酒厂，有人形象地称之为“发酒疯”。赚了钱的高兴，亏了本的不服气。于是，他们盗用名牌搞假、冒假，注册商标多，包装杂，让人眼花缭乱，难辨真伪，难分善恶。

经营更是一团糟，国营、集体、个体、联营、全营、公司、中心、经营部、厂家、商家都在经营，而且价格混乱，畅销时，层层、环环加价；滞销时，互相杀价。这样搞乱了人心，搞乱了市场，方便了骗子和犯罪分子。

维护名酒声誉，制止“发酒疯”。泸州市委市府态度鲜明，掀起了揭丑、打丑、灭丑的统一行动。

羊年伊始，泸州市的上空，浓烟滚滚，火焰冲天，执法部门将缴获的一批假、冒、仿的酒类商标和包装化为灰烬，为消费者出了气，全市人民无不欢呼雀跃！

那声势确实壮观，将堆积如山的假货，浇上汽油，放火焚烧，竟烧了8个多小时，才化为炭黑。群众说，那决心，那气魄，那场面，不亚于林则徐虎门销烟。

惨痛的教训，深深地触动了每个泸州人，特别是头面人物、首脑机关。

在市委常委会、市府办公会和市财经例会上，不少人痛心疾首，愤怒已极。决策者认为，不整顿就没有出路，不整顿就没有前途，决不能自毁“酒城”的声誉。于是，从那以后，又派出了一支调查组，深入厂家，把

“假货”逐一造册登记，全部收缴。在一家不大的厂内，就搜出假冒名酒商标450套，还有包装箱若干。

在声势浩大的打假行动中，仅1990年12月和1991年1月，就收缴假冒名酒商标、包装2 575万套。

泸州为打击假冒名酒，早在1986年就组织起一支由公安、检察、工商等部门联合组成的专案组（以后叫“打假办”），专查假冒名酒案件，两年内查出造、倒卖假酒大案35起，群众交口称赞他们是“酒城卫士”。

他们的成绩惊人，而更惊人的是他们的决心，他们的观念，他们的毅力。那时，别处的一些地方官还在犹豫之中，对假冒名酒的丑恶怕动、怕揭、怕扬，怕打击了犯罪分子，“损坏”了名酒的牌子。

嘿，这些人不知是咋想的？别人往他们的头上拉屎，还“逆来顺受”，不吭声，不反对。我当初一连跑了几家名酒厂，在一些好心人、好心的领导中，有这种想法的人不少呢。

我先去了“酒城”，后又去了酒乡。有家名酒厂的法律顾问室主任，是一位很有点血气方刚的年轻人。他们科室，几位律师跑遍全国，办了许多漂亮的假酒案。当我向他了解情况的时候，他却吞吞吐吐，仿佛喉头上卡一根鱼刺。当我问到一些实质问题时，他疑惑地问：

“记者同志，你是不是打算报道？”

“哦，报道？没有这方面的打算，先调查调查再定吧。”

“那就好了。请你别介意，我不是不相信报纸，我们很希望把破案的情况公之于众，可是……唉，市里、区里的一些领导有想法，多次打招呼，不要外传，更不能向记者提供这方面的情况。”

“为什么？”

“……”

我懵了，思路仿佛被堵塞。但我又觉得他可爱，我面前坐的这位律师，很坦率，很耿直。尽管他不愿向我透露案情，但我完全理解他。

泸州市的领导，确实“开明”。羊年元月的行动，是一次较大规模的围剿假冒名酒的创举！

这次治乱的方针、政策十分坚决，规定了酒类生产厂家，必须具备条件，不能随意发展，严格控制发放生产许可证，严禁拉关系、走后门。

整顿商标和包装装潢，清理“特”字头和“郎”字头商标，凡有模仿、抄袭“郎酒”和“泸州老窖特曲”商标和包装装潢的坚决取缔。

整顿流通，规定酒类经营的必备条件，实行营业许可证。

全市一派吼声。整顿，意味着一些厂家关闭、垮台，一些经营网点被撤除。假、冒、仿者不仅遭到打击，而且断绝财路，闹不好还要蹲监狱。

有人按捺不住，纷纷向市里写信：“这样整，是杀了多数保少数，损失惨重，单是毁掉的商标，都要损失千万元。”还有人扬言，要到上面告市委市府领导的状！

信如雪片一般，飞向了市长办公室。他没有退缩，在来信上批示：“决心下定，工作做细，顾全大局，损失自负。”

随后，市委书记、市长披挂上阵，到现场督战！

很奏效，结果酒厂被砍掉了 1 016 家，保留了 457 家，批发网点减少了 40%。扫清了环境，保住了名酒声誉。

群众说：羊年一把火，烧得好！

## 第四节 “上帝”的权益不可侵犯

有人这样说，消费者协会的诞生，便从另一个角度说明了伪劣假冒商品已经出现。也许这话切中了要害，因为事物是相辅相成的。

不知是谁，似乎有种灵感，在人们处于迷惘与愤懑的时候，兴起了消费者运动，而且势头不小，权利颇大，竟与企业家、商人“抗争”。从此，生产者与消费者，赚钱者与花钱者形成了“对立面”。这对矛盾自产生之日起，就不可“调和”，它既制约着生产者的不轨行为，又是促进生产发展的不可忽视的力量。

消费者是至高无上的“上帝”。在国际间，消费者的权利可大了。倘若有人买了有缺陷的商品，协会便立即出面干预，直至进入法律程序，向法院提起民事诉讼、索赔。为了使消费者权益尽快体现出来，采取了种种妙法，律师、法官都可以为了消费者的合法利益，打一场坦坦荡荡的官司，让那些玩忽职守的生产者，尝尝法律的滋味。

保护消费者的问题，是形势所迫，正日益成为一个国际性行动。早在19世纪末，20世纪初，一些发达国家的消费者，为了维护自身的利益，他们在纷繁的世界中，开始联合起来，辟出了一条栈道，讨伐那些奸商，造成一种气氛。1936年，美国消费者率先结成联盟，扯起消费者自身的旗帜。随后，英国、荷兰、澳大利亚等国的消费者组织先后诞生。

第二次世界大战的火焰，侵扰着消费者的生存，当战争一结束，许多国家消费者举起了反经济危害的旗帜，消费者组织如雨后春笋，遍及五大洲。目前，全世界已有90多个国家和地区建立了300多个较大的消费者组织。至于小型的行业和地区消费者组织多得无法统计。据日本经济企划厅的调查，到1989年6月，全日本的消费者团体多达3 332个。

这一势力的日益发展壮大，已成为一种强大的国际力量，并跨国跨地区联合起来了。1960年，由美国、英国、澳大利亚、比利时和荷兰五国消费者，自愿联合起来，成立了国际消费者联盟组织，现有172个成员组织分布在60多个国家和地区。

可喜的是，1987年9月在西班牙首都马德里召开的第十二届世界大会上，接纳中国消费者协会为联盟组织的正式成员。

随着国际联盟的发展，保护消费者问题越来越引起国际社会和各国政府的瞩目。联合国大会于1986年4月通过了《保护消费者准则》的决议。决议要求“各国政府应当拟订、加强或保持有力的保护消费者政策”“确保下列合理需要得到满足：保护消费者的健康和安全不受损害；促进和保护消费者的利益，使消费者取得充足信息，使他们能按照个人愿望和需要作出掌握情况的选择；消费者教育；提供有效的消费者赔偿办法；有组织消费者及其他有关团体或组织的自由，而这种组织，对于影响到他们的利益的决策过程有表达意见的机会。”决议还要求“所有企事业应遵守其营业所在国的有关法律和规章。它们也应当遵守该国主管机构同意的保护消费者国际标准的适用规定。”

一个蓬勃的发展趋势在全世界燃烧起来。这些国家，都主张法治，不搞人治，日本、英国、瑞典、泰国、印度等一大批国家都先后颁布了保护消费者的专门法律。一些专家学者，都热衷于对保护消费者问题的专门研究，撰写论文，召开学术讨论会议，切磋这一科学的社会问题的奥秘、规律和趋势。事物是相辅相成的。一些国家的企业家，捷足先登，煞费苦心，在消费者心中，千方百计树立起良好的形象，求得信誉。许多政府也支持这一活动，并拨出专款，开展斗争。日本一年便拨款5亿日元，中国香港每年拨1 200万元港币，作为消费者协会的活动资金。

我国党和政府以为人民服务为宗旨，一贯重视保护消费者工作。为适应新形势的发展，更好地保护消费者的利益，国家除采取完善法律、加强行政措施外，经国务院批准，1984年12月成立了中国消费者协会，各地也成立了消费者组织，现有1 100余个。各级消费者组织遵循“对商品服务进行社会监督，保护消费者利益，指导广大群众消费，促进社会主义商品经济发展”的宗旨，依照国家的法律和法规，积极开展活动，发挥了很大的作用。

生产者受着消费者的监督、制约，从直感上有些难以理解，在客观上却是件大好事。它像一支“啦啦队”，敦促着生产者去竞争，去拼命，去提高产品的质量，争创名牌，争创优质！对无所作为者是绞索，对奋发图强者却是催化剂!

对消费者协会的作用，我没有实际感受。1992年，正值第十个“国际消费者权益日”，那天，一个难得的艳阳天，我信步走进四川省消费者协会那幢七层大楼，在质量监督部同袁峰畅谈起来。

他，是位健谈的执法者，高个子，大眼睛，不断闪动的眸子，能明察秋毫。他无拘无束，坦坦荡荡，以其知识的博深，信息灵通，语言的精辟，口若悬河，使我折服。作为记者，碰上这样的采访对象，可以说是幸运，是享受。

老袁告诉我：“中国消费者协会是1989年应改革而生，虽然发展很快，但毕竟是个新生儿，气短、脆弱，运用手中的权力，有着种种不便。诚然，这是代表群众，代表消费者说话的地方。在近几年，每天每时，都有不少群众向我们投诉，反映伪劣商品泛滥成灾，危害消费者的利益，也伤了民族的自尊心。”

他提高嗓门："伪劣假冒商品屡禁不止，其原因很多，但最根本的一条是中国法律不健全。"

他正谈得激动的时候，突然收住话题，取出一本黄皮书《消费者的法律保护问题》。他讲道："你看你看，在国外的法律法规相当健全，我国的法律与政策，法律与观念都是残缺的。中国没有剥夺权。就罚款条例而论，英国比较严，在保护消费者的法律中，内容具体而严厉。例如，1968年《贸易说明法》就规定：'任何从事交易或营业的人，如果A，将虚假说明用于商品B，供应或表示要供应使用了虚假说明的商品……便构成了犯罪。'1970年颁布的《食品标签条例》要求也很严格。根据这个条例，商店货架上的面包必须在两天内售出，到第二天的下午，店主就要采取措施，如果第三天早晨还卖，就要被依法送上法庭。这法律多严啊，甲方对乙方（即经营者对消费者）出现假冒行为，货物还未出售，一旦查出，就是违法，违法就会上法庭，那可不得了呀！房子、家当、资本都不够交罚款，名声一败，啥事也不准做了。"

老袁谈到这里，忽然断了语音。他关上书，对于那些搞假冒伪劣商品，而未受到法律制裁的人，却极为不满，脸上透出阴郁和愤怒。

他深有感触地告诉笔者，搞假冒，不仅损害群众的利益，也影响了国家财政收入。搞假酒，这几年闹得天翻地覆。四川是酿酒大省，也是最大的受害者。消费者对川酒，既爱又怕，弄得川酒滞销，弄得几家名酒厂老板焦头烂额。去年，我到东北、华北走了一趟。沈阳历来对川酒很感兴趣，假酒一渗入，人们的心灵上重重地打了个问号。买十次真酒不足为奇，买一次假冒货，便永远留下个阴影，也许永远就不再买这类酒了。川酒在沈阳失去了信誉。沈阳人把注意力转向江苏，市场上清一色的"洋河大曲"。

山东的"孔府家酒"味美香甜，深受东南亚各国的青睐，年年为国家创汇，那数字可算不小呀。外国人很敏感，曾发现了一次假酒流入，就仅仅一次，就把牌子打烂了，败坏了"孔府家酒"名声，信誉难以恢复啦！

老袁继续说，社会上一些道德卑劣者，见利忘义者，以身试法者，都是消费者的死对头，无人不恨，无人不骂。1992年3月，在北京了解到一个情况，更令人吃惊。北京市技术监督局抽查 80 家大宾馆、大酒店经营的名酒，假货真不少。有些假酒仅从酒味、商标去看，是不易发现的。更令人发指的是有种四川产的“国家名酒”，竟是那家酒厂的服务公司的人搞的。我查了进货发票，是从重庆市运往北京的。这叫啥话？别人为了牟利，假冒名酒厂的牌子，败坏名声。自己的服务公司也干起违法勾当，骗人，还能容忍吗？

他有些担忧，目前，我国的假冒伪劣商品已成社会公害，人的家底老窝，由于惩罚过轻，经济上没有倒闭，败露后，还会东山再起。目前，抓住假冒商标，制造假酒案，大多数按照投机倒把，“以罚代法”，不痛不痒，一阵风吹过，再干，有了第一次的经验，就更加狡猾，隐蔽，阴险。

他还告诉记者，要制止还比较难，政策与法规不配套，机构不健全，发案率高，即使大案要案，顶多罚三千五千的，击不中要害，摧不垮那些造假者。

国家技术监督局，最近提出伪劣商品的十四种特征。

一、失效、变质的；

二、危及安全和人民健康的；

三、所标明的指标与实际不符的；

四、冒用优质或认证标志和伪造许可证标志的；

五、掺杂使假、以假充真或以旧充新的；

六、国家有关法律、法规明令禁止生产、销售的；

七、无检验合格证或无有关单位允许销售证明的；

八、未用中文标明商品名称、生产者和产地的；

九、限时使用而未标明失效时间的；

十、实施生产（制造）许可证管理而未标明许可证编号、有效时期的；

十一、按有关规定应用中文标明规格、等级、主要技术指标或成分、含量而未标明的；

十二、高档耐用消费品无中文使用说明的；

十三、属处理品（含次品、等外品）而未在商品或包装的显著部位标明“处理品”字样的；

十四、剧毒、易燃等危险品而未标明有关标识和使用说明的。

末了，老袁还坦率地说："中国质量万里行，是件好事，舆论的呐喊，是必要的。但我担心，猜测，这一次报道周期会起较大作用，但却不能解决根本问题，最终还是要依靠法律，强化法制建设，才是有效的措施！"

## 第五节　强化酒类产销管理

不可小视，近几年我国一些地方，取消或放松了酒类产销专卖管理，听之任之，造成了时下不可收拾的局面。

酒类商品，虽然不是群众生活的必需品，但和人民群众生活有着极为密切的关系。酒有着特殊的属性、特殊的功效，所以它是一种特殊的消费品。

事实证明，我国曾一度对酒类实行专控、专管、专卖是行之有效的好办法，对节制粮食消耗，保障军需民食，制止酿酒业任意发展，杜绝伪劣假冒，为国家积累资金，都是行之有效的好方法。对保证产品质量，保护人民身体健康，也起了重要作用。

近些年，假冒酒、伪劣酒四处可见，其中重要的原因，便是生产失控，专卖失控，办酒厂，搞推销，一阵风。所以市场上假冒酒成灾，严重损害消费者的利益和身体健康。当前市场上的假冒商品，尤以白酒为最。特别是名酒价格放开以后，假酒愈演愈烈。近几年，因假酒引起的恶性事件接二连三，给人民的生命财产造成很大损失。

"开放搞活并不意味着放松监督管理。"实践证明，国家对酒类实行专卖政策，是利国利民的上策，且在华夏有着悠久的历史。

1992 年春天，首都的监督部门查出，几家国营店堂上摆着假五粮液。人们不禁要问："这些假五粮液是如何登上'大雅之堂'的？"

2 月 25 日至 27 日，"中国质量万里行"记者带着这些疑虑，决心摸个水落石出，便走访了被披露的 7 家国营商店。经理们追悔莫及，从沉痛的教训中猛醒后，对假五粮液封存的封存，退货的退货，并组织职工，制定了防假冒伪劣商品进入柜台的有效措施。

“优质服务模范单位”，在北京某副食品商店的大门上方，高悬着一块大牌子。那可是他们的“生命线”，有了这块牌子，人们似乎像有了“照妖镜”，假冒伪劣的风刮不进来，有邪念的商品被拒之门外？否！假酒照样大摇大摆地往里钻。

当记者说明来意之后，女经理不禁冒出了一身冷汗。她直摇头解释：“我是以后调来的，出了这些事，我不大清楚。对不起消费者。店里的假酒都下了架，封存起来了。有的顾客找到我们，都退了钱。”

报纸将这些丑事、坏事端在读者面前，自然对那些商店的教训很深，他们谨慎小心。震惊之后，其他商店也从中吸取教训，制定措施，研究识别假酒常识。

记者有意识地，对几家卖假酒的国营商店做了调查，着力了解他们的心理状态，进货渠道。假五粮液的来源？进货中又有啥“秘密”？记者经过一番苦心调查，除北京某商场经理顾虑重重，始终不透露进货渠道外，其他六家的进货渠道表明，没有一家是从专卖部门进的货。那些批发部门都系集体单位，或者名为集体，实则个体。经营酒类有利可图，有权的和无权的，合法的和不合法的，都一齐涌上来，搞贩运、搞批发，酒的来源真是五花八门。有的从民间无证商贩那里倒腾而来，有的从个体户或集体企业批发而来。

这里还值得一提的是，假冒酒从个体到集体，从集体进入国营大商店，反复倒腾，随着“身份”的变化，“价值”也就不断提高，更富有欺骗性。在大商店、大“国营”，倘若顾客提出疑问，售货员会理直气壮地回答你：“我们是国营商店，怎么会有假货呢？”

群众问：为何不从专卖机构——糖业烟酒公司进货呢？记者了解到，原因是糖酒公司货源紧缺，社会需求量大，一瓶五粮液进价一般是70～78元。一转手就卖90～100元，卖一瓶名酒，比卖十余斤糖果赚的钱还多，专营名酒，又何乐而不为呢？

群众怨声载道，骂那些经营者无能。但也有售货员反驳说：“不是我们无能，而是制造假酒的太狡猾。”现在造假酒，已全然不是甲醇兑水的初级阶段了，而是做成一模一样的外观，类似的香型，要分辨，只有靠科学检测，理化分析，或专家辨别。

假冒名酒登上北京的大雅之堂后，人们正在思索，如何才能杜绝。接受采访的经理提议，应该独家经营名酒，让专卖局“专”起来；由主渠道——北京市糖业烟酒公司来监督，并为其配备专管人员和设备，那是最好不过的。同时，在北京设立的一些监测中心，统一监测，这也是杜绝假冒名优酒的一个重要方面。

从目前来看，一些商店是怕曝光的。我认为，杜绝假冒，还要发挥新闻监督作用，报纸一登，电视一露面，这作用太大了，谁都知道了，如果捂着包着，过后还会制假贩假。

1992年3月14日，四川省委组织100家企业厂长（经理）在人民商场站柜台，专门接待消费者的来访。

这是一件新鲜事。大清早，消费者从四面八方涌来，围着柜台，问长问短；厂长（经理）虔诚地接待“上帝”，对大家提出的问题一一回答。这似乎沟通了生产者与消费者，“上帝”与平民之间的情感。

那些名酒厂家的厂长的心情是沉痛的！那些不法之徒，为了牟取暴利制假贩假，向他们身上泼污水，能不生气吗？

有两位上海来的女顾客，在成都买了两瓶五粮液之后，心里极不平静。她们很想了解如何鉴别真假五粮液。叶伟泉滔滔不绝地向他们讲：识别“五粮液”真伪，一看外观，二靠品尝。未开瓶前，主要是观察外观，五粮液酒厂的瓶盖采用的是进口材料，设计独特，制作精美；商标更独特、美观、大方，富有强烈的生活气息。但在现代科学技术高度发展的情况下，仍然难以杜绝假冒。眼下，我们厂正采取紧急措施，改进包装，让不法之徒难以钻空子。

叶伟泉擦着头上的汗珠，一一回答顾客提出的问题。对于如何识别假冒，他告诉消费者，他们厂还拟定出几条具体措施，教会消费者从包装上识别真假五粮液。

一是改瓶盖印字为压字，最近全国糖酒春交会上就将推出压模成型凸字瓶盖；

二是采用高技术中的激光刻字技术，在瓶盖顶上刻出五粮液的特殊标志，预计在8月份与用户见面；

三是淘汰普通玻璃瓶，采用高档玻璃瓶（水晶瓶）包装，瓶上采用人工磨花方式磨出五粮液的图案。

观众听得津津有味，眉开眼笑。叶伟泉从柜台内取出新设计的十分精致的包装样品，交给大家参观。厅内顿时发出了啧啧赞叹声，有人称赞叫绝："这瓶子真美，饮完美酒还可作珍品收藏。"有人佩服五粮液酒厂对防假打假的诚意和决心。

听罢叶伟泉的这席话，感慨万千。但"上帝"仍然在想，这些措施虽然得力、具体，但能否杜绝假冒呢？大家七嘴八舌又提出一个良好的愿望：搞专管专卖好，万一出现假冒伪劣，便于接受"上帝"的监督，便于进行法律制裁。

## 第六节　"质量万里行"别议

有一点，让人百思不得其解。1991年，全国狠抓"质量、品种、效益"后，为何一些厂家、商家竟敢如此大胆妄为，视质量为儿戏，搞假冒的恶习不改？类似上述质量监督，抽查检查，也是家常便饭了。回顾近几年，抓质量，防假冒，绞尽脑汁，费尽心机，政府的、民间的，查禁假冒伪劣活动一个接着一个，而检查、曝光、罚款、整顿，手段和措施各类齐全。这一切虽然已起到一些积极作用，但终归没有根除。

猴年的春天，数十家新闻单位浩浩荡荡，掀起"中国质量万里行"采访报道，《人民日报》在1992年2月11日的"编者的话"中这样写道："国务院第12次全体会议指出，1991年开展的'质量、品种、效益年'活动是有成绩的，1992年要继续开展这项活动。"

"为配合这项关系我国经济健康发展又深得民心的工作，《人民日报》与新华社、经济日报、中央电视台、中央人民广播电台、工人日报、中国青年报、科技日报、经济参考报、市场报和国家技术监督局、中国新闻文化促进会、中国工业经济协会、中国企业管理协会、中国质量管理协会、中国消费者协会等单位，经中国新闻文化促进会发起，共同举办'中国质量万里行'新闻宣传报道活动。中顾委副主任薄一波同志为这次活动题了词。《人民日报》开辟专栏，陆续刊登参加这次采访活动的记者深入各地之后所写的报道。这些报道既宣扬抓质量好的典型，也将批评和揭露这方面存在的一些问题和质量差的单位，还将探讨如何改进这方面工作”。

“‘中国质量万里行’，既表示记者在我国广阔土地上的采访足迹，又表示我国产品质量工作还面临着千里、万里之行的艰巨任务。通过这次系列新闻宣传活动，在全国进一步造成重视质量的舆论，不仅有助于把经济管理工作的指导思想转到重视产品质量、增加品种、提高经济效益的轨道上来，而且会提高广大消费者的自我保护意识，发动群众参与这项关系我国经济振兴的大事。”

“在这面旗帜的指引下，一支浩浩荡荡的记者队伍，迅速行动起来，向华东、向南方，向凡有企业厂矿的地方奔去。”

“在神州大地，一个群众性打击假冒伪劣商品的活动，蓬勃兴起，把广大消费者的注意力引向一处：揭发假冒，抵制伪劣，保护消费者的利益和权利，其声势之浩大实属罕见！”

在大街小巷，在商店、酒店，大家在注视着，议论着，满腹怨气一齐喷了出来。

参与“中国质量万里行”报道的各家新闻单位的记者，火速行动起来，纷纷到全国各地采访这一热门话题。《人民日报》首先披露国家商检局查获一批劣质酒：广东、山东和吉林有三家历来以名酒自傲的酒厂，由于放松质量管理，遭到顾客唾弃，被披露在报端，将丑事大白于天下！

哗！举国上下掀起了一个打假捉劣的群众热潮。

天津富有传奇色彩，19 家劣质产品生产厂家，生产的巧克力，熟肉制品和瓶装酱油等 19 种劣质食品，长期欺骗消费者。记者团对此曝光，有关部门令其停产整顿，原有库存的伪劣产品不得出厂。一路警告，对生产伪劣产品的企业厂长通报批评，扣发工资、奖金。

对质量问题，1991 年全国抽查的近 4 000 种产品，平均合格率为 80%。目前，一些假冒伪劣商品通过各种渠道涌入市场，因而顾客在商店遇到的质量问题，比在厂家抽查时更严重。据国家监督部门对市场上销售的商品，进行数次抽查，质量合格率一直徘徊在50%～60%之间。1991年底，商业部、国家工商局、中国消费者协会的有关人员，在京、津、沪等十个大城市的十类市场，不声不响，以顾客的身份出现，购买商品抽检。嘿，可闹了大笑话，那些商品涉及20多个省市，共220个牌号的产品，竟有40%不合格。1992年的情况更加不妙，假冒伪劣现象更令人咂舌!

如果说，过去的市场是供不应求，因此“萝卜快了不洗泥”；如今的市场供应充足，繁荣发达，为啥产品质量仍不尽如人意?

诚然，同是产品质量问题，情况各有差异，假冒行为，是故意做假骗人，属犯法行为，对其必须严加惩治和打击。

劣质产品是危害人们健康和威胁人们安全的，如前所述的酒中有螺壳、玻璃碴、小昆虫，这种产品也是令人憎恨、厌恶的。

“中国质量万里行”堪称1992年中国新闻界的一件大事，反映之大之好，是始料不及的。经济方面的好处，大家有目共睹，不必细表；若从新闻角度来看，也有不少值得称道的。

记者采访所到之处，备受尊敬，备受欢迎。自然，欢迎的人群中，老百姓是真心，真正优质产品的厂家是实意，正好借此时机为自己的企业扬名。在不欢迎的人群中，要数那些搞假冒、伪劣商品的违法者和投机者，他们敌视“中国质量万里行”记者。因为消费者的投诉揭露了他们的拙劣行径，记者一到，意味着他们的行为可能被披露。

记者的艰辛，舆论的曝光，促动了全社会的统一行动。在神州，很快涌现出一派吼声，一派火光，围剿伪劣假冒商品。

北京。1992年3月7日下午。阴转晴。

北京市，当众销毁假冒劣质商品现场会在卢沟桥召开。

在宽阔的河滩地里，堆积着花花绿绿的进口旧服装，各种“名牌”烟酒，五颜六色的录音带和录像带，宛若一座小山。这些以假充真，以次充优，假冒名牌的商品，是从那些不法之徒手上缴获的胜利品。一批又一批的新闻记者，在此驻足采访，边观察边议论，怀着极大的兴趣，采访这一不同凡响的事件。

北京市工商局商标广告处处长张士斌，怀着愤怒的心情，向记者介绍了触目惊心的数字。他说，去年全市各级工商行政机关查获各种假冒酒70万瓶，录像带13万盒，服装鞋帽1.5万只，食品7万袋，化妆品11万袋，石英钟1.5万只，电器产品4.6万只，等等。情况一年比一年糟，仅今年春节前后，查获假冒名牌酒3.5万瓶，掺假羊肉卷7吨。这些情况表明，假冒伪劣商品沸沸扬扬，充斥市场，已到了非整不可的地步了。

"预备，放!"约在3时20分，一声令下，两名解放军战士扣动"七四式"喷火机枪，两条火龙直扑堆成小山的假冒伪劣商品。烈火熊熊，只见卢沟桥畔硝烟弥漫。那浓雾中洋溢着正义和法律的神威，代表着亿万消费者对假冒伪劣商品的愤慨!

成都。3月14日上午。云开雾散，一派艳阳天色。在市区，一支庞大的车队，满载着伪劣、假冒商品，前面有21辆汽车开道，轰轰隆隆，浩浩荡荡，绕过几条大街，向东郊洪河垃圾场驶去。今日，"恶魔"终于被消费者推上了"刑场"!

奔腾不息的洪河，大清早数千名群众纷纷向它涌来。人们怒目圆睁，翘首以待!纸船明烛照天烧!"轰隆"一声炸响，在冲天的火光中，117万套假酒商标，1 500条走私的"555"牌香烟，12万个名酒防盗盖，以及伪劣富士胶卷、胡椒面、味精等等，价值70多万元的伪劣假冒商品付之一炬!

东台市（江苏）。1月29日。淫雨霏霏。

在市郊的新坝市场，市工商局、消费者协会正在这里举行"打击假冒伪劣商品违法专项斗争公开处理大会"。

一堆堆剥去伪装的假冒名酒、"一日鞋"、假永芳F珍珠膏，裸露在群众面前，激起了人们的愤恨。

一位农民举着刚从商店买的一双皮鞋，挤了上去。他高声嚷道："我这双皮鞋是不是伪劣品?"市消费者协会一位干部热情地接过皮鞋，仔细观察后，向在场的群众讲解起如何识别假冒伪劣商品的知识。他知识丰富，远见卓识，才华横溢。他说："首先要看皮鞋的面料，真皮压后，皱纹细、均匀，一松手就消失，劣质鞋就不同，皱纹粗，不均匀，放开手消失慢，或部分不消失……按上述标准检查，你这双皮鞋也属劣质产品！”场上鸦雀无声，静静听他讲解，比划，作示范。他随手又从劣质鞋样品中拿出一双，又继续讲述：“从外观看差不离，能麻过一般人的眼睛；但内在质量就有天壤之别了。”他用手一提，只听见“啪啪”的碎裂声，他两手用力，鞋帮上废纸屑露了馅。场内突然爆发出一片怒骂声：“真他妈的伤天害理！”

1992 年，全国打假已取得阶段性成果，截至 10 月份，全国查获假冒伪劣商品 728 类、12 944 个品种、679.6 万件，价值 2.4 亿元；捣毁黑窝点 3 899 个，立案侦查 6 900 起。

“中国质量万里行”联合报道，确实给消费者撑了腰，壮了胆！他们满心喜悦，记者走到哪里，群众夹道欢迎，仿佛“青天”驾到，“包公”降临。群众相信“万里行”记者。如果在商店里买到“歪”货，若不给退换，消费者会不由自主地说：好，你们不退换，我们去找“万里行”记者！群众迫切希望，积重难返的形形色色的假酒案、商标侵权案，能借此时光了结澄清。

记者们也未曾料到，会受此信任，礼遇，不免有点激动。搞批评报道，由于多年来党风不正，民风不正，因而在党内难以开展批评和自我批评，在报端若有谁写点带“火药味”的批评稿，准会“一石激起千层浪”，轻则招来非议、谩骂，重则威胁人身安全，记者将被推上“被告席”，胡搅蛮缠，没完没了。此时此刻，“万里行”记者们，在一派欢呼声、赞扬声、求救声中，却连连得手，大笔一挥《假五粮液曝光之后》《郎酒的呐喊》《假药需要真药治》等一系列批评报道，与读者见了面。全国大大小小的报纸、电台、电视台，纷纷扬扬，呼呼啦啦，大有排山倒海，雷霆万钧之势！而且那些善于玩弄手法说情作梗者、对簿公堂者、拳脚相加者、胡搅蛮缠者，突然隐居深宫后院。

在呐喊声、吆喝声中，在浓烟滚滚的火光后面，也冒出了许多按捺不住的“啧啧”声。有的被“万里行”曝光的厂子不服气。有人说：“有本事找几个外资厂子查一查，练一练！”也有人说：“不如我的产品多着呢，为啥不都去揭一揭呢？”

在“中国质量万里行”活动期间，人民大会堂正在举行一年一度的“两会”。与会代表发出了共同的声音：“千万别一阵风!”他们在呼唤，提起时下的热门话题——“中国质量万里行”出席本次人代会的代表有一个共同的心声：真正建起一个365天抓质量的环境!

时下，提起假冒伪劣商品，几乎人人痛恨。政府大张旗鼓开展打假治劣的活动，合乎民意，深得人心。为使这一活动开展得彻底而有成效，群众有“三盼”：一盼打假治劣要持久，而不要“一阵风”；二盼打假治劣要釜底抽薪，切不可治标不治本；三盼商店要把好关，而不能唯利是图，见利忘义!

他们的要求是合理的，他们的担心也是有根据的。但也应看到，群众的力量，在中国大地上，眼下对伪劣商品已形成“耗子过街，人人喊打”的局势。政府已下决心，国务院已立下“军令状”，决定在全国范围内严厉打击假冒伪劣商品。《人民日报》于1992年7月16日头版头条透露了这则消息：

新华社北京7月15日电，国务院日前发出通知，要求在全国范围内，对生产和经销假冒伪劣商品的违法行为给予严厉打击。

通知指出：自1989年以来，各地区、各部门加强了对生产、经销假冒伪劣商品违法行为的查处工作，取得了一定成效。但假冒伪劣商品屡禁不止的状况尚未根本扭转，一些单位和个人，采用种种不正当手段，置国家法律、法规于不顾，继续生产和经销假冒伪劣商品，牟取暴利。个别地区，竟形成了假冒伪劣商品的集散地。由假冒伪劣商品造成的恶性事故不断发生，给国民经济和人民生命财产造成了很大损失，不仅严重扰乱了正常的商品经济秩序，损害了群众的切身利益，而且危及到深化改革和对外开放的顺利进行，已成为经济生活中亟待解决的一个突出问题。

通知确定了这次打击假冒伪劣商品的违法行为的重点：一是下列生产或经销假冒伪劣商品的违法行为：生产或经销假冒他人注册商标的商品，或擅自生产、经销他人注册商标标识；生产或经销使用虚假产地、假冒其他企业名称或代号商品；伪造或冒用优质产品、认证产品、许可证标志；违反国家有关规定，生产或经销危及人身安全、健康商品；生产或经销伪劣农药、种子、化肥、饲料等农业生产资料和其他伪劣商品。二是用“回扣”、“好处费”等手段经销假冒伪劣商品或收受“回扣”、“好处费”等采购假冒伪劣商品。三是国家工作人员支持、包庇、纵容生产或经销假冒伪劣商品。

通知指出，对生产或经销假冒伪劣商品的单位和个人，有关部门要按各自的职责分工，依据国家的有关法律、法规和本通知的规定，处以罚款、没收其非法所得或查获的全部假冒伪劣商品；触犯刑律的，必须依法追究刑事责任。具体措施如下：

（一）对生产或经销假冒伪劣商品情节恶劣、后果严重或屡教不改的企业或个体工商户，由工商行政管理部门吊销其营业执照。

（二）对生产、经销假冒伪劣商品的，要视情节轻重，对单位负责人和直接责任者给予经济处罚，并依照国家的有关规定给予行政处分，直至依法追究刑事责任。

（三）对支持、包庇、纵容生产或经销假冒伪劣商品，为其提供生产、经销场所，在物资、资金等方面提供方便条件的单位和个人，视同生产或经销假冒伪劣商品行为予以处理。

（四）对有意采购假冒伪劣商品的进货单位或进货人员，视同生产或经销假冒伪劣商品行为予以处理；对于利用“回扣”、“好处费”或接受“回扣”、“好处费”经销假冒伪劣商品的，视同行贿、受贿，必须没收其全部“回扣”、“好处费”，并给予经济处罚，行政处分，直至依法追究刑事责任。

（五）对生产、经销假冒伪劣商品活动严重的地区，当地政府必须采取果断措施，坚决予以整顿。对整顿查处不力、问题长期得不到解决的地区，上一级政府要追究当地政府领导的责任；对干预、阻碍查处的行为，监察部门要立即查证，对责任者必须给予行政处分，情节严重的，必须提交司法部门，依法追究法律责任。

（六）各级人民政府要鼓励和保护举报揭发生产、经销假冒伪劣商品行为的单位和个人。对举报属实的，应给予表彰和奖励；对打击、报复举报人的，要从重给予处罚。

（七）工商行政管理、技术监督、公安、监察、银行等有关部门要紧密配合，在调查取证、鉴定、冻结银行账号、罚款、吊销营业执照等方面，均要大力协同工作。

（八）要把假冒伪劣商品和有一般质量问题的商品区别开来。对假冒伪劣商品的认定要严格掌握，避免随意性。在查处中要依法办案，做到事实清楚，证据确凿，定性准确，处罚适当。

（九）对生产或经销假冒伪劣商品的单位或个人，以及支持、包庇、纵容者，如能主动坦白交代，并主动终止违法行为的，予以从宽处理；对不予改正，继续从事生产或经销假冒伪劣商品违法活动者，应从重处罚。

通知要求，打击假冒伪劣商品的工作由国务院经济贸易办公室牵头，组织工商行政管理、技术监督、卫生、监察、公安、税务、物价、财政、银行及生产、流通等主管部门参加，在统一领导下，以工商行政管理、技术监督部门为主，各司其职，各负其责，协同做好这项工作。各地要在当地人民政府的领导下，组织各有关部门，针对当地存在的问题，制定相应的实施办法，采取切实可行的措施，有重点地打击违法行为。各级人民政府要在人力、财力、物力等方面给执法部门提供必要的保证。

1992年11月18日中央电视台在“新闻联播”中，传来一则喜讯：“最高人民法院经审查，11月2日对制造、销售假茅台酒的投机倒把犯罗德明依法核准死刑，剥夺政治权利终身，并下达了执行死刑命令。今天上午，贵州省高级人民法院已经对罗德明执行了死刑。”

罗德明原系贵州省仁怀县某酒厂经营部经理。这是一位罪恶累累、贪得无厌的第二贩毒分子。

1988年3月，罗德明与广东省某县供销社签订了8 000瓶茅台酒的供销合同，骗得该社预付款人民币32万元。罗德明又将购买的普通白酒贴上假茅台酒商标标识，假冒茅台酒销售。罗德明并不以此为满足，在1988年6月至8月，他又向浙江省杭州市的几家公司销售假茅台酒41 292瓶，非法获利达209万余元。在销售过程中，致使有关企业遭受经济损失260余万元。

坐在电视机前的观众，听了这则消息，不禁惊呼：“开杀戒啦！”

19 日全国各家报纸都在头版上刊载了这条重要消息，真是大快人心，人心大快！

这是一个信号，一个震撼神州的信号！

从大西南，传来了第一声枪响。浓烈的火药味儿，给群众引来许多联想，许多猜测：共和国已向制造假冒伪劣商品的歹徒们宣战了！

共产党办事重在“认真”二字。可以肯定，既然开了第一枪，还会有第二枪，第三枪……定会枪枪击中那些破坏社会主义市场经济，破坏改革开放的土匪、强盗！

这里还想提醒那些假冒和意欲假冒者，认真读读最高人民法院副院长前几天在新闻发布会上的讲话：对于生产和经销假冒伪劣商品，坑害消费者，情节严重，构成犯罪的，应按投机倒把罪定罪处刑；对于为生产、经销假冒伪劣商品而假冒他人商标，包括非法制造或者销售他人注册商标标识的，应按假冒商标罪从重处罚，其中非法经营者或者非法获利数额巨大，情节严重的，应按投机倒把罪定罪量刑；对于以赢利为目的，制造贩卖假药危害人民健康的，应以制造贩卖假药定罪量刑，其中造成严重后果的，依法从重处罚。

这些话的分量应仔细地掂量掂量！

假冒者戒！

# 后　记

“你为什么要写这部书?”当我将《舌尖上的搏击》列入写作计划时，就有朋友不解地问我。

说什么呢?那时，我心中是一团矛盾，说不清，也道不明。如果要我回答，只能说是凭着感觉提笔的。

近几年，在大街，在小巷，在凡有人群的地方，都会听到老百姓对制假售假者的指责声，谩骂声：

“绞死那些卑鄙的家伙!”

“丧尽天良的骗子，坑人害人!”

……

同时，也常常听到那些被搅得一团糟的名牌产品的厂家老板，不时发出喟叹声，呼吁声。最使人难以忘怀的是：郎酒厂云厂长痛哭流涕的诉说；张律师为打假的惨死；百家企业厂长联合起来，声嘶力竭地向社会发出的呼吁……

那呐喊如同号角，激励着新闻记者的良知，敦促着富有正义感的作家，拿起笔向不法之徒刺去!

在华夏，13大名酒的处境更糟，几乎都被不法之徒玷污了。一时间，假冒名酒泛滥成灾，搅乱了市场，搅乱了人心，搅乱了生产!四川是酿酒大省，酿酒发展迅猛，产量一增再增。“五朵金花”闻名遐迩，优质酒层出不穷，“川酒”已成为这个内陆省的经济支柱之一。然而，由于假冒名酒的泛滥，搅乱了四川经济发展计划，弄得人们一派惊慌，而又束手无策!

那时，我正巧在报社“民主与法制”编辑室当编辑，并任四川省第二律师事务所兼职律师。在呐喊声中，我去川南一家名酒厂调查揭假治假的情况，写了一篇报道，批评某厂侵犯名酒商标，在社会上引起强烈反响。然而，出乎意料，文章刊出的第三天，那个地区的头头，风风火火地登上报社的门，来做“工作”。他们始而露出一副“和善”的笑脸，想方设法“拉”，可对我没生效；继而露出了真容，威胁恐吓，剑拔弩张……就这样，他们胡搅蛮缠，闹得编辑部不能正常工作。更令人迷惑不解的是，这些都是国家干部，为啥他们的心目中没有真理，没有是非！他们竟然为制假行为打掩护，开绿灯，还大言不惭地质问报社，对批评拈过拿错。

他们的行为引起群众的愤懑，也激怒了我。我便向那位“特使”提出了我的意见：“你们别再胡搅蛮缠了，也别到处告状，付诸法律好了。本着‘文责自负’的原则，你们认为我的文章有不实，向法院起诉，我一定应诉。我是律师，代理人都不用请。不过，丑话说在前面，开庭审理的时候，我要邀请中央、省市有关新闻单位的记者来旁听，在法庭上，我要把你们地区搞假的内幕和盘托出！”嘿，怪哉！那位“特使”一听傻眼了，他没多言语就灰溜溜地走了。

真是个“马蜂窝”，谁要捅了它，谁就会遭到攻击。他们上访、纠缠讨没趣，便把心里的怨洒向厂里的头，要无理撤换厂长、书记。

那家名酒厂被弄得一筹莫展。全厂职工都支持厂领导向省法院提起诉讼。几级法院都认定，这是一起特大商标侵权案。然而，这案子在审理中，省法院几次派人深入调查都被挡了回来。地方保护主义真厉害！他们无视国法，竟明目张胆地为制假售假者袒护。不能使人容忍的是他们还往法官身上泼污水，千方百计干扰法院的公务，使案子一拖再拖。这一桩桩假冒名酒案件触动了我的心，萌发了“我要写”的激情。

1988年开始，我迈开两条腿，长途跋涉，前往各名酒厂听取意见，深入到检察院、法院、工商等部门采访，还和他们一起办案。走出书斋，放眼社会，一幕幕奇景，一件件奇案，更使人触目惊心！

历史和现实的真情就是如此。随着改革开放向纵深发展，市场经济活跃，一伙不法之徒从阴暗角落里爬了出来。他们施展骗术，牟取暴利，从假冒名酒发展到假冒农药、假冒化肥、假冒自行车、假冒化妆品……市场上哪样走俏、吃香，就会出现哪样假冒货。甚至，连人也有假冒，什么假记者、假医生、假华侨、假导演、假公安……也纷纷出巢骗人。

我常想，一个国家，一个民族有如此众多的假冒商品出现，多么令人痛心和不安！

诚然，在当今世界，假冒商品中国有，外国也有；发展中国家有，发达国家也有。可中国是个文明古国，也许在中华民族的悠久历史上，从未像今天这样集中地出现如此多的假冒伪劣商品。真使人气愤！假冒货无孔不入，在出口商品中也混入了假冒伪劣商品，不仅影响了外贸，而且影响了国家的信誉，国家的形象。对此，中国香港和美国的报纸也作了披露。

上述情况，便是我创作的初衷！

在采访和写作中，多谢工商局、酒类专卖局、消费者协会等部门的支持，多谢公安局、检察院、法院等机关的协助，多谢茅台酒厂、五粮液酒厂、泸州曲酒厂、郎酒厂、剑南春酒厂、全兴酒厂的领导的积极合作。他们给我提供了方便，提供了大量的材料，使我能顺利完成本书的写作任务。

1993年12月写于成都

**图书在版编目（CIP）数据**

当代中国生态解密：王治安文集．第二卷，粮食卷／王治安著．—北京：中国农业出版社，2020.6
ISBN 978-7-109-24156-5

Ⅰ.①当…　Ⅱ.①王…　Ⅲ.①中国文学一当代文学一作品综合集　Ⅳ.①I217.2

中国版本图书馆 CIP 数据核字（2018）第 108324 号

---

中国农业出版社出版
地址：北京市朝阳区麦子店街 18 号楼
邮编：100125
责任编辑：赵　刚
版式设计：张　宇　　责任校对：赵　硕
漫画插图：华君武
印刷：北京通州皇家印刷厂
版次：2020 年 6 月第 1 版
印次：2020 年 6 月北京第 1 次印刷
发行：新华书店北京发行所
开本：700mm×1000mm　1/16
印张：31.25　　插页：1
字数：455 千字
总定价：480.00 元

---